「윈저의 즐거운 아낙네들」, 로버트 월터 위어, 1830.

「'햄릿'에 등장하는 배우들」, 라디슬라스 폰 차초르스키, 1875.

「엘리자베스 여왕」, 작가 미상, 1559년경.

「프랜시스 베이컨 경」, 프란스 푸르부스, 1617.

「17대 옥스퍼드 백작 에드워드 드 비어」, 작가 미상, 1575.

「존 플레처」, 작가 미상, 1620년경.

「셰익스피어」, 존 테일러 추정, 1610.

셰익스피어를
둘러싼 모험

셰익스피어를 둘러싼 모험

셰익스피어 희곡을 두고 벌어진
200년간의 논쟁과 추적

제임스 샤피로 지음 | 신예경 옮김

글항아리

셰익스피어 원작자설 논쟁

• 윌리엄 헨리 아일랜드(1794~1795년경) 셰익스피어 원작자 논쟁을 최초로 불러일으킨 인물

윌리엄 셰익스피어라고 서명된 담보 증권, 존 헤밍스에게 발급한 영수증, 셰익스피어의 신앙고백서, 아내 앤 해서웨이에게 보낸 초기 편지, 1590년 레스터 백작 앞에서 상연한 개인 공연 영수증, 어느 배우를 묘사한 미숙한 스케치, 배우 존 로윈과 체결한 고용계약서, 1611년에 작성한 '신탁 증서' 등을 모조리 위조함.

• 델리아 베이컨(1845~) 셰익스피어 원작자 논쟁을 촉발시킨 인물

셰익스피어 희곡의 내용과 사상에 근거해 원작자를 프랜시스 베이컨이라고 주장. 셰익스피어의 희곡들이 '공동 집필'되었을 가능성을 제기하고, 당대에 반향을 일으켰던 '고등비평'의 틀을 셰익스피어 논쟁에 적용함.

– 동조자 **랠프 월도 에머슨**: 원작자를 프랜시스 베이컨으로 단정짓지는 못했지만, 셰익스피어의 작품이 탄생할 수 있었던 것은 베이컨과 롤리, 에식스 백작 등 주변 인물들 덕분에 가능했다고 봄.

– 동조자 **토머스 칼라일**: 원작자설 논쟁에 대해 회의적인 태도를 견지하긴 했으나, 델리아 베이컨의 작업을 지지함.

– 후원자 **너새니얼 호손**: 델리아 베이컨이 셰익스피어 원작자설 논란을 책으로 펴낼 때 출판을 지원함.

• 마크 트웨인 프랜시스 베이컨을 원작자로 지목함

"셰익스피어가 살아생전에 희곡이나 시를 한 번이라도 썼다고 계속 믿을 만큼 무식하고 어리석은 사람들을 모조리 조롱하는 내용을 (자서전) 속기사에게 매일같이 구술하면서 나는 잘 지내고 있단다."_마크 트웨인의 편지에서

• 헬렌 켈러 마크 트웨인과 함께 셰익스피어가 원작자임을 전면 부정

"스트랫퍼드의 셰익스피어는 세상에서 가장 놀랍도록 훌륭한 희곡들의 가능성 있는 작가로 고려될 가능성조차 없다는 결론에 이르렀다."

• 월트 휘트먼 "오늘날 셰익스피어 문제에 얼마나 많은 신화가 존재하는가는 누

구나 주지하고 있다. 입증된 사실들의 근거를 몇 가지 들추면, 숨김없이 밝힐 엄두가 나지 않는 진상을 암시하는, 훨씬 더 모호하고 손에 잡히지 않는 대단히 중요한 진실들이 도사리고 있다."

• **헨리 제임스** 셰익스피어 희곡들의 원작자가 베이컨 경이라는 데는 회의적인 반응을 보였지만, 셰익스피어가 원작자일 가능성은 더욱 희박하다고 봄
"수천 개의 가면을 쓴 괴물이자 마술사인 이 예술가[셰익스피어]에게 도전해서 아주 잠시 동안이나마 그가 가면을 떨어뜨리도록 만들 겁니다."

• **지그문트 프로이트** 셰익스피어 희곡의 원작자로 옥스퍼드 백작(에드워드 드 비어)을 지목. 또한 셰익스피어의 희곡들이라고 알려진 것이 여러 사람의 합작품이라고 주장
"셰익스피어는 자신이 저자라는 주장을 정당화할 근거가 전혀 없어 보이지만, 이에 비해 옥스퍼드는 간접적인 근거가 거의 다 갖추어졌다네. 햄릿의 신경증, 리어의 광기, 맥베스의 저항적 태도, 맥베스 부인의 성품, 오셀로의 질투심 등등."_프로이트의 편지에서
– 지지자 **테오도르 마이네르트**: 뇌 해부학자이자 프로이트의 스승으로 베이컨이 희곡들의 진짜 저자라고 확신하며 프로이트를 설득함.

• **리처드 콩그리브** 인류교(오귀스트 콩트의 영향을 받은)의 인물
"진짜 저자는 귀족 혈통을 이어받은 덕분에 타고난 지도자가 된 사람, 만약 당대에 제대로 인정받기만 했다면 세상을 변화시켰을 법한 사람이어야만 했다"며 셰익스피어가 원작자임을 부정.

• **셰익스피어 전기작가 새뮤얼 쇼엔바움**
"수많은 이단적인 출판물들은 경악스럽기 그지없다. 그 저술의 방대한 양에 필적하는 것은 오로지 그 본연의 무익함밖에 없다. 그것은 정상이 아닌 형편없는 것으로 '미치광이'의 산물이었다."(『셰익스피어의 삶』)

• 1985년 이후 옥스퍼드 지지 운동이 부활함에 따라 1987년 9월 25일 워싱턴 D. C.에서 1000명의 방청객이 참여한 가운데 미 대법관 윌리엄 브레넌, 해리 블랙먼, 존 스티븐스가 주재하는 '셰익스피어 소건: 셰익스피어 원작자 문제 재판'의 심리가 진행됨.

차례

프롤로그

"나의 두 번째로 좋은 침대를 아내에게 남겨주노라."

_셰익스피어의 유언 중에서

이 책은 오랫동안 윌리엄 셰익스피어의 작품으로 여겨져왔던 희곡들을 정말로 그가 썼는지, 만약 그렇지 않다면 원저자는 누구인지를 놓고 언제 그리고 무슨 까닭에 많은 사람이 의문을 제기하기 시작했는가를 다룬다.

이런 논쟁이 처음 뿌리 내리기 시작한 시기에 관해서는 회의론자와 옹호론자들 모두 놀라울 정도로 의견이 일치한다. 『영국 인명사전』이나 위키피디아에서 정보를 확인해보면, 이런 주장이 최초로 기록된 시기는 1785년으로 거슬러 올라간다. 당시 스트랫퍼드 어폰 에이번 외곽으로 몇 킬로미터 떨어진 곳에는 옥스퍼드 대학에서 수학한 제임스 윌모트라는 학자가 살고 있었다. 그는 셰익스피어의 책들이나 서류, 혹은 그가 원작자라는 표시를 하나라도 찾아내기 위해 그 지역을 조사하기 시작했지만 결국 아무것도 찾지 못했다. 윌모트는 다른 누군가가, 아니 거의 틀림없이 프랜시스 베이컨 경이 그 희곡들을 집필했다는 결론에 서서히 다다르게 되었다. 윌모트는 자신이 알아낸 사실을 정식으로 발표하지 않았고 말년에 자료를 모두 불태워버렸다. 하지만 사망하기 전 그는 입스위치 출신의 퀘이커교도이자 서로 친분을 쌓았던 연구원 제임스 코턴 카우웰과 이야기를 나누었고 훗날 카우웰은 입스위치 철학회 회원들에게 그의 연구 내용을 알려주었다.

또한 카우웰은 1805년에 실시한 두 차례의 강연에서도 연구 결과를 알렸는데, 이 강연 내용은 현재 런던 대학 국회도서관에 문서로 보관되어 있다. 강연을 통해 그는 자신이 셰익스피어에 대한 '믿음'을 저버린 '변절자'임을 시인한다. 그의 마음이 이렇게 바뀐 것은 다음과 같은 윌모트의 주장을 접하면서였다. "셰익스피어 작품에서는 저자가 어린 시절부터 오랫동안 학교 교육을 받았고 여행을 다녔으며 위대한 학자들과 교류했다는 인상이 진하게 풍겨나오지만, 막상 세상에 알려진 그의 인생은 이런 특성에 부합하는 부분이 단 하나도 없다." 윌모트는 셰익스피어의 일생과, 희곡 및 시에서 드러나는 저자의 교육과 경험 사이에는 도저히 좁혀지지 않는 간극이 있다는 주장을 18세기 후반 최초로 제기했다고 인정받고 있다. 아니, 사실은 윌모트와 카우웰 모두 시대를 앞서간 셈이었다. 이런 문제에 관한 논쟁이 진지하게 혹은 지속적으로 다시 부상한 것은 그로부터 반세기가 지난 뒤였기 때문이다.

1850년 즈음부터 셰익스피어가 아닌 다른 사람이 그의 희곡들을 집필했다고 주장하는 책과 논문이 무수히 발표되어왔다. 우선 서지학자들은 이 논쟁에 영감을 받은 저작이 얼마나 많은지 빠짐없이 파악하고자 노력했다. 1884년에는 이들이 작성한 목록이 255번까지 길게 이어졌고 1949년에는 4500번을 넘어설 정도로 늘어났다. 그 이후로는 누구도 누계를 기록하려 시도하지 않았고, 블로그와 웹사이트, 온라인 포럼이 만개한 시대에 접어들자 이 문제에 얼마나 많은 사람이 지적 에너지를 쏟아부었는지—그리고 앞으로도 계속 쏟아부을지—제대로 파악하기가 힘들어졌다. 시간이 지나면서 뛰어난 예술가들과 각계각층의 지식인들이 온갖 이유를 들어 회의론자의 대열에 동참했다. 이 주제가 아니라면 헨리 제임스와 맬컴 엑스, 지그문트 프로이트와 찰리 채플린, 헬렌 켈러와 오손 웰스, 마크 트웨인과 더렉 자코비 경은 한 맥락 안에서 거론될 일이 전혀 없었을 것이다.

셰익스피어의 희곡과 시를 창작한 진짜 저자로 선정된 후보들을 한 명도 빠짐없이 기록하기란 결코 쉬운 일이 아니다. 오늘날 막강한 경쟁자로 평가받는 사람들은 에드워드 드 비어(옥스퍼드 백작)와 프랜시스 베이컨 경이다. 크리스토퍼 말로와 메리 시드니, 더비 백작, 러틀랜드 백작도 지지자의 수가 점점 줄어들기는 했지만 여전히 열렬한 지지를 받고 있다. 이외에도 월터 롤리 경과 존 던, 앤 웨이틀리, 로버트 세실, 존 플로리오, 필립 시드니 경, 사우샘프턴 백작, 엘리자베스 여왕, 제임스 왕을 비롯해 50명이 넘는—단독으로 혹은 공동 작업자로—사람이 후보에 이름을 올렸다. 완벽한 후보자 목록을 작성하는 것은 아무런 의미가 없다. 얼마 지나지 않아 이 명단도 해묵은 자료가 되어버리기 때문이다. 내가 이 책을 집필하는 동안에도 네 명의 후보자, 즉 시인이자 궁정 조신인 풀크 그레빌과 아일랜드의 반역자 윌리엄 누겐트, 시인 에밀리아 래니어(유대인 혈통을 이어받은 인물로, 일각에서는 그녀가 셰익스피어 소네트에 등장하는 무명의 다크 레이디라고 본다), 엘리자베스 여왕 시대의 외교관 헨리 네빌이 추가로 등장했다. 새로운 후보자들은 앞으로도 계속 나올 것이다. 다음 장에서는 프랜시스 베이컨과 옥스퍼드 백작—어느 누구보다 두 사람의 후보 자격은 기록을 통해 탄탄히 뒷받침되며 논리적으로 타당하다—을 중점적으로 다룬다. 하지만 두 사람이 다른 후보자들에 비해 후보 자격이 더 충분하다고 믿기 때문은 아니다. 이미 언급한 사람들과 앞으로 다루게 될 이들을 포함해 모든 후보를 철저히 설명한다면 지루하고도 쓸데없는 일이 될 것이기 때문이다. 앞으로 그 이유를 명백히 밝히겠지만, 베이컨과 옥스퍼드는 대표적인 후보로 간주할 자격이 충분하다.

셰익스피어 희곡의 원작자 문제를 다룬 글은 대부분 탐정소설의 외형을 따른다. 원작자 문제와 '추리소설'이 역사적으로 비슷한 시기에 등장했다는 점에서 볼 때, 이는 그리 놀라운 사실이 아니다. 훌륭한 탐정소설이 모두 그렇듯 셰익스피어를 둘러싼 미스터리를 해결하는 방식도 어떤 증거가 믿을 만한지 판단하고 지나온 단계를 되짚어가며 잘못된 단서를 피하는 식의 수순을 밟을 수밖에 없다. 앞으로 내가 제시할 설명도 이와 다르지 않다. 나는 지난 25년 동안 컬럼비아 대학에서 셰익스피어 작품을 연구하고 가르쳐왔다. 일부 사람은 내가 이 직업에 투여한 것이 너무 많기 때문에 객관적인 태도를 유지하기 불가능하다는 주장을 근거로, 내게서 이 논쟁에 대해 공정하게 집필할 자격을 자동으로 빼앗아버린다. 심지어 소수의 사람은 셰익스피어를 연구하는 교수와 협회들이 어떤 음모를 꾸미고 있으며 셰익스피어의 자격을 훼손할 만한 정보를 숨기는 대가로 돈을 받은 학자도 있다는 주장까지 슬며시 제기한다. 만약 그렇다면, 누군가 깜빡하고 내 이름은 명단에 올리지 않았던 모양이다.

대학원 시절의 경험을 토대로, 나는 아무리 다른 셰익스피어 학자들의 믿음이라 해도 검토되지 않은 역사적 주장이라면 반드시 의심해야 한다는 사실을 깨달았다. 당시에는 '셰익스피어와 유대인들'이라는 주제로 박사학위 논문을 쓰고 싶었지만 셰익스피어 시대의 영국에는 유대인이 없었기 때문에 유대인 문제가 존재하지 않았다는 이야기를 듣고는 애써 관심을 다른 곳으로 돌려야 했다. 관심 주제를 마지못해 포기하고 시간이 한참 흐른 뒤, 나는 상당한 연구를 통해 두 가지 주장이 거짓임을 알게 되었다. 실제로 엘리자베스 여왕 시대의 런던에는 소규모 유대인 공동체가 있었고 당대의 내로라하는 무수한 영국 작가가 (영국인의 정체성이 무엇인가를 더 잘 파악하려는 노력의 일환으로) 유대인의 차이점을 작품에서 다루느라 고심했던 것이다. 이런 경험과 이를 바탕으로 집필한 책을 통해 나는 보편적으로 인정되는 진리를 다시 논의하는 작업이 얼마나 가치 있는 일인지 알게 되었다.

하지만 셰익스피어 학자들이 진지한 연구에서 완전히 배제해버린 주제 하나가 여전히 남아 있다. 바로 원작자 문제다. 셰익스피어를 전공한 여러 동료는 내가 이 문제에 에너지를 쏟아붓는다는 사실을 알고는 내가 시간과 재능을 낭비한다거나 심지어는 어둠의 세력으로 넘어가기라도 했다는 듯 실망감을 감추지 못했다. 나는 이 주제가 학계에서 사실상 금기시되는 이유가 무엇인지, 그리고 이런 집단적인 침묵의 결과가 무엇인지 점점 더 흥미를 느끼게 되었다. 한 가지 분명한 사실은, 교수들이 원작자 문제를 거의 무시하기로 결정했다고 해서 이 문제가 사라지지는 않았다는 점이다. 오히려 어느 때보다 더 많은 사람이 이 문제에 관심을 보이고 있다. 그리고 저명한 셰익스피어 전문가들이—새뮤얼 쇼엔바움, 조너선 베이트, 마조리 가버, 게리 테일러, 스탠리 웰스, 앨런 넬슨은 단연 예외라 하겠지만—원작자 문제를 거의 포기해버린 까닭에 이 주제에 호기심을 느끼는 일반 독자들은 셰익스피어가 그 희곡들을 결코 집필할 수 없었다고 확신하는 사람들의 책이나 웹사이트를 찾아서 주로 정보를 얻는다.

이런 사실을 내가 뼈저리게 느낀 것은 얼마 전 어느 지역 초등학교에서 아홉 살짜리 아이들과 함께 셰익스피어 시에 대해 이야기를 나누면서였다. 수업이 끝나갈 무렵 나는 아이들에게 질문을 하라고 했는데, 이때 왼편에 앉은 어느 조용한 소년이 손을 번쩍 들어 이렇게 말했다. "엄마가 그러는데요, 사실 셰익스피어가 『로미오와 줄리엣』을 쓴 게 아니래요. 그게 진짜예요?" 이런 질문이야 셰익스피어 수업 첫날 학부생들이나 일반 강좌에 참여한 청중에게 익히 들어본 적이 있지만, 셰익스피어가 원작자가 아니라는 의심이 초등학교 4학년생들 사이에도 퍼져 있을 줄은 미처 예상치 못했다.

그로부터 얼마 지나지 않아 뉴욕 시 최고의 어린이 전문 책방으로 꼽히는 뱅크 스트리트 서점에서 나는 한 동료 교수와 우연히 마주쳤다. 그녀는 열두 살 먹은 딸아이에게 책을 한 보따리 사줄 요량으로 서점을 찾았던 모양이다. 그녀가 잔뜩 품고 있는 책무더기 맨 위에는 엘리스 브로치가 쓴 청소년용 페이퍼백 『셰익스피어의 비밀Shakespeare's Secret』이 얹혀 있었다. 서점 직원의 설명으로는 상당히 인기 있는 작품이라고 했다. 나도 덩달아 이 책을 한 권 구입했다. 그 작품은 엘리자베스 여왕이 한때 소장했던 다이아몬드 목걸이를 소재로 빠르게 전개되는 매혹적인 탐정소설로, 목걸이를 둘러싼 미스터리를 해결하기 위해서는 셰익스피어의 희곡을 누가 썼는가에 관한 또 하나의 미스터리를 풀어야만 하는 구조였다.

소설 속 어린 여주인공의 아버지는 '워싱턴 D. C.의 맥스웰 엘리자

베스 시대 문서 컬렉션'(이곳의 '아치형 천장'과 '반질반질한 기다란 나무 탁
자'는 폴저 셰익스피어 도서관의 천장이나 탁자와 놀라울 정도로 비슷하다)
에 근무하는 셰익스피어 전문 학자다. 그는 호기심 많은 딸에게 이렇
게 말한다. "옥스퍼드 17대 백작인 에드워드 드 비어"가 "셰익스피어
작품을 쓴 당사자"라는 "증거는 물론 없지만 대단히 흥미로운 실마리
가 몇 가지 있긴 하단다." 어째서 사람들은 옥스퍼드 백작이 그 희곡
들을 썼을지도 모른다고 생각하느냐고 딸이 묻자, 그는 이렇게 대답
한다. 백작은 "정말이지 나무랄 데 없는 배경에 영리하고 교육을 잘
받았으며 여행을 많이 다녔을 뿐 아니라" "생전에 한 경험들이 셰익스
피어 희곡에 등장하는 사건들과 기막히게 비슷하단다." 그리고 그는
이렇게 덧붙인다. "옥스퍼드 백작이야말로 원작자일 가능성이 상당히
높다고 오랫동안 알려져"왔지만 "대부분의 학자는 여전히 셰익스피어
를 지지하고 있단다." 하지만 그리 오랜 시간이 지나지 않아 여주인공
은 셰익스피어가 원저자가 아니라는 의심에 사로잡힌다. 45쪽에 이르
러 셰익스피어가 "자기 이름조차 제대로 쓸 줄 몰랐다"는 사실을 알
고 나자 그녀는 이렇게 결론짓는다. "좋아, 그러면 그가 희곡들을 쓰
지 않았나보네."

　이 소설은 뜻밖의 방향으로 선회하면서 엘리자베스 여왕과 옥스퍼
드 백작이 은밀한 관계를 맺었다고 암시한다. 이렇게 가정하면, 셰익
스피어의 이름으로 부당하게 알려진 희곡들을 사실은 백작 자신이
썼다고 주장할 수 없었던 이유가 설명된다. "만약 옥스퍼드 백작과 엘
리자베스 여왕 사이에 모종의 관계가 있다면, 백작이 극작가가 되려
는 야망을 드러낼 경우 왕실의 이름이 더럽혀질 수 있다는 의미였다."
결국 목걸이에 얽힌 비밀이 풀리면서 "에드워드 드 비어가 여왕의 아

들이었"음이 밝혀진다. 더 놀라운 사실은, 두 사람의 관계가 모자 사이로 그치지 않았다고 암시하는 점이다. 백작이 살던 시대로 미루어 보건대 그는 아들인 동시에 "여왕의 연인이었을 법하기" 때문이다.

엘리스 브로치는 저자 주석란을 빌려 "에드워드 드 비어가 진짜 셰익스피어라는 주장이 상당히 설득력" 있으며 "에드워드 드 비어가 엘리자베스 1세의 아들이라는 증거는 없지만 두 사람이 어떤 관계를 맺었다는 증거는 명확하며 그가 여왕의 연인 혹은 아들이었으리라는 견해는 계속 논의 중이다"라고 설명한다. 브로치는 이렇게 생각한다. "한 사람의 사학자로서는(예일 대학에서 역사학과 대학원 과정을 밟았다)—아직—스트랫퍼드 출신의 그 남자를 존경받는 문학가의 위치에서 끌어내릴 만큼 충분한 증거가 갖춰졌다고 생각하지 않는다. 하지만 소설가로서는 그 증거가 충분하다고 확신한다."

책을 덮은 뒤 나는 그 아홉 살짜리 소년이 셰익스피어 원작자 문제에만 호기심을 느끼고 엘리자베스 여왕이 나눈 근친상간에 대해서는 물어보지 않아 천만다행이라며 안도했다. 어쩌다 초등학생들이 원작자 셰익스피어의 진위 여부를 문제 삼게 되었는지에 대해서는 내가 해답을 구했는지 모르지만, 대신 더 성가신 질문들에 시달리게 되었다. 엘리스 브로치처럼 사려 깊고 박식한 작가가 대체 무엇 때문에 이런 결론에 도달했을까? 어떤—비밀로 부쳐진 정체, 엘리자베스 여왕 시대의 문예 문화, 특히 그 희곡들의 자전적 특성에 관한—암묵적인 가정들 덕분에 셰익스피어가 원저자라는 틀이 유지될 수 있었을까? 언제 그리고 무슨 이유로 이런 암묵적 합의가 변하게 되었을까?

이런 일련의 문제를 주제로 택함으로써 이 책은 예전의 원작자 논쟁이 주로 다루던 주제에서 벗어난다. 앞서 출간된 책들의 주제는 지금까지 사람들이 어떤 주장을 펼쳐왔는지, 즉 그 희곡들을 쓴 사람이 셰익스피어인지 아니면 다른 사람인지에 전적으로 한정되어 있었다. 이 가운데 가장 뛰어난 책들은—셰익스피어가 원작자임을 옹호하는 사람과 의심하는 사람 모두 탁월한 저서를 상당수 남겼다—셰익스피어와 수많은 경쟁자를 주제로 옹호론과 반대론을 능숙하게 펼쳐나간다. 이런 자료를 살펴보거나 '셰익스피어 조합'(옥스퍼드 백작을 옹호한다면)과 '포레스트 오브 아든The Forest of Arden'(셰익스피어를 옹호한다면), 'Humanities.Literature.Authors.Shakespeare'(상황이 얼마나 불쾌해질 수 있는지 보고 싶다면)와 같은 무수한 온라인 토론 그룹을 방문하면 현재의 쟁점이 무엇인지 파악할 수 있겠지만, 어떻게 지금의 상황에 이르게 됐는지 그리고 끝없는 참호전처럼 보이는 이 상황을 딛고 넘어가는 것이 어떻게 가능한지에 대해서는 명확히 밝힐 수 없다.

셰익스피어 학자들은 크리스토퍼 말로가 1593년에 살해당했기 때문에 훗날 1614년까지 희곡을 쓸 수 없었으며 옥스퍼드 백작 역시 『리어 왕』과 『맥베스』를 비롯한 나머지 여덟 편가량의 희곡이 집필되기 전인 1604년에 사망했으므로 이 작품의 주인일 리 없다고 주장한다. 말로의 옹호자들은 말로가 실은 살해당하지 않았다고 반박한다. 그의 암살 사건은 그저 연출된 장면에 불과하며, 사실 그는 은밀하게 대륙으로 쫓기듯 떠나간 뒤 현재 셰익스피어 작품으로 알려진 희곡들을 그곳에서 집필했다는 것이다. 전통적인 학자들의 주장에도 불구하고, 옥스퍼드 백작의 옹호자들은 상당수의 셰익스피어 후기 희곡들이 집필된 날짜를 그 누구도 모르고 있으며 어떤 경우에도 옥스퍼드 백작이 사망하기 전에 이 작품들을 수월하게 쓸 수 있었다고 대답한다. 이에 대해 셰익스피어 옹호자들은 다른 누구도 후기 희곡들의 원작자라고 연결시킬 만한 증거 서류가 전혀 없다고 응수한다. 반면 경쟁 후보의 옹호자들은 정황 증거가 넘쳐날 뿐만 아니라 그 외에도 셰익스피어의 자격을 의심할 만한 이유가 무수하다고 대답한다. 양측의 입장은 확고부동하며 토론은 무의미하거나 각자의 이익만 챙기는 것으로 드러났다. 시간이 지나면서 달라진 게 하나 있다면, 메시지를 전달하는 최선의 방법에 변화가 생겼다는 점이다. 20년 전까지는 주로 책과 논문에서 각자의 주장을 펼쳤지만 그 뒤로는 인터넷이 점점 더 중요한 역할을 하게 되었다. 셰익스피어가 원작자가 아니라며 부인하려는 사람들은 자신들의 저술을 학술지나 대학 출판부에서 발표할 기회를 오랫동안 마련하지 못했지만 지금은 인터넷, 그중에서도 특히 위키피디아처럼 폭넓은 의견을 참조해서 민주적으로 운영되는 사이트들이 제공하는 공평한 경쟁의 장을 십분 활용하고 있다.

다시 말하면, 내 관심사는 사람들이 무슨 생각을 하는가가 아니라 —이 부분은 몇 번이고 반복해서 명쾌하게 설명했다—사람들이 무슨 이유로 그렇게 생각하는가다. 내가 이런 태도를 취하게 된 것은, 진실이 상대적으로 보일 때가 무척 많을뿐더러 주류 언론이 어떤 이야기든 양면을 고루 보여주려고 애쓰는 세상에 살고 있기 때문이다. 여러 집단은 반대하는 데 몰두한 나머지 지지자들끼리 자연히 마음이 끌리고 생각이 비슷한(어쩌면 폐쇄적인) 공동체로 인해 기존의 믿음이 강해진다. 세상에는 지적 설계를 믿는 사람들이 있고 진화 이론을 깊이 신뢰하는 사람들이 있다. 세상에는 임신 상태일 때부터 생명이 시작된다고 믿는 사람들이 있고 그렇지 않다고 믿는 사람들도 있다. 그러다보니 세상이 음모를 통해 개선되거나 악화된다는 관점을 지닌 사람들도 자연히 생기게 마련이다. 따라서 대부분의 사람은 우주 비행사들이 달 위를 걸었다고 확신하는 반면 일각에서는 이런 사건이 꾸며 낸 일에 불과하다고 믿기도 한다. 더 충격적인 소식은, 홀로코스트 생 존자들이 엄연히 실재하는 마당에 홀로코스트가 결코 일어나지 않았 다고 주장하는 사람들도 존재한다는 것이다. 나는 진실이 상대적이라 거나 어떤 이야기든 항상 두 가지 측면이 존재하는 법이라고 믿지는 않는다. 이와 동시에, 이런 사안 중 어느 것하고도 셰익스피어 논쟁 을 단순히 비교하고 싶지는 않다. 셰익스피어 논쟁 역시 증거에 대한 양립할 수 없는 근본적 가정과 개념을 쟁점으로 삼지 않은 이상 그런 식의 비교는 실수라고 본다. 하지만 여느 일부 논쟁과 달리, 셰익스피 어 원작자 문제에 관해서는 사람들이 오늘날과 같은 믿음에 이르게 된 이유를 알아낼 수 있다고 생각한다. 내가 이 책을 쓰게 된 데에는 그 이유를 알아낼 수 있다는 희망도 얼마간 작용했다.

이쯤에서 나는 윌리엄 셰익스피어의 이름으로 알려진 희곡과 시들 의 원저자가 바로 셰익스피어 자신이라고 믿게 되었다고, 수십 년간 이 주제에 헌신적으로 매달려 연구한 뒤에도 이런 믿음이 여전히 흔 들리지 않으며 확고하다고 고백해야겠다(그리고 이 책을 마무리하는 부 분에서 내가 그렇게 생각하는 이유를 자세히 설명하겠다). 하지만 지그문 트 프로이트와 헨리 제임스, 마크 트웨인을 비롯해 내가 중요하게 생 각하는 몇몇 뛰어난 작가와 사상가들이 셰익스피어가 그 작품들을 정말 썼을까 의심했다는 사실은 대단히 심각하게 받아들이고 있다. 셰익스피어를 주제로 한 그들의 저작과 미발표 원고들을 살펴보니, 원작자 논쟁에서 치열하게 대립하고 궁극적으로 문제가 되는 내용 이 무엇인지가 한층 또렷이 파악되었다. 게다가 그들의 저술은 논쟁 의 핵심을 차지하는 미스터리를 해결하는 데 도움이 되었다. 즉, 2세기가 지나고 나서야 비로소 셰익스피어의 원작자 여부에 대해 그토록 많은 사람이 의문을 제기하기 시작한 이유는 무엇인가?

내가 해결하지 못하는 두 번째 미스터리는 첫 번째 미스터리와 곧 잘 혼동되곤 하지만, 셰익스피어 학자와 회의론자들 모두의 마음을 똑같이 사로잡고 있다. 즉, (저자를 누구로 상상하든 관계없이) 어떤 연유로 그처럼 탁월한 극작가가 등장했는가? 윌리엄 셰익스피어의 형성기는—특히 앤 해서웨이와 결혼한 1580년대 초반부터 이미 패기 넘치는 시인이자 극작가가 되어 런던에 다시 모습을 드러낸 1590년대 초반 사이의 10여 년간은—모종의 이유로 "기록 부재 기간"이라 불린다. 이 미지의 기간 동안 그는 일부 사람이 추측하듯 법률가로 활동했을까, 아니면 푸주한이나 군인, 랭커셔의 어느 가톨릭 집안의 가정교사로 지냈을까? 답은 도저히 알 수 없다. 1616년에 임종을 앞둔 셰익스피어의 서명이 덧붙여진 "이론의 여지가 다분한 유언장"도 불가사의하기는 매한가지다. 현재 남아 있는 이 세 쪽짜리 문서는 그의 책이나 원고에 대해 아무런 언급이 없다. 그리고 익히 잘 알려진 대로 셰익스피어가 아내 앤에게 유언으로 남긴 유일한 재산은 "두 번째로 좋은 침대"였다. 이 유산은 셰익스피어 부부가 나눈 결혼의 본질뿐 아니라 셰익스피어가 어떤 부류의 남자였는가 하는 문제와도 관련이 있는 듯하다. 어쩌면 그는 손님용 침대 혹은 두 사람이 같이 쓴 부부 침대, 이 두 가지 중 하나를 언급했던 것일까? 그는 유언장에서 아내를 의도적으로 부당하게 대우했을까, 아니면 단지 재산의 3분의 1, 즉 '과부산寡婦産'이 자동적으로 아내의 몫이라고 추측했던 것일까? 이런 대답할 수 없는 문제들로 인해 그의 인생과 작품을 둘러싼 미스터리가 계속 미궁에 빠진다 해도 해답은 지금까지 그랬듯 아마 앞으로도 영원히 밝혀지지 않을 것이다.

이런 난제들을 염두에 두고 이 책에서는 우선 논쟁의 근원을 추적하고, 그런 뒤 탁월한 작가 상당수가 셰익스피어의 원작자 여부에 의문을 제기한 이유를 파헤쳐볼 작정이다. 조사 결과 프로이트와 트웨인, 제임스의 전기작가들은 이들이 셰익스피어에게 품은 의구심을 깊이 있게 조사해볼 열의가 별로 없었던 것으로 금세 드러났다. 그 덕분에 나는 셰익스피어 연구에서 상당히 진귀한 내용을 우연히 접하게 되었다. 누구도 자세히 살펴본 적 없고 어쩌면 아직 누구에게도 알려지지 않은 기록물이었다. 나는 셰익스피어 원작자 논쟁에서 가장 막강한 영향력을 지닌 두 사람의 인생과 저술에 대해서도 다시 살펴보았다. 이 둘은 프랜시스 베이컨을 원저자라고 처음으로 주장한 소위 "미친" 미국 여성 델리아 베이컨과, 17대 옥스퍼드 백작 에드워드 드비어가 셰익스피어 희곡의 진짜 작가라고 처음으로 제안한 교사 J. T. 로니를 말한다. 셰익스피어의 인생과 작품 사이의 관계를 어떻게 해석할 것인가를 핵심 쟁점으로 삼은 토론의 경우, 베이컨과 로니가 각자의 경험 및 세계관에 영향을 받아 어떤 식으로 원작자 이론을 펼쳐나갔는가에 대해서는 깊이 생각하지 않고 실망스러울 정도로 무심히 넘겨버렸다. 토론의 양쪽 진영에 선 학자들은 두 논객의 말을 신뢰함으로써 많은 점을 간과했던 것이다.

셰익스피어 원작자 문제의 역사에는 내가 지금껏 연구한 어떤 주제보다 위조와 기만이 넘쳐난다. 이제 나는 셰익스피어의 정체에 관한 주장들을 하나같이 신중히 다루면서, 새로운 사실들이 각각 언제 밝혀졌고 이로 인해 이전의 전기적 가정들이 어떻게 달라졌는지 고려하고자 한다. 또한 원작자 논쟁은 비록 셰익스피어와 직접적인 관계가 없지만, 그의 인생과 작품을 읽고 해석하는 방식을 완전히 뒤바꿔버린 수많은 생각을 중점적으로 다루어왔음을 이해하게 되었다. 그중에서 어떤 주장들은 성서에 관한 논쟁에서 출발했고 어떤 생각들은 고전 텍스트 논쟁에서 비롯되었다. 또 어떤 믿음들은 자전적 자아라는 최근 개념들과 관계가 있는 것이 분명했다. 논쟁의 양쪽 편에 선 사람들은 자신을 독립적인 사상가로 여기고 싶어하지만, 그 바람만큼이나 이들의 관점은 19세기 초반에 맹위를 떨친 소수의 설득력 있는 생각으로부터 크게 영향을 받고 있다.

셰익스피어가 초기 근대세계의 산물이었던 반면 그의 작품을 둘러싼 원작자 논쟁은 근대세계에서 탄생되었다. 결과적으로, 이론의 여지가 다분한 셰익스피어의 유언이 정말로 의미한 것은 무엇인가 하는 문제에서부터 당시의 작가들이 사적인 경험을 작품에서 어떻게 이용했는가 하는 문제에 이르기까지, 현재의 눈을 통해 과거의 역사를 읽으려는 위험들은 도처에 도사리고 있다. 그러므로 이 책의 두 번째 목표는 어떻게 셰익스피어가 우리와 동시대인도 아니고 우리의 희망과 달리 보편적이지도 않은지를 보여주는 것이다. 시대착오적인 생각, 특히 희곡과 시를 통해 작가의 인생을 이해하려는 구시대적 발상은 셰익스피어가 원작자가 아니라고 생각하는 회의론자들만큼이나 지지자들에게서도 여실히 드러나는 특징이다. 이런 관점에서 보면 양 진영 사이의 해묵은 대립은 오해의 소지가 있다. 어느 한쪽도 기꺼이 수긍하려 하지 않겠지만 공통점이 훨씬 더 많기 때문이다. 이러한 무언의 공통된 추정들에 기댄다면, 오늘날 양측의 관계를 정의하는 단어인 적개심을 설명하는 데 도움을 얻을 수도 있다. 그리고 나는 이 토론에서 양측의 입장을 정의할 수 있는 더 유용한 방법들이 있다고 주장할 것이다. 또한 18세기 후반부터 오늘날까지 원작자 논쟁이 발생하고 지속되어온 데에는 셰익스피어 학자들의 책임이 그들 스스로 인정하는 것보다 훨씬 더 크다고 주장할 것이다.

✿

이 책을 연구하면서 내가 끊임없이 마주한 한 가지 증거 때문에, 셰익스피어가 희곡들을 쓰지 않았다는 주장은 1840년대 이전에 등장했을 가능성이 전혀 없다. 이 잠정적인 가정은 일반적으로 인정되는 원작자 논쟁의 역사, 즉 앞서 언급했듯이 1785년의 제임스 윌모트, 아니면 적어도 1805년으로 거슬러 올라가 제임스 카우웰에서 논쟁의 기원을 찾는 이론과 조화를 이루기 힘들다. 이런 불유쾌한 사실을 잘 알고 있었던 까닭에 나는 연구가 끝날 때까지 런던 상원 도서관의 더닝 로런스 도서관에 소장된 카우웰의 원고를 살펴보지 않았다. 이 출판되지도, 또 거의 검토되지도 않은 저술에 관해서는 이 자료를 이용하기 전에도 그 정보를 읽어본 사람들이 아는 만큼은 익히 알고 있었다. 이 자료는 프랜시스 베이컨의 생애와 작품을 다룬 보석처럼 소중하고도 광대한 자료집 가운데 하나였고 에드윈 더닝 로런스 경과, 1914년에 그가 사망한 뒤 홀로 남은 아내 이디스 제인 더닝 스미스가 큰 비용을 들여 모은 것이다. 그녀는 남편과 마찬가지로 원작자 논쟁에 대해 열렬한 관심을 보였다. 1929년 그녀가 사망하면서 이 컬렉션은 런던 대학에 상속되었고 1931년에 자료 이전이 완료되었다. 1년 뒤에는 영국의 저명한 학자 앨러디스 니콜이 『타임스 리터러리 서플먼트Times Literary Supplement』에 기고한 「최초의 베이컨 옹호자」라는 에세이에 카우웰의 강연 원고를 발견했다고 발표했다. 니콜은 사방으로 흩어진 퍼즐 조각을 끼워 맞추기 위해 1813년에 윌모트의 조카 올리비아 윌모트 세레스가 집필한 전기에 크게 의존했다. 비록 세레스는 삼촌과 카우웰의 만남이나 삼촌의 셰익스피어 연구에 대해서는 언급하지 않았지만, 윌모트가 스트랫퍼드 인근에 거주한 진지한 학자였고 프랜시스 베이컨의 추종자였으며 실제로 그의 서류를 태웠다는 사실을 확인해주었다. 니콜은 제임스 코턴 카우웰의 흔적을 조사하는 데 성공하진 못했지만 "그가 1828년에 입스위치에서 태어난 저명한 동양학자 E. B. 카우웰과 가까운 친척일 가능성이 매우 높다는 근거로 "퀘이커교도였던 듯하다"고 결론지었다.

이런 정보를 갖춘 나는 카우웰의 강의 자체에 관심을 돌렸고 흥미진진한 정보를 얻을 수 있었다. 예를 들어 카우웰이 어떻게 처음에는 셰익스피어를 확고하게 옹호했는지, 윌모트와의 우연한 만남으로 모든 것이 어떻게 달라졌는지, 『사랑의 헛수고』의 널리 인정받는 해석을 윌모트가 어떻게 한 세기 앞서 생각해냈는지 등이다. 그리고 무엇보다 가장 매혹적인 내용은 "셰익스피어가 틀림없이 잘 알고 지냈을 법한 스트랫퍼드 어폰 에이번이나 인근에 사는 괴짜들"에 관한 이야기를 윌모트가 어떻게 알아냈는가이다. 여기에는 "가축에게 마법을 걸겠다고 농부들을 협박한 대단히 못생기고 귀가 큰 어떤 남자"가 포함되고 "재의 수요일에 수많은 케이크가 떨어졌다는 전설과 떨어져 내린 케이크로 인해 지체부자유자가 된 남자들의 이야기"도 있다. 나는 카우웰이 기록을 잘 정리해놓지 않은 것이 못내 안타까웠다.

그리고 나서 다음과 같은 표현을 우연히 발견한 나는 깜짝 놀라고 말았다. "수익성 좋은 글 쓰는 직업에서 최고의 전성기를 구가한 셰익스피어가 지적인 분위기를 전혀 풍기지 않는 벽촌으로 되돌아가 고리대금업자 겸 곡물거래상이라는 지극히 실용적인 사업을 시작했다니 정말 이상한 일이다." 이 문장은 전혀 악의 없는 말처럼 보였다. 학자와 회의론자들 모두 셰익스피어가 상거래에 종사했다는 유명한 사실에 오랫동안 관심을 쏟았기 때문이다. 하지만 셰익스피어에 관한 의견을 어떤 사람들이 제시했는가보다 언제 그랬는가에 오랫동안 더 많은 관심을 기울여왔던 나는 이런 세부 사항이 1785년에는 물론이고 심지어 1805년에도 알려지지 않았다는 사실을 기억해냈다. 셰익스피어의 집안이 맥아를 생산하기 위해 곡물을 비축했음을 보여주는 기록들은 1840년대 초반이 되어서야 겨우 발견되었다(그리고 1844년에 존 페인 콜리어가 관련 기록을 처음으로 출간했다). 또한 1806년이 되어서야 스트랫퍼드의 골동품 전문가 R. B. 웰러는 셰익스피어가 고리대금업에 종사했다는 사실을 입증하는 몇 가지 문서 중 첫 번째 자료를 일반에 공개했다(이 자료에는 1609년에 셰익스피어가 소액의 빚을 갚지 않았다는 이유로 스트랫퍼드의 이웃인 존 애든브루크를 고발해 체포당하게 만든 과정이 적혀 있다). 18세기 후반에는 다른 이웃이 셰익스피어에게 돈을 빌려달라고 요청하는 내용의 부치지 않은 편지가 발견되었지만, 편지를 발견한 학자가 이 내용을 공표하거나 다른 사람과 공유하지 않기로 결정했던 까닭에 이 자료는 1821년까지 알려지지 않았다. 그래서 셰익스피어의 곡물 사재기와 고리대금에 관련된 행적은 빅토리아 시대에 들어서야 흔해빠진 전기적 사실이 되었다.

위 인용문에 들어 있는 '실용적인unromantic'이라는 단어가 분명히 나에게 모종의 실마리를 제공했던 듯하다. 이 단어는 1800년 이전에 사용되었던 사례가 기록으로 남아 있기는 하지만 카우웰이 책을 쓰던 시절에는 아직 통용되지 않았다. 누구든 이 강의들이 1805년부터 시작되었다고 주장하는 사람이 실수를 범한 것이다. 내 손에 들려 있는 것은 위조문서, 그것도 유난히 영악하게 만들어진 위조품이었고 더 깊이 조사해보니 20세기 초반에 작성된 문서임이 거의 분명했다. 즉, 앨러디스 니콜이 『타임스 리터러리 서플먼트』에 이 문서를 발견했다고 알렸을 때만 해도 문서 위조자가 여전히 살아 있었을지 모른다는 뜻이었다. 아니, 속아 넘어간 교수를 실컷 비웃기까지 했을 터였다. 뻔뻔하게도 문서 위조자가 다른 암시들을 남겨두기도 했지만, 다음과 같은 기대를 품을 수 있었던 것은 특히 카우웰 덕분이었다. "내 자료는 다른 사람들이 출처에 관계없이 활용할 것이다. 잘 잘리기만 한다면 도끼를 만든 사람이 누구든 무슨 상관이겠는가." 허위 메모는 그것만이 아니었으며 그중 하나는 어떤 사람이 니콜의 논문을 읽고 보낸 편지에서 지적한 사항으로, 카우웰이 워릭셔의 지형을 잘못 파악했다는 내용이었다. 게다가 니콜은 월모트의 전기를 보강 자료로 주로 활용했는데 나중에서야 그 책의 저자인 세레스가 위조자이자 몽상가로 밝혀지기도 했다. 세레스는 (월모트의 서류가 불탔다는 내용을 포함해) 전기 내용을 상당 부분 날조했고 향후에는 원래 이야기를 바꿔 사실 자신은 월모트의 손녀이자 조지 3세의 사생아라고 주장했다. 그녀의 주장은 심지어 의회에서 논의되었으며 왕가의 후손이라는 부당한 주장을 폭로하기 위해 재판이 열렸다. 이렇게 해서 카우웰 위조 사건의 근원에 자리한 올리비아 세레스는 셰익스피어 후보자의 전형적인 모습을 입증해 보이기도 했다. 즉, 미천한 배경을 지닌 인물로 오인받고 있으니 진짜 정체를 마땅히 인정받아야 하는 명문가 출신의 작가 말이다.

나는 카우웰의 원고를 위조한 사람이 누구인지 밝혀내지 못했다.

그 미스터리는 다른 사람이 밝혀야 할 것이다. 남자든 여자든 위조자의(혹은 위조자들의) 동기는 완전히 밝혀지지 않겠지만 모험 삼아 한두 가지 추측은 할 만하다. 우선 그 원고의 대가로 8파운드 8실링이라는 적지 않은 액수를 지불한 기록이 있는 것으로 보아 어쩌면 동기는 오로지 욕심이었는지도 모른다. 물론 이 자료는 누군가 몰래 넣어두었을 수 있으며, 카우웰의 문서가 언제 어떻게 더닝 로런스 컬렉션의 일부가 되었는지는 아직 밝혀지지 않았다. 하지만 이 위조문서에 얼마나 많은 시간과 정성이 들어갔는지를 고려해보면, 옥스퍼드 백작의 후원자들이 제기한 도전을 물리치고 싶은 동기에서 베이컨 지지자들이 저지른 사건이라는 추측이 훨씬 더 그럴듯하게 들린다. 1920년대쯤에는 옥스퍼드 백작이 셰익스피어 작품들의 원저자에 더 합당한 인물로서 베이컨의 입지를 위협했으며 사실상 전세를 이미 역전시킨 셈이나 다름없었기 때문이다. 마지막으로 추측하는 동기는, 프랜시스 베이컨이 원저자라는 사실을 처음 알아낸 인물이 "미친" 미국 여성이 아니라 순수한 영국인이자 조용하고 내성적인 학자요 영국 심장부 출신의 옥스퍼드에서 수학한 교구 목사라고 정정하는 것이었다. 윌모트는 셰익스피어 희곡들의 진짜 저자를 대신한 인물이기도 했다. 즉, 가명으로 활동하면서 자신의 작품들에 대한 공적을 주장하지 않고 후손들에게 진실을 알리지 않았다고 믿어지는 교양 있는 남자 말이다.

원작자 논쟁의 중요한 요소들은 하나같이 윌모트와 카우웰, 세레스, 이름 없는 위조자가 복잡하게 얽힌 이야기로 수렴된다. 이 이야기는 에필로그와 경고의 역할을 모두 수행한다. 본문에서는 이와 동일한 이야기에 훨씬 더 풍성한 자료를 덧붙여 논쟁의 역사를 되짚어갈 생각이다. 즉, 위조된 문서, 윤색된 일생, 감춰진 신원, 가명의 저자,

이론의 여지가 다분한 증거, 뻔뻔한 속임수, 도저히 상상할 수 없는 내용을 이해하는 데 실패한 이야기가 펼쳐질 것이다.

조지 롬니, 「자연과 감정의 신들이 보살피는 아기 셰익스피어」, 1792년경.

제1장

셰익스피어

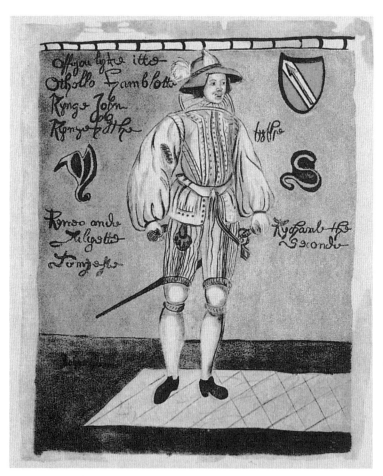

제임스 1세 시대 남성의 초상화.

아일랜드, 사건의 발단

1616년 셰익스피어가 사망한 이후로 오랫동안 그의 생애에 호기심을 느끼는 사람들은 믿음도 가지 않고 모순적인 부분도 많은 데다 대부분 그를 만나본 적조차 없는 사람들이 제공하는 일화에 의존하는 수밖에 없었다. 누구도 그의 가족이나 친구, 동료 배우들을 만나봐야겠다는 생각을 하지 못했고 그런 생각이 들었을 때에는 이미 시기가 너무 늦었었다. 18세기 후반에 들어서야 전기작가들이 스트랫퍼드 어폰 에이번과 런던에 보관된 문서를 철저하게 조사하기 시작했다. 지금까지 셰익스피어에 대한 관심은 잠시도 수그러든 적이 없었다. 하지만 주로 관심을 끈 부분은 그의 성격이 아니라 작품이었다. 덕분에 예나 지금이나 그의 예술에 호기심을 느낀다면 쉽게 갈증을 해소할 수 있다. 16세기 말엽부터 오늘날까지 그의 희곡들은 여느 극작가들의 작품에 비해 구입하기도 쉽고 무대에서 만날 기회도 많기 때문이다.

셰익스피어는 오늘날과 달리 회고록이 범람하는 시대에 살지 않았다. 그 당시에는 일기를 쓰거나 개인적인 수필을 쓰는 사람이 거의 없었다(셰익스피어 시대에 작성된 일기 중 지금까지 남아 있는 작품은 고작 30편 남짓하며 어떤 의미에서든 개인적인 내용은 소수에 불과하다. 몽테뉴의 『수상록』이 유통되고 번역되었지만 수필이라는 장르는 거의 추종자를 끌어들이지 못했고 17세기 초반에 흐지부지된 채 100년 동안 단 한 번도 문학계의 주류로 편입되지 못했다). 문학 전기는 여전히 걸음마 단계였다. 심지어 '전기'라는 단어조차 아직 생겨나지 않았고 1660년대까지도 상황은 그리 달라지지 않았다. 대중의 관심이 작품 자체에서 작가의 삶으로 옮겨가기 시작할 무렵, 셰익스피어가 어떤 인물이었는지에 대해 많은 정보를 알아내기란 쉽지 않은 일이었다. 그를 알았던 사람들은 이미 세상을 떠난 뒤였기에 유일하게 공신력 있는 출처는 편지나 문학 원고, 공식 문서였지만 이런 것들은 소실되었거나 발견되지 않았다.

셰익스피어의 육필이나 서명이 담긴 최초의 문서인 유서는 그가 사망한 지 1세기가 지난 뒤인 1737년이 되어서야 발견되었다. 이로부터 16년 뒤, 올버니 월리스라는 젊은 법조인이 서리의 페더스턴휴 가문의 부동산 권리 증서를 샅샅이 조사하다가 셰익스피어가 서명한 두 번째 문서를 우연히 발견했다. 다름 아닌, 이 극작가가 1613년에 매입한 런던 블랙프라이어스 지역의 부동산 담보 증권이었다. 이 귀한 자료는 데이비드 개릭—18세기 연극 무대의 스타이자 첫 번째 셰익스피어 페스티벌의 주최자—에게 선물로 주어졌고 그 뒤에 당대의 유망한 셰익스피어 학자이자 전기작가인 에드먼드 멀론이 책에 실어 소개했다. 멀론은 셰익스피어의 서류를 찾아내기 위해 지칠 줄 모르고 노력했지만 결과는 실망스러웠다. 1793년에서야 개인적으로 가장 대단한 자료를 발견했지만 이것은 1821년까지 출판되지 않았다. 그의 발견이란 앞서 언급한 부치지 않은 편지로, 스트랫퍼드에서 이웃에 살던 리처드 퀴니가 셰익스피어에게 보내는 것이었다.

상당한 액수의 돈을 빌려달라는 한 이웃의 요청과 빈틈없는 부동산 투자, 셰익스피어가 아내에게 "두 번째로 좋은 침대"를 남긴다는 유서는 셰익스피어의 천재성을 설명해주는 실마리를 찾아 나선 찬미자들이 발견하길 기대했던 내용이 결코 아니었다. 그 밖에 다른 증거가 나오지 않은 것도 별반 도움이 되지 않아서, 셰익스피어가 남몰래 수상쩍은 종교에 빠졌을 뿐 아니라 심지어 출세주의자였다는 추측만 낳았다. 1757년에는 셰익스피어 아버지의 가톨릭 '신앙 서약서'로 추정되는 문서가 스트랫퍼드 어폰 에이번의 헨리 스트리트에 위치한 고향집 서까래 밑에서 발견되었다. 어쩐 일인지 이 문서는 사본이 만들어진 직후에 원본이 불가사의하게 소실되고 말았다. 그리고 1596년에 셰익스피어가 문장 제작을 허락해—스트랫퍼드의 장갑 장수와 배우인 그의 아들에게 신사의 지위를 하사해—달라고 호소한 청원서가 1778년에 등장했고, 이 내용은 바로 그해에 조지 스티븐스가 편집한 셰익스피어 희곡집에 게재되었다. 동시대 사람들은 "언젠가는 어느 오래된 문서보관소에서 셰익스피어에 관련된 서류 한 뭉치가 나타나 우리의 온갖 의구심을 풀어줄 것이다"라는 원대한 희망을 여전히 버리지 않았다. 낙담한 에드먼드 멀론은 신사들이 너무 게을러서 가문의 서류를 검토하지 않는다며 비난을 쏟아냈다. "만약 오래된 서류들을 소지한 사람들이 수고를 마다 않고 문서를 검토하거나 다른 사람들이 꼼꼼히 살펴볼 수 있도록 허락해준다면 이 뛰어난 인간의 내력을 입증해줄 정보를 무수히 손에 넣을 수 있을 것이다."

어떤 사람들은 셰익스피어의 서류가 이미 부주의하게 파손되었거나 앞으로 그렇게 될까봐 노심초사했다. 1794년에 수집가이자 조판사인 새뮤얼 아일랜드는 스트랫퍼드 어폰 에이번을 두루 여행하면서 『어퍼 에이번 혹은 워릭셔 에이번의 생생한 풍경Picturesque Views on the Upper, or Warwickshire Avon』을 집필했다. 그는 여행 중에 스트랫퍼드의 한 주민에게 마을에서 1.6킬로미터 남짓 떨어진 클랍턴 하우스에 셰익스피어 가족의 서류들이 옮겨졌을지도 모르니 그곳을 조사하라는 조언을 받았다. 아일랜드는 여행에 동반한 십대 아들 윌리엄 헨리와 함께 클랍턴 하우스로 찾아간 뒤, 그곳에 사는 윌리엄스라는 농부에게 몇 가지 질문을 던져 다음과 같은 이야기를 들었다. "하느님께 맹세코, 조금만 더 일찍 도착하셨으면 좋았을 텐데요. 편지와 서류들을 몇 바구니나 없애버린 지 2주도 안 됐는데. (…) 셰익스피어로 말하자면, 이름이 적힌 편지와 서류가 왜 그리도 많던지. 바로 이 벽난로에서 그 서류들을 활활 태워버렸는데." 그러자 윌리엄스 부인이 불려나와 그 이야기를 확인해주면서 남편을 다음과 같이 책망했다. "제가 그 서류들을 태우지 말라고 말했잖아요. 아주 중요할지도 모른다고요." 이런 의기소침한 소식을 듣고 에드워드 멀론은 그저 농부 부부의 지주에게 불평을 늘어놓는 것이 고작이었다. 운이 없는 새뮤얼과 윌리엄 헨리 아일랜드 부자는 런던으로 되돌아갔다.

두 사람은 앤 해서웨이의 오두막에 있던 오크 의자를 구매한 덕분에 빈손으로 돌아가지는 않았다. 이는 셰익스피어가 앤에게 구애할 때 앉았던 의자라고 알려졌고 지금은 셰익스피어 생가 재단이 소유하고 있다. 새뮤얼 아일랜드는 그 의자를 점차 불어나는 영국 가보 컬렉션 항목에 추가시켰다. 아일랜드의 컬렉션에는 14세기의 신학자 존

위클리프의 외투와 올리버 크롬웰이 소유했던 재킷, 제임스 2세가 대관식에서 착용했던 가터가 포함되었다. 하지만 셰익스피어의 서명이 담긴 자료라는 엄청난 보상은 언제까지고 그의 차지가 되지 않았다. 그리고 아일랜드의 기분을 더 상하게 했을 법한 사건이 있었다. 블랙프라이어스 담보 증권에 적힌 셰익스피어의 서명을 30년 전에 발견한 바 있었던, 그의 변호사이자 경쟁관계에 있는 수집가 올버니 월리스가 근래에 페더스턴휴 서류에 접근할 기회를 다시 얻었고 셰익스피어의 서명이 적힌 세 번째 문서, 즉 블랙프라이어스 거래의 양도 증서가 보관된 장소를 알아냈던 것이다.

18세기가 저물어갈 때까지도, 오랫동안 행방을 몰랐던 셰익스피어의 서류가—법적인 거래뿐만이 아니라 새로운 정보를 알려줄 서신과 문학 원고를 비롯해 어쩌면 비망록(엘리자베스 여왕 시대 작가들이 보고 듣고 읽은 내용을 적어둔 기록)에 이르기까지—숨겨진 장소는 여전히 발견되지 않았다. 그리고 셰익스피어의 작가 시절 생활을 분명히 밝혀줄 듯한 엘리자베스 시대의 연극계에 관한 결정적인 정보가 겨우 간헐적으로 등장하고 있었다. 1766년에 이뤄진 중요한 발견을 통해—1598년에 발간된 책으로 엘리자베스 시대의 문학계를 상세히 설명한 프랜시스 미어스의 『지혜의 보고Palladis Tamia』—그 무렵에는 "유창한 능변가 셰익스피어"가 희극과 비극 분야에서 두루 탁월한 기량을 발휘한 영국 작가로 이미 존중받고 있었음이 확인되었다. 셰익스피어가 걸어온 직업세계의 모습은 서서히 윤곽이 드러나고 있었지만 그의 개인적인 삶은 여전히 안개처럼 모호하기만 했다. 에드먼드 멀론은 셰익스피어의 노트를 찾으려던 노력이 실패한 뒤에도 쉽게 물러서지 않았고, 1세기가 넘도록 잠겨 있던 큰 가방에서 제임스 1세 시대의 왕실 연회 담당관 중 한 명이 작성한 업무 기록서를 발견해냈다. 멀론은 "어떤 예상도 기대도 할 수 없는 상황이지만 언젠가 내가 셰익스피어의 노트를 발견하리라는 희망을 놓지 않는 것은" 바로 이 발견 덕분이라고 적는다.

18세기 학자와 수집가들의 때늦은 노력에도 불구하고 셰익스피어가 소지했던 문서가 여전히 발견되지 않았기 때문에 그 이름으로 출간되었거나 동시대인들이 그의 작품이라고 생각한 희곡들은 셰익스피어와의 관련성이 입증되지 않았다. 그가 원작자라고 입증할 증거는 여전히 빈약하기 짝이 없어서 1759년 런던에서 상영된 어느 연극의 어리석은 등장인물이 큰 소리로 의구심을 표할 정도였다. "셰익스피어 작품을 누가 썼지?" (벤 존슨이 원작자라는 이야기를 듣자 그 배우는 이렇게 대답한다. "에이, 설마. 셰익스피어 작품은 피니스Finis•라는 나리가 썼단 말이야. 내가 책 끝에서 그 이름을 봤거든.") 그리고 1786년에는 『박식한 돼지The Learned Pig』라는 작자 불명의 우의화가 출판되었다. 이 작품은 돼지가 여러 차례에 걸쳐 환생하는 내용을 중점적으로 다룬다. 그중 한 가지 이야기는 엘리자베스 시대를 배경으로 셰익스피어가 돼지를 우연히 만난 뒤에 돼지의 글을 가로챘거나 혹은 돼지가 그렇게 주장했다는 줄거리였다. 돼지에 따르면, "그는 지금껏 『햄릿』『오셀로』『뜻대로 하세요』『템페스트』『한여름 밤의 꿈』처럼 저자가 의심스러운 희곡들의 아버지 노릇을 해왔지만" "사실 이 작품의 원작자는 바로 나다". 이 허구의 작품들은 하나같이 원작자에 대해 농담을 던지지만 그 어조가 다소 듣기 거북할 정도로 신랄하다. 이는 셰익스피

• '끝'이라는 뜻.

어의 명성이 높아지는 것에 비해 희곡들의 원저자에 대한 확실한 정보가 점점 더 부족하게만 느껴진다는 사실을 방증한다.

🜨

젊은 윌리엄 헨리 아일랜드는 실망한 아버지를 기쁘게 해주고 싶은 간절한 마음으로 "오래된 양피지를 파는 상인"의 가게를 "몇 주 동안 자주 방문하며" 살펴본 물건들을 비롯해 법원 서기로 일하는 동안 우연히 접하게 된 다양한 문서 속에서 셰익스피어의 서류를 찾아내려고 끊임없이 노력했다. 1794년 11월에 집안 친구로부터 저녁 식사 초대를 받은 자리에서 (멀론의 설명을 인용하자면) 윌리엄 헨리는 "주로 시골에 거주하는 재산이 많은 신사" "H씨"를 알게 되었다. 두 사람은 "오래된 서류와 자필 서명을 주제 삼아 대화를 나누었고 그 자료들을 발견한 시골 신사는 자신이 수집가라고 설명하면서 큰 소리로 말했다. '자필 서명을 찾고 있다면 제대로 찾아온 거요. 아무 날이나 아침나절에 내 방으로 와서 해묵은 증서들을 샅샅이 뒤져보시오. 자필 서명이 있는 서류를 수두룩이 찾아낼 거요.'" 아일랜드는 신사의 권유를 그대로 따른 덕분에 '템스 강가의 글로브 극장'이라는 문구와 1610년 7월 14일이라는 날짜가 적히고 윌리엄 셰익스피어라고 서명 날인된 담보 증권을 커다란 가방에서 찾아냈다.

H씨는 이 서류가 자기 집에서 발견되기는 했지만 이름이 알려지는 것을 원치 않았다. 그래서 이 서류를 젊은 방문객에게 선사했고 그로부터 2주 뒤인 12월 16일 윌리엄 헨리는 아버지에게 때 이른 크리스마스 선물을 안겨주었다. 새뮤얼 아일랜드는 벅찬 가슴을 안고 진위 여부를 증명하기 위해 스코틀랜드의 문장원으로 서류를 들고 가자,

프랜시스 웹은 그 서류에 "그의 자필 서명뿐만 아니라 영혼의 흔적과 그만의 천재성"이 담겨 있다고 단언했다. 웹이 도장을 판독하는 데 어려움을 겪자 아일랜드는 경제학자인 프레더릭 이든과 상의했다. 이든 역시 서류가 진짜라고 확인해주면서 셰익스피어의 도장에는 재치 있게도 "셰익—스피어●"라는 이름에 걸맞은 창의 과녁─긴 창을 다루도록 기사들을 훈련시킬 때 사용된 도구─그림이 포함되어 있다고 아일랜드에게 설명했다.

새뮤얼 아일랜드는 이 증서를 살펴본 친구들과 함께 "서류가 발견된 곳이 어디든, 오랫동안 찾아 헤매도 소득이 없었던 셰익스피어의 서류들이 전부 그곳에 있는 것이 틀림없다"는 희망을 피력하면서 윌리엄 헨리에게 그 신사의 집으로 되돌아가서 좀더 철저히 조사해보라고 충고했다. 윌리엄 헨리는 아버지의 뜻을 따랐고 추가 조사를 통해 귀중한 자료를 찾아냈다. 추가로 발견한 자료에는 셰익스피어가 동료 배우인 존 헤밍스에게 발급한 영수증과 셰익스피어 자신의 신교도 '신앙고백서', 셰익스피어가 앤 해서웨이에게 보낸 초기 편지, 1590년에 레스터 백작 앞에서 상연한 개인 공연의 영수증, 어느 배우(『베니스의 상인』에서 바사니오로 분한 셰익스피어인 듯함)를 묘사한 미숙한 스케치, 배우 존 로윈과 체결한 고용계약서, 1611년에 작성한 '신탁 증서', 셰익스피어가 희곡 한 편을 출판하면서 거래 재정 조건에 관해 제임스 1세 시대의 인쇄업자 윌리엄 홈스와 주고받은 서신이 포함되어 있었다. 결국 셰익스피어는 홈스의 인색한 제안을 거절했다. "저는 온갖 정성을 들여 집필한 희곡을 대단히 귀중하게 생각합니다. (…)

● 흔든다는 뜻의 Shake와 창이라는 뜻의 spear가 결합됨.

그러므로 제가 제시한 가격을 조금도 낮출 수가 없습니다." 이와 더불어 셰익스피어가 이름과 주석을 적어넣은 책들이 발견되었는데 이 중에는 토머스 처치야드의 『웨일스의 가치The Worthiness of Wales』와 신교도 성향으로 저술한 존 캐리언의 『연대기』, 에드먼드 스펜서의 『요정여왕The Faerie Queene』이 포함되어 있었다.

이때 발견된 자료 가운데에는 셰익스피어가 『비너스와 아도니스』 『루크리스의 능욕』의 헌정 대상인 사우샘프턴 백작과 주고받은 편지가 각각 한 통씩 그리고 엘리자베스 여왕의 필적이 분명해 보이는 서명한 쪽지가 있었다. 여왕은 "아름다운 시"를 보내준 셰익스피어에게 감사 인사를 전하며 이렇게 말한다. "짐은 휴일에 런던을 떠나 햄프턴으로 가서 그대가 최고의 배우들과 함께 준비한 연극으로 짐을 즐겁게 해주기를 기대하겠소."

이제 셰익스피어의 전기들은 새로운 정보를 반영해 내용을 수정해야 할 형편이 되었다. 이 놀라운 발견 사항들을 발표한 『오러클The Oracle』지가 칼럼을 통해 분명히 밝혔듯이, 특히 이 왕실 편지는 셰익스피어가 연극계에 첫발을 내딛은 과정에 관한 이전의 두서없는 설명들이 "품위를 떨어뜨리는 허튼소리"이자 "전적으로 허구"임을 보여주었다. 이 서류들은 전혀 다른 측면, 즉 셰익스피어의 "새로운 성격"을 밝혀주었다. 그는 "누구보다 뛰어난 천재성 덕분에 예리하고 정곡을 꿰뚫는 판단력을 갖추었을 뿐 아니라 상냥하고 부드러운 성품"까지 겸비했다는 것이다.

런던의 유수한 학자들은 이 특별한 서류들을 직접 보고 사실인지 확인하고 싶은 간절한 마음으로 노퍽 스트리트에 위치한 아일랜드의 집으로 몰려들었다. 이곳을 처음 방문한 사람들 중에는 셰익스피어 문제에 정통한 인물이 두 명 있었다. 한 명은 문학비평가인 조지프 워턴이고 나머지 한 사람은 고전학자인 새뮤얼 파로, 이들은 셰익스피어의 '신앙고백서'에 특히 깊은 인상을 받았다. "우리의 호칭 기도는 장점이 무척 많지만 여기 우리 모두를 능가한 남자가 있다." 그리고 두 사람은 다른 사람들과 함께 "문학계에 이토록 커다란 기쁨을" 안겨준 젊은 윌리엄 헨리에게 축하를 보냈다.

1795년 2월 초에 이보다 훨씬 더 엄청난 자료가 발견되자 윌리엄 헨리 아일랜드는 추가 조사를 통해 오랫동안 소실되었던 『리어 왕』의 원고를 찾아냈다. 이 헤아릴 수 없을 만큼 귀중한 발견물은 편집자와 비평가들이 그간 의심해왔던 내용을 확인시켜주었다. 즉, 셰익스피어의 원본이 극장에서 부주의하게 다뤄졌고 인쇄된 판본들에는 배우들이 삭제한 대사와 새로 써넣은 어구, 상스러운 말이 많았다는 것이다. 셰익스피어의 필사본(혹은 그 전사본은 현재 필체를 판독하기 어렵다)과 출판된 판본들에서 리어 왕의 마지막 대사를 비교함으로써, 비평가들은 엉망진창으로 난도질해 출판된 1608년 판본에서 명확히 드러나듯이 배우들이 수정한 대사가 셰익스피어의 원본과 얼마나 큰 차이가 나는지를 알 수 있었다.

그대가 하는 말이 무엇인가? 그 아이의 목소리는 언제나 부드럽고
나직해서 가볍게 일렁이는 개울 위의 달콤한 음악 같았지.
여자로서는 드물게 귀하고 훌륭한 덕목이지.
오 그래, 맹세컨대 너의 부드러운 목에
잔인하고 저주받은 끈을 휘감은
노예 놈은 내가 죽였다. 이봐, 내가 그러지 않았나?

−셰익스피어의 원본

그대가 하는 말이 무엇인가? 그 아이의 목소리는 언제나 부드럽고
상냥하고 나직했지. 여자로서는 더할 나위 없는 덕목이지.
너를 목 졸라 죽인 노예 놈은 내가 죽였다.
−1608년 판본

　이렇게 과도하게 삭제된 부분을 보면, 1611년의 '신탁 증서'에서 셰
익스피어가 그의 희곡들을 "한 번이라도 다시 인쇄한다면" "현재 출
판된" 손상된 판본이 아니라 자신의 필사본으로 작업해야만 한다고
요구한 이유가 무엇인지 명확해진다. 이에 못지않게 작가의 의도를 이
해하는 데 중요한 역할을 한 것은 『리어 왕』의 첫 페이지에 적힌 메모
였다. 이 메모는 셰익스피어가 무대 상연만을 위해서가 아니라, 부수
적인 목적으로나마 "관대한 독자들"을 위해서도 작품을 썼다고 강조
했다.
　런던 문학계는 당연히 엄청나게 흥분했다. 『존슨의 일생Life of John-
son』으로 널리 알려진 제임스 보스웰은 2월 중순에 필사본과 문서를
꼼꼼하게 읽어본 다음 이 자료에 키스하고 무릎을 꿇은 채 이렇게 선
언했다. "이 찬란한 보물이 발견된 오늘날까지 내가 살아 있다니, 기
쁘기 그지없구나. 이제야 마음 편히 눈을 감겠네." 보스웰은 셰익스피
어의 위대한 비극 원고를 눈으로 보고 손으로 만져본 지 석 달 만에
사망했다. 극작가이자 전기작가인 제임스 보든은 당시의 흥분을 이렇
게 회상했다. "가장 순수한 기쁨에 전율하면서 그 서류들을 봤던 기
억이 떠오른다. 경건한 존경심을 담아 이 헤아릴 수 없이 귀중한 유

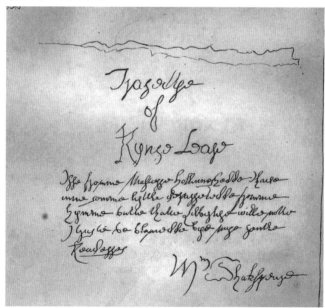

엘리자베스 여왕의 편지.

『리어 왕』 원고에 적힌 메모.

물을 만지고 한층 더 귀한 존재라고 여기면서 대단히 고차원적인 만족감을 느꼈다." 셰익스피어의 서류들을 보려는 인파가 어찌나 북새통을 이루었던지, 세간에 화제가 된 보스웰의 방문 2주 만에 새뮤얼 아일랜드는 다음과 같은 공지를 통해 자료 접근을 제한하고 심지어 2기니의 입장료를 부과할 수밖에 없었다. "서면으로 청원을 보내거나 후원자에게 소개를 받은 신사라면 누구나 월요일과 수요일, 금요일 12시에서 3시 사이 노퍽 스트리트 8번지에서 필사본을 보실 수 있습니다." 장차 조지 4세가 될 웨일스 공은 새뮤얼 아일랜드에게 칼턴 하우스로 와서 셰익스피어의 서류를 직접 보여달라고 요청했다. 영국의 신문과 잡지는 이 발견에 대한 이야기를 빼곡히 실었다.

새뮤얼 아일랜드는 이 서류들을 전사하고 값비싼 책에 실을 수 있는 복사물까지 몇 부 만들기로 결심했다. 유명한 학자와 기자, 극작가, 안목이 높은 사람들은 "이 서류들이 다름 아닌 셰익스피어 본인의 작품일 수 있다"는 각자의 신념을 입증했다. 1795년 크리스마스 직전에는 100명이 넘는 저명한 이용자의 명단을 서문에 실은 『각종 문서Miscellaneous papers』가 출판되었다. 동시대인들은 셰익스피어의 일생과 작품 연구에서 당대 최고의 권위자로 꼽히는 에드먼드 멀론과 조지 스티븐스, 이 두 사람의 이름이 명단에서 빠졌다는 사실에 분명히 주목하면서 어쩌면 미소를 지었을지도 모른다. 아무래도 멀론이 질투심을 느꼈던 것은 아닐까? 그는 셰익스피어가 소유했던 서류에 왕성한 호기심이 일었으면서도 마치 자존심이 상한다는 듯이 이 자료를 살펴보러 노퍽 스트리트의 저택을 방문하는 것조차 거부했기 때문이다. 스티븐스 역시 서류를 살펴보러 가지는 않았지만 그나마 그가 내켜하지 않은 이유는 비교적 이해할 만했다. 그는 셰익스피어 희곡 편집을 기반으로 명성을 쌓았지만, 엘리자베스 시대의 극작가 조지 필이 크리스토퍼 말로에게 보내는 편지를 위조한 뒤『시어트리컬 리뷰 Theatrical Review』에 가짜 필사본을 게재해 대중을 속이려다가 자기 이름에 먹칠한 상황이었기 때문이다(스티븐스가 지어낸 필의 묘사에 따르면, 배우인 에드워드 앨린은 셰익스피어가 자신의 말을 차용해 햄릿이 배우들에게 충고하는 장면을 집필했다며 그를 놀려댔다).

『각종 문서』가 출판된 직후 이보다 더 흥미로운 새 자료가 있다는 소식이 알려졌다. 윌리엄 헨리 아일랜드는 자신이 추가 자료에 대해 알아냈다는 사실을 아버지가 모은 24명의 전문가로 구성된 위원회에 전했다.『줄리어스 시저』와『리처드 2세』를 비롯해 지금까지 알려지지 않은 셰익스피어의 희곡『헨리 2세』의 원고 전체 혹은 그 일부가 여기에 포함되었다. 또 한 편의 셰익스피어의 사극『보티건』─라파엘 홀린셰드의『연대기』를 기반으로 한 작품으로, 5세기에 브리튼의 왕이 되어 색슨 족의 로와나 공주와 사랑에 빠진 보티건의 파란만장한 일생을 그린다─의 원고도 발견되었다.『보티건』의 대본은 재공연될 가능성이 제기될 정도로 전망이 밝아 보였다. 이 작품에서 400행이 발췌되어 배포되자 드루리 레인 극장과 코번트가든 극장의 경영자들이 참석한 협상이 시작되었고 양측 모두 오랫동안 자취를 감췄던 희곡을 무대에 올리려는 열의가 대단했다. 이 밖에도 셰익스피어가 직접 작성한 장서 목록, 그가 직접 주석을 단 초서의『작품집Works』과 홀린셰드의『연대기』, 성경 각 한 권씩, "그가 커튼 극장의 동업자가 되었다는 계약서", 글로브 극장의 스케치 두 점, 엘리자베스 1세와 프랜시스 드레이크 경, 월터 롤리에게 바친 시들이 발견되었다. 그리고 무엇보다 기대감을 북돋우는 발견물은 셰익스피어가 "자신의 일생을 간략하게 설명한 기록"이었다.

⁂

이 모두가 위조였다. 윌리엄 헨리 아일랜드는 이 문서를 하나도 빠짐없이(제임스 1세 시대의 젊은이를 그린 오래된 스케치도 여기에 포함된다. 그는 이 그림을 부처 로 거리●에서 사들여 셰익스피어와 비슷하게 보이도록 변조했다) 위조했다고 결국 고백했다. 신비에 싸인 'H씨'라는 사람은 애당초 존재하지도 않았다. 사라져버린 다른 희곡들이나 셰익스피어의 회고록을 발견했다는 보고는 순전히 공상의 산물이었다. 추가로 발견된 위조 서류도 마찬가지였다. 그중에는 셰익스피어가 템스 강에 빠진 자신을 구해준 엘리자베스 여왕 시대의 한 동료에게(윌리엄 헨리 아일랜드와 이름이 일치한다) 감사를 표한 글도 있었다. 위조 목록에 따르면 셰익스피어의 장서는 1000권이 넘었지만 남아 있는 것은 윌리엄 헨리가 런던 책방에서 찾아낸 뒤 셰익스피어의 서명과 주석을 새겨 넣은 희귀 서적들이었다. 진짜처럼 보이는 문서들을 만들어내기 위해 그는 제본 기술자로부터 오래되고 색이 바랜 듯 보이는 잉크를 구매한 다음 자신이 근무하던 법률사무소에서 종이와 옛날 도장을 훔쳐냈다. 셰익스피어의 이름을 암시하는 창 과녁이 그려진 도장을 무심코 고른 것은 기막힌 우연이었다. 그는 종이가 바닥나자 런던의 서적 판매상들에게 추가로 구입하면서 희귀한 책에서 찢어낸, 글씨가 적히지 않은 면지●●를 사들였다. 셰익스피어의 서명을 위조할 때에는 얼마 전 멀론 판版 셰익스피어 전집에 실린 복사된 서명을 그대로 베꼈

● 정육점, 조제 식품점, 빵집, 생선가게 등이 늘어선 역사적 거리.

●● 책의 앞뒤 표지 안쪽에 있는 종이.

기 때문에 상당히 그럴듯해 보였다. 십대를 갓 넘긴 윌리엄 헨리는 공범 한 명 없이 놀랍도록 신속하게 이 사건을 도맡아 저질렀다. 그는 아버지를 포함해 문학의 도시 런던에 사는 거의 모든 사람을 속아 넘어가게 만들었다.

그가 저지른 일은 소위 최초의 셰익스피어 원작자 논쟁을 불러일으켰다. 이 논쟁은 좀더 자세히 알아볼 필요가 있는 교훈적 사건으로, 셰익스피어 희곡들의 원저자에 관한 향후 논의에 정통한 사람이라면 누구나 익히 알 만한 주장들이 이를 계기로 세상에 알려졌다. 클랍턴 하우스의 윌리엄스 씨 부부가—이들은 특이한 수집품을 찾아다니는 기대에 부푼 여행객들을 우롱했다—얼마 전 셰익스피어의 서류를 태워버렸다며 들려준 황당무계한 이야기에 아일랜드 부자가 속아 넘어가지 말았어야 했듯이, 상심에 빠진 동시대인들도 그렇게 어리석게 굴지는 말았어야 했다. 『각종 문서』가 수많은 사람을 속이는 데 성공한 한 가지 이유는 그 문서 모음이 작가의 삶에 대한 치밀한 기록처럼, 즉 그 시대의 기대를 통해 셰익스피어의 모습을 변형시킨 기록으로 이해되었기 때문이다. 좋은 남편이자 충실한 신하이고 독실한 신교도이며 다재다능한 동시대의 문필가라는 이미지는 사람들이 셰익스피어에게서 발견하고 싶어하는 특성과 완벽하게 일치했으므로, 셰익스피어 작품을 정말로 누가 썼는가를 둘러싼 향후 주장에 하나의 선례가 되었다. 그리고 이런 생각 역시 몽상과 시대착오적 발상, 추정에 근거를 두었던 것으로 밝혀졌다.

자신의 글을 셰익스피어의 글처럼 만들기 위한 아일랜드의 여러 시도 중에서 가장 악명을 떨친 『보티건』의 연대기는 위조 사실이 폭로되기 바로 전날 밤인 1795년 4월 2일 런던 무대에서 상연되었다. 이것은 재난이었다. 아일랜드 부자에게 가장 굴욕적인 순간은 바로 이 10분간의 대소동이었다고 해도 과언이 아닐 정도였다. 소동이 벌어지는 동안 귀에 거슬리는 웃음소리가 거의 끊이지 않았고 그 뒤를 이어 존 필립 켐블이 "이 장엄한 엉터리 흉내가 끝나면"이라는 당혹스러운 대사를 신랄한 어조로 내뱉었다. 만약 아일랜드 부자가 무대 상연을 나중으로 미루고 '셰익스피어의 서류'를 출판하지 않았더라면 그 문서의 진위에 대한 논쟁은 몇 년 동안 지속되었을 것이다.

신격화된 셰익스피어

윌리엄 헨리는 『햄릿』과 『리어 왕』의 저자가 문학의 신처럼 평가받기 시작한 지 얼마 되지 않아 이 위조 작업에 착수했다. 신격화 현상은 이번 사태를 비롯해, 그의 정체를 둘러싸고 벌어지는 향후 모든 논쟁의 중요한 전제 조건이었다. 또한 드루리 레인이 신성한 셰익스피어를 홍보하느라 얼마나 많은 자금을 투자했는지를 고려해보면, 신격화는 이 극장이 코번트가든을 누르고 「보티건」의 상연권을 따내는 데 성공한 이유를 설명하는 데에도 도움이 된다. 1794년 4월, 새로 재건한 드루리 레인은 하나의 기념비로 셰익스피어에게 다시 헌정되었다. 즉 "그의 명성에 한층 어울릴 만한 성소를 바치니, 그곳에서 그의 천재성은 옛날과 마찬가지로 변함없이 남아 있으리". 개막 축하 야간 공연인 「맥베스」는 인기 있는 배우 엘리자베스 패런의 에필로그로 마무리되었다. 패런은 대기를 감도는 "셰익스피어의 천재성"을 불러내 "새로 올린 무대" 위에서 "넓은 날개"를 펼치게 했다. 실물보다 큰 셰익스피어의 조각상이 무대 위에 등장하자 패런은 이렇게 선언했다. "이제 우리 셰익스피어의 조상을 보라/ 그리고 희곡의 신께 합당한 명예를 바치라." 셰익스피어의 신성한 형상이 희극의 뮤즈와 비극의 뮤즈를 비롯해 그의 문학 창작품들에 둘러싸이자 무대 위의 배우들은 갑자기 노래를 부르기 시작했다.

이 아름다운 술잔을 보라. 오 나의 다정한 셰익스피어
이것은 그대가 심은 나무로 조각되었네.
나는 유물처럼 그곳에 입 맞추고 성지에 절을 하네.
그대의 손에서 나온 것은 영원히 신성해야만 하리!
모두가 멀버리 나무에 굴복하게 만들리라.
너에게,
축복받은 멀버리 나무에 고개를 숙여라.
너를 심은
남자는 비할 데 없는 인물이었다.
그러니 그와 마찬가지로 너도 불멸하리라.

배우들이 찬양한 "유물"의 본원을 추적하면 바로 "희곡의 신"으로 귀결된다는 사실을 청중은 알았을 것이다. 여기서 등장하는 나무 성배는 셰익스피어가 스트랫퍼드 어폰 에이번에 구매한 거대한 저택인 뉴 플레이스에 심었다는 유명한 멀버리 나무를 조각해 만들었다고 한다. 문학에 등장하는 성배와 가장 흡사한 술잔이라 하겠다. 이 오래된 나무는 1756년에 뉴 플레이스의 주인이 평화를 어지럽히는 기념품 수집가들에게 온통 진절머리가 난 나머지 베어버린 것이었다. 토머스 샤프라는 어느 박식한 지역 상인이 이 기회를 놓치지 않고 통나무의 대부분을 사들인 다음, 향후 반세기 동안 이 나무로 만든 조각품을 무수히 팔아 부자가 되었다. 아무리 기적의 재료를 사용했다고 한들, 그가 판매한 상품의 양은 나무 한 그루로 만들어낼 수 있는 한도를 훨씬 초과했다. 이전 세대라면 그날 밤 드루리 레인에서 벌어진 광경을 신성 모독이라고 판단했겠지만 그날 참석한 사람들은 아무도 이의를 제기하지 않았다. 엘리자베스 시대 영국의 위대한 반反극장주의 설교자들이 무덤 속에서 통곡할지도 모르겠으나, 셰익스피어의 신성은 이제 당연한 일로 받아들여졌다.

이쯤에서 어떤 과정을 통해 셰익스피어의 신격화가 이루어졌을지 못내 궁금해진다. 사실 당대에 셰익스피어는 고전 시대는 물론 동시대 경쟁자들과 견주어도 대체로 동등하게 평가되었다. 프랜시스 미어스는 그를 오비디우스에 비유하며 영국 최고의 비극 및 희극작가들과 같은 수준으로 평가했다. 1612년판 『하얀 악마The White Devil』에 실은 서간에서 존 웹스터는 그를 토머스 데커, 토머스 헤이우드와 함께 "능수능란하고 방대한 활동"으로 유명한 영국의 가장 다작하는 극작가들 가운데 한 명으로 분류했다. 그리고 1615년에 재판된 존 스토의 『영국 연보Annales』 5판에서 에드먼드 하우는 "우리 근대와 현재의 탁월한 시인들"에 관한 간단한 설명을 덧붙이면서 예상대로 셰익스피어의 이름을 엘리자베스 시대의 다른 뛰어난 시인 및 극작가들 상당수의 이름과 나란히 언급한다. 예를 들자면 얼마든지 있을 것이다.

마침내 셰익스피어가 경쟁자나 필멸의 인간들 대열에서 마침내 벗어난 시기는 그가 사망한 직후였다. 이 사건은 셰익스피어와 20년 이상 함께 일했던 동료 배우 존 헤밍스와 헨리 콘델이 그의 작품 전집을 편집하면서 실은 서두 시에서 벌어졌다. 두 사람은 1623년에 셰익스피어 희곡 전집을 2절판으로 출간했다(그리고 이 전집을 크고 값비싼 2절판으로 출판하겠다는 결심 자체만으로도 그가 다른 작가와 얼마나 차별화되는지가 잘 드러났다. 여기서 2절판이란 인쇄용 종이를 한 번만 접은 것으로, 인쇄 종이를 다시 접어 한 페이지를 상당히 작게 만드는 저렴한 4절판이나 8절판과 페이퍼백이 아니라 오늘날 "장식용으로 보기 좋게 탁자에 얹어두는" 커다랗고 호화로운 장서에 적용하는 판형이다). 이전에는 희곡을 4절판 크기의 책으로 출판한 작가가 벤 존슨밖에 없었고 그는 이런 대담한 행동으로 인해 놀림감이 되었었다. 첫 번째 2절판에 자신의 경쟁자를 칭찬하는 두 편의 시를 기고한 존슨은 셰익스피어가 (아마 존슨 자신보다 뛰어나지는 않았겠지만) 말로와 키드, 릴리보다 "훨씬 더 뛰어났다"고 생각했다. 그리고 동일한 시에서 「캐리와 모리슨에게 부치는 송시Ode to Cary and Morison」를 지을 때 대단히 효과적으로 활용했던 수사 어구를 재활용하기도 했다. 이 송시에서는 세상을 떠난 영웅들이 천국의 창공에서 삶을 이어나간다. "하지만 잠깐, 그대의 모습이 하늘에서 보인다./ 위로 올라가 그곳에서 별자리가 되었구나!/ 그대 시인들의 별이여, 멀리까지 빛나라." 이와 비슷한 방식으로 제임스 맙은 "그대가 죽은 줄만 알았다"고 묘사하지만, 훌륭한 배우인 셰익스피어는 용케도 "죽은 뒤에 살아났다". 한편 레너드 딕스는 그의 작품들이야말로 불멸임이 입증되었다고 생각했다. "모든 행, 모든 연이/ 여기 그대의 묘석에서 그대를 부활시키고 되살리리라." 벤 존슨도 이와 상당히 비슷한 구절을 남겼다. "그대는 무덤 없는 기념비./ 그대의 책이 남아 있는 동안 여전히 살아 있구나." 이들이 남긴 구절은 하나같이 다정할 뿐 아니라 어쩌면 진심 어린 감정이겠지만, 셰익스피어의 불멸성을 주장하는 이런 과장된 표현이 문학적 장치가 아니라 그 이상의 의미를 지닌다고 착각한 사람은 당시에 한 명도 없었을 것이다. 그러므로 17세기 후반에 존 드라이든이 셰익스피어의 "신성한 이름"에 대해 이야기하거나 "성스러운 셰익스피어를 모방했다고 공언했을" 때 그의 글귀를 결코 문자 그대로 받아들여서는 안 된다.

하지만 셰익스피어를 신성하다고 부르는 것이 하도 습관처럼 굳어지다보니, 1728년에 볼테르같이 통찰력이 예리한 외국인마저 셰익스피어가 "영국에서 '신성하다'는 말 외에 달리 표현되는 법이 거의 없다"고 생각할 수밖에 없었다. 이 상황을 두고 아서 머피는 자랑스럽게 응수했다. "우리 섬사람들에게 셰익스피어는 시에서 확고히 자리잡은 종교나 다름없다." 셰익스피어의 신격화는 문학적 수사법으로 시작되었지만, 1769년 9월 스트랫퍼드 어폰 에이번에서 데이비드 개릭이 셰익스피어 축제─온갖 종교적 함축이 담긴 3일간의 '기념제'─를 개최하기 시작하고부터는 누구나 널리 받아들이는 상식이 되었다. 셰익스피어 덕분에 명성을 날렸던 개릭은 셰익스피어 숭배자 가운데 가히 견줄 이가 없을 정도였다. 이 무렵 그는 수많은 공연에서 셰익스피어 배역을 도맡았고 그의 작품을 무수히 출판했다. 게다가 셰익스피어 공연에 대한 관심을 부활시키는 데 크게 기여했다는 공로를 당대에 인정받아, 사망한 뒤 웨스트민스터 사원의 셰익스피어 조상 발치에 묻히기도 했다. 비석에는 다음과 같은 글귀가 뚜렷이 적혀 있다. "셰익스피어와 개릭은 쌍둥이별처럼 빛나리라."

개릭은 템스 강둑에 위치한 햄턴 영지에 셰익스피어를 기리는 사원까지 지어 올렸다. 팔각형의 제단 안에는 루이스프랑수아 루빌리아크가 조각한 셰익스피어 조상(지금은 영국박물관에 보관 중이며 개릭 자신이 조각의 모델이었음이 거의 확실하다), 유명한 멀버리 나무로 만든 다양한 조각품, 그리고 '손가락 끝이 뾰족하고 검게 바랜 금속 자수가 장식된 낡은 가죽 장갑'과 낡은 단검, 'W. S.라는 이니셜이 새겨진 도장 반지'를 포함한 셰익스피어의 개인 휴대품 몇 점 등의 보물이 보관되었고, 이것들은 호러스 월폴에서부터 덴마크 왕에 이르기까지 수많은 추종자를 끌어들였다. 이런 이단적 행태는 새뮤얼 푸트 같은 비난론자들이 일삼는 사람들이 보기에 좀 지나친 감이 있었다. 그에 따르면, 개릭 씨는 "특정한 신에게 신전을 봉헌했다. (…) 그 사당 앞에는 헌주가 자주 바쳐지고, 제단 위에는 신에게 감사하는 의미로 올리는 진미인 사슴 고기의 비곗살에서 김이 모락모락 피어오르곤 했다". 반면 다른 사람들은 여기서 어떤 이상한 점도 찾아내지 못했다.

심지어 개릭도 비에 흠뻑 젖은 스트랫퍼드 기념제가 "어리석은 짓"이었다고 인정했다. 그는 축제를 개최하느라 2000파운드의 비용을 지불했고 그 뒤로 셰익스피어의 고향에 다시는 발을 들이지 않았다. 아무래도 지역 사람들은 기념제로 인해 혼란을 겪었던 모양이다(그중에는 행사에 더블베이스 비올•을 배달하라고 고용된 밴버리 출신의 노동자가 한 명 있었는데, 소문에 따르면 그는 이 악기가 "셰익스피어의 부활"에 사용될 것이라고 생각했다). 전 세계에 확산된 셰익스피어 축제와 스트랫퍼드 관광 산업의 기원은 이 화려한 축제로 거슬러 올라갈 수 있다. 이 행사에 정통한 최고의 역사가 크리스천 딜먼에 따르면, 이 기념제를 기점으로 "셰익스피어는 점점 인기가 많아지는 훌륭한 극작가라는 평가에 머무르지 않고 신이 되어버렸다".

• 16~18세기의 실내악 연주에 사용된 바이올린과 비슷한 모양의 현악기.

여러 주장을 종합하건대, 이 현상이 절정에 달한 시기는 개릭이 셰익스피어의 신성에 노골적으로 호소하며 「셰익스피어에게 부치는 송가Ode to Shakespeare」를 낭송한 순간이었다. "그분이다! 그분이다, 신과 같은 그분!/ 에이번의 꽃으로 덮인 가장자리에 발을 디디셨네." 행여 핵심을 놓칠세라 개릭은 그 구절을 기꺼이 반복했다. "그분이다! 그분이다!/ 우리가 숭배하는 신!" 감정이 북받친 한 목격자는 향후에 관중이 "깊이 도취했다"고 적었다. 개릭은 1794년 드루리 레인 기념행사에 소품으로 다시 등장한 바로 그 술잔을 포함해 자신이 소장한 수많은 멀버리 유물들을 열심히 홍보했다.

개릭은 「기념제Jubilee」라는 단순한 제목의 연극을 통해 드루리 레인 축제를 재연함으로써 스트랫퍼드에서 입은 손실의 네 배를 회수했다. 이는 실로 선풍적인 인기를 끌었고 공식적으로 92일 밤 동안 지속되었다. 그의 「송가」는 출판되어 독자들에게 널리 알려졌을 뿐만 아니라 캔터베리에서 버밍엄에 이르는 여러 지방 무대에서 낭송되기도 했다. 이 기념제는 한층 거대한 문화적 흐름을 활용했다. "「기념제」가 아니라면 18세기의 어떤 주제도 그토록 쇄도하는 무대 연극과 시에 영감을 주지 못했기" 때문이다. 소문은 영국 해안가를 넘어 빠르게 퍼져 나갔고 개릭의 「기념제」를 모방한 두 기념제가 독일에서 열렸다. 개릭이 사망한 뒤 윌리엄 카우퍼는 그를 "위대한 셰익스피어의 사제"라고 칭송하면서 셰익스피어가 이제 종교적인 측면에서 어떤 식으로 더없이 적합하게 찬양되는지 강조했다.

왜냐하면 개릭 그 자신이 예배자였기 때문이다.

그는 기도서를 작성했고 그날의

제식과 장엄한 의식 절차를 구상했다.

그리고 시가詩歌로 이름난 에이번의 강둑에 올라

예배를 드리라고 온 세상에 요구했다.

동시대의 화가들은 셰익스피어를 신격화하려는 생각에 금세 마음이 동한 나머지 이 개념을 대중화하는 데 크게 기여했다. 1777년에 헨리 퓨슬리는 시스티나 성당의 천장을 본떠 셰익스피어 천장을 만들기 위해 설계도를 스케치하고 이 계획에 대해 많은 이야기를 했지만 결코 실현시키지는 못했다. 미켈란젤로가 천지창조의 이야기를 그렸듯이, 퓨슬리는 『템페스트』 『십이야』 『리어 왕』 『맥베스』의 등장인물을 포함한 셰익스피어의 창작품을 선배 화가의 양식을 빌려 표현할 생각이었다. 「송가」에서 개릭은 "감정의 신들"이 셰익스피어를 어떻게 보살피며 "자신들의 주 하느님"으로 인정하는지 묘사한 바 있다. 조지 롬니는 이런 이미지를 포착해 「자연과 감정의 신들이 보살피는 아기 셰익스피어」라는 탁월한 한 폭의 그림에 담아내려 했고, 마침내 1792년경에 완성해냈다. 비평가들이 언급해왔듯이 아기 셰익스피어는 예수 성탄화와 비슷한 자세를 취하고 자연과 감정의 신들은 동방박사와 목자들의 역할을 대신한다. 다른 화가들도 이와 비슷한 주제를 택했는데, 예를 들어 「셰익스피어의 신격화The Apotheosis of Shakespeare」에서 영광의 구름을 탄 시인을 묘사했다. 18세기가 끝나갈 무렵에는 신성한 셰익스피어라는 개념이 아주 흔해졌다. 그래도 그의 전당에 안치한 그의 조각상에 경의를 표하는 사람은 아직 나타나지 않은 듯했다. 그런 상황은 한 세기가 더 지나고 나서야 비로소 벌어졌다.

셰익스피어 전문가로서 자격을 완전히 갖춘 최초의 인물들, 그중에서도 가장 돋보이는 에드먼드 멀론이 무대에 나타난 뒤(비록 '전문가'라는 단어 자체는 사반세기를 더 기다리고서야 영어 어휘에 포함되었지만) 윌리엄 헨리 아일랜드가 성전이나 마찬가지인 서류를 위조한 것은 대단한 불운이었다. 멀론이 아일랜드의 위조 행각을 폭로하자 그 엄청난 여파로 인해 여러 의문이 대두되었다. 그런 문제를 결정할 만한 전문 지식을 누가 보유하고 있었는가? 그리고 그런 전문가들은 조예가 깊은 아마추어들에게 부족한 다른 어떤 지식을 갖추었는가?

멀론은 새뮤얼 아일랜드의 『각종 문서』를 손에 넣고 문서들을 면밀하게 검토해본 뒤에야 이 문제에 개입했다. 그는 1795년 후반에 책이 출간되자 곧바로 한 권 입수해서 석 달 동안 쉬지도 않고 여기에 매달린 끝에, 1796년 3월 말경 『셰익스피어가 작성했다고 알려진 (…) 각종 서류와 계약서의 진위성에 대한 연구An Inquiry into the Authenticity of Certain Miscellaneous Papers and Legal Instruments (…) Attributed to Shakespeare』●를 발표했다. 이 책은 하룻밤 만에 베스트셀러가 되었다. 그가 내린 판단은 대단히 통렬했다. 아일랜드의 책에 실린 서류와 원고가 이류 위조품에 불과하며 기부자들이 사기를 당했다는 주장을 펼친 것이다. 증거는 아일랜드에게 몹시 불리했다. 멀론은 아일랜드 부자가 가지고 있는 서류의 철자와 언어가 엘리자베스 시대의 어법과 극히 다르다는 사실을 입증했다. 아일랜드가 셰익스피어의 언어라고 간주한 표현들

● 이후 줄여서 『연구』로 표기함.

은 18세기 전에는 통용되지 않았다(아일랜드의 유죄를 입증하는 최고의 사례 중 하나는 'upset'이라는 단어였다. 이 단어는 원래 선원들이 쓰던 용어로, '걱정하는' 혹은 '불안해하는' 등 요즘 친숙하게 쓰이는 의미로 통용된 것은 셰익스피어의 시대로부터 2세기가 지난 뒤였다). 또한 멀론은 아일랜드의 문서 가운데 상당수는 첨부된 날짜가 정확하지 않다는 사실을 보여주었다. 예를 들어 엘리자베스 여왕이 1580년대 후반에 '글로브 극장'의 셰익스피어에게 보낸 편지는 극장 건물이 실제로 지어지기 10년 이상 전에 작성된 셈이었다. 그뿐만 아니라 현재 남아 있는 사우샘프턴 백작의 서명이 아일랜드의 문서에 등장하는 서명과는 전혀 다르다는 것도 입증해 보였다.

『연구』에서 멀론은 『리어 왕』의 원고를 검토하고 그 타당성을 확인한 사람들이 엘리자베스 시대의 희곡 원고가 어떻게 생겼는지 전혀 모르고 있다는 사실을 명확히 밝혔다. 당시의 연극 대본들이 아일랜드가 위조한 문서와 조금도 닮지 않았다는 사실을 알아본 사람은 오래된 문서를 다루는 데 익숙한 소수의 학자와 편집자들뿐이었다. 그리고 그들이 진위 여부를 판단할 수 있었던 까닭은, 손에 넣을 수 있는 원고라면 무엇이든 최대한 많이 구입하고 참고하며 빌려 봤기 때문이다(멀론의 경우는 종종 반납을 거부했다). 멀론은 『연구』에서 이렇게 서술한다. "지금 이 순간 나 자신은 셰익스피어와 직접 혹은 간접적으로 관련 있는 수백 장 이상의 증서와 편지, 잡다한 서류들에 둘러싸여 있다."

지금까지 남아 있는 소수의 희곡 원고들은―하지만 일단 희곡이 인쇄되고 나면 보관할 필요가 없기 때문에 현존하는 것은 거의 없다―필기체와 이탤릭체가 두루 섞여 작성되었다(대사와 지문을 구분하려는 의도도 없지는 않다). 전문 극작가와 필경사들은 이런 원고를 작성할 때 일종의 공연용 속기법을 활용했으므로 그들이 염두에 둔 것은 출판이 아니라 극장 공연이었다는 사실을 알 수 있다. 그리고 아일랜드의 『리어 왕』 원고와 달리 이런 원고들에는 대체로 검열관의 인장이 찍혀 있다. 어느 작품이든 각각의 원고에 공식 승인을 표기하는 왕실 연회 담당관의 손을 반드시 거친 뒤에라야 공식적으로 무대에 오를 수 있었기 때문이다. 아일랜드의 위조품들과 대조적으로, 멀론이 소유한 엘리자베스 시대의 원고들은 종이의 양쪽 면에 글자가 적히지도 않았고 "가장자리를 꾸미지도" "어떤 식으로 장식하지도 않았지만, 표지에는 바느질 자국이 있으며 먼지가 앉고 세월이 흐르면서 거무스름해진 상태였다". 그리고 아일랜드의 원고와 달리 어떤 원고에도 가장자리에 행 표시가 없었다.

하지만 아일랜드는 동시대인에게 상당히 낯설어 보이는 언어를 사용해—가짜 엘리자베스 시대의 양식으로—위조 원고를 작성함으로써 위조품이 진품처럼 받아들여지도록 만들었다. 그의 속임수를 한 가지 예로 들면, 구두점을 모두 생략한 다음 자음을 최대한 많이 겹쳐 쓰고 가능하면 단어 끝에 항상 'e'를 덧붙이는 방식을 활용해 단어의 철자를 구식으로 보이도록 만든 것이다. 그 전형적인 사례로 『리어 왕』의 서문을 꼽을 수 있다.

Iffe fromme masterre Hollinshedde I have inne somme lyttle departedde fromme hymme butte thatte Libbertye will notte I truste be blammedde bye mye gentle Readerres.

만약 내 글이 홀린셰드의 글과 약간 다르다 해도 나는 그처럼 자유가 관대한 독자들에게 비난받지 않을 것이라 믿는다.

　그 위조품들이 동시대인들에게 믿을 만하다는 인상을 준 한 가지 이유는 그가 묘사한 엘리자베스 시대 문학계의 문화가 무척 익숙하게 느껴졌기 때문이다. 18세기 작가들이 으레 그렇듯, 아일랜드가 만들어낸 셰익스피어는 상당히 많은 장서를 모았고 출판업자들과 계약 조건을 협상했으며 자신이 쓴 글을 처분하는 데 크게 신경을 썼다. 글이란 마음대로 처리할 수 있는 작가의 재산이기 때문이었다. 엘리자베스 여왕과 주고받은 편지를 비롯해(아마 18세기의 왕족이 그랬듯이, "공연 기간마다" 여왕은 공공 극장에서 열린 셰익스피어의 어전 공연에 여러 차례 참석했다) 사우샘프턴 백작과 주고받은 위조 서신에서 볼 수 있듯이(편지에 따르면 셰익스피어는 '친구'이자 후원자가 제공한 돈의 절반을 거절한다), 그는 최상류층 사람들과 친분이 있는 작가이기도 했다. 아일랜드 부자는 물론 해당 문서들이 진짜라고 증명한 문필가들조차 이해하지 못한 것은, 셰익스피어 시대에는 그런 관습과 행동을 거의 상상조차 하지 못했다는 점이다.

　위 사례를 비롯해 시대에 맞지 않는 여타 생각들을 고려할 때, 엘리자베스 여왕 시대 이래로 저술 작업의 본질이 얼마나 크게 변했는지가 극명하게 드러난다(물론 18세기 이후로는 상대적으로 변화가 거의 없었으므로 아일랜드의 동시대인들이 셰익스피어 시대의 사람들과 거리가 멀었던 데 비해 우리는 아일랜드의 동시대인들과 훨씬 더 가까운 편이다). 변해버린 것은 그저 저술 작업만이 아니었고 가장 기본적인 사회 관습 역시 달라졌다. 아일랜드의 위조품 가운데 하나인, 셰익스피어가 엘리자베스 여왕에게 보낸 시에는 "작위가 있는 부인들이 각자 빵과 차를 두고 자리를 뜨는" 장면이 묘사되어 있다. 이때 등장한 차, 그 전형적인 영국 음료가 셰익스피어 시대의 영국에서는 아직 구할 수 없는 물품이었다는 사실을 알아차린 사람은 멀론뿐이었던 듯하다.

그 당시의 사람들은 대부분 멀론의 대응이 지나치다고 생각했다. 만약 멀론이 윌리엄 헨리 아일랜드를 중점적으로 공격했더라면 비난 행위가 타당하게 받아들여졌을 것이다. 그 이유는, 첫째로 아일랜드가 상당히 어렸다는 점을 들 수 있다. 두 번째 이유는, 아일랜드가 위조품들을 이용해서 직접적인 이득을 취하지 않았고 적어도 처음에는 엄격한 아버지의 인정을 받고 싶은 간절한 소망에 이끌려 일을 저질렀다는 점이 명확했다는 것이다. 그러나 멀론에게는 아일랜드 부자를 공격하는 것보다 더 큰 목적이 있었다. 바로, 셰익스피어에 대한 자신들의 지식이 충분하므로 이런 문제를 능히 판단할 수 있다고 착각했을 뿐 아니라 이 권위에 기대어 위조된 문서들을 진짜라고 선언해버린 아마추어들의 콧대를 꺾어주려는 의도였다. 그리고 이 부분이 많은 사람의 심기를 건드렸다. 『성 야고보 연대기St. James's Chronicle』에서 한 비평가는 다수의 의견을 대변하는 듯한 입장을 취하며, 멀론이 셰익스피어 학문을 지배하고자 노력하는 것이야말로 "종신 독재관"의 행동이라고 조롱했다. 하지만 멀론은 자신의 주장이 정당하다는 사실을 이미 입증했다. 즉, 아일랜드 사건은 셰익스피어 원작자 문제에 의견을 제시할 만한 지식을 충분히 갖춘 사람들과 그렇지 못한 사람들을 구분하는 완벽한 기준으로 판명되었다. 이번 사건이 시사하는 가장 영속적인 교훈은, 자신이 믿고 싶은 이야기를 고집스레 믿으려는 사람들이 존재한다는 사실이다. 그리고 위 사례에서는, 아일랜드가 발견한 문서를 작성한 사람이 정말 셰익스피어라고 믿는다는 것이다.

새뮤얼 아일랜드와 최측근 후원자들이 생각하기에, 멀론은 소실된 셰익스피어의 기록을 찾으려고 오랫동안 노력했지만 끝내 실패하자 질투심과 망상에 눈이 먼 나머지 "셰익스피어에게 속했던 것은 무엇이든 멀론 자신의 전유물이었다"고 확신했다. 다른 사람들은 이 대목에 주의를 기울이며, 멀론이든 다른 누구든 간에 도대체 셰익스피어의 정확한 문체나 집필 방식을 어떻게 알았는지 궁금해했다. "그런 문서의 진위 여부는 어떻게 판명되는 걸까? 추측으로!" 그들의 관점에서 보면, 이런 문서의 진위성을 둘러싼 논쟁은 결국 교착 상태에 빠질 수밖에 없다. 즉, "하나의 추측이 등장하면 이와 마찬가지로 공정하고 설득력 있는 다른 추측으로 여기에 대응하거나 반박할 여지가 있기" 때문에 결국은 양측 모두 나름대로 할 이야기가 있는 셈이다. 새뮤얼 아일랜드는 새로운 책 『멀론의 학자 혹은 비평가 자격에 관한 연구An Investigation of Mr. Malone's Claim to the Character of Scholar, or Critic』에서 멀론의 권위에 의문을 제기하면서 다음과 같은 결론을 내렸다. 멀론의 주장은 "그가 제출한 입증 방식과 그가 사용한 논법으로는 결코 규명되지 않는다". 과연 그는 "셰익스피어 특유의 어법이 구체적으로 드러난 원고 원본을 일부라도 소장"하고 있는가? 결정적인 증거가 부족한 마당에 "그의 추론은 도대체 어떤 근거에 의존하는가?"

이들 외에도 그 문서들이 진짜라고 여전히 확신한 사람들이 아일랜드 부자의 주장을 지지하기 위해 모여들었다. 프랜시스 웹이라는 동시대의 주석자에 따르면, 문서들이 하나같이 "다른 문서의 내용을 상호 입증하고 뒷받침해준다"는 사실은 멀론의 반론보다 확실히 설득력을 지닌다. 이를테면 "셰익스피어의 천재성과 성격, 일생, 환경이 문서 전체를 하나로 이어준다"는 말이다. 웹은 다음과 같은 결론에 도달한다. "이 서류들을 여러 차례 조사하고 신중하게 숙독한 뒤에 서류상의 증거를 근거로 내 소신껏 그 주장들을 충분히 비교 검토해보니, 자료의 신빙성에 완전히 만족했을 뿐만 아니라 (…) 인간이 어떤 지혜나 잔꾀, 요령, 속임수를 동원한다 해도, 아니 설령 이 모두를 다 합친다 해도, 이런 엄청난 사기를 칠 수는 없다고 확신한다."

몇몇 사람은 양쪽 입장을 절충해서 받아들였다. 즉, 『리어 왕』과 『보티건』 원고의 위조 가능성을 기꺼이 인정하면서도 동시대의 증서와 편지는 진짜라고 주장했다. 비평가이자 학자인 조지 차머스 역시 이 문서들 가운데 일부는, 특히 엘리자베스 여왕이 셰익스피어에게 "아름다운 시"를 써주어 고맙다고 한 편지는 위조가 불가능하다고 확신했다. 개중에는 여전히 윌리엄 헨리의 고백을 곧이곧대로 받아들이지 않으며 셰익스피어 작품의 원작자를 두고 이보다 더 광범위한 공모가 벌어졌다고 은근히 암시하는 사람들도 있다. 이들은 새뮤얼 아일랜드와 올버니 월리스를 비롯해 심지어 조지 스티븐스가 연루된 음모 이론을 제기했다.

"오쟁이 진 남편처럼"

이 이야기는 예기치 못한 쪽으로 다시 한번 방향을 선회했다. 멀론은 문학계를 기만하려 한 사람들의 정체를 폭로했다며 득의만면했다. 심지어 위조한 엘리자베스 시대 문서를 수십 년 전에 유포했다는 이유로 91세의 유명한 배우 윌리엄 매클린을 공격하기도 했다. 멀론은, 셰익스피어의 성격에 대한 단서를 찾고 싶은 간절한 마음에 그만 아일랜드의 거짓말에 속아 넘어가버린 사람들을 조롱하는 것이 자신의 의무라고 느꼈다. 하지만 셰익스피어가 어떤 사람이었는지 추측하고 싶은 열망만큼은 그 역시 그들 못지않게 크다는 사실이 드러났다. 학자로서 멀론은 기록적 사실과 전기적 허구를 구분하는 데 능숙했다. 하지만 셰익스피어의 생애를 설명할 때에는 그 두 가지를 제대로 구별하지 못했고 이런 혼동 때문에 그의 선례를 뒤따르는 사람들에게 이와 똑같은 실수를 저지를 빌미를 제공했다. 멀론은 원작자 논쟁 하나를 해결한 덕분에 마땅히 찬사를 받는가 하면, 한층 더 치열한 논쟁들을 불러일으켰다는 이유로 상당한 비난을 받기도 한다.

논쟁의 불씨는 『연구』 같은 대담한 논박문이 아니라 본문의 주석에서 은밀하게 당겨졌다. 멀론의 주석은 새뮤얼 존슨과 조지 스티븐스의 1778년판 『셰익스피어 희곡집』의 두 권짜리 보충판(1780)에서 첫선을 보인 뒤, 그가 단독으로 편집한 1790년판 셰익스피어 작품집에서 다시 등장했다. 1790년판은 그 옛날의 1623년 첫 번째 4절판에서 시작되어 니컬러스 로와 포프, 시어볼드, 존슨, 에드워드 카펠, 스티븐스가 펴낸 위대한 18세기 판본으로 이어진 오랜 전통과 완전히 단절되었다. 멀론은 두 가지 중요한 방식으로 선배들과 결별했다. 첫째, 1623년에 헤밍스와 콘델이 애초에 작품의 집필 순서를 전혀 고려하지 않고 희극, 사극, 비극이라는 제목을 달아 작품들을 장르별로 배열한 것과 달리 연대순으로 제시하려고 노력했다. 둘째, 셰익스피어의 희곡과 시를 한데 묶어서 자신의 판본에 『윌리엄 셰익스피어의 희곡과 시The Plays and Poems of William Shakespeare』라는 제목을 처음으로 달았다. 이런 혁신은 지금이야 특별할 게 없지만 당시에는 전례가 없던 일이라 셰익스피어의 작품들을 읽고 그의 일생과 저술 작업을 추측하는 방식에 예기치 않은 영향을 미쳤을 법하다.

셰익스피어의 희곡들을 연대별로 배열하기 위해서는 작품의 창작 순서를 먼저 정리해야만 했다. 이 작업은 그때까지 아무도 시도하지 않았던 일이고, 시도할 가치가 있다고 처음으로 인정받은 시기가 언제인지도 명확하지 않다. 1709년에 니컬러스 로는 어느 작품이 셰익스피어의 첫 번째 희곡인지 궁금하기는 했지만 추측할 엄두가 나지 않았다. 다만 셰익스피어가 나이를 먹으면서 으레 발전했으리라고 가정하는 것은 실수라고 생각했다. 즉, "완성도가 가장 떨어지는 작품들이 셰익스피어의 초기작이라고 예상해서는 안 된다"는 것이다. 이로부터 반세기 뒤, 에드워드 카펠 역시 셰익스피어가 어떻게 "그리고 어떤 희곡에서 극작가로 첫발을 내딛었는지" 궁금해하며 여기서 한발 더 나아가 누군가 "나머지 작품의 순서"를 반드시 조사해야 한다고 주장했다. 이 작업을 수행하기 위해서는 작시법부터 희곡의 인쇄 역사와 셰익스피어가 이용한 자료에 이르기까지 모든 방면에 대한 포괄적인 지식이 필요하므로 카펠은 이 일이 얼마나 고된 여정이 될지 잘 알고 있었다. 카펠 자신도 『주석과 다양한 해석Notes and Various Readings』을 통해 이 분야의 신기원을 이룩하기는 했지만 셰익스피어 희곡들의 연대표를 완성하려는 노력은 멀론의 몫으로 남겨질 터였다.

1778년 작 『셰익스피어 희곡의 집필 연대를 규명하려는 노력Attempt to Ascertain the Order in Which the Plays of Shakespeare Were Written』에서 멀론은 많은 실수를 저질렀다. 몇 편의 희곡은 연대를 지나치게 앞당겨 추정했고(『겨울 이야기』가 1594년 작이라는 그의 주장은 거의 20년이나 빗나갔다) 다른 작품들은 지나치게 늦춰서 산정했던 것이다. 하지만 10년 동안 추가 조사를 실시한 뒤에 비교적 심각한 몇몇 실수를 바로

잡을 수 있었고, 그의 노력에 자극을 받아 다른 사람들이 그의 연대 표를 수정해나갔다. 유형을 무시한 채 희곡을 집필 순서대로 배열하는 것은 불가능에 가까웠으므로 멀론이 옳다고 생각한 연대표가 로의 편견 없는 제안을 대체했다. 포프와 존슨을 근거로 인용하면서 멀론은 독자들이 한층 마음에 들어할 계몽주의 시대의 초상화를 제공했다. 그의 묘사에 따르면, 근면한 셰익스피어는 "평범함에서 탁월함의 절정으로, 꾸밈없고 때때로 시시하기까지 했던 대화극에서 비할 데 없이 뛰어난 작품들로" 착실히 "발전해갔고 그 덕분에 그는 잇따른 시대의 기쁨이자 기적이 되었다". 멀론은 셰익스피어가 "꾸준히 차근차근 발전해갔다"는 생각에 진심으로 동의하지는 않으며, 다만 그가 "무대와 인생을 전보다 깊고 자세히 알게 되면서 지식도 증가했기 때문에 **전반적으로** 더 즐겁고 한층 능수능란하게 작품을 집필했다"고 서둘러 덧붙였다.

셰익스피어 희곡에 등장하는 소수의, 아니 놀라울 정도로 적은 양의 대사에는 동시대의 사건들이 노골적으로 언급된다. 예를 들어 『헨리 5세』는 에식스 백작이 1599년 봄여름에 펼친 아일랜드 군사 작전을 넌지시 언급했기 때문에 멀론은 그 작품의 연대를 상당히 정확하게 가늠할 수 있었다. 이런 사례는 극히 드물어서 마치 셰익스피어가 동시대의 사건을 의도적으로 언급하지 않기로 결정한 것처럼 보인다. 하지만 희곡들을 면밀히 들여다보고 동시대의 주요 사건과 궁정 음모를 시사하는 내용이 있는지 조사하자마자 멀론은 이와 같은 암시를 더 많이 발견했고 (혹은 그의 생각뿐이었는지도 모르지만) 이를 통해 셰익스피어 희곡 연대표에 대한 자신의 설명을 우회적으로 강화했다. 그의 주된 목표는 잠정적인 연대표를 작성하는 것이었지만, 시사 문제를 암시하는 듯한 내용을 감지하고 이를 해석함으로써 특정한 정치적 메시지가 희곡 안에 암호처럼 숨겨져 있다는 믿음을 독자들에게 심어주기도 했다.

예를 들면 『안토니우스와 클레오파트라』에서 안토니우스의 재혼 소식을 전해 들은 이집트 여왕이 하인을 때리는 희극적 장면에 대해 생각해보자. 여기서 멀론은 언젠가 엘리자베스 시대 연대기에서 에식스 백작이 자신에게 등을 돌렸다는 이유로 엘리자베스 여왕이 따귀를 때렸다는 구절을 읽었던 기억이 떠올랐다. 멀론은 셰익스피어가 이 장면을 통해—그 시점에서 보면 3~4년 전에 이미 사망한—엘리자베스 여왕이 "훌륭한 에식스 백작을 군주답지도 여성스럽지도 않게 다룬" 점에 대해 "비난"하려 했던 듯하다고 판단했다. 이뿐만이 아니다. 몇 장면 뒤로 넘어가서 아까의 그 하인이 클레오파트라에게 경쟁 여성의 특징에 대해 설명하자, 멀론은 "엘리자베스 여왕이 경쟁자인 스코틀랜드 메리 여왕의 성품에 대해 조사한 일을 명백히 암시"하는 장면이라고 해석한다. 멀론의 해석에는 잘못된 점이 한두 가지가 아니라서 사실 어디서부터 이야기를 시작해야 할지 잘 모르겠다. 우선, 무대 위의 대화를 액면 그대로 믿어서는 안 된다는 뜻이다. 그 대화는 정말로 다른 내용을 암시하는데, 다만 우리가 단편적인 정보 사이의 관계를 파악해서 그것이 지시하는 바를 정확히 확인할 수 없을 뿐이다. 두 번째로, 왕실 극단의 일원이었던 셰익스피어가 제임스 1세의 어머니였던 스코틀랜드의 메리 여왕이 매력적인 인물이었는지 아닌지를 이 장면에서 이야기함으로써 자신이 모시는 군주와 소원해지고 싶어했던 이유가 무엇인지 도무지 짐작 가지 않는다. 그런데도 멀론은 이 문제를 진지하게 생각하지 않았다.

작가의 생애와 작품, 시대를 일렬로 나란히 연결시키려는 노력의 부산물인, 작품 내용을 시사적인 순간들로 환원시키려는 멀론의 시도는 쉽고 솔깃한 게임으로 변질되었다. 멀론이 에식스 백작에게 품은 강박관념은 『햄릿』 해석에까지 영향을 미쳤다. 그는 백작이 1601년 반역죄로 참수되기 전에 교수대에서 참회하며 남긴 마지막 말들을 읽었다. "그대의 축복받은 천사들을 보내라. 천사들은 어쩌면 내 영혼을 받아들여 천국의 기쁨으로 데려가줄지 모르니." 멀론은 죽어가는 남자의 이 진부한 기도를 보며 호레이쇼가 죽어가는 햄릿에게 건넨 말과 무척 비슷하다고 생각했다. "천사들이 비상하며 부르는 노래가 그대를 안식처로 인도하기를."(『햄릿』 5막 2장) 멀론은 『햄릿』이 무대에서 상연되고 난 뒤에야 에식스 백작이 처형되었으리라고 짐작하면서도, 원래의 주장을 굽힐 마음은 결코 없었다. "에식스 경의 마지막 말이 저자의 생각이었다"고 주장하고 싶은 마음이 무척 간절한 나머지 그는 "여기서 호레이쇼에게 주어진 대사는 그 작품에 나중에 덧붙인 수많은 문장 가운데 하나였을 것이다"라고 추측하고 만다. 그렇다면 『햄릿』은, 이 희곡의 주인공과 마찬가지로 왕이 되려다가 뜻을 이루지 못한 백작에게 보내는 셰익스피어의 은밀한 비가라고 결론지어야만 하는가? 이는 부당한 비평이요 형편없는 편집이다. 더욱이 멀론이 작품과 시사적 사건을 연결시키면서 참고한 역사서는 주로 엘리자베스 여왕 치세기의 궁정을 중심으로 기술된 연대기에 국한되었다. 이 상황은 충분히 이해할 만하다. 지금이야 셰익스피어의 희곡과 문화를 이해하려면 참혹하리만치 현실적인 사회사를 참고하는 것이 기본이 되었지만, 당시의 멀론은 이런 자료를 접하지 못했기 때문이다. 하지만 이런 이유로 그는 셰익스피어의 희곡들을 크게 왜곡시켜 마치 궁정 우화처럼 바꿔놓고 말았다. 이 속에서 제임스 1세 시대의 셰익스피어는 엘리자베스 여왕이 통치하던 과거에 갇힌 채, 오래전에 전혀 다른 상황에서 여왕이 때린 따귀를 마음속에서 도저히 지우지 못하는 것처럼 보인다.

내가 이 문제에 관해서 이렇게 길게 설명하는 데에는 그만한 이유가 있다. 멀론이 체계를 잡아 널리 알리는 데 기여한 이 방법론은 훗날 셰익스피어가 그 희곡들의 원작자라는 사실을 부인하려는 사람들에게 대단히 중요한 것으로 판명되었기 때문이다(결국 이 주장은 다음과 같이 진행된다. 궁정 내부인이 아니라면 어느 누가 이런 내용을 모두 암호로 만들 만큼 잘 알겠는가?). 하지만 이런 접근법이 가장 먼저 영향을 미치는 것은 그 희곡들의 전통적인 해석이다. 예를 들어 『셰익스피어 계보학Shakespeareana Genealogica』(1869)에서 조지 러셀 프렌치는 "셰익스피어의 등장인물들은 대부분 당대의 걸출한 인물들과 다소 비슷하게 만들려는 의도 아래 탄생되었다"고 확신한다. 이런 해석은 그의 희곡을 희극과 사극, 비극이 아닌 다른 장르로 둔갑시켰다. 말하자면 내부 사정에 정통한 사람들을 위한 은근한 정치적 음모와 집단 내의 농담이 넘쳐나는 암호화된 작품으로 간주되는 것이다. 게다가 대단히 많은 인물이 등장해 무수한 대사와 행동을 표현한다는 점을 고려해볼 때, 셰익스피어의 희곡은 시사적이고 전기적인 관점에서 해석할 가능성이 무궁무진했다. 아무래도 멀론은 이 점에 대해 정말 깊이 있게 생각하지 않았던 것 같다. 그저 미심쩍은 연대표를 보강하고 엘리자베스 시대의 문화에 대한 지식을 자랑하려 했을 뿐이다. 하지만 그 과정에서 부주의하게도 논란이 번져나갈 가능성을 활짝 열어두고 말았다.

멀론이 작품의 시사성을 추정해서 일으킨 문제도, 작품의 전기적 성향을 가정하는 바람에 야기한 문제 앞에서는 무색해질 정도였다. 멀론이 셰익스피어 희곡의 잠정적인 연대표를 확정하기 전까지만 해도, 어떤 비평가나 전기작가도 셰익스피어의 개인사에 비춰 작품을 해석하려고 생각한 적은 없었다. 그나마 전기적 관점에 가장 가까운 입장을 취한 사람은 셰익스피어가 개인적으로 친분이 있던 동네 사람들을 모델로 삼아 폴스타프와 도그베리 같은 희극적 인물들을 만들어냈다고 주장하는 수준이었다. 하지만 이런 주장들은 셰익스피어에게 다소 비열한 일면이 있었다는 사실을 암시할 뿐 그의 성격을 조금이라도 드러내려는 의도는 없었다.

니컬러스 로와 알렉산더 포프 같은 18세기 초반의 편집자들이 희곡 전집의 서문에 사적인 의견을 바탕으로 작가의 '생애'를 간략하게 설명했다면, 멀론은 본문의 매 쪽 하단에 광범위한 주석을 실어 작가의 삶과 작품을 융합시키겠다는 결정을 내렸다. 예를 들어 셰익스피어의 아들 햄닛이 1596년에 사망했다는 사실을 스트랫퍼드 기록보관소에서 처음 발견한 뒤에는 얼마 전 자식을 잃은 셰익스피어가 자신의 개인사를 『존 왕』(멀론은 이 작품의 연대를 1596년으로 추정했다)에 반영해 아들 아서를 잃은 콘스탄스의 "비통한 애가"를 만들어냈다고 생각했다. 어쩌면 그의 추정이 사실인지도 모르고, 어쩌면 셰익스피어가 아들의 사망 소식을 전해 듣기 전에 그 희곡을 썼는지도 모른다. 아니, 어쩌면 셰익스피어가 흉금을 털어놓을 기회만 엿보다 결국 『햄릿』을 집필하게 되었는지도 모른다. 그것도 아니면, 이 대사를 쓰면서 위의 추측들과는 전혀 다른 생각을 품었는지도 모른다. 진실은 영원히 밝혀지지 않을 것이다.

멀론의 주장에는, 셰익스피어가 희곡을 집필하는 동안 감정의 격랑을 안겨준 인생사를 솔직하게 파헤쳤을 뿐 아니라 멀론과 그의 측근에 있는 사람들이라면 당연히 그랬을 것처럼 셰익스피어 역시 인생의 놀라운 사건들에 마찬가지 반응을 보였으리라는 전제가 깔려 있었다. 그러므로 멀론이 생각하는 셰익스피어는 인생에서 상실을 경험한 뒤에 어떻게든 작품을 통해 슬픔을 발산했을 법한 사람이었다. "그렇게 감성이 깊고 성품이 다정한amiable 남자가 열두 살 먹은 외동아들을 잃고도 크게 영향을 받지 않았다니, 도저히 믿기 어려운 일이다." 아들의 죽음이 얼마나 큰 타격이었는지, 그리고 셰익스피어가 상실감을 어떻게 예술로 승화시켰는지 아니면 실제로 승화시키기나 했는지는 알 수 없지만 어느 경우든 그의 다정함(amiability는 시대에 맞지 않는 용어로, 18세기 중엽까지는 이런 의미로 사용되지 않았다)을 입증하거나 반박할 보강 증거는 하나도 발견되지 않았다. 사실 초기 근대 시대 이래로 문학계의 문화가 급진적으로 변화하면서 수많은 사회적 관습과 종교생활, 유년 시절, 결혼, 가족의 발달 형태도 달라졌고 자기 성찰의 경험도 점증적으로 바뀌었지만, 이 사실을 고려하려는 노력은 전혀 없었다. 단연 가장 심각한 시대착오적 생각은, 지금까지 사람들이 현대인들과 동일한 방식으로 세상을 경험해왔다고, 즉 셰익스피어의 내면적·정서적 삶이 현대적이었다고 가정하는 것이다. 셰익스피어의 작품 전집에 희곡 외에도 소네트와 다른 시를 포함시키기로 한 멀론의 결정은 한층 더 중대한 결과를 초래했다. 마르그레타 드 그라지아가 설득력 있게 표현했듯이, "외면의 관찰에서 내면적 감정이나 경험에 이르기까지 멀론이 추구한 연구는 새로운 유형의 생각을 제시했다는 것 이상의 의미를 지닌다. 말하자면, 셰익스피어의 해석

방법이 크게 변화한다는 사실을 암시했다. 셰익스피어는 인간의 본성을 관찰해 작품에서 자신과 거리를 두는 극작가가 아니라 자기를 관찰해 작품 속에 개인사를 반영한 시인으로 묘사되었다". 이 예술가의 달라진 모습이 가장 명확하게 드러난 곳은 1780년에 멀론이 소네트 93번 첫머리에 처음으로 덧붙인 주석에서였다. 이 주석은 셰익스피어 전기—와 원작자에 대한 논쟁—의 방향을 바꿔 다시는 돌이킬 수 없는 새로운 여정에 접어들게 만들었다.

소네트 93번은 화자가 자신을 친숙한 유형, 즉 오쟁이 진 배우자에 비유하면서 시작된다. "그래서 나는 기만당한 남편처럼/ 그대가 진실하다 믿으며 살아가겠소." 첫 두 행의 의미에는 설명이 필요할 만큼 특별히 어려운 점은 없다. 그도 그럴 것이, 자세한 주석을 제공하면서 멀론이 관심을 쏟은 부분은 전기적 사실밖에 없었기 때문이다. 이 목적을 위해 그는 파악하기 힘든 화자의 모습과 셰익스피어라는 인물 사이의 실질적인 차이를 무너뜨린다(셰익스피어가 글을 쓸 때 자신의 경험에 어느 정도 의존했는지, 아니면 가상의 인물이 두 명 등장하는 상황을 그저 상상해냈는지는 전혀 알 수 없기 때문이다). 그렇게 함으로써 멀론은 소네트가 셰익스피어의 정서적 삶을 직접 들여다보도록 만들어주는 창구라 여겨도 무방하다고 생각했다.

멀론은 자신의 새로운 접근 방법을 정당화하려는 노력의 일환으로 전기작가 윌리엄 올디스의 원고를 우연히 발견했다고 설명했다. 올디스는 처음 두 행에서 "셰익스피어는 아름다운 아내가 부정을 저질렀다는 모종의 의심을 제기한 것처럼 보인다"고 말했다. 하지만 사실상 이것은 현재 소실된 몇 가지 서류에서 올디스가 발견했던 내용이 아니었다. 지금 영국 도서관에 소장된 올디스의 셰익스피어 원고 주석은 대부분 건조하게 사실을 적시하며 서지학적인 내용을 다룬다. 다만 이와 궤를 달리한 흥미 위주의 가벼운 언급이 한 번 등장하기는 한다. 바로 "「연인의 애정A Lover's Affection」이라는 제목을 단 셰익스피어의 시는 마음이 변했다는 모종의 소문을 듣고 아름다운 아내에게 쓴 것처럼 보인다"라는 구절이다. 올디스는 존 벤슨의 1640년판 소네트집에서 93번 작품에 붙인 「연인의 애정, 비록 충실하지 못한 사랑으로 판명되었지만A Lover's Affection though his Love Prove Unconstant」이라는 제목을 보고 오해한 게 틀림없었다. 올디스의 주석에는 이런 가십성 내용이 하나밖에 없다는 사실을 알고 있으면서도 멀론은 이 단초를 놓치지 않고, 올디스가 "연구하는 동안" 셰익스피어의 결혼과 관련해 "이 특정 사실을 알고 있었는지" 궁금해했다. 심지어 주석을 꼼꼼히 읽지 않아도 올디스가 셰익스피어의 결혼이나 내면생활에 전혀 관심이 없었다는 사실이 명확한데도, 그는 이를 뒷받침할 만한 기록이 다소 있었다는 주장을 내놓았다. 그런 다음 셰익스피어가 딸 수재나를 유언 집행자로 선택하고 나아가 문제의 유언장을 통해 "고작 낡은 가구 한 점"을 유산으로 남겨 아내를 모욕한 사건들을 비롯해 몇 가지 보강 증거를 제공했다. 초기 전기작가들은 혼자 남은 아내에게 "두 번째로 좋은 침대"를 남겨주겠다는 셰익스피어의 결정이 점잖지 못해 보여 도저히 마음에 들지 않았던지, 서류를 다시 인쇄할 때 그 문구를 "가장 좋은 갈색 침대"로 은밀하게 고쳐놓았다.

멀론은 셰익스피어가 아내로 인해—유언장에서 표현했고 소네트 93번에서 확인한—질투어린 분노를 느꼈다는 추가 증거를 몇 편의 희곡에서 발견했다. "질투가 희곡 네 편의 중요한 핵심이기" 때문이다. 특히 『오셀로』의 "일부 구절은 그 정도가 **극심**하지는 않더라도 작가가 의심으로 **당혹스러워했다는** 추측을 불러일으킬 만큼 격렬한 감정을 담고 있다". 소네트의 저자와 화자가 동일인이라는 착각, 시 도입부의 부자연스러운 해석, 초기 근대 유언장의 관례에 대한 근본적인 오해―추가 증거가 필요하다면 여러 희곡에서 반복적으로 일어난 사건을 통해 이런 오해를 확인할 수 있다―등이 버무려지면서 멀론은 설득력 있는 주장에 이르게 되었다.

멀론은 자신의 설명이 도가 지나쳤다는, 즉 셰익스피어 희곡의 이전 편집자와 비평가들이 하나같이 엄격하게 지켜왔던 선을 자신이 넘어섰다는 사실을 깨닫고는 조금 뒤로 물러섰다. 그런 다음 "불확실한 근거"를 전제로 세운 주장이었다고 인정하며, "다른 어떤 주제보다 질투라는 주제를 다룰 때 이야기를 한층 더 진술하게 풀어나간 듯 보이므로 셰익스피어가 십중팔구 질투심을 느꼈던 모양이라 말하려던" 것뿐이었다고 설명했다. 주장을 반쯤 철회하는 정도로는 많이 부족하다고 깨달았던지 그는 이렇게 덧붙였다. "이 모든 것은 그저 추측에 불과하다." 하지만 그는 자신이 제시한 주장을 고쳐 쓰거나 삭제하지 않겠다고 고집을 부렸다.

위에서 지적한 바와 같이, 멀론의 주석은 조지 스티븐스가 편집한 셰익스피어 『희곡집』에 다시 등장했다. 새뮤얼 존슨 박사가 그랬듯이 저명한 학자인 스티븐스는 상대적으로 나이가 어린 멀론을 3년 전에 셰익스피어 작품 편집의 세계로 맞아들였다. 하지만 멀론이 소네트 93번에 붙인 주석을 읽은 그는 이에 대한 반론을 덧붙이자고 강력히 주장했다. 이런 유의 추측이 결국 어떤 결론으로 치달을지 알았기에 두려웠던 것이다. 멀론의 주장이란 추정을 차곡차곡 쌓아 만든 위험한 비탈길에 불과했다. 스티븐스 역시 올디스의 주석을 조사한 적이 있었으므로 멀론의 계책을 간파하고는 "저자의 아내가 아름다웠는지 그렇지 않았는지는 올디스의 조사 내용에 등장하지 않는 정황이었다"고 주장했다. 스티븐스는 "시인이 이 여성으로 인해 질투심을 느꼈는지도 이와 마찬가지로 부당한 억측이다"라고 덧붙였다. 특히 셰익스피어의 등장인물 한 명이 어떤 감정을 경험했다는 이유만으로 시인도 똑같은 감정을 분명히 느꼈다는 멀론의 환원주의적 관점에 기분이 몹시 상했다. 말하자면, "셰익스피어가 질투라는 주제로 글을 쓸 때 최고의 능력을 발휘했다고 해서 그가 그런 감정을 느꼈다는 증거가 되는 것은 아니다". 만약 이런 식의 추론이 사실이라면, 셰익스피어의 등장인물이 무한히 다양하다는 사실을 고려할 때 사실상 셰익스피어의 감정을 어떤 식으로든 설명할 수 있다는 뜻이었기 때문이다. 아테네의 타이먼이 세상을 싫어했기 때문에 자연히 셰익스피어 자신도 "친구들에게 버림받은 불행한 사람이나 냉소적인 인물"로 생각해야 되느냐고 스티븐스는 묻는다. 그리고 자신의 논지를 납득시키기 위해 이렇게 덧붙였다. "샤일록의 복수심에 사무친 잔학성"을 그토록 생생하게 전달했다는 이유로 "셰익스피어가 자기 가슴속에 도사린 악마성을 원형으로 삼아 그런 인물을 만들었다고 가정해야만 하는가?"

스티븐스는 조금의 부주의함도 용납하지 않았다. 셰익스피어 학문이 기로에 서 있다는 사실을 인식하고는 일단 멀론이 판도라의 상자를 비집어 연 이상 상자가 다시는 닫히지 않을지도 모른다고 예견했다. 2세기 뒤에 어느 중견 학자가 『샤일록이 셰익스피어다Shylock Is Shakespeare』라는 책을 써서 (그리고 주요 대학 출판사가 이를 출판해서) 자신의 수사학적인 질문에 긍정적인 대답을 들려준다는 사실을 알았더라도 그는 아마 놀라지 않았을 것이다. 멀론이 직접 상상을 전기로 비약시켰을 뿐만 아니라 다른 사람들이 거기에 동참하도록 유도한 행위에 대해 스티븐스는 더없이 명확한 답변을 내놓았다. "셰익스피어에 관해 어느 정도 확실히 알려진 점이라고는 그가 스트랫퍼드 어폰 에이번에서 태어났고, 결혼해서 그곳에서 아이를 낳았으며, 런던으로 건너가 배우로 활동하면서 시와 희곡을 썼고, 스트랫퍼드로 돌아와 유언장을 작성하고 사망한 뒤에 안장되었다는 것뿐이다. 그러므로 나는 셰익스피어의 인생에서 특정 사건들이 벌어졌다는 근거 없는 추정이라면 무엇에든 맞서 싸울 준비가 되어 있다고 마땅히 인정한다."

비난받기보다는 남을 비난하는 데 훨씬 더 익숙했던 멀론은 스티븐스의 반응에 기분이 상했다. 스티븐스는 이 벼락출세한 공동 연구자이자 이제는 경쟁자가 되어버린 남자에게 분명히 위협을 느꼈고, 가장 최근의 서신 교환으로 깊이 팬 상처는 영원히 치유되지 않을 터였다. 스티븐스가 1800년에 사망하자 멀론은 장례식에도 참석하지 않았으며 몇 년 전에 스티븐스가 자신의 주석을 향해 "원한과 적개심을 끊임없이" 뿜어냈다며 몇 번이고 되풀이해서 이야기했다.

그러잖아도 길었던 소네트 93번의 주석이 한층 더 길어진 것은, 셰익스피어의 작품에 그의 직접 경험이 묘사되어 있다고 멀론이 거듭해서 주장했기 때문이다. 즉, "다양한 주제에 관해 글을 쓰는 작가라면 누구나 자신이 직접 느낀 감정을 묘사하는 경우가 더러 있을 것이다". 그런 다음, 셰익스피어에게 "살인자의 사악함"은 말할 것도 없고 타이먼의 냉소적인 사고방식마저 깃들어 있었을지 모른다고 상상했다는 이유로 멀론은 스티븐스를 비난했다. 스티븐스의 논법대로라면 "셰익스피어의 모습이 실제 성격과 달리 전반적으로 모순되게 그려질" 우려가 있다는 것이다. 그와 달리 멀론 자신은 셰익스피어의 성격이 어땠는지 잘 알고 있었기 때문에 그가 어느 희곡에서 본래의 성격을 구현해냈는지 손쉽게 확인할 수 있었다.

이제 셰익스피어의 등장인물들이 한 말이나 행동을 기반으로 어떤 점이 셰익스피어의 성격과 부합하는지 분석하여 평가하는 무익한 게임이 시작되었다. 그리고 셰익스피어의 결혼생활이 불행했다는 아무 근거 없는 사고방식도 하나의 전통으로 자리잡아갔다. 멀론은 셰익스피어 부부의 불화설이 사실 무근한 추정에 불과했다는 비난에서 벗어나기 위해 노력하면서 셰익스피어의 복잡다단한 애정생활 속으로 한층 더 얽혀 들어갔다. "유서에서 아내를 소홀히 취급했다는 이유만으로 셰익스피어가 아내로 인해 질투심을 느꼈다는 결론에 반드시 도달하는 것은 아니다"라고 기꺼이 인정하면서도 앤 해서웨이가 셰익스피어에게 잘 어울리는 배필이었다고는 믿지 않았다. "그는 아내를 사랑하지 않았을지도 모른다. 그리고 어쩌면 그녀는 남편의 애정을 받을 자격이 없었는지도 모른다." 이런 글을 쓰던 당시에 멀론은 미혼이었다. 사실 결혼한 적은 한 번도 없었지만 결혼할 마음마저 없었던 것은 아니었다(그는 한 여성에게 지나치게 적극적으로 구애한 전력이 있었던 듯하다. 그리고 이 판본이 나타나고 2년 뒤, 아내로 삼고 싶었지만 청혼을 거절해버린 어느 여성에게 자신의 감정을 고스란히 보여주는 글을 쓰려고 했다. 그는 이렇게 불평했다. "내 사랑, 어째서 그대는 저를 그토록 무정하게 대하셔야만 했습니까?"). 그러므로 멀론이 소네트 93번에 덧붙인 셰익스피어 개인사와 관련된 주석은 근대 셰익스피어 전기의 주요 특징을 또 한 가지 드러냈다. 즉 전기작가들은 대체로 알려지지 않은 셰익스피어의 과거 행적에 자신들의 성격과 편견을 투사하면서 셰익스피어의 일대기와 자신들의 삶을 혼동하는 경향이 있었다.

아니나 다를까, 변호사 교육을 받았던 멀론은 셰익스피어 역시 법률 교육을 받았으며 "그의 법률 지식은 아무리 빼어난 지성을 갖추었다고 해도 대충 살펴보고 조사한다고 해서 얻을 수 있는 수준이 아니었다"고 확신했다. 심지어 셰익스피어가 "스트랫퍼드에 아직 머무는 동안 어느 시골 변호사 사무실에 채용되었다"고 추측하기까지 했다. 그렇다면 그 증거는 무엇이었을까? 셰익스피어가 푸주한이나 교사였다고 주장하는 입증되지 않은 소문과 달리 그는 셰익스피어의 희곡들, 그중에서도 『햄릿』에서 가장 명백하게 등장하는 내재적 증거에 의존했다. 멀론은 이런 식의 주장을 펼치면서 마음이 상당히 불편했던지 셰익스피어가 "신학이나 의학 용어에도 법률 용어만큼이나 능통했다고 입증될 수도 있다"고 덧붙였다. 만약 다른 사람들이 나타나서 셰익스피어가 법만큼이나 종교나 의학에 대해서도 많이 알고 있었다는 사실을 입증할 수 있다면 "이제까지의 진술은 조금도 중요하게 취급되지 않을 것이다"라고 멀론은 결론지었다.

그가 내세운 논리의 기저에는 셰익스피어가 어디선가 들었거나 읽어봤거나 다른 작가들의 작품에서 빌려왔거나 상상한 것이 아니라 자신이 직접 느끼거나 경험한 내용밖에 쓸 수 없었다는 추정이 자리 잡고 있었다. 이제 수문이 열렸으니 그의 희곡에 대한 각자의 편파적인 해석을 기반으로 셰익스피어가 분명히 선원, 군인, 궁정 조신, 백작부인 등등이었다는 주장이 곧이어 봇물처럼 쏟아져나올 참이었다. 셰익스피어가 특정 분야에 대해 그토록 정확하고 설득력 있게 글을 쓴 것으로 보아 관련 경험을 한 것이 틀림없다고 추정함으로써, 멀론은 그 반대의 경우가 사실일 가능성도 의도치 않게 열어두고 말았다. 저자의 특성이 강하게 드러나는 작품에서 셰익스피어의 개인사에 관련된 기록으로 뒷받침할 수 없는 전문 지식, 말하자면 매사냥이나 선박 조종술, 외국, 지배 계급의 행동 양식에 대한 지식이 등장했으므로 셰익스피어는 그 희곡들의 원저자로 부적격한 사람임이 분명하다.

이제 셰익스피어가 원저자라는 사실을 의심하기 위한 전제 조건, 즉 나머지 조건들의 언급 횟수를 모두 합친 것보다 훨씬 더 자주 언급될 법한 조건이 또 한 가지 확립되었다. 이제부터는 어떤 합의도 불가능해질 것이며, 셰익스피어 작품의 원저자를 주인공으로 다루는 전기는 창의력과 설득력이 뛰어난 사람이라면 누구나 집필할 수 있을 것이다. 학자들이 찾아낼 수 있는 자료는 부족한데도 마음만 턱없이 앞서는 상황에서 앞으로 동원할 수 있는 방법은 고작 몇 가지밖에 남지 않았다. 위조하기, 일화에 의존하기, 작품으로 되돌아가 저자의 생애를 알려줄 새로운 증거를 찾기, 이 셋뿐이다. 그의 희곡과 시들을 읽고 자전적 성향이 강하다고 해석하고 싶은 충동을 느낀다면, 그 직접적인 원인은 요람에서 무덤까지 셰익스피어의 인생에 대해 누구나 만족스러운 글을 쓸 수 있을 정도로 충분한 정보가 발견되지 않았기 때문이다.

소네트 93번에 붙인 멀론의 주석은 셰익스피어 연구사뿐만 아니라 전반적인 문학 전기의 역사에서도 결정적인 순간이었다. 우리 시대에 들어 인간의 삶을 기술하는 지배적인 양식으로 떠오른 장르는 그 계보가 이 광대한 각주까지 거슬러 올라가는 듯하다. 문학 전기는 16세기와 17세기에는 그 수가 얼마 되지 않았지만 18세기 들어 타당한 평가를 얻게 되었다. 개인의 삶을 기술하는 글에 대한 열렬한 관심이 원동력이 되기도 했고 수많은 전기와 회고록을 비롯해 1747년에서 1766년에 걸쳐 여러 권으로 출판된 『브리태니커 약전Biographia Britannica』과 같은 엄청난 공동 협력 작품이 정신없이 쏟아져 나오는 분위기에 편승한 덕이기도 했다. 『브리태니커 약전』은 전기의 개념을 비약적으로 발전시켜, 정확한 일대기를 기반으로 삼으면 자기 본위로 작성된 회고록의 진위를 점검할 수 있다고 인식했다.

우리 앞에 놓인 이 작품은 일반 역사만이 아니라 특정한 회고록에 대한 보충 자료이자 안내서 역할을 하므로, 특정한 문필가들이 작성한 위인들의 성격과 『전기 사전Biographical Dictionary』에 실린 해당 항목을 비교해보면 그 내용이 진실과 얼마나 일치하는지 혹은 모순되는지 알 수 있다.

윌리엄 올디스는 『브리태니커 약전』을 집필한 주요 집필진 가운데 한 명이었다. 그는 기억력이 엄청나게 좋았고 유명인들이 생애에 겪은 사실을 알아내는 데 집착했으며 자료가 있을 법한 기록보관소를 여러 군데 알고 있었다. 자신이 정리한 메모를 전기에서 다룰 인물별로 분류해 양피지 가방에 따로 담는 방식으로 작업을 진행했고 인내심과 끈질긴 근성을 발휘해 유명인들의 개인사에 관한 사실을 무수히 발견해냈다. 그런 다음 윌리엄 캑스턴, 마이클 드레이턴, 리처드 해클루트, 에드워드 앨린, 아프라 벤을 포함해 스무 명이 넘는 주요 인물의 생애에 대해 집필하기 시작했다. 올디스는 사실 그 자체에 만족하며 엄청나게 많은 자료를 밝혀냈다. 하지만 사실만으로는 전기의 주인공에게 새 생명을 불어넣기에 역부족이었다. 제임스 보스웰과 그의 전기 주인공인 존슨 박사 같은 작가들은 이런 사실을 깊이 이해했기에 각각 『존슨의 일생』과 네 권으로 구성된 『가장 뛰어난 영국 시인들의 생애Lives of the Most Eminent English Poets』(존슨은 『브리태니커 약전』을 상당 부분 참조해 이 작품을 썼으므로 여기서 다룬 시인들이 대부분 올디스의 약전에 등장한다)를 쓰면서 유명인의 생애를 어떻게 집필하고 해석해야 하는지에 관한 방법과 방향을 재정립했다.

하지만 존슨 박사마저도 개별적인 시나 희곡을 자전적 성향의 작품으로 해석하지는 않았다. 작가의 삶에 크게 흥미를 느꼈으면서도 작가로서의 정체성과 한 개인으로서의 정체성이 동일하지 않다는 사실을 충분히 이해했으므로 두 가지 차이를 굳이 없애려 하지 않았던 것이다. 사실 그는 제임스 톰슨●의 생애를 집필하면서 분명히 밝혔듯이 두 가지를 구분하지 못하는 사람들을 유독 조롱하려고 애썼다. 존슨은 자기보다 먼저 톰슨의 전기를 쓴 작가(아마도 패트릭 머독●●을 지칭하는 듯하다)가 부주의하게도 '저자의 삶이란 작품을 통해서 가장 잘 이해할 수 있다고 언급한' 구절을 읽고는 그런 주장이 얼마나 어리석은 것인지 지적했다. 그런 다음 언젠가 리처드 새비지(존슨은 물론이고 톰슨과도 친구였다)가 다음과 같이 말했던 기억을 떠올렸다. '어느 숙녀와 대화를 나누던 중에 [톰슨의] 작품을 읽으면 작가의 세 가지 특성, 즉 훌륭한 연인이자 수영의 달인이자 엄격한 금욕주의자라는 사실을 짐작할 수 있다는 이야기를 듣게 되었다.' 새비지는 이런 오해를 바로잡았다. 그 숙녀가 『사계』를 자전적 성향의 작품으로 해석한 것은 세 가지 점에서 잘못되었다는 것이다. 톰슨은 그녀가 상상하듯

● 스코틀랜드 출신의 시인이자 극작가로 『사계The Seasons』와 『소포니스바의 비극The Tragedy of Sophonisba』으로 잘 알려져 있다.
●● 스코틀랜드 출신의 작가이자 출판업자 및 수학자로 제임스 톰슨의 전기와 유명한 수학자 콜린 매클로린이 쓴 『아이작 뉴턴 경의 철학적 발견에 대한 해석An Account of Sir Issac Newton's Philosophical Discoveries』을 출간했다.

헌신적인 연인 노릇을 할 사람이 아니었고 '실제로는 차가운 물에 한 번도 들어가본 적이 없었'으며 '주변에서 누릴 수 있는 온갖 사치에 탐닉했다'. 그러니 작품을 통해 저자의 모습을 역추적하는 일은 이쯤에서 그만두어야 할 성싶다.

존슨은 편지를 증거로 활용하는 것마저 경계해 작가들이 주고받은 서신에는 '본말이 전도되거나 왜곡된 것이 하나도 없다'는 개념을 비웃었으며 전기를 집필하는 동안 편지를 거의 활용하지 않았다. 그는 소위 자서전적 시를 신뢰하지 않아서 밀턴과 오트웨이, 스위프트, 포프의 자기고백적인 시를 외면했으며 포프와 관련해서는 '시인들이 언제나 자기 생각을 표현하는 것은 아니'며 그 예로 포프가 '음악을 찬미하려고 노력'하기는 했지만 사실 '음악의 원칙에 무지했고 그 효과를 이해하지 못했다'고 말했다.

멀론이 작가의 생각이나 감정을 입증할 증거를 찾기 위해 희곡을 분석하기로 결정하면서 문학적 전기는 루비콘 강을 건넌 셈이었다. 허구의 작품들이 전기의 정당한 자료가 되었고 셰익스피어의 희곡과 시가 이런 새로운 접근 방법을 확립하는 데 결정적인 역할을 했던 것이다. 1790년에 멀론은 오래전에 약속한 셰익스피어의 전기 집필 작업이 순조롭게 진행되는 중이라고 발표했다. 상당히 많은 자료를 이미 '여러 차례에 걸쳐 입수'했지만 "불가피하게도 정리가 제대로 되지 않았다"는 것이다. 물론 '언젠가는' 모든 자료를 엮어 하나의 일관된 서사를 만들어낼 작정이었다. 셰익스피어의 비망록이나 개인적인 서신이 어디선가 나타나 그의 오랜 공백기와 베일에 싸인 사건들에 살을 붙일 수 있으리라는 믿음도 여전히 굳건했다. 사망하기 5년 전인 1807년까지도 『셰익스피어의 생애』는 3분의 1만 쓰면 '탈고할 수 있는 상태이고' '남은 분량을 쓰기 위해 필요한 자료도 모두 갖춰졌으며', 출판 준비가 되었을 때 시간을 절약할 수 있도록 심지어 300파운드 어치의 종이를 '인쇄소에 마련해두었다'면서 친구들을 여전히 안심시 켰다. 멀론은 채 90일도 안 되는 기간에 아일랜드의 위조 사건에 대 해 400쪽짜리 책을 집필해 출판한 전력이 있었다. 하지만 수십 년 동 안 노력을 기울였음에도 『셰익스피어의 생애』는 여전히 미완성이었고 퍼즐의 가장 커다란 조각들은 대부분 채워지지 않은 상태였다. 심지 어 셰익스피어의 작품들을 뒤져도 모자란 증거를 찾을 수는 없었다. 멀론이 사망하자, 앞뒤가 맞지 않는 나머지 자료를 모아서 『셰익스피 어의 생애』의 빈 공간을 메우는 골치 아픈 임무는 제임스 보스웰 2세 가 떠맡게 되었다. 그는 자신이 미진한 부분을 말끔히 정리하게 된 것 이 아니라 '커다란 구멍'을 마주하고 있다는 사실을 재빨리 깨달았다.

⚜

셰익스피어 연구사를 주제로 책을 쓰는 사람들은 멀론을 초기 영 웅으로, 아일랜드를 이야기에 등장하는 최초의 악당 가운데 한 명으 로 묘사한다. 나 역시 이런 식으로 생각하는 훈련을 받아왔으므로 그 사고를 넘어서기가 힘들다. 그 이유를 파악하기는 그리 어렵지 않 다. 멀론에 대해 이야기하는 학자들과 마찬가지로, 멀론 자신도 인생 의 대부분을 낡은 책들과 원고뭉치에 둘러싸여 살았고 기록보관소의 문서들을 눈이 빠지도록 세세히 읽어봤으며 셰익스피어 전기라는 필 생의 작업을 완수하려고 부단히 노력했다. 아일랜드는 속임수를 썼 고 지름길을 택했다. 하지만 사실은 둘 다 같은 목표를 추구하고 있 었다. 바로 그런 이유로 멀론은 젊은 맞수를 공격하는 잔인한 행동을 저질렀는지도 모른다. 두 사람 다 셰익스피어의 인생을 다시 쓰는 데 전념했다. 한 사람은 문서를 위조했고 다른 한 사람은 인생과 작품의 관계를 거짓으로 구축했다. 돌이켜 생각해보면, 멀론이 입힌 손상이 훨씬 더 크고 오래 지속되었다. 그는 전문 지식을 어렵게 얻고 나면 셰익스피어의 작품을 뒤져 작가의 사생활에 대한 단서를 찾아낼 권리가 생긴다고 믿은 최초의 셰익스피어 학자였고, 그 뒤로는 대부분의 학자가 그 권리를 다른 사람들에게 허용하지 않으려 했다. 보스웰이 멀론의 『셰익스피어의 희곡과 시Shakespeare's Plays and Poems』 최신판을 출간한 1821년경에는 이미 소네트에서 "시인이 자기 자신의 목소리로 노래했다는 사실이 일반적으로 인정되는" 분위기였다.

멀론은 수십 년 동안 공들여온 탐구에 실패했다. 셰익스피어의 내면생활로 곧장 이어주는 맥락들이 모두 잘려나갔기 때문이다. 아마도 이 이야기 가닥들은 한 세기가 넘도록 단절된 상태였을 것이다. 이제 포괄적인 전기를 쓸 만큼 풍부한 자료를 구하는 것은 불가능해졌다. 그저 후손들이 희미한 실마리나마 발견할 수 있도록 셰익스피어가 부단히 노력했으리라는 한 가지 가능성이 남아 있을 뿐이었다. 어쨌든 마땅히 살아남았을 법한 증거가 과연 무엇인가에 대한 기대감은 걷잡을 수 없이 부풀어 올랐다. 셰익스피어 사후에 몇 뭉치의 편지, 극장 문서, 심지어 비망록 한두 권이 남아 있을 가능성도 있었지만, 설사 그런 자료가 존재한다 해도 실제로 발견된 적은 없었다. 게다가 17세기 말에 셰익스피어의 직계 혈통이 끊기고 셰익스피어가 만년을 보낸 뉴 플레이스가 팔린 뒤 헐린 사건들도 자료가 소실되는 커다란 원인이 되었다.

한편으로는 1598년에 프랜시스 미어스가 출간한 최고의 영국 극작가들 명단을 살펴보기만 한다면 이런 인기 있는 엘리자베스 시대 극작가들 가운데 비망록과 출판된 희곡의 초안이 남아 있는 사람은 아무도 없다는 사실을 대번에 발견할 것이다. 사실상 셰익스피어의 지위와 업적에 가장 잘 어울리는 기념물은 그의 유산을 기리는 사람들이 제작해서 보존하고 있었다. 즉, 스트랫퍼드 교회의 기념비와 묘석, 그리고 그가 사망하고 7년 뒤에 추천 시와 초상화●를 서문으로 붙여 출간한 풍성한 희곡집이다. 당시에는 영국의 어떤 극작가에 대해서도 사후에 그런 선집이 제작된 사례가 없었다. 이것은 분명 동료 배우들이 셰익스피어를 기억하는 데 합당하고 충분하다고 여긴 방법이었다.

셰익스피어에게는 보스웰이 없었다. 하지만 말로와 존슨, 웹스터를 비롯해 동시대의 어느 극작가도 사정은 마찬가지였다. '전기'는 존재했지만 본격적인 문학 전기는 아직 없었다. 그런 이유에서 이 장르가 초창기에 꽃피운 결실인 『근대 외국 시인들의 삶The Lives of the Poets, Foreign and Modern』이 보존되지 못한 것은 특히 유감스럽다. 이 책은 셰익스피어의 동료 극작가인 토머스 헤이우드가 집필(혹은 적어도 계획)한 것으로, 1614년과 1635년에 걸쳐 두 차례 언급되기는 했지만 원고가 완성되지 않았거나 소실되었고, 그것도 아니면 아예 출판되지 않았다.

틀림없는 사실은 그 세기가 바뀌기 전에 태어나서 어쩌면 1670년대나 1680년대까지 살았으며 왕실 극단에 소속되어 1614년경에 셰익스피어가 은퇴하기 전까지 함께 일했던 소년 배우들을 비롯해 셰익피

● 첫 번째 2절판 속표지를 장식한 이 초상화는 플랑드르 출신의 판화가 마틴 드뢰샤우트의 동판화 작품으로, 1610년에 제작된 존 테일러의 챈도스 초상화와 더불어 가장 중요한 셰익스피어 초상화다. 이후에 그려진 초상화들은 대체로 이 두 개의 초상화를 모방한 것이다.

어의 일상생활을 지켜본 목격자들이 존재했다는 것이다. 누군가 인터뷰를 하기만 했다면 셰익스피어의 직계 가족 역시 그의 성격을 이해할 만한 상당한 실마리를 던져주었을지도 모른다. 셰익스피어의 여동생 존은 1646년까지 살아 있었다. 그의 큰딸인 수재나는 1649년에 사망했고 작은딸인 주디스는 1662년에도 여전히 생존해 있었다. 셰익스피어에게 관심이 있었던 어느 교구 목사는 주디스를 찾아서 아버지에 대해 물어볼 생각이라고 어딘가에 적어두었지만 이 대화를 나누기 전에 그녀가 세상을 떠나고 말았다. 하지만 셰익스피어가 사망하던 당시 여덟 살이었던 손녀 엘리자베스를 찾아보려는 생각은 아무도 하지 못했다. 요절한 세 명의 사촌과 달리 그녀는 유일하게 스물한 살이 넘도록 살아남아 결혼까지 했지만 두 번의 결혼으로도 슬하에 자녀를 두지 못했다. 결국 1670년에 그녀가 사망하면서 셰익스피어 가문은 혈통이 끊기고 말았다.

이외에도 인터뷰할 만한 집안 친구나 인척이 남아 있었다. 예를 들어 셰익스피어에게 칼을 물려받은 토머스 콤은 1657년까지 살았고 스트랫퍼드에 살던 이웃 리처드 퀴니는 1656년까지 건재했다. 그의 아들이자 셰익스피어의 사위인 토머스 퀴니는 주디스와 결혼해 1663년까지 살았다. 두 남자 모두 셰익스피어를 잘 알고 있었다. 마찬가지로 셰익스피어의 처남 토머스 해서웨이도 1650년대 중반까지 문의가 가능했다. 셰익스피어와 이름이 같은 조카 윌리엄은 런던에서 전문 배우가 되었으므로 극장에 얽힌 근사한 일화들을 남몰래 알고 있었을지도 모른다. 그는 1639년에 사망했다.

셰익스피어의 개인사를 알려줄 만한 연줄 가운데 소식이 끊겨 가장 안타까운 이로는 1607년 수재나와 결혼한 사위 존 홀을 꼽을 수 있다. 홀은 장인과 상당히 친밀하게 지냈던 것으로 보인다. 셰익스피어와 함께 런던여행을 떠났을 뿐만 아니라 유언 공동 집행인으로 지목되기도 했기 때문이다. 그는 스트랫퍼드에서 유명한 의사였고 자신이 치료한 환자들에 대해 라틴어 약자로 기록한 메모를 보관했다. 홀이 사망한 뒤 제임스 쿡이라는 의사가 찾아와 남편의 기록을 넘겨달라고 부탁하자 혼자된 수재나는 자료의 일부를 기꺼이 팔려고 했다(그는 수재나와 남편이 상속받은 뉴 플레이스로 찾아갔다). 그러나 쿡은 문학이 아니라 의학적인 내용에만 관심이 있었으므로 그녀의 아버지 혹은 아버지의 비망록에 대해서는 물어보지 않았던 듯하다. 나중에는 홀의 의학 노트 한 권을 번역해서 출판했다. 홀이 치료한 환자들 중에는 셰익스피어의 동료 극작가이자 워릭셔 토박이인 마이클 드레이턴이 있었다. 안타깝게도, 홀의 다른 노트는 내용을 번역하거나 인쇄하기 전에 소실되었고 언젠가 세상에 나타나지 않는 이상 그 안에 장인에 관한 정보가 조금이라도 담겨 있는지는 영원히 알려지지 않을 것이다.

홀과 셰익스피어에 얽힌 이야기는 한 가지 더 있다. 이 부분에 대해서는 한 세기도 훨씬 더 전에 제임스 오처드 할리웰-필립스가 세상에 알리긴 했지만 그 중요성에 비하면 그리 널리 알려진 편은 아니다. 장인이 사망한 지 두 달 뒤인 1616년 6월 22일, 존 홀은 런던 세인트 폴 근처에 위치한 캔터베리 대주교의 등기소를 방문해 셰익스피어의 유언장에 검인을 받았다. 그가 제출한 서류 가운데는 '유언자의 가재 목록', 다시 말하면 셰익스피어의 소유물 목록이 있었다. 셰익스피어가 소유했던 값비싼 책, 원고, 편지를 비롯해 상속자에게 유증되는 것이면 무엇이든 유언장 자체보다 이 재산 목록에 더 잘 정리되어 있었을 것이다(조녀선 베이트가 지적했듯이, 이런 이유로 저명한 신학자 리처드 후커와 시인 새뮤얼 대니얼 같은 엘리자베스 시대의 저명인사들의 현존하는 유언장에는 어떤 도서 목록도 명기되어 있지 않다). 존 홀이 런던으로 가져온 재산 목록이 아직까지 남아 있다면, 아니 일말의 기적이라도 일어나 그 자료가 나타나기만 한다면, 엘리자베스 시대의 유언장과 재산 목록의 전통을 오해한 나머지 스트랫퍼드의 셰익스피어가 책을 한 권도 소장하지 않았으므로 십중팔구 문맹이었다고 끈질기게 주장하는 사람들이 마침내 말문을 닫아버릴 것이다.

토머스 베터턴과 존 오브리, 토머스 풀러의 인도 아래 셰익스피어 순례자들이 마침내 스트랫퍼드에 당도한 17세기 중반 무렵, 남아 있는 것이라고는 간접적으로 전해지는 일화뿐이었다. 이를 통해 우리는 셰익스피어가 푸줏간에서 도제생활을 했다, 엄청난 술고래였다, 사슴 밀렵꾼이었다, 술자리를 즐기거나 사람들과 어울릴 줄도 몰랐다, 벤 존슨과 마이클 드레이턴과 한바탕 술을 마신 뒤 열병으로 사망했다, 죽을 때까지 가톨릭 신자였다는 등의 정보를 알게 되었다.

18세기의 편집자인 에드워드 카펠은 셰익스피어의 공적인 삶과 직업적인 삶을 다룬 전기에 비해 개인사를 다룬 전기가 가망 없는 실패작에 불과하다고 처음으로 인식한 사람이었다. 셰익스피어가 어떤 사람이었는지 기록할 "수 있는 유일한 이들은" 그 기회를 이미 놓쳐버렸다. 셰익스피어의 미스터리를 해결하려고 노력하는 것은 더 이상 아무 의미가 없었다. "이제 이 문제에 관한 우리의 연구는 무의미하다고 판명될 것이 분명"하고 "이 가장 흥미로운 인생에서 일어난 사건들(그러니까 그의 개인적인 사건들)은 우리가 알아낼 가망이 더 이상 없다". 셰익스피어의 개인사 연구가 카펠에게는 끝난 일이었는지 모르겠으나 다른 사람들에게는 그저 시작에 불과했다.

"이 열쇠로"

셰익스피어가 활동하던 시대는 물론이고 그가 사망한 지 한 세기 반이 넘는 시간 동안에도 그의 작품을 전기적 관점으로 해석한 사람은 아무도 없었다. 하지만 멀론이 그런 시도를 한 뒤부터 일종의 광풍이 불어 닥치더니, 1830년대에는 마치 거의 모든 사람이 셰익스피어의 작품에서 개인사의 실마리를 찾아내려고 부산을 떠는 듯했다. 갑자기 오랫동안 무시당하던 소네트들이 인기를 끌었다. 『비너스와 아도니스』 『루크리스의 능욕』 같은 셰익스피어의 여느 중요한 시들과 달리, 소네트는 그가 살아 있는 동안 한 번도 재발간된 적이 없었으며 1609년에 출간된 뒤에는 언급되는 횟수가 놀라울 정도로 적었다. 1640년에는 마침내 존 벤슨이 재판을 펴냈다. 그는 서문을 잘랐고 적절하다고 판단되는 부분에서 대명사의 성을 바꾸고 제목을 지어냈으며 소네트 146번과 152번을 자유롭게 재배열해 72번 또는 이보다 훨씬 더 긴 시들과 결합시켰다. 그러고 나서 셰익스피어의 시들과, 『열성적인 순례자』 1612년판에서 셰익스피어가 쓴 것으로 잘못 분류된 다른 사람들의 작품을 혼합했다. 하지만 수정 작업을 거친 뒤에도 이 철지난 장르에 대한 관심이 다시 뜨겁게 불타오르지는 않았고, 17세기에 셰익스피어의 희곡들이 네 개의 2절판으로 출간되는 동안에도 소네트는 대부분 새로운 세대의 독자들이 여전히 접하기 어려운 작품이었다. 설사 누군가 소네트를 입수한다 하더라도 대체로 벤슨의 판본밖에 구할 수 없는 실정이었다. 좀체 변할 기미가 없던 상황은 멀론이 자신의 부록에 소네트를 원래 형태대로 실으면서 달라지기 시작했다. 만약 스티븐스가 1793년에 셰익스피어 판본을 다시 발간하면서 소네트를 배제하는 것으로 멀론의 자서전적 접근 방법을 완전히 억누를 수 있을 거라 생각했다면 그의 생각은 틀렸다. 어쨌거나 그는 최선을 다해 이렇게 주장했다. "아무리 의회가 가장 강력한 법령을 만들어낸다 한들 독자들에게 그의 소네트를 읽으라고 강요하지는 못할 것이다." 그 뒤에 스티븐스는 이렇게 덧붙였다. "만약 셰익스피어가 소네트 외에 다른 작품들을 창조하지 않았더라면 그의 이름은, 한층 더 우아한 소네트를 쓴 선배 시인 토머스 왓슨에게 세월이 안겨준 명성에 미치지 못했을 것이다."

독일의 비평가들은 멀론의 접근법에서 잠재적인 가능성을 처음으로 알아본 무리에 속한다. 1808년 빈에서 진행한 강의에서 아우구스트 빌헬름 폰 슐레겔은 영국인들이 "[셰익스피어의] 소네트를 활용해 시인의 환경과 감정을 밝혀보려 생각한 적이" 한 번도 없을뿐더러 소네트에서 "시인이 젊은 시절 저지른 실수를 고백"하고 있다는 사실도 깨닫지 못했다며 비난을 퍼부었다. 그에 버금가는 명성을 떨친 동생 프리드리히 폰 슐레겔은 형의 관점에 동조하며 그 의미를 확장시켰다. "간결한 표현을 면밀히 연구해 셰익스피어의 성격을 파악하는 작업은 낯설지만 몹시 즐겁다." 하인리히 하이네는 소네트야말로 "셰익스피어가 살아온 환경을 입증하는 믿음직한 기록"이라고 확인해주었다.

얼마 지나지 않아 윌리엄 워즈워스는 소네트를 매개로 "셰익스피어가 자신의 지극히 사적인 감정을 표현한다"는 말을 퍼뜨렸다. 그리고

「소네트를 멸시 마라Scorn Not the Sonnet」라는 시에서는 "이 열쇠로/ 셰익스피어가 자신의 마음을 열어버렸네"라는 구절을 통해 이 주장을 한결 인상적으로 제시했다. 하지만 워즈워스는 엘리자베스 시대의 소네트들이 전적으로 자서전적 성향을 띤다는 믿음과, "시인이 자신에 관한 이야기를 너무 많이 털어놓는 것은 문학사에서 유례가 없는 일"이기 때문에 자전적 시 『서곡The Prelude』의 출판을 미루게 되었다는 고백 사이에 모순이 존재한다는 사실을 깨닫지 못했다. 그는 이처럼 새롭게 만들어진 셰익스피어에게서 낭만주의의 선구자의 모습을 발견했다.

다른 사람들도 이 생각에 앞 다투어 편승했다. 1818년에 『블랙우즈 매거진Blackwood's Magazine』의 한 기고가는 확신에 찬 목소리로 이렇게 주장했다. 소네트는 "우리와 비슷한 감정 그리고 시인의 인생에서 가장 흥미로운 몇 가지 사건과 상황을 슬쩍 살펴보거나 이따금 엿볼 기회를 주기 때문에 셰익스피어의 다른 어떤 시보다 귀중하다." 여기서 한 걸음 더 나아가, 1835년에 『뉴 먼슬리 매거진New Monthly Magazine』에 실린 「윌리엄 셰익스피어의 고백The Confessions of William Shakespeare」이라는 긴 글은 소네트를 "개인적 고백"이라고 일컬으며 소네트의 삼각관계 구도를 숨 가쁘게 묘사했다. 이 관능적 쾌락을 누가 거부할 수 있었겠는가? 소네트를 접하노라면 "우리는 고해실 문 옆에 서서 셰익스피어의 심중에 담긴 가장 내밀한 비밀을 엿듣고 있는 듯하다".

소문은 미국까지 번졌고 랠프 월도 에머슨은 영향력 있는 저서 『위인이란 무엇인가Representative Men』(1850)에서 다음과 같은 질문을 던졌다. "소네트집을 읽으면서, 시인이 지성인들에게는 전혀 가면으로 보이지 않는 가면을 쓴 채 우정과 사랑에 대한 교훈을 이야기했다고 누

셰익스피어와 앤 해서웨이.

가 알아차리지 못하겠는가?" 19세기 중반에 슐레겔 형제와 워즈워스, 콜리지, 하이네, 에머슨처럼 대서양 양편에서 막강한 영향력을 발휘했던 인물들은 하나같이 멀론이 처음 제안한 입장을 수용했다. 존 키츠의 친구이자 『셰익스피어의 자전적 시Shakespeare's Auto Biographical Poems』(1838)의 저자인 찰스 아미티지 브라운에 따르면, 소네트는 "하나로 이어진 순수한 전기"였다. 이 음유 시인의 인생은 이제 누구에게나 알려진 내용이 되었다.

소수의 인물이 이런 새로운 합의에 반대하며 이의를 제기하려 했지만 그다지 성공을 거두지는 못했다. 1829년에 토머스 캠벨은 소네트가 "셰익스피어의 일대기를 알려주는 지표로서 아무 의미가 없다고" 불평하며 "낭만주의자들이 셰익스피어의 열정과, 감정의 진정한 모습을 명백하게 그려낸다"는 주장을 거부했다. 몇 년 뒤에는 동일한 주장을 좀더 직설적으로 풀어냈다. "셰익스피어의 소네트는 그의 개인사에 접근할 수 있는 길을 제공해주지 않는다." 그의 의견에 누구도 귀를 기울이지 않았고 워즈워스의 「소네트를 멸시 마라」라는 시를 반박한 로버트 브라우닝 역시 이와 같은 신세였다. "이 똑같은 열쇠로/ 셰익스피어는 마음을 열었다, 다시 한번!/ 셰익스피어가 그랬다고? 만약 그렇다면 셰익스피어답지 않구나!" 1856년경 이 전투는 거의 끝나가고 있었다. 그해에 데이비드 메이슨이 표현했듯이 "이제 비평은 상당히 확실하게 정해진 듯하다. (…) 셰익스피어의 소네트란 시인의 감정과 경험의 시적인 기록에 지나지 않으며, 그럴 가능성이 있다고." 그의 시가 "자전적이라는 데에는, 명백하고 강렬하며 극도로 자전적이라는 사실에는" 더 이상 의심의 여지가 없었다.

일단 소네트를 일종의 고백으로 해석하기 시작하면서 비평가들은 시에서 넌지시 언급된 잘 알려지지 않은 이름 없는 인물들에게 관심을 돌렸다. 이들의 전제는, 소네트에서 다양한 화자들을 등장시켜 다크 레이디들, 젊은 남자들, 경쟁 시인들에 대해 불평할 때 셰익스피어가 실존 인물들을 염두에 두고 있었다는 점이다. 멀론의 호적수이자 아일랜드의 위조문서를 사실로 믿었던 조지 차머스는 1797년에 소네트 **전편**이 엘리자베스 여왕에게 바친 작품이었다고 주장함으로써 소네트를 전기로 해석하는 각축장에 강력한 첫발을 내딛었다. 곧이어 수많은 사람이 소네트의 "유일한 창시자", 신비에 싸인 "W. H."의 정체를 밝혀내기 시작했다. 적어도 그들은 길잡이로 삼을 만한 이름의 머리글자는 갖고 있었고, 작품의 헌정 대상은 비록 명확히 파악하지 못했더라도 실존 인물을 염두에 두고 있었던 모양이다.

소네트 80번에 등장하는 "더 훌륭한 사람", "심지어 셰익스피어가 자신보다 더 뛰어나다고 인정한" 재능 있는 문학계의 맞수가 과연 누구인지에 대해 가장 먼저 억측한 사람들 중에는 바로 멀론도 있었다. 멀론은 에드먼드 스펜서가 그 미지의 맞수가 분명하다고 결론짓고는 이 주장을 뒷받침하기 위해 셰익스피어의 미완성 전기에서 3분의 1가량을 할애해 두 시인의 관계를 설명했다. 단 한 번도 멀론의 주장에 동조할 수 없었던 조지 차머스도 이번에는 동의를 표했다. 다른 사람들은 그렇게 확신하지 않았으며 새뮤얼 대니얼, 마이클 드레이턴, 조지 채프먼, 크리스토퍼 말로, 벤 존슨을 비롯해 다른 수많은 작가를 지지했다. 또 다른 인물은 이들의 주장이 모두 틀렸다고 단언했다. 단연코 초서야말로 셰익스피어가 염두에 두었던 위대한 경쟁자라고 생각한 것이다.

엘리자베스 시대의 다크 레이디들, 청년들, W. H., H. W., W. S.

혹은 이와 비슷한 조합의 머리글자로 표시된 인물들을 나열한 목록은 이보다 더 길었다. 멀론에게서 시작된 이 실내 놀이는 아직도 활발하게 진행되고 있으며 새로운 이름이 다시 등장하지 않고 그냥 넘어가는 해는 한 번도 없는 듯하다. 그 이름을 모두 적으면 분량이 어찌나 많은지 엘리자베스 시대의 인구 조사와 맞먹을 정도다. 셰익스피어 시에 등장하는 가상의 화자들이 언급한 가장 순수하고 은유적인 표현은 전기적 사실로 해석되었다. 셰익스피어는 소네트 144번에 암시된 것처럼 매독에 걸렸을까? "운명의 여신에게 극심한 미움을 받아 다리를 절게 된" 사연을 노래하는 소네트 37번의 저자는 실제로 절뚝거렸을까? 소네트 111번이 작가의 고백이라는 멀론의 주장처럼 셰익스피어는 돈을 벌기 위해 연극적 재능을 팔아버리고 싶지 않았을까? 소네트에 담긴 전기적 비밀을 밝혀냄으로써 문학적 명성을 쌓을 수 있다면, 누가 소네트의 난해한 언어를 굳이 해석하려고 고군분투했겠는가?

19세기 중반, 흥미로운 자전적 소식에 대한 집착이 커지면서 시 자체의 미적 쾌감에 대한 흥미는 거의 설 자리를 잃어버렸다. 널리 알려졌듯이, 워즈워스는 소네트를 "열쇠"라고 묘사했다. 콜리지는 시 한 편(아마 동성애를 가장 노골적으로 표현하는 소네트 20번을 언급했을 듯하다)이 "의도적인 눈가림"이라고 주장했다. 에머슨은 이런 시들이 "지성인들에게 가면으로 보이지 않는 가면"이라고 이야기했다. 그리고 전보와 모스 부호가 발명된 이후로는 셰익스피어가 어떻게 의도적으로 자전적 흔적을 숨겼는지 묘사하기 위해 새롭고 불길한 은유가 도입되었다. 그 조짐은 1858년에 로버트 윌모트가 적은 다음 문장에서 드러난다. "소네트는 자서전의 한 장이다. 물론 비평을 통해 열쇠를 발견할 때까지는 여전히 암호로 남아 있겠지만."

전기적 요소를 찾아내려는 이런 광풍을 조사하다가 나는 동시대 최고의 설명이자 상세히 언급할 만한 가치가 있는 견해를 하나 발견했다. 다름 아닌, 1829년에 애나 제임슨이 『시인들의 사랑에 대한 보고Memoirs of the Loves of the Poets』에서 제기한 주장이다. 적어도 제임슨은 자신의 동기를 솔직히 털어놓으며 "위인들에 대해 채워지지 않는 강렬한 호기심을 느끼는 것은 자연스러운 현상이다. 이런 호기심과 관심은 얼마든지 세심하고 사사로운 부분으로 흘러갈 수 있다"고 인정했다. 그런 데다 셰익스피어의 인생에서 드러난 몇 가지 사실로 인해 더 많은 정보를 알고 싶은 갈증만 심해졌다. "나는 알아내기 쉬운 극소수의 정보를 긁어모으는 연구를 하는 사람들에게 전혀 만족스럽지도 감사하지도 않았다. 이들의 연구는 과도한 동시에 부족하다. 어떤 관점에서 보면 실망스럽고 또 어떤 관점에서 보면 불필요할 정도로 과장되어 있다. 한마디로 아주 흔한 일, 사소한 연관성, 유언장과 족보에 관한 기록으로 둘러쌀 필요가 있는 것과 내가 알지도 못하는 것으로 이루어져 있다." 정작 정말로 중요한 한 가지는 빠졌다. 즉 "전 시대에 확산되었을 뿐 아니라 억제하기 힘든 보편적인 영향력으로 마음과 상상을 지배하는 (…) 어떤 존재와 힘!"에 우리를 연결시켜줄 수 있었던 유일한 동력 말이다. 그 존재를 느끼고 깊은, 아니 셰익스피어와 친밀하다는 기분을 경험하고픈 욕망은 그의 사생활에 대한 정보가 충분히 알려지지 않았다는 이유만으로 없어지지는 않을 것이다. 그런 욕망을 공유하는 비평가들로서는 패배를 인정하기보다 없는 사실을 지어내는 편이 더 쉬웠다.

얼마 지나지 않아 소네트에서 시작된 논의는 희곡으로 그 중심이 옮겨갔다. 물론 셰익스피어가 극중 인물들을 통해 자기 생각을 이야기한다는 주장은 이전 주장보다 지속되기 더 힘들었다. 존 키츠는 이런 행위에 동참한 초창기 인물로서, 셰익스피어의 "시대가 햄릿의 시대보다 더 행복하지는 않았으며 다른 등장인물들에 비해 햄릿은 셰익스피어의 일상적인 모습과 가장 많이 닮은 듯하다"고 설명한 바 있었다. 이 단계에서 햄릿과 셰익스피어가 모두 자신과 동일하다는 단계로 넘어가기까지는 그리 오래 걸리지 않았다. "오필리어에게 '수녀원으로나 가시오, 가란 말이오!'라고 말할 때 햄릿의 심정은 나와 마찬가지로 비참하기 이를 데 없었다." 이에 비해 콜리지는 더 단순하고 직접적인 주장을 펼쳤다. "이렇게 말해도 되는지 모르겠지만 나에게는 햄릿다운 구석이 있다." 셰익스피어 전기작가들의 지나친 동일시 경향이 이제 독자들의 지나친 동일시 현상으로 변형되고 말았다.

비평가들이 동일시에 빠져들기 시작한 것은 셰익스피어가 등장인물의 목소리를 우연히 벗어나 자전적 목소리로 자신을 슬며시 드러내는 순간이었다. 예를 들어 콜리지는 『로미오와 줄리엣』에 나오는 캐퓰릿의 대사가 이 경우에 해당된다고 확신했다.

잘 차려입은 4월이 절뚝거리는
겨울의 뒤꿈치를 밟고 올 때
원기 왕성한 젊은이들이 느끼는 그런 안락함과, 갓 피어난
봉오리 같은 처녀들 속에서 느낄 그런 기쁨마저도 당신은
오늘 밤 내 집에서 누릴 것이오.

(1막 2장 26~30행)

그리고 그는 이렇게 덧붙인다. "이 사실을 더 적절하게 입증하는 다른 구절들은 시인이 등장인물을 잊고 자신의 목소리로 말하는 장면에서 제시되는 듯하다." 콜리지는 19세기의 예술적 권위를 나타내는 위대한 상징, 프로스페로가 "시인 자신의 초상화처럼 보인다"고 주장한 최초의 인물이기도 했다. 이런 주장은 점차 힘을 얻어가면서 19세기 말까지 줄곧 울려 퍼졌다.

콜리지는 전기적 관점을 궁극적으로 변화시킨 최초의 인물이기도 했다. 다시 말해, 그는 스스로도 인정했다시피 셰익스피어 희곡의 정본 목록이 지나온 궤적을 시인의 심리적 발전과정으로 해석하면서 "역사적 추론 방식이 아니라 심리학적 추론 방식을 추구하는 쪽으로" 기울었던 것이다(그렇게 함으로써 '심리학'이라는 새로운 용어를 처음으로 현대적 관점에서 사용했을 뿐만 아니라 성격 분석적 전기에 처음 뛰어들기도 했다). 1819년 2월, 콜리지는 런던 중앙의 스트랜드 거리에 위치한 크라운앤드앵커● 술집에서 청중을 모아놓고 셰익스피어의 창작생활의 다섯 시기에 관한 자신의 이론을 간단히 설명했다. 이 자리에서 그는 이미 확립된 정전 목록의 연대를 마구 뒤섞어, 심리학적으로 더 설득력 있는 전기적 서사에 맞게 재배치했다. 콜리지에 따르면, 셰익스피어는 우리가 후기 로맨스로 알고 있는 작품들(『페리클레스』『겨울 이야기』『심벨린』)과 몇 편의 희극(『실수 연발』『한여름 밤의 꿈』은 물론이고 놀랍게도『끝이 좋으면 다 좋아』)부터 집필하고 나서야 역사극을 모두 완성했으며 그런 다음 중요한 시기에 이르러 "능력이 정점에 도달해 몸에 배다시피 한 천재의 미덕과 재능을 두루 발휘하게" 되었다. 그리

● Crown and Anchor는 여러 연회 및 행사에 적합한 장소와 편의성을 제공하는 곳으로, 문인과 학자들이 저녁을 먹기도 하고 갖은 정치적 토론과 회합을 벌이기도 했다.

고 이 잡다한 작품군에는 『템페스트』『뜻대로 하세요』『베니스의 상인』『십이야』도 포함된다. 결국 커다란 성공을 거둔 셰익스피어는 『리어 왕』『햄릿』『맥베스』『오셀로』같은 위대한 비극들을 쏟아내는 "최고의 경지"에 오른다. "천재성의 순환 주기에서 지성의 에너지가 아무리 풍부하고 강해지더라도 열정과 창조적인 자기 수정보다 더 우세해진다면" 이 위대한 상승 곡선은 불가피하게 하락할 수박에 없다. 그리하여 이 마지막 단계에는 『자에는 자로Measure for Measure』를 비롯해서 『아테네의 타이먼』『코리올라누스』『줄리어스 시저』『안토니우스와 클레오파트라』『트로일러스와 크레시다』같은 고전 로마 사극 대부분이 포함된다는 것이다.

이후에 다른 사람들은 이 모델을 수정하거나 확장하려는 경향을 보였으며 그중에 헨리 할람은 1837년에 이것을 한층 멜로드라마 같은 이야기로 변화시켰다. "셰익스피어의 일생에는 세상이나 자신의 양심이 못내 불편하게 느껴지고 만족스럽지 않았던 시기가 있었던 듯싶다." "허비한 세월에 대한 기억과, 부적절한 대상이나 마음을 알아주지도 않는 대상에게 애정을 쏟아붓는 고통은 (…) 그의 위대한 마음속 깊숙이 파고들었고" "리어와 타이먼뿐만 아니라 가장 중요한 등장인물의 유형인 염세주의자the censurer of mankind를 구상하는 데에도 (…) 영감을 주었다." 즉, 셰익스피어 자아의 한 모습이 『뜻대로 하세요』의 자크부터 햄릿과 리어, 타이먼에 이르는 일련의 등장인물들을 통해 투영되는 것이다.

얼마 지나지 않아 셰익스피어 정본 목록 안에서 자전적 성향의 작품 목록이 부각되면서, 작가가 작품 안에 남긴 인생의 흔적을 따라가고 싶었던 사람들의 관심이 여섯 편에 온통 집중되었다. 셰익스피어는 『로미오와 줄리엣』과 소네트에서 연인으로 등장하는가 하면, 개인적으로 힘들었던 시절에는 생각에 잠기고 우울하며 진가를 인정받지 못하는 자크와 타이먼, 리어, 그리고 무엇보다 햄릿의 모습으로 나타나기도 하고, 마침내 은퇴해서 스트랫퍼드로 내려가버린 자신의 모습을 미리 그리기라도 하듯 마법의 지팡이를 부러뜨리고 예술을 포기해버린 당당하고 평온한 예술가 프로스페로로 변신하기도 한다. 이것은 훌륭한 이야기였기에 오랫동안 각광받았다. 그렇지만 이 줄거리 안에 어떻게도 끼워 맞추기 힘든 등장인물이나 희곡은 달리 분류하거나 해석할 여지가 없어서 『타이터스 앤드러니커스』『페리클레스』『실수연발』과 다른 수십 편의 작품이 전기적 관점의 비평가들의 손길을 피해 대체로 고스란히 남아 있었다. 멀론이 소네트 93번을 이용해 작가의 인생과 작품을 모두 추측하고 해석하는 방법을 도입한 순간, 그리고 멀론의 잘못된 선례를 이어받은 낭만주의자들이 셰익스피어의 시와 희곡을 해석하는 방법을 신속하고 돌이킬 수 없이 변형시킨 순간, 셰익스피어 연구는 비틀거리며 제 궤도를 벗어나버렸다.

　이런 전기적 추론을 모두 저지할 수 있는 방법은 오직 한 가지밖에 없었다. 즉, 우리가 셰익스피어의 작품이라고 부르는 놀라울 정도로 많은 희곡이 공동 집필을 통해 탄생했다고 인정하는 것이다. 왜냐하면 공동 집필한 희곡, 특히 누가 어느 부분을 담당했는지 구분하기 힘든 작품들은 자전적 관점으로 읽을 수 있다고 주장하기가 쉽지 않기 때문이다. 공동 집필 문제로 인해 셰익스피어 연구는 거의 300년이 넘도록 난항을 거듭해왔는데, 시련의 출발점은 1664년에 편집자들이 셰익스피어 전집의 첫 번째 2절판과 두 번째 2절판에 포함되었던 36편의 작품에 7편을 추가해서 세 번째 2절판의 2쇄를 출판한 사건이었다. 7편의 작품은 『페리클레스』 『런던의 탕자』 『토머스 크롬웰 경의 생애』 『존 올드캐슬 경』 『청교도 과부』 『요크셔의 비극』 『로크린』 이었다. 일부 독자는 이 7편이 셰익스피어의 작품으로 느껴지지 않는다고 믿었는지 모르겠으나 셰익스피어 생전에 출판된 4절판 판본들의 속표지에는 적어도 몇몇 작품이 정본이라고 입증할 만한 보강 증거가 있었다.

상황은 한층 더 복잡해져서, 1623년에 헤밍스와 콘델이 오로지 셰익스피어의 이름만 내걸고 출판한 일부 희곡작품의 원저자에 대해 편집자들이 의문을 제기하기 시작했다. 처음으로 의문을 제기한 사람은 왕정복고 시대의 극작가 에드워드 레이븐스크로프트였다. 그는 1678년에 셰익스피어의 『타이터스 앤드러니커스』를 개작하면서 다음과 같이 적었다. "옛날에 무대 상황을 잘 알았던 사람들의 말에 따르면, 이 작품은 원래 셰익스피어가 아니라 극단에 소속되지 않은 개인 작가가 가져와서 무대에 올린 것이었으며 셰익스피어는 중요한 부분 한두 군데나 일부 등장인물에 천재의 솜씨를 불어넣었을 뿐이라고 한다." 시인 알렉산더 포프는 1725년에 셰익스피어 희곡의 주요 판본을 출판하면서 세 번째와 네 번째 4절판에 추가되었던 그럴싸한 7편의 희곡을 전부 인정하지 않았고, 심지어 정본으로 인정된 일부 희곡에 대한 의혹마저 받아들였다. "나는 다른 일부 작품, 특히 『사랑의 헛수고』는 물론이고 심지어 『겨울 이야기』 『실수 연발』 『타이터스 앤드 러니커스』에 대해서도 오로지 일부 등장인물, 특정 장면들, 혹은 어쩌면 특정 문단 몇 개만이 그의 솜씨라고 추측한다." 포프는 오랫동안 셰익스피어의 작품으로 인정받아온 이런 희곡들이 실은 "이름 모를 작가들의 창작품"이라고 결론짓는다. 후손들은 "상속자가 없는 유산을 장원의 영주에게 바치듯" 이런 엉터리 결과물들을 셰익스피어에게 넘겨주었다.

적어도 한동안은 셰익스피어의 정본 목록이 꾸준히 줄어들었다. 1734년에는 루이스 시어볼드가 『헨리 5세』의 정통성에 의문을 제기했다. 1743년에는 토머스 핸머가 『베로나의 두 신사』의 정통성을 의심했다. 2년 뒤에는 새뮤얼 존슨이 『리처드 2세』를 의심스럽다고 생각했고, 그로부터 얼마 지나지 않아 리처드 파머가 『말괄량이 길들이기』를 셰익스피어의 작품으로 인정하지 않았다. 이와 마찬가지로 『헨리 6세 2부』와 『헨리 6세 3부』도 하나같이 정통성을 의심받았으며 카펠 같은 이들은 이 작품들과 『존 왕』이 초고라고 생각한 반면, 워버턴 주교 같은 다른 작가들은 이 작품들을 정본 목록에서 제외해야 한다고 강조했다. 자코비언 시대에는 대부분의 희곡이 속표지에 작가를 명시했으므로 당시의 편집자들은 비-셰익스피어 작품들의 일부가 공동 집필되기도 했다는 것을 알고 있었지만 셰익스피어가 다른 극작가들과 기꺼이 협업했을 가능성도 있다는 생각은 도저히 떠오르지 않았던 모양이다. 그러므로 논란이 제기된 희곡들은 전집에 포함되거나 빠지거나, 즉 셰익스피어의 작품이거나 다른 누군가의 작품으로 취급되었다.

그 시대의 여느 편집자와 마찬가지로 멀론 역시 원작자와 저자 표시 문제에 깊이 몰두했다. 1787년에는 『헨리 6세』 3부작에 관한 논문을 발표해, 4절판에 남아 있는 이 작품들의 초기 판본인 『분쟁』과 『순수 비극』은 로버트 그린과 조지 필이 각각 집필했던 듯하다는 결론을 내렸다. 논란이 된 작품들을 철저하게 검토하는 데 몰두한 그는 세 번째 4절판에 추가되어 문제가 된 7편의 작품을 처음으로 편집해서 재출간했다. 그의 목적은 셰익스피어의 진짜 희곡과 위조품을 구분하는 것이었다. 한마디로, "셰익스피어가 사망한 지 거의 한 세기 반이 흘렀는데도 편집자들 가운데 어느 누구도 그의 진짜 시작품들과, 오랫동안 한데 뒤섞여온 가짜 실적을 구분하려고 시도하지 않았다니 다소 기이한 일이다." 게다가 그 작품들은 셰익스피어가 기여한 부분과 기여하지 않은 부분을 쉽게 구분할 수 있는 단순 혼합물이지 복잡하게 뒤엉킨 합성물이 아니었다. 정본 목록에 해당 작품의 포함 여부를 정하는 원칙은 셰익스피어가 집필했다고 간주되는 부분이 얼마나 되는지를 근거로 삼아야 했다. 『페리클레스』는 "비록 작품 전체는 아니지만 적어도 극의 대부분을 우리 작가가 집필했기 때문에" 정본으로 포함된 반면, 비슷한 이유를 들어 『타이터스 앤드러니커스』는 셰익스피어가 이 작품을 단 한 줄도 쓰지 않았다는 멀론의 믿음 때문에 정본에서 명확히 배제되었다.

멀론은 논란이 된 희곡들이 불러일으킨 문제에 대해 선배들보다 단연 탁월한 자세로 대응했다. 적어도, 그가 처음으로 셰익스피어 작품집을 단독으로 편집해서 출판하던 1790년까지는 그랬다. 바로 그해에 그가 마지막 원고를 인쇄소에 넘기자마자, 그때까지 엘리자베스 시대의 무대에 관해 발견된 자료 가운데 가장 중요한 것이 수중에 들어왔기 때문이다. 다름 아닌, 로즈 극장의 소유주 필립 헨슬로가 작성한 기록이었다. 헨슬로의 『일기Diary』에는 오늘날 우리가 셰익스피어 시대의 희곡 상연에 대해 알고 있는 내용이 거의 빠짐없이 들어 있었다. 레퍼토리가 얼마나 자주 바뀌었는지, 한 극단이 해마다 몇 편의 작품을 구매해 공연했는지, 의상비로 얼마가 들어갔는지를 비롯해서 심지어 한 작품을 탈고하는 데 시간이 얼마나 걸리는지도 나와 있다. 이는 실로 놀라운 문서가 아닐 수 없었고 그 발견 장소인 덜위치 칼리지로부터 문서를 양도받은 멀론이야말로 이 분야의 최고 전문가였다(이 문제를 멀론보다 더 잘 아는 사람은 없었다). 『일기』를 통해 드러난 가장 중요한 사실은 엘리자베스 시대의 극작 특성, 아니 적어도 셰익스피어 극단의 경쟁자인 제독 극단의 극작 특성이 공동 작업이라는 점이었다. 당시 희곡들 가운데 압도적 다수가 두서넛, 혹은 그 이상의 작가들이 협업해서 집필한 것이기 때문이었다.

멀론은 그때까지 셰익스피어가 집필했다고 여겨진 논란이 많은 작품들에 관해 분명히 설명해줄 증거를 찾고자 잔뜩 흥분한 채 책장을 넘기던 중, 『존 올드캐슬 경』이 셰익스피어의 작품이 아니라는 자신의 직감이 사실로 드러나자 무척 기뻐했다. 덜위치에서 발견된 문서는 이 작품이 마이클 드레이턴과 앤서니 먼데이, 리처드 해스웨이, 로버트 윌슨, 이렇게 "네 명의 시인이 공동으로 집필한 것"임을 입증해주었다. 이제 멀론은 공동 저작의 가능성을 셰익스피어에게로 확대시킬 수 있는 증거를 단독으로 쥐고 있었다. 하지만 그는 셰익스피어의 독자성에 대한 생각을 자발적으로 바꿀 수도 없었고, 그 희곡들이 쉽게 구분되는 혼합물이지 셰익스피어를 포함한 둘 이상의 재능 있는 작가들이 이따금 공동 작업해서 만들어낸 합성물이 아니라는 환상에서 헤어나오지도 못했다. 심지어 이와 비슷한 "헤밍스의 회계 장부가 발견되면 그 안에서 『타이터스 앤드러니커스』 원고 수정 비용이 '윌리엄 셰익스피어에게 지불되었음'이라는 메모를 발견할 것 같다"는 상상에 빠지기도 했다.

헨슬로의 『일기』에서 도저히 저항하기 힘든 증거와 맞닥뜨렸을 때 조차 멀론은, 희곡이란 한 극작가가 창작한 연후에 다른 극작가가 수정하거나 다듬는다고 생각하는 버릇을 고치지 못했다. 따라서 그는 다음과 같은 결론에 도달했다. "내가 알기로, 셰익스피어 시대에는 앞선 작가들의 실패한 희곡을 고치고 개조하고 개선하는 작업이 생각보다 훨씬 더 흔한 일이었다." 따라서 『페리클레스』는 공동 작업의 산물이 아니라 "우리 시인이 개작한" 것이라는 결론이 내려졌다. 동일한 논리에 입각해, 『헨리 6세』 2부와 3부는 셰익스피어가 "개작"하고 "다시 쓴" 작품이다. 멀론은 1790년 판본을 인쇄하면서 헨슬로의 『일기』에서 발췌한 몇몇 부분을 서둘러 덧붙였다. 하지만 그는 이 발견물이 셰익스피어의 협업 방식을 이해하는 데 어떤 영향을 미치는지 제대로 이해할 기회도 없었을뿐더러 실제로도 전혀 그렇게 생각하지 않은 것 같다.

나는 이번 장에서 멀론을 가혹하게 평가했고 어쩌면 너무 야박하게 굴었는지도 모른다. 하지만 헨슬로의 『일기』가 원저자 문제에 대한 자신의 생각을 어떻게 변화시켰는가와 관련해, 그가 기존 입장에서 한 걸음 물러나 이해하려고 노력하지 않은 것은 지극히 실망스러웠다. 멀론은 셰익스피어가 다른 사람들의 실패를 개선해서 완벽하게 만들려고 언제나 노력하는 계몽주의적 인물이라는 시각에 빠져 있었던 것이 틀림없다. 이를테면 극장계의 수많은 살리에리와 대비되는 모차르트였던 셈이다. 하지만 정말로 용서할 수 없는 부분은, 어느 누구도 『일기』를 읽고 그 시대의 무대 및 셰익스피어가 활용한 듯한 집필 방식을 새로운 시각에서 이해할 기회조차 얻지 못하도록 멀론이 확실히 조치를 취해두었다는 사실이다. 그는 『일기』의 공유를 거부했을 뿐만 아니라 자료를 덜위치에 되돌려줄 생각조차 없었다. 그가 사망하고 오랜 세월이 지나서야 그의 미발표 작품이나 저작물 관리를 위탁받은 사람이 문서 더미 속에서 이 자료들을 발견하고는 합법적인 소유주에게 돌려주었다. 그래도 멀론이 삭제해버린 수많은 친필 원고는 제외된 상태였다.

이리하여 엄청난 기회가 소실되었다. 멀론은 공동 집필에 대한 이해가 어째서 그렇게 부족했던 것일까. 사실 이번만큼은 그도 집중 공동 집필 프로젝트에 적극적으로 참여해서 보스웰이 『존슨의 일생』을 집필하고 교정하는 작업을 도왔으며, 산문을 분주하게 개선했고, 논조를 변경했으며, 스코틀랜드 말투를 제거하는 등 매일 왕래하며 이 도움이 절실한 친구와 친밀한 협업관계를 유지해왔다. 그런데도 어쩐 일인지 그는 셰익스피어와 토머스 미들턴 『아테네의 타이먼』을 쓰면서 이런 식으로 긴밀히 협력했다거나 셰익스피어가 존 플레처와 적극적인 공동 작업을 통해 『헨리 8세』와 『카르데니오』 『두 귀족 친척』을 집필했다고는 상상하지 못했다.

멀론이 셰익스피어가 이와 유사한 방식으로 작업했을, 즉 그의 표현대로 다른 작가들과 '합작'이나 '협력'했을 가능성에 대해 전혀 고려하지 않은 가장 그럴듯한 이유는, 이런 관점과 자신의 확신이 도무지 양립할 수 없었기 때문이다. 즉, 그는 셰익스피어의 작품들이 자전적이며 셰익스피어 자신이 비록 신성하지는 않더라도 적어도 무척 특별하기는 하므로 좋은 편집자라면 셰익스피어의 황금과 그보다 못한 일개 인간들의 쇠똥을 구분할 줄 알아야 한다고 믿었다. 마침내 다른 사람들이 헨슬로의 『일기』를 검토했을 무렵에는, 즉 1845년에 존 페인 콜리어가 마침내 그 작품을 책으로 출간했을 때에는 이미 때는 너무 늦어버렸다. 그 무렵 셰익스피어가 자전적 작품을 집필했고 특별하며 신성한 존재였다는 생각은 독자와 관객들에게 지울 수 없을 만큼 각인되었다. 19세기 중엽에 이런 관점이 얼마나 단단히 굳어졌는지는 헨리 티렐 같은 작가의 사례를 통해 분명히 확인된다. 그는 『셰익스피어의 의심스러운 희곡들The Doubtful Plays of Shakespeare』에서 "당대의 인정받는 시인이자 귀족들의 친구요 군주들의 총애를 한 몸에 받은 위대한 셰익스피어가 삼류 극작가와 힘을 합쳤을 것 같지 않다"는 근거를 내세워 공동 저작자 표시를 거부할 수 있었다. 이와 마찬가지로, 셰익스피어의 저자성을 의심한 초창기 인물에 속하는 조지프 C. 하트도 "오래된 일기"에 제시된 증거로부터 영향을 받았다(1848년에 그는 이 일기가 "겨우 몇 년 전에 발견"되었다고 믿었다). 하트는 『일기』를 읽고 이를 근거삼아, 셰익스피어 작품으로 알려졌던 희곡들 일부가 협업을 통해 만들어진 것은 분명한 사실이므로 셰익스피어가 그 작품들에 관여할 수 없었다고 결론지었다. 멀론에서 시작되어 티렐과 하트로 이어져온 비평의 전통은 오늘날까지 이어지고 있으며, 셰익스피어가 단독 작가였으므로 작가의 일생이 작품들에서 드러난다는 확신 때문에 공저에 대한 압도적인 증거가 수월하게 받아들여지지 못하는 실정이다.

고리대금업자와 곡물거래상

셰익스피어의 일생에 대한 정보를 추적한 인물은 멀론이 마지막이 아니었다. 곧이어 다른 사람들이 아직 밝혀지지 않은 전기적 세부 사항을 찾아내기 위해 멀론이 제안한 장소를 조사했다. 이들의 작업은 큰 성공을 거두었고 멀론이 죽은 지 수십 년 만에 셰익스피어의 생애와 관련된 새로운 사실들이 그 어느 때보다 많이 발견되었다. 첫 번째 자료는 지역 골동품 애호가인 R. B. 웰러가 남아도는 시간과 지칠 줄 모르는 끈기로 수많은 오랜 기록을 자세히 살펴본 끝에 스트랫퍼드 어폰 에이번에서 찾아낸 것이다. 그는 네 가지 중요한 문서를 발견해 엄청난 노력에 대한 보상을 받았다. 그중 두 가지는 수익성이 있는 복잡한 부동산 거래에 관한 것으로, 1602년에 윌리엄 콤과 존 콤이 셰익스피어에게 넘긴 올드 스트랫퍼드 교구의 자유 보유 토지 양도 증서의 미서명 사본과,• 3년 뒤 셰익스피어가 440파운드(엘리자베스 시대의 교사가 평생 일해야 모을 수 있는 금액)라는 엄청난 금액을 지불하고 스트랫퍼드의 토지 세금에 대한 임차권 절반을 사들인 기록이었다.••

웰러는 앞서 언급한 문서인, 셰익스피어의 고리대금에 대해 설명해주는 두 개의 영장을 발견하기도 했다. 1609년 셰익스피어는 스트랫퍼드의 이웃인 존 애든브룩에게 빌려준 비교적 적은 액수의 빚을 돌려받으려 애쓰고 있었다. 결국 애든브룩은 6파운드를 상환하지 못한 죄로 고발당해 체포되었고, 피해 보상금으로 26실링을 추가로 지불해

• 셰익스피어는 콤 가족에게 올드 스트랫퍼드 교구의 경작지 107에이커를 320파운드에 매입했고 거래 내용을 기록한 문서 두 장을 작성해 양측이 한 장씩 나눠 가졌다. 셰익스피어는 문서를 받아 법원에서 적절한 절차를 거친 뒤 콤에게 넘길 생각이었지만 아마도 런던에 가 있었기 때문이었는지 이를 실행하지 못했다.

•• 셰익스피어는 스트래트퍼드와 그 근방의 특정 토지에 부과되는 십일조 세의 절반을 징수할 권한을 440파운드에 사들였다. 즉, 그 토지에서 생산되는 농산물에 부과되는 연례 십일조 세 절반을 받을 수 있었다는 뜻이다. 그 덕분에 약 10퍼센트의 투자 수익을 올렸고 자산이 거의 두 배로 늘어났다.

야만 했다. 그는 보증인을 세우는 조건으로 석방되었다. 그래도 애든브룩이 돈을 상환하지 않자 스트랫퍼드 기록 법원은 두 번째 영장을 발부했다. 이번에는 애든브룩의 보증인인 동네 대장장이 토머스 혼비가 채무와 피해 보상금을 낼 책임이 있었다. 이 사건을 위해 배심원단이 선정되었고 평결은 셰익스피어에게 유리하게 내려졌다. 우리가 아는 내용은 이것이 전부다. 셰익스피어가 채무를 받아내려고 이웃들을 그토록 열성적으로 고발한 이유가 무엇인지는 알려지지 않았지만, 어쨌든 그의 추종자들을 흡족하게 만들어줄 만한 이야기는 아니었다. 그리고 이 사건은 수십 년 전 멀론이 발견해서 뒤늦게 출간한, 전달되지 않은 편지와도 관련이 있다. 편지에서 리처드 퀴니가 셰익스피어에게 30파운드를 빌려달라고 요청한 사건은 셰익스피어가 예술보다 돈을 더 좋아했다는 주장을 한층 강화시켰다.

정확한 전기적 자료들, 즉 사람들이 셰익스피어에 관한 이야기라고 믿고 싶은 정보를 약화시키지 않고 강화해주는 문서를 찾아내겠다는 압박감은 새로운 조작과 위조로 이어졌다. 여기에는 1811년 리처드 펜턴이 익명으로 출판한 『계보를 찾아 떠나는 여정Tour in Quest of Genealogy』도 포함된다. 이 책에서 그는 웨일스 남서 지방의 어느 경매장에서 "기이한 미지의 이방인"이 소유했던 책 몇 권과 원고를 구매한 일에 대해 묘사한다. 이 구매품에는 "셰익스피어의 호기심을 돋우는 일기와 자신의 희곡 상당수에 대한 설명, 직접 작성한 인생 회고록"이 포함되었다고 밝혀졌다. 셰익스피어의 일기에 담긴 한 가지 덕분에 사람들이 오랫동안 곤혹스러워했던 하나의 의문, 즉 스트랫퍼드 시골 출신의 젊은이가 어떻게 여러 외국어에 능통하고 유명한 이탈리아 작가들을 두루 섭렵했는지에 대한 의구심이 해소되었다.

그동안 외국어를 배우고 싶다는 간절한 소원을 품어오던 차에 우연히 행운이 찾아왔는지, 프란체스코 만치니라는 이름으로 통하던 이탈리아의 양모 염색업자 기롤라모 알베르기가 아버지 집에 머물게 되었다. 하지만 그는 양모 염색업자로 알려지기를 원하지 않았고 원래는 신사 교육을 받은 견실한 학자였다. 내가 지금 알고 있는 약간의 이탈리아어를 가르쳐주고 라틴어를 복습시켜준 사람도 그였다. 우리는 반델로의 『노벨레』●를 함께 읽었고 나는 여기서 몇 가지 향기로운 꽃을 따다가 내 희곡이라는 꽃다발에 꽂아 넣었다.

이 부분은 당시의 박식한 체하는 독자들에게 농담처럼 받아들여졌을지도 모르지만 발췌 부분은 1853년에도 여전히 사실로 간주되어 재출간되고 있었다.

셰익스피어의 추종자들이 상당한 위안을 받게 된 계기는 1830년대에 의욕적인 젊은 연구자 존 페인 콜리어가 팸플릿을 출간해 일련의 전기적 발견 사항을 간단히 설명하기 시작한 일이었다. 그는 아직 아무도 손대지 않은 새로운 출전에 유난히 의존했는데, 그 자료는 다름 아닌 엘리자베스 여왕 치하에서 국새상서이자 법무차관을 지낸 뒤 제임스 1세 집권기에 대법관을 역임했던 엘리자베스 시대의 믿음직한 공무원 토머스 이거턴 경의 서류였다. 콜리어는 이거턴의 후손인 프랜시스 이거턴 경에게 채용되어 조상 대대로 물려받은 재산 목록을 작성하면서 그와 친분을 쌓게 되었다. 그는 첫 번째 팸플릿인 『셰익스피어 일생에 관한 새로운 사실들New Facts Regarding the Life of Shakespeare』

● 이탈리아의 작가 반델로가 발표한 단편소설집으로 서술체 문학의 새로운 조류를 형성해 유럽에 널리 영향을 미쳤다.

(1835)에서 셰익스피어의 일생에 관련된 새로운 문서 21개를 제공했으며 그 가운데 9개는 이 소장품에 들어 있었다.

드디어 셰익스피어의 런던생활과 관련된 정보가 발견되었던 것이다. 콜리어가 찾게 된 가장 흥미로운 자료는 셰익스피어의 이름이 1589년 초반 블랙프라이어스에서 활동한 버비지 극단의 주주라고 적혀 있는 증명서였다. 이제 '기록 부재 기간'의 문제는 절반쯤 해결되었다. 심지어 새뮤얼 존슨까지 흡족해하던 소문인, 1580년대 말에 셰익스피어가 신사 관객들을 위해 극장 밖에서 말을 돌보았다는 오래된 유언비어도 그쯤에서 마무리되었다. 그뿐만 아니라 콜리어가 발견한 내용은 베일에 싸여 있던 셰익스피어의 마지막 런던생활을 어느 정도 밝혀주기도 했다. 그때 공개된 다른 서류에 의하면, 셰익스피어가 블랙프라이어스 극장에 보유한 지분은 1400파운드를 넘어선 실로 엄청난 액수였다. 또 하나의 대단한 발견은 1610년 1월 날짜로 제임스 1세가 발급한 허가증인데, 셰익스피어와 다른 세 명의 인물을 고용해 "적당한 수의 아이들에게" "비극과 희극 등의 연기" 기술을 가르치게 했다는 내용이 적혀 있었다. 이런 문서들은 흥미진진하긴 했지만 꽤 일반적인 내용이었다. 반면 우아한 필체로 H. S.—사우샘프턴 백작일 가능성이 크다—라고 서명된 편지는 이와 동일하게 설명할 수가 없다. 이거턴에게 "블랙프라이어스의 불쌍한 연기자들을 친절히 대해달라"고 부탁했을 뿐 아니라, 극단을 이끄는 두 명의 우두머리 버비지와 셰익스피어에 대해 지나가는 말로 한마디 했기 때문이다. 특히 후자는 "최근까지 배우였고 (…) 경께서도 아시다시피 엘리자베스 여왕 폐하께서 무엇보다 많이 사랑하신 영국 최고의 희곡들을 창조한 작가이기도 한 나의 특별한 친구"라 칭했다. 이 편지에는 기분 좋은 내용이 하나 담겨 있다. 곧 버비지야말로 "누구보다 언행일치를 훌륭하게 실천하는 사람"이라는 칭송이다. 그리고 이 구절은 분명 『햄릿』을 그대로 흉내 낸 듯하다.

콜리어는 얼마나 맹렬한 속도로 작업에 몰두했던지 발견한 사항들을 입수하는 즉시 출간했다. 첫 번째 팸플릿을 낸 이후 1836년에는 『셰익스피어 일생에 관한 새로운 세부 사항New Particulars Regarding the Works of Shakespeare』을, 3년 뒤에는 『셰익스피어 일생에 관한 추가 세부 사항Further Particulars Regarding the Works of Shakespeare』을 발표하는 식이었다. 전자에는 엘리자베스 시대의 유명한 점성술사이자 의사인 사이먼 포먼이 당시에 공연된 「맥베스」 「심벨린」 「겨울 이야기」를 직접 관람하고 남긴 기록이 포함되어 있었다. 게다가 「오셀로」가 1602년에 엘리자베스 여왕 앞에서 공연되었다는 사실을 확인해주는 문서(이는 멀론이 늦게 책정한 연대를 뒤집었다), 동료 시인인 새뮤얼 대니얼이 셰익스피어를 에둘러 언급한 편지, 셰익스피어가 1609년에 사우스워크에 거주했다고 알려주는 세무 기록 등을 발견하기도 했다. 충실한 일꾼 콜리어는 심지어 시간을 내서 헨슬로의 서류들과 『일기』를 출판해 멀론이 무심코 보아 넘겼던 "글로브 극장의 셰익스피어 씨"라고 언급한 부분을 찾아냈다.

1830년대와 1840년대에 콜리어가 찾아낸 수많은 기록은 스트랫퍼드와 재정적인 문제에만 편중되어 있던 기록이 서서히 균형을 잡아가도록 만들었다. 셰익스피어의 개인 생활은 여전히 수수께끼로 남은 반면, 동료 작가 및 배우들과 맺은 비교적 중요한 일부 관계에 대한 증거를 비롯해 초기 시절부터 후기 시절에 이르기까지 연극 경력에 대한 증거는 상당히 보강되었다. 거의 하룻밤 만에—그리고 이것이 형편없는 자료로 판명된 이유는 곧 알게 될 것이다—이 새로운 정보로 인해 흥미 위주의 대중적 셰익스피어 전기가 끝없이 이어지는 것처럼 보였다. 콜리어는 자신의 공적을 주장하고픈 열망에 사로잡힌 나머지 당대 최고의 셰익스피어 전기를 집필하겠다고 마음먹었다. 1840년대 초반에 그는 계획해둔 셰익스피어 새 판본의 일부로 이 '전기'의 전체적 개요를 제공했다. 이 판본에는 스트랫퍼드 기록보관소에서 비교적 최근에 발견한 내용까지 포함되었다. 예를 들면 셰익스피어의 자유 토지 보유권에 대해 1614년에 스트랫퍼드의 서기관 토머스 그린이 적은 기록과 셰익스피어의 가족이 워릭셔에 기근이 일어난 시기인 1598년에 맥아를 사재기했음을 보여주는 문서 등이다.

1830년대와 1840년대는 영국의 과거 연구에 몰두하는 역사 연구 단체와 골동품 애호 단체가 갑작스레 인기를 끌던 시절이었다. 해클루트 협회는 영국의 여행기 문학을, 파커 협회는 종교적인 서적을, 캠든 협회와 퍼시 협회는 문학 서적을 각각 널리 전파하기 시작했다. 1840년에 콜리어는 스무 명 남짓한 사람들과 함께 셰익스피어 학회를 창립하고, "개인적인 소장품과 집안 서류 더미에 섞여 있는데도 정작 소유자들은 그 존재조차 인식 못 한" 문서에 의지해 "[셰익스피어를] 철저히 해석하고 완전히 이해하는 데 도움되는" 자료를 수집하거나 정보를 유포하려는 목적에" 전념했다. 협회에는 셰익스피어 전기작가로 콜리어와 경쟁관계이기도 했던 알렉산더 다이스, 찰스 나이트, 제임스 오처드 할리웰−필립스도 지도자로 참여하고 있었다. 세 사람은 자신들이 콜리어의 자료로부터 얼마나 큰 도움을 받았는지 하나같이 잘 알고 있었다. 특히 할리웰−필립스는 1848년에 첫 번째 전기인 『윌리엄 셰익스피어의 일생The Life of William Shakespeare』을 출간하면서 콜리어가 발견한 편지의 복사본을 권두 삽화로 택했다. 이 편지에서 H. S.는 셰익스피어를 "특별한 친구"라 부르며 경의를 표한 바 있다.

하지만 얼마 가지 않아 경쟁자들은 콜리어가 발견한 자료 일부에 대해 의문을 품기 시작했다. 누군가를 위조죄로 기소하는 것은 민감한 사안일뿐더러 유명한 인물에 대한 반대론을 입증하는 일은 쉽지 않은 과정이었을 것이다. 다이스는 『셰익스피어 전기Memoir of Shakespeare』(1832)를 출간해 콜리어의 주장을 책으로 반박한 최초의 인물이 되었다. 10여 년 뒤에는 나이트가 『윌리엄 셰익스피어: 전기William Shakespeare: A Biography』(1843)를 출간하면서 회의적인 입장을 표명했다. 할리웰-필립스는 『브리지워터 하우스에서 일어난 셰익스피어 위조에 대한 논평Observation on the Shakesperian Forgeries at Bridgewater House』(1853)을 개인적으로 출판하겠다고 결정했다. 이 문제는 그에게 특별히 민감한 사안이었다. 젊은 시절에 케임브리지 대학의 트리니티 칼리지에서 발견한 원고를 변조해서 되팔았다고 고소당한 전력이 있었기 때문이다. 게다가 현존하는 『햄릿』 첫 번째 4절판 두 권 가운데 하나를 훔쳐서 훼손시켰다는 비난까지 받았었다.

그때쯤이면 소문은 이미 퍼진 상태였다. 콜리어는 엄청나게 뛰어난 기술을 갖춘 위조범이었다. 그렇다면 얼마나 많은 자료를 위조했을까? 포먼이 당시의 연극 관람 풍속을 설명했듯이, 그가 발견한 일부 자료는 의심할 여지 없이 진품이었다. 그러나 콜리어는 런던과 덜위치를 비롯해 스트랫퍼드의 중요한 문서를 사실상 하나도 빠짐없이 만져 보았고 실제로 대부분의 자료에 가장 먼저 접근했기 때문에 그가 진짜 문서에 가짜 자료들을 추가했는지(그리고 정말로 가짜 자료를 추가했

다) 여부를 아무도 쉽게 판단하지 못하도록 만들었다. 콜리어가 발견한 자료는 당연히 하나같이 수상쩍었고 학자들은 그가 제기한 전기적 주장을 모두 살펴보는 데 수십 년을 쏟아부었다. 경험으로 미루어 보건대, 콜리어가 스트랫퍼드의 셰익스피어 혹은 셰익스피어의 상거래에 대해 제기한 주장은 사실이었다. 이와 반대로 블랙프라이어스, 사우샘프턴, 글로브 극장과 관련된 사안들 혹은 셰익스피어의 창작 생활에 관련된 내용은 사실상 하나같이 날조된 것이었다. 특히 셰익스피어가 초창기에 블랙프라이어스 소속이었다는 온갖 헛소리를 쏟아냈지만, 이것은 이제 거의 소실되어버린 셰익스피어의 초창기 연극계 활동에 관한 증거들을 제공하고 싶은 무한한 욕구를 충족시키고자 다시 한번 노력한 것에 지나지 않았다. 나머지 자료는—다른 발견 사항들도 많다—진짜다. 콜리어만큼 셰익스피어에 대한 문서를 많이 발견해낸 사람은 그야말로 전무후무했다. 단지 그가 찾고 싶어한 자료가 아니라 만들어낸 자료였다는 점이 문제였을 뿐.

콜리어는 다른 사람이 찾을 만한 자료를 많이 남겨두지 않았고, 나머지 단편적인 정보는 대체로 연구자들이 가장 발견하고 싶지 않았던 자료였다. 조지프 헌터는 셰익스피어가 1598년에 13실링 4펜스의 세금을 체납했다는 사실을 알아냈고, 할리웰-필립스는 셰익스피어가 1604년에 약간의 돈과 약 308킬로그램의 맥아를 상환하지 않았다는 이유로 약종상 필립 로저스를 법원에 고소했다는 사실을 발견했다. 아무래도 먹여 살려야 할 입이 많아 종종 빚을 졌던 로저스는 2파운드의 부채 가운데 고작 6실링밖에 갚지 못했던 것 같다.

셰익스피어의 맥아 거래에 관한 정보가 크게 강조되면서 빅토리아 시대 사람들이 16세기 후반 워릭셔의 일상을 거의 이해하지 못했다는 사실이 드러났다. 19세기적 관점에서 들여다보면 셰익스피어의 경제활동은 그를 탐욕스러운 사업가처럼 보이게 만들었다. 맥아 사재기 사건은, 우리가 문화적 맥락을 완전히 배제한 채 어떤 행동을 평가한다면 무엇을 놓치게 되는지 잘 보여주는 특별히 좋은 사례였다. 16세기 후반의 스트랫퍼드 어폰 에이번은 맥아 제조가 도시의 주력 산업이었으므로 약간의 여유 자본과 헛간을 갖춘 사람이라면 누구나 곡식을 최대한 많이 저장했기 때문이다. 셰익스피어의 사재기는 평균 수준이었다. 그 지역의 교사들을 포함한 다수의 사람은 곡식을 그보다 더 많이 저장해두었다. 지방 관리들은 맥아 사재기에 내려진 규제에 이의를 제기하면서 이렇게 설명했다. "우리 마을은 다른 특별한 사업이 없으므로 유사 이전부터 언제나 똑같은 일을 해서 먹고살았고 우리 집은 오직 그 용도에 적합하도록 맞춰졌으며 우리 관리들은 대부분 오로지 그런 목적으로 고용되었다." 이들의 변명은 자기 잇속만 차리는 내용이었지만 사실이기도 했다. 게다가 셰익스피어가 스트랫퍼드에서 벌인 사업활동에 관한 지방 기록의 상당 부분은 사실상 아내 앤 해서웨이가 책임지고 있었을 법한 문제였다(물론 법정까지 가는 사건들은 남편인 셰익스피어가 공식적으로 관여했을 것이다). 그렇다고 해서 가난한 워릭셔 이웃들이 굶주리는 동안 셰익스피어가 맥아를 사재기한 혐의가 없어지는 것은 아니다. 다만 한 인물의 생애에 관한 정보는 그 당시의 시대적 맥락 안에서 이해할 필요가 있으며 다른 시기의 문화적 편견을 기반으로 파악해서는 안 된다는 것이다. 일부 사람이 이제부터 그렇게 부르기 시작했듯이 셰익스피어가 정말 '곡물거래상'이었다 하더라도 스트랫퍼드 중간 계급에 속한 남녀 가운데 어느 누구인들 곡물거래상이 아니었겠는가?

할리웰-필립스는 다른 어떤 선배들보다 탁월한 솜씨를 발휘해 셰익스피어의 상거래와 관련된 우울한 사실들을 발견해냈다. 예를 들면 1605년에 랠프 허번드가 셰익스피어에게 지불해야 할 십일조 세 임차권의 이자 할당, 1614년에 셰익스피어가 웰컴의 토지 인클로저에 관여했다는 기록, 스트랫퍼드 이웃들이 다른 상거래와 관련하여 셰익스피어를 언급한 두 통의 편지 등이다. 그러던 중 상황은 최악의 국면으로 치달아, 할리웰-필립스는 1600년에 윌리엄 셰익스피어가 존 클레이튼을 상대로 여왕좌법원에 제기한 소송에 대해 우연히 알아냈다. 즉, 셰익스피어는 1592년 5월 클레이튼에게 7파운드를 빌려주었고 1600년에 돈을 돌려받기를 원했던 것이다.

학자들은 클레이튼을 고소한 사람이 정말 셰익스피어였는지 아니면 다른 사람이었는지, 여전히 결론을 내리지 못하는 형편이다. 다만 고소인이 누구였든 간에 그의 행동은 인색한 샤일록이 보여주는 태도와 기막히게 잘 맞았다. 20세기 초반에는 좀더 극적인 사실들이 발견되었고 그중에는 셰익스피어가 17세기 초반 런던 실버 스트리트의 위그노 가정에서 하숙생활을 했다는 정보도 있었다(이 이야기는 찰스 니콜의 『실버 스트리트의 하숙인 셰익스피어The Lodger: Shakespeare』에 흥미롭게 설명되어 있다). 하지만 1850년대의 상황에서는 셰익스피어의 금융 거래 내용을 무척 비중 있게 다룬 전기가 그의 생애를 상상하는 방향 및 태도에 막대한 영향을 미쳤다. 할리웰-필립스는 당대에 가장 영향력이 큰 전기에서 이렇게 수긍했다. "그가 자신보다 교양 있는 동시대인들과 주고받은 편지에서 『리어 왕』과 『햄릿』의 작가에게 분명히 충만했던 비교적 훌륭한 사상 및 행동의 특성들이 전혀 드러나지 않는다는 사실을 인정할 수밖에 없다." 이처럼 새로운 사실을 밝혀내지 못하는 상황에서는 증거가 확인해주는 내용, 즉 셰익스피어가 "세상 물정에 밝은 타산적인 인물로 재산 증식에 활발히 관여했으며 글을 써서 벌어들인 자산을 차곡차곡 모아 후손에게 남겨주는 데 몰두했다"는 사실을 받아들이는 것이 최선이었다.

할리웰-필립스는 이런 사실을 받아들이기가 얼마나 어려운지, 그리고 이것이 어떻게 "셰익스피어의 일생에 대한 정밀한 평가를 훼손할 가능성이 있고 그로 인해 후대에 꾸며진 이야기가 등장하게 되는지" 알고 있었다. 하지만 이처럼 시간이 지난 뒤에 발견하리라 예상할 수 있는 자료란 개인적인 기록이 아닌 법률 기록밖에 없으므로 상당히 불완전한 증거에 너무 큰 비중을 두어서는 안 된다는 사실을 강조하지 않기로 결정했다. 동료 전기작가들과 달리 할리웰-필립스는 아무 거리낌 없이 전기의 주인공을 돈에 정신 팔린 사람으로 묘사했다. 할리웰-필립스 역시 정확히 같은 방식으로 전문 작가의 세계에서 경력을 쌓았기 때문이다. 게다가 말년에는 셰익스피어와 비슷한 행각을 벌였던 것이 틀림없다. 다시 한번 말하지만, 전기와 자서전은 그리 쉽게 분리되지 않는 법이다.

할리웰-필립스의 최종 판단에 따르면, 한 점의 의혹도 "공정한 비평가의 마음속에 존재하지 않으며 이 위대한 극작가는 세속적인 이해관계를 누구보다 신중하게 처리했다. 그리고 이 의견은 수많은 초창기 자료에서 확인될 것이다". 알렉산더 다이스는 셰익스피어 전기에서 이런 상황을 한층 직설적으로 표현한 바 있다. 즉, "어린 시절부터" 셰익스피어의 "원대한 목표"는 "재산을 습득해 언젠가는 신사의 신분이 되어 스트랫퍼드에 정착하는 것"이라고 주장했다. 다이스가 이렇게 주장한 1857년에는 시인 셰익스피어와 사업가 셰익스피어,

런던의 극작가와 스트랫퍼드의 흥정가, 프로스페로 같은 셰익스피어와 샤일록 같은 셰익스피어, "자전적" 시와 희곡에서 드러나는 유형의 인물 및 세금, 법원, 부동산 기록에서 드러나는 부류의 인물, 신격화된 셰익스피어와 우울하리만치 세속적인 셰익스피어가 감당하기 어려울 정도로 대립하는 상황이었다. 분명 그는 둘 중 하나의 모습이었다. 존슨 박사가 "멍청이가 아니고서야 돈을 받지 않고 글 쓰는 사람은 없었다"고 말한 지 한 세기도 채 지나지 않아 벌어진 상황이었다. 박사라면 두 가지 중 하나를 골라야만 한다는 생각 자체를 당연히 터무니없다고 생각했을 것이다. 집필생활은 그 뒤로 크게 변하지 않았는지 모르지만 그것에 관한 추측은 분명히 크게 달라졌다.

상황은 이미 돌이킬 수 없는 지경에 이르고 말았다. 누군가가 나타나서 우리가 다루는 셰익스피어는 한 사람이 아니라 두 사람이라고 주장하는 것도 그저 시간문제일 뿐이었다. 1852년에는 『체임버스 에딘버러 저널Chamber's Edinburgh Journal』에 「누가 셰익스피어 작품을 썼는가?Who Wrote Shakespeare?」라는 논문이 등장했다. 익명의 저자는 그 분야를 조사하다가 다음과 같이 당연한 사실을 인정했다. "셰익스피어의 기록으로 남겨진 생애 혹은 전통적으로 인정되는 인생에는 그 시인과 그 남자를 어떤 식으로든 연결할 만한 공통점이 전혀 없다는 사실을 설명하는 것보다, 셰익스피어 작품으로 알려진 시의 원작자가 실은 셰익스피어가 아니었다고 생각하는 것이 더 어려울까?" 전기적 사실들은 "명성에는 무관심하고 돈 버는 데에 혈안이 된 신중하고 타산적인 남자"의 모습만 드러낼 뿐이고, "그 작가가 지닌 발군의 재능은 그 남자가 보여주는 수수하고 변함없는 평범함에 주목할 만한 계기를 단 하나도 만들어주지 않는다". "그가 시를 팔아 수익을 챙겼으며 나중에 그의 이름으로 시가 출간되었다는 단순한 사실을 제외하면" 이 셰익스피어를 『햄릿』과 연결시킬 만한 단서는 단 하나도 존재하지 않는다. 어느 익명의 작가가 내린 결론에 따르면, 우리에게는 똑같이 불만스러운 대안들밖에 남아 있지 않다. 즉, 셰익스피어가 시인을 고용해 자기 대신 희곡을 집필하게 만들었든지, 동굴로 가서 "신의 계시"로 신성한 텍스트를 받는 방식으로 희곡을 기적적으로 얻었든지 양단간에 하나를 선택해야 한다.

호메로스, 예수, 고등비평

1794년으로 되돌아가면, 런던 사람들이 드루리 레인 극장에서 "연극의 신"을 찬미하던 그 순간에 할레 대학의 어느 독일 학자는 셰익스피어보다 훨씬 더 위대한 문학의 신 호메로스의 원작자 문제를 비롯해 심지어 그의 존재 여부마저 영원히 의심할 만한 책을 완성하고 있었다. 1795년에 프리드리히 아우구스트 울프의 『호메로스에 부치는 서문Prolegomena ad Homerum』이 출판되면서 고전 연구 학계 전체는 엄청난 충격에 휩싸였을 뿐 아니라 그 파장은 더욱 확산되었다. 울프는 『일리아드』와 『오디세이』의 구두 작문 시기를 추적해보면 그리스인들이 문예 창작에 정통하기 훨씬 전인 기원전 950년까지 거슬러 올라갈 수 있다고 주장했다(이런 세부 사항에 대한 울프의 주장은 나중에 잘못된 것으로 입증되었다). 충실한 문헌학적 분석을 통해, 이처럼 길이가 긴 시들은 고대 음유 시인의 노랫말이 400년 동안 대대로 보존되고 구전된 원형 그대로의 노랫말이 아닌 것으로 밝혀졌다. 그렇지만

『일리아드』와 『오디세이』가 최종 형태에 이른 정확한 연대를 파악하거나 이 작품들의 창작과 교정에 관여한 사람들의 정체를 알아내는 것은 더 이상 불가능했다. 울프에 따르면, 만약 호메로스가 존재했다면 그는 단지 "영웅시를 노래한" 문맹의 "가수"에 지나지 않았을 것이다. 헤로도토스와 아리스토텔레스의 시대부터 르네상스 시대에 이르기까지 거의 한 치의 의심도 없이 받아들여진 호메로스의 전통적인 전기는 느닷없이 영구적으로 전복되었다. 반세기 뒤에 에머슨이 표현했듯이, "울프가 호메로스 작품의 원저자 문제를 공격한 순간부터 새로운 학문의 시대가 시작되었다". 원작자 문제는 결코 이전과 같지 않을 것이다.

널리 인정되다시피, 고대로 거슬러 올라가면 호메로스에 관해 소문이 얼마나 무성했던지 플라비우스 요세푸스는 아무런 증거도 대지 않은 채 호메로스가 문맹이라고 주장할 정도였다. 17세기 후반에 접어들자 회의주의적 의견은 본격적으로 싹을 틔워 한층 널리 받아들여졌다. 당시 프랑스의 비평가 프랑수아 에들랭은 "호메로스의 문맹에 대한 고대의 기록들"을 인용하면서 『일리아드』의 엉성한 표현법과 도덕성, 모순을 공격한 다음 "호메로스 같은 사람은 존재한 적이 없으며 『일리아드』와 『오디세이』는 후대의 무능한 어느 편집자가 짜깁기해서 만들어낸 작품"이라고 결론지었다. 1730년에 잠바티스타 비코 역시 이와 비슷한 의구심을 드러냈다. "호메로스는 역사상 최고의 시인이었지만 결코 존재한 적은 없었다." 영국의 로버트 우드는, "그리스 문자는 나중에 발명되었고" 호메로스의 작품들은 "수 세기에 걸쳐 여러 편의 발라드 작품으로 각기 구전된 뒤에 박식한 수집가들이 의도적으로 개입한" 덕분에 겨우 현재의 형태에 도달하게 되었다고 덧붙였다. 어떤 배경 상황으로 인해 호메로스의 원작자 논쟁이 일어날 수밖에 없었는지는 명확했다. 토머스 블랙웰의 설명을 빌리면, 그리스인들은 "한 인간이 그토록 원대한 정신을 품을 수는 없을뿐더러 그토록 방대한 지식이라면 당연히 신성한 곳에서 흘러나왔을 것이라고 스스로 확신하게" 되었으며 "그리스인들의 마음속에서 호메로스가 확고히 신격화되었기 때문에 그다음에는 호메로스에 관한 모든 것이 초자연적이고 신성하게 보이기를 원했다"는 것이다.

울프의 책이 여느 저술들과 달리 주목을 받고 근대 학문사에 한 획을 그은 저작 가운데 하나로 손꼽히게 된 이유는, 다른 사람들이 이미 도달한 것과 동일한 그의 결론 때문이 아니라 시간의 흐름에 따라 텍스트가 어떻게 전달되는지 탐구하기 위해 문헌학적·역사적 연구 방법을 활용했기 때문이다. 그리고 이 연구 방법은 다른 분야의 지적 탐구를 비롯해 여타 존경받는 작품과 작가들에게 심오한 영향을 미쳤을 것이다. 최근의 어느 고전학자가 말했듯이 18세기의 독자들은 호메로스가 단지 "담론 효과, 즉 세월이 흐르면서 발전한 제도적 장치와 관습의 작용"에 지나지 않는다는 결론을 받아들일 준비가 되어 있지 않았었다. 하지만 울프의 작품에 담긴 무시무시한 포스트모더니즘적 함의는 니체 같은 비평가들에게 일찌감치 포착되었다. 니체는 1869년 바젤 대학 취임 기념 공개 강의에서 직접 이 문제에 대해 언급하면서 호메로스에 관해 이렇게 질문했다. "한 사람이 하나의 개념에서 탄생되었는가?" 아니면 "하나의 개념이 한 사람에게서 탄생되었는가?"

얼마 지나지 않아 학자들은 다음과 같은 몇 가지 골치 아픈 질문에 직면했다(그리고 이 질문들은 반세기 뒤에 다시 등장해 셰익스피어에 대해 질문을 던질 참이었다). 어째서 호메로스같이 위대한 시인에 대해 동시대에 언급한 내용이 하나도 남아 있지 않았나? '호메로스'는 필명이었나? 원저자 여부는 내재적 증거와 일관성을 통해 결정될 수 있었는가(다시 말하면, 텍스트가 전체적으로 고르지 못하다는 단점을 압도하고 동일한 저자임을 입증해주는 문체나 표현법이 드러났는가)? 『개구리와 생쥐의 전투』와 『호메로스 찬가』처럼 호메로스가 원저자라고 오랫동안 알려져온 다른 시들의 지위는 당시에 어떠했는가? 호메로스가 원저자라는 전통적인 관점을 전문가의 입장에서 전적으로 지지한 사람들은 이 문제를 바라보는 새로운 사고방식을 왜 그토록 거부했는가?

원저자 문제를 둘러싸고 논쟁의 여지가 많은 이론들이 제기되었으며 거기에는 영국의 소설가로 『에리휜Erewhon』과 『만인의 길The Way of All Flesh』의 저자이자 유능한 고전학자인 새뮤얼 버틀러의 주장도 포함되었다. 당대의 가장 훌륭한 자서전 작가라 할 만한 버틀러는 『오디세이』를 근본적으로 자전적 시라고 해석했다. 특히 파이아키아인 이야기•를 근거로 이 시야말로 어느 의지가 강한 젊은 시칠리아 여성이 자신의 경험에 의존해 집필한 것이 분명하다고 확신했다. 그리고는 이런 주장을 뒷받침하는 『오디세이의 여류 작가The Authoress of the Odyssey』를 세상에 선보였다. 뿐만 아니라 그는 호메로스를 둘러싼 논쟁이 셰익스피어에게 어떤 의미인지도 알고 있었다. "셰익스피어가 자신의 이름으로 알려진 작품들을 쓰지 않았다면 그는 더 이상 셰익스피어가 아니므로, 울프가 호메로스의 존재를 사실상 부인하는 바람에 사람들이 마음의 동요만 일으키지 않았던들 누가 셰익스피어의 존재를 공격하겠다고 생각이나 할 수 있었겠는가?" 이는 그 혼자만의 생각이 아니었다. 1837년에는 벤저민 디즈레일리가 『베네치아』라는 소설을 발표해 한 등장인물을 통해 다음과 같은 의문을 이미 드러낸 바 있었다. "그런데 셰익스피어는 누구인가? 우리는 호메로스에 대해 아는 것만큼 셰익스피어에 대해 알고 있다. 그는 자신의 이름으로 알려진 작품의 절반을 집필했는가? 그는 단 한 편의 희곡이라도 작품 전체를 집필한 적이 있었던가? 그럴 리가 없는 듯하다."

예상대로, 셰익스피어의 이야기에 매혹된 낭만주의 작가들은 호메로스에 대한 울프의 새로운 이론에도 마음을 빼앗겼다. 하지만 그들은 그 이론이 초점을 둔 공동 집필설을 간과할 수밖에 없었는데, 공동 집필설로 인해 예술 창작이란 독자적이고 자율적인 천재성의 산물이라는 자신들의 개념이 약화되기 때문이었다. 콜리지는 자신이 소장한 울프의 책에 수정할 내용을 조심스럽게 적어넣은 반면, "프리드리히 슐레겔은 이것을 자신이 진행하는 그리스 시 연구의 모범으로 삼았으며 그의 형 아우구스트 빌헬름은 강의에서 이 내용을 대중에게 알렸다". 토머스 드 퀸시는 셰익스피어의 전기 문제로 씨름하면서 어떻게 "그토록 위대한 남자의 역사"가 "그렇게 빨리 그렇게 철저히 제거될" 수 있었는가에 대해 고민한 지 얼마 지나지 않은 1841년에 호메로스의 문제를 주제로 한 세 편의 에세이를 『블랙우즈 매거진』에 기고했다. 울프의 주장이 19세기 독자들을 얼마나 혼란스럽게 만들었는지를 오늘날 일일이 기록하는 것은 쉽지 않다. 그러니 마지막으로 한 가지 사례만 살펴보면 충분할 것이다. 엘리자베스 배럿 브라우닝의 『오로라 리Aurora Leigh』(1856)에서 오로라는 "유다처럼 배신한

● 오디세우스는 칼립소 요정의 섬을 떠난 뒤에 풍랑을 만나 스케리아 섬에 표류하게 되었는데, 이 섬에 사는 파이아키아인은 이방인에게 관대한 성격이었으므로 그를 데려다 잘 보살피고 배에 태워 고향으로 보내준다.

울프"의 작업을 비난한다. 오로라가 보기에 "울프는 무신론자다/ 그리고 그의 말처럼, 옛 노래들이 그저 우연히/ 합쳐져 『일리아드』가 생겨났다면/ 우주 역시 마찬가지 결론을 내릴 수밖에." 시인들이 "무신론자"라거나 "유다처럼 배신했다"는 비난을 퍼붓는 것으로 보아 울프의 연구 방법은 고대 그리스 시대의 시 두 편을 누가 썼는가 하는 문제 그 이상을 위협하는 것임이 분명하다.

호메로스의 정체를 둘러싼 싸움은 더 이상 예전처럼 치열하게 벌어지지는 않지만 지금까지도 지속되고 있다. 오늘날의 고전학자들은 구전 시의 전승과정에 대해 더 깊이 이해하고 있다. 이들은 대부분의 독자가 2000년 이상 상상해왔던 전통적인 의미의 호메로스란 존재하지 않는다는 사실을 받아들인다. 다행히도 고대 그리스 시대부터 그 누구도 호메로스를 대신할 후보들을 제시한 적은 없었기 때문에—어쨌든 동시대의 어느 경쟁자를 감히 거론할 수 있었겠는가?—원작자 논쟁을 부채질할 만한 계기가 없었고 자연히 그 문제는 다소 무시되었다. 즉, 언급이 적을수록 결과가 좋은 법이다. 하지만 전통적인 이야기를 기어이 포기하지 않으려는 사람들은 여전히 존재하고, 이 중에는 펭귄 출판사의 페이퍼백 판을 번역해 수많은 독자에게 『일리아드』를 소개한 E. V. 리우•도 포함된다. 리우는 "『일리아드』가 다양한 장점을 지닌 수많은 시인이 만들어낸 합작품"이라고 주장하는 학자들로 인해 '호메로스 문제'에 대해 아무것도 몰랐던 사람들이 "이처럼 훌륭한 시들, 그중에서도 특히 『일리아드』가 과거에 혹평을 받았다는 사실을 알게 되면 깜짝 놀랄 것이다"라고 경고한다. 리우는 그처럼 "일관

• 고전학자이자 시인으로 펭귄 클래식의 초대 편집자를 지냈다.

성 있는 인물 묘사"를 보여준 시라면 한 사람이 썼을 수밖에 없다는 말로 독자들을 안심시키며 그 의견에 결코 동의하지 않을 것이다.

⚜

울프의 책은 신기원을 이룩한 것으로 판가름 났지만 그의 연구 방법은 그만큼 독창적이지 못했다. 그가 가장 직접적인 영향을 받은 것은 다른 고전학자들의 작업이 아니라 가장 최근에 실시된 성서 연구였으며, 이 분야는 종교개혁 이래로 지적인 연구가 유난히 풍성하게 이루어졌다. 종교개혁 이후의 신학자들은 셈어에 능통했고 유대교의 오랜 본문 연구 전통에 익숙했으며 역사적 변화에 잘 적응한 사람들로서, 구약성서가 얼마나 복잡한 텍스트인지 잘 인식하고 있었다. 약 한 세기가 넘는 기간 동안, 면밀한 본문 분석이 이루어지고 성서의 전승에 대한 이해가 더욱 풍부해지면서 성경의 말씀이 모세 자신에게서 완전한 형태로 나왔다는 생각에 의문이 제기되었다. 16세기와 17세기의 몇몇 탁월한 지식인은 성경 본문에서 제기된 역사적 문제에 대해 고심했으며 뒤이어 등장한 급진적 연구의 기반을 마련하기도 했다. 시간이 흐르면서 널리 받아들여진 성경—특히 구약성서—해석과, 신앙심이 깊은 사람들의 성서 수용 태도 사이의 간극이 점점 벌어지기 시작했다. 울프는 괴팅겐 대학의 선도적인 성경학자들의 문하에서 수학한 덕분에 독일 성서 비평의 혁신적이고도 논란이 많은 연구를 익히 알고 있었으며 그중에서도 특히 정통한 것은 1780년에 시작된 요한 고트프리트 아이히호른의 『역사 비판적인 구약성서 개론 Historisch-Kritische Einleitung ins Alte Testament』이었다. 여기서 아이히호른은 세월이 흐르면서 원문이 엄청난 변화를 겪었을 때 본문의 역사를 어떻게 재구성할 수 있는지 입증한 바 있다. 그의 연구가 울프의 호메로스 연구에 어떤 영향을 미쳤는지는 분명했다. 앤서니 그래프턴이 보여주었듯이, 본질적으로 울프는 "고전 연구를 위해 동시대 성경 연구의 가장 수준 높은 방법들을 집대성했던" 것이다.

아이히호른은 오늘날 '고등비평'이라는 용어를 고안해낸 사람으로 가장 잘 알려져 있다. 이 용어는 그를 비롯한 다른 학자들이 성서의 각 권, 특히 구약의 기원과 저작 연대, 저작, 전승을 연구하기 위해 역사적 방법을 어떻게 활용했는지를 설명해준다(그에 비해 하등비평은 본문의 세부 사항에 전념했다). 시간이 흐르면서 고등비평은 성서가 한 사람에 의해 저술되었을 가능성이 거의 없다는 사실을 입증해주었다. 여러 형태의 공동 작업은 일반적인 것이어서, 성서의 각 권 중 일부는 (한 저자의 생각이나 글을 한 권에 모아서 엮은) 합집으로 전해져 내려온 반면, 다른 권들은 공동 저작의 성격이 훨씬 더 강해서 한 권의 성서 안에 여러 저자의 말이 합쳐졌으며 모세오경이 여기에 포함된다.

「창세기」를 모세가 쓰지 않았다는 주장도 충분히 선동적이었지만 마태와 마가, 누가, 요한이 예수의 일생을 지켜보고 목격담을 집필하는 것이 불가능했다는 주장은 훨씬 더 전복적이었다. 그렇지만 복음서가 제기한 고등비평 문제를 학자들이 영원히 못 본 척할 수만은 없었다. 1835년에 튀빙겐 대학 개신교 신학부의 젊은 강사 다비트 프리드리히 슈트라우스는 아이히호른이 구약성서를 다루고 울프가 호메로스를 다룬 것만큼이나 신약성서에 대해 많이 다루었다. 슈트라우스의 책은 출간 즉시 센세이션을 일으켰고 책에 내포된 이단적인 내용 때문에 그는 독일의 대학이나 신학부에서 결코 재임용되지 않을 운명에 처했다. 『예수의 일생The Life of Jesus』은 미국은 물론이고 영국으로도 건너가 그곳에서 젊은 조지 엘리엇 덕분에 영역되었다.

슈트라우스는 자서전적 사실들을 중점적으로 공격했다. 그는 복음 이야기 90개, 그중에서도 예수가 일으켰다는 기적에 대한 이야기들을 특히 면밀하게 검토하고는 "복음서 내러티브의 불일치와 모순, 실수"를 가차 없이 드러내고 "초자연적인 설명이 설득력 없고 지지하기 힘든 것처럼 보이도록 만들었다". 게다가 예수의 일생에 대한 이야기들이 예수가 죽은 지 한 세대가 지날 때까지 기록되지 않았으므로 입증되지 않은 간접적인 증언을 기반으로 작성되었다고 지적함으로써 복음서의 진릿값에 의문을 제기했다. 1500쪽에 달하는 이런 비난의 글을 읽고 나면 누구라도 "현현, 초자연적인 성스러운 그리스도, 기적, 죽은 이의 부활 같은 것은 존재하지 않았다"고 결론지을 수밖에 없었다. 슈트라우스의 시각에서 보면 예수의 일생이란, 동그랗게 둘러앉은 어린아이들이 옆자리의 아이에게 차례로 귓속말을 통해 이야기를 전달하면서 자연스레 윤색이 이루어지는 것과 거의 마찬가지 방식으로 만들어졌다. 슈트라우스는 예수에 관한 최초의 이야기들이 "입에서 입으로 전해지면서 한 사람이 과장한 내용에 다른 사람이 과장한 내용이 무의식적으로 덧붙여짐에 따라 눈덩이처럼 점점 불어났다"고 상상했다. 슈트라우스의 표현처럼 (그의 연구 방법을 대변하는 전형이 되어버린 용어와 같이) 이것은 모두 "신화"였다. 예수는 뛰어난 사람이었지만 신성한 존재는 아니었다. 이리하여 슈트라우스는 당대의 가장 많은 비난을 받은, 가장 악명 높은 신학자가 되었다.

슈트라우스의 저작이 일으킨 충격적인 여파는 예수보다 덜 신성한 존재인 셰익스피어를 금세 위태롭게 만들고 말았다. 셰익스피어의 전기는 사후에 출판된 기록의 미덥지 못한 근거와 지나치게 많은 신화에 위태롭게 기대고 있었기 때문이다. 셰익스피어 작품의 원작자 논쟁이 불붙게 된 데에 고등비평이 커다란 역할을 했다는 사실을 가장 먼저 깨달은 인물 중에는 1912년 아든 판 『타이터스 앤드러니커스』의 편집자인 헨리 벨리스 베일턴이 있었다. 베일턴에 따르면, "일찍이 셰익스피어가 집필했다고 널리 알려졌던 작품들의 원작자에 관한 회의론이 종교에 관한 소위 '고등비평'에서 가장 먼저 시작되어 마침내 불가지론 자체로 우리를 인도하고 만 전반적인 회의주의 운동이나 동향의 일부라는 사실은 누가 보기에도 분명한 듯하다".

놀랍게도 찰스 라포트(2007년에 발표한 훌륭한 에세이 「바드, 성경, 빅토리아 시대의 셰익스피어 문제The Bard, the Bible, and the Victorian Shakespeare Question」에서) 같은 학자들은 한 세기가 지난 뒤에야 『예수의 일생』과 셰익스피어의 일생의 관련성에 크게 주목하게 되었다. 원작자 논쟁의 뿌리가 신학적 문제에 있다는 사실은 셰익스피어의 자격에 대해 토론하는 사람들이 배교와 개종, 정통, 이단의 언어에 왜 그토록 빨리 빠져들게 되었는지 설명하는 데 도움이 되기도 한다. 만일 셰익스피어를 문학의 신으로 평가하고 싶은 충동이 억제되고 물리쳐졌더라면 셰익스피어는 그와 거의 관계없는 논쟁에서 부수적 피해를 입지 않았을지도 모른다. 1913년으로 거슬러 올라가면 존 매키넌 로버트슨도 이와 비슷한 의문을 제기하며 다음과 같이 언급했다. "셰익스피어를 우상 숭배하는 학자들이 이 거장을 마치 선지자처럼 설정하지만 않았더라면 베이컨설이 만들어지거나 했을는지 상당히 의심스럽다. 광범위하게 말하자면, 실수는 하나같이 비슷한 근원에서 비롯된다. 베이컨설을 주장하는 사람들이 새로운 실수 방법을 창안해낸 것은 아니다."

불행히도 셰익스피어가 신성하다는 확신은 그 무렵에 어찌나 강화되었던지 그의 희곡들이 "인간의 성경"과 "천재의 성경"이라고 무심코 언급될 정도였고, 제임스 브라운 셀커크의 『셰익스피어 작품과 유사한 성경의 진리Bible Truths with Shakespearean Parallels』 같은 책에서 성서의 힘을 강조하기 위해 셰익스피어의 글과 성서의 글귀를 나란히 놓는 지경에 이르렀다. 영국과 미국, 양국의 19세기 작가들은 선조들보다 셰익스피어를 숭배하는 마음이 훨씬 더 독실했다. 토머스 칼라일은 「시인인 영웅The Hero as Poet」에서 셰익스피어를 '시성'의 한 명으로 묘사했고 허먼 멜빌은 『사기꾼The Confidence-Man』에서 "셰익스피어는 일종의 신인 게 분명하다"고 적기도 했다. 심지어 감상적인 구석이라고는 전혀 없는 매슈 아널드조차 1844년에 발표한 시 「셰익스피어」에서 엘리자베스 시대의 극작가가 아니라 예수에게 더 적합한 표현을 동원해 이 숭배 대상을 노래하지 않고는 못 배겼다.

그리고 그대는 별과 햇살을 알았고
스스로 배우고 스스로 고심하고 스스로 명예로우며 스스로 긍지를 가졌으나
뜻밖에도 세상 위를 걸었네.● 그렇게 더 뛰어났다네!
불멸의 인물이 반드시 견뎌야 할 모든 고통과
그를 손상시키는 모든 나약함, 고개 숙이게 만드는 모든 슬픔이
그 영광스러운 이마에서 한마디의 말이 되어 나온다.●●

● 셰익스피어가 평범한 사람들처럼 살아갔다는 뜻이다.

이런 풍조 속에서 슈트라우스가 예수를 대상으로 감행했던 작업을 누군가가 셰익스피어에게 적용해보는 것은 그저 시간문제였다. 둘 사이의 유사성이 어찌나 두드러져 보였던지 1854년경에 조지 길필런 같은 이들은 어째서 이런 작업이 진작 진행되지 않았는지 의아해했을 정도다. "셰익스피어의 이력에 관해서는 불확실한 점이 너무 많아서, 슈트라우스가 『우리 구세주의 일생Life of Our Saviour』에 적용한 방법이 셰익스피어에게 아직 확대 적용되지 않았다는 사실이 때로 놀랍게 느껴진다. 이 탁월한 작품을 거울삼은 『셰익스피어의 일생』은 슈트라우스주의를 추종하는 야심찬 후손에게 중요한 성과가 될 것이다!"

길필런은 몰랐던 사실이지만, 1848년에 슈트라우스와 그의 동료인 "근대의 이단자들"을 맹렬하게 비난하던 스물네 살의 사무엘 모샤임 슈머커가 "중요한 성과"가 될 만한 작품을 이미 출간해서 "예수에 관한 역사적 의문들"이 "셰익스피어에게도 똑같이 적용될 수 있다"는 것을 입증했다. 문학계에서 빛을 발한 뛰어난 인물의 옛 존재성을 반박하는 것은 이단자들이 종교계에서 단연 돋보이는 한 인물의 존재를 논박하려고 노력해왔던 것만큼이나 쉬울지도 모른다. 하지만 슈머커(짧은 생애를 살아가는 동안 루터교 목사로서뿐만 아니라 전기작가이자 역사가로서 많은 작품을 발표했다)가 이렇게 시도한 이유는 슈트라우스의 방법을 셰익스피어에게 확대 적용하기 위해서가 아니라 이를 조롱하고 패러디하기 위해서였다. 그의 연구 성과, 즉 『셰익스피어에 관한 역사적 의문점: 이단자들이 성경을 반대하는 이유 증명Historic Doubts

---

●● 셰익스피어가 인생에서 온갖 감정을 경험했으므로 작품에서 그 의미를 완벽하게 묘사할 수 있다는 뜻, 혹은 그가 정규 교육을 받지 못했더라도 인간적인 감정과 나약함을 그 누구보다 깊이 이해하고 있으므로 그의 정신(이마)이 그 진정한 의미를 작품으로 표현할 수 있다는 뜻이다.

Respecting Shakespeare: Illustrating Infidel Objections Against the Bible』은 현재 거의 알려지지 않았지만, 전혀 의도하지 않았는데도 어쩌면 셰익스피어의 원작자 논쟁에 대해 다른 어떤 책보다 더 많은 것을 말해주는지도 모른다. 놀랍게도, 셰익스피어가 셰익스피어라는 사실을 단 한순간도 의심해본 적이 없었던 슈머커는 심지어 원작자 논쟁이 발생하기도 전에 훗날 셰익스피어의 원작자 여부에 대해 의문을 제기하면서 활용한 거의 모든 주장을 미리 생각해서 신중하게 계획해두었다.

슈머커는 슈트라우스의 생각이 미국에서 눈에 띄게 진전을 보이는 점이 우려되어 『셰익스피어에 관한 역사적 의문점』을 집필했다. 그는 에머슨 같은 작가들을 비난했는데, 이들이 "학구적 의심의 정신"을 장려할 뿐만 아니라 "필그림 파더스가 이주하고 원칙을 세워 이 서쪽 지역을 신성하게 만든 이래로 이곳에 널리 퍼진 소박한 기독교 신앙"의 권위를 손상시킨다는 이유로 고등비평에 동조했기 때문이다. 복음서에 적힌 예수의 일생이 근거 없는 믿음투성이라는 슈트라우스의 주장이 갖는 설득력에 정면으로 맞서기가 얼마나 힘든지 잘 알고 있었던 슈머커는 셰익스피어의 일생과 관련해 이와 동일한 의문들을 제기함으로써 슈트라우스의 연구 방법 전체를 약화시킬 수 있을 거라 판단했다. 왜냐하면 "만약 누군가 복음서의 권위, 즉 예수의 이력과 존재를 기꺼이 의심한다면, 일관성을 유지하기 위해서 그는 이와 동일한 근거, 즉 셰익스피어의 이력과 존재를 기꺼이 의심할 수밖에 없기" 때문이다.

슈머커가 이런 주장을 스스럼없이 펼칠 수 있었던 가장 큰 이유는, 셰익스피어가 진짜 셰익스피어가 아니었다고 독자들이 진지하게 상상하리라고는 한 번도 생각해보지 않았기 때문이다. 그 덕분에 그는 마음 놓고 자신의 주장을 다음과 같이 강하게 밀어붙였다. 동시대의 문학적 인유는 어디 있는가? 텍스트의 견고함과 심지어 그 원저자에 관해 어찌하여 혼란스러운 주장들이 난무하는가? 동시대인들이 셰익스피어에 대해서 한 말을 어떻게 진심으로 신뢰할 수 있는가? 그토록 위대한 인물이면서도 관련 기록은 그토록 부족한 사람이 어떻게 존재할 수 있는가? "불과 몇 세기 전에 죽은 사람과 관련된 기존 기록을 혼란스럽게 만들고자 그토록 수많은 일을 계획하고 추진할 수도 있다면, 거의 2000년 전의 세상을 살아가며 활동했던 인물[예수]에 대한 기존 기록을 전복하기 위해서는 비뚤어진 창의력을 발휘해 얼마나 더 많은 일을 꾸며내겠는가?"

슈트라우스가 퍼부은 비난의 글을 패러디하면서 슈머커는 셰익스피어가 원작자인지 의심스럽다고 입증하는 온갖 근거를 차례로 제시하며 독자들을 착실히 이해시킨다. 우선, 문서 증거가 거의 남아 있지 않다. "만약 셰익스피어에 대한 확실한 기록이 당대에 하나도 작성되지 않았다면 그에 관한 향후 이력들은 하나같이 역사적 진실이나 권위가 전혀 없는 것임이 분명하다. 이것들은 가정에 근거를 두고 있다." 실제로 셰익스피어의 전기 전체가 미심쩍은 형편이다. "어느 때고 사심 없는 목격자들이 살았던 적이 있는가, 그리고 유난히 믿기 어려운 이야기를 뒤덮을 정도로 그들의 증언이 충분히 확실하고 명백했던가?" 슈트라우스가 애용하는 한 가지 용어에 기댄 슈머커의 주장에 따르면, 그나마 지금까지 남아 있는 증거도 여전히 "모순적"이다. 예수의 전기작가들이 그랬듯이, 셰익스피어의 전기작가들도 셰익스피어가 걸어온 삶의 본모습에 이의를 제기할 뿐만 아니라 그가 성취한 업적에 동의하지도 않는다. "몇몇은 이 작품이, 또 몇몇은 다른 작품이 진짜라고 주장하며 다툼을 이어왔다. 한 평론가가 어떤 주장을 제시하면 다른 평론가가 나서서 이를 무너뜨렸고, 한 평론가가 단언한 내용을 다른 평론가가 부인하는 식이었다."

슈머커가 인간 셰익스피어와 시인 셰익스피어를 분명히 구분하면서 보여준 태도는 얼마 지나지 않아 셰익스피어가 원작자라는 사실에 의문을 품었던 사람들이 선호하는 책략이 되었다. "인간 윌리엄 셰익스피어에 관한 기록을 사실이라 인정한다고 해도 이런 개인적인 사실들은 소위 작가이자 시인의 이력을 입증하는 데 아무런 영향을 미치지 않는다." 사실상 "그가 살면서 한 인간으로서 겪은 온갖 사건은 작가의 성품에 불리하게 작용한다". 그가 정식 교육을 받지 못했다는 문제에 대해서는 다음과 같이 설명한다. "이전에 교육을 받지도 못했고 반드시 필요한 다른 요건들을 제대로 갖추지도 못한 사람이 그처럼 비상한 장점과 진귀한 우수성을 항시 발산한다고 알려진 수많은 작품을 혼자서 집필했다니 이상하지 않은가?"

게다가 그는 셰익스피어의 숭고함을 설명하기 위해 나중에 활용된 음모 이론을 일찌감치 선보이기도 한다. "영국의 국민적 자존심은 국가의 명예를 드높여줄 어느 위대한 극작가를 반드시 필요로 한다. (…) 그러므로 위대함이 [셰익스피어의] 이름과 연관지어졌다. 시간의 흐름에 따라, 그리고 이미 굳어져버린 편견과 무지, 오만의 영향을 받아 그는 문학계에서 최고가 되었고" "그의 힘과 그의 칭호는 관련 국가와, 찬사를 바치며 쉽사리 믿는 세상의 한가운데서 점차 굳건해졌다." 셰익스피어는 사기꾼, 즉 "우리가 가능하면서도 당연하다고 입증한 협잡꾼"이었음이 분명했다.

그런 다음 슈머커는 셰익스피어가 원작자가 아니라고 진심으로 믿는 사람들이 곧 활용하게 된 슈트라우스의 주장에서 셰익스피어에 대한 잘못된 믿음이 어떻게 처음 자리를 잡았는지를 알려준다. 우선, 어떻게 "이런 실수가 (…) 일어났을까?" 상황을 당연히 받아들이고 "권위에 귀 기울임으로써, 그리고 그런 망상에 가장 흥미를 보인 사람들의 확고한 주장에 신빙성을 부여함으로써" 벌어졌다. 그렇다면 어째서 이것이 그토록 "고분고분 받아들여졌는가?" 무관심, 무지, 실수를 인정하고 싶지 않은 마음 때문이었다. 그리고 "어떻게 이런 망상이 밖으로 드러났는가?" "조사가 진행됨에 따라 증거는 점차 힘을 얻고 분량이 차츰 늘어갔으며, 마침내 완전한 진실은 사람들의 놀라움이 어린 시선 앞에 그 모습을 드러냈다." 그러면 셰익스피어가 협잡꾼처럼 보인 다음에는 어떤 일이 일어날까? 셰익스피어를 원작자로 굳게 믿는 사람들이 그 주장에 수긍할까? 결코 그렇지 않다. 결과적으로 "사람들은 매혹적인 사기에 앞으로도 계속 기꺼이 속아 넘어갈 것이다". 그야말로 "단순함과 나약함으로 생겨난 우울한 상황"이 아닐 수 없다.

이것은 숨 막히도록 놀라운 작업으로, 1847년에 어느 펜실베이니아의 젊은이가 쓴 글에서 결코 기대할 만한 내용이 아니었다. 그로서는 셰익스피어의 이름을 언급하는 것이 더 원대한 신학적 목적을 위한 수단에 불과했기 때문이다. 약 100쪽에 걸쳐 이런 내용을 논한 뒤, 슈머커는 독자들이 잘못된 생각에 사로잡힌 나머지 어쩌면 셰익스피어를 의심할 뿐만 아니라 그러면서 예수마저 의심할지도 모른다는 우려를 갑자기 표명하며 이렇게 결론짓는다. "만약 셰익스피어의 이력을 무효로 만들려는 온갖 노력이 실패했다는 사실이 (…) 도리어 그의 이력을 확인해줄 뿐이라면, 예수의 특별한 이력에 대한 과거의 모든 공격이 실패한 것은 앞으로 닥칠 온갖 위험을 극복해 그의 이력을 입증하고 확고히 하는 데 한층 크게 이바지할 것이다." 슈머커는 40세를 일기로 사망했지만 자신의 터무니없는 주장이 문자 그대로 받아들여지는 상황을 지켜볼 만큼은 살았다. 다만 그가 셰익스피어의 이단자라고 묘사했을 법한 사람들에 대한 생각을 글로 남기지는 않았다.

슈머커는 회의주의자들이 주장할 각본의 초안을 작성한 셈이었지만, 사실 그가 아니더라도 당시의 누구든지 그렇게 할 수 있었을 뿐만 아니라 이미 몇몇 사람은 그와 비슷한 견지에서 생각하며 글을 쓰고 있었다. 왜냐하면 그가 제안한 모든 계획은 셰익스피어의 일대기와 특이성, 문학적 공헌에 관한 진부한—패러디할 정도로 친숙한—주장, 즉 반세기가 넘도록 맹렬한 토론이 벌어졌던 쟁점에서 도용되었기 때문이다. 초기에 의심을 품은 사람들이 하나같이 슈머커의 이상한 책에서 영향을 받았다거나 심지어 그 책에 대해 알고 있었다는 증거는 전혀 없었다. 그들은 그럴 필요가 없었다. 그의 책은 셰익스피어의 원작자 자격을 최초로 부인한 인물이 누구인지 알아맞히려는 경쟁이 핵심을 완전히 벗어난 행동임을 확인해준다. 한 가지 덧붙이자면, 셰익스피어를 무너뜨리려고 가장 먼저 노력한 사람들은 (비록 그들의 후계자나 비평가들은 그렇지 않겠지만) 자신들의 주장이 신학에서 비롯되었다는 사실을 가슴 아프게 인식할 것이다. 그리고 곧 살펴보겠지만, 그들 가운데 영향력이 가장 큰 사람들이 정신적 위기를 경험한 직후에 원작자 문제에 눈을 돌렸다는 사실은 전혀 놀라운 일이 아니다.

Francisc⁹ Bacon⁹ Baro de Verulam:
Vice-Comes Sᶜᵗ Albani, Summⁱ Angliæ Cancel
larius.⊙mortuus ⁹ Aprilis. Anno Dñi. 1626.
Annoq̃ Aetat 66.

프랜시스 베이컨.

제2장

베이컨

델리아 베이컨.

델리아 베이컨, 논쟁을 촉발하다

다음 이야기는 꽤나 친숙하다. 정식 교육을 거의 받지 않은 어느 젊고 야심찬 작가가 가족 곁을 떠나 대도시로 이주한 뒤 비극을 집필하고 런던 무대의 스타에게 주역을 맡아달라고 설득한다. 하지만 이런 상황이 벌어진 시기는 1587년이 아니라 1837년이고, 그 작가는 스트랫퍼드의 셰익스피어가 아니라 델리아 베이컨이라는 미국인이었다.

1811년 국경지역의 통나무집에서 태어난 델리아 베이컨은 선각자 정신을 지닌 조합 교회 목사의 막내딸이었다. 아버지는 오하이오 황야에 청교도 공동체를 설립하기 위해 코네티컷의 뉴헤이븐을 떠났지만 이 모험은 끝내 실패로 돌아갔다. 살림이 궁핍해진 가족들은 뉴잉글랜드로 되돌아갔고 그로부터 얼마 지나지 않아 아버지는 사망했다. 집안의 돈을 그러모아 장남인 레너드는 예일 대학에 갈 수 있었지만 델리아는 열네 살 이후로 정식 교육을 받지 못했다. 캐서린과 메리 비처가 운영하는 하트퍼드의 여성 신학교에서 1년 동안 교육을 받은 것이 마지막이었다. 당시 비처 자매는 델리아의 "열정적인 상상력"과 "보기 드문 웅변 재능"에 감명을 받았다고 한다.

열다섯 살에 델리아 베이컨은 가족의 생계에 도움을 주고자 교사가 되었다. 그녀는 꾸준히 열성적으로 책을 읽었고 부족한 라틴어 실력에 더해 그리스어를 조금 배웠으며 희곡과 단편소설들을 쓰기 시작했다(그녀는 당시 뉴헤이븐의 선두적인 조합 교회 목사가 된 오빠 레너드에게 자신의 글이 "더 좋은 것, 즉 진실에 덧붙인 아름다운 장식에 불과한 허구"라고 해명했다). 스무 살에는 식민지 생활을 다룬 길이가 제법 긴 세 편의 이야기인 『청교도들 이야기』Tales of the Puritans를 익명으로 출판했다. 그다음 해에는 『필라델피아 새터데이 쿠리어The Philadelphia Saturday Courier』지●가 후원한 글쓰기 대회에서 에드거 앨런 포를 비롯해 유수한 경쟁자들을 물리치고 우승을 거둬 100달러의 상금을 받았다. 그녀의 응모작 『사랑의 순교자Love's Martyr』는 독립전쟁의 비극적인 사건을 되짚어보는 작품이다. 작품 속에서 제인 매크리라는 식민지 주민은 포트 데드워드에 있는 왕정주의자 연인을 만나러 가는 길에 (영국의 버고인 장군 휘하에서 활약한) 인디언들에게 살해당한다. 매크리의 죽음은 식민지 군대의 사기를 높이는 외침이 되었고 전설에 따르면 전세를 뒤엎는 데 도움을 주었다고 한다.

델리아 베이컨은 점차 놀라울 정도로 두각을 나타내기 시작했다. 그녀를 지켜보다가 깊은 인상을 받은 어떤 사람은 그녀를 "우아하고 지적인 외모에 말솜씨가 뛰어나며 놀랍도록 현명하고 영감이 넘쳐서

● 1835~1841년에 발행된 미국의 주간지.

그야말로 역사의 뮤즈처럼 보였고 그렇게 말했다"고 묘사했다. 교사로서 차츰 명성을 얻어감에 따라, 그녀는 처음엔 여학생을 지도했으나 나중에는 성인 여성을 가르치게 되었고 결국에는 남녀 관객 앞에서 세계 역사를 주제로 공개 강의를 진행하기에 이르렀다. 당시로서는 여성이 이런 일을 한 전례가 거의 없었다. 그녀의 전달력은 특히 인상적이었다. 어느 찬미자는 이렇게 회상했다. "그녀는 아무것도 적지 않았다. 심지어 간단한 메모조차 없었다." 베이컨은 주제를 통합하는 능력이 뛰어난 인물이었다. 문학과 예술, 고고학, 언어학, 과학, 신학을 비롯해, 인간이 신의 섭리에 따라 "유사 이래로부터 신앙과 전통이 어슴푸레하게 명멸하는 시대를 연이어 거쳐 현재의 환한 광명의 시대에 이르기까지" 영적으로나 지적으로 어떻게 발전했는지에 관한 자기만의 설명을 입증하는 데 도움이 되는 것은 무엇이든 능숙하게 활용했다.

20대 중반에 베이컨은 뉴헤이븐에서 전문 강연자로서 경력을 다져가고 있었다. 하지만 거기에 안주하지 않고 1836년에는 레너드의 마지못한 승낙을 받아내 뉴욕 시로 이주했다. 하지만 그곳의 강연도 계속 흥미를 불러일으키지는 못했다. 그녀는 제임스 게이츠 퍼시벌,• 리처드 헨리 데이나,•• 새뮤얼 모스•••를 비롯해 당대의 유명한 문화 인물들을 찾아다녔고 극장에도 출입하기 시작했다. 마침 시기가 잘 맞아떨어졌던지, 당대를 주름잡은 셰익스피어 배우로 손꼽히는 엘런 트리가 그 무렵 뉴욕에서 공연을 시작했다. 트리는 얼마 전 런던 무대

• 미국의 시인이자 지질학자.
•• 미국의 문필가이자 법률가.
••• 미국의 발명가이자 화가.

에서 베아트리체와 로절린드, 로미오(패니 켐블이 줄리엣 역을 맡음) 역할을 성공적으로 끝마치고 이제 남부 맨해튼의 파크 극장에 출연 중이었다. 베이컨은 1837년 겨울에 트리를 만나서 자신이 집필하는 비극의 여주인공 역을 맡아달라고 설득했다. 이 작품은 자신의 수상작인 『사랑의 순교자』를 연극용으로 각색해 『포트 에드워드의 신부The Bride of Fort Edward』라는 새로운 제목을 붙인 것이었다. 두 사람의 만남은 혁신적인 협력 작업이 될 조짐을 보였다. 베이컨과 마찬가지로 엘런 트리도 미혼이었고 어떤 남자에게도 의존하지 않았다. 그리고 베이컨처럼 그녀 역시 "나무랄 데 없이 순결하고 품위 있는" 사람이라는 명성을 어떻게든 유지했는데, 이는 당시 극장에 몸담고 있는 여성들로서는 그리 쉬운 일이 아니었다. 트리가 미리 일정이 잡혀 있던 석 달간의 남부 순회공연을 하기 위해 뉴욕을 떠나자 베이컨은 마음을 가라앉히고 희곡 마무리 작업에 착수했다.

베이컨은 극작가가 되면 돈을 벌 수 있으리라 확신했다. 자신과 같은 극작가 지망생이 최근에 새로운 희곡을 써서 1000달러의 상금을 탔다는 소식을 들은 데다 엘런 트리가 3년 동안의 미국 순회공연을 통해 이미 상당한 돈을 모았기 때문이다. 하지만 극작가로서 부와 명성을 얻을 가능성은 베이컨의 청교도적 신조 및 극장에서 일하는 것에 대한 불안감과 조화를 이루기 쉽지 않았다. 당시에 그녀는 레너드에게 이렇게 편지를 보냈다. "숙녀나 기독교인에게 어울리지 않는 일이라면 어떤 일을 하든 유감스러울 거예요. 심지어 1000파운드를 벌어들이기 위해서라도 말이에요." 게다가 베이컨은 비록 자기정당화를 할 필요는 없었다 하더라도 오빠에게는 도덕적인 근거를 대며 진행 중인 작품을 합리화해야 한다는 강박관념에 시달렸다. "만약 이 희곡이 조금이라도 어떤 효과를 미친다면 그것은 정신을 고양시키는 역할입니다. 극작품은 다른 종류의 글보다 평범한 사람들을 감동시키기에 훨씬 더 적합한 형식"이기 때문이다. 그녀는 다소 절박한 말투로 이렇게 덧붙인다. "만약 내가 [파크] 극장처럼 아주 부도덕한 장소에서 이 작품을 소개할 수 있다면, 마치 그들이 분장실과 무대를 허물어뜨리고 설교단을 세워 오빠에게 설교를 해달라고 요청한 것만큼이나 엄청난 승리로 간주해야 할 겁니다."

'우리 나라 역사의 잘 알려진 위기'에 관한 정치 희곡을 집필하면서 베이컨은 미국 여성 극작가로서 신기원을 이뤄내고 있었다. 그도 그럴 것이, 남북전쟁 이전의 극소수 선배 여성 작가들은 희극과 멜로드라마에 전념했기 때문이다. 그녀가 셰익스피어의 비극과 역사극에 진 빚은 그냥 지나치기 힘들다. 그녀의 작품에는 비극적 장면과 희극적 장면(폴스타프 패거리의 말투를 연상시키는 농담을 내뱉는 하류층 미군을 포함)이 병치되어 있을 뿐 아니라 대화체 산문과 무운시가 혼합되어 있기 때문이다. 주요 등장인물들은 셰익스피어의 여주인공을 모방해 만들어졌으며, 엘런 트리가 그 역할에 관심을 보였던 것도 어쩌면 이런 이유에서였는지도 모른다. 그녀는 줄리엣(가족의 원수와 결혼하고 결혼식 뒷날 바로 목숨을 잃은)과 데스데모나(죽기 전에 하녀와 은밀한 장면을 연출했을 뿐 아니라 최종적으로 목숨이 끊어지기 전에 잠시 소생한), 오필리어(특히 그녀가 사망한 뒤 레어티스와 햄릿처럼 누가 그녀의 죽음을 더 슬퍼할 수 있는가를 두고 오빠와 연인이 경쟁함)를 합쳐놓은 인물이었다. 정치적으로 보면, 이 플롯은 셰익스피어의 『루크리스의 능욕』을 미국식으로 만든 작품으로 해석되며 여기서 여주인공의 죽음은 결국 공화국의 창조로 이어진다. (이와 마찬가지로, 셰익스피어의 시에서 루크리스의 죽음으로 인해 로마인들은 군주제를 포기하게 된다.)● 베이컨은 영국 문학에 뿌리를 두었다는 사실을 날카롭게 인식하는 한편—독립전쟁을 다룬 작품들이 제프리 초서와 에드먼드 스펜서를 모두 언급하는 경우는 그리 많지 않다—자신이 새로운 세대의 미국 작가에 속한다고 여기기도 했다. 식민지 민병이 영국군을 이기는 바로 그 순간, 미국 작가들도 언젠가 영국 작가들을 이긴다는 것이었다.

엘런 트리가 순회공연을 위해 뉴욕을 떠날 무렵인 1837년 2월에는 이미 『포트 에드워드의 신부』의 초고가 거의 완성된 상태였고 베이컨은 완성된 원고를 4월에 에드워드 심프슨(파크 극장의 무시무시한 흥행주)에게 제출할 작정이었다. 그때부터 상황이 어그러지기 시작했다. 베이컨이 두통을 앓기 시작했던 것이다. 그러자 그녀는 연극을 마무리 짓기 위해서는 여름을 날 필요가 있다고 생각했다. 그 이후로 원고를 읽어본 한 친구에게 이 작품으로는 연극 무대에서 성공을 거두기 어려워 보인다는 말을 듣자 그만 의욕이 꺾여버리고 말았다. 결국은 청교도적 신조와 문학적 야망을 적절히 조화시키지 못했던 것이 분명하다. 그래서 그녀는 자신의 원고를 서랍 안에 넣어버렸다. 1년 뒤, 그녀는 원고를 다시 꺼내 완성된 초고를 레너드에게 보냈다. 그 무렵에는 엘런 트리의 마음이 이미 다른 곳으로 옮겨간 뒤였다. 레너드는 6개월 동안 원고를 그대로 묵혀두었다가 나중에서야 혹독한 비난을 퍼부었다.

그녀는 레너드에게 다시는 조언을 얻지 않겠다고 결심했으며 희곡

● 루크리스는 아름답고 덕망 있는 귀족 부인이었지만 로마의 폭군 타르퀴니우스 수페르부스의 아들에게 능욕을 당한 뒤 아버지와 남편에게 복수의 다짐을 받아내고 자살하고 말았다. 그러자 반란이 일어나 타르퀴니우스 가문이 로마에서 쫓겨났고 이를 계기로 로마 공화국이 세워졌다.

은 공연에 올리기 위해서가 아니라 독자들을 위해 집필한 것이라고 마음을 정리한 채, 지킬 수 있는 부분을 지키겠다는 바람으로 원고를 손질해서 1839년에 익명으로 출간했다. 베이컨은 방어적인 내용의 서문을 덧붙여 자신의 원고는 "대화이지 (…) 희곡이 아니며" "무대 상연을 전제로 하지 않았다"고 분명히 밝혔다. 이것은 완전히 정확한 설명도 아니었을뿐더러, 베이컨은 드라마("현실 생활의 정서와 생각, 휴식"을 포착하는)와 연극(이것의 교화 능력은 "성급한 행위와 혼잡한 플롯, 무대에서 반드시 필요한 연극적 감정의 고양"으로 인해 약화되었다)을 구분하지도 않았다. 베이컨은 무대에 등을 돌렸는데 여기에는 셰익스피어의 공연 작품들도 포함되었다. 그녀의 학생 한 명이 나중에 회상한 바에 따르면, "베이컨 선생님은 연극으로 상연된 셰익스피어 작품을 보았다는 이야기를 종종 하셨"지만 "항상 극장에 간 경험이 실망스러웠다고 설명하셨으며 굳이 다시 갈 마음이 없다고 말씀하셨다".

여러 의혹에도 불구하고 델리아 베이컨의 처음이자 유일한 희곡은 무대에서 성공할 잠재력이 있었다. 엘런 트리를 주인공으로 내세우고 불필요한 부분을 능숙하게 다듬었다면 이 작품은 관심을 받았을 것이다. 소설로 개작해 출간한 것은 『필라델피아 새터데이 쿠리어』에서 긍정적인 평가를 얻었다. 공교롭게도, 에드거 앨런 포 역시 이 작품에 대해서 익명 작가의 "상상력에 비상한 면이 [있다]"고 언급하며 희곡의 "구상이 (…) 탁월하다"는 평을 썼다. 출판된 책은 상업적으로는 실패해 1500부 중 겨우 692부밖에 팔리지 않았다.

좌절한 베이컨은 자신이 소설가나 극작가가 되기에는 적합하지 않으며 지적인 재능과 강력한 야망을 분출할 다른 수단을 찾아야 한다는 것을 깨달은 채 뉴헤이븐으로 되돌아가서 교육과 강의를 다시 시작했다. 1845년 봄, 겨울 강좌를 끝낸 베이컨은 은퇴해 뉴헤이븐의 톤틴 호텔로 들어가 독서에 몰두하며 지냈고 그즈음에는 셰익스피어 작품의 원저자에 대한 진실이 막 밝혀질 참이라고 확신했다. 6개월 뒤, 베이컨은 마침내 자신이 연구한 결과를 면밀히 정리했다. 다만 종이에 기록한 것은 아니고 마음속으로만 그렇게 생각했을 뿐이다. 그녀가 이 소식을 오빠에게 알리자, 1845년 10월에 레너드는 델리아가 "셰익스피어에 대한 새로운 이론을 한 권 이상의 책으로 편찬해서 와일리 앤드 퍼트넘 출판사의 미국 작가 총서에 이름을 올리겠다는 결론에 막 이르렀다"는 기록을 남겼다. 사실 그녀가 자신의 이론을 단 한마디라도 출판하기까지는 10년이 넘는 세월이 걸렸다. 처음 출간된 것은 1856년에 『퍼트넘스 먼슬리 매거진Putnam's Monthly Magazine』에 익명으로 기고한 글이었고, 1년 뒤에는 이상하고 두서없는 책을 영국과 미국에서 동시에 출간해 기존 내용과 다소 다르거나 적어도 일부분이 바뀐 이야기를 들려주었다. 베이컨은 정신이상을 보이다가 2년 뒤에 사망했다.

델리아 베이컨이야말로 셰익스피어 원작자 논란으로 알려지게 될 사건을 촉발시킨 책임이 그 누구보다도 ›컸기 때문에 그녀가 이런 행동을 하게 된 원인은 무엇이고 시간이 지나면서 그녀의 관점은 어떻게 변했으며 그녀에게 궁극적으로 중요한 것은 무엇이었는지 이해하는 것이 도움이 된다. 그러나 안타깝게도, 이런 사실을 조금이나마 밝혀줄 만한 증거는 거의 남아 있지 않다. 원고의 초안을 비롯해 일기나 일지도 없으며 그녀가 어떤 책이나 판본을 참고했는지에 대한 기록조차 찾아볼 수 없다. 그녀의 가족은 이런 계획에 찬성하지 않았고(그녀가 어쩌다보니 정신이상에 걸린 것도 이 문제에 매달렸기 때문이라고 여겼다) 어쩌면 한때 존재했던 증거를 파괴했는지도 모른다. 델리아 베이컨의 생각이 어떻게 전개되었는지 조사한 사람이라면 누구나 셰익스피어의 전기작가들이 부딪힌 것과 거의 동일한 문제에 직면하게 된다는 사실은 엄청난 역설이었다. 그녀의 경우에도 비평가들은 실생활에서 유추한 일화적 증거에 기반을 두고 그 작품에 대해 재빨리 결론을 내렸다.

델리아 베이컨은 자신이 발견의 시대에 살고 있다고 생각했는데, 여기서 발견이란 비단 과학적인 분야에 국한된 이야기가 아니었다. 그녀는 성경과 호메로스의 원문 연구에서도 원저자 문제가 수백 년에 걸쳐 이어온 전통적인 지혜를 얼마나 번복시켰는지 알 수 있었다. 어쩌면 셰익스피어의 작품들 역시 한층 면밀하게 살펴봐야 마땅할 듯싶었다. 그러나 당시 미국이나 영국의 대학에는 그런 연구를 수행할 셰익스피어 전공 교수들은 고사하고 영문학과조차 없었다. 그녀로서는 절호의 기회였다. 셰익스피어 작품에 관해서라면 그녀와 견줄 만한 지식을 갖춘 미국인이 극소수에 불과했기 때문이다. 그녀는 주요 비평들에 대해서도 잘 알고 있었고 몇 년 동안 희곡들을 읽고 가르쳤으며 셰익스피어를 모방해서 희곡과 이야기를 창작해야만 얻을 수 있는 종류의 작품에 대한 지식에도 정통했다.

뉴헤이븐에서 그녀에게 지도받은 젊은 여성들은 마을 건너의 예일대학에 등록한 남자 형제들이 배우지 못한 셰익스피어에 대한 풍부한 기초 지식을 배웠다. 베이컨은 『햄릿』『줄리어스 시저』 같은 희곡들을 반복적으로 자세히 읽으며 작품 속의 인물 성격 묘사의 문제에 상당한 주의를 기울이고 각 희곡에 담긴 좀더 깊은 철학적 의미를 집요하게 찾아보면서 수업을 주도해갔다. 말하자면, 이는 작가들이 허구의 '장막' 아래에 더 심오한 '진실'을 숨겨둔다는 그녀의 오랜 견해에서 생겨난 부산물임이 틀림없었다. 그녀의 학생 한 명은 베이컨이 어떻게 "그 작품에 몰두했는지, 다시 말해 어떻게 그 작품 속에 들어가 살았고 상상력을 통해 등장인물들의 사랑과 희망, 두려움, 야망, 실망, 절망을 인식했으며 이처럼 강렬한 자각 속에서 희곡의 의미—그녀의 표현을 빌리면 '작품의 통일성'—즉, 작품의 모티프를 직감적으로 알아차리는 것처럼 보였는지" 기억해냈다. 베이컨은 "이해하기 힘든 구절과, 얼핏 의미 없는 것처럼 보이는 중요하지 않은 말에 담긴 암시를" 찾아내는 방법을 학생들에게 알려주었고 다음과 같이 가르쳤다. "이 희곡들, 아니 인간이 만들어낸 가장 위대한 산물들 가운데 어느 것도 (…) 불필요한 것은 없다. 더 이상 필요 없는 것이란 없는 법이다. 모든 등장인물이 필요하며 모든 단어가 의미심장하다."

희곡에 숨겨진 의미를 찾으려는 베이컨의 작업은 당시로서 유별난 사례였던 데 비해 셰익스피어 드라마에 대한 그녀의 연구 방법은 그 시대의 전형이었다. 그녀는 이처럼 고귀한 철학적 작품들이 대중적인 공연과 상업적인 가능성을 염두에 두고 집필되었다는 사실이 믿기 힘들었다. 그리고 동시대의 셰익스피어 전기들로부터 받은 영향 때문에 셰익스피어의 실제 생활과 놀라운 문학적 산물 사이의 간극은 도저히 불가해하다고 생각했다.

당시의 전형적인 풍조가 반영된 사례를 한 가지 더 이야기하자면, 그녀는 영국의 르네상스 세계를 상상하면서 군주와 조신, 작가라는 틀 안에 갇혀 있었다. 나머지는 무지한 군중("여전히 교육을 받지 못했거나 잘못에 무덤덤하거나 비논리적 전통에 얽매여 있거나 사소한 일상의 편견에도 이리저리 흔들리는 (…) 군중")으로 치부해버렸다. 이것은 승자와 지배자 관점에서 본 위로부터의 역사였고 지리적으로는 런던과 왕실에 한정되어 있었다. 그녀의 셰익스피어 정본 목록 역시 제한적이었는데, 이 또한 19세기 독자들에게 일반적인 현상이었다. 이 목록의 중심에는 『햄릿』과 『템페스트』가 있었고 철학적이고 정치적인 내용이 가장 풍부한 작품들—『오셀로』『줄리어스 시저』『리어 왕』『로미오와 줄리엣』『리처드 2세』 그리고 특이하게 『코리올라누스』—로 확장되었을 뿐 범위를 더 이상 넓히지는 않았다. 그녀는 시는 물론이고 다른 30여 편의 희곡도 분명히 읽었지만 이 작품들이 자신의 목적에 부합하지 않는다는 이유로 대부분 조용히 무시해버렸다.

셰익스피어가 원저자가 아니라는 의심을 델리아 베이컨보다 먼저 제기했던 이들 가운데 누구도 기꺼이 다음 단계로 성큼 나아가서 그 작품들의 원작자가 다른 후보자라고 간주해야만 하는 이유를 글로 설명하지 않았다. 그녀는 증거를 찾으려고 기록보관소를 샅샅이 뒤지기보다는 희곡작품 자체에서 증거를 찾은 다음, 그 증거가 작품 속에 내내 숨겨져 있었다는 결론을 내렸다. 다른 사람들은 모호하고 관계없어 보이는 구절에 충분히 관심을 기울이지 않은 채 작품들을 읽었다. 이 작품들의 배후에 어떤 식으로든 프랜시스 베이컨이 관계되어 있다는 그녀의 추측이 엄청난 비약은 아니었다(그리고 많은 사람의 추정과는 달리, 그녀가 베이컨의 먼 친척이라고 믿었기 때문은 아니었다).

프랜시스 베이컨은 르네상스 시대의 위대한 인물 가운데 한 명이자 근대의 과학적 방법의 창시자, 명리를 추구하는 궁정 신하, 재능 있는 작가, 박식한 법관, 탁월한 철학자로 널리 이름을 떨쳤다. 그는 1561년에 태어나 케임브리지 대학과 법학원에서 수학했으며 유럽 대륙을 여행했다. 1580년대에 발을 내디뎌 작가와 관리로서 오랜 경력을 쌓았고 1594년에는 엘리자베스 여왕의 칙선변호사 중 한 명으로 임명되었다. 그의 저술 분야는 대단히 광범위해서 의회 연설과 크리스마스 연회, 정치 보고서, 시편 번역, 충언의 편지, 정치 논문, 『헨리 7세 치세사』를 비롯해 그 유명한 『베이컨 수필집』과 위대한 철학 저작인 『학문의 진보』, 유토피아적인 『새로운 아틀란티스』 『대부흥』 『신기관』을 두루 포함했다. 베이컨이 손대지 않은 거의 유일한 분야는 희곡이나 설화, 시였다. 그는 평생토록 정치에 깊숙이 개입했으며 수많은 다툼 끝에 제임스 1세 치하에서 마침내 법무장관과 대법관 자리에 올랐으나 1621년에 부패를 저질렀다는 미심쩍은 혐의를 받아 총애를 잃었다. 잠시 런던탑에 감금되기도 했으며 석방된 뒤에는 그 자신의 표현대로 "민사 소송의 무대에서 물러나 학문에 열중하기로" 마음먹었다. 그리고 1626년에 세상을 떠났다. 이론의 여지 없이 베이컨은 그 시대를 풍미한 위대한 인물 중 한 명이었다. 향후 두 세기 동안 그의 명성은 굳건했으며, 프랑스의 계몽사상가들은 베이컨이 사회 개혁에 이바지한 철학자이자 그의 저작들은 전적으로 "전통적인 제도의 체계와 신조에 대한 공격"이라는 점을 홍보하는 데 크게 기여했다. 이런 유산은 델리아 베이컨이 그에 관한 생각을 정립하는 데 가장 강력한 영향을 미쳤다.

지난 100여 년 동안 프랜시스 베이컨의 평판은 급격히 추락했지만 19세기 초반의 영국과 미국에서 그는 여전히 존경받았고 델리아 베이컨이 원저자 문제에 착수했던 바로 그 순간 그의 명성은 절정에 달했다. 1830년대에 랠프 월도 에머슨의 독자들은 프랜시스 베이컨이 "셰익스피어 못지않으며 비록 다른 면은 있겠지만 (…) 다재다능하다는 칭찬을 받을 만하다"는 그의 주장을 당연히 받아들였을 것이다. 에머슨은 당시 많은 사람을 대변해서 다음과 같은 말을 남기기도 했다. "베이컨의 작품을 읽은 사람이라면 누구나 작가에게 애정 어린 존경심을 품게 된다. (…) 우리는 그가 높은 자리에 올라 여러 세대에게 지식의 문과 궁전을 열어주는 대천사라고 여기게 된다."

에머슨의 과장된 칭찬이 당시에는 비교적 무난한 표현이었다. 1803년에 윌리엄 워트는 프랜시스 베이컨의 작품들이 "완전한 순금 덩어리로 가득 차" 있고 "몽매함과 허튼소리, 혼란, 실수 (…) 이 모든 것으로부터 세상을 구원했다"는 글을 썼다. 1820년에 존 플레이페어•는 베이컨이 "과거에는 대적할 만한 사람이 없으므로 앞으로 다가올 시간에도 그는 적수가 없을 듯하다"고 말했다. 프랜시스 베이컨은 과학과 종교 사이의 서서히 높아져만 가는 긴장감을 해소하려고 전력을 다하는 사람들 사이에서도 똑같이 인기가 높았던 것으로 드러났다. 1836년에는 그리스도의 제자회가 켄터키에 베이컨 대학을 설립했으며 어느 종교 잡지의 한 기고가는 베이컨의 철학이 "결혼의 신성함, 사생활의 순수함, 우정의 성실함, 가난한 사람들에 대한 자선, 인간에 대한 보편적 사랑"이 생겨나도록 한 "궁극적인 원인"이었다며 대단히 진지하게 주장했다. 이에 뒤질세라 『아메리칸 애그리컬처리스트 American Agriculturist』지는 프랜시스 베이컨을 "미국 농업 발전의 은인"이라고 일컬었다.

셰익스피어가 그 희곡들의 원저자가 맞는지에 대해 의문을 제기할 무렵, 델리아 베이컨은 프랜시스 베이컨의 저술을 익히 알고 있었고 레너드가 소장한 그의 책을 읽고 메모를 적었으며 미국의 유명한 베

• 스코틀랜드의 지질학자이자 수학자.

이컨설 지지자 중 한 명인 예일 대학의 벤저민 실리먼 교수와 친구가 되었다. 게다가 그녀는 뉴욕에서 알고 지낸 오랜 친구, 새뮤얼 모스와의 대화에 자극을 받아 더 흥미가 동하기도 했다. 근래에 개발한 전보 메시지를 암호화하는 데 필요한 부호를 한창 실험 중이던 모스가 프랜시스 베이컨이 비밀 암호를 만들었다는 사실을 그녀에게 말해주었기 때문이다. 이 이야기는 그녀가 전혀 알지 못했던 내용으로, 프랜시스 베이컨이 셰익스피어 작품의 감춰진 원작자라고 생각하게 만들었다.

흩어진 조각들이 마침내 딱 맞아떨어지기 시작했다. 오래된 문학의 수수께끼 두 가지를 한 번에 해결하면서 그녀는 프랜시스 베이컨의 대표작 『대부흥』이 완성되지 못한 이유를 이제 설명할 수 있게 되었다. 그동안은 "새로운 철학"에 대해 논하기로 한 부분이 발표되지 않은 채 소실되었다고 추정되고 있었다. 그녀는 셰익스피어의 희곡들을 자세히 읽고 프랜시스 베이컨의 소실된 저작이 실은 다른 사람의 이름을 내건 채 엘리자베스 시대의 가장 위대한 극작품으로 남아 있었다는 것을 밝혀냈다. 역사상 가장 위대한 천재로 손꼽히는 두 사람이 같은 시간, 같은 장소에 살면서 철학적으로 공통점이 대단히 많은 작품을 저술했다는, 거의 일어날 법하지 않은 사건의 가능성을 용인하기보다는, 한 사람이 두 편의 위대한 저작 뒤에 숨어 있다는 그럴듯한 가능성을 받아들이는 편이 훨씬 더 이치에 맞았다. 그녀가 스스로 설정한 과제는 프랜시스 베이컨이 왜 그렇게 신분을 가장해 글을 쓸 수밖에 없었던 이유를 밝혀내는 것이었다.

미처 예견하지는 못했겠지만 델리아 베이컨은 어릴 적 교육받은 종교적 가르침이나 자신의 근간을 이룬 청교도 사상과 머지않아 단절하게 되었다. 이런 변화는 그녀가 원작자 문제 연구를 계획하고 출판을 오랫동안 미루는 데 큰 영향을 미쳤다. 하지만 그녀가 가족과 교회, 국가와 단단히 이어져 있던 결속을 풀어버림으로써 원작자 연구를 하도록 만들어주기도 했다. 이는 그녀에게 일어난 가장 굴욕적인 일이었고, 그녀를 변화시켜 다른 사람들에 대한 의심이 많아지고 명성을 얻고 싶은 마음이 그 어느 때보다 간절해지도록 만들었다. 이 위기 상황은 비록—그녀가 말기에 앓은 정신질환과 같은—인과관계의 문제들을 설명하지는 못하겠지만 그녀의 이론과는 불가분의 관계가 성립하는 듯하다. 인생의 경험이 작가의 작품 형성, 심지어 델리아 베이컨과 같은 근대 작가의 작품 형성에 어떻게 영향을 미치는가에 관한 온갖 주장이 그렇듯이, 놀라울 정도로 많은 서류를 증거로 삼았으면서도 다음의 내용은 여전히 추측에 근거한다.

그녀는 셰익스피어 이론을 처음 연구하던 몇 달 동안 소수의 사람에게 흉금을 털어놓았는데, 그중 한 명은 얼마 전 예일 대학 신학과를 졸업하고 그녀와 마찬가지로 뉴헤이븐의 톤틴 호텔에 묵고 있던 알렉산더 맥워터였다. 두 사람은 점점 더 많은 시간을 함께 보내게 되었고 이런 행동으로 인해 이내 사람들의 눈총을 샀다. 착실한 미혼 남녀가 사람들의 눈앞에서 함께 할 수 있는 행동이 제한되어 있던 시절이라는 이유도 있었고 두 사람의 나이 차이 때문이기도 했다. 당시 그녀는 서른네 살, 그는 스물세 살이었다. 두 사람은 얼마 지나지 않아 엄청난 발견을 할 것이라고 믿었다(맥워터는 성경 원문 연구에 심혈을 기울였고, 히브리 성서에서 '야훼'의 4자음 문자를 사용한 것이 그리스도 재림을 예견하고 나타낸 것임을 자신이 알아냈다고 확신했다). 1년여 간 두 사람은 거의 붙어 있다시피 했지만 약혼 발표를 하지 않았기 때문에 델리아 베이컨의 가족과 친구들은 우려하기 시작했다.

아무 일도 일어날 기미가 보이지 않자 사람들은 쑥덕거리기 시작했다. 레너드는 뉴헤이븐으로 맥워터를 찾아가 올바른 의도로 여동생을 만나고 있는지 알려달라고 따졌지만 무슨 이야기를 하는지 도통 모르겠다는 답변밖에 듣지 못했다. 이에 격분한 나머지 그는 여동생에게 두번 다시 맥워터에게 편지를 쓰지 말라고 말한 다음, 오필리어가 그랬듯이 그가 준 사랑의 정표들을 돌려주게 만들었다. 베이컨은 자신이 보낸 편지를 돌려달라고 요구했지만, 감정을 글로 털어놓을 때 그녀보다 훨씬 더 신중한 태도를 취했던 맥워터는 연애편지를 돌려달라는 그녀의 요청을 거부하고는 편지 몇 통을 신중하게 고른 뒤 즐거워하는 친구들에게 큰 소리로 읽어주기 시작했다. 그녀가 그와 결혼하고 싶은 마음이 있었다는 사실에는 의심의 여지가 없었다. 하지만 과연 그가 실제로 청혼을 했을까? 두 사람의 관계에 대해서 누구의 주장이 사실인지는 의문으로 남았다. 이 상황은, 결혼 약속에 대한 언어적 대립을 주제로 삼은 셰익스피어의 문제극 한 편과 비슷한 양상을 띠기 시작했다.●

소문과 빈정거림은 참을 수 없는 지경에 이르렀다. 델리아 베이컨 개인만이 아니라 가문의 평판마저 위험에 처했다. 격분한 레너드는 맥워터가 "한 남자이자 기독교인으로서, 그리고 특히 목사가 될 사람으로서 명예훼손과 속임수, 치욕스러운 행위"를 저질렀다고 고발했다. 1847년 여름, 맥워터에 대한 교회 재판이 열렸다. 이 재판은 여러 주 동안 지속되었고 델리아 베이컨은 증언대에 올라서야 했다. 이때 목사들은 12 대 11로 맥워터에게 우호적인 평결을 내리고 그의 경솔함을 질책하는 것에서 그쳤다. 1848년 봄 베이컨 가※는 연이어 항소를 했지만 아무 소용이 없었다. 이 사건은 뉴헤이븐의 조합 교회주의자들 사이에 깊은 불화를 야기했고 델리아 베이컨에게 견디기 힘들 만큼의 굴욕을 안겨주었다. 교회에 대한 그녀의 믿음은 크게 흔들렸다.

이 추문은 전국적으로 알려졌다. 캐서린 비처는 가는 곳마다 이 문제에 대한 질문을 받았다고 회상했다. "뉴잉글랜드와 동부의 도시들뿐만 아니라 켄터키, 오하이오, 인디애나, 미주리, 일리노이, 위스콘신, 아이오와에서도 사람들은 궁금해서 질문을 던지거나 우연히 언급하는 식으로 동일한 주제를 계속 입에 올렸다. 그 문제에서 도저

● 셰익스피어의 문제극은 행복한 결말로 마무리되면서도 비극적인 요소들도 담고 있어서 희극이나 비극으로 뚜렷이 규정짓기 어려운 작품들을 가리키며, 『자에는 자로』 『끝이 좋으면 다 좋아』 『트로일러스와 크레시다』가 여기에 해당된다. 우선 『자에는 자로』에서 마리아나는 앤젤로와 약혼한 사이였으나 지참금 문제로 버림받고 은둔해서 살던 중, 앤젤로가 강압적으로 동침을 요구한 이저벨라의 도움으로 베드 트릭에 가담해 앤젤로와 하룻밤을 보낸다. 마지막 장면에서 이저벨라가 도시의 통치자인 공작에게 앤젤로의 부당한 행위를 고발하고 마리아나와의 베드 트릭 사실을 밝힘으로써 결국 두 사람은 결혼에 성공한다. 『끝이 좋으면 다 좋아』에서 헬렌은 왕의 도움으로 평소에 사모하던 버트럼과 결혼하는 데 성공하지만 첫날밤도 치르지 못한 채 버림받는다. 달아난 버트럼은 다이애나라는 여성을 유혹해 동침을 요구하지만 결국 베드 트릭에 속아 헬렌과 동침하게 된다. 마지막 장면에서 버트럼은 이 부정한 행동에 대해 비난을 받고 왕에게 체포될 위기에 처하지만 다이애나와 헬렌이 비밀을 밝히면서 행복한 결말을 맞는다. 마지막으로 『트로일러스와 크레시다』에서 트로이의 트로일러스와 크레시다는 서로에게 영원히 충실할 것을 맹세하고 하룻밤을 보내지만 뒷날 크레시다가 그리스 진영으로 보내지면서 두 사람은 정표를 교환하고 헤어진다. 그리스 진영에서 장군들과 인사를 나눈 크레시다는 오디세우스에게 음탕하다는 평가를 받게 되고 나중에 디오메데스의 추파에 넘어가 이 정표를 그에게 넘겨준다. 트로일러스는 이 모습을 남몰래 지켜보며 배신감에 치를 떤다. 후에 크레시다는 사랑의 편지를 보내지만 트로일러스는 거짓말이라며 찢어버린다.

히 벗어날 길이 없었다." 비처는 그 평결에 분노한 나머지 잘못을 바로잡길 바라며 이 이야기를 『허구보다 낯선 진실Truth Stranger than Fiction』이라는 책에서 다시 들려주기로 결정했지만 그녀의 의도는 엉뚱한 결과를 낳았다. 델리아 베이컨은 그녀에게 이 책을 출판하지 말라고 사정했지만 아무 소용이 없었고 1850년에 이 책이 등장한 뒤로 그 치욕스러운 이야기를 자세히 읽거나 들어보지 못한 사람은 거의 없게 되었다.

베이컨은 보스턴으로 이주해 그곳 도서관에서 셰익스피어 연구를 했고 남녀 학생들을 대상으로 새로운 연속 강의를 시작했다. 얼마 지나지 않아 캐럴라인 힐리 달, 엘리자베스 파머 피바디, 엘리자 패러를 포함해 보스턴과 케임브리지에서 가장 영향력 있는 몇몇 여성이 그녀를 믿고 따랐다. 하지만 보스턴은 그녀의 바람만큼 먼 곳은 아니었다. 게다가 최신 연구활동을 통해 그녀는 셰익스피어 작품들의 진짜 작가에 대한 의심을 확인하는 한편 더 많은 증거를 오직 영국에서 찾아낼 수 있다고 확신한 터였다. 그녀는 친구들에게 해외 강연에 대해 이야기했고 친구들은 이것이 핑계임을 재빨리 간파했다. 엘리자 패러가 믿는 바에 따르면, 베이컨은 "역사를 가르치기 위해 영국으로 건너가려던 것이 아니었다. 그녀가 달성하고 싶은 목표라고는 자신의 이론, 다시 말해 셰익스피어의 이름으로 알려진 작품들은 셰익스피어가 아닌 베이컨 경이 집필했다는 주장을 뒷받침할 만한 증거를 얻는 것밖에 없었다. 이 사실만으로도 나는 두번 다시 영국으로 가라고 그녀를 격려하거나 셰익스피어에 대해 그녀와 이야기하지 않을 이유가 충분했다".

엘리자베스 피바디는 패러에 비해 베이컨의 이야기에 귀를 기울여준 편이었다. 베이컨은 셰익스피어, 프랜시스 베이컨, 월터 롤리의 생애와 작품에 대해 그녀와 열성적인 대화를 나누었다. 하지만 얼마 지나지 않아, 그녀는 아직 발표하지 않은 자신의 이론을 피바디가 얼마나 많이 알고 있는지에 관해 편집증에 가까울 정도로 염려하며 "새로운 발견 사항을 넌지시 알려 자기보다 선수를 쳐서도 안 될 뿐 아니라, 온전히 자신의 차지인 이 비범한 역사적 비평의 영광을 모조리 자기에게 넘겨주겠다"는 맹세를 피바디에게 강요했다. 그렇게 약속한 뒤에도 베이컨이 달래질 기미가 보이지 않자 피바디는 완전히 손을 떼기로 했다. 피바디는 나중에 이렇게 적었다. "그녀를 걱정시키지 않으려고 나는 모든 것을 포기했으며 그녀가 대중에게 공개하기 전까지는 —내 힘이 미치는 한—그 이론에 대해 생각조차 하지 않겠다고 그녀에게 약속했다."

대단히 훌륭하게도, 피바디는 "그녀의 질투심을 조금도 불쾌하게 여기지 않았고" 베이컨이 맥워터에게 "잔인한 경험"을 하는 바람에 "병적으로 예민해진" 것이라고 이해하고는 넘겼다. 캐럴라인 힐리 달 역시 맥워터 사건으로 인해 촉발된 개인적, 종교적 신념의 위기에서 델리아가 결코 회복되지 못했다고 생각했다. "역사 연구에 착수한 뒤 겪은 끔찍한 개인적 경험이 그녀의 마음을 비뚤어지게 만들었고" "본래 가장 고결한 성격이 심술궂고 의심 많게 바뀌면서 그 비틀린 마음이 드러났다". 하지만 나중에 셰익스피어를 원작자로 옹호하는 내용의 책을 집필한 달은 베이컨이 "어떤 상황에서도 끊임없이 이야기했던 이론에" 대해 그토록 쉬쉬했던 이유를 이해할 수 없었다. 베이컨은 "자신의 이론을 완성한" 뒤에 "어느 누구에게도 그 내용을 완전히 알려주지 않았던 것이다. 만약 누군가에게 말해주면 행여 자신의 영광을 도둑맞지나 않을까 두려워했던 듯하다". 베이컨은 강의를 통해서나 지인들을 상대로 자신의 새로운 이론을 부분적으로 시험해보기 시작했지만 완전히 엇갈린 결과를 얻었다. 엘리자 패러는 이렇게 회상했다. 베이컨이 투숙한 숙소의 주인 세라 베커는 셰익스피어 작품집을 "보이지 않는 곳에 치워버리고 베이컨이 가장 좋아하는 주제인 셰익스피어에 대해 자기와 절대 대화하지 못하도록 막았다. 우리는 베이컨 양이 이런 공상을 곱씹는 것이 위험하다고 여기고는 만약 공상에 흠뻑 빠진다면 편집광이 될지도 모른다고 생각했다. 게다가 나중에는 정말 그렇게 되었다".

델리아 베이컨은 이제 피상적 의미와 심층적 의미의 차이점을 세상에 보여주겠다고 마음먹었다. 그런 차이에 관해서라면 그녀가 누구보다도 잘 알고 있었다. 어쨌든 그녀는 맥워터를 잘못 판단했고 그의 피상적 표현을 심층적 의도로 오해하고 말았으니 말이다. 그리고 뒤이어 추문이 유포되면서 그녀는 교회에 깊은 실망감을 느꼈다. 교회는 평결을 내리는 과정에서 두 사람이 주고받은 말의 피상적 의미에만 의존했다. 이제 그녀의 임무는 **모든 사람**이 어떻게 오해했는지, 아니 가장 위대한 문학작품들을 어떻게 잘못 해석했는지—그녀는 알아차렸지만 사람들은 왜 그 작품들이 실패와 좌절의 산물인지를 인식하지 못했는지—폭로하는 것이었다. 델리아 베이컨에게 있어 원저자 문제 연구란 개인적, 종교적 위기가 안겨다준 산물인 동시에 그로 인해 밝혀낸 성과였다. 하지만 그녀는 하느님의 섭리가 작용한다는 믿음을 버리지 않았다. 다만 이 믿음이 자신의 필생의 사업에 도움이 될지 방해가 될지 여전히 확신할 수 없었기에 어느 지지자에게 이렇게 말했다. "자기에게는 이루어야 할 원대한 목표가 있으며 하느님은 자신의 발전을 촉진하는 동시에 이를 저해하는 듯한 사역을 행하시느라 특히 분주하시다고 그녀는 확신한다."

셰익스피어 문제가 해결되다

델리아 베이컨의 셰익스피어 희곡 연구를 기반으로, 단순한 원저자 문제보다 파급력이 한층 높은 급진적 이론이 서서히 형성되고 있었다. 하지만 그녀가 결정적이고 확실한 해석을 내리지도 않았고 어긋난 부분들을 매끄럽게 맞추지도 못했기 때문에, 그녀의 생각을 가장 잘 재구성한 설명은 그녀의 저서 첫머리와 끝머리에 등장한 세부 사항에 주로 의존한 것이었다. 베이컨의 책은 셰익스피어 희곡 세 편(『줄리어스 시저』『리어 왕』『코리올라누스』)의 심원한 읽기에 중점을 두었으며, 그녀가 자신의 이론을 마침내 입증해줄 결정적인 내재적 증거라 믿었던 견해들을 들려준다.

델리아 베이컨은 오랫동안 셰익스피어의 작품으로 여겨진 희곡들이 실패의 산물이라고 생각했다. 그녀의 설명에 따르면, 이 가장 위대한 문학작품들은 "반정부 세력을 조직해 이들의 수장이 되기로 동의했다가 그 원대한 계획에서 부득불 물러설 수밖에 없었던 좌절하고 패배한 소수의 정치인이" 작업한 공동 역작이었다. 이것은 전략적 패배와 물러남에 관한 이야기였다. 말하자면, "그들은 한 분야에서 내쫓기자 다른 분야에서 모습을 드러냈다. 공개적인 영역에서 내쫓기자 은밀하게 싸웠다". 정치 영역에서 실패를 경험한 사람들은 변화를 일으키기 위해 당장은 아니더라도 적어도 나중에는 드라마로 눈을 돌렸다. 베이컨은 아서 왕과 그의 옛 기사들처럼 "새로운 원탁"으로 몰려든 낭만적 영웅의 역할을 이들에게 맡겼다. 이 집단의 중심에는 프랜시스 베이컨이 있었다. 그와 공동 전선을 편 사람들로는 월터 롤리와 벅허스트 경,● 옥스퍼드 백작이 있었고 어쩌면 에드먼드 스펜서와 다른 인물들도 여기 포함되었는지 모른다. 이 명단을 확실히 알기 어려운 이유는 그녀가 관련자들에 대해 화가 날 정도로 모호하게 표현한 데다 그 집단의 회원을 계속 다르게 설명했기 때문이다. 어찌 보면 주동자는 프랜시스 베이컨 같았고 또 어찌 보면 이 대담한 계획은 훨씬 더 많은 사람이 힘을 모아 세운 듯했다. 이런 세부 사항들은 그녀에게 골칫거리나 마찬가지여서, 베이컨의 주도 아래 비범하지만 실패를 겪은 소수의 인물이 엘리자베스 여왕과 제임스 1세의 '전제정치'에 반대하려고 위대한 연극을 통해 협력하기 시작한 과정에 관한 더 광범위하고 설득력 있는 이야기에 집중하지 못하게 만드는 요소들이었었다.

프랜시스 베이컨과 월터 롤리가 하나같이 군주에게 버림받고 투옥되었다는 사실을 상기시키고 나서, 그녀는 그렇지 않았더라면 소심하게 비쳤을 법한 영웅들의 면모를 잘 해명하기 위해 튜더와 스튜어트 정권의 잔학성을 과장한다. "학자와 존경받는 인물들, 국제적 명성을 지닌 인물들, 온갖 업적을 이룬 인물들이 두 왕조의 치세 기간에 시저의 야망을 훨씬 더 모호하게 암시한 글", 다시 말해 『줄리어스 시저』에 비하면 "왕권을 거역하려는 정도가 극히 미미한 글을 썼다는 이유로 고문을 받고 사지를 절단당하고 교수형에 처해지며 참수당했

● 영국의 정치가이자 시인인 토머스 색빌을 말한다.

다는 사실은 온 세상이 아는 일이 아닌가?" 그러므로 이런 "좌절하고 패배한" 선지자들은 직접적인 정치 개입에서 가명을 내세운 체제 전복적인 글쓰기로 방향을 선회할 수밖에 없었다. 그들은 "자신들의 저작과 사생활을 비밀로 감추고" 자신들의 "진가와 고귀함"을 가리며 "이 대단한 일을 비밀리에 수행하는" 것이 "필연적이라고" 느끼기도 했다. 그리고 거북하리만치 자서전적 분위기를 풍기는 구절에서 "그처럼 대단한 계획을 진척시키기에는 당시의 여건이 그리 고무적이지 않았는데도 그들은 어떻게든, 직접적으로든 간접적으로든, 그 시대에 영향력을 행사하기로 마음먹었다"고 그녀는 생각한다.

그들은 희곡 집필 작업에서 완벽한 형태를 발견했다. 당시에 희곡은 궁정과 공공 극장에서 상연된 후 출판되었기에 통치자와 피치자는 물론이고 후손들에게도 자신들의 생각을 이야기할 수 있었기 때문이다. 그들은 "이 저항할 수 없는 강력한 통치자들과 의사소통할 수 있는 모종의 수단—잃어버린 관습에 관한 이야기를 자신들만의 표현으로 그들에게 전하고 선왕들의 기억을 되살려줄 수 있는 모종의 '자리'—을 원했다". 숨은 극작가에서 강사로 진로를 바꾼 델리아 베이컨이(곁에서 지켜본 누군가가 언급했듯이 그녀는 "강의를 하면서 지도와 도표, 모형, 그림을 비롯해 자신이 다루는 주제를 입증하는 데 필요하다면 무엇에든 의존했다") 자신들의 교육적 생각에 맞게 이 집단을 재현하는 데 도움이 될 것 같지는 않다. "그들은 이야기를 들려줄 수 있는 학교를 원했다. (…) 그들은 실물 그대로의 도해를 활용하고 환등기의 도움을 받아 보통 사람들에게 (비단 영국의 역사만이 아닌) **역사**, 즉 '눈에 보이는 역사'를 가르칠 수 있는 학교를 원했기" 때문이다.

그들의 급진적인 정치적 계획은 오해할 만한 여지가 없었다. 이 사람들은 헌신적인 공화주의자로서, 그들의 희곡은 달리 말하면 폭정의 부당성을 입증하는 항변이었다. 즉, 그들의 작품은 "독재정치의 묵인과 비호라는 배출 배경 속에서 그 사람들이 과거나 현재에 제한하거나 전복하려고 시도했으나 실패하고 만 독재를 묘사하고 미화하겠다는 표면적인 목적을 위해 생산되었다". 그들의 작품이 실제로 시험대에 오른 유일한 시기는 에식스 백작의 추종자들이 『리처드 2세』를 1601년 반란일 전야에 공연해달라고 요청했던 때였고 이 반란은 결국 실패로 판명되었다. 만약—이 급진적인 문학적 계획에 영감을 받은—혁명적인 노력이 성공했더라면 영미 역사의 흐름이 얼마나 바뀌었을지 상상해보라. 영국의 전제 군주제가 종말을 맞았다면 1640년 대의 영국 혁명은 불가능했을 것이고 아메리카 식민지가 영국에서 분리된 1776년의 균열 사태는 불필요했을 것이다. 그들은 거의 성공할 뻔했다.

그 희곡들이 급진적인 정치 성향을 보인다는 델리아 베이컨의 주장은 그 시대를 한 세기 반이나 앞섰다. 그 희곡들 중 일부가 공동 집필되었다고 해석해야 한다는 그녀의 주장 역시 마찬가지였다. 셰익스피어가 어째서 그런 작품들을 집필할 수 없었는지에 대한 견해를 결합시키지 않고 자신의 주장을 위의 두 가지 의견으로 국한시켰다면 그녀는 괴짜와 광녀라고 묵살당하는 대신 '신新역사주의'의 선구자이자, 그 희곡들이 17세기 중반의 영국에서 벌어진 정치적 대변동을 예견했다고 주장한 최초의 비평가로 오늘날 칭송받았을 것이 분명하다. 하지만 델리아 베이컨은 그 시점에서 멈출 수 없었다. 그렇다고 자신이 희곡에서 찾아낸 공화주의 사상이 당시에 널리 유포되었을 뿐 아니라 월터 롤리나 프랜시스 베이컨이 그랬듯이 윌리엄 셰익스피어도 그 사상을 접하는 게 가능했다고 인정할 수도 없었다. 셰익스피어의 희곡들에 대한 새로운 해석을 제공하면 찬사가 쏟아질지는 모르지만 그녀가 갈구하던 명성이 생기지는 않을 것이었다. 셰익스피어의 시대가 막을 내리도록 해야만 했다.

이런 주장을 펼치면서 델리아 베이컨은 한층 더 혁명적인 계획을 세웠다. 바로, 미국 건국의 아버지들에 관한 신화를 뒤엎는 것이었다. 예를 들어 다음은 청교도적 전통의 주요 지지자인 그녀의 오빠 레너드가 당시에 신봉하던 내용이다.

누가 봐도 종주국에 대단한 변혁이 불어닥칠 법한 시기에 뉴잉글랜드 정착이 이루어졌다. (…) 영국에서 결연히 일어난 일단의 무리는 자유가, 다시 말해 풍족하고 잘 보장된 자유가 절대적으로 필요했으며 그들 중 일부는 사회 구조의 전면적이고 폭넓은 개혁을 맹목적으로 동경하고 있었으며 다른 이들은 이를 현명하게 계획해 대담하게 노력하고 있었다. 하지만 어디서 어떻게 개혁을 실현해야만 할까? 그 시대의 일부 호걸은—그 정당에서 가장 대담하고 가장 호쾌하며 가장 진취적이고 단호한 사람들은—뉴잉글랜드로 시야를 돌렸고 오랜 숙고 끝에 구세계의 온갖 낡은 관습, 지금까지 이어져온 암흑과 폭정의 시대를 뒤로하고 떠나기로 결심했으며 (…) 그들은 정의가 깃든 "새로운 하늘과 새로운 땅"에 대한 예언자의 비전을 이 서쪽 하늘 아래서 실현하기를 바랐다.

델리아 베이컨의 이론은 이 모든 것에 의문을 제기했다. 만약 엘리자베스 여왕의 조신과 귀족들이 만든 "정당"이—프랜시스 베이컨이

제 2 장 베 이 컨

이끄는 진정한 "그 시대의 위인들"이—그녀의 주장대로 최초의 공화주의자들이었다면, 미국 건국의 기초로 삼은 반反군주정치와 반전제정치 노선의 원천은 (플리머스 바위로 항해를 떠나 아메리카 식민지 건설을 도운 청교도들이 아니라) 바로 그들이었기 때문이다. 그러므로 길을 닦아놓은 주역은 그녀의 아버지와 오빠 (혹은 맥워터의 편을 든 사람들) 같은 조합 교회주의자 목사들이 아니라 교육적 성향이 대단히 짙은 그녀 자신과 같은 창작가들이었다. 그렇다면 미국인이자 청교도 가문 출신의 조합 교회주의자, 작가, 대중 강연자가 보기에 누가 그 상황을 판단하기에 더 나은 입장이었을까? 그녀의 원작자 이론은 이단적인 동시에 비애국적이었다.

그녀가 이런 생각을 책으로 출판하기는커녕 종이에 적어두는 것조차 그토록 힘들었다는 사실은 그리 놀랍지 않다. 이 위대한 발견은 그녀를 아주 신나게 만들기도 했지만 무기력하게 만들기도 했다. 그녀의 정신적 피해가 어느 정도였는지를 가장 잘 살펴볼 수 있는 기회는 그녀가 너새니얼 호손과 나눈 대화다. 호손의 일기에 따르면, 대화를 나누면서 베이컨은 "자신의 이론에 대해 상당히 많은 이야기를 했고 내가 원하기만 한다면 훨씬 더 많이 털어놓았을 것이다. 하지만 나는 그녀에게 말을 하라고 격려하기보다는 억누르는 편이 최선이라고 생각했다. 의심할 나위 없이 그녀는 편집광이었다. 이 엄청난 생각으로 인해 그녀는 평정심을 완전히 잃었다". 하지만 그녀와 동일한 뉴잉글랜드 문화 속에서 성장한 호손은 그녀가 이런 상황에 내몰린 원인은 강박관념 그 자체에서 비롯된 게 아니라, 델리아 베이컨이 한때 품었던 모든 신념이 강박관념으로 인해 전복되어버린 과정 때문이었다고 이내 인정했다. "본인의 설명에 따르면 그녀는 한순간에 이성을 잃어버린 것처럼 보인다. 바로, 그 희곡들의 밑바탕에 자리한 철학이 그녀가 교육받았던 종교 교리에 어긋난다는 사실을 알아차린 순간이었다." 호손은 베이컨의 저술이 그녀의 성장 배경인 복음주의 청교도의 내러티브와 얼마나 동떨어져 있는지는 정확히 알았지만 "윤리적이든 종교적이든 정치적이든 관계없이 자신의 기존 관념에 부합하지 않은" 이론에 동조하는 사람을 어떻게 대해야 할지는 잘 알지 못했다.

델리아 베이컨의 마지막 커다란 난관은 그녀의 영어 연구와 발견 내용을 출판하도록 자금을 지원해줄 후원자와 출판업자들을 찾아내는 일이었다. 일대일 대면에서 총명함과 카리스마를 뿜어내는 그녀는 찰스 버틀러(뉴욕 대학 법학대학원과 뉴욕 유니언 신학대학원 설립에 일조한 법률가이자 은행가)를 만나 자신의 영어 연구 비용을 지원해달라고 설득했다. 그리고 유력한 친지도 많았고 도와주고픈 마음도 컸던 엘리자베스 피바디는 델리아 베이컨을 대신해 랠프 월도 에머슨에게 연락을 취해, 베이컨이 그에게 편지와 연구계획서를 보낼 수 있도록 주선했다. 베이컨이 인생 만년에 얻은 이 우정으로 말미암아, 당대에 대서양을 중심으로 양국의 대단히 위대한 문학가들이 그녀를 얼마나 인상적인 인물로 판단했는지 확인할 수 있다. 하지만 그들의 마음을 사로잡은 것은 단지 그녀의 지성만이 아니었다. 그들은 그녀의 연구가 자신들이 공감한 고등비평의 급진적인 전통과 어느 정도 맥을 같이한다는 사실을 알아차렸다.

에머슨은 셰익스피어에 관한 가장 영향력 있는 미국 에세이의 하나로 손꼽히는 글을 『위인이란 무엇인가』에 실어 막 출간한 터였고, 셰익스피어 희곡의 원작자가 사실은 프랜시스 베이컨이라는 그녀의 주장에 다소 신중하기는 하지만 관대하게 반응했다. 그는 이렇게 대답했다. "이 두 가지 명성을 한 인물 안에 녹여넣으려면 마술 도구, 아니 연금술이 필요할 겁니다." 그런 주장을(그녀가 어렴풋이 이야기를 늘어놓으면서도 제대로 알려주지는 않은 베이컨 암호를) 매듭짓는 결정타는 다음과 같았다. "만약 당신이 보기에 이 암호가 그토록 진실하고 조화로운 것으로 입증된다면 누구에게나 그렇게 보일 것이고 중요하며 필수적인 것으로 여겨질 것입니다." 델리아 베이컨의 입장에서 에머슨은 여러모로 이상적인 독자였다. 프랜시스 베이컨이 셰익스피어 못지않은 만능 천재라고 생각했기 때문이라거나 문화 속에 공화주의 가치관이 깊이 뿌리박힌 미국인들이 영국인들보다 셰익스피어를 더 잘 이해할 가능성이 크다는 생각이 그녀의 주장에 내포되었다고 이해했기 때문이 아니었다. 에머슨 역시 이 "최고의 시인이 눈에 띄지 않는 범속한 인생을 살면서 대중의 즐거움을 위해 자신의 천재성을 이용했다"는 느낌을 받았다. 그리고 그는 베이컨과 롤리, 에식스 백작, 드레이크, 스펜서 같은 인물과 셰익스피어가 가까이 지낸 덕분에 이런 희곡들이 만들어졌다고 생각했다. (에머슨의 글에 따르면, "셰익스피어처럼 관찰력이 뛰어난 사람이라면 이 유명한 무리와 함께 매년 같은 도시를 걸어다니면서 그들의 업적과 학식에서 어떤 결실을 얻을 수 있었을 것이다".)

에머슨은 몇 년 동안 셰익스피어에 대해 강의하고 깊이 생각하면서 그에 관한 중요한 학문적 저작을 거의 빠짐없이 읽었다. 수많은 사람이 그랬듯이, 그때까지 이루어진 모든 연구는 그가 아는 셰익스피어에 대한 정보와 그 작품들에 대한 정보 사이의 극복할 수 없는 간극을 더욱 벌려놓았을 뿐이었다. 그야말로 충분한 설명이 부족했다. 셰익스피어는 "쾌활한 배우이자 관리인이었다. 나는 이런 사실을 그의 시와 연결시키지 못하겠다. 다른 훌륭한 인물들은 자신의 사상과 어느 정도 일치하는 삶을 살아왔지만 이 사람은 놀라울 정도로 큰 차이를 보인다." 셰익스피어의 인생에 대한 온갖 연구에도 불구하고 에머슨은 "우리 시인의 가면을 꿰뚫어볼 수 없다"는 결론에 도달하게 되었다. 델리아 베이컨의 이론은 그 가면을 들어올리고 초월적인 시인과 "유쾌한 배우이자 관리인" 사이의 표면적 모순을 설명하며 생애와 사고방식이 어떻게 잘 들어맞는지 정확히 보여주겠다고 약속했다. 에머슨은 셰익스피어라는 외관상의 역설을 받아들이는 한편, 그 역설을 해결하는 데 도움이 된 이론을 어쨌거나 기꺼이 생각해냈다. 하지만 그는 증거, 즉 그녀의 설명에 짜증스러우리만치 배제되어 있던 일종의 문서 증거를(델리아 베이컨이 오만하게 "직접적인 역사적 증언"이라고 부른 것을) 요구했다. 그러자 베이컨은 이론을 입증할 만한 새로운 발견 사항을 보고하고 불가사의한 암호를 넌지시 언급하며 결정적인 증거는 영국에서만 구할 수 있다고 주장함으로써 자신의 연구에 대한 에머슨의 관심을 붙잡아두었다.

에머슨은 여전히 이런 얼버무림을 얼마든지 참아줄 요량이었다. 심지어 케임브리지로 그녀를 찾아갔다가 그녀의 연구에 얼마나 많은 것이 걸려 있는지 깨달았다. "정말로 존재하기만 하다면, 그녀가 발견한 내용은 영문학뿐만 아니라 모든 문학에서 무엇보다 중요하다." 나중에는 에머슨도 그 마술적인 암호의 존재, 즉 "그녀가 발견했다고 공언한 어떤 수단 혹은 방법"에 대해 점차 의심하게 되었다. 하지만 그는 그녀의 희곡들에 대한 식견이 얼마나 설득력 있고 독창적인지 공정하게 판단했으며 델리아 베이컨에게는 무엇과도 바꿀 수 없었던 다음과 같은 찬사를 적어 보냈다. "미국에서 전혀 보지 못했던 문학비평 방법이며 대단히 훌륭하다고 생각했습니다." 그는 그녀의 저작권 대리인 역할을 하겠다고 자청하고는 토머스 칼라일, 제임스 스페딩(당대의 주도적인 베이컨 학자), 영국박물관의 관장인 헨리 엘리스 경을 포함한 영국의 유수한 학자들에게 보낼 소개장을 써주었다. 그녀는 1853년 5월 14일에 영국으로 출항했다.

델리아 베이컨은 그곳에서 자신의 이론을 보강할 증거를 전혀 찾아내지도 못했고 영국박물관이나 다른 기록보관소에 출입할 수 있도록 소개장을 사용하지도 않았다. 토머스 칼라일을 만나기는 했지만, 여동생 줄리아에게 보낸 편지에는 그가 자신의 원작자 이론에 대해 처음 들었을 때 고함을 쳤다고 적었다. "그분이 웃는 소리를 네가 들었더라면 좋았을 텐데. 그가 지붕을 날려버리는 건 아닐까 하는 생각이 한두 번 들었단다. 처음에 그분들은 완전히 망연자실해하더구나." 그리고 "그분들은 나의 뻔뻔스러움을 어찌 표현해야 할지 몰라 말없이 나를 뚫어지게 쳐다보셨어. 한참 있다가 칼라일 씨가 나를 호되게 나무라셨지. 나는 조금도 개의치 않았어. 그분이 그렇게 이야기하셨으니 그 희곡들에 숨겨진 뜻을 모르시는 것이고, 그 멍청이가 그 작품들을 썼다고 믿은 사람들도 그것을 알 도리가 없었다고 말씀드렸지. 그분이 고함을 지르기 시작한 건 바로 그 순간이었어. 꽤 멀리서도 그 소리가 들렸을 거야. 그리고 내가 보기에 그것이 지식의 문제가 아니라면 그의 권위를 의심할 생각은 하지 않았을 것이라고 말씀드렸어. 나는 그 이론을 하나의 의견으로 제시한 것이 아니었거든." 베이컨은 칼라일에게 서문을 한 부 맡겼고 그는 그녀의 허락 아래 이 논문을 문학계와 출판계 종사자들에게 보여주기 시작했다.

칼라일과 주고받은 서신을 보면, 에머슨과 상당히 비슷하게 그 역시 셰익스피어의 일생이 예수의 일생만큼이나 (레비스트로스가 사용한 단어의 뜻으로) 신화적이었음을 보여주려는 델리아 베이컨의 노력에 매혹되었던 것이 분명하다. 그는 그녀의 방문에 대해 남동생에게 다음과 같은 편지를 썼다. "에머슨이 보낸 미국 여성은 '인간 셰익스피어'란 신화이고 그의 이름으로 알려진 희곡들을 집필하지 **않았으며** 그와는 반대로 (이름 미상의) '비밀 동료'가 썼다는 사실을 알아냈어. 사실상 그녀는 그 점을 조사하고, 될 수 있으면 입증하기 위해 영국에 건너왔단다. (…) **세상에!**" 그 후에 다른 사람들은 베이컨 지지설에서 이와 동일한 충동에 이끌렸다. 그중 한 명인 월트 휘트먼은 다음과 같이 적었다. "오늘날 셰익스피어 문제에 얼마나 많은 신화가 존재하는가는 누구나 주지하고 있다. 입증된 사실들의 근거를 몇 가지 들추면, 숨김없이 밝힐 엄두가 나지 않는 진상을 암시하는—조마조마하고 반쯤은 의심스러우며—훨씬 더 모호하고 손에 잡히지 않는 대단히 중요한 진실들이 분명히 도사리고 있다."

베이컨의 증거가 부족했기 때문에 칼라일은 대단히 회의적인 태도를 고수하긴 했지만, 그래도 "만약 엄청난 영어 기록들 속에서 (…) 당신의 셰익스피어 이론을 확인해줄 서류를 **하나라도** 찾아낸다면 그것은 세상에 어떤 논거라도 펼칠 가치가 있을 것입니다"라고 말하며 대영 도서관의 원고를 참고해보라고 그녀에게 강권했다. 베이컨은 칼라일의 충고를 받아들이는 대신 "위대한 베이컨이 묻힌 장소"인 세인트 올번스로 서둘러 떠났다. 칼라일은 에머슨에게 편지를 보내, 그곳에서 "베이컨 양이 박물관이나 기록보관소의 **증거**를 모조리 진심으로 무시하는 듯하거나, 아니면 이를 묵살하고 소홀히 취급하면서 셰익스피어 문제에 대한 해답을 구하고 있다"고 적었다. 만약 그녀가 세인트

올번스에 머무는 동안 그곳에 숨겨진 원고를 발굴해 자신의 이론을 확인하고자 관리인을 설득했지만 실패하고 말았다는 사실이 알려졌다면 두 사람 중 누구도 기뻐하지 않았을 것이다.

델리아 베이컨은 내재적 증거에서 이끌어낸 논증(자신이 그 희곡들을 자세히 읽어 알아낸 내용)을 출간해야 할지, 아니면 역사적 증거(훌륭한 공동 저작에 대한 자신의 이야기를 확증하는 것)를 제공해야 할지 갈피를 잡지 못했다. 그녀는 결코 두 가지를 병행할까 고려하는 것 같지도 않았고 셰익스피어를 원작자로 두둔하는 반증에 대해 검토해달라는 반복적인 제안도 단호하게 거절했다. 예를 들어 벤 존슨이 동료 극작가에게 보낸 명백한 찬사를 어떻게 생각하느냐고 에머슨이 물어봤지만 그녀는 이 질문을 무시해버렸다. "저는 벤 존슨에 대해서는 전부 알고 있습니다. 그에게는 '셰익스피어' 외에 두 명의 후원자가 있었습니다. 한 명은 롤리였고 나머지 한 명은 베이컨이었습니다." 이 음모는 너무도 빤히 들여다보여서 설명할 가치도 없었다. 게다가 그녀는 미국과 영국 중 어느 곳에서 먼저 출판할지, 연속 간행물과 단행본 가운데 어떤 형식으로 제작할지에 대해 결정을 내리지 못했다. 이렇게 망설이느라 그녀는 에머슨이 힘들게 얻어준 좋은 기회들을 놓쳐버렸다. 뿐만 아니라 출판계를 이해하지 못했기 때문에 출판업자들이 자신이 발견한 내용으로 막대한 이윤을 얻으려는 생각이 터무니없게만 여겨졌다. 그러던 중 1855년 말경에 마침내 돌파구가 마련되어, 에머슨의 재촉을 못 이긴 출판업자 딕스와 에드워즈가 그녀의 연구 내용을 책으로 출간하기 전에 『퍼트넘스 먼슬리 매거진』—롱펠로와 로웰, 멜빌의 작품을 발표한 미국의 유력 정기 간행물—에 연재하기로 약속했다.

이번에도 그녀는 작품을 익명으로 출판하겠다고 결정했다. 에세이 제목도 상당히 조심스럽게 지어졌다. "윌리엄 셰익스피어와 그의 희곡들: 그에 관한 연구William Shakespeare and His Plays: An Enquiry Concerning Them." 서두에서는 셰익스피어 문제를 과거의 위대한 작품들, 즉 호메로스와 성경의 원작자에 의문을 제기하는 전통과 곧바로 연결시키는 영리한 전략을 구사했다. "이 근대의 엄청난 신화를 문제시하지 않은 채 여전히 숙제로 남겨두었더라면 우리가 고대의 문학적 기적을 설명하겠다고 어떻게 약속할 수 있겠는가?" 우리가 이런 탁월한 작품에 대해 잘못 알고 있었다면 셰익스피어의 작품에 대해서도 잘못 알지 않았겠는가? 베이컨은 셰익스피어를 신격화하는 제사장들, 즉 "여전히 자신의 얼굴을 감춘 채, 보편적인 이성과 상식의 발자취를 기리는 이 제단만큼은 아직 출입할 수 없다고 말하는 듯한 불가해한 발언으로 대기를 가득 채우는" "비평가들"에게 책임을 곧바로 전가한다. 그녀는 비평가들이 이제 "우리 눈앞에서 이 존경할 만한 호메로스를 낱낱이 (…) 해체하고는 기억에서 지워진 수많은 고대 시인의 유골이 모여 그를 형성시켰다고 우리에게 말해줄" 정도로 고전학이 크게 발전했음을 독자들에게 상기시킨다.

이야기의 축이 호메로스에서 셰익스피어로 능숙하게 전환되고 1분도 채 걸리지 않아 독자들은 그녀가 『일리아드』와 『오디세이』가 아닌 『리어 왕』과 『햄릿』에 대해 이야기하고 있음을 확신하게 된다. "이 작품들의 기원에 관한 대중적이고 전통적인 이론이 받아들여져 널리 알려진 것은 이 이론을 처음으로 소개하게 된 특별한 상황이 더 이상 존재하지 않은 뒤였다. 사실상 누구도 수고스럽게 여기에 이의를 제기하고자 할 이유가 없었기 때문이다." 그렇다면 셰익스피어는 어떻게 되었을까? "250년 전에 우리의 시인—우리의 호메로스—은 세상에 살아" 있었지만 그의 작품에 관해 생각하면 "바로 지금까지도 우리는 호메로스의 서사시에 대해 아는 것만큼 그의 작품 기원에 대해 많이 알지는 못한다." 그녀는 "이와 같은 역사 연구와 비평의 시대"에 얼마나 더 오랫동안 "우리가 스트랫퍼드의 부도덕한 장사꾼 이야기를 (…) 받아들일 수 있을까" 궁금해한다.

처음부터 끝까지 그녀의 에세이는 고등비평과 예수의 일생에 대한 논쟁에서 사용된 표현으로 뒤덮여 있다. 이상하게도, 그녀의 논의에서 이 특징은 비평가들의 주목을 거의 끌지 못한 채 간과되었다. 마치 그녀가 신앙에 대해 품은 의구심이 셰익스피어로 대체되어버린 것처럼 느껴지기 시작한다. "만약 그를 사라지게 한다면 당신도 그와 같이 사라지지 않겠는가? 만약 당신이 그를 해체한다면 우리 역시 파멸로 이끌지 않겠는가?" 표면상의 유사점에도 불구하고 고등비평가들과 베이컨 사이에는 중대한 차이점이 남아 있었다. 그들은 호메로스의 서사시와 성서가 어떻게 여러 사람의 손과 다양한 역사적 순간을 거쳐 만들어졌는지 입증해주는 철저한 문헌학적 연구를 기꺼이 실행할 작정이었다. 하지만 베이컨은 이 비평적 노력의 핵심인 문헌학적 분석에는 정성을 들이지 않은 채 비슷한 결론에 도달하기만을 바랐다. 셰익스피어가 호메로스나 예수 못지않은 신화에 불과하다는 점을 입증하려 하기보다 그것이 사실이라고 주장하는 데 만족했다. 주장만으로는 충분하지 않자 그녀는 맹렬한 비난으로 눈을 돌렸다.

그녀는 셰익스피어를 여전히 지지하는 사람이라면 누구나 "블랙프라이어스의 귀염둥이 말구종"과 "늙은 상인" "늙은 흥행업자와 연극 호객꾼", 완전히 "어리석고 무식한 삼류 연극쟁이"를 옹호하는 셈이라고 주장했다. 그가 글을 읽을 줄 몰랐고 돈독이 오른 배우에 지나지 않았다는 사실만으로도 불리하기 이를 데 없는데, 그의 자격을 정말로 박탈해버린 요인은 "엘리자베스 여왕 시대의 최고의 혈통과 그 당시 궁정 문화 특유의 더없이 고귀한 기풍"을 전혀 지니고 있지 않았다는 사실이었다. 원작자 여부는 다음과 같은 제거과정을 통해 결정될 수도 있었다. 그 희곡들을 쓴 사람이 누구든 그는 "파리에서 가장 높은 가문의 생활, 그들의 상황에 대한 실질적인 지식, 그들의 외국 여행, 그들의 소양, 그리고 무엇보다 그들 사이에 최근 유행하는 세련된 취미"에 대해 알고 있어야만 했다. 진짜 작가는 "어디를 가든 무심결에 궁정의 향기가 배어나야 하며" "아든과 이스트칩의 관점에서 궁정을 들여다보는 것이 아니라 궁정의 관점에서 아든과 이스트칩을 들여다본다". 다른 사람들은 이 분류법을 약간 조정했지만 진짜 작가 분류법을 처음으로 제안한 사람은 베이컨이었다. 그녀에게는 순수한 동기와 좋은 가문, 외국 여행, 최고의 교육, 궁정의 기풍이야말로 "초인적인 천재성"을 보이는 작품들의 작가가 되기 위해 반드시 필요한 기준이었다. 전기상의 기록은 스트랫퍼드의 셰익스피어가 온갖 기준에 한참 못 미친다는 사실을 확인해줄 뿐이었다. 그렇게 형편없는 남자가 그 희곡들을 집필했을 수도 있다는 잘못된 믿음을 고집하는 것은 '상식'에 위배될뿐더러 "너무 혐오스러워서 허용할 수가 없었다".

베이컨은 자신이 한때 반대 심문을 받았을 때처럼 운이 나쁜 셰익스피어에게 무자비한 반대 심문을 펼쳤다. 그렇게 함으로써 셰익스피어가 자신의 원고 보관을 거부했던 일을 비롯해 회의주의자의 수를 증가시킨 판사와 법조인들에게 대단히 흥미로워 보이는 죄를 수없이 저지른 혐의로 셰익스피어를 재판에 회부하는 이 유서 깊은 전통을 확립했다. 그녀는 배심원들인 우리를 향해 다음과 같은 질문을 던진다. "그는 그 원고들을 가지고 있었습니다. (…) 그는 그것을 어떻게 처리했을까요? 그가 원고를 요리사에게 던져주었을지도" 모르고 어쩌면 "불쌍한 주디스가 죽는 날까지 그걸로 머리를 곱슬곱슬하게 말았는지도 모릅니다." 그러고서 그녀는 셰익스피어에게 달려들어 강력히 따져 묻는다. "당신은 원고들을 어떻게 했는지 우리에게 말해야만 합니다. 각성의 시대가 당신을 증언대 위에 세울 것이고 당신은 '원고들을 어떻게 했습니까?'라는 질문에 대답하기 전에는 증언대에서 내려오지 못할 겁니다." 그의 침묵은 우리가 알아야 할 모든 것을 말해준다. 그가 자신의 변론으로 제기했을지도 모를 보잘것없는 주장—그가 후손이 아니라 무대 상연을 위해 글을 썼다는 생각—은 다음과 같이 편리하게 묵살되고 만다. "과연 무의식적으로, 아무런 의심도 없이, 그리고 원고가 인쇄되거나 누군가에게 읽히리라는 생각도 전혀 하지 않은 채 글을 쓰는 사람이 어디 있겠는가?" 그런데도 바로 이 사람의 "유골이 신성시되고" 그의 "무덤이 성지로" 추앙받는다고 그녀는 우리에게 상기시킨다.

셰익스피어의 인성에 대한 그녀의 무자비한 공격이 끝나갈 무렵, 가면 뒤의 실제 인물 혹은 인물들을 묘사할 수 있는 공간은 겨우 한두 단락밖에 남지 않았다. 그러나 우리가 실제로 그 희곡들을 쓴 주인공을 알게 되리라 예상한 바로 그 순간 베이컨은 갑자기 이야기를 멈춘다. 그녀가 선뜻 내놓는 최상의 제안은 이름을 드러내지 않은 진짜 저자들이 "공무를 감독하고 관리한 남자들, 심지어 대영제국의 권세를 부여받은" 남자들이었다고 막연히 암시하는 것이다. 말하자면 그 남자들은 "인류 역사에서 자신들이 어떤 종류의 위기를 맞을 운명을 타고났는지 알았을" 뿐만 아니라, 누구라도 자신의 생각을 털어놓기만 하면 "구식과 신식의 잔인한 폭행과 고문을 받고 평생 동안 감금당하다가 죽음 그 자체를 맞는 위험을 감수해야 할 정도로 억압이 무척 심한 "변덕스럽고 겁 많은 전제 정부의 검열을" 받으며 일할 수밖에 없었다. 게다가 이 남자들은 승리를 얻기 위해 몸을 숙였으며, "그 거장이 솜씨를 발휘하면" 그 "형편없는 극장이" "심지어 그때, 그런 조건 아래에서도 저 고대 그리스 시대의 시인들이 시가詩歌에서 일깨울 줄 알았던 어느 음악보다 더 좋은 음악을 만들어낼 법하다"는 사실을 알고 있었다. 그녀가 저서를 통해 제기한 주장에 비춰보면 이 모든 것이 이치에 닿는다. 하지만 그 책은 아직도 출판되지 않았고 내 생각에는 그녀의 이런 주장이 독자들을 그저 혼란스럽게 만들었던 것 같다.

19세기 중반에도 진짜 저자 혹은 저자들의 이름은 여전히 알려지지 않지만 "변장한 시인에 불과한 철학자—자신을 새로운 마술사라 칭하는 철학자—온 세상을 자신의 예술로 가득 채우려고 꾸준히 노력하고 계획하는 시인"이 암시하는 사람이 누구인지는 틀림없었다. 그리고 그것이 충분히 명확하지 않을 경우를 대비해 그녀는 베이컨의 『학문의 진보』를 인용했다. 하지만 한 무리의 좌절한 공화주의자들이 튜더 왕조와 스튜어트 왕조의 전제정치를 반박하는 그 희곡들을 어떻게 집필했는가에 관한 놀라운 이야기를 여기서 자세히 설명하지는 않는다. 어쩌면 그녀는 연재물 후반에서 그 이야기로 되돌아갈 계획이었는지도 모른다.

그녀의 신랄한 어조와 미숙한 논리는 셰익스피어 지지자들의 화를 돋우었다. 델리아 베이컨이 이 에세이를 출판했을 무렵에는 미국 최초의 셰익스피어 전문가인 리처드 그랜트 화이트가 등장한 뒤였다. 사반세기가 지난 뒤에 화이트는 『퍼트넘스 먼슬리 매거진』의 편집자들이 베이컨의 다음 논문—그녀가 제출한 네 편 중 두 번째 논문이 이미 활자로 조판되었다—을 자신에게 보내면서 서문을 적어달라고 부탁했다는 사실을 밝혔다. 그는 부탁을 거절했을 뿐 아니라 논문과 그 저자를 다 모욕하면서 이렇게 주장했다. "그녀는 제정신이 아닌 게 분명하다. 광적인 인물이 아니라 시쳇말로 '미치광이'다." 당시에 화이트는 셰익스피어에 관한 책을 집필하던 중이었고 베이컨의 생각에 동조하기보다는 그녀를 조용히 시키는 편이 더 쉬울 거라 생각했다. 베이컨은 이런 사실을 결코 알지 못했지만 아마도 이 사건으로 급진적인 사상 검열에 대한 자기 나름의 견해를 확인했을 것이다. 심지어 그녀가 사망한 뒤에도 화이트는 그녀의 연구를 논박하기보다는 비방하는 편이 더 쉽다고 생각하고는 그녀의 연구를 불안정한 정신, 즉 "얼마 지나지 않아 그녀가 정신병동으로 보내져 결국 그곳에서 사망하게 된 원인인 정신착란"의 결과물이라고 부당하게 지칭했다. 화이트가 개입하면서 『퍼트넘스 먼슬리 매거진』은 델리아 베이컨과 맺은 계약을 어기게 되었다. 출판되지 않고 묵혀져 있다가 이제 연재를 거부당한 세 편의 원고는 그녀에게 안전하게 되돌아가지 못한 채 소실되었다. 이는 에머슨의 과실이었고—그가 원고를 맡아두었다—그의 원조는 이렇게 끝이 났다. 그녀가 복사본을 만들어두지 않았으므로 이 손실은 바로잡을 수 없는 것이 되었고 사라진 원고의 내용에 대한 기록은 현재 남아 있지 않다. 베이컨은 엄청난 충격을 받았고 다른 사람들이 이미 출간된 논문을 참고삼아 자신이 발견한 내용에 대해 우선권을 주장하지나 않을까 걱정하기 시작했다.

그녀가 도저히 이해하지 못한 사실은 다른 사람들이 독자적으로 비슷한 결론에 도달하고 있다는 점이었다. 학술지인 『베이커니아나 Baconiana』에 기록된 놀라운 일화를 예로 들면, R. A. 스미스는 지난 상황을 다음과 같이 묘사한다. "1844년에 내시빌 테네시의 자택에서 리턴 조너선 메이그스 씨는 프랜시스 베이컨의 『대부흥』을 라틴어 원서로 읽었다. 그는 갑자기 책을 덮더니 이렇게 외쳤다. '여기 있는 베이컨이야말로 셰익스피어의 작품들을 쓴 주인공이다.' 당시 열네 살의 소년이었던 메이그스 씨의 아들은 아버지와 함께 같은 방에 앉아 있다가 그 말을 듣고서는 이후로 기억 속에 줄곧 담아두었다. 나중에 가서 두 사람은 베이컨과 그의 저작에 관해 자주 이야기를 나누었고 아들은 그날 아버지가 한 말을 확고히 믿게 되었다."

델리아 베이컨이 더 걱정했어야 할 인물은 영국인 윌리엄 스미스였다. 그녀가 『퍼트넘스 먼슬리 매거진』에 기고한 논문이 1856년에 등장한 지 얼마 지나지 않아 스미스는 「베이컨 경이 셰익스피어 희곡의 저자였을까?Was Lord Bacon the Author of Shakespeare's Plays?」라는 간단한 소논문을 출간해 그 희곡들이 셰익스피어의 인생이 아닌 베이컨의 인생을 암시한다고 주장했다. "베이컨의 이력은, 셰익스피어의 작품에 담긴 내재적 증거를 기반으로 그에 대해 묘사하라는 요구를 받는다면 우리가 당연히 묘사할 만한 내용과 딱 들어맞는다." 스미스는 1년 뒤에 『베이컨과 셰익스피어Bacon and Shakespeare』라는 책에서 이 문제에 대해 자세히 설명하면서, 무엇보다 그 희곡들이 무대 상연이 아닌 독서를 염두에 두고 집필되었다는 점과 소네트가 자전적 성향이 강했다는 점(그리고 프랜시스 베이컨의 어린 시절을 언급했다), 베이컨과 셰익스피어의 작품들을 비교해본 결과 현저한 유사성이 드러났다는 점, 베이컨이야말로 "우리가 그 희곡들의 원작자라고 추측할 만한 남자의 가장 이상적인 모습에 해당되는 일상적인 산책과 편지, 대화를 즐기는" 귀족이었다는 점 등을 주장했다.

스미스가 델리아 베이컨의 성과를 도둑질했다는 비난이 떠돌았다. 호손은 1857년에 베이컨의 책을 소개하면서 그와 동일한 주장을 넌지시 내비쳤다. 스미스는 이 생각이 얼마나 잘못되었는지 항변하는 편지를 호손에게 썼고 호손은 사과의 답장을 보냈다. 하지만 뉴욕 노턴의 『리터러리 가제트Literary Gazette』가 델리아 베이컨의 견해를 기사로 실은 지 얼마 지나지 않은 1855년 3월에 이를 알기 쉽게 풀어 설명한 바 있는 『애서니엄Athenaeum』은 의심스럽다는 투로 다음과 같이 질문을 던졌다. "스미스 씨는 1856년 9월까지 베이컨 양의 이론에 대해 들어본 적이 없었다고 강력히 주장할 것인가? 만약 그렇다면 우리는 다른 주장을 펼칠 것이다. 다시 말해 셰익스피어에 관한 전문 지식을 갖추었다고 주장하면서 그처럼 시의적절하게 무지했던 사람은 영국에 스미스 씨 한 사람뿐이었다고 주장할 것이다." 스미스는 자신이 몇 년 동안 계속 이런 방향으로 생각해왔다고 대답했다. 아마 그랬을 것이다. 하지만 스미스의 소논문이나 책이 이끌어낸 반응은 베이컨의 논문과 후속 저작이 불러일으킨 관심에 도저히 미치지 못했을 가능성이 컸다. 베이컨 뒤에는 대단히 영향력 있고 눈에 띄는 문학인들이 포진해 있었을 뿐만 아니라 베이컨의 저작은 고등비평이라는 (스미스의 저작과 비교할 수 없을 만큼) 강력한 시류에 휩쓸려 퍼져나갔기 때문이다.

호손의 은밀한 지원을 받아, 장황하다 못해 거의 읽을 수가 없는 그녀의 저서 『셰익스피어 희곡의 철학을 밝히다The Philosophy of the

Plays of Shakespere Unfolded』가 마침내 1857년에 출간되어 500부가 영국에 판매용으로 배포되었고 별도의 500부가 미국으로 수송되었다. 그녀가 초창기에 출판사들에게 제안한, 말도 안 되게 긴 제목은 결국 폐기되고 말았지만 그녀의 주장을 비교적 정확하게 전달해주기는 한다. 그 제목은 바로 『월터 롤리 경의 부분을 포함해, 프랜시스 베이컨과 글로브 파의 다른 작가들이 제기한 진정한 분야를 향한 학문의 진보The Advancement of Learning to Its True Sphere as Propounded by Francis Bacon and Other Writers of the Globe School』였다. 그동안 호손은 편집을 받아들이라고 그녀를 설득했지만 실패하고 말았다(그는 차후에 이렇게 적었다. "베이컨 양은 모든 영감과 터무니없는 생각을 그 출판물에 한꺼번에 밀어넣었다. 그러자 크고 무거운 8절판 책이 떨어져 나왔다. 그 책이 대중의 발밑에 툭 떨어졌던 것이다"). 이것은 델리아 베이컨이 가장 출판하고 싶지 않았던 책이자 그녀의 이름을 붙인 첫 번째 책이었다. 그녀는 "이 책의 전망을 제2권에서 유지시켜나가기 위해" 영국에 1년간 더 남아서 "내가 지금까지 받아들일 수 있었던 방식과 전혀 다르게 그 주제를 추진하려" 했지만 그 계획은 결코 실현되지 못했다. 지난 한 해 동안 그녀는 정신적으로나 육체적으로 급격히 쇠약해지는 바람에 잔뜩 움츠러든 채 대부분의 시간을 홀로 보냈다. 책이 출간된 직후에 그녀는 이성을 잃고 워릭셔의 수용시설에서 잠시 지내다가 미국으로 돌려보내졌으며 생의 마지막 2년을 미국의 정신병원에서 보냈다.

베이컨은 자신의 책이 마침내 출간되도록 도와준 호손에게 고마운 마음을 갖고 있었지만, 베이컨이 다락방의 미친 여자,● 즉 호손의 소설 속에서 걸어나온 듯한 고딕풍의 인물이라는 확고부동한 이미지를 만들어 후대에 전한 사람은 공교롭게도 호손 자신이었다. 그는 1863년에 그녀에 관한 소논문 「어느 재능 있는 여성에 대한 회상 Recollections of a Gifted Woman」을 출간해 독자들의 뇌리에 델리아 베이컨의 잊히지 않는 이미지를 남겨주었다. 즉, 그녀는 오랫동안 찾아왔던 증거를 발굴해 자신의 이론을 최종적으로 입증하겠다는 열망으로 셰익스피어의 무덤에 무시로 드나들면서 셰익스피어의 비석에 새겨진 "내 유골을 건드리는 자는 저주를 받을지어다"●●라는 경고에 용감하게 맞선 인물로 그려졌다.

통로를 손으로 더듬으며 성단소를 향해 나아가면서 그녀는 셰익스피어 무덤 위로 씌운 포장면의 높은 부분에 올라앉았다. 만약 이 신성한 시인이 그곳에 적힌 비문을 정말로 작성했고 열성적인 비난이 시사하는 것만큼이나 자신의 유골을 조용히 내버려두기를 바라는 마음이 간절했다면, 지금이야말로 그 바스러지는 유물들이 그녀의 무엄한 발아래서 행동에 착수할 때였다. 하지만 유물들은 안전했다. 그녀는 유물들을 건드려보려고 시도하지 않았다. 다만 셰익스피어의 비석과 인접한 두 개의 비석 사이에 난 균열을 면밀히 살펴보았고 필요하다면 단 한 번만 힘을 주어도 셰익스피어의 비석을 충분히 들어올릴 것 같다는 생각에 그럭저럭 만족스러워한 듯하다. 그녀는 등불을 들어 희미한 빛을 흉상에 비춰봤지만 둥근 천장이 암흑을 드리우는 바람에 아무것도 식별할 수 없었다. 그녀가 미신적인 공포의 영향을 받았더라

● 샬럿 브론테의 『제인 에어』에 등장하는 버사 메이슨 로체스터는 정신 질환을 앓는다는 이유로 다락방에 갇혀 지낸다. 남성 중심 사회에서 억압받는 여성의 이미지를 상징한다고 해석되기도 한다.
●● 셰익스피어 비문의 전문은 다음과 같다. "내 유골을 건드리는 자는 저주를 받을지어다/ 이 돌을 그대로 두는 자에게 축복이 있으니/ 선한 친구여, 내 이렇게 부탁하니/ 이곳에 묻힌 흙을 파내지 마시게."

면 그녀가 그런 공포를 한결 쉽게 느낄 만한 상황을 상상하는 것은 불가능하다. 만약 조금만 화를 나게 해도 셰익스피어의 유령이 자리에서 벌떡 일어난다면 이번에도 분명히 모습을 드러냈어야 하기 때문이다. 하지만 우리가 본 흉상과 똑같은 모습을 한 셰익스피어가 소매를 길게 튼 더블릿●과 가운을 입고 넓게 벗겨진 이마 아래의 눈으로 그녀를 내려다보면서 희미한 등불이 비추는 곳에 나타났다면, 그녀가 아무 두려움 없이 그를 대면하고 얼굴을 똑바로 쳐다보며 그 희곡들의 원저자라는 그의 주장을 반박했을 것이라고 나는 진심으로 믿는다.

호손은 미처 몰랐지만 베이컨은 셰익스피어의 무덤뿐만 아니라 기념비도 노리고 있었다. 그녀는 이 비밀을 무덤까지 가지고 갈 수도 있었지만 결국 오빠에게 털어놓았는데, 그러자 그가 그녀의 주치의에게 정보를 약간 흘렸다("제 여동생은 셰익스피어에 대한 망상을 꾸준히 품어왔던 것 같습니다. 그 내용을 기록하라고 설득할 수만 있다면 예나 지금이나 그 아이는 지금껏 세상의 존경을 한 몸에 받아온 그 희곡들의 원저자가 베이컨 경, 월터 롤리 경, 혹은 다른 사람들이라는 결정적인 증거와 더불어 셰익스피어 경전의 숨은 의미를 해석할 열쇠를 스트랫퍼드 어폰 에이번 교회의 그 오래된 무덤이 제공할 것이라고 믿는 듯합니다"). 이런 관점에서 보더라도 그녀는 미래의 무덤 침입자들이 셰익스피어 이외의 다른 누군가가 그 작품들을 집필했다고 입증하는 데 열을 올리리라 예측했을 것이다.

셰익스피어 학자들은 에머슨의 사후 판단을 심각하게 받아들이기

● 15~17세기에 남자들이 즐겨 입던 웃옷으로 몸통은 꼭 맞고 허리는 잘록한 모양에 어깨심을 댄 재킷이다.

보다는 호손의 고딕적 상상력을 환기시키는 편이 더 편리하다고 생각할 때도 많았다. "우리의 길들여지지 않은 휘트먼과 (…) 비범한 재능은 있되 정신이 이상한 델리아 베이컨이야말로 (…) 미국이 10년 동안 배출해낸 유례없는 저자들이다." 그동안 학자들이 보여준 의지와 노력에 비하면 그녀가 주류파의 가설과 전기적 주장들을—비록 발걸음을 위험한 방향으로 잘못 디디기는 했지만—한 걸음 진척시켰을 뿐이라고 인정하기보다는, 그녀가 미친 여자이고(새뮤얼 쇼엔바움은 이 "괴팍한 미국 노처녀"가 정말로 "미쳤다"고 주장했다) 맥워터를 비롯해 우리에게도 속임수를 쓴 장본인이라고 일축해버리는 편이 한결 쉬웠다. 이처럼 수위 높은 인신공격을 접하고 나면 그녀의 어떤 점이 그토록 위협적이었는가 하는 질문이 필연적으로 떠오른다. 쇼엔바움은 델리아 베이컨을 최초의 일탈자—이 용어는 종교적, 심리적, 심지어 성적 함의가 풍부하다—라고 불렀다. 어쩌면 사람들의 마음을 몹시 불편하게 만들었던 원인은 그녀가 남들과 달랐기 때문이 아니라 오히려 그녀의 이론이 암묵적이기는 하나 공통된 믿음을 기반으로 삼았기 때문이다.

그 공통된 믿음 가운데 하나는 『템페스트』의 저자가 지닌 성격과 기질이 프랜시스 베이컨의 성품과 어느 정도 밀접하게 닮았는가와 관련 있었다. 델리아 베이컨이 마지막으로 집필한 원고 중 하나는 미출간된 「작가의 사과와 주장」인데, 이 글은 지금까지 남아 있는 그녀의 편지나 서류와 함께 폴저 셰익스피어 도서관에 소장되어 있다. 그 길고 두서없는 논문은 햄릿의 대사와 희망에 찬 선언으로 마무리된다. "불안한 사람이여, 이제 쉬어라! 델리아 베이컨. 스트랫퍼드 어폰 에이번. 셰익스피어 문제는 해결되었다." 하지만 "이제 우리의 잔치는 끝났다"고 말하는 프로스페로의 위대한 대사를 그녀 나름대로 해석한 이 글에서 그녀의 상상력을 강력하게 사로잡는 것은 『템페스트』다.

> 이 수수께끼들을 푸는 것, 이 작품을 해독하는 것은 우리 모두의 과업이자 놀이가 될 것이다. 이 일은 우리 모두를 위해 이름을 지어줄 것이다. 학명과 보통명, 고유명을 말이다. 학문적으로 정의된, 우리 각자를 위한 이름이자 우리 모두를 위한 이름은 그 맨 아래에 있다. 그렇게 되기까지 우리는 그 수수께끼를 풀지도 못하고 이 희곡들을 판독하지도 못할 것이다. 우리에게 필요한 말은 "마법을 풀어주어라"이다. 그것은 프로스페르-오의 섬, 그 마법의 섬에 있는 말이다 (⋯) 이 발견은 세상에 인정받기를 초조하게 기다리는 사람이나 공감, 찬성, 혹은 살아 있는 자들의 지혜를 무엇보다 사랑했거나 무엇보다 소중히 여겼던 사람에 의해 이루어지지 않았을뿐더러 그럴 가능성도 없었다. 이 발견은 엘리자베스 여왕 시대의 비밀 교리를 이론만이 아니라 모든 면에서 배운 사람에 의해 이루어졌고 그럴 수밖에 없었다.

그녀의 말과 프로스페로의 말—그리고 그녀가 생각하기에는 프랜시스 베이컨의 말—이 어우러져 하나가 되었다. 델리아 베이컨은 자신의 엄청난 과업을 마무리 지었다. 그리고 수많은 빅토리아 시대 독자들에게 깊은 반향을 불러일으킨 중요한 한마디를 남겼다. 즉, 이 위대한 마지막 희곡을 쓴 작가의 성격이 차분하고 박식하며 독서를 좋아하는 프랜시스 베이컨과 무척 닮았다는 의견을 내놓은 것이다.

『셰익스피어의 미발표 희곡들에 대한 철학The Philosophy of Shakespeare's Play's Unfolded』과 관련해 호손은 "이 놀라운 책은 한 명 이상의 독자를 확보하지 못할 숙명이다"라는 유명한 주장을 펼친 바 있다. 그러나 그의 말은 틀렸다. 이 책이 발표되고 영국과 유럽, 미국의 각종 비평지와 신문에 그 주장이 실린 지 1년이 지나지 않아 베이컨설은 국제적으로 번져나갔고, 곧이어 인도와 남아프리카, 프랑스, 스웨덴, 세르비아, 독일, 덴마크, 폴란드, 오스트리아, 이탈리아, 헝가리, 네덜란드, 러시아, 이집트의 작가들이 논쟁에 끼어들었다. 이 소문은 미시시피 강까지 퍼져나갔고 그곳의 증기선 수로 안내인 두 명이 델리아 베이컨의 셰익스피어 반대론의 장점에 대해 열띤 논의를 펼치는 데 이르렀다. 델리아의 주장에 감명받은 이 두 사람 중에는 새뮤얼 클레먼스라는 젊은이가 있었는데, 그는 얼마 안 있어 마크 트웨인이라는 필명으로 전 세계에 알려지게 되었다.

마크 트웨인, 세기초 문학인의 치명적 개입

1909년 1월 초의 어느 쌀쌀한 금요일 오후, 마크 트웨인은 코네티컷 레딩에 위치한 자신의 보금자리, 스톰필드에서 세 명의 주말 손님을 기다렸다. 73세 생일을 맞은 지 얼마 지나지 않았을 즈음이었다. 그는 여전히 기운이 넘쳤지만 나무랄 데 없이 건강한 정도는 아니었다. 게다가 아내이자 최고의 비평가였던 리비아와는 5년 전에 사별하고 혼자된 터였다. 리비아의 빈자리는 45세의 비서 이저벨 리온이 최선을 다해 메우고 있었다. 한편 리온은 트웨인의 남아 있는 두 자녀 클래라와 진을 아버지와 스톰필드로부터 멀리 떼어놓기도 했다.[•] 이제 고령의 트웨인은 가족들 대신 자신을 맹목적으로 사랑하는 비서와 업무 관리자, 상주 전기작가, 속기사, 가정부, 다시 말해 조금도 비꼬는 기색 없이 자신을 "왕"이라 부르는 가신들 무리에 둘러싸여 지냈다. 이 수행단을 유지하는 데에는 비용이 많이 들었다. 이 말은, 트웨인이 형편없는 투기적 사업으로 계속 손해를 봤고 책과 강의를 통해 손실을 메우느라 글을 계속 쓸 수밖에 없었다는 뜻이다.

그는 위대한 마지막 프로젝트를 도무지 성공시키지 못하고 있었다. 그가 예술가로서 걸어온 삶의 여정이 경이로운 '마지막 단계'에 접어들 가능성은 없어 보였다. 트웨인이 후대에 기억되기를 바라던 최고의 작품은 점점 더 과거의 유물이 되어가고 있었다. 그의 첫 번째 베스트셀러 『철부지의 해외 여행기』는 무려 40년 전에 출판된 작품이었다. 그 뒤로 『톰 소여의 모험』(1876), 『왕자와 거지』(1881), 『미시시피 강의 추억』(1883), 『허클베리 핀의 모험』(1884), 『아서 왕 궁전의 코네티컷 양키』(1889), 『바보 윌슨』(1894) 등을 비롯해 위대한 작품들이 연이어 쏟아져 나왔지만 19세기가 끝날 무렵부터는 걸작의 수가 미미한 수준으로 줄어들었다.

글의 소재를 찾아다니던 트웨인은 자신이 가장 잘 아는 주제, 즉 자신의 소설세계의 중심이 되어왔던 것으로 눈을 돌렸다. 그것은 자기 자신이었다. 그는 수십 년 동안 실험 삼아 자서전을 집필해본 끝에 이제 새로운 접근 방법을 포착하고 달려들었다. 새로운 방식이란 일종의 자유연상법에 의존해 속기사가 내용을 기록하는 것이었다. "시기를 가리지 말고 당신 인생의 한순간에서 출발하라. 그리고 자유

● 1896년에 첫째 딸 수지가 사망한 뒤 두 딸만 남아 있었고, 일부 전기작가에 의하면 간질을 앓던 막내딸 진이 아버지에게 너무 의존적인 모습을 보여 리온이 부녀 사이를 멀어지게 만들었다고도 한다.

의지로 당신의 인생 곳곳을 훑어보라. 우선은 당신의 흥미를 자극하는 것에 관해서만 이야기하라." 심지어 트웨인은 얼마 전에 임명한 전기작가 앨버트 비글로 페인에게 동참하기를 부탁하고는 1906년부터 1909년까지 250회 정도를 정기적으로 만나며 50만 단어를 구술했다. 그는 독창적인 방법을 우연히 발견했다고 확신했다. "나는 사후에 이 자서전이 출간되면 향후 모든 자서전의 귀감이 되도록 할 작정이다. 또한 이 책이 형식과 방법 덕분에 수 세기 동안 읽히고 추앙받게 만들 생각이다."

그러나 그가 구술한 기록은 그다지 흥미로운 내용을 드러내지도 못했고 심지어 딱히 사실이라고 할 만한 것도 아니었다. 트웨인의 인생에 대해 기본적인 사실들을 익히 알고 있었던 페인은 금세 이렇게 이해했다. "마크 트웨인의 기억은 시시각각 달라졌고 왕성한 상상력 때문에 이야기의 세부 사항은 정확성이 다소 떨어졌다. 하지만 항상 몹시 유쾌한 이야기이기는 했다." 그 실험은 비록 비평적으로는 실패했지만 재정적으로는 성공을 거두었다. 1906년 트웨인은 회당 5000단어로 구성된 연재 자서전을 『노스 아메리칸 리뷰North America Review』에 팔기 시작했다. 이 모험은 수익성이 무척 좋아서 그가 레딩에 248에이커 크기의 부동산을 매입해 빌라를 지을 수 있을 정도였다. 처음에는 이 집에 '자서전 저택'이라는 이름을 붙일까 생각했지만 결국은 '스톰필드'라는 이름으로 정했다. 그는 사망할 때까지 한 달에 자서전 5만 단어를 잇달아 뽑아내 받아쓰게 할 수 있을 거라 확신했다.

1909년에 출간된 트웨인의 마지막 책에는 '나의 자서전에서From My Autobiography'라는 부제가 달려 있었는데 첫눈에 기이한 느낌을 준다. 그 제목이 『셰익스피어는 죽었는가?Is Shakespeare Dead?』라고 되어 있기 때문이다. 셰익스피어가 그의 이름으로 알려진 작품들의 원저자가 아니라는 주장을 믿게 된 트웨인이 이 문제에 대해 재치 있게 논의한 덕분에 이 책은 그런 생각을 믿는 사람들에게 오늘날까지도 칭송받고 있다. 이 책을 열렬히 환영하는 사람들과 그처럼 유명한 작가가 그런 글을 썼다고 크게 실망한 사람들이 하나같이 간과하기 쉬운 것은 트웨인이 그런 결론에 다다르게 된 근거다. 즉, 자신의 작품을 포함해서 위대한 소설이 반드시 자서전적이어야 한다는 신념이다. 그렇기 때문에 셰익스피어의 생애에 관해 알려진 바를 고려하면 당연히 셰익스피어는 그 작품들을 자신의 창작물이라고 주장할 수 없다는 것이다. 트웨인의 입장에서 보면 이 주장에는 많은 것이 달려 있었다. 스트랫퍼드 출신의 남자가 실제로 그 희곡들을 집필했다면, 소설의 본질 그리고 대다수의 작가가 개인적 경험을 책에 반영하는 방식에 대한 트웨인의 가장 뿌리 깊은 믿음이 잘못되었다는 뜻이기 때문이었다.

트웨인이 자전문학에 매혹된 것은 영미문학 문화의 중대한 변화와 정확히 맞물린다. 자서전은 20세기 초반에 창의적인 글쓰기의 중요한 유형으로 빠르게 자리잡기 시작한 이래로 여전히 그 자리를 굳건히 지켜왔던 것이다. 1887년에 트웨인의 친구 윌리엄 딘 하우얼스로부터 "엄선된 자서전들" 시리즈에 포함시킬 작품을 추천해달라는 부탁을 받았을 때 트웨인은 많은 작품을 생각해내지 못했다. "나는 [벤저민] 프랭클린의 자서전, 벤베누토 첼리니의 자서전과 같은 오래된 작품들 외에는 딱히 아는 것이 없네. 하지만 뭐라도 생각해내야 한다면 기꺼이 그 제목들을 언급하겠네." 사실상 이 작품들 외에도 수많은 자서전이 집필되어왔지만 그 장르가 독자들의 이목을 사로잡으며 끌어모으기 시작한 것은 얼마 되지 않은 실정이었다. '자서전'이라는 용어 자체는 19세기 초반에야 겨우 정식 용어로 인정받았다. 100년 뒤에는 문학계의 주요 인사들 가운데에도 이 형식에 관심을 돌리는 사람이 점점 늘어났다. 트웨인이 자서전을 구술하고 있을 무렵에는 헨리 제임스와 조지프 콘래드, 아널드 베넷, 헨리 애덤스가 각자의 자서전을 집필하고 있었다.

20세기 초반에 자서전이, 특히 소설가들이 집필한 자서전이 얼마나 많이 탄생했는지는 헤아리기 쉽지 않다. 하지만 어떤 현상이 생겨난 것만은 분명했다. 한 예로, 미국 문학에서 자서전이 몇 편인지 헤아리려 시도했던 소수의 학자들 중 한 명이 내린 결론에 따르면 "1800~1880년에 저술가나 언론인, 소설가가 출판한 자서전은 고작 26편이었지만 1880~1920년의 40년 동안" 그 숫자는 훨씬 더 늘어났다. 20세기 중반에는 인간의 정체성 형성에 대해 연구하는 정신분석학 이론으로부터 부분적인 힘을 얻어, 자신의 인생에 대한 이야기를 출판하는 사람이 늘어났고 그중에서도 특히 작가의 숫자가 급등했다. 어느 학자의 계산에 따르면, 제2차 세계대전 이후 35년 사이에 출간된 미국인의 자서전은 5000종을 넘어섰다고 한다. 내 생각에는 미국의 뒤를 이어 영국인들의 자서전 출간도 가파른 상승 곡선을 이루었던 듯하다.

대서양 양쪽에서는 소설마저 자전적 성향이 점차 짙어지기 시작했는데, 이는 의식적인 측면이 다분했다. 어느 시점에 이르러, 작가들이 허구의 세계를 제공하면서 노상 자신의 인생 경험을 채굴하는 것은 이미 평범한 일이 되어버렸던 것이다. 앨런 화이트는 『모호성의 효용 The Uses of Obscurity』을 통해 이 국면에 대해 조명하면서 "그 시대에는 새로운 종류의 독서, 새로운 종류의 비평적 관심이 피어나 교양 있는 사람들이 저자의 심리적 상태까지 파악할 수 있을 정도로 텍스트를 철저히 읽었다"고 밝힌다. 그동안 소설가들은 사적인 감정을 필연적으로 드러내는 소설 쓰기 방식에 점차 민감해졌다. 화이트는 이 동시다발적인 두 양상을 잘 보여주는 사례로 조지프 콘래드가 문학 잡지 『잉글리시 리뷰The English Review』에 (콘래드의 친구인 포드 매독스 포드의 재촉에 못 이겨) 처음 출간한 『회상의 편린Some Reminiscences』에 적은 감상을 인용했다. "나는 소설가가 자신의 작품 안에 살고 있다는 사실을 안다. 소설가는 그곳에, 허구의 세상 속에 존재하는 유일한 현실 안에, 가상의 상황과 사건과 인물들 사이에 서 있다. 그리고 그것들에 관해서 글을 쓰는 동시에 자기 자신에 관해 글을 쓰고 있다. 하지만 모든 것을 완전히 폭로하지는 않는다. 그는 어느 정도는 베일 속에 가려진 인물로 남아 있다. 눈에 보이는 존재라기보다는 의심이 가는 존재로ー허구의 장막 뒤에 가려진 하나의 움직임과 목소리로 남아 있다."

콘래드가 이 글을 쓴 1908년은 이런 유형의 독서와 글쓰기가 완전하게 확립되어가던 시기였다. 하지만 1886년에 마크 트웨인이 다음과 같은 고백을 하기 훨씬 전에는 영국이나 미국에서 그렇게 말할 수 있는 주요 소설가를 한 명도 떠올리기 힘들었다. "내 책은 한마디로 자서전이다. 나는 실제로 일어나지 않은 사건을 개인적으로 경험한 일처럼 작품에서 설명한 적이 한 번도 없다. 만약 사건들이 일어난 연대를 따져보면 이들을 순차적으로 이을 수 있으므로 결과적으로 자서전이 만들어진다." 요즘에는 수많은 소설가가 이 말에 수긍할 것이다. 작가들이 제공하는 것ー과 독자들이 바라는 것ー이 그토록 많이 달라졌는데도 그에 비해 비평적 관심이 저조했다는 점은 대단히 놀랍다. 소설이 필연적으로 자전적 성격을 띤다는, 크게 검토된 바는 없었지만 새롭게 구축된 이 여론은 향후의 소설가들이 쓰는 작품뿐만 아니라 이전의 작가들, 특히 셰익스피어를 읽는 방법에 대해서도 영향을 미칠 것이다. 다른 요인들과 마찬가지로 이것 역시 트웨인을 비롯해 그토록 많은 사람이 어떤 이유로 셰익스피어 희곡의 저자가 누구인가에 의문을 품게 되었는지를 설명해준다.

위대한 글이란—저자가 듣거나 읽거나 단지 상상한 것이라기보다는—삶을 기반으로 이끌어낸 것이라야 한다는 생각은 트웨인에게 있어 하나의 신조로서, 그가 진지한 작가들의 작업 방식으로 규정지은 개념의 핵심이었다. 1870년에 그는 남아프리카의 다이아몬드 채광에 관해 글을 쓰기로 결심하면서 이 엄격한 기준을 스스로 고수하려 했지만, 그곳에 직접 가는 위험을 감수하고 싶지는 않았다. 그는 이 발상을 포기하는 대신 스턴트 작가를 고용했다. 그는 스턴트 작가의 직접적인 경험에 의지해 "마치 내가 그 모든 일을 직접 경험한 것처럼" 책을 쓰려던 심산이었다. 그의 대역인 제임스 H. 라일리는 더 젊은 시절에 금광부로 일했던 경험이 있는 저널리스트였다. 트웨인은 계약서를 세부적으로 작성했다. 라일리는 "석 달 혹은 필요하다면 대여섯 달 동안이라도 (…) 찾아다니고 답사하고 일하고 여행하며 상세한 메모를 기록해야" 했다. 대니얼 디포가 알렉산더 셀커크의 고생담에 기대어 걸작 『로빈슨 크루소』를 창조해냈던 문학적 전통을 트웨인 자신이 이어간다고 생각했다(디포가 셀커크의 경험을 허구로 만들기 위해 그에게 돈을 주고 4년 반 동안 섬에 고립시킨 적은 없었다는 사실을 트웨인은 편리하게도 잊어버렸다). 라일리는 귀국하는 대로 트웨인의 집으로 들어가 "트웨인이 [그에게서] 정보를 다 뽑아낼" 때까지 길게는 1년 동안 머물면서 "매일 (…) 한두 시간 동안" 보고를 올릴 예정이었다. 라일리는 항해를 떠나 모험을 하면서 경험을 기록했다. 그러나 불행히도 귀항 중에 그는 "음식을 먹다가 포크에 입을 다치는 바람에 패혈증에 걸려 귀국하는 즉시 사망했다". 이제 트웨인은 라일리에게 여행 경비로 건네준 2000달러를 출판사에 빚졌고 출판사는 현금이 아니라 책으로 상환받기를 원했다. 그래서 트웨인은 미시시피에서 보낸 자신의 소년기를 다시 채굴하기 시작했고—삶을 기반으로 글을 써야 한다는 견해는 바뀌지 않았다— 라일리의 죽음은 1876년에 출판된 『톰 소여의 모험』으로 이어졌다.

자신의 인생 이야기를 개작하는 작업은 트웨인이 가진 또 하나의 대단한 집착과 맞물렸다. 그 집착이란 그가 세상을 뜬 뒤에도 그의 작품이 여전히 읽히도록 만드는 것이었다. 1899년에 출판된 트웨인의 약전은(비록 트웨인이 직접 쓰기는 했지만 그의 조카 새뮤얼 모펫이 조금 손본 뒤에 제목을 달았다) 두 가지 목적을 한 번에 달성했다. "38년간 문예활동을 하면서 마크 트웨인은 '미국의 유머 작가들'이 연이어 등장해 갑작스레 인기를 얻었다가 사라진 뒤 한 자락의 흔적도 남기지 못하는 모습을 수없이 지켜보았다." 자서전의 마지막 구절은 트웨인이 좋아하는 셰익스피어 구절의 하나를 그대로 되풀이한다. 즉, 『템페스트』에서 프로스페로는 어떻게 모두 "녹아버려서 이 허망한 광대굿처럼 사라지고 자국조차 남기지 않았는가"(4막 1장)라고 묘사한 바 있다. 예술적 유산에 대해 이야기하기 위해 트웨인은 명성이 결코 시든 적 없는 한 작가를 언급하는 것이 불가피했다. 그동안 세간의 뇌리에서 사라진 '미국 유머 작가들'의 발자취보다는 셰익스피어의 발자취를 따르겠다고 독자들을 안심시키기라도 하듯, 모펫은 (아니 오히려 트웨인 본인이) 이렇게 단언한다. "마크 트웨인은 고국에서만이 아니라 사람들이 책을 읽고 인류의 공통된 즐거움과 기쁨에 대해 생각하는 모든 나라에서 고전 작가의 반열에 올랐다."

작가들이 자기선전에 뛰어든 것은 어제오늘의 일이 아니다. 그중에서도 트웨인은 자신을 하나의 브랜드로 홍보한 최초의 작가였다. 이미 1873년에 '마크 트웨인'을 하나의 상표로 만들려 시도했고 1908년에 마크 트웨인 컴퍼니를 공식적으로 설립해 자신의 작품과 이미지를 홍보했다. 1909년부터는 트웨인 자신이 아니라 회사가 신작의 저작권을 보유했다. 마크 트웨인 시가와 마크 트웨인 위스키는 이미 시중에 출시되었다. 에머슨이나 호손 혹은 멜빌의 생김새는 떠올리기가 여간 어렵지 않지만 트웨인의 모습만큼은 예외다. 일찍부터 그는 자신의 이미지가 누구와도 구별될 뿐 아니라 언제까지나 기억에 남도록 확실히 했다. 덥수룩한 수염과 부스스한 백발, 항상 손에 든 시가에서부터 그의 전형적인 의상인 흰색 서지 정장을 착용한 모습에 이르기까지. 트웨인은 상징적 존재가 되었고 그의 얼굴은 1623년판 폴리오의 권두 삽화에서 우리를 물끄러미 바라보는 남자만큼이나 익숙해졌다. 1905년, 그의 70세 생일 축하 행사에 초대받은 사람들은 트웨인의 '30센티미터 남짓한 높이의 석고 흉상'을 받아 집으로 가져갔다. 그는 자신의 사진을 광범위한 매체에 실어 흔적을 남겼고(책 앞면에 자신의 사진과 자필 서명이 반드시 들어가도록 했다), 비공식적인 전기작가들과는 말도 섞으려 하지 않았으며 새로운 대중매체의 힘을 알아보고는 심지어 토머스 에디슨의 회사에 『왕자와 거지』 영화 제작을 허가하면서 자신이 스톰필드 부근을 산책하는 장면이 삽입되도록 만들었다. 트웨인은 유명 인사가 되려고 열심히 노력했다. 유명인이라는 단어는 지금이야 시대를 초월한 것처럼 보이지만 처음에는 '유명한 인물'이 살아 있는 동안에만 그를 묘사하기 위해 사용되었다.

✦

1909년 1월의 그 주말에 또 한 명의 유명 인사가 트웨인을 방문했다. 그의 명성에 필적할 만큼 빠르게 유명세를 타고 있던 헬렌 켈러였다. 켈러는 어린 시절에 시각과 청각 손실을 극복했을 뿐만 아니라 널리 칭송되는 『헬렌 켈러 자서전』(1903) 덕분에 국제적으로 환영을 받았다. 켈러는 트웨인과 나눈 우정을 대단히 소중히 여겼고 그가 자신을 "변종이 아니라 엄청난 역경을 피해갈 방법을 강구하는 신체장애가 있는 여성"으로 대했다고 회상했다. 『인생의 한가운데: 내 만년의 삶Midstream: My Later Life』(1929)에서 그와의 우정을 회상하면서 그녀는 두 사람이 처음 만난 1894년 당시의 정황을 묘사한다. 그때 자신은 열네 살에 불과했으며 그는 아직 "원기 왕성해 눈 그늘이 짙어지기 전"이었다. 두 사람은 그 뒤로 계속 연락을 주고받았고, 켈러가 두번째 책인 『내가 사는 세상The world I Live In』(1908)을 그에게 보낸 뒤로 트웨인은 그녀에게 방문을 종용하는 답장을 보냈다. 그녀는 이를 "사랑하는 왕의 소환"으로 회상했다.

켈러를 데리고 스톰필드로 여행한 사람은 그녀의 오랜 선생님이자 동반자이며, 청각과 시각 장애를 겪는 제자에게 의사소통하는 방법을 가르친 덕분에 독자적인 명성을 얻은 앤 설리번—당시에는 앤 설리번 메이시—이었다. 최근에 설리번은 하버드 대학 내에 병설된 래드클리프 대학에 켈러와 동반해서 수업 내용을 그녀의 손바닥에 적

헬렌 켈러와 마크 트웨인.

어줌으로써 제자를 도왔다. 켈러는 하버드 재학 시절 운이 아주 좋아서 조지 라이먼 키트리지에게 셰익스피어 수업을 두 과목 수강했고 또 한 명의 셰익스피어 전문가 윌리엄 A. 닐슨—얼마 지나지 않아 그녀의 친구가 되었다—의 수업을 들으며 군소 극작가인 조지 필에 대한 논문을 썼다. 학위를 받은 뒤에도 셰익스피어에 대한 켈러의 관심은 한층 깊어만 갔다. 그녀는 셰익스피어의 정체를 의심하는 회의론의 거두 에드윈 리드—그의 저서인 『프랜시스 베이컨, 우리의 셰익-스피어Francis Bacon Our Shake-speare』와 『베이컨과 셰익-스피어의 유사성 Bacon and Shake-speare Parallelisms』에 대해서는 켈러의 스승인 키트리지가 주간지 『네이션The Nation』에서 통렬하게 논평한 바 있었다—와 서신을 주고받기도 했다. 켈러는 이렇게 기록한다. "나의 셰익스피어가 단단히 자리를 잡은 채 베이컨 지지자들의 주장에 맞서고 있기 때문에 나는 리드에게 그가 밀려날 가능성은 전혀 없다고 편지를 보냈다."

스톰필드를 방문하기 전 몇 달 동안 켈러는 셰익스피어 학문에 몰두해 구할 수 있는 점자책을 모두 읽었고 앤 설리번 메이시와 어머니를 비롯해 다른 사람들의 도움을 받아 손과 손바닥의 감촉을 이용한 촉각 수화를 통해 다른 활자 인쇄 작품들의 정보를 습득했다. 글을 읽으면서 켈러는 전기작가들이 셰익스피어를 신격화하는 태도에 점차 실망하게 되었으며 그의 인생을 이렇게 묘사했다. "학자와 문인들이 집필한 책과 에세이를 통해 대중에게 묘사된" 셰익스피어의 인생이란 "인상적인 규모의 신화이고 해마다 그 부피와 어리석음이 점점 증가하므로" 한마디로 "그 거룩한 머리가 '구름 사이로 사라진' 신비롭고 탁월한 셰익스피어"라 하겠다.

그녀는 원작자 논쟁으로 인해 생겨난 문헌에 관심을 돌리기 시작했고, 트웨인을 방문하기 전 몇 주 동안 그 주제에 관해 글을 발표해 조지 그린우드의 『셰익스피어 문제를 다시 말하다The Shakespeare Problem Restated』(1908)를 논평했다. 이제 켈러는 엄청난 의혹들을 인정했다. "몇 년 전에 나는 공언했다 (…) 어떤 사실이나 주장에 둘러싸이더라도 스트랫퍼드의 셰익스피어가 아닌 다른 사람에게 영광을 안기지는 않겠노라고. (…) 하지만 그린우드의 명성에 부끄럽지 않은 해설에 따르면 스트랫퍼드의 셰익스피어는 세상에서 가장 놀랍도록 훌륭한 희곡들의 작가로 고려될 가능성조차 없다는 결론에 이르렀다. (…) 우리는 문학사상 가장 커다란 이 문제가 해결되기를 얼마나 오랫동안 기다려야만 하는가?" 그녀는 이런 의문을 품었다.

헬렌 켈러와 그녀의 선생이 스톰필드를 방문하도록 주선한 사람은 앤 설리번이 최근에 마지못해 결혼한 열한 살 연하의 존 메이시라는 남자였다. 하버드 대학의 강사이자 문단의 떠오르는 스타였던 메이시는 켈러의 첫 번째 책 『헬렌 켈러 자서전』을 같이 작업할 인물로 채용되었다. 그때부터 줄곧 그는 켈러의 경력을 끈기 있게 후원했고 앤 설리번과 결혼한 뒤로—셰익스피어 원작자 문제를 포함해—그의 정치적·문학적 열정을 두 사람 모두와 공유했다.

트웨인은 친숙한 흰색 정장을 입고 이탈리아식 저택의 베란다에 서서 집에 묵고 갈 손님들을 맞았다. 이저벨 리온은 이 인상적인 방문을 스냅사진으로 찍고 자세한 기록으로도 남겼다. 리온의 기록에 따르면, 어느 사진에서 트웨인은 손님들 옆에서 "의기양양하지만 다소 생각에 잠긴 듯한 분위기를 풍기고" 있다. 하지만 이 사진은 표면 아래 감춰진 긴장감을 슬쩍 암시하기만 할 뿐이다. 리온은 존 메이시가 헬렌 켈러에게 아주 노골적으로 추파를 던진다는 인상을 받았다

(그녀는 메이시가 설리번이 아니라 켈러와 결혼하고 싶어했다는 소문을 들었는지도 모른다). 게다가 리온은 켈러도 "메이시와 사랑에 빠져 있다"고 생각하고는 메이시가 "이런 감정을 부추기는" 것을 지켜보았다. "애처롭고 지친" 메이시 부인은 그저 지켜만 보다가 자신의 뻔한 고충을 리온에게 털어놓았다. 리온 자신도 신경쇠약에 걸리기 직전이었다. 트웨인의 가장 가까운 동료였던 그녀는 스톰필드에서 곧 추방당할 처지였기 때문이다.

첫날 저녁 식사가 끝난 뒤, 메이시는 영국 친구인 윌리엄 스톤 부스의 출간 예정작 『프랜시스 베이컨의 아크로스틱 서명Some Acrostic Signatures of Francis Bacon』의 교정쇄를 가져왔다고 사람들에게 알렸다. 이저벨 리온은 "왕이 당장 경계 태세를 취했음"을 알아차렸다. 그다음 날 대화 주제가 다시 셰익스피어 원작자 문제로 흘러가자 메이시는 부스가 첫 번째 2절판에 출판된 작품들에서 프랜시스 베이컨이 숨겨둔 아크로스틱•을 하나도 빠짐없이 발견했다고 말했다. 이 주장을 증명하기 위해 그는 원고 몇 장을 증거로 꺼내 암호들을 트웨인에게 보여주었다. 그중에는 『템페스트』의 마지막 구절도 포함되어 있었다. 부스는 1623년 2절판에 등장했던 열두 개의 핵심 단어를 프로스페로의 에필로그 복사판에서 찾아 밑줄을 그어두었다. 부스가 보기에, 이 희곡에 숨겨진 서명은 유난히 설득력이 있었다. 사실 이 서명은 "극작가가 관객에게 던지는 마지막 말이자, 가명이나 익명으로 글을 쓸 경우 작가가 자신의 이름을 암호로 서명할 법한 곳"인 희곡의 마지막 구절에서 발췌했기 때문이다.

• 각 행의 첫 글자 혹은 첫 글자와 마지막 글자를 합치면 의미가 성립되는 암호.

메이시는 트웨인의—혹은 그 당시 셰익스피어 작품들을 추종한 숭배자들 대부분의—흥미를 불러일으키기에 이보다 더 좋은 사례를 고를 수는 없었을 것이다. 프로스페로가 무대를 떠나는 장면은 셰익스피어 자신이 무대를 떠나는 모습처럼, 즉 그의 정본 목록에서 가장 명백한 자서전적 순간으로 해석하는 것이 거의 보편적이었기 때문이다. 트웨인은 부스의 무작위처럼 보이는 줄 암호•를 확인하는 데 어려움을 겪었다. 메이시의 도움을 받아 그는 마침내 그 페이지의 맨 밑에서부터 꼭대기까지 따라가면서 각 핵심어의 첫 번째 철자를 골라 암호화된 서명의 철자를 알아내는 데 성공할 수 있었다. 그것은 바로 프랜시스코 바코노FRANCISCO BACONO였다. 메이시는 부스의 책이 "셰익스피어가 자신의 이름으로 알려진 작품들을 결코 쓰지 않았다는 사실을 완벽하게 규명할 것"이라고 자신 있게 이야기했다.

숨겨진 아크로스틱 서명이 몇 세기 동안 간과되었을 가능성을 단숨에 일축하는 사람들은 부스가 조사를 시작하기 바로 몇 년 전에 어느 유명한 학자가 다른 고전작품에서 그처럼 엄청난 사실을 발견했다는 점도 알지 못할 것이다. 『사랑의 서약The Testament of Love』은 1532년판 초서 전집에 포함된 이래로—셰익스피어와 밀턴, 드라이든, 콜리지 같은 작가들이—의문의 여지 없이 초서의 작품으로 인정

• 부스의 줄 암호 해독 원리는 다음과 같다. 셰익스피어의 작품에서 첫 번째 단어의 첫 글자가 F이고 마지막 단어의 첫 글자가 N이거나, 첫 번째 단어의 첫 글자가 N이고 마지막 단어의 첫 글자가 F인 문단을 고른 다음 이 두 글자를 고정된 지점으로 간주하면서 그 사이에 있는 단어들의 첫 글자를 읽어내려간다. 단, 첫 행을 왼쪽에서 오른쪽으로 읽었으면 그다음에는 오른쪽에서 왼쪽으로, 즉 지그재그로 읽어내려간다. 만약 위의 철자 조건에 맞지 않는다면 그 줄은 해독하지 않고 얼마든지 건너뛰어도 좋다.

해왔던 중세의 산문 이야기였다. 19세기 초반, 윌리엄 고드윈 같은 전기작가들은 『사랑의 서약』의 주요 세부 사항들에 의존해 초서의 인생 이야기를 구체적으로 그려냈다. 그 뒤 1897년에 케임브리지 교수 월터 스키트는 이 작품을 새로 편집하는 동안 각 장의 첫 번째 단어, 첫 번째 철자가 다음과 같은 내용의 아크로스틱을 형성한다는 사실을 알아냈다. 'MARGARETE: OF VIRTW, HAVE MERCI ON THSKNVI(신덕을 타고난 마거릿이 드스크누이에게 자비를 베푸네).' 이 문장에서 "신덕을 타고난 마거릿이 자비를 베푸네"라는 구절은 스키트에게 충분히 이해가 되었지만 "드스크누이"는 대체 누구란 말인가? 이 퍼즐은 그의 친구 헨리 브래들리가 해결했다. 브래들리는 마지막 장들의 순서가 재배열되었다고 지적했다. 원래 배열대로 아크로스틱을 읽으면 "THIN VSK", 즉 "그대의 우스크"가 된다. 마침내 3세기 반 동안이나 초서의 작품으로 잘못 지목되었던 『사랑의 서약』은 초서의 동료 작가이자 그를 숭배하던 토머스 우스크가 원저자로 밝혀졌다. 이제 초서의 작품들 중 하나가 실은 다른 사람이 원저자인 것으로 밝혀졌으니 셰익스피어도 그런 작품이 하나 이상은 있지 않겠는가?

이제부터 셰익스피어의 희곡에 베이컨이 원저자라는 내용이 암호로 숨겨져 있다는 사실을 입증해내는 최초의 인물이 되기 위한 맹렬한 경주가 펼쳐졌다. 부스는 이 시합에 비교적 늦게 뛰어든 편이었다. 만만찮은 경쟁자들과 조수팀들은 낱말 암호와 두 글자 암호를 찾아내기 위해 이미 오랜 세월을 바쳐 2절판을 자세히 조사하고 있었다. 1909년에는 부스의 주요 경쟁자 두 명이 오랫동안 묻혀 있던 베이컨의 희곡 원고를 곧 찾아낼 수 있다며 확신에 차 영국으로 출항했다.

이 원작자 문제에 시간과 노력을 쏟아부은 사람들은 극도로 흥분했다. 1909년 7월, 베이컨 지지자들은 흥분을 감추지 못한 채 공식 학술지 『베이커니아나』에 「눈앞의 목표The Goal in Sight」라는 글을 게재하고는 이 위대한 발견을 최초로 세상에 알리기 위해 가을 내내 발행을 연기했다.

그 시대가 암호와 부호에 매료되도록 몰고 간 장본인은 델리아 베이컨의 친구 새뮤얼 모스였다. 전보와 모스 부호의 영향력은 실로 대단해서 암호 작성에 대한 대중의 이해를 증진시켰을 뿐만 아니라, 이제 지식을 암호 해독이라고 생각하도록 만들었다. 독자들이 암호화된 단서를 찾아 텍스트를 막 뒤지려는 순간, 에드거 앨런 포(「황금 벌레The Gold Bug」 같은 소설에서)를 위시한 일군의 작가들이 암호 해독을 중심 주제로 삼은 소설을 발표하기 시작했다. 심지어 어린이들이 암호 메시지를 보내고 정부와 기업들이 연락 내용을 어김없이 암호화하던 이 시절에, 초창기 작가들이 작품에 암호를 숨겨놓았다는 개념은 더 이상 설득력 없는 이야기가 아니었다. 그리고 『다빈치 코드』의 전 세계적인 인기가 증명하듯이 빅토리아 시대의 이 같은 추측은 세월이 흐르면서 오히려 한층 더 견고해졌다.

암호 사냥꾼들

1884년에 찰스 L. 웹스터 앤드 컴퍼니의 출판사를 설립하고 나서 몇 년 뒤, 마크 트웨인은 셰익스피어 작품들의 확실한 해독서가 될 만한 책을 발행할 기회를 얻었다. 그 책의 저자인 이그네이셔스 도넬리—

미네소타의 부지사를 지낸 뒤 3선 하원의원을 역임하고 평생 정치 개혁가로 활동함—는 이미 1882년에 『아틀란티스: 아주 오래된 세계At-lantis: The Antediluvian World』를 발표해 상당한 인기를 끌고 폭넓은 추종자도 거느리고 있었다. 이 책에서 그는 고대인들이 암시했던 사라진 세계 아틀란티스가 실제로 존재했었다는 주장을 펼쳤다. 이 책의 성공 여세를 몰아, 1년 뒤에는 『라그나로크: 불과 자갈의 시대Ragnarok: The Age of Fire and Gravel』를 집필해 수백억 년 전에 커다란 혜성이 지구와 충돌해 이 세상을 거의 파괴할 뻔했다고 주장했다. 그러고는 이런 작품들을 미처 세상에 선보일 새도 없이 새로운 계획에 눈을 돌렸다. 도넬리는 일기에 이렇게 적었다. "나는 위대한 발견이라고 생각한 것, (…) 프랜시스 베이컨이 그 희곡들의 저자라고 단언하는 (…) 셰익스피어 작품들에 숨겨진 암호에 (…) 그동안 몰두해왔다. (…) 나는 그곳에 암호가 있다고 확신하며 암호를 풀 열쇠가 내 손에 쥐여져 있는 것 같다." 도넬리는 6년 동안 부단한 노력을 기울여 암호들을 해결한 다음, 그 연구 결과를 1000쪽짜리 책에 담아 『위대한 암호문: 소위 셰익스피어 희곡에 담긴 프랜시스 베이컨의 암호The Great Cryptogram: Francis Bacon's Cipher in the So-Called Shakespeare Plays』(1888)를 출판했다.

훗날 트웨인은 이렇게 회상했다. "18~20년 전에 이그네이셔스 도넬리의 책이 나왔을 때 나는 이를 출판했을 뿐 아니라 읽기도 했다."● 이 말이 전적으로 사실은 아니다. 처음에는 그 책을 출판하지 말자고 결심했다가 다시 마음을 고쳐먹고는 동업자에게 그 책을 출판하지 못

● 1909년 1월 11일에 그가 구술한 내용을 보면, 마크 트웨인은 이 책을 읽고 독창적인 작품이라 생각해 흥미를 느꼈으며, 세상은 그 책을 비웃었지만 자신은 여기서 도저히 웃어넘길 수 없는 영리하고 깊이 있는 생각들을 발견했다고 주장했다.

했다고 비난을 퍼부었던 것이다. 트웨인은 도넬리의 책을 꼼꼼하게 읽어보고 그 책이 "기발한 작품"이라고 생각했다. 그래도 결국은 그의 아크로스틱이 충분히 설득력 있다고는 생각하지 않았다. "아크로스틱을 믿고 싶은 사람이라면 때로 애써 노력해서 상상력을 발동시켜야만" 했으며 결과적으로 그 책은 "완전히 실패했다". 하지만 본디 작가들이란 "오직 소문으로 들어 아는" 내용이 아니라 직접적인 경험을 바탕으로 책을 썼다는 도넬리의 주장을 트웨인은 진심으로 지지했다.

도넬리가 원작자 문제에 발을 담근 것은 순전히 우연이었다. 그는 아들이 읽고 있던 『모든 소년의 책Every boy's Book』을 휙휙 훑어보다가 암호 작성법에 관한 장을 발견했고 거기서 "유명하고 복잡한 암호들은 대부분 베이컨 경이 언제고 만들어냈을 법하다"는 깨달음을 얻게 되었다. 도넬리의 머릿속에는 이런 질문이 "눈 깜짝할 사이에 뒤따랐다". "베이컨 경이 희곡에 암호를 집어넣을 수 있었을까?" 그는 베이컨의 암호에 대해 더 많은 정보를 얻기 위해 베이컨의 후기작 『학문의 진보』•에 당장 관심을 돌리고는 거기에 정신을 빼앗겼다. 베이컨이 "문명을 공격하려는 태풍이 사라지고 나서 읽히도록 암호의 구성을 그 희곡들에" 심어두었다는 결론을 내리기까지 도넬리에게는 그리 많은 시간이 필요하지 않았다. 그 이야기는 아틀란티스와 라그나로크의 종말론적 관점을 이미 차용하고 있었다. 도넬리는 베이컨이 어떤 메시지를 암호로 만들었다면 다음과 같이 나란히 적혀 있을 것이라고 가정했다. "나, 프랜시스 베이컨, 세인트 올번스 자작, 니컬러스 베이컨의 아들, 잉글랜드의 국새 상서가 이 희곡들을 썼으니 이 작품들

• 1623년에 발표한 이 작품은 1605년에 영어로 집필한 『학문의 진보』에서 전체적인 계획과 관련된 부분을 증보하여 라틴어로 옮긴 것이다.

은 윌리엄 셰익스피어라는 이름으로 알려질 것이다." 셰익스피어 용어 색인이 있을 리 없었으므로, 그는 이와 비슷한 표현을 찾아서 전집을 꼼꼼히 읽기 시작했다.

아무 소득도 없이 공연히 헛수고만 한 도넬리는 암호가 훨씬 더 정교하게 작성된 것이 분명하다고, 암호 작성법이 지나치게 복잡한 나머지 베이컨이 암호를 먼저 적고 희곡들을 거기에 맞춰 집필할 수밖에 없었다고 결론을 내렸다. 그러고는 나중에 이렇게 설명했다. "프랜시스 베이컨은 펜을 들어 종이에 이런 희곡들을 써내려가기 전에 암호의 구성을 세심히 계획해두었다. 그리고 종이 한 쪽을 작은 사각형이라고 간주하고 각각의 사각형 맨 위부터 아래까지 위치에 따라 번호를 매겼다. 그다음에는 'written' 'playes' 'shakst' 'spur' 등과 같은 중요한 단어들을 몇 번이고 반복해서 사용할 수 있도록 세로단과 세부 구역들의 길이를 조정했으며 이 모든 것을 준비하고 나서는 희곡들을 계속 써나가면서 놀랄 만한 창의력을 발휘해 알맞은 단어를 적절한 자리에 배치했다."

도넬리는 엘리자베스 여왕 시대의 식자공들이 어떤 식으로 작업했는지 전혀 알지 못했다. 그 당시의 인쇄소에서는 그런 계획은 상상도 할 수 없었고 그가 묘사한 지면 배치는 생각해낼 수도 없었다. 이처럼 복잡한 산술적 계획을 세웠으면서도 도넬리는 핵심 단어들을 임의로 선택해 그 사이의 수치 거리를 기반으로 단어 암호를 명확히 해독하는 데 실패하고 말았다. 설상가상으로, 그는 만족스러운 결론에 도달하기 위해 끊임없이 계산 착오를 저질렀다. 그의 방법을 검토한 암호 연구가들은 그가 "베이컨의 암호를 제대로 이해하지도 못하면서 설명하려 했으며" "전달 매체와 메시지 양쪽에 등장하는 단어들을 모두 포착해 해독하려는 치명적인 경향을 보였다"고 결론지었다. 게다가 그의 암호 체계를 이용하면 누구든 원하는 대로 얼마든지 메시지를 만들어낼 수 있다는 사실도 밝혀졌다. 그럼에도 불구하고 도넬리는 "의심의 여지도 없이" "소위 셰익스피어 희곡에는 암호가 있다. 그 증거는 점점 쌓이고 있다. 나는 그중 수천 개를 이미 보여주었다"고 여전히 확신했다.

도넬리는 암호 기술보다는 셰익스피어 희곡들에 더 웅장한 자전적 이야기가 숨겨져 있다는 믿음으로 더 유명하다. 그는 특히 『템페스트』에서 "프로스페로처럼 멸시받아온" "고귀하고 자애로우며 관대한" 프랜시스 베이컨의 자화상을 보았다. 변장한 저자의 인생이 숨겨져 있다는 그의 처음 생각은 장차 광범위하게 영향을 미칠 수정주의적 역사로 자라났다. 도넬리는 이렇게 적는다. "셰익스피어 희곡들에 담긴 내밀한 이야기"는 "궁정 안의 당파 싸움, 종교의 탄생에 대한 내부 견해, 베이컨이 적극적으로 참여했고 그 일면이 『템페스트』에 숨겨진 아메리카 대륙의 첫 번째 식민지 건설"을 생생하게 그려낸다.

마침내 도넬리를 비롯해 대부분의 암호 사냥꾼들은 위장한 서명 혹은 은밀히 묻어둔 자서전을 찾아내거나 심지어 세계 역사를 다시 쓰는 것만으로 만족할 수 없었다. 의혹을 품은 다른 수많은 사람이 그렇듯, 그 역시 사라진 희곡 원고를 찾으러 나섰다. 그는 이 원고들이 "아마도 땅이나 석조 납골당, 커다란 갑옷, 놋쇠 상자에 묻혔을 것"이라고 의심했다. 영국에서 자신의 책을 홍보하는 동안 그는 암호에 담긴 암시를 따라 오랫동안 소실된 원고를 발굴하겠다는 희망을 안고서 베이컨의 후손인 베룰럼 남작에게 영지를 파게 해달라고 부탁했으나 거절당하고 말았다.

지금이야 이 모든 행동을 비웃을 수 있지만 그가 살던 시대에는 도넬리의 작업을 추종하는 사람이 상당히 많았는데 그중에는 시인 월트 휘트먼도 있었다. 휘트먼은 친구에게 도넬리의 책을 추천했으며 그 책으로부터 영감을 받아 「셰익스피어 베이컨의 암호Sahkespeare Bacon's Cipher」라는 짧은 시를 써서 나중에 『풀잎』에 포함시켰다.

그러니 더 이상, 앞으로 더 이상, 나는 의심하지 않는다.
세상에 남겨진 옛 노래 하나하나에서, 숭고한 모든 쪽 혹은 모든 텍스트에서
(그와 별개로, 예전에 신경 쓰지 않은 무언가에서, 미처 예상치 못한 어떤 작가에게서)
모든 사물과 산, 나무, 별에서, 모든 탄생과 생명에서,
각각의 일부로서, 각각에서 진화된, 겉모습 뒤에 숨은 의미,
신비로운 암호가 펼쳐지기를 기다린다.

이 시에는 처음에 '과학자들에게 주는 암시A Hint to Scientists'라는 부제가 붙어 있었다. 휘트먼은 소위 전문가라는 사람들의 철학으로는 도저히 상상하지 못할 무언가가 존재한다고 생각했다. 그는 모든 것에, 모든 시에 융통성 없는 교조주의자들이 보지 못한 신비로운 의미가 숨겨져 있다는 발상이 대단히 매력적이라고 여겼다.

트웨인 역시 도넬리의 접근 방법에 영감을 받아서 오랫동안 매료되었던 문학작품인 존 버니언의 1678년 작인 고전 『천로역정』을 직접 해독하겠다고 나섰다. 그렇지만 노트에 개요를 적는 수준에 그쳤을 뿐 이 발상을 그 이상으로 발전시키지는 못했다. 도넬리와 다른 사람들

이 스트랫퍼드 출신의 시골뜨기와 그의 이름이 붙은 희곡들의 위대함을 도저히 연결시키지 못해 애를 먹는 동안, 트웨인은 『천로역정』이 버니언처럼 제한적인 인생 경험을 한 사람이 썼을 만한 작품이 결코 아니라고 확신하게 되었다. 트웨인은 '영원한 도시'를 묘사하는 『천로역정』을 쓰기 위해서는 실제로 작가가 로마에 반드시 다녀왔어야 한다고 결론 내렸다. 버니언이 본 것이라고는 "운하용 짐배밖에" 없었으리라는 트웨인의 농담처럼, 버니언은 로마에 한 번도 가보지 못했음이 분명했다. 그러므로 트웨인은 여행 경험이 풍부하다고 알고 있는 작가, 존 밀턴에게 그 작품의 주인 자격을 새로 부여했다. "위대한 대륙 여행 덕분에 밀턴은 꿈속의 여행을 상상할 수 있었다. 집에만 틀어박혀 지내는 사람이라면 결코 그렇게 할 수 없었으리라." 트웨인은 이렇게 덧붙였다. 『천로역정』에서 밀턴은 "언젠가 하려고 마음먹은 일에서 주의를 돌리기 위해 언제나 대중적인 시를 불쑥 내뱉곤 한" "남의 눈을 꺼리는 사내"였다. 밀턴이 "수수께끼 같은" 인물인 줄 "몰랐던" 독자들이 "그의 말을 곧이곧대로 받아들여" 의도를 잘못 이해했다는 것이다. 일단 음모가 있다고 의심하기 시작하자 그 생각을 멈추기는 힘들었다. 게다가 트웨인은 밀턴이 셰익스피어 음모에 가담하게 되었다고 의심하고는, "엉큼한 베이컨이 밀턴과 벤 존슨을 설득해 자신의 장단에 맞추도록 만들어놓은" 다음 밀턴을 설득해 1632년판 두 번째 2절판에 셰익스피어에 대한 열성적인 시를 바치게 했다고 추정했다. "베이컨의 비밀"을 알아내고 감탄해 마지않던 트웨인은 밀턴이 "애초에 누구의 발상인지도 밝히지 않은 채 동일한 수법을 빌려 사용했다"고 적는다. 트웨인의 요약문은 하나의 패러디로 일축해버리고 싶은 충동을 유발하기는 하지만, 단순히 농담으로 돌리기에는 그가 시간과 노력을 너무 많이 투자한 듯하고 연구를 너무 철저히 수행했으며 관련성을 너무 많이 찾아내고 있다. 여기서 트웨인은 『천로역정』이 "행간을 읽어야만 할 작품이다"라고 결론짓는다. 그러고는 "지금까지는 그럴 가능이 있다고 생각된 적이 없었지만" "암호로 인해 그 점이 분명해진다"고 덧붙인다.

비록 도넬리의 『위대한 암호문』이 원작자 문제를 해결하진 못했지만 그 전제는 타당했다고 믿는 사람들이 있었다. 비난해야 할 것은 베이컨의 암호를 해독한 도넬리의 이해력뿐이라는 생각이었다. 셰익스피어의 작품을 대부분 암기하고 있었던 디트로이트의 성공한 내과의사 오빌 워드 오언은 1890년대에 이 도전을 받아들였다. 도넬리가 그랬듯이 그 역시 베이컨이 단어 암호를 사용했을 것이라고 확신했다. 다만 도넬리와는 달리 'fortune' 'honour' 'nature' 'reputation'을 비롯해 새로운 '지표' 혹은 '핵심' 언어를 기반으로 삼았다고 추정했다.

오언은 도넬리에 비해 상당히 유리했다. 베이컨의 암호를 찾아낼 방법을 조사하는 과정에서 베이컨이 미래의 '해독자'를 위해 남겨둔 운문으로 쓰인 43쪽짜리 사용 안내서를 우연히 발견했기 때문이다. 오언은 새로 발견한 자료를 면밀히 검토하지도 않았고 사용 설명서를 해독하게 된 경위를 설명하지도 않았다(어느 비평가는 어쩐지 이 상황이 "금고의 자물쇠를 열어보니 금고 안에는 이미 연 자물쇠의 열쇠밖에 없는 것과 비슷하다"고 투덜거렸다). 오언의 글에 따르면, 베이컨은 해독가에게 다음과 같은 지시를 남겼다.

칼을 들고 우리의 책들을 모두 잘라내라,

그리고 도르르 굴러가는 커다랗고 단단한

바퀴 위에 그 낱장들을 얹어라. 그리고 변덕스럽게

굴러가는 바퀴를 돌리며, 둥근 돌 위에 선 채

쉼 없는 변화 속에 방향을 틀며 변덕스레 굴러가는

운명의 여신, 그 눈먼 여신에게

시선을 던져라.

오언은 베이컨의 지시를 충실히 따랐고 두 개의 커다란 원통을 축으로 폭이 약 61센티미터에 길이가 약 305미터인 캔버스 재질의 시트가 회전하도록 구성된 해독 기계를 만들었다. 그는 베이컨의 저작으로 간주되는 각각의 책을 잘라 그 낱장들을 이 길쭉한 고리에 붙였다. 암호를 통해 알아낸 바에 따르면, 비단 베이컨과 셰익스피어의 작품만이 아니라 베이컨이 다른 사람의 이름으로 집필한 작품들, 다시 말해 크리스토퍼 말로와 로버트 그린, 에드먼드 스펜서, 로버트 버턴, 조지 필의 작품들도 베이컨의 작품 목록에 포함되었다. 오언과 유능한 조수들이 원통을 회전시키면, 오려 붙인 저술물이 돌아가면서 핵심 단어가 정체를 드러내곤 했다. 그러고 나면 그 단어에 인접한 행이나 구가 기록되면서 원문의 메시지가 재구성되었다. 오려 붙인 원고에서 그의 핵심 단어들이 만 번 이상 등장한다거나 핵심 단어에서 수십 줄 떨어진 곳에서 암호화된 메시지가 나타나는 경우도 있었기 때문에 오언이 암호 메시지의 일부라고 주장하는 구나 행은 다르게 해석될 여지가 상당히 많았다.

오언과 조수들이 만들어낸 여섯 권에 등장한 이야기―『프랜시스

오언의 암호 작성기.

베이컨 경의 암호 이야기Sir Francis Bacon's Cipher Story』—는 깜짝 놀랄 만
한 내용이었고, 어째서 베이컨이 자신의 이야기를 암호 속에 숨기려
고 그토록 조심했는가를 잘 설명해주었다. 그 희곡들(과 베이컨의 저작
으로 간주되는 다른 작품들)에는 통념을 상당 부분 뒤집고 도넬리의 발
견을 비교적 지루해 보이도록 만드는 자서전이 깊이 숨겨져 있었다.
그 숨겨진 내용에 따르면, 엘리자베스 여왕은 처녀 여왕이 아니었고
프랜시스 베이컨은 앤 쿡과 니컬러스 베이컨 경의 아들이 아니었다.
베이컨은 자신이 레스터 백작과 엘리자베스 여왕의 사생아로 영국 왕
실의 정당한 왕위 계승자라는 사실을 뒤늦게야 알았다는 것이다. 옥
좌를 빼앗겨 비통해하는 시인의 심경이 햄릿이라는 인물에 그대로
반영되었다는 제대로 된 해석이 비로소 가능해졌다. 엘리자베스는 친
아들이 이 희곡을 이용해 자신을 사적으로 공격한다고 생각하고는
베이컨에게 다음과 같이 말한 뒤에 그를 프랑스로 추방했다.

> 내가 그대의 어머니다.
> 그대가 황제일지는 모르나, 나는 그대가
> 누구의 아들인지 누설하지 않을 것이다.
> 비록 그대에게 명예로운 부분들이
> 많다 해도 나는 그대를 위대하게 만들어주지는 않을 것이다.
> 그대가 나의 경쟁자임을 입증해
> 영국과 나를 지배할까 두렵기 때문이다.

하지만 엘리자베스 여왕이 베이컨을 아들이자 상속자로 미처 인정
하기도 전에 로버트 세실이 그녀를 목 졸라 죽였다. 오언의 입장에서

그 희곡들은 작가의 파란만장한 인생의 소산물임이 분명했고, 다시 한번 말하건대 그 시대의 억압된 역사를 이해할 열쇠였다.

오언의 가장 유능한 조수 중 한 명인 엘리자베스 웰스 갤럽도 이쯤에서 경쟁에 뛰어들었다. 오언의 단어 암호와 그가 밝혀낸 자전적 설명에 공감하기도 했지만, 그녀는 베이컨이 저작물에 두 글자 암호—베이컨이 1622년에 직접 상세히 설명한 유형의 암호—를 숨겨놓았다고도 믿었다. 이 정교한 암호 체계는, 얼핏 비슷해 보이지만 숙련된 눈으로 보면 동일하지 않은 두 개의 폰트가 사용되었다는 믿음에 의존한다. 갤럽은 해당 작품의 작가인 베이컨이 첫 번째 2절판과 다른 작품들에서 이 암호를 사용했다고 확신하고는 새로운 사실을 발견하겠다는 열의에 불탄 나머지, 암호 휠을 포기하고 교차 폰트를 철저하면서도 세심하게 분석하기로 했다. 오언의 연구를 지원했던 보스턴의 갑부 조지 페이비언은 이제 그녀의 연구에도 자금을 지원했다.

또 한 명의 협력자인 케이트 프레스콧은 갤럽의 작업 장면을 흥미롭게 묘사한 글을 남겨 유난히 얽히고설킨 해독 문제를 해결한다.

어느 날 아침 나는 갤럽 양이 일하고 있는 방에 들어갔다가 그녀가 "곤혹스러워하는" 모습을 발견했다. 그녀는 자신이 아무런 실수도 저지르지 않았으며 자신의 기호 체계가 작동하고 있다고 충분히 확신했다. 하지만 다음 암호에는 모음이 하나도 없이 자음만 열한 개 있었다. WSGPSRBCMRG. 얼마 후 그녀는 수수께끼를 풀었다. 분석 결과, 그 문자들은 윌리엄 셰익스피어와 조지 필, 스펜서, 로버트 버턴, 크리스토퍼 말로, 로버트 그린, 즉 베이컨의 가명들에서 각기 첫 글자를 따 나열한 것이었다. 그 이후로는 모든 일이 순조로웠다.

갤럽이 일련의 문자를 보고 이름들을 이어 맞췄다는 프레스콧의 설명은 『십이야』의 한 장면을 떠올리게 한다. 이 작품에서 말볼리오는 사람들이 몰래 지켜보는 가운데 보낸 이의 이름 없는 편지를 열어 "M.O.A.I.여, 내 삶을 지배하시는군요"라는 수수께끼 같은 메시지를 해독한다. 말볼리오의 출발은 순조로웠다. "'M.' 말볼리오. 'M.' 어째서 내 이름의 첫 자로 시작하는 거지." 하지만 그는 "'A'자가 뒤따라야 하는데 'O'자가 나오기" 때문에 "그다음이 들어맞지 않네"라고 깨달으면서 문제에 봉착한다. 희망에 찬 암호 해독가들의 수호성인이나 다름없는 말볼리오는 이리저리 철자의 위치를 바꿔 자신에게 유리한 방향으로 이 문제를 해결한다. "이 글자들은 하나같이 내 이름의 철자니까" "조금만 짜보면 알아내는 수가 있겠지." 셰익스피어의 구문을 해석한 최초의 해독가 말볼리오가 억지로 철자 순서를 바꿔 자신이 발견하기를 간절히 바라는 이름에 끼워 맞춘 최후의 인물은 아닐 것이다.

두 글자 암호는 오언에게 허락되지 않았던 비밀을 드러냈다. 전 고용주와 마찬가지로 갤럽은 베이컨이 엘리자베스 여왕의 아들임을 확인시켜주는 증거를 발견하는 한편 그의 일대기와 관련된 중요한 세부사항도 추가할 수 있었다. 즉, 에식스 백작 역시 엘리자베스 여왕의 아들이었으므로 베이컨의 동생이라는 사실이었다(이로 인해 1601년 에식스 백작의 반란이 실패로 돌아가면서 베이컨이 동생을 고발할 수밖에 없었던 순간에 빚어진 두 사람의 대립은 훨씬 더 애절한 사건이 되었다. 이는 베이컨이 그 뒤로 영원히 겪게 되는 불운과 부단한 후회의 원천이 되었다). 게다가 이보다 더 엄청난 사건도 폭로되었다. 알고 보니 그 희곡들은 큰 상자 속에 작은 상자가 차례로 들어가는 한 벌의 중국식 상자처럼 암호로 쓰인 다른 희곡들을 또 포함하고 있었기 때문이다. 이 작품들이야말로 『한여름 밤의 꿈』과 『햄릿』에 등장하는 이름뿐인 극중극과는 달리 진정한 극중극이다.

정본 목록을 늘리겠다는 환상, 윌리엄 헨리 아일랜드 2세가 『보티건』을 위조하도록 만든 꿈이 마침내 합법적으로 실현되었다. 오랫동안 묻혀 있던 다섯 편의 비극, 즉 하나같이 원작자와 인연이 있는 사람을 모델로 한 이 작품들에는—『스코틀랜드의 메리 여왕』『에식스 백작 로버트』『레스터 백작 로버트』『말로의 죽음』『앤 볼린』—셰익스피어의 예술 속에 개인사는 물론이고 그 시대에 필연적으로 억압된 역사가 새겨져 있다는 사실을 확인해주었다. 안타깝게도, 갤럽이 제공한 자료는 이 암호화된 작품들의 줄거리 요약과 여기서 드문드문 뽑아낸 발췌문에 불과하다. 하지만 자신이 발견한 내용을 기반으로 그녀는 베이컨이 이 작품들을 "불평의 저장소"이자 "덧없는 열정의 배출구"로 활용했다는 결론에 도달할 수 있었다. 종합해보면, 이 작품들은 "그의 잃어버린 희망과, 그가 미래를 위해 여전히 소중하게 간직했던 희망의 표현"에 대한 풍성한 자전적 기록을 제공했다.

새로 밝혀진 사실들은 이것으로 끝이 아니었고 이것이 끝일 수도 없었다. 사라진 원고의 문제가 여전히 해결되지 않고 남아 있었기 때문이다. 이즐링턴의 "캐논버리 탑에 이중으로 만들어진 어느 낡은 장식 판자"에 그 원고가 숨겨져 있을지 모른다는 베이컨의 메시지를 해독한 갤럽은 여기서도 오언을 한발 앞질렀다. 베이컨은 원고의 정확한 위치를 찾을 수 있도록 다음과 같은 지시 사항을 남겼다. "B의 탑 방에서 다섯 번째 판자를 떼어내, 움직일 만큼 힘을 주어 50번째 판자 밑으로 밀어라. 그 지점에서 기본적인 지침을 따라라. 그토록 칭송받는 주제를 다룬 F의 수많은 저술 원고들이 곧 그대의 것이 될 것이다." 이렇게 알아낸 사실을 혼자서만 간직한 채 갤럽은 1907년에 영국을 향해 출항한 다음 곧장 이즐링턴으로 갔다.●

얼마 지나지 않아 그녀는 오언으로 인해 새로운 경쟁에 돌입하게 되었다. 일시적으로 자신의 본분으로 돌아가 의사 노릇을 하던 오언은 케이트 프레스콧 부부로부터 필립 시드니 경의 『아케이디아Arcadia』 1638년판의 해독 원고를 전달받고 나서 다시 싸움에 휘말렸다(어떻게 혹은 어째서 베이컨은 자신이 숨을 거두어 땅에 묻힌 지 한참이 지나 출판된 책에 이 메시지를 새겨넣었을까? 아직 이 점은 명확히 밝혀지지 않았다). 잔뜩 흥분한 오언은 그들의 자료를 해독한 결과 이제 "원고가 어디 있는지!" 알게 되었다는 "믿기 어려운 메시지"를 답장에 적어 보냈다. 그가 원고를 발견할 수 있었던 것은 새로운 종류의 암호 해독 방법인 "왕의 이동 암호King's Move Cipher" 덕분이었다. 이 방법을 통해 오언은 체스에서 왕이 이동하는 것처럼 한 글자를 기점으로 어느 방향으로든 한 칸씩 이동했다. 이 암호는 베이컨이 자신의 문학 보물을 어디에 숨겼는지 금세 알려줬다. 바로 웨일스 경계 근처에서 "와이 강이 세 번 강과 합류하는 지점으로부터 약 4킬로미터 위였다." 그곳에 가면 암호 해독가는 "와스프 언덕" 근처의 "예쁜 골짜기"와 동굴, 그

● 케이트 프레스콧의 『어느 베이컨 신봉자의 추억Reminiscences of a Baconian』에 따르면, 처음에 갤럽은 출입구의 왼쪽 맨 위의 판자를 첫 번째로 간주하고 거기서부터 숫자를 세기 시작했지만 기대하던 소득을 얻지 못했고, 안내원의 도움으로 그 방의 예전 사진을 살펴보고 실물과 비교한 끝에 헐거운 판자가 사실상 50번째 아래 들어가는 다섯 번째 판자임을 알아냈다고 한다. 참고로, 이 방에 들어가 출입문 위를 올려다보면 상인방上引枋에 영국 역대 왕의 이름들이 새겨져 있는데, 엘리자베스 1세와 제임스 1세 사이에 칸이 넓게 띄워져 있고 그곳에는(아마도 프랜시스 베이컨을 의미하는 듯한) 대문자 F가 남아 있으며 그다음 글자들은 지워진 상태다.

리고 성을 찾을 수 있었다. 프레스콧 부부의 재정적인 지원을 받은 오언은 자신이 찾아낸 위대한 발견물의 마지막 단계—베이컨의 책과 원고를 발굴하는 작업—가 제대로 이루어지는지 살펴보기 위해 영국으로 출항했다. 오언의 위대한 암호 휠도, 납으로 방수 처리를 한 통에 담겨 세 번 강바닥에 묻힌 원고를 찾기 위해 그가 대여한 준설기에 비하면 아무것도 아니었다. 그의 조사 작업은 국제적인 뉴스였고 그의 모험에 관한 이야기와 사진은 영국과 미국 신문에 실렸다. 베이컨 지지자들에게는 아주 신나는 시간이었다. 노다지를 처음 캘 주인공이 과연 누구인지, 즉 웨일스 부근의 오언일지 이즐링턴의 갤럽일지 두고 보는 일만 남아 있었다.

헬렌 켈러는 셰익스피어 반대자들의 앞날이 밝아 보이는 이 순간을 선택해, 점점 커져만 가는 회의론자들의 목소리에 자신의 목소리를 더했다. 1909년 1월에 트웨인을 방문하고 나서 5주 뒤에 그녀는 오랫동안 손발을 맞춰온 『센추리 매거진Century Magazine』의 편집자 리처드 왓슨 길더에게 편지를 써서 "여러 달" 동안 "문단 역사상 지극히 중요해 보이는 주제에 관심을 가져오던 차에 혹시 귀하가 셰익스피어와 베이컨의 원저자 문제에 대한 논문을 출간할 의향이 있는지 물어보기 위해 펜을 들었다"고 설명했다. 그녀는 부스의 줄 암호에 설득당했고 그의 책이 4월에 모습을 드러내는 즉시 바로 출판되었으면 좋겠다고 적었다. "저자의 서명은 완벽하며, 잘못될 여지가 없는 명백한 아크로스틱입니다. 제 손가락 바로 밑에는 점자로 만든 것이 몇 개 있습니다. 저는 그 윤곽을 따라가 확인했고 거기에는 어떤 우연도 사기도 억측도 없다는 사실을 알고 있습니다. 법정에서 맹세를 하고 제시한 어떤 증거에도 비할 바 없는 불가항력적인 자료입니다." 그녀는 당시에 초안을 작성하던 논문에서 이 점을 한층 더 생생하게 설명했다. "나는 손가락에 달린 열 개의 눈으로 아크로스틱 서명을 찾아내는 경험을 한 뒤로 이 주제에 눈을 뜨게 되었다. 프랜시스 베이컨의 이름이 명확하고 확실하다고 생각했을 때 나는 아무런 위험도 느끼지 않고 느닷없이 바위 위에 똑바로 선 채 자신이 그동안 떠다녔던 종잡을 수 없는 물살을 들여다보는 수영 선수 같은 기분이 들었다."

길더에게 보낸 편지에서 켈러는 다음과 같이 확신했다. 부스의 책은 "문단의 화제이자 기적적인 사건이 될 것입니다. 분명히 사람들의 귀를 얼얼하게 만들 겁니다! 그저 생각만 해도 제 손가락들이 정말로 욱신거릴 지경이니까요. 에이번의 사랑받는 시인은 안개 속으로 사라지고 있습니다." 켈러는 자신이 직면한 저항을 모르지 않았다. "대부분의 시인과 문인들이 그렇듯 저 역시 당신이 '진정한' 셰익스피어 신봉자 중 한 사람이라는 사실을 알고 있습니다. 당신은 스트랫퍼드의 셰익스피어를 숭배합니다. 그러니 언뜻 보기에 제가 정도를 벗어나 공허한 이설에 빠져들었다고 생각하실 겁니다. 하지만 저는 정말로 당신이 직접 입증할 수 있는 분명한 사실을 말씀드리고 있습니다. 직접 보시면 당신도 베이컨이 그 희곡들의 원저자라는 증거를 인정하는 최초의 인물 중 한 명이 될 겁니다."

그녀가 보낸 논문에 대한 길더의 반응은 실망스러웠다. 그는 이렇게 적었다. "당신이 위대한 정신을 여기에 쏟아부었다고 생각하니, 주제 전체가 더 말할 나위 없이 비통스럽게 느껴집니다." 켈러가 그런 입장을 취하는 것이야말로 그가 결코 원하지 않는 일이었다. "당신이 그 주제에 대해 편파적인 논문을 들고나오면 대중에게 좋은 인상을 주지 못할 것이고 논쟁에 휘말려 한동안 문필가로서 제대로 된 경력을 쌓지 못할 뿐입니다." 짐짓 보살펴주는 듯한 태도로 길더는 대단히 성공적인 제품을 보호하기 위해, 즉 독서계가 결코 질리지 않아 할 헬렌 켈러의 자전적 작품들을 꾸준히 공급해 수익성을 보존하고자 노력하는 중이었다.

하지만 켈러는 자전적인 글을 대량으로 찍어내고 "철저히 한 가지 주제, 즉 자기 자신에게만 국한되는" 데 진저리가 났을 뿐 아니라 이미 "그 주제는 다룰 만큼 다루었다"는 기분마저 들었다. 그 전해 여름, 최근작 『내가 사는 세상』의 서문에서 그녀는 독자들에게 그와 똑같이 고백했다. "어떤 면에서 보면 책이란 모두 자전적 성향이 있다. 하지만 스스로 기록을 남기는 다른 존재들에게는 적어도 주제 변경이 허용되는 반면, 내가 관세나 천연 자원의 보존 (…) '드레퓌스 사건'에 대해 어떻게 생각하는지는 아무도 상관하지 않는 듯하다." 그녀가 회고록을 넘어선 다른 작업에 도전하려 하자 "편집자 친구들"은 이런 반응을 보였다. "'그거 흥미로운데요. 그런데 여섯 살 때 선량함과 아름다움에 대해 어떻게 생각했는지 알려주셨으면 좋겠어요.'"

켈러는 다른 사람들에게 속아 자신이 베이컨에게 관심을 갖게 되었다는 길더의 암시를 듣고 짜증이 나기도 했다. 이는 귀에 못이 박히도록 들어오던 이야기였다. 그녀 자체나 그녀의 능력에 대해 제대로 알지 못하는 사람들은 그녀가 혼자서 보지도 듣지도 못하기 때문에 생각조차 혼자서 하지 못한다고 추측하곤 했다. 그녀의 이름으로 출판된 저작물에는 대필 작가가 있다고, 그 작품은 그녀의 설명을 본 적도 들은 적도 없는 사람이라면 절대 쓸 수 없었을 거라고 주장하는 비평가들을 켈러는 진작부터 상대해야만 했다. 그녀는 평소답지 않게 신랄한 태도로 길더에게 대응했다. "제가 운이 나빠 이런 논쟁에 잘못 휘말렸다고 생각하시는 게 분명하군요. 저도 제 나름대로 생각이 있다는 사실을 편집자와 친구들이 깨달았으면 좋겠습니다." 그녀는 추가로 이렇게 덧붙였다. 만약 "염려할 만한 일이 조금이라도 있다면 그건 셰익스피어의 생애를 보여주는 진짜 자료에 관해 대중이 대체로 모른다는 점입니다. 그리고 편집자와 교사가 그 문제를 검토한다면 이런 무지는 떨쳐버릴 수 있습니다."

공교롭게도 켈러는 자서전을 넘어선 작업을 해보겠다는 욕망을 품었으면서도 문학이 궁극적으로 고백적이라는 믿음에 헌신하는 운동에 가담했다. 그러나 켈러야말로 위대한 작가가 무언가에 대해 쓰기 위해 직접 보거나 들을 필요가 없다는 사실을 입증한 살아 있는 증거였다. 비록 이러한 사실을 알고 있었지만 그녀는 셰익스피어가 중요한 내용을 상상하는 능력이 있었다는 사실을 여전히 받아들이지 못했다. 그뿐만 아니라 그녀가 그랬듯이 그도 책을 읽고 영감을 얻어 직접 경험한 것만큼 혹은 그 이상의 상상력을 발휘했다는 것도 부인했다. 5월 말, 켈러는 자신에게 새로운 책을 한 권 보내주었던 부스에게 편지를 써서 그의 저서가 "마땅히 받아야 할 공정하고 편견 없는 평가"를 받도록 도와주지 못했다고 사과했다. 트웨인은 켈러에게 한 달 뒤에 편지를 써서 "셰익스피어가 셰익스피어 작품의 저자가 아님을 다른 사람에게 납득시키겠다는 기대"를 버리라고 종용했다. 하지만 길더가 그녀의 원고를 출판하려 하지 않았다면 다른 사람이 출판해줄 것이라고 덧붙였다.

셰익스피어는 죽었는가?

스톰필드 방문을 회상한 헬렌 켈러에 따르면, 트웨인은 부스의 암호에 대해 "처음에 회의적인" 태도를 보였고 "우리를 장난스럽게 놀려대는 경향이 있었다". 그 장난스러운 모습은 일부러 꾸며낸 것이었거나 재빨리 사라져버렸다. 리온은 트웨인이 자신이 본 것에 어떻게 자극을 받고 "그것을 얼마나 열성적으로 붙잡았는지" 기억했다. "그는 메이시만큼이나 그 문제에 대해 민감했다. 그러고 나면 두 남자가 흉악한 범죄를 저지른 셰익스피어의 목덜미를 부여잡은 채 정당하게 목을 조를 것이라는 생각이 들 법하다." 트웨인이 "홍조를 띤 채 잔뜩 흥분해서는 경쾌하고 빠른 걸음걸이로 길쭉한 거실을" 서성거리는 동안 메이시는 그의 열성적인 모습을 보면서, 켈러가 최근에 논평한 책인 그린우드의 『셰익스피어 문제를 다시 말하다』 한 권을 가져오도록 "영국으로 사람을 보내겠다고 약속했다". 그 남은 주말 동안 트웨인은 "'시기가 잘 맞을 테니' 책을 직접 집필하라고 부추기는" 메이시와 "길고도 면밀하며 열정적인 대화를" 나누었다.

평소에는 방문객이 떠나고 나면 트웨인은 글을 쓸 힘이 없었다. 하지만 리온의 회상에 따르면, 이날은 "달랐다. 아침 내내 그의 방에는 침묵이 감돌았다". 트웨인이 그날 자서전을 구술하면서 흥분에 못 이겨 후손들에게 털어놓은 말은 그의 표현 그대로 남아 있다.

지금부터 2~3주 뒤에 어쩌면 인류를 엄청난 충격으로 몰아넣을 돌발 사건이 [우리에게 발생할 것이다]! 어느 영국 성직자가 쓴 책이 보스턴에서 은밀하고도 내밀하게 인쇄 중이다. 이 책은 셰익스피어를 영원히 몰아내고 베이컨을 권좌에 앉힐지도 모른다. 한 번 더 아크로스틱이 상승세를 탈 것이고 이번에는 [아마도] 비웃기 전에 한 번 더 생각해볼 사람들이 있을 것이다. 놀랍고도 경이로운 존재 헬렌 켈러가 헌신적인 교사이자 보호자인 존 메이시 부부와 함께 사흘 동안 이곳을 방문했고 메이시가 그 목사의 책에 대해 나에게 말해주면서 비밀을 지키겠다는 맹세를 시켰다. 나는 머나먼 미래에 폭로될 비밀을 내 자서전에 누설하고 있지만 절대로 입을 열어 남에게 그 문제를 알리지는 않을 작정이다.

"머나먼 미래에 폭로"될 것은 아주 멋진 개념으로, 트웨인이 판단하건대 베이컨이 아크로스틱을 이용해 계획한 바로 그 생각이다. 트웨인은 좀처럼 흥분을 억누를 수가 없었다. "출판사에서 교정쇄를 찍자마자 교정지를 받게 될 참이니 나는 처신을 잘하고 가만있어야 한다. 이제 한동안은 활기찬 기대의 천국에서 살아갈 것이다. 셰익스피어를 믿는 사람들을 비웃는 무례한 특혜를 그토록 오랫동안 누려온 마당에, 만약 그 목사의 책이 극도로 영리만을 추구하는 그 양모 중매인을 권좌에서 밀어내는 데 실패한다면 나는 수치심으로 죽을 것이다."

트웨인에게 이 문제는 집 안에서 즐기는 소소한 놀이가 아니었으며 셰익스피어와 원작자 문제에 대한 그의 관심은 일시적인 변덕이 아니었다. 그와는 정반대였다. 동시대를 살아간 작가들 중에 이 두 가지 쟁점을 해결하기 위해 그보다 더 오랫동안 노력한 사람은 없었다. 그는 정기적으로 연극을 관람하는 관객이자 희곡을 발표한 극작가이기도 했다. 뿐만 아니라 에드윈 부스의 『햄릿』과 에드윈 포레스트의 『오셀로』에서부터 저돌적인 선구적 작품들에 이르기까지 무대에 오른 셰익스피어의 작품들을 속속들이 알고 있었다. 특히 선구적 작품들의 경우, 그 성장과정을 꾸준히 지켜본 뒤에 『허클베리 핀의 모험』에서 그 특징을 대단히 영리하게 포착해내기도 했다. 트웨인은 『왕자와 거지』의 준비 작업으로 셰익스피어의 희곡들을 다시 읽기만 한 것이 아니라 『아서 왕 궁전의 코네티컷 양키』에서 셰익스피어를 모방하고 인용하기도 했으며, 1876년에는 엘리자베스 여왕의 난롯가를 배경으로 셰익스피어가 직접 등장인물로 나오는 음담패설 『1601년』을 통해 엘리자베스 여왕 시대의 산문을 시도하기도 했다.

1872년에 영국을 여행하면서 셰익스피어의 고향을 방문했을 때 트웨인은 스트랫퍼드 출신의 사내가 그런 희곡들을 썼을 가능성에 대해 이미 회의적이었다. "누군가가 그에게 30파운드를 [빌리려고] 시도했다는 편지를 제외하면 오늘날 셰익스피어의 편지나 쪽지 형식으로 남아 있는 원고가 단 한 조각도 없다는 사실은 호기심을 자극한다." 트웨인이 의심을 품은 시기는 사실상 그보다 훨씬 더 전인 작가가 되기 이전으로 거슬러 올라간다. 그의 회의주의는, 자기만의 유산을 남기겠다는 생각에 사로잡힌 어느 늙어가는 작가가 임종의 자리에서 한 개종이라기보다는(물론 그런 면도 없잖아 있지만) 50년 이상 반쯤 의심해왔던 사실을 확인하는 것에 가까웠다.

헬렌 켈러와 메이시 부부가 다녀간 뒤로 흥분의 시간을 보낸 트웨인은 오랫동안 입 밖에 내지 않았던 생각을 인정하게 되었다. "셰익스피어-베이컨 논쟁이 시작되기 훨씬 더 전"부터 "나는 베이컨 편을 들어왔고 우리의 위풍당당한 셰익스피어가 권좌에서 내려오는 모습을 지켜보고 싶었다". 트웨인은 무엇 때문에 자신이 베이컨을 지지하게 되었는지 자문해봤지만 그다지 할 말은 없었다. "내가 이런 태도를 취한 이유는 타당했을지도 모르고 그렇지 않았을지도 모르지만, 변변치 못한 것이었어도 나에게 커다란 영향을 미쳤다."

트웨인은 새로운 계획—부분적으로는 자서전이고 부분적으로는 원작자 논쟁—에 열광적으로 착수하기 시작했고 셰익스피어에 대해 곰곰이 생각한 끝에 "세월을 한참 거슬러 델리아 베이컨의 책"이 발표되던 "1857년 혹은 1856년"으로 되돌아갔다. 당시에 그는 조지 일러의 감독 아래 미시시피 강에서 증기선의 견습 수로 안내인으로 일하고 있었다. 트웨인의 회상에 따르면, 일러는 "셰익스피어의 숭배자"였고 "그가 보초를 서고 내가 배를 조종할 때면 가끔이 아니라 매 시간" 셰익스피어를 암송하곤 했다. 일러는 셰익스피어 암송을 즐기기만 한 것이 아니라 그에 관해서 토론하는 것도 즐겼다. 그는 "델리아 베이컨의 책"이 불러일으킨 논쟁에 대해 확고한 의견을 갖고 있었고 이를 트웨인에게 들려주었다. 트웨인의 회상에 따르면 일러는 "그 논쟁을 다룬 문헌이 시중에 나오자마자 잽싸게 구매하기"까지 했고 "그런 뒤에 우리는 2092킬로미터 남짓한 길이의 강을 지나는 내내 그 문제에 대해 토론했다.

일러는 "셰익스피어를 맹렬히 지지했으며 베이컨을 비롯한 베이컨 지지자들의 온갖 거짓된 진술을 진심으로 경멸했다". "처음에는" 트웨인도 마찬가지였다. 하지만 트웨인은 일러의 주장에 신물이 났고 반대쪽, 즉 베이컨 지지자들 편으로 넘어갔다. 그는 그 논쟁이 "기묘하리만큼 신학적 성격이 강하다"는 것을 처음부터 알아차렸고, 이내 "자신의 신념에 굳게 매달리게" 되었으며 "자신의 생각과 일치하지 않는 다른 사람의 신념을 경멸어린 동정심에서 멸시했다". 트웨인은 그만만찮은 수로 안내인을 꼭 한번 능가했다고 인정했다. 바로 셰익스피어의 한 구절을 자세히 쓴 다음 "자유분방하게 뒤섞인 자기만의 이야기보따리를 그 속에 뒤섞어버렸을" 때였다. 이 이야기는 일러가 강 아래로 증기선을 안내하는 동안 배를 조종하면서 암송한 내용을 트웨인이 실제로 듣고 포착한 것이었다. 트웨인이 직접 적은 구절을 넘겨주면서 큰 소리로 읽어보라고 부탁하자, 예측대로 일러는 "요란스럽게 뒤섞인 글귀들이 (…) 셰익스피어 텍스트의 일부처럼 보이도록" 만들었다. "그 구절들이 마치 셰익스피어의 영혼에서 터져나온 말처럼 들리도록" 만들었던 것이다.

그런 다음 트웨인은 "셰익스피어의 작품들을 쓴 남자는 법과 법정에 대해 더없이 잘 알고 있었으므로 셰익스피어가 그 작품들을 썼을 리 없다"고 주장하며 덫을 놓았다. 일러는 셰익스피어가 책을 보고 법에 대해 공부했을 수도 있다고 대답했고 이 시점에서 트웨인은 "그가 뒤섞인 이야기들과 더불어 셰익스피어의 발췌문을 다시 읽도록 만들었다". 그러자 일러는 마지못해 이렇게 수긍했다. "학생이 책을 통해 당혹스러울 정도로 많은 수로 안내인의 관용구를 배운다면, 글과 연극 혹은 대화에서 실컷 읊어대고도 수로 안내인이 대번에 알아챌 만한 실수를 전혀 저지르지 않을 정도로 철저하고 완벽하게 익힐 수는 없을 테지." 트웨인은 자신이 반박할 수 없는 주장을 펼쳤다고 생각했다. "사람은 직접 종사해보지 못한 직업의 은어를 유창하며 쉽고도 편안할 뿐 아니라 성공적으로 구사할 순 없다."

위의 이야기 중에서 얼마만큼이 진실인지는 판단하기 어렵다. 실제로 일러는 1857년 11월과 1858년 2~6월에 미시시피 강에서 트웨인에게 수로 안내인 일을 가르쳤고 그때쯤에는 델리아 베이컨의 책에 대한 소문과 그 책 자체가 이미 유포된 터였다. 만약 트웨인의 기억이 믿을 만하다면 두 사람은 평소 즐겨 읽는 『뉴올리언스 데일리 피카윤 New Orleans Daily Picayune』지의 1857년 6월 기사를 통해 델리아 베이컨의 주장에 대해 익히 알고 있었을 것이다. 여기서 "이리저리 뒤섞인" 구절은 허구로 들린다. 즉, 『햄릿』과 『맥베스』 그리고 트웨인이 말년에 완벽하게 다듬은 다른 희곡들에 실린 풍자극들을 기반으로 만든 개작물이다. 그러나 "일러가 강에서 흔히 나누는 이야기와 증기선 조종 명령들을 중간중간 섞어가며 큰 소리로 셰익스피어를 읽어주는 모양새에 대해 (…) 왕이● 어떻게 말했는지", 그리고 "셰익스피어의 글을 실감나게 연기하고 강에서 쓰는 불경스런 언어를 어지간히 많이 덧붙인 탓에" 트웨인이 "그 글을 읽는 것을" "듣고 보는 것이 얼마나 감탄스러웠는지" 설명하는 리온에게서는 어떤 진실성이 느껴진다.

그렇기는 해도, 오직 법조인만이 그 희곡들을 쓸 수 있었다는 주장을 1857년에 트웨인이 벌써 제기했을 가능성은 극히 희박하다. 몇 년이 지난 뒤에야 비로소 법조인들이 줄지어 나타나 멀론의 암시를 이해하고 그 사실을 강력히 주장했기 때문이다. 하지만 진짜 트웨인의 주장처럼 들리는 이야기는, 모름지기 작가란 잘 알고 직접 체험한 것에 대해서만 설득력 있게 글을 쓸 수 있다는 생각이다. 그는 이것을 대신할 방법은 없다고, 책을 통해서만 배우는 것은 불가능하다고 확신했다. 그런 시도를 하는 사람은 누구나 "실수를 저지를 것이고" "직업 전문 용어를 정확하고 엄밀하게 구사하지 않을 것이며, 또 그렇게 할 수도 없다"는 것이다. 그러므로 "그 직업에 종사한 경험이 있는 독

● 여기서 왕은 마크 트웨인을 가리킨다.

자들은 작가가 그런 경험이 없다는 사실을 알아차릴 것이다."

셰익스피어 원작자 논쟁을 다룬 트웨인의 책에서 재활용될 법한, 꾸며낸 듯한 사건이 한 가지 더 있다. 이 이야기에 따르면, 트웨인은 일곱 살 소년 시절에 사탄의 인생을 설명하는 일종의 전기를 쓰려고 시도했지만 악마의 존재를 입증하는 사실 증거가 턱없이 부족해 선생님과 갖은 문제를 빚었다. 그리고 그 덕분에 다음과 같은 교훈을 얻었다. 셰익스피어와 사탄은 "역사상 가장 유명한 미지의 존재들이다". 십중팔구 트웨인은 사탄이 아니라 예수를 염두에 두었을 성싶다. 물론 이런 생각을 공공연히 이야기하는 것은 이단에 가까운 행동이었을 테지만, 어쨌거나 그는 전기작가인 페인에게 그렇게 고백했고 페인은 당시에 이렇게 적었다. 트웨인의 "셰익스피어에 대한 관심이 옆길로 빗나가버렸다. 어느 저녁, 나와 단둘이서 저녁을 먹다가 그가 이렇게 말했다. 셰익스피어를 제외하면 '정보가 거의 알려지지 않은 위대한 인물은 역사상 오직 한 명밖에 없어.' 그리고 그가 덧붙였다. '바로 예수 그리스도라네'". 트웨인은 "주된 전통일 뿐 아무 가치도 없다고 단언하면서도 예수에 관한 복음서의 말씀을 검토했다." 페인은 이렇게 덧붙인다. 트웨인은 "복음서에서 말하는 품성을 지니고 그런 임무를 부여받은 그리스도의 존재를 인정하지 않았다. '이건 전부 신화야.' 그가 강력히 말했다. '세상에는 시대마다 구세주가 나타났었지. 그것은 모두 동화에 불과해'". 여기서도 다시 한번 입증되듯이, 고등비평은 이 문제에 엄청난 영향을 미쳤다.

자서전을 구술하면서 자신의 어린 시절과 견습 수로 안내인 시절의 기억들을 들먹인 뒤에 트웨인은 그 계획에 대해 잠시 시들해졌다. 하지만 오래전에 약속되었던 그린우드의 『셰익스피어 문제를 다시 말하다』를 마침내 입수하자, 한 달 만에 다시 예전의 열정을 되찾았다. 이 저벨 리온은 이렇게 회상했다. 그 책으로 인해 "왕은 다시 열의에 불타, 잠시 그만두었던 셰익스피어의 인생에 대한 글을 다시 쓰기 시작했다." 트웨인은 딸 진에게 편지를 썼다. "셰익스피어가 살아생전에 희곡이나 시를 한 번이라도 썼다고 계속 믿을 만큼 무식하고 어리석은 사람들을 모조리 조롱하는 내용을 (자서전) 속기사에게 매일같이 구술하면서 (…) 나는 잘 지내고 있단다." 얼마 지나지 않아, 그는 수중에 들어온 그린우드의 책에 온갖 메모와 신선한 발상을 "군데군데" 채워넣었다.

페인은 "셰익스피어가 그 희곡들을 쓰지 않았다"고 트웨인이 계속 주장하는 이유를 도저히 이해하지 못해서 어떻게 그렇게 확신할 수 있느냐고 그에게 물었다. 그러자 트웨인이 대답했다. "나는 의문의 여지가 없는 소식통을 통해 비공개 정보를 얻었다네." 페인은 트웨인이 농담한다고 생각하고는 "영매에게 상담이라도 받았느냐고 물어"봤지만 그의 말은 "분명히 진심이었다". 마침내 페인은 트웨인이 줄 암호를 근거 삼아 이렇게 확신하게 되었음을 알게 되었다. 트웨인은 이렇게 주장했다. 부스의 책은 "지금까지 출판된 어떤 종류의 책보다도 단연 뛰어나다네. 이그네이셔스 도넬리와 다른 사람들은 그저 수박 겉핥기식으로 진실을 살펴보는 데 불과했지만 (…) 부스는 일말의 의심이나 의문의 여지 없이 베이컨의 서명이 거기에 존재한다고 증명했거든." 당시에 페인은 이집트로 막 출항하려던 참이었으므로 떠나기 전에 정보를 조금만 더 알려달라고 간청했지만 트웨인은 이 부탁을 거절하면서, 배에서 전신으로 소식을 듣게 될 테고 "그 일로 세상이 들썩거릴 걸세"라고 장담했다. 엄청난 사실이 조만간 밝혀질 듯하자 페인은 몹시 흥분해서 이렇게 적는다. "나는 여행을 포기하고 대변동의 순간에 그와 함께 스톰필드에 있고 싶어졌다." 마침내 그는 항해를 떠났고 카이로에 도착하자마자 "금방이라도 커다란 헤드라인을 발견하리라 기대하면서 영국 신문들을 열심히 훑어보았다. 하지만 언제나 실망감만 느낄 뿐이었다. 심지어 귀항 길에서도 셰익스피어에 관해 별다른 소식을 들었다는 사람은 한 명도 만나보지 못했다". 트웨인은 부스가 이미 입증했다고 믿은 내용 이외의 다른 정보에 관심을 갖고 있었기 때문에 그 희곡들의 원저자에 대해 계속 글을 썼다. 하지만 작가들이란 직접 경험을 통해서만 제대로 글을 쓸 수 있다는 트웨인의 확고부동한 믿음과 직접 관련이 있는 문제들에 관해서는 암호 해독이라는 수단을 동원해도 여전히 답을 구하지 못했다. 이런 상황이 가장 명확하게 드러난 곳은 메이시가 보내준 그린우드의 책 전체에 그가 휘갈겨놓은 방주旁註다. 한 주석에서는 당시 트웨인이 어떤 관점을 통해 셰익스피어를 바라보고 분석했는지가 여실히 드러난다. "어떤 사람들은 아서 오턴이 로저 찰스 티치본 경이라고 끝까지 집요하게 믿었다. 셰익스피어는 또 한 명의 아서 오턴이다. 그를 부정하는 귀중한 증거는 넘쳐나고 그를 옹호하는 확실한 증거는 단 하나도 없다." 동시대에 아서 오턴은 상속권을 청구한 '그 원고'로도 널리 알려졌다가 지금은 그 유명세가 많이 퇴색되었지만, 빅토리아 시대의 단연 불가사의한 사건에 휩쓸린 인물로 손꼽히는 것만은 사실이다. 그의 정체를 둘러싸고 격발된 논쟁은 1854년으로 거슬러 올라간다. 당시 영국의 대단히 유서 깊은 귀족 가문의 젊은 상속자인 로저 티치본 경이 홀연히 자취를 감췄다가 남아메리카 연안의 바다에서 익사했다는 소문이 돌았다. 그 뒤로 그의 사체는 영원히 발견되지 않았다. 이 이야기는 셰익스피어 로맨스의 장치들을 두루 갖추고 있어서, 가족들이 태풍으로 인해 뿔뿔이 흩어지고 잃어버린 자식을 오랫동안 찾아 헤매며 종국에는 오랫동안 바랐던 대로 다시 만난다는 식이다. 로저 티치본의 어머니는 아들이 죽었다는 사실을 받아들이지 않고 아들의 행방을 해외에서 수소문하기 시작했다. 그러던 1866년, 호주에서 한 남자가 건너와 자신이 티치본 부인의 오래전에 잃어버린 아들이자 상속자라고 나섰다. 그는 그녀의 아들과 그리 닮지도 않았다. 그는 덩치가 큰 반면 그녀가 마지막으로 봤던 아들은 상당히 마른 편이었고 어쩐 일인지 로저 경 특유의 문신도 사라지고 없었다. 그럼에도 불구하고 티치본 부인은 그가 오랫동안 보지 못한 아들이 분명하다고 즉시 인정했고 집안의 몇몇 친구와 하인들도 여기에 동의했다. 가문의 작위와 영지를 지키는 데 열을 올린 친척들은 형편없는 교육을 받은 이 상속권 청구인이 사기꾼이라고 생각했다. 그 문제를 해결하기 위해서는 소송이 필연적이었으므로 1872년에 영국 역사상 가장 길고도 유명한 사칭죄 재판이 시작되었다. 이 재판에 대한 관심은 실로 엄청나서, 계급을 막론하고 셰익스피어 원작자 논쟁이 이 시대에 불러일으킨 것과 동일한 정도의 반응이 나타났다. 쟁점은 바로 이것이다. 어떻게 하층계급의 교육받지 못한 시골 사람이 여행도 많이 다니고 세상 경험도 풍부한 사람, 혹은 귀족사회의 행동 및 생활 양식에 대해 태생적으로 박식한 사람으로 오해받을 수 있었을까?

이 이야기에 마음을 빼앗긴 트웨인은 런던을 방문하는 동안 어떻게든 재판에 참석했고 그 사건이야말로 "지금껏 세계 무대에서 상연된 가장 복잡하고 매혹적이며 놀라운 실생활의 로맨스"라고 생각했다. 트웨인은 장래에 단편을 집필할 요량으로 그 사건에 대한 신문 기사를 보관했다. 비록 이 자료를 사용한 적은 한 번도 없었지만 세월이 흐른 뒤 『적도를 따라서Following the Equator』에서 그는 "지지자와 추종자들로부터 제공받은 호화로운 숙소에서 화려한 생활을 하던 어느 저녁", 법정에 초대받아 하루 동안 그 원고를 지켜봤던 상황에 대해 묘사한다. "그는 야회복 차림이었으며 나는 그가 상당히 세련되고 당당한 사람이라고 생각했다." 다른 수많은 사람이 그랬듯이 트웨인 역시 그에게 속아 넘어갔다. 그 후에 법정은 이 원고의 이름이 오턴이라고 공표했다. 그는 호주 지방 출신의 푸주한으로 사기꾼이었다. 이런 판결에도 불구하고 원고는 10년 뒤 감옥에서 석방되고 나서도 자신이 실제로 로저 티치본이라고 끈질기게 주장했다. 이 가난한 청구인이 1898년에 사망하자 그의 장례식에는 수천 명이 참석했다. 그리고 관에는 '로저 찰스 다우티 티치본 경'이라는 이름이 적혀 있었다. 셰익스피어의 충실한 지지자들처럼 오턴의 후원자들도 그의 주장이 사실과 다르다고 입증되고 한참이 지난 뒤에도 이 남자를 계속 믿었다.

이 상속권 청구인에게 속았듯이 셰익스피어에게도 속았다고 느낀 트웨인은 스트랫퍼드 출신의 남자가 "문학계의 '권리 청구인' 아서 오턴"이라고 폭로하는 데 전념했다. 만약 '권리 청구인'이 되는 것의 의미를 제대로 이해하는 사람이 있다면, 그는 단어들의 유사성을 활용해 말장난하기를 즐긴 '클레먼스' 자신이었다. 마크 트웨인은 작가활동을 시작한 거의 첫 순간부터 가명으로 글을 써왔으므로 새뮤얼 클레먼스야말로 쌍둥이, 대역, 필명, 사칭, 정체성 혼동에 가장 집착한 작가라는 것이 비평계의 흔한 상식이었다. 어떤 부분에서는 클레먼스로 또 다른 부분에서는 트웨인으로 살아왔기에 그는 다른 사람들을 볼 때도 이런 관점에서 평가할 수밖에 없었다. 그는 헬렌 켈러에게 감사 편지를 쓰면서 이렇게 말했다. "놀라운 존재—당신과, 당신의 나머지 반쪽 모두—세상에서 가장 놀라운 사람인 설리번 양, 그러니까 내 말은, 완전하고 완벽한 전체를 만들기 위해서는 당신 한 쌍이 필요하기 때문입니다." 그는 『왕자와 거지』『저 이상한 쌍둥이』에서부터 『바보 윌슨』에 이르기까지 자신이 구축한 허구의 세계 속에서도 쌍둥이와 사기꾼들에 집착했다. 정체성이 둘로 나뉜● 이 작가가 또 한 명의 대단히 위대한 작가도 신분을 위장한 채 글을 썼다고 믿게 되었다는 것은 전혀 놀랍지 않다.

누구도 상상하기 힘들 정도로 사기가 만연한 세상에 살았기 때문에 트웨인은 다른 곳에서도 사기의 실례를 찾아 나서게 되었다. 그래서인지 1894년에 그의 친구 헨리 W. 피셔는 이렇게 설명한다. 트웨인은 "충격적인 사실을 (…) 발견했을지도 모른다는 생각으로" 피셔에게 "자신을 도와 엘리자베스 여왕이 실은 남자였다고 입증할 증거를 모으자"고 부탁했다. 트웨인은 그에게 말했다. "내 말을 유의해서 듣게. 엘리자베스 여왕은 남자였어." 영국으로 가는 길이었던 피셔는 주변을 조사하고 사람들 몇 명을 면담하고 나서 2주 뒤에 트웨인이 머물고 있던 파리로 되돌아가서는 자신이 알아낸 내용을 보고했다. 그는 엘리자베스가 소녀 시절에 "악성 열병"으로 "사망하자" 헨리 8세의 진노를 두려워한 가정교사가 "자신의 목숨이 엘리자베스의 대리인을 발견하는 데 달렸음을 깨닫고는" "죽은 공주의 사내아이 놀이 친구"가 적임자라고 생각하게 되었다는 이야기를 듣고 이 일화를 널리 알렸다. 이것이야말로 간절히 듣고 싶어한 바로 그 이야기였으므로 트웨인

● 클레먼스의 가명인 트웨인의 철자는 '둘'을 의미하는 고어의 철자와 동일한 twain이므로, 이름에서부터 쌍둥이 혹은 이중적인 정체성이 풍겨나온다.

은 엘리자베스가 "어디를 봐도 남자 같은 성격이었으며 그녀의 천 가지 행동이 이를 증명한다"고 피셔에게 장담했다. 트웨인은 "엘리자베스 여왕의 몸에 '신체적 결함'"이 있으며 그녀의 "정신과 기질이 남성적"이었다고 암시한 『브리태니커 백과사전』의 표제항에서 보강 증거를 찾아냈다. 왕국을 부강하게 한 것에서부터 스페인의 필리프 왕에게 세련되고 지적인 편지를 보낸 것에 이르기까지, 한 여성이 엘리자베스 여왕의 업적을 수행할 만한 경험과 성격을 갖췄다고는 도저히 믿기지 않았던 것이다. "그것은 남자들이 할 일이 아니었나?" 트웨인이 보기에 여성의 능력을 훨씬 뛰어넘은 듯한 엘리자베스 여왕의 성과는 음모 이론으로 접근하면 훨씬 더 간단하게 해명될 터였다.

트웨인은 그린우드의 책 여백에 이보다 훨씬 더 많은 메모를 적어 넣었다. 그리고 이런 주장으로 인해 글쓰기의 원리에 대한 그의 장황하고도 신랄한 비난이 봇물처럼 터져나왔던 듯하다.

인간은 <u>환경</u>에 의해 발전하고 <u>교육받는다</u>. 셰익스피어의 경우를 생각해보라.

인간이 학교와 책에서 배운 내용에 전적으로 의존해서 글을 쓰고 자신의 <u>인생 경험</u>과 <u>감정</u>을 배제함으로써 세상을 감동시킨 적인 한 번이라도 있던가?

천재를 발굴하거나 목 졸라 죽이는 것은 환경, 오직 환경뿐이다

대단히 효과적으로 글을 쓰기 위해서는 <u>그가 영위해온 인생</u>에 대해 상세히 써야만 한다—베이컨이 셰익스피어의 작품들을 썼을 때처럼.

트웨인은 효과적인 글쓰기와 작가의 인생 경험 사이의 본질적인 관

련성을 몇 번이고 되풀이해서 확인했다. 시골 출신의 스물한 살짜리 젊은이가 "교육과 경험 같은, 작가의 자격을 갖추는 데 필요한 준비도 전혀 하지 않고" "위대한 비극들을 화산처럼 만들어"낼 수 있다는 사실을 그대로 받아들일 수 없었기 때문이다.

헬렌 켈러와 메이시 부부가 다녀간 뒤로 트웨인이 집필한 책 『셰익스피어는 죽었는가?』에서 유난히 이상한 부분은, 셰익스피어가 작품들에 등장하는 법률 용어에 숙달하지 못했기 때문에 그 희곡들을 쓸 수 없었다는 주장이다. 트웨인 자신도 법률 지식은 갖추지 못했지만 그린우드에게는 그런 지식이 있었고, 이는 『셰익스피어 문제를 다시 말하다』의 핵심 주장이었다. 트웨인은 그린우드의 주장에 사로잡힌 나머지 그것을 자신의 주장으로 만들어, 그린우드가 셰익스피어와 법률에 관해 다룬 장을 인용 표시도 하지 않고 자신의 책에 대부분 그대로 도용해 붙였다(자신이 소장한 『셰익스피어 문제를 다시 말하다』 책에는 371쪽의 어느 부분부터 그린우드의 말을 표절하기 시작하고 16쪽 뒤 어디에서 표절을 "멈춰야" 하는지 설명하는 메모를 남기기까지 했다). 그린우드는 이 사실을 알고 노발대발하며 소송을 걸겠다고 위협했다. 다시 한 번 말하지만, 이는 대단히 역설적인 상황이었다. 권위 있게 법에 대해 논하기 위해서는 법에 대해 알아야만 한다는 생각을 근거로 셰익스피어의 원작자 가능성에 이의를 제기하기 위해 트웨인은 '나의 자서전에서'라는 부제가 붙은 작품에서 그린우드의 말을 표절한 것이다. 이 과정에서 트웨인은 셰익스피어가 했던 일을 자신도 실행한다. 즉, 자기 자신에게 권위를 부여하기 위해 다른 작가들의 표현을 이용하면서 그들의 말이나 글을 도용한 것이다. 이는 트웨인이 있을 수 없는 일이라고 주장한 행동이었다.

『뉴욕타임스』와 다른 신문들은 이 가벼운 스캔들을 알아차렸고 처음에는 자신의 절도 행위를 실수라고 무시하던 트웨인도 어쩔 수 없이 다음과 같은 저작권 공고를 실은 종이 한 장을 삽입했다. "8장 '법조인 셰익스피어'는 조지 G. 그린우드의 『셰익스피어 문제를 다시 말하다』에서 인용했음." 다소 항변을 하기는 했지만 트웨인은 그린우드의 글을 자서전에 섞어넣으면서 자신의 행동을 정확히 이해했고, 아무리 그린우드가 썼다고 해도 그 글은 여전히 자신의 것이라고 생각했다. 2월 말, 그린우드의 책을 보내주어 감사하다는 편지를 메이시에게 쓰면서 그는 "그 책에서 고기 반죽을 넉넉히 훔쳐와 내 광대한 자서전의 기다란 소시지 껍질을 빽빽이 채우고 나 자신의 이야기처럼 보이도록 만들었다"고 인정했다. 그러고는 "그 껍질은 정말 <u>내 것</u>"이라고 강조했다.

『셰익스피어는 죽었는가?』는 1909년 4월에 출판되었다. '경험'을 참조하는 일류 작가들과 '듣기'에 의존하는 열등한 작가들의 차이에 관해 어떻게 생각하는지 세상에 알릴 트웨인의 마지막 기회였다. 게다가 스트랫퍼드의 셰익스피어가 정말로 그 희곡들을 썼다면 그가 마땅히 누려야 할 정당한 명성을 옹호해주지 않고서는 못 배길 노릇이었다. 그는 그 책의 후기에 이렇게 덧붙인다. "정말로 셰익스피어가 나처럼 널리 칭송받는 인물이었다면" "스트랫퍼드의" 이웃들이 "그에 관해 말해줄 수도 있었을 것이다. 그리고 내 경험에 빗대어 한마디 한다면, 그들은 당연히 그렇게 했을 것이다".

자서전의 제목은 트웨인이 『철부지의 해외 여행기』에서 말했던 고리타분한 농담을 근거로 지어졌다. 문제는, "어떤 청동상의 아름다움을 (…) 우리에게 알려주느라 열정이 고갈되어버린" 여행 안내인들을 트웨인이 놀려대는 방식이었다. 트웨인과 여행 동반자들은 "버틸" 수 있을 때까지 "청동상을 멍청하게 말없이 쳐다본" 다음 "'그가 죽었나요?'"라고 물어보곤 했다. 사실상 레슬리 피들러의 지적대로 이 책은 『셰익스피어는 셰익스피어인가?Is Shakespeare Shakespeare?』라는 제목을 붙였어야 옳다. 하지만 트웨인은 저자의 죽음이라는 주제를 언제나 친밀하게 받아들였고 자신의 죽음이 그리 멀지 않다는 사실도 알고 있었다. 그런 의미에서 이 제목은 그 책을 검토한 한 비평가가 사용한 "트웨인은 죽었는가?"라는 제목이 그림자처럼 따라다니고, 트웨인의 실패한 희곡 『그는 죽었는가?Is He Dead?』라는 제목을 상기시켜준다(여기서 예술가는 자신의 사후 성공을 보장하기 위해 죽은 척한다). 이 모든 상황에서 메아리처럼 울리는 말은 1897년 『뉴욕 저널』의 오보에 대한 트웨인의 유명한 응답이었다. "내 죽음에 대한 보도는 과장이었다." 1910년에 마크 트웨인이 사망하고 몇 달 뒤, 그의 영지 관리인은 "덧없는 명성이 될 법한 유산을 팔아 이득을 보기로 작정이나 한 듯이 그의 개인 장서 상당수를 뉴욕 시에 다급하게 팔아치웠다". 얄궂게도 트웨인은 그린우드의 책에 셰익스피어가 "책 한 권 남기지 않았다, '의심의 여지 없이 전혀 남기지 않았다'"는 조롱 투의 글을 직접 갈겨쓴 적이 있었다.

🪷

셰익스피어의 사망에 대한 베이컨 지지자들의 기록 역시 과장되었다. 그리고 트웨인의 책이 출판됨과 동시에 베이컨-셰익스피어 동일인설의 종말을 알리는 조짐도 나타나기 시작했다. 반세기 뒤에 이 운동은 절정에 달했다가 당시에는 쇠퇴기에 접어들었고 그저 골수 베이컨 지지자들만이 이 주장을 계속해나갔을 뿐이다(이 중에는 1911년 7월에 반어법이 아니라 진심으로 「목표에 가까워지고 있다Nearing the End」는 글을 『베이커니아나』에 발표한 회원들도 있다). 프랜시스 베이컨이 그 희곡들의 원저자라는 옹호론은 비록 추종하는 사람의 숫자도 적고 비교적 유명하지도 않으며 거침없이 목소리를 내지도 않지만 새로운 지지자들을 오늘날까지도 계속 찾아낸다. 『베이커니아나』는 아직도 출판되고 있으며 베이컨이 그 희곡들을 썼다고 주장하는 책들은 비록 소수이지만 꾸준히 등장해 대체로 익숙한 주장들을 반복하고 있다.

윌리엄 스톤 부스의 책에는 아무도 귀를 기울이지 않았고, 한층 더 필사적으로 쓴 차기작 『여백의 아크로스틱과 다른 기호 체계 도구들, 목록Marginal Acrostics and Other Alphabetical Devices, A Catalogue』(1920)과 『책의 여백에 적은 미묘하게 빛나는 비밀들Subtle Shining Secrecies Writ in the Margents of Books』(1925)도 상황은 마찬가지였다. 1년 뒤, 존 메이시는 부스의 죽음을 친구에게 알렸다. "나는 셰익스피어와 베이컨이 모두 차라리 지옥에 떨어지는 편이 낫겠다고 생각할 때까지 부스의 유령과 논쟁하는 모습을 상상한다네." 헬렌 켈러는 출판업자를 설득해 원작자 문제에 대한 원고를 출판하도록 하는 데 실패했다. 그녀의 34쪽짜리 원고는 뉴욕 시에 있는 미국 시각장애인 재단 문서보관실에 출판되지 못한 채 보관되어 있다. 그녀는 그 주제를 다시는 논의하지 않았다.

이그네이셔스 도넬리는 마지막 순간까지 글을 썼지만 마지막 작품인 『벤 존슨의 암호Ben Jonson's Cipher』의 출판업자는 찾지 못했다. 오빌 워드 오언은 1920년까지 자료를 계속 캐고 다녔지만 숨겨진 원고는 끝내 발견하지 못했다. 1924년, 죽음을 눈앞에 두고 그는 추종자에게 '베이컨 논쟁'을 회피하라고 경고했다. 다음과 같은 이유에서였다. "자네는 실망감만 맛볼 걸세. 단어 암호를 발견했을 때 나는 디트로이트에서 누구보다도 잘나가는 의사였다네. 그곳에서 최고의 외과의가 될 수도 있었을 테지. (…) 하지만 내가 발견한 내용에 세상이 열성적으로 귀를 기울여주리라고 착각했었지. 그 대신 그들은 나에게 무엇을 주었는가? 나는 이름을 진창에 내던졌고 (…) 재산을 잃었고 건강을 망쳤으며 오늘날 수중에 땡전 한 푼 없이 자리보전이나 하는 병약자가 되었다네." 오언의 「암호 휠」은 최근에 디트로이트의 어느 창고에서 재발견되어 지금은 몬태나의 서밋 대학에 소장되어 있다.

엘리자베스 웰스 갤럽도 결코 숨겨진 원고를 발견하지 못했다. 그리고 후원자인 페이비언 대령이 그녀의 작업을 검토하라고 고용한 활자학 전문가들은 거기서 근본적인 결함을 찾아냈다. 그녀는 자신이 검토해오던 모든 작품의 조판공들이 두 가지 다른 활자체를 번갈아 사용해서 두 글자 암호를 만들어냈다는 가정 아래 작업을 진행해왔다. 검토 결과, 엘리자베스 시대의 조판공들이 쓰는 틀에는 조금씩 다른 열두 개의 폰트가 혼합되어 있었던 것으로 밝혀졌다. 그녀의 계획은 처음부터 실패할 운명이었다.

암호 이야기는 애초에 의도하지 않았을 법한 한 가지 긍정적인 결과를 낳았다. 코넬 대학에서 시간제 강사로 일하던 재능 있는 젊은 유전학자 윌리엄 프리드먼은 페이비언 대령의 설득에 넘어가 페이비언이 암호 사냥꾼들을 후원하던 리버뱅크 연구소에서 일하게 되었다. 그곳에서 멘델의 유전학을 연구할 것이라고 기대한 프리드먼은 그 대신 갤럽 부인을 돕는 일에 참여하게 되었고 얼마 안 가 '암호부 책임자'로 임명되었다. 리버뱅크의 암호부는 제1차 세계대전 동안에는 미국 장교들의 암호문 해독 훈련 프로그램에, 그다음에는 미국 국가 안

전국에 신규 인력을 공급하는 역할을 톡톡히 했다. 1921년에 프리드 먼은 리버뱅크에서 정부 기관으로 자리를 옮긴 뒤 연구소에서 익힌 암호 해독 지식을 활용해 제2차 세계대전 기간 동안 암호분석팀을 이 끌며 도저히 깰 수 없을 것처럼 보이던 일본의 기계 암호를 해독해 정 보를 제공함으로써 전쟁의 승부를 가르는 미드웨이 전투를 포함해 태 평양전쟁에서 연합군이 승리하는 데 일조했다. 도넬리와 오언, 갤럽 부인은 자신들이 추구했던 명성을 결코 성취하지 못했지만 그들의 암 호 연구는 전쟁의 승리에 도움을 주었다.

헨리 제임스, 신중한 회의론자

『셰익스피어는 죽었는가?』는 소수의 숭배자를 얻었고 트웨인의 피고 용인들은 리온의 묘사처럼 "찬양이라기보다는 비난에 가까운 (…) 심 술궂고 격렬한 편지들"로부터 주인을 보호하기 위해 최선을 다했다. 현재까지 남아 있는 서신을 보면, 트웨인은 프랜시스 베이컨을 옹호 하던 입장에서 한발 물러서 방어적인 태도를 취했다. 그의 주장은 다 음과 같다. "내가 원하는 것은 셰익스피어가 그 작품들의 원저자가 아니라는 사실을 일부 사람에게 확신시키는 것뿐이다. 누가 썼느냐는 크게 흥미로운 문제가 아니다." 여기서 그는 당대를 풍미한 또 한 명 의 작가, 헨리 제임스의 입장에 가까워지고 있었다.

헨리 제임스가 셰익스피어 원작자 문제에 대해 어떻게 회의적인 태 도를 보였는지 파악하기란 쉽지 않다. 트웨인과 달리 제임스는 공식 적으로든 직접적으로든 그 문제에 적극적으로 맞서지 않았다. 그가 언제 그 문제에 흥미를 느끼게 되었는지 혹은 시간이 흐르면서 관점이 어떻게 변했는지는 알 수 없다. 그의 입장을 판단하기 위해서는 감질 나는 소량의 정보, 즉 한 움큼의 편지와 일기, 단편, 에세이, 소설에서 스치듯 흘러나온 암시를 기반으로 이어 맞춰야 한다. 길잡이로 삼을 만한 자료도 많지 않을뿐더러, 어떤 주장이든 제임스의 극도로 생략적이고 회피적인 문체로 인해 한층 제약을 받는다. 그래도 증거가 허락하는 한 이 문제를 끝까지 파고들 타당한 이유들이 있다. 다름 아니라, 셰익스피어의 원작자 여부에 의문을 품었으면서도 이 의구심을 공공연하게 표명할 때 받게 될 조롱을 두려워한 수많은 예술가가 으레 보였을 법한 모습을 제임스가 대변하기 때문이다. 게다가 그는 자신의 의심을 표할 창의적 배출구를 어느 작가보다 성공적으로 찾아냈다. 그 최초의 작품은 2000자 단편소설 「탄생지The Birthplace」였고 차기작은 몇 년 뒤 발표한 주목할 만한 에세이 『폭풍The Tempest』이었다.

제임스는 셰익스피어를 잘 알고 있었다. 어린 시절에는 찰스 램과 메리 램의 『셰익스피어 이야기』를 선물로 받았고 심지어 처녀작의 제목을 「실수의 비극A Tragedy of Errors」으로 짓기도 했다. 제임스는 셰익스피어의 희곡들과 시를 잘 알고 있었고 몇 개의 판본을 소유했으며 12편가량의 공연작품을 논평했고 자신의 소설에 셰익스피어의 희곡들을 활용했으며 편지와 노트, 평론에서 이를 종종 인용했다. 제임스는 작가로 살아가면서 셰익스피어에 대해 어떤 식으로도 반응을 보이지 않거나 그 천재성의 신비에 대해 곰곰이 생각하지 않은 적이 거의 없었다. 이런 성향이 분명히 두드러졌던 시기는 20세기 초반이었다. 이때 제임스는 경력의 정점을 찍은 60세를 바라보는 나이로, 전기와 자서전 모두를 집필하기 시작했고 자신의 출생지를 다시 방문해볼 요량으로 미국 여행을 계획하고 있었다. 게다가 현대판 첫 번째 2절판이라 할 만한, 자신의 소설과 단편을 담은 기념비적인 뉴욕판을 만들고 있었다. 제임스가 어디로 향하든, 가는 곳마다 셰익스피어의 전례가 크게 다가왔다. 사망하기 2년 전에 제임스는 전기작가들이 자신의 인생과 작업을 어떻게 다룰지 걱정한 나머지, 원고들과 수천 통의 편지를 태워버리고는 유고 관리자에게 자신의 유언장에 "내 유골을 건드리는 듯한 행위에 셰익스피어가 퍼부은 저주만큼이나 명확한 저주를" 퍼붓겠다는 조항을 반드시 집어넣으라고 지시했다.

제임스가 원작자 논쟁을 처음 접한 시기는, 뉴욕에 같이 살던 이웃이자 집안 친구였던 존 와츠 드 페이스터가 『그 유명한 셰익스피어가 결국에는 신화였는가?Was THE Shakespeare After All a Myth?』를 출간한 1880년대로 거슬러 올라가는 듯하다. 제임스는 셰익스피어의 탄생지를 몇 차례 방문하기는 했지만 그 경험에 대해 많은 글을 남기지는 않았다. 앞으로 살펴보겠지만, 그의 의견은 1902년에 다음과 같은 표현을 남긴 윌리엄과 같았던 듯하다. "이제 스트랫퍼드의 방문은 베이컨 지지자가 표현할 수 있는 가장 강렬한 호소처럼 보인다." "몇 가지 추악한 물질적 정보를 제외한 셰익스피어에 관한 모든 기록이 완전히 없어진 상태였고, 셰익스피어라는 정신적인 존재가 세속적인 인물에 섞여 들어간 방식과 비교하면 유서 깊은 스트랫퍼드에서 풍기는 편협하고 인색하다는 전반적인 암시야말로 가장 이상했다. 그리고 나는 원작자와 관련된 어떤 가공의 이야기라도 믿을 마음의 준비가 된 것 같다." 이렇게 셰익스피어 신화의 "정신적" 요소와 "탐욕스러운 물질적" 요소 사이의 갈등은 점점 깊어만 갔다.

1901년 6월, 헨리 제임스는 2주 전에 스트랫퍼드 근방 웰컴의 트리벨리언 가를 방문했을 때 들은 일화에서 새로운 소설의 발상을 얻어 '작은 테마'를 노트에 적었다. 트리벨리언 부인은 그에게 "예전에(현재의 주인이 오기 전에) 2년 동안—혹은 몇 년간—셰익스피어의 집, 다시 말해 셰익스피어 생가를 도맡아 관리했던 부부"에 대해 이야기해주었다.

　　두 사람은 뉴캐슬 출신의 꽤나 활기차고 훌륭한 사람들이었어요. 자신들에게 꼭 맞을뿐더러 대단히 흥미롭고 고상한 일을 한다고 생각하면서 그 일자리를 즐겁게 받아들였답니다. 그들의 문화와 교양 등등에 비춰봐서 흥미로운 일이란 거였죠. 그런데 여섯 달 뒤에 그 부부는 그곳을 찾으려는, 그러니까 그들의 사무실을 찾아오는 사람들에게 그만 질려버려서 절망적인 심정이 돼버리고 말았어요. 제 생각엔 그 비슷한 상황이었다는 거예요. 엄청나게 많은 방문객이 그 부부에게 수많은 속임수와 거짓말, 미신을 강요했거든요. 방문객들은 모든 물건과 생가의 모든 특징, 모든 의심스러운 사항에 대해 분명하고 인상적인 이야기를 원하니까요. 단순하고 거침없으며 받아들이기 쉬운 이야기 말이에요. 그 부부는 이런 문제를 처리하기에는 자신들이 너무 "고상하고" 너무 비판적이라고 생각했어요. 대중은 천금을 준다 해도 비판을 받아들이지 않잖아요. 결국 그들은 대중을 만나게 되는 방식에 대해 지적으로나 도덕적으로 맹렬한 혐오감을 느끼고 말았답니다. 이게 그 일화의 전말이에요. 한 가지 덧붙이자면, 얼마 안 가서 그들은 더 이상 견디지 못하고 그 직책을 내던졌다는 것이에요.

　　부정적으로 끝나버린 이 셰익스피어 숭배 일화에서 제임스는 즉시

가능성을 엿보았다. "그러니까, 단순한 사실 이상의 무언가가 있었다는 말이다. 내 눈에는 그 모습이 보이는 듯하다. 그 자리를 단순히 사임한다 해도, 그 경험으로 인해 어쩌다보니 낯선 회의주의자, 우상파괴자, 철저한 부정론자로 변해버리는 큰 이변이 벌어지지는 않기 때문이다." 그는 마음속으로 그 이야기를 숙고하면서 그 부부가 "어쩔 수 없이 정반대의 극단으로 넘어가서 셰익스피어 신화뿐만 아니라 역사적 테마 자체에 순전히 반대하게 되는" 모습을 상상했다. 처음에 상상했던 대로 그의 이야기는, "지적·도덕적 혐오"가 결국 사임으로 이어졌다는 트리벨리언 부인의 이야기보다 더 충격적인 결말을 맺을 참이었다. "그들이 결국 셰익스피어를 부인하게 되었다고 해보자. 어느 날, 입을 크게 벌리고 찬미하는 거대한 무리 앞에서 그들이 즉석에서 그렇게 했다고 가정해보자. 그러고 나면 두 사람은 떠날 수밖에 없다."

제임스는 다음 여름과 가을에 「출생지」 집필에 매달렸고 1903년에 단편 모음집인 『더 나은 부류The Better Sort』를 출판했다. 이 무렵에 그는 맨턴 마블과 바이얼릿 헌트를 비롯해 적어도 두 명의 친구와 원작자 문제에 대해 토론을 벌이기도 했다. 마블은 브라이턴에 거주하는 미국인 친구로, 『뉴욕 월드』지의 전 편집장이었다. 1902년 12월 초 런던에서 편지를 쓴 제임스는 일전에 논했던 원작자 문제에 대한 책을 한 권 보내주어 고맙다며 마블에게 인사를 건넸다. "나는 이 소중한 책이 우리가 말했던 웹의 책이라고 추측하네. 그리고 그 책이 수중에 들어와서, 그리고 자네의 찬사를 참고 삼아 그 책을 다시 읽을 수 있어서 무척 기쁘고 자네에게 진심으로 감사하다고 말하는 것만으로도 내가 그 논쟁에 훨씬 더 깊숙이 참여하는 기분이 든다네."

"웹의 책"이란 영국에서 막 출간된 토머스 에버니저 웹의 『윌리엄 셰익스피어의 신비: 증거 요약The Mystery of William Shakespeare: A Summary of Evidence』을 말하는 것임이 거의 확실하다. 웹의 문체와 결론은 헨리 제임스 작품 특유의 느낌이 물씬 풍기므로, 그가 어떤 면에서 그 책에 끌렸는지는 파악하기 쉽다. "지금까지 집필된 모든 글에도 불구하고 대중의 마음속에는 셰익스피어에 대한 막연한 불안감이 있다. (…) 그 위대한 극작가가 누구든 간에 우리는 그의 정신을 제대로 이해할 수 없다." 웹은 설득력 있는 외적 증거가 없는 상황에서 그 희곡들 자체가 셰익스피어보다는 베이컨을 시사한다고 신중하게 결론 내린다. 원작자가 베이컨일 경우에만 "우리가 아는 작품들이 그 작품들과 맞아떨어지고 우리가 생각하는 인물이 그 인물과 정확하게 일치한다".

마블이 충실한 베이컨 지지자임이 분명했던 데 비해, 제임스 자신은 작가로서의 권위에 의존한 채 그 사람이 베이컨일 리 없다고 주장하며 이의를 제기했다. 웹의 표현을 빌리자면, 그 인물과 그 작품들이 "정확하게 일치"하지 않았기 때문이다. "그럼에도 불구하고 우화와 소설 애호가인 내 말을 여전히 믿어야 한다네. 그 희곡과 소네트들은 사사로운 시인, 시인 이외에는 아무것도 아닌 사람, 다른 아무것도 아니므로 절대 베이컨일 리 없는 시인밖에 쓸 수 없었다네." 그러나 제임스는 셰익스피어가 그 희곡들을 썼다고도 인정하지 않으려 했다. 그 시와 스트랫퍼드 출신의 남자에 대해 알려진 사실들 사이의 간극이 지나치게 컸기 때문이다. "신성한 윌리엄을 원저자로 믿기 어려운 이유는 그가 박식한, 너무나 박식하기 그지없는 프랜시스가 아닌 것처럼 지금이나 예전이나 재능과 여건을 갖춘 사사로운 시인도 아니기 때문일세." 제임스는 이런 재능이나 이런 여건이 도대체 무엇을 말하느지 전혀 설명하지 않지만 마블에게 "우리가 다시 이 문제에 대해 이야기하게 될 걸세"라고 약속한다.

9개월 뒤에도 제임스는 이 문제와 여전히 씨름하고 있었다. 1903년 8월 11일, 그는 얼마 전 이스트 서식스의 소도시 라이에 자신을 만나러 와준 친구 바이얼릿 헌트에게 편지를 써서 그녀의 셰익스피어 옹호론에 이의를 제기했다. 그가 "혹독하다"고 묘사하는 헌트의 편지는 남아 있지 않으므로, 우리의 판단 근거라고는 제임스가 그녀의 정교한 은유 하나를 이해하기 쉽게 고쳐 표현한 것뿐이다.

> 천재는 개인 객실이 있고 "짐 선반용" 가방이 실린 "여객선"의 승객이라는 당신의 비유법은 눈부시게 훌륭하며 저도 그 점에 대해서는 전적으로 동의할 수밖에 없습니다. 아니, 정말 동의합니다. 다만 저는 표현을 조금 바꾸고 싶습니다. 천재는 선반에 올려둔 자신의 가방을 완벽하게 수중에 넣습니다(반면에 평범한 사람은 침상 아래에 넣어둔 상자로 축소됩니다). 하지만 비밀의 은둔처에 있는 선장과 일등 항해사의 가방은 수중에 넣지 못합니다. 그러니 스트랫퍼드의 윌리엄은 (제가 보기에) 그 희곡들에서 자랑스레 내보인 수많은 의상을 집어넣을 가방이 없어서 배의 어느 곳에도 가방을 놓아둘 수가 없었습니다.

다시 한번 말해, 제임스가 여기서 주장하는 바를 정확히 이해하기는 쉽지 않지만 그래도 셰익스피어가 "가방이 없었다"는 주장은 그가 마블에게 최근에 이야기한 내용을 다른 방식으로 표현하는 것 같다. 스트랫퍼드의 셰익스피어는 그 희곡들을 쓰기 위한 "재능과 여건", 말하자면 배경과 훈련, 소양 같은 것이 부족했다. 그뿐만 아니라 두

통의 편지에서 매번 제임스는 셰익스피어의 미천한 출신 성분과 그가 제대로 된 "의상"을 갖추었다는 사실이 상충된다고 암시하는 듯하다.

이런 서신 교환이 이루어졌을 무렵, 제임스는 헌트의 셰익스피어 옹호론에 '압력'을 더 많이 가하기 위해 그녀에게 원작자 논쟁에 관한 책을 보냈다. 아마도 웹의 저서였던 듯하다. 8월 26일 제임스가 보낸 답장에 드러난 실망감으로 짐작해보건대 그는 원하던 효과를 얻지 못했던 모양이다. 헌트는 셰익스피어가 그 작품들을 쓰지 않았다는 의견에 흠칫 놀랐는지도 모르지만, 제임스는 셰익스피어가 사기꾼이라는 확신이 뇌리에서 떠나지 않는다고 인정하면서 이런 가능성을 전혀 피하지 않았다.

동봉된 당신의 편지와 더불어 셰익스피어 책도 돌아왔군요. 이 점에 대해서도 감사드립니다만 이제는 이 문제에 감히 답변하려 하지 않겠습니다. 당신은 그 작가가 어떤 압박을 주더라도 거뜬히 회복하시는 것 같군요. 하지만 저는 회복이 되지 않습니다. 신성한 윌리엄이 인내심 많은 세상을 상대로 가장 크고 가장 성공적인 사기를 친 인물이라는 확신이 "어쩐지" 뇌리에 박힌 듯합니다. 내가 그를 이리저리 살펴볼수록 그는 나에게 더 큰 충격을 줍니다.

편안하게 인정한다기보다는 다소 고백하는 투로 말한 다음("'어쩐지' 뇌리에 박힌" 듯하다는 구어체의 인용구는 많은 것을 말해준다), 제임스는 이쯤에서 자제한다. 그러고는 그 주제에 대한 자신의 생각을 잘 나타내주는 말로 여기가 자신의 한계임을 분명히 밝힌다. "하지만 그것이 다입니다. 저는 감히 그 문제를 다루거나 더 이상 진척시키려고

하지 않을 겁니다. 그러기에는 어려움이 아주 많습니다. 그리고 우리가 스트랫퍼드 출신의 남자에 대해 알고 있기에 그 남자가 희곡을 썼다고 생각하기 힘든 것만큼 베이컨이 그 희곡들을 썼다는 생각도 거의 말이 안 되는 듯하다고 제 대략적인 생각을 표현할 뿐입니다." 베이컨이 후보가 될 가능성은 없었지만 셰익스피어가 후보가 될 가능성은 더더욱 희박했다.

셰익스피어가 원작자가 아니라는 제임스의 견해는 노트에 간략하게 적어놓을 때만 해도 절정에 이르렀지만 1903년에 「출생지」를 출판할 때에는 공식적인 발표에서 누락되었다. 셰익스피어와 스트랫퍼드 어폰 에이번은 분명히 암시되긴 하나 더 이상 거론되지는 않는다. 그 이야기의 중심인물인 모리스 게지는 그 비범한 시인의 출생지에 고용된 안내인으로서 그곳을 찾아오는 끝없는 순례자 무리에게 날마다 거짓말을 해야 하는 상황을 감수하려고 안간힘을 쓴다. 그리고 마음속에서 자라는 의구심을 아내에게 고백한다. 이에 아내는 남편이 사실을 말하기 시작하면 생계 수단을 잃을까봐 공포에 질린다. 그의 창조주와 마찬가지로 모리스 게지는 이 의혹을 내밀하게 알리기로 결심하고 호감 가는 한 젊은 부부에게 속마음을 털어놓는다. 이 부부는 여행객들이 어째서 "희곡이 중요한 쟁점"이라는 사실을 그냥 받아들이지 않고 "작가를 내버려두려" 하지 않는지 궁금해한다. 게지는 흥분해서 이렇게 고백한다. "그들은 그렇게 할 생각도 없고 '제가 그렇게 하도록 내버려두지도 않습니다. 제가 원하는 것은 그 작가를 그냥 내버려두는 겁니다. 실제로 말입니다.' 그는 마지막 기회를 붙잡은 것처럼 느껴졌다. '저자는 없습니다. 그것이 우리가 감당해야 할 문제입니다.'"

게지는 이런 깨달음을 숨긴 채 자신의 임무를 예술로 승화한다. 그의 명성은 치솟고 방문객들은 그의 이야기를 듣기 위해 떼 지어 몰려온다. 그런데도 그의 아내는 여전히 겁에 질린 채 걱정한다. 역설적이기는 하지만, 이번에는 그가 그 신화를 "지나치게" 열정적으로 받아들였기 때문이다. 그의 절친한 친구들인 젊은 미국인 부부는 1년 뒤에 그곳으로 돌아왔다. 한때 게지가 의심을 품었다는 것을 고려해볼 때, 이 방문에는 그의 업무 수행 능력에 대한 소문이 정말로 사실인지 확인하려는 목적도 얼마간 있었다. 이 부부는 게지의 숨은 생각이 알려져 혹여 일자리를 잃지나 않을까 걱정하면서도 그의 냉소적인 셰익스피어 숭배가 가히 "천재적" 발상이라고 결론 내렸다. 결과적으로 그들의 걱정은 기우에 불과했다. 게지의 행동이 얼마나 성공적이었던지 수입금은 치솟고 그의 임금이 두 배로 올랐기 때문이다. 그는 대시인을 향한 과격한 의심을 어떻게든 예술로 바꿔놓았고 그 대가를 챙겼다. 그리고 마음속에 품은 회의적 생각을 털어놓은 사람들이 자신의 비밀을 안전하게 지켜주리라고 믿을 수 있었다.

제임스는 개인적인 믿음을 한 차원 높은 관심사에 적용시켜 감동적인 소설로 창조하지 않았다는 이유로 비난받는 경우는 거의 없었다. 바로 이런 이유로 『셰익스피어는 죽었는가?』에 비해 「출생지」를 읽는 독자가 지금 훨씬 더 많은 것이다. 그가 애초의 상상대로 이 작품을 집필했더라면 전기적 요소는 더 강했을 테지만 설득력은 훨씬 떨어졌을 것이다. 제임스는 1909년 뉴욕판에 그 단편을 실으며 작성한 서문에서 게지와의 유사성에 대해 거의 인정하다시피 한다. 여기서 그는 이렇게 인정한다. "덧붙여 최근 들어 확실히 확인하게 되었는데, 이 초라한 신사의 사제들이 섬기는 신전에 대해 내가 마침 알게 된 덕분에 더욱 즉각적으로" 그 이야기에 마음이 끌렸다. 이 말은, 그가 신성한 셰익스피어의 생가를 최근에 방문해 미몽에서 깨어나는 경험을 함으로써 게지의 생각이 사실임을 확인하게 되었다는 것을 암시한다. 다시 한번 말하면, 서문을 통해 제임스는 그 주제에 대한 의견을 후손들에게 기꺼이 표현한 것이나 다름없다. 1905년 봄, 제임스는 뉴욕으로 여행을 떠나 워싱턴 스퀘어 인근에 자리한 자신의 생가를 방문했다. 그가 60년 전에 태어난 집은 어찌나 "인정사정없이 파괴되고" 허물어졌던지 "벽에 다는 기념 명판"을 붙였던 흔적조차 남아있지 않을 정도였다. 이 일로 제임스가 느낀 충격은 나중에 『미국 풍경The American Scene』에서 "내 개인사의 절반이 잘려나갔다"는 말로 표현되었다.

제임스가 셰익스피어 수수께끼에 대해 다시 한번 고심하게 된 계기는 윌리엄 데이나 오커트의 요청으로 쓰게 된 『템페스트』의 서문에서 비롯되었다. 오커트는 그 작품이야말로 "우리가 인간 셰익스피어를 직접적으로 만날 수 있는" "유일한 셰익스피어의 희곡"이며, "선생님의 셰익스피어 분석이 셰익스피어 문헌에 귀중한 보탬이 되리라 믿습니다"라고 그에게 말했다. 한창 뉴욕판 작업에 몰두하던 중이었지만 제임스는 그의 제안을 받아들였다. 그러고는 오커트에게 "저는 큰 기대를 품고 그 의뢰를 받아들이겠습니다"라고 말한 뒤 평소와는 다른 대담한 말투로 이렇게 덧붙였다. "수천 개의 가면을 쓴 괴물이자 마술사인 이 예술가에게 도전해서 아주 잠시 동안이나마 그가 가면을 떨어뜨리도록 만들 겁니다."

그 에세이는 원작자 논쟁의 역사를 장식한 결정적인 순간을 포착해낸다. 그 시기에 일련의 의심쩍은 전기적(그리고 자서전적) 가정은 사실로 굳어졌고 그에 못지않게 견고했던 천재적 예술성에 대한 19세기적 믿음과 충돌했다. 제임스는 1세기 전만 해도 존재하지도 않았으나 19세기 후반에 들어서는 거의 누구나 공감하게 된 일련의 믿음을 기정사실로 받아들였다. 말하자면 『템페스트』는 셰익스피어의 마지막 희곡으로 필시 궁정 행사를 위해 특별히 집필되었을 법하다는 믿음, 프로스페로가 마법을 포기하는 장면은 셰익스피어 자신이 예술을 포기한 사건을 은근히 암시했다는 믿음, 전기적 사실들에 입각해 스트랫퍼드의 셰익스피어가 돈에 집착하는 남자였음이 확인되었다는 믿음, 그리고 『템페스트』는 필력이 절정에 달한 작가가 창조한 천재적 작품이라는 믿음이었다. 제임스는 베이컨 지지 운동이 사그라지기 시작한 순간에도 글을 쓰고 있었다. 그 무렵에는 프랜시스 베이컨의 생애와 작품, 감수성에 대한 정보가 충분히 알려지는 바람에 베이컨이 원작자라는 주장이 불가피하게 약화되었고 그 희곡들의 원저자에 대한 설득력 있는 대안이 미처 제기되지 않은 터였다. 그러므로 『템페스트』를 셰익스피어의 가장 자전적 희곡이라고 판단한 저작들 중에서 제임스의 에세이가 그 정점을 찍었다는 사실은 결코 우연이 아니다.

제임스는 어째서 델리아 베이컨이 고별 에세이에서 프로스페로와 『템페스트』를 언급했는지 이해했을 것이다. 그녀를 비롯해 무수한 사람이 그랬듯이, 그 역시 『템페스트』가 셰익스피어의 위대한 고별 인사라고 해석했기 때문이다. 그러면서도, 이런 시각이 『템페스트』에서 가장 골치 아픈 쟁점이라고 생각했다. 그 작품을 쓴 천재가 어떻게 48세에 예술을 포기하고 스트랫퍼드라는 시골로 은퇴해 "주머니에 손을 넣고 음악이 아닌 주머니에서 짤랑거릴 동전 소리에 귀 기울인 채 작고 누추한 시골 마을을 산책하며 여생을 보낼 수 있었을까?"

그는 다음과 같이 중요한 질문을 유난스레 고통스러운 태도로 던졌다. "문학과의 인연을 단절한 그 사람은 어떤 불가해한 변화를 겪었으며, 일단 그런 변화를 겪고 난 뒤에는 끝까지 그 자리를 지켰을까? 인생에 댐이 놓이면서 더 이상 놀라운 존재이자 힘으로서 흐르지 못하는 이 가로막힌 급류는 어떻게 되었을까?"

제임스는 게오르그 브라네스와 할리웰-필립스의 셰익스피어 전기들을 의무감으로 읽기는 했지만, 그 작가의 정체가 한편으로는 "천재"이고 "다른 한편으로는" "가혹한 사업가"라고 격하시켜 생각하는, "근거도 없이" 일반적으로 받아들여진 구분은 용납하지 않았다. 제임스의 표현을 빌리면, 셰익스피어의 전기작가들은 "그 시인은 저기 있고 그 남자는 저 밖에 있다"며 심술궂게 주장했다. 이에 대해 제임스는 "동의하기가 힘들어서 그렇지" "칭찬할 만한" 관점이기는 하다며 신랄한 결론을 내렸다. 그로서는 도저히 동의할 수가 없었다. 스트랫퍼드의 셰익스피어가 지나온 생애에 대한 기록이 "비할 데 없이 저속해서" 『템페스트』를 쓴 예술가에게 어울리지 않는다고 생각했다. 그러고는 범인과 시인을 구분하는 것이 가능하다는 생각 자체를 일축했다. "천재성이란 정신의 한 부분이고 정신은 행동의 한 부분"이기 때문에 예술가의 두 가지 정체성은 필연적으로 "하나"라는 생각에서였다.

널리 인정된 전기와 천재적 시재詩才의 상충은 제임스가 셰익스피어의 이름이 붙은 작품들을 평생 동안 읽으면서 이미 대면했던 문제로, 도저히 간극이 메워지지 않는 "역사상" 가장 "해결하기 어려운" 수수께끼였다. 『템페스트』의 저자에 관한 전기에 무언가 크게 잘못된 점이 있거나, 아니면 천재적 문학성의 어떤 본질적 특성을 제임스가 오해했을 것이다. 이제 그가 감수할 위험은 커질 만큼 커졌다. 헨리 제임스처럼 저명한 학자들이 수없이 주장해왔듯이, 그 에세이는 셰익스피어 못지않게 제임스 자신의 천재성과 유산에 대해서도 다루고 있으며 그런 면에서 볼 때 당시 제임스가 자신의 작품 감상법과 비평법에 대해 후손들을 겨냥해 집필하던 뉴욕판 서문과 더불어 읽으면 유용하기 때문이다.

이 작품은 절정의 분석력과 수사적 기교를 갖춘 비평가가 쓴 절묘한 에세이다. 이 작품의 대단히 흥미로운 점은 셰익스피어가 시야에서 점점 사라져가는 상황을 지켜보는 것이다. 정작 셰익스피어는 23쪽짜리 에세이에서 겨우 여섯 번밖에 언급되지 않는다. 이 에세이가 셰익스피어의 원작자 문제를 다룬다는 사실을 고려하면, 결코 쉽지 않은 일이다. 에세이가 점차 마무리되면서 셰익스피어의 이름은 완전히 사라지고 의도적으로 "그" "우리의 영웅" 『햄릿』과 『템페스트』의 저자"라는 의도적으로 모호하게 표현된 명칭이 그 자리를 차지했다. 셰익스피어의 인생에서 그 작품들과 딱히 관련 없는 천박한 전기적 사실들도 마찬가지로 버림받았다.

그 에세이의 마지막 구절은 중립적으로 읽히기도 하고, 이 수수께끼가 언젠가 "미래의 비평"을 통해 해결될 것이라는 한층 의미심장한 희망으로 해석되기도 한다. "무늬가 많이 들어간 태피스트리, 그를 숨겨주는 그 길쭉한 아라스 직물 벽걸이는 언제나 그곳에 있다. (…) 그렇다면 적절한 순간을 노렸다가 한결 강한 팔뚝으로 칼끝이 한층 예리해진 더욱 날카로운 무기를 들어 더 깊이 찌르면 되는 문제가 아닐까?" 제임스의 마지막 말은, 언젠가 비평가들이 더 적합한 후보를 생각해내서 그 남자와 그 예술가가 합쳐져 "하나"가 된 개인의 정체를 확인할 것이라는 암시인가? 만약 그렇다면, 벽장 장면에서 아라스 직물을 향해 칼을 찌르는 햄릿의 모습을 상기시키는 은유법이 선택된 것은 심히 유감스럽다. 햄릿이 날카로운 칼끝을 엉뚱한 사람에게 내질렀다는 사실을 설마 제임스가 잊어버렸을까?

⚜

결국 베이컨 지지 운동에 대한 사후 토의를 하기 위해서는, 암호 찾기 작업이 실패하고 이를 뒤이어 암호 해독가들과 무덤 파는 사람들에게 조롱이 쏟아지면서 그 운동이 서둘러 막을 내렸다는 사실을 인정해야만 한다. 부단한 노력에도 불구하고, 베이컨의 문체와 셰익스피어 문체의 유사성을 입증하려는 시도 역시 실패로 돌아갔다. 하지만 프랜시스 베이컨의 문화적 중요성이 쇠퇴했다는 점을 고려할 때 이 운동의 종말은 아마도 불가피했던 듯하다.

돌이켜 생각해보면, 베이컨 지지자들이 지지 기반을 잃어버린 데에는 자신들의 영웅을 엉뚱한 작가의 자화상과 동일시하는 잘못을 저질렀다는 이유도 한몫했다. 그나마 이 초상화는 그들이 주류 학자들에게서 차용한 것이었다. 셰익스피어로 간주되는 프로스페로 혹은 그들의 주장처럼 베이컨으로 간주되는 프로스페로, 그 권위의 위대한 모습은● 그 생명이 다되었다. 너무 교만하고 학구적이며 다소 냉담한 성격의 프로스페로는 20세기에 셰익스피어로 거의 인정받지 못했다. 그를 대신할 새로운 전기의 주인공이 필요했고, 셰익스피어가 그 희곡들을 집필했다고 믿는 사람들뿐만 아니라 믿지 않는 사람들조차

● 『리어 왕』 4막 6장에 등장하는 리어 왕의 대사 "the great image of authority"를 인용.

햄릿이 그다음 타자라고 여겼다. 철학과 정치가 빠져나간 자리에 오이디푸스 콤플렉스 욕망과 죽은 아버지를 향한 비탄이 들어왔다. 이 생각도 여전히 실패담이 될 가능성이 크다. 하지만 정치적으로 고립되고 공화주의자의 꿈이 무너지는 바람에 그 희곡들이 탄생했다는 델리아 베이컨의 설명에 비해, 이 실수담은 개인적인 측면을 한층 더 부각시킬 것이고 그 희곡들은 과소평가되고 주목받지 못했다는 고통을 배출한 통로로 평가될 것이다. 이제 새로운 조사가 착수되었다. 여기서 그 어느 때보다 중점을 둔 부분은 작품 속에 담긴 작가의 인생을 발견하는 것이었다. 이것은 그저 다른 인생이었다. 누가 되었든 그 희곡들을 쓴 작가라면 프로스페로나 베이컨보다는 가까이하기 쉽고, 그 시대에 더 적합한 인물이어야만 했다. 즉, 자기 성찰적이고 지나간 과거를 그리워하며 심리 상태가 복잡하고 오해를 받는, 햄릿처럼 "상처 입은 이름"을 가진 사람이어야 했다.

에드워드 드 비어. 17대 옥스퍼드 백작.

제3장

옥스퍼드

지그문트 프로이트와 오토 랑크, 카를 아브라함, 막스 아이팅곤, 어니스트 존스, 한스 작스, 산도르 페렌치.

프로이트의 오이디푸스 콤플렉스와 셰익스피어

1929년 12월, 지그문트 프로이트는 스마일리 블랜턴이라는 미국인 의사를 정신분석으로 치료하는 과정에서 다음 주제에 대해 어떻게 생각하는지 물었다. "셰익스피어가 소위 셰익스피어 작품들을 썼을까요?" 이 질문에 몹시 혼란스러워진 블랜턴은 방금 들은 말이 도저히 믿기지 않아서 프로이트의 질문에 다시 질문으로 응수했다. "스트랫퍼드 어폰 에이번에서 태어난 사람을 말씀하시는 겁니까? 그의 이름이 붙은 작품들을 그가 정말 썼냐고요?" 프로이트로부터 "네"라는 대답을 들은 블랜턴은 비록 프로이트를 숭배하긴 했지만 셰익스피어에 대해서도 나름 잘 알고 있었으므로 자신이 의사가 되기 전에 "12년 동안 영문학과 희곡을 전공했고" "1년가량 무대에 선 경험이 있으며 셰익스피어의 희곡 여섯 편을 외웠다"면서 최선을 다해 설명했다. 이런 점을 모두 고려해볼 때 그는 "스트랫퍼드 출신의 남자가 그 희곡들을 썼다는 사실을 왜 의심하는지 이해하지 못했다". 이는 프로이트가 기대한 대답이 아니었다. 그는 블랜턴에게 이렇게 말했다. "읽어보시면 좋을 듯한 책이 있습니다. 이 책의 저자는 셰익스피어가 아닌 다른 사람이 그 희곡들을 썼다고 믿습니다." 불쌍한 스마일리 블랜턴. 자그마치 지그문트 프로이트에게 정신분석 치료를 받은 지 넉 달 만에 그는 담당 치료사의 강박관념을 깊이 들여다보게 되었다. 그리고 프로이트의 정신분석 과정을 기록한 일지에 자신은 "마음이 대단히 상했다"고 기록하면서 이렇게 설명했다. "베이컨이나 벤 존슨 혹은 다른 누군가가 셰익스피어의 희곡들을 썼다고 프로이트가 믿는다면, 그의 판단력은 조금도 신뢰할 수가 없으며 내 정신분석을 계속 맡길 수도 없다고 마음속으로 생각했다." 상담 시간이 끝나자 프로이트가 건네준 책 『17대 옥스퍼드 백작 에드워드 드 비어로 밝혀진 "셰익스피어"』"Shakespeare" Identified in Edward De Vere the Seventeenth Earl of Oxford』를 들고 블랜턴은 빈의 찻집에서 기다리고 있던 아내 마거릿을 만났다. 이 찻집은 프로이트와의 상담 시간이 끝난 뒤에 부부가 일상적으로 만나는 장소였다. 세월이 지난 뒤 그녀는 남편이 "침울해" 보였고 "프로이트를 계속 만나기가 꺼림칙하다고 이야기했다"며 당시를 회상했다.

자신이 직접 그 책을 읽을 수가 없었던 블랜턴은 아내에게 혹시 대신 읽어줄 수 있는지 물어봤다. 그녀는 그러겠다고 대답하고는 그 책을 다 읽은 뒤에 "누가 보기에도 충분히 관심을 둘 만한 책"이었다며 그를 안심시켰다. 마거릿 블랜턴은 『새터데이 리뷰 오브 리터러처 Saturday Review of Literature』와 『뉴욕 헤럴드 트리뷴New York Herald Tribune』 지에 정기적으로 글을 기고하면서 빈에서 즐거운 시간을 보내고 있었기에 일을 멈추고 귀향할 마음은 눈곱만치도 없었다. 더욱이 그녀 자신도 프로이트의 젊은 제자이자 절친한 동료인 루스 맥 브런즈윅에게 정신분석을 받는 중이었다. 옥스퍼드설의 지지자인 브런즈윅은 얼마 전 프로이트의 생일에 『17대 옥스퍼드 백작 에드워드 드 비어로 밝혀진 "셰익스피어"』를 선물했다. 이 책이 프로이트가 스마일리 블랜턴에 건넨 책과 같은 것인지는 분명치 않다. 만약 동일한 책이었다면, 마거릿 블랜턴이 손에 넣은 이 헌정본은 그녀의 정신분석가가 프로이트에게, 프로이트가 그녀의 남편에게, 남편이 그녀에게 차례로 건네주었던 그 책이라는 이야기가 마침내 성립된다. 그야말로 수많은 사람의 손을 거쳐간 『오셀로』의 딸기 무늬 손수건을 연상시키는 사건이었다. 아마도 프로이트는 자신이 무슨 일을 하는지 정확히 알고 있었을 것이다.

마침내 스마일리 블랜턴은 그 책을 직접 읽게 되었고 "여전히 그 책의 주장에 대해 확신이 들진 않았지만" 그 책이 "흔해빠진 베이컨 지지자들의 비밀 암호와 부호 해독 작업"이 아니라는 사실을 확인하고는 기뻤다. 그는 상담을 통해 많은 것을 얻는 터였으므로 자신의 치료사를 미치광이로 생각하지 않아도 된다는 데에 마음이 한결 놓였다. 몇 달 뒤에 블랜턴은 프로이트와 셰익스피어를 동일시하는 꿈을 꾸었다. 그 희곡들의 원저자에 대한 두 사람의 초기 대화가 어찌나 뇌리에 오래 남았던지, 그는 몇 년 뒤에 강의 계획을 세우면서 그 내용을 포함하면 어떨까 고려할 정도였다. 따지고 보면 그 사건을 계기로 블랜턴 부부와 프로이트 사이에 모종의 유대감이 형성된 셈이었다. 마거릿 블랜턴은 이렇게 적는다. "그 후에 우리는 이 주제를 다루는 책이 미국에서 새로 출간될 때마다 프로이트 교수에게 보내주었다. 프로이트는 책을 받으면 항상 고맙다는 편지를 보내왔다."

블랜턴 부부가 프로이트를 마지막으로 만난 것은 1938년으로, 당시 프로이트는 나치의 박해를 피해 빈에서 런던으로 건너온 지 얼마 되지 않은 시점이었다. 스마일리의 정신 상담은 프로이트가 턱 수술을 받는 바람에 예상보다 일찍 끝났다. 프로이트는 이번에도 마거릿과 간단히 대화를 나누며 스마일리를 "머나먼 대서양 너머로 건너오게 해놓고 상담을 갑자기 중단할 수밖에 없어서" 미안하다는 사과의 말을 건넸다. 그러면서 부부의 계획에 대해 마거릿에게 물어봤다. 그녀는 뉴욕으로 돌아가기 전에 남편이 "이리저리 조사해보고 셰익스피어에 관한 지식을 보강하기" 위해 "스트랫퍼드 어폰 에이번에서 며칠 머물 작정"이라고 말했다. 프로이트는 이 소식을 듣고 "뜬금없이 평소답지 않게 신랄한" 태도로 대답했다. "스마일리 씨는 스트랫퍼드 출신의 사내가 그 희곡들을 썼다고 정말 믿고 있습니까?" 프로이트는 스마일리가 『17대 옥스퍼드 백작 에드워드 드 비어로 밝혀진 "셰익스피어"』를 읽도록 만들었지만 애초에 기대하던 효과를 거두지는 못했다. 마거릿은 프로이트가 "그 누구보다 그 희곡들을 정말 잘 알고 있고 사랑"했지만 "스트랫퍼드 출신의 사내"를 믿지는 못했다고 생각했다. 그녀의 글에 따르면, 8년 전에 처음으로 프로이트가 남편을 옥스퍼드 지지자로 만들려고 시도했을 때 남편이 "얼마나 힘들어했는지" 말하고 싶은 마음이 간절했지만, "교수님께 유머 감각이 있다 하더라도" "그런 모습을 직접 본 적이 한 번도 없었다는 생각이 문득 들어" 지금은 그 이야기를 꺼내지 않는 편이 최선이라고 결론지었다고 한다. 즉, 그 이야기를 들어도 "그의 마음이 풀리지 않았을 것"이라 여기고는 입을 다물었다.

프로이트는 옥스퍼드 원작자설을 마지막 순간까지 제기하다가 1939년 9월에 사망했다. 그의 추종자들은 이 곤란한 상황을 조용히 잠재우지 못하자 어째서 프로이트가 말년에 그토록 열정적인 옥스퍼드 지지자가 되었는지 설명하려고 기를 썼다. 한 예로, 프로이트의 공인된 전기작가 어니스트 존스는 모종의 "사고방식으로 인해 프로이트가 겉보기와 실체가 다른 사람들에게 특별히 관심을 갖게 되었다"고 믿었다. 라마르크설을 받아들여 모세가 이집트인이라고 주장한 전력으로 보아, 프로이트가 비인습적인 견해들에 마음이 끌렸다는 사실은 부인할 여지가 없다. 그가 모세에 대해 펼친 다음의 주장은 셰익스피어에게도 그대로 적용된다. "한 나라의 국민이 자랑스러워하는 가장 위대한 후손을 그들로부터 빼앗는 것은 즐거운 마음이나 경솔한 생각으로 할 만한 일이 아니다."

하지만 직관에 어긋나는 생각을 하는 것보다 여기서 더 위험한 일은 프로이트의 지적 돌파구와 이따금 부딪힌 막다른 벽을 모두 정당화시킨 성향이었다. 존스는 그런 성향을 용인하기는 했지만 그래도 자기만의 수용 범위는 정해두었다. 셰익스피어를 부정하는 프로이트의 견해는 "가족 로맨스에서 파생된 개념"이자 "현실의 어떤 부분들이 변할 수 있다는 희망"이라는 것, 다시 말해 우리는 자신의 생각과 전혀 다른 인물일지도 모른다는 것까지가 그의 마지노선이었다. 또 한 명의 프로이트의 주요 전기작가인 피터 게이는 존스의 설명을 일축하고 모두 모성애로 인해 비롯되었다는 대안적인 정신분석 이론을 지지했다. 프로이트가 셰익스피어의 정체성에 관심을 가졌을 뿐만 아니라 여러 수수께끼를 해결하려고 시도한 것은 "필연적인 활동으로, 그는 이를 통해 부성애, 아니 심지어 모성애에 대한 자신의 주장을 되풀이할 수 있었다"는 것이다. 게이로서는, "정체가 불분명한 스트랫퍼드 출신의 사내를 포기하고 옥스퍼드 백작처럼 확실한 인물을 원작자로 추정하는 것이 평생의 연구 과제에 속했다". 그는 이 문제를 "프로이트의 지식욕에 담긴 성적인 요소"와 결부시킨다. 내가 보기에 이는 상당히 무모할뿐더러, 근대의 한 위대한 인물이 셰익스피어에게 등을 올린 이유를 설명하기보다는 성격분석적 해석이 얼마나 매혹적인지 알려주는 듯하다. 어쩌면 해답은 다른 곳에 있을지도 모른다. 말하자면 프로이트가 옥스퍼드의 정당한 권리를 헌신적으로 주장한 것은 심리학적 수수께끼가 아니라, 정신분석학의 초석인 오이디푸스 이론을 위협하는 존재에 대한 반응이었다. 결과적으로 이것은 셰익스피어의 인생과 작품의 전기적 해석에 조금도 기대지 않았다. 이런 관점에서 보면, 프로이트는 불가피하고도 필연적으로 스트랫퍼드의 셰익스피어를 거부할 수밖에 없었다. 어쨌든 다른 사람들의 주장이 무수히 그랬듯이 그의 주장 역시 셰익스피어 희곡들의 원작자보다는 회의론자들에 대한 정보를 더 많이 드러낸다.

프로이트가 태어난 1856년은 델리아 베이컨이 『퍼트넘스 먼슬리 매거진』에 기고한 논문이 셰익스피어 원작자 논쟁에 불을 붙여 순식간에 영국과 미국, 유럽 대륙 전역을 휩쓸었던 해였다. 그리고 그가 태어난 세상은 셰익스피어를 가장 위대한 근대 작가라고 칭송하는가 하면 장갑 제조업자의 아들이 그처럼 비범한 예술작품들을 창작하기는 힘들 것이라는 의문을 무수히 제기하기도 했다. 이 풀리지 않는 갈등은 프로이트가 셰익스피어의 정체성에 대해 평생토록 모순적인 태도를 보이도록 만들었는지도 모른다. 여덟 살 무렵에 프로이트는 셰익스피어의 희곡들을 읽고 얼마 가지 않아 그 작품들을 인용하게 되었으며 그 뒤로 평생을 그렇게 지내왔다. 그는 영문학에 통달했으며(10년 동안 "영어 책만 읽었다")『햄릿』과『맥베스』를 "가장 위대한 세계문학 10편"으로 꼽았다.

프랜시스 베이컨이 이 희곡들을 썼다는 주장에 대해 프로이트가 중립적인 입장을 유지하기는 그리 쉽지 않았다. 한 예로, 프로이트의 스승 중 한 명인 저명한 뇌 해부학자 테오도어 마이네르트는 베이컨이 그 희곡들의 진짜 저자라고 확신하고는 프로이트를 설득하려고 노력했던 듯하다. 프로이트는 이 말에 설득당하지는 않았지만(후년에 가서 그는 자신이 "베이컨 가설을 항상 비웃었다"며 리턴 스트레이치에게 말하곤 했다) 마이네르트의 열정을 함께 나누기 싫은 마음이 정당하다고 입증해야 한다는 강박관념에 시달렸다.

프로이트의 당시 생각들이 우리에게 알려진 주된 경로는 그가 가장 가까운 친구인 빌헬름 플리스에게 보낸 편지와, 약혼녀 마르타 베르나이스와 헤어져 있던(그녀의 어머니가 두 사람을 갈라놓을 작정으로 딸을 빈에서 함부르크로 보냈다) 3년 반 동안 주고받은 편지를 통해서였다. 이 중에서 프로이트가 플리스에게 보낸 편지들은 출판되었으며, 베르나이스와 주고받은 편지들은 현재 미국 국회도서관 프로이트 기록보관소에 보관 중이며 앞으로도 오랫동안 일반에 공개되지 않을 것이다. 어니스트 존스를 포함해서 소수의 인물만 그 편지를 읽어도 좋다는 허락을 받았으며 그 편지들 중 일부는 발췌되거나 출판되었다.

이 발췌문(1883년 6월에 마르타 베르나이스에게 쓴 편지의) 중 하나에서 프로이트는 베이컨이 셰익스피어의 희곡들을 썼다는 마이네르트의 확신에 대해 언급한다. 프로이트는 이 견해에 동의하지는 않으면서도 그 희곡들이 셰익스피어의 작품이라기보다는 여러 사람의 합작품이라고 주장한다. "셰익스피어의 성취를 몇 명의 경쟁자에게 나누어줄 필요성이 크다." 한 사람의 지성으로는 문학적으로나 철학적으로 그처럼 방대한 범위의 지식을 모두 아우를 수 없기 때문이었다. 만약 베이컨이 위대한 철학 저술들과 더불어 그 희곡들마저 집필했다면 그는 "이 세상이 배출해낸 역사상 가장 영향력 있는 지성이었을 것이다". 불행히도 이런 논평들이 나온 전후 사정은 물론이고 베르나이스가 어떻게 반응했는지에 대해선 전혀 알려지지 않았을뿐더러 그들의 편지도 여전히 비공개 상태이기 때문에, 뛰어난 두뇌와 비상한 창조적 재능의 한계로 인해 젊고 야심에 찬 프로이트가 고심하는 모습이 그 편지에 어느 정도까지 드러났는지는 도무지 알 수 없는 형편이다. 그가 집단 저술에 매력을 느꼈다는 사실은 당시에 자신의 저술 활동과 관련해 어떤 걱정을 하고 있었는지에 대해 더 많이 알려줄 듯싶다. 그리고 정식 교육을 많이 받지 못한 스트랫퍼드 출신의 시골 남자 혼자서 그토록 많은 업적을 이루었다는 사실에 대해 고등교육을 받은 도회풍의 프로이트가 믿지 못할 수밖에 없었던 당시의 문화적 편견에 대해서도 많은 점을 시사한다.

마이네르트를 비롯해 여러 사람이 지지한 베이컨 원저자설은 프로이트를 오랫동안 번민에 빠뜨렸다. 제1차 세계대전이 발발하기 직전, 프로이트는 원작자 문제를 최종적으로 해결하기 위한 노력의 일환으로 제자인 어니스트 존스에게 "정신분석 방법들과 견주어 베이컨 지지자들이 이용한 해석 방법들을 철저히 연구해달라고 부탁했다. 그러고 나면 그 문제는 틀린 것으로 입증되고" 그의 마음도 "진정되리"라는 생각에서였다. 하지만 존스는 셰익스피어 혼자서 그 희곡들을 썼다고 확고부동하게 믿었으며, 이 작업에 착수하면 『햄릿』과 오이디푸스에 대한 자신의 저술을 위태롭게 만들 가능성이 있었으므로 그의 제안을 거절했다. 만약 그 희곡들이 집단 저술되었다는 믿음을 프로이트가 끝내 저버리게 된 정확한 시기와 이유는 무엇인지, 그리고 이런 변화가 생긴 시점이 개인의 심리, 무의식과 창의성 형성과의 관계, 그리고 예술가와 분석가의 유사성에 대해 그가 점차 관심을 갖게 된 시기와 일치하는지 알 수 있다면 상당히 유용할 것이다.

프로이트가 플리스에게 보낸 편지에는 1896년에 아버지가 사망한 뒤로 그가 겪은 인생의 격동이 고스란히 담겨 있다. 1896년은 정신분석학의 발전을 일궈낸 결정적인 해였다. 바로 이 무렵부터 프로이트는 유혹 이론을 포기하고 오이디푸스 이론으로 돌아서 환자들의 히스테리와 성적 학대 이론을 설명했기 때문이다. 이 몇 달 동안 프로이트가 셰익스피어와 『햄릿』에 대해 내놓은 설명들은 흔히들 이론 전환의 부산물이라고 이야기하지만 알고 보면 그 인과관계는 그보다 훨씬 더 복잡하다.

당시 프로이트에게 커다란 영향을 미친 책은 그 얼마 전에 출간된 게오르그 브라네스의 『윌리엄 셰익스피어』(프로이트가 수십 년 뒤에 오스트리아를 떠날 수박에 없었을 때 가져간, 그에게 대단히 의미가 큰 책)였다. 브라네스는 이 책에서 셰익스피어의 인생과 예술의 연결 고리를 찾아냈고, 그 덕분에 이 연구법은 최대 전성기를 맞으며 독일과 영국의 낭만주의 작가들이 작품에서 널리 활용하게 되었다. 브라네스에 의하면, "햄릿의 정신적인 삶을 표현하면서" 셰익스피어는 "최근 몇 년 동안 자신의 심장을 가득 채우고 뇌를 요동치게 만든 모든 생각을 대단히 자연스럽게 토해낼 수 있었다. 그는 이 창작품이 자신의 심장 깊은 곳의 피를 마시도록 내버려두었다. 다시 말해, 펄떡펄떡 뛰는 자신의 맥박을 그 작품으로 이동시킬 수 있었다. (…) 표면적으로 볼 때 햄릿의 운명과 그의 운명이 완연히 다른 것은 주지의 사실이다. 그는 암살로 아버지를 여의지도 않았고 그의 어머니가 몸을 더럽히지도 않았기 때문이다. 하지만 이 세부 사항들은 하나같이 표면적 기호와 상징에 지나지 않았다. 햄릿이 경험한 일을 그 역시 모두 겪었다. 하나도 빼놓지 않고".

브라네스의 두 가지 표제 '햄릿의 심리'와 『햄릿』의 개인적 요소'는 프로이트의 관심사들을 직접적으로 언급한다. 그리고 셰익스피어가 『햄릿』을 집필하기 시작했을 당시의 심리 상태를 설명하는 브라네스의 글은 프로이트를 설득했다. 브라네스는 이렇게 적는다. "1601년에 셰익스피어의 가슴속에서는 온갖 감정의 소용돌이가 휘몰아쳤"는데 대부분 존 셰익스피어의 죽음으로 인한 것들이었다. "아버지 곁을 지키던 젊은 시절의 기억이 셰익스피어의 마음속에 하나같이 되살아났고 추억들이 뭉게뭉게 피어올랐으며 아들과 아버지의 근본적인 관계가 그의 머릿속을 온통 차지했을 뿐 아니라, 자식이 부모에게 응당 느껴야 할 사랑과 공경에 대한 깊은 사색이 이어졌다." 브라네스가 보기에는 셰익스피어가 아버지를 여읜 뒤로 곧장 『햄릿』이 탄생했다. "셰익스피어는 최초의 친구이자 보호자였던 아버지를 잃었고 아버지의 명예와 평판은 그에게 무척이나 소중했다. 바로 그해에 『햄릿』은 그의 상상 속에서 구체화되기 시작했다."

1900년에 프로이트는 『꿈의 해석』에서 자신이 오이디푸스 콤플렉스와 무의식의 작용을 어떻게 이해하게 되었는지 설명하면서 그 과정에서 누군가에게 신세를 졌음을 인정했다. "햄릿에서 우리가 정면으로 마주치는 것은 당연히 시인 자신의 정신밖에 없을지도 모른다. 게오르그 브라네스의 셰익스피어 연구서(1896)에 보면, 『햄릿』은 셰익스피어가 부친과 사별한 직후에(1601) 아버지를 향한 어린 시절의 감정이 새롭게 되살아난 상태에서 집필한, 다시 말해 사별의 영향을 직접적으로 받은 작품이라는 진술이 있다. 게다가 어린 나이에 사망한 셰익스피어 아들의 이름이 '햄릿'과 동일한 '햄닛'이었다고 한다."

셰익스피어가 아버지의 죽음에 크게 영향을 받았다는 브라네스의 주장을 뒷받침할 만한 증거는 전혀 없지만, 프로이트가 이와 비슷한 상실을 경험하고 어떤 반응을 보였는지에 대해서는 증거가 있다. 아버지를 여의고 2주 뒤인 1896년 11월 초, 프로이트는 플리스에게 이렇게 고백했다. "공적인 의식意識 뒤에 감춰진 이 비밀스러운 한 가지 경로를 통해 아버지의 죽음은 나에게 크게 영향을 미쳤다네. (…) 아버지의 인생은 그분이 돌아가시기 오래전에 이미 끝나버렸지만 [나의] 내적 자아 속에서 과거 전체가 이 사건으로 인해 다시 깨어났다네. 이제 나는 뿌리가 뽑힌 듯한 기분이 든다네."

그 뒤로 몇 달 동안 프로이트는 돌아가신 아버지에 대한 모순된 감정들과 씨름하는 한편 전례가 없는 부단한 자기분석 작업에 착수했다. 그 후로 그가 플리스에게 보낸 무자비하게 솔직한 편지들, 즉 세상에 등장하리라고는 상상도 못 한 편지들과 제 손으로 파기해버린 답장들에는 그가 새로운 무의식 이론에 가까워지는 동안 보여준 창의적인 비약과 실수들이 기록되어 있다. 1897년 여름, 프로이트는 스스로 햄릿 증후군이라고 설명했을 법한 증상을 경험하던 중이었다. "내가 현재 겪고 있는 지적인 마비 같은 증상은 아직 한 번도 상상해본 적이 없었네. 내가 적어 내려가는 모든 문장이 고문이지. (…) 그동안 나는 신경과민 증상을 경험해온 끝에 의식으로 이해할 수 없는 기이한 정신 상태가 되었다네. 어디서도 한 줄기 빛조차 거의 들지 않는 흐릿한 생각과 어렴풋한 의심만 남았지." 아버지의 무덤을 방문한 뒤인 1897년 8월에 프로이트는 그 어느 때보다 무력한 기분이 들었다. 그리고 아버지에 관한 꿈을 계속 꾸었는데 그 꿈에는 다음과 같이 적힌 푯말이 등장했다. "눈을 감아주십시오." 프로이트는 이 문장이 자책의 표현이라고, 다시 말해 자신이 지켜야 할 "망자에 대한 의무"와 관련 있다고 해석했다. 프로이트는 아버지의 죽음을 애도하는 가운데 지적 마비 상태를 해결하고 자기 자신, 아버지, 그리고 정신의 작용 방식에 대해 완전히 오해했는지 결정하려고 애썼다.

다음 달, 프로이트는 유혹 이론을 포기했다. 그러고는 이 "커다란 비밀"을 플리스에게 털어놓았다. "나는 신경증 이론Neurotica을 더 이상 믿지 않는다네." 그 이론을 믿으면 자신의 아버지가 성적 학대에 연루되었다고 암시하는 셈이나 마찬가지임을 깨달았던 것이다. "어떤 경우든 내 아버지를 포함해 모든 아버지가 정도를 벗어났다고 비난받을 수밖에 없는 상황이었지." 이 문제가 자신이 겪은 "사소한 히스테리"의 원인도 환자들의 히스테리 원인도 아니라고 주장하면서 프로이트는 다시 한번 혼란스러워졌다. "억압과 그 힘의 상호작용을 이론적으로 해석하는 데 실패했기 때문에 내 입장이 어느 쪽인지는 나로서도 도저히 모르겠네." 이 순간 그는 자신과 햄릿이 닮았다는 사실을 인식하고는 "만반의 준비가 되어 있다"●는 그 왕자의 말을 플리스에게 인용했다. 10월이 되자 마침내 상황이 분명해졌다. 그는 『오이디푸

● '준비readiness'라는 단어는 『햄릿』 5막 2장 햄릿의 대사 "요는 준비라네the readiness is all"에도 등장하지만, 정작 이 책의 인용구인 "만반의 준비가 되어 있다in readiness" (4막 3장)는 왕자가 아니라 클로디어스, 즉 왕의 대사다.

스 왕』과 『햄릿』이라는 문학적 사례를 통해 새로운 이론을 인정하고 그것이 사실임을 확인할 수 있었다. 프로이트는 흥분해서 플리스에게 다음과 같은 편지를 썼다. "보편적 가치에 대해 한 가지 생각이 분명해졌다네. 나 역시 해당되는 이야기이지만, 어머니와 사랑에 빠지고 아버지에게 질투를 느끼는 [현상]이 존재하더군. 이제 나는 이런 현상을 유아기에 일어나는 보편적인 사건으로 간주하고 있네. (…) 만약 그렇다면, 『오이디푸스 왕』이 뿜어내는 흡인력을 이해할 수 있지." 이 "그리스 신화는 사람들이 자기 내면에서 느낄 수 있기 때문에 누구나 그 존재를 인정하는 강박을 포착하고 있네. 관객들은 모두 공상에 빠진 풋내기 오이디푸스 시절을 겪었으므로 이 작품에서 꿈이 현실로 옮겨져 실현되는 모습을 보고 공포심으로 움츠러드는 거지."

소포클레스의 희곡은 그의 이론에 이름을 지어주었지만 저자의 사고방식에 토대를 제공한 것은 『햄릿』이었다. "불현듯 그와 똑같은 것이 『햄릿』의 밑바탕에도 존재할지 모른다는 생각이 내 머릿속을 스쳐 지나갔다. 나는 셰익스피어가 의식적으로 의도했다고 생각하기보다는 시인이 무의식적으로 주인공의 무의식을 이해했다는 점에서 **진짜 사건**에 자극을 받아 시인이 작품을 그렇게 묘사하게 되었다고 믿는다." 이 주장은 정말 놀라웠다. 프로이트는 셰익스피어가 햄릿의 경험을 묘사하기 위해 타인의 경험을 빌리거나 이야기를 지어낸 것이 아니라 직접 체험했다고 시사했기 때문이다. "진짜 사건", 즉 아버지가 사망한 직후에 그 작품을 집필함으로써 셰익스피어는 오이디푸스 콤플렉스라는 양가적 감정을 느끼게 되었다. 이는 얼마 전에 프로이트 자신이 아버지를 여의면서 겪은 감정과 상당히 비슷했다.

더 나아가, 자기분석 덕분에 프로이트는 셰익스피어를 분석하고 셰익스피어가 아버지를 여읜 후유증으로 느낀 심각한 오이디푸스적 양가감정의 흔적을 그 작품에서 확인할 수 있었다. 이에 비해 프로이트는 직접 꾼 꿈의 잔해에서 그 감정을 확인했다. 그는 햄릿과 셰익스피어 모두에게 정신적 유대감을 느꼈기 때문에 이들이 각기 경험한 히스테리를 성공적으로 진단했다고 확신하게 되었다. 어니스트 존스의 생각으로는 "프로이트가 테베의 수수께끼도 풀었으므로 이 스핑크스의 수수께끼도 푸는 데 적합했다".

프로이트는 숙원하던 햄릿의 지연에 대한 해명을 오이디푸스 이론이 제공해주었다고 확신했다. "한때 자신도 어머니에 대한 욕정으로 아버지에게 그와 똑같은 행동을 저지르려고 계획했었다고 어렴풋이 기억하면서 그 고통을 겪는 것보다 얼마나 나은가, 그리고 '모든 사람이 분수에 맞는 대접만 받는다면 채찍질을 피해야만 할 사람이 어디 있겠는가?'•햄릿이라는 퍼즐의 다른 조각들은 순식간에 딱 맞아떨어졌다. "그의 의식은 그의 무의식적인 죄책감이다. 그리고 오필리어와 대화를 나누면서 그가 내비친 성적 소외감은 히스테리 환자의 전형적인 증세 아닌가? (…) 또한 동일한 적수에게 독살당하는 아버지와 동일한 운명을 겪음으로써 결국 그는 나의 히스테리 환자들과 동일한 놀라운 방법으로 자신을 처벌하지 않던가?" 그리고 나서 프로이트는 꼬마 한스와 안나 오, 쥐 인간, 도라 같은 좀더 유명한 사례 연구로 넘어가기도 했지만 여러모로 셰익스피어는 그의 가장 중요한 사례 연구였다.

프로이트 이후의 시대에서는 어느 하나 놀라울 것이 없겠지만, 정

• 인용문 안의 인용문은 『햄릿』 2막 2장에서 햄릿의 대사다.

작 프로이트는 이 이론이 동시대인들에게 얼마나 기괴하게 들리는지 통절히 인식하고 있었다. 당시 사람들은 햄릿의 지연에 대해 일반적으로 두 가지로 설명했다. 즉, 그 왕자가 생각이 너무 많아 무력해졌거나 "병적으로 결단력이 없었다"는 것이다. 프로이트는 자신이 나타나기 전까지 "사람들이 주인공의 성격에 대해 전혀 모르는 채로 지내왔다"고 믿었다. 그도 그럴 수밖에 없는 것이, 그가 막 개척한 종류의 자기분석은 여태껏 누구도 경험한 적이 없었기 때문이다.

프로이트는『오이디푸스 왕』과『햄릿』이 본질적으로 다르다고 강력히 주장했다. 오이디푸스 콤플렉스는 시대를 초월한 성향이겠지만 근대세계에서는 다른 모습으로 등장했다는 것이다. 그래서 "셰익스피어의『햄릿』이『오이디푸스 왕』과 똑같은 토양에 뿌리를 두기는" 했지만 "동일한 소재를 다른 방식으로 다룸으로써 현격히 다른 두 문명 시대의 정신적 삶에 담긴 엄청난 차이가 드러난다. 인간이 정서생활에서 느끼는 억압이 오랜 세월에 걸쳐 증가했기 때문이다". 소포클레스의 희곡에서, "작품의 기저에 깔린 아이의 동경 어린 공상은 외부에 알려지면서 꿈에서 그러하듯이 실현된다. 반면『햄릿』에서의 공상은 여전히 억압되어 있다. 그리고 신경증의 경우와 마찬가지로, 우리는 공상을 억제하고 난 뒤에야 비로소 그것이 존재한다는 사실을 알게 된다".『오이디푸스 왕』은 한층 오래된 문명의 산물이다. 이와 대조적으로『햄릿』은 근대정신의 산물이며, 따라서 우리 자신에 대해 더 많은 것을 말해줄 수 있다. 하지만 우리의 정신적 삶에서 "억압이 오랜 세월에 걸쳐 증가했기" 때문에 신경증적 행동의 잠재 원인을 알아내기 위해서는 오로지 정신분석을 활용하는 수밖에 없다. 어쩌면 프로이트는, 셰익스피어 그리고 그가 살고 일했던 초기 근대 문화란 소포클레스의 세계와 현대세계의 사이 그 어딘가에 있었다고 수긍했는지도 모른다. 그래도 셰익스피어가 자신의 새로운 이론을 입증할 핵심 증인이 될 것이라고는 인정할 수 없었다. 프로이트의 햄릿이 실로 근대적인 인간이어야만 했다면 셰익스피어는 동시대의 인물이어야 했기 때문이다.

프로이트가 유혹 이론을 버리고 『햄릿』의 문제를 해결하도록 만들어준 개념들은 쉽게 해결되지 않는다. 프로이트는 오이디푸스 이론이 옳다는 사실이 무엇으로 확인되는지에 대해 의문을 제기해보지도 않은 채, 그 작가가 아버지를 여읜 뒤부터 했던 경험과 『햄릿』에 대한 자신의 견해를 쉽사리 포기할 수 없었다. 『햄릿』이 존 셰익스피어의 사망 뒤에 집필되었다는 생각을 기반으로 한 해석에서 이런 기대를 품는 것은 크게 무리가 있었다.

🙐

세월이 흘렀다. 추종자와 환자들이 프로이트에게 몰려들었고 정신분석학은 번창했다. 『햄릿』은 정신분석학의 고전적 텍스트인 동시에 수요 심리학회Wednesday Psychological Society의 선호 주제가 되었다. 이 모임에서 프로이트는 제자들과 함께 셰익스피어가 "아버지의 죽음에 대한 반작용"으로 그 희곡을 쓰게 된 경위에 대해 탐구했다. 프로이트의 측근 중에서 영어를 모국어로 사용하는 유일한 인물인 어니스트 존스는 이 이론을 자세히 설명하는 데 헌신했다. 처음에는 1910년에 발표한 짧은 논문에서, 마지막으로는 1949년에야 비로소 출판된 유명한 저서 『햄릿과 오이디푸스Hamlet and Oedipus』에서 이에 대해 언급한 바 있다. 그 주제에 한창 매달리고 있던 1920년대 초반에 그는 프로이트로부터 달갑지 않은 편지 한 통을 받았다. 편지에는 이렇게 적혀 있었다. "'우연한' 계기로 『햄릿』에 관한 새로운 자료가 있다는 글을 발견했다네. 이 문제는 나만큼이나 자네도 분명히 관심이 있을 걸세." 이 편지를 보내기 전에 프로이트는 게오르그 브라네스의 최신작 『미니어처Miniaturen』(1919)를 읽고 자신이 중요하게 의지하던 주장이 철회된 것을 발견했다. 즉, 셰익스피어가 아버지를 여읜 뒤인 1601년에 『햄릿』을 집필했다는 이전 주장을 브라네스 스스로 부인한 것이었다. 이제 프로이트의 이론이 위태롭게 의존해오던 그 희곡의 집필 연대는 틀린 것처럼 보였다. 엘리자베스 여왕 시대의 작가 게이브리얼 하비가 적은, 『햄릿』이 1599년 초반이나 아무리 늦어도 1601년 초반에 집필되었다는 내용의 방주가 발견되자 브라네스는 마음을 고쳐먹었던 것이다. 프로이트는 어쩔 수 없이 다음과 같이 인정했다. "『햄릿』은 스펜서가 사망하기 전에, 아니 어떤 일이 있어도 에식스 백작이 사망하기 전에, 다시 말하면 지금까지 믿어온 날짜보다 훨씬 더 이른 시기에 상연되었다네. 그러면, 셰익스피어의 아버지가 이와 같은 연도인 1601년에 사망했다는 사실을 기억하게! 우리의 이론을 지지할 생각이 있는가?"

존스는 차분하게 답장을 쓰며 자신의 연구에 위해를 가할 조짐이 있는 이 사태에 대해 "조사해서 알려주겠다"고 약속한다. 답장을 보내기 전에 그는 이 새로운 증거와 관련해 다른 문학 연구가들, 그중에서도 특히 당대 영국 최고의 셰익스피어 학자인 시드니 리가 제시한 주장을 살펴보았다. 자기 나름의 이유로 리 역시 『햄릿』의 집필 시기가 늦었다는 주장을 포기할 마음이 없었으므로 독창적이지만 다소 부자연스러운 의견을 생각해냈다. 즉, 하비가 "역사적 현재 시제"

를 사용했기 때문에 고인이 된 스펜서와 에식스 백작을 마치 살아 있는 사람처럼 이야기한 듯한 암시를 주었다는 것이다. 이로 인해 그는 다음과 같이 결론 내렸다. "따라서 하비는 셰익스피어의 『햄릿』의 정확한 집필 날짜나 초연 시기를 결정할 수 있는 실마리를 전혀 제공하지 못했다." 어쩌면 이런 이유로 존스는 그토록 확신에 차서 그런 전문 용어를 사용하며 프로이트를 다음과 같이 안심시켰던 듯하다. "선생님이 인용한 구절이 집필 시기를 전적으로 입증한다고는 생각지 않습니다. 그 구절은 역사적 현재 시제로 쓰였을 가능성이 있기 때문입니다."

프로이트는 하비의 방주에 대한 증거가 "문제를 해결하기"에는 여전히 "불완전하기 짝이 없다"는 데 동의했다. 하지만 존스와 달리, "정신분석학에서 전기와 문학에 이르기까지 우리의 수많은 적용 분야에는 파악하기 힘든 문제가 많다는 사실을" 알고 있기에 자신의 입장을 고수하고 싶지 않았다. 그는 레오나르도 다빈치의 약력에 대해 추측을 통해 몇 가지 결론을 내렸다가 훗날 어쩔 수 없이 이를 철회한 경험이 있었으므로 셰익스피어도 이와 마찬가지 경우일 수 있다고 받아들였다. "이것은 희미한 자취를 기반으로 결론을 내리고 사소한 조짐들을 최대한 활용하는 우리의 방법에 내재된 위험이다."

저자가 오이디푸스적 갈등의 여파로 『햄릿』을 썼다는 프로이트의 확신은 여전히 흔들리지 않았지만 그 희곡의 집필 연대가 변경되면서 이제 스트랫퍼드의 셰익스피어가 저자라는 사실에 의문이 제기되었다. 어쩌면 어떤 음모가 끝내 벌어졌고 '셰익스피어'는 가명이었는지도 모른다. 바로 그런 이유로 그와 제자들은 나머지 정본들을 정신분석학적 관점에서 탐구하는 데 성공하지 못했는지도 모른다. 사실 『햄릿』을 제외하면 많은 내용을 분석해낸 작품이라고는 『맥베스』와 『리어왕』 『베니스의 상인』밖에 없었는데 이마저도 전혀 획기적이지 않았다.

셰익스피어의 미천한 출신과 그 대단한 천재를 향한 세간의 속된 기대를 조화시키는 데 오랫동안 어려움을 겪으면서 프로이트의 의심은 깊어만 갔다. 그가 『문명 속의 불만』에서 인정했듯이, 셰익스피어처럼 대단히 뛰어난 예술가의 "문화 수준"에 대한 그의 관념은 "문 앞에 똥 무더기가 높이 쌓여 있던 스트랫퍼드 본가"에서 성장한 남자의 문화 수준과 조화를 이루기 힘들었다. 1908년에 프로이트는 영국의 국립초상화미술관을 방문해 그곳에 걸려 있던 셰익스피어의 챈도스 초상화를 정면으로 바라보았고 그 극작가가 워릭셔에 뿌리를 두고 있다는 사실을 한층 더 의심하게 되었다. 그림을 본 순간 영국인의 얼굴이 아니라 라틴계 얼굴이 자신을 마주 바라본다고 생각되었기 때문이다. 그는 "셰익스피어가 보통 사람과는 다르게, 즉 전혀 영국인답지 않게 보일" 뿐 아니라 "얼굴이 곧 인종"이라고 기록했다. 프로이트의 마음속에는 셰익스피어가 프랑스 혈통이고 그의 이름이 "자크 피에르Jacques Pierre"에서 변형된 것이라는 의심이 솟아났다. 프로이트가 옥스퍼드 지지자가 된 이후에 존스가 유감을 표명했듯이, 옥스퍼드 백작 가문의 이름인 '드 비어'는 노르만족의 이름이었으므로 그 희곡들의 저자가 영국 혈통을 물려받지 못했다는 프로이트의 믿음을 강화시켰다. 프로이트는 마이네르트가 처음에 제기했던 의심들을 도저히 떨쳐버리지 못했던 듯하지만, 그래도 베이컨이 그 희곡들을 썼다는 생각은 도저히 받아들이지 못했다. 이 문제는 여전히 풀어야만 할 수수께끼로 남겨졌다. 1921년에 존스와 서신 교환을 통해 『햄릿』의 집필 연대에 관해 논의한 지 얼마 지나지 않아, 프로이트는 비학祕學

과 마찬가지로 원작자 논쟁 역시 항상 당혹스럽게 느껴졌다고 친구이자 제자인 막스 아이팅곤에게 고백했다. 이제 65세로 접어든 프로이트는 원작자 문제를 해결하고 싶은 마음이 간절한 만큼 의심스러운 마음도 컸다. 그가 아이팅곤에게 건넨, 절반은 선언이고 절반은 질문에 가까운 말은 이런 망설임을 잘 포착한다. "그렇다면 그 저자들이든 베이컨이든 간에 그에 관한 음모를 나는 믿는가?"

인류교파 로니의 탐구

19세기가 막을 내릴 무렵 수많은 사람은 셰익스피어를 (벤 존슨이 처음 이름 붙였듯이) "우상 숭배에 가까울 정도로" 존경했다. 반면 소수의 사람은 우상 숭배 쪽으로 완전히 넘어갔다. 여기에는 인류교의 뉴캐슬 온 타인 지부의 회중이 속해 있었고, 이들은 하느님이 아니라 셰익스피어와 "인류의 종교 지도자들"을 찬양하는 찬송가를 불렀다. 그들의 기도서에는 모세 및 사도 바울과 동시에 언급된 호메로스, 단테, 셰익스피어와 더불어 "본래의 나약한 존재에서 현재의 강인한 존재로 인류를 성장시킨" 사람들을 숭배하는 '기념 기도문act of commemoration'이 포함되었다.

셰익스피어의 친숙한 얼굴은 인류교의 예배당을 장식하는 그들만의 "관례적인 (⋯) 흉상과 상징물들" 사이에서 볼 수 있었다. 이들은 기존 달력을 수정해 해마다 가을이면 구텐베르크 달과 데카르트 달 사이에 자리한 셰익스피어 달을 기념했다. 몇 해 전, 런던에 상주하는 인류교 회원들은 "셰익스피어에게 경의를 바치기 위해 순례자로서"

스트랫퍼드 어폰 에이번을 다녀가기까지 했다. 그 단체의 『위대한 인물들의 새로운 달력New Calendar of Great Men』에 등장한 셰익스피어 항목을 보면, 그들이 무슨 이유로 셰익스피어를 숭배했는지 어느 정도 알 수 있다. 즉, 셰익스피어는 인류교의 계율을 예측했을 뿐만 아니라 이를 구현하기까지 했다는 것이다. 그들이 믿는 셰익스피어는 "가톨릭 봉건주의가 수 세기 동안 만들어낸 외면적·내면적 아름다움이 여전히 풍부한 사회에 탄생"했다. 그들의 셰익스피어는 이 "쇠망해가는" 중세세계의 보수적인 정신을 숭배했지만 그럼에도 불구하고 "자신이 알았던 어떤 공식적인 기독교 신앙에도, 튜더 왕가를 둘러싸고 음모를 꾸미는 정치인들에게도 거의 동조하지 않았다". 셰익스피어는 "전쟁 애호가는 아니었으나" "조국이 내적으로 안정되기를 갈망하는 열성적 평화주의자임에 분명했다". 더욱이 그의 희곡들은 "종교를 내세우지 않았으므로 인류교를 제외한 어떤 종교도 그 희곡들을 차지할 수 없다". 왜냐하면 "그는 인간의 정신을 자신의 교구로 생각했기" 때문이다.

종교적인 언어를 초월해서 보면 그들의 셰익스피어는 신분에 몹시 마음을 쓰고 누구나 제 분수를 지키는 세상을 그리워하는, 포스트가톨릭적이고 국수주의적이며 보수적인 인물이었다. 셰익스피어는 인류 진보의 역사에서 중요한 과도기적 인물로서 전통적인 과거에 뿌리를 두었지만 미래를 관측할 줄도 알았다. 그는 "사회학과 도덕학의 개념에 도달할 수는 없었지만 그것을 향해 열성적으로 손을 뻗었다". 셰익스피어에 관한 올바른 설명은 그의 가장 위대한 등장인물에게도 똑같이 들어맞는다. "중세 시대가 물려준 도덕적 질서에 거의 부합하는 삶을 살면서 자발적으로 그 질서의 상당 부분에 굴복한" 셰익스피어처럼, 햄릿은 굴복의 중요성을 인식했다. 햄릿은 '인간이란 무엇인가?'에 대해 곰곰이 사색하면서 "이기적인 욕망이 우위를 차지하려고 부단히 노력하고 있으므로" "통제가 필요하다고, 개인적인 통제만이 아니라 사회적인 통제, 그중에서도 종교적인 통제가 가장 필요하다"고 인정하는 것 외에 달리 무슨 뜻이 있었겠는가.

뉴캐슬의 독실한 신자들과 스트랫퍼드를 방문한 순례자들은 영국 실증주의자들로, 프랑스 철학자 오귀스트 콩트의 가르침을 본떠 새로 창설된 인류교의 지지자들이었다. 비록 콩트의 저술이 오늘날에는 널리 읽히지 않지만 19세기 후반 유럽, 그중에서도 특히 빅토리아 여왕 시대의 영국에서는 그 영향력이 엄청났다. 콩트의 저술에 드러난 특징은 진보와 질서에 대한 약속이었다. 프랑스 혁명의 여파 속에서 성장했던 콩트는 사회적 혼란에 대해 평생토록 반감을 지녔고, 일찌감치 가톨릭교회는 물론이고 형이상학적 신에 대한 믿음도 잃었다. 콩트는 종교와 과학, 도덕성의 원칙들을 조화시키면서 엄청나긴 하나 참고 견딜 수 있는 대가를 치러야 했다. 이 부분에 대해서는 그와 편지를 주고받은 존 스튜어트 밀이 철학서 『자유론』에서 "개인에 대한 사회의 폭정"이라고 요약한 바 있다. 콩트가 신에 대한 숭배를 대체할 인류교에 대해 생각하면서 그의 후기 작품은 종교적으로 변했다. 이제 진보는 질서에 앞자리를 내주었다. 인류가 숭배의 대상이 되기 위해서는 성사와 의식, 세속적 성인, 축제, 종교력, 성직 등을 두루 갖춘 정식 종교가 고안되거나 전통적인 기독교의 잡다한 의식들을 기반으로 어떻게든 대강 꿰맞춰져야만 했다(놀랄 것도 없이, 콩트의 실증주의 교회는 토머스 헨리 헉슬리에게 "가톨릭교에서 기독교를 제외시킨 것"이라는 비웃음을 샀다).

콩트의 영국인 제자는 대부분 옥스퍼드 대학에서 교육을 받은 지성인들로, 그의 초기 저술에서 체계화환 철학적·정치적 원칙을 널리 알리는 데 관심이 있었으므로 고인이 된 콩트의 종교적 태도 변화를 멀리했다. 이에 비해 규모가 작고 비교적 눈에 띄지 않는 영국 분파는 콩트의 인류교를 널리 알릴 교회를 세우는 데 온 힘을 쏟아부었다. 두 집단은 콩트의 실증주의 원칙에 한마음으로 충실했지만 1878년에는 둘 사이의 간극이 좁혀질 수 없는 수준으로 벌어져 결국 각자의 길을 걷게 되었다. 여기서 우리가 관심을 두는 것은 리처드 콩그리브가 주도한 비교적 영향력이 적고 수명이 짧았던 분파다.

⚜

불과 몇 년 뒤, 콩그리브는 '실증주의학파'를 '인류교파'로 변형시켰고 자신을 그 집단의 대사제로 지명했다. 그의 지도 아래 일요 모임은 일요 예배가 되었고 콩트의 원칙과 달력에 기반을 둔 성찬식, 축제, 성사가 실시되었다. 더 많은 개종자를 얻으려는 노력의 일환으로 콩그리브는 영국의 약 6개 도시에 자리한 위성 교회들을 지원했다. 인류교로 개종하는 경우는 극히 드물었고 노동자 계층의 신도들 사이에서는 유난히 희귀한 일이었으므로 세를 넓히는 과정은 고통스러울 정도로 느렸다. 1882년에는 정력적이고 야심에 찬 개종자, 맬컴 퀸이 각고의 노력을 기울여 뉴캐슬에 작은 전초 기지를 설립했으며 향후 20년 동안 신도를 늘렸다.

1899년에 콩그리브가 갑자기 세상을 떠나자, 그로부터 얼마 지나지 않아 퀸은 런던에 본거지를 둔 전국 단체의 통제권을 탈취하려 했다. 그러나 뉴캐슬의 신도들을 지도자 없이 내버려둘 생각은 없었으므로 1901년 10월 29세의 신도 J. T. 로니를 자신의 후계자로 선정했다고 발표했다. 로니는 "콩그리브 박사가" 직접 "성직자로 운명"지어줬던 인물이었다. 실제로 1899년 부활 주일에 콩그리브는 마지막 성사를 집전하는 동안 로니의 '성직 임명식'을 거행했다. 퀸은 이미 로니가 "사도의 직무에" "이따금 도움을" 주었을 뿐 아니라 "뉴캐슬 교회와 사도 직을 책임질 준비가 되어 있다"고 덧붙였다. 게다가 마침내 자금이 충분히 모여 로니를 지원해줄 수 있기를 바랐다. "왜냐하면 로니 씨가 자유롭게 연구를 수행하고 우리의 북부 홍보활동을 지속할 수 있도록 해주는 것이 우리의 대의명분에도 도움이 될 것이기 때문이다."

퀸은 쿠데타 시도가 실패로 끝나자 뉴캐슬의 지도자로 되돌아갔다. 로니의 위대한 순간, 다시 말해 뉴캐슬 교구의 지도 사제로 승진할 기회는 이렇게 다가왔다가 사라졌다. 콩그리브의 죽음은 이 단체의 종말이 시작될 조짐이었다. 향후 몇 년 동안 로니는 퀸의 '대중 교육'을 도왔고 심지어 어떤 영국 실증주의자도 일찍이 시도한 적이 없었던, 블라이스 인근 마을 시장의 '야외 설교'에 착수함으로써 자기만의 신도를 확보하려고 시도했다. 로니는 "새로운 분야와 방법의 실증주의 선전을 용감하게 처음 시도"한 것으로 칭송받았다. 그의 설교를 "대규모 청중이 끈기 있고 호의적으로 경청했다"는 소문도 있었다. 하지만 개종자들을 확보하려는 그의 노력은 거의 혹은 아무런 결과도 내지 못했다.

인류교파는 승계 위기에서 결코 회복하지 못했다. 퀸의 행동에 대한 보복으로 런던 회원들이 지방 교회들에 대한 자금 지원을 중단하자 1904년부터 지방 교회들은 폐쇄되기 시작했으며 뉴캐슬은 마지막까지 살아남은 지부에 속했다. 서로 소원해진 회원들은 급격히 쇠퇴하는 이 단체에서 일찌감치 달아나기 시작했다. 1910년에 뉴캐슬 교회가 마침내 문을 닫자 이 부지는 "유대인들이 인수해 그 위에 유대교 회당을 지었다". 셰익스피어의 흉상은 다른 대부분의 흉상과 더불어 뉴캐슬 문법학교에 기증되었다.

통상적으로 한 종파의 흥망성쇠에 관한 이야기는 크게 주목할 만한 가치가 없을뿐더러 셰익스피어 원작자 문제를 다룬 책이라면 특히나 그렇다. 그러나 맬컴 퀸이 런던에서 실권을 장악해 J. T. 로니가 자신의 뒤를 이어 여전히 건재한 인류교 뉴캐슬 지부의 지도자가 되도록 만들었다면 오늘날 셰익스피어 원작자 논쟁이 역사의 뒤안길로 사라진 문제 혹은 그 시대보다 오래 지속된 또 하나의 빅토리아 시대적 열정에 관한 이야기에 지나지 않았을 가능성이 매우 높다. 이는 라마르크설, 골상학, 인류교 자체의 운명과 매우 닮아 있다.

버지니아 울프가 현대 문화가 당시에 겪고 있던 사회적·정치적 변화에 대해 깊이 생각하면서 "1910년 12월경에 인간의 본성이 달라졌다"고 선언했을 때 이 말은 완전한 진심이 아니었는지 모르지만, J. T. 로니로서는 자신이 이끌어나가기로 결정한 교회, 즉 울프가 구현한 개인주의와 모더니즘으로 그 방향을 전환한 교회가 그해에 폐쇄된 사건은 참으로 쓰라린 국면 전환이었다. 뉴캐슬 교회가 매각된 직후에 로니는 책을 쓰기 시작했다. 이 책은 제1차 세계대전이 벌어지는 동안 작업해 1918년에 탈고했고 1920년에 마침내 출판되었다. 이 책에서 그는 자신이 숭배하던 대상에게 등을 돌렸다. 그가 인류교의 지도자 자리를 물려받았더라면 감히 실행하겠다는 상상조차 하기 힘든 일이었다. 즉, 자신의 교회를 장식한 흉상의 모델인 그 우상을 끌어내리고 스트랫퍼드의 셰익스피어가 사기꾼이라고 단언했던 것이다. 이것은 프로이트가 스마일리 블랜턴에게 건네준 바로 그 책 『17대 옥스퍼드 백작 에드워드 드 비어로 밝혀진 "셰익스피어"』이자 프로이트를 개종 시킨 그 책이며 옥스퍼드 백작이 그 희곡들의 진짜 저자라는 믿음을 지지하는 모든 사람에게 오늘날까지 성경처럼 남아 있는 책이었다.

존 토머스 로니에 대해서는 그리 많이 알려져 있지 않다(부당한 모욕을 수없이 받은 그의 성은● '보니bony'●●와 운이 맞는다). 비록 그는 『17대 옥스퍼드 백작 에드워드 드 비어로 밝혀진 "셰익스피어"』가 출판된 1820년부터 세상을 떠난 1944년까지 사반세기 동안 수많은 추종자를 얻었고 많은 사람과 편지를 주고받았지만 누구도 그의 인생에 대해 자세한 설명을 남겨두지 않았다. 뿐만 아니라 그가 사망한 뒤인 1949년과 1975년에 새로운 서문을 첨부한 그의 책이 재판되었을 때도 인생 전반을 다룬 약전은 한 번도 기재되지 않았다. 로니는 유별나게 남의 눈을 피한 채 살다가 그저 옥스퍼드 백작과 셰익스피어 문제를 다룬 책을 출간했을 뿐이다. 그래서인지 그가 남긴 것은 책 한 권, 옥스퍼드 백작의 시집 한 부, 비주류 학술지에 실린 논문 몇 편이 전부였다. 출판된 저작에 나타난 몇 가지 자서전적 암시를 제외하면 그의 인생과 신념에 대해 알려진 내용은 대부분 로니가 옥스퍼드 백작 지지자들에게 쓴 편지에서 얻은 것이다. 이 편지들은 그의 승인 아래 그가 사망한 뒤 『셰익스피어 펠로십 쿼털리Shakespeare Fel-

● 'Looney'의 이름은 주로 '로니'로 발음하지만 '루니'로 발음하면 미치광이를 뜻하는 단어 'loony'와 발음이 같아지므로, 셰익스피어 비평 주류에서 벗어난 연구를 한다는 점에서 델리아 베이컨이 "미친"이라는 수식어를 달고 다녔듯이 로니에게도 놀림이 따라붙었다.
●● 'bony'는 '깡마른' '앙상한'이라는 뜻인데, 의미가 중요한 것은 아니며 여기서는 로니의 이름을 발음하는 기준으로 제시되었다.

lowship Quarterly』에 선별적으로 실렸다.

그 글에서 로니는 가신의 가문이 맨 섬에 뿌리를 두고 있으며, 혈통을 조사하면 더비 백작 일가까지 거슬러 올라간다고 설명한다(물론 그는 이 귀족과의 관련성을 지나치게 강조하고 싶지는 않았다). 그 자신은 잉글랜드 동북부의 사우스실즈 연안 도시에서 태어나 "열성적인 복음주의" 감리교 가정에서 성장했다. 16세에는 성직자가 될 준비를 했고 그 결과로 체스터 교구 대학에 입학했다. 하지만 몇 년 뒤에는 이 소명을 포기하고 몇 년 동안 "인생철학"을 찾아다녔다. 그는 전통적인 교회에서 발견하지 못한 것을 26세가 되던 해인 1896년에 콩트의 저술에서 발견했다. 이 형성기를 되돌아보며 로니는 리처드 콩그리브와 나눈 우정을 특히 자랑스러워했는데, 그 덕분에 도리어 콩트에게 한결 가까이 다가갈 수 있었다. 그뿐만 아니라 콩그리브가 자신에게 "영국 실증주의 운동에서 주도적인 위치를" 차지하라고 어떻게 격려했는지에 대해서도 기술한다.

그가 받은 교육에 대한 설명은 현재 대영 도서관이 소장한 로니의 편지 두 통으로 보충된다. 이 편지는 성직자가 되기 위해 어떤 교육을 받으며 준비했는지, 그리고 실증주의 이상에 얼마나 헌신하고 있는지 물어본 콩그리브에게 보내는 답장이었다. 로니는 자신이 "완전히 그리고 진정으로" 헌신하고 있다며 콩그리브를 안심시켰으면서도, 콩트 철학파의 성직자가 당연히 갖춰야 할 폭넓은 지식 수준을 고려해 "나의 부족한 교육과 열악한 형편"을 고통스럽게 자각했다. 수학과 천문학, 물리학, 화학, 생리학뿐만 아니라 그가 강세를 보인 부분에는 유럽 역사와 영국 역사, 그중에서도 특히 "튜더 왕조와 스튜어트 왕조 시기"도 포함되었다. 그의 답변에 충분히 확신을 갖게 된 콩그리브는 서품식을 추진했고, 이 의식에서 로니는 "인류교의 사제직 지망자로서 서품 성사가 제게 부여한 의무, 즉 제가 최종적으로 선택한 성직 수임을 받아들이겠습니다"라고 약속했다.

행여 독자를 놓치거나 그들에게 소외감을 불러일으키지 않을까 두려워했을 법한 로니는 『17대 옥스퍼드 백작 에드워드 드 비어로 밝혀진 "셰익스피어"』에서 자신의 실증주의에 대한 믿음이 그 책에 얼마나 깊이 영향을 미쳤는지 절대 인정하지 않았다. 세월이 지난 뒤에야, 그때까지 꽁꽁 숨겨왔던 사실을 마침내 확인해주었다. "나는 오귀스트 콩트의 저술을 40년 동안 계속 연구해왔고 영국의 실증주의 운동에 참여해왔다. 그리고 이 한 가지 경험은 온갖 중요한 문제와 관심사를 대하는 내 사고방식을 결정짓는 데 다른 무엇보다 크게 영향을 미쳤다. 셰익스피어 문제도 예외는 아니었다." 따라서 그의 책은 응용 실증주의 작업으로 평가되어야 했다. "실증주의는 '셰익스피어'의 발견에 크게 공헌했다고 말해도 좋을 것이다." 그리고 "이런 관점에서 나의 셰익스피어 연구가 평가되길 바랄 따름이다".

『17대 옥스퍼드 백작 에드워드 드 비어로 밝혀진 "셰익스피어"』는 근대성에 대한 로니의 깊은 혐오감이 빚어낸 산물이기도 했다. 그는 이렇게 설명했다. "우리가 사는 이 시대가 사회적·도덕적 분열이 심화되어 완전한 무질서 상태로 나아가는 시대라는 고정된 인식을 나는 아주 오랫동안 해왔다." 제2차 세계대전이 발발하기 직전, 로니는 제1차 세계대전의 혼돈과 파괴가 그의 저술활동에 어떤 영향을 미쳤는지 다시 한번 돌아보았다. 자신이 목격한 광경에 혐오감을 느낀 로니는—그도 알고 있었듯이 '셰익스피어'와 콩트도 그보다 먼저 이런 감정을 느낀 적이 있었다—이런 무질서한 경향과 싸워서 변화를 가져오고 싶은 마음이 들기도 했다. 셰익스피어 원작자 논쟁은 이 한층 원대한 목표를 위한 수단이었다. "나의 커다란 소망은, '셰익스피어' 문제나 어떤 문학적 문제가 할 수 있는 것보다 더 광범위하고 막강한 영향력을 미치는 문제를 해결하는 데 어떤 식으로든 공헌하는 것이었다." 하지만 그는 이 문제와 맞닥뜨리면서 이렇게 말했다. "운명적으로 우리는 이 특별한 임무를 맡게 되었으니, 아무리 그동안 소망하던 일이 아니라 해도 우리는 이 정도 임무라도 해낼 수 있어서 기쁘다." 결국 바로 이런 이유로 그는 "17대 옥스퍼드 백작 에드워드 드 비어로 밝혀진 "셰익스피어"』의 행간을 읽을 수 있는" 사람들이라면 자신의 더 원대한 관심사의 "동향을 별다른 어려움 없이 감지할 것이다"라고 적었던 것이다.

그러나 그의 획기적인 저서에 온갖 칭찬과 비방이 쏟아진 데 비하면, 굳이 그 책의 행간을 읽거나 로니의 암시를 추적하려 했던 사람은 거의 없었다. 주류 셰익스피어 학자들은 별로 내키지 않아서 이 어마어마한 책을 진지하게 받아들이지 않았고 로니의 이름을 놀려대기만 했다. 그의 추종자들 역시 그 나름의 이유로 이 책을 깊이 조사하지 않기로 결정했다. 어쩌면 일찌감치 짚이는 바가 있어 마음이 거북했는지도 모른다. 가장 열성적인 옥스퍼드 지지자 중 한 명인 찰턴 오그번이 표현했듯이, 옥스퍼드 백작 지지 단체의 설립 신화는 학구적인 교사인 로니가 "아무런 **편견 없이** 체계적으로 저자 탐구에 착수했다"는 것이다.

로니의 "17대 옥스퍼드 백작 에드워드 드 비어로 밝혀진 "셰익스피어"』 도입 부분은 분명히 편견 없는 글처럼 보인다. 이 책에서 그는 셰익스피어의 일생에 관해 자신이 알고 있던 사실들과 자신이 정기적으로 가르친 희곡 『베니스의 상인』에서 풍기는 윤리성이 더는 서로 일치한다고 생각할 수 없게 되었을 때 원작자 문제에 관심이 생겼다고 설명한다. 비록 이 말이 속속들이 진실은 아니었다고 해도 그 희곡들의 수수께끼를 해결하려는 호기심 많은 교사의 이야기는 여전히 호소력이 대단히 짙다. "소소한 금액을 돌려받기 위해" 다른 사람들을 고발한 자가 그처럼 탐욕을 비난하는 희곡을 쓸 수 있었을지 로니는 의심스러웠다. 그 희곡의 저자는 샤일록보다 안토니오에 가까운 인물이었고 몸소 "고리대금업자의 손아귀에 들어간 경험이" 있었던 게 분명했기 때문이다. 게다가 셰익스피어가 무대를 떠나 "스트랫퍼드에 은둔한 채 저택과 영지, 과수원, 돈, 맥아에 몰두하며 지적이거나 문학적인 취미를 단 하나라도 가졌던 흔적이 전혀 남아 있지 않았다"는 사실을 로니는 도저히 믿을 수 "없었다". 누구든 이처럼 대단한 명성을 지닌 작가라면 돈에 그렇게 신경을 쓸 리 없었다. 스트랫퍼드의 셰익스피어는 위선자이거나 사기꾼이었다.

그의 논리는 난공불락이다. 하지만 위대한 작가들이 돈을 벌려고 글을 쓰지는 않을뿐더러 그 희곡들이 자서전적 성향을 분명히 띠고 있다고 믿는 사람들에게만 그렇게 여겨질 뿐이다. 로니는 이 두 가지를 한 치의 의심 없이 믿었다. 그는 자신의 의견을 관철하기 위해 유명한 전기작가 프랭크 해리스의 글을 적극적으로 인용한다. 영향력 있는 저서 『인간 셰익스피어The Man Shakespeare』에서 해리스는 셰익스피어의 주인공들을 일련의 자화상처럼 다루었다. 예를 들어 셰익스피어는 브루투스라는 인물을 통해 "자신을 이상적으로 묘사"한다거나 "셰익스피어가 될 수 있는 대로 헨리 5세와 자신을 동일시했다는 사실은 거의 부인하기 힘들다", 혹은 셰익스피어는 햄릿을 그리면서 가장 깊은 수위에 도달해 "자신의 모습을 너무 많이 드러냈다"는 식이었다.

예전에 원작자 문제를 조사했던 사람들과 달리, 로니는 특정 작가를 염두에 두지 않고 탐구를 시작했다. 그는 자신이 문학 전문가가 아니라고 솔직히 인정했지만 이 점이 반드시 방해가 된다고는 생각지 않았다. "이 문제를 해결하기 위해서는 엄밀히 말해 문학적이지 않은 연구 방법을 적용할 필요가 있었기" 때문이다. 로니의 연구가 지닌 커다란 장점과 그의 저술이 뿜어내는 매력의 대부분은 절도 있고 온건한 연구 방법에서 비롯되었다. 그는 옥스퍼드 백작이 원작자라는 결론에 가차 없이 도달하게 된 과정을 차근차근 보여주었던 것이다. 로니는 특정한 후보자를 지정해 논의를 시작하진 않았지만, 그럼에도 불구하고 자신의 연구법을 빈틈없이 제약한 엘리자베스 여왕 시대 극작에 대한 의심쩍은 가정들을 이 문제와 결부시켰다. 이들 중 대부분은 19세기만 해도 아주 보편적인 생각이었고 긴 시간을 풍미하다가 마침내 쇠퇴하여 오늘날 학계에서는 지지하는 사람이 거의 없다. 지금은 로니와 동시대인들에 비해 초기 근대의 저술 작업과 셰익스피어의 작업 방식에 대해 훨씬 더 많은 정보를 알고 있다.

동시대인들 대부분이 그렇게 생각했듯이, 로니 역시 셰익스피어처럼 뛰어난 작가가 자기보다 기량이 떨어지는 극작가들과 수치를 무릅쓰고 공동 저술을 했을 리 없다고 믿었다. 사람들은 이미 두 무리로 나뉘어, 셰익스피어가 주로 엘리자베스 여왕 시대의 연극 애호가들을 위해 작품을 썼다는 믿음과 그가 후대에 남길 요량으로 저술했다는 확신을 각각 내세우며 오랫동안 반목해오던 상황이었다. 로니는 후자의 진영에 뛰어들어, 이 희곡에 여러 의미와 암시를 조밀하게 채

워넣기 위해서는 철저한 검토가 필요했을 것이라고 주장했다. 그처럼 복잡한 예술작품들은 엘리자베스 여왕 시대의 평범한 연극 애호가들이 이해할 수 있는 수준을 넘어섰다. "더욱이 한두 시간 동안 즐거움이나 전율을 선사하려는 의도밖에 없는 작품의 음절 하나하나에 중대한 의미를 채워넣는 것은 그 본래의 목적을 잃어버리는 것이다." 그러므로 로니는 "그때 가장 뛰어난 희곡들은 두 가지 개별적인 단계를 거쳤다고, 즉 원래는 의심의 여지 없이 문학성이 뛰어난 무대극이었다가 나중에는 최고의 국민 문학으로 변모되었다고 주장하는 편이 정당하다고" 느꼈다. 하지만 그의 개념은 셰익스피어의 솜씨를 부정확하고 시대착오적으로 판단한 것으로, 자코비언 시대의 공동 저술 극작가보다는 헨리 제임스의 뉴욕 개정판을 설명하는 데 더 적합했다.

그런 가정들로 무장한 로니는 그토록 훌륭한 희곡들을 쓴 작가의 설명으로 누구나 인정할 만한 소개문을 확실히 작성했다. 즉, 그 작가는 누구나 인정하는 천재이자 재능 있는 시인으로서 신비롭고 유별나며 훌륭한 교육을 받은 인물이라는 설명이었다. 이 기본적인 내용을 바탕으로 로니는 논쟁의 여지가 더욱 많은 특성들을 덧붙였다. 그 희곡들을 쓴 사람이라면 누구든 필연적으로 봉건제도를 신봉하는 인물, 높은 신분의 귀족, 매사냥과 음악의 애호가, 이탈리아의 열렬한 지지자로서 돈 문제에 부주의하고 여성을 대하는 태도가 모순적이었을 법하다. 또한 이 작가는 가톨릭을 지지하며 근본적으로 회의론자다(여기서 그는 셰익스피어를 '회의론자'라고 불렀던 콩트를 주장의 근거로 인용한다).

로니는 구체적인 후보자나 잠재적인 후보자 명부를 아직 염두에 두지 않았다는 주장을 여전히 내세웠다—그의 말은 믿을 만해 보인다.

그래서 처음에 그는 '셰익스피어' 자신이 "내 창의력을 물려받은 첫 번째 작품"이라고 일컬었던 『비너스와 아도니스』로 시작했다. 이 시를 다루면서 그는 당대의 가장 인기 있는 시선집 프랜시스 폴그레이브의 『영국 명시집Golden Treasury of English Songs and Lyrics』에 이와 아주 비슷한 작품이 있는지 찾아보았다. 그리고 얼마 되지 않아 동일한 형식의 스탠자•로 쓰인 시를 찾아냈다. 그 시의 작가는 17대 옥스퍼드 백작 에드워드 드 비어로, 로니가 전혀 알지 못하는 인물이었다. 로니는 자신의 무지함을 재빨리 만회하기 시작했으며 옥스퍼드의 인생과 작품에 대해 가능한 한 모든 것을 배워나갔다. 자신이 옥스퍼드에 대해 발견한 모든 전기적 사실과 가벼운 언급을 통해—그리고 그 당시 판단의 근거로 삼을 만한 출판물이 많지 않았다는 점을 통해—자신이 처음 조사를 시작할 때 정해둔 기준을 하나같이 완벽하게 맞췄을 뿐만 아니라 옥스퍼드의 인생과 인생관이 그 희곡들에 담긴 것과 완벽하게 일치한다는 사실도 확인하면서 로니는 점점 더 흥분하게 되었다고 회상한다.

로니가 원하는 것을 얻기 위해 더 이상 손을 쓰지 않은 이유를 곰곰이 생각해보거나, 『비너스와 아도니스』를 다른 시인들이 비슷한 형식의 스탠자로 쓴 작품들과 비교하거나, 셰익스피어의 초기 희곡들과 시를 검토하거나, 혹은 그 희곡들이 공동 저술로 집필되었을 가능성을 곰곰이 생각해보는 것은 무례한 독자나 할 일이었다. 『17대 옥스퍼드 백작 에드워드 드 비어로 밝혀진 "셰익스피어"』의 나머지 부분은

• 일정한 운율적 구성을 갖는 시의 기초 단위로 절이나 연을 가리킨다. 2행연, 3행연, 4행연, 6행연, 7행연, 8행연, 9행연, 소네트 등 형식이 다양하며 『비너스와 아도니스』는 6행연을 사용하고 있다.

옥스퍼드 백작의 권리를 확립하고, 이 발견으로 인해 우리가 그 희곡들을 읽으면서 그 사회적·정치적·정신적 목적을 파악하는 방식이 어떻게 달라지는지 입증하며, 마지막으로 옥스퍼드 백작 지지설에 대한 잠재적 반대를 극복하는 데 전적으로 할애되었다.

로니의 연구법은 대단한 역작이었다. 과장해서 말하면, 지금까지 원작자 논쟁을 다룬 저서 가운데 단연 설득력이 뛰어났고 이런 관점에서 이 작품을 능가할 만한 저술은 아직 발표되지 않았다. 이 책의 뛰어난 문학성이 대부분 편집 덕분이었다는 사실은 이제까지 인정받지 못했는데, 이는 로니의 업적을 신화화하는 작업의 일환이었다. 사실 그의 책을 출판한 세실 파머는 자신이 받은 초기 원고를 그대로 수용하려면 반드시 꼼꼼히 검토해야 한다고 주장했고, 이에 로니는 "원하는 대로 하라"는 답변을 내놓았다. 파머는 자신의 생각을 실행에 옮겼고, 로니가 사망하고 몇 년 뒤에 인정했듯이 그 원고를 "어린 학생이 쓴 글이 아니라 대학생의 논문과 더 흡사해 보이도록 만들었다.

특정 후보를 염두에 두지 않고 연구에 착수했다는 로니의 능수능란한 주장으로 인해 그의 연구가 어디서 시작되었는지 쉬이 잊히곤 하지만 사실 그 출발점은 원저자 문제의 본질에 대한 확실치 않은 추정들과, 그 희곡들을 쓴 사람은 누구든 간에 자기와 마찬가지로 실증주의적 세계관을 지니고 있었다는 대단히 확고한 신념이었다. 그가 생각한 '셰익스피어'는 인류교의 회우들에게 친숙했을 것이다. "근본적으로 중세주의자"였던 그는 살아 숨 쉬는 등장인물들을 통해 "중세 봉건질서의 사회관계에서 무엇보다 기억하고 보유할 가치가 있는 대부분의 것을 영원히 지켜왔기" 때문이다. 셰익스피어는 중세주의자이고 자신은 인간의 진보에서 중요한 역할을 담당하고 있다는 이 실증주의자의 주장은, 셰익스피어가 반물질적이고 반민주주의적이며 대단히 복고적인 사회관을 지녔다는 로니의 콩트 철학파적 주장과 밀접하게 연결되어 있다.

그 희곡들의 저자는 "스스로 공감하기 때문에, 아니 어쩌면 그의 선조들로 인해 신체제보다는 구체제와 더 밀접하게 연결된" 사람이었으므로 "일반적인 기대처럼 소도시의 하층 중산계급에서 출세한 부류가 아니"었다. 로니는 그 희곡들의 저자가 중산층의 가치관, 그중에서도 특히 부富 자체를 위해 부를 추구한다는 생각에 동의했을 사람이 아니라고 생각했다. 사실 그 저자는 마몬●을 숭배했을 수도 있고 인류교를 섬겼을지도 모른다. "그를 혼자 힘으로 상당한 재산을 축적한 뒤에 연극계를 자발적으로 떠나가서는 (…) 오로지 저택과 영지, 사업 전반에 전념한 사람으로 묘사한다면, 그가 스스로 어리석음을 증명하는 기적이 일어났으며 우리가 그 말을 쉽게 잘 믿어버리는 그에 못지않은 기적이 일어났다고 말하는 셈이다."

만약 증거가 더 필요하다면, 저자가 "중산층을 이해하지 못했다"는 사실은 그 희곡들을 통해 이미 입증되었다. 저자가 그리는 평범한 '시민'은 마치 "자동인형처럼 무대 위로 어색하게 걸어 올라가 자신의 계급을 대변"하는 데 비해 "'하류층 사람들'은 그런 식의 남자다운 위엄과 관대함을 결코 내보이지 않는다". 로니는 『리어 왕』의 광대, 『뜻대로 하세요』의 충실한 늙은 시종 아담, 『십이야』의 페스트, 『로미오와 줄리엣』의 유모, 폴스타프의 후예들, 그리고 그의 희곡들에 등장하는 수십 명의 하층 혹은 중간계급 인물들의 생생하고 "관대한 성격"

● 성경에 등장하는 악마로 사람들에게 금전욕을 심어준다.

에 대해 잠시도 고려하지 않는다. 그러고는 '셰익스피어'의 가장 위대한 등장인물이자 본인이 가장 깊이 공감한 등장인물은 왕과 왕비라고 단호하게 말한다. 이런 주장은 그 희곡들의 저자가 "거의 왕족이나 다름없는 (…) 귀족"이었다는 단 하나의 "논리적 결론"으로 이어진다. '셰익스피어'가 돈 때문에 글을 썼다는 '이론'을 거부한 이상 우리는 드라마란 위대하며 배우란 교화력이 대단히 큰 직업이라고 진심으로 믿은 작가를 찾아야 할 의무가 있다.

　로니가 몇 번이고 반복한 주장에 따르면, 그 희곡들의 저자는 "문명인의 영혼을 완전히 침몰시킬" 기세인 개인주의와 유물론의 세력에 단호하게 반대했다고 한다. 로니는 제1차 세계대전이 끝나갈 무렵에 책을 완성했기 때문에 자신의 주장을 주변 정세 속에서 확인할 수 있었다. '셰익스피어'가 『햄릿』에서 표현하듯 "그가 일생 동안 반항한" "이처럼 썩어빠진 세상"•은 "인간의 삶에 그 어느 때보다 더 깊이 파고들었고 이 근대 유물론이 낳은 궁극의 산물은 이 책이 거의 집필되는 동안 맹위를 떨친 세계대전이다". 그 희곡들의 작가가 "중세의 기사도 정신"에 보인 깊은 공감과 그가 "이런 사회관계에 대해 품은 애정"을 옹호하면서 로니는 자신의 정신적 스승인 콩그리브의 사상을 열렬히 추종한다. 콩그리브는 "오늘날 지식층의 복음인 개인주의"에 이의를 제기하고 엘리자베스 여왕의 하향식 통치를 찬양하기 위해 엘리자베스 여왕의 치세에 관한 책을 집필한 바 있었다. 콩그리브는 그렇게 함으로써 폭정에 동조했다는 비난을 격렬하게 거부했다. 엘리자베스 여왕은 전제군주였고 영국은 다수는커녕 "소수도 아닌 한 사람

• 『햄릿』 3막 4장 중 햄릿의 대사 부분 인용.

의 지배를 받을 때 더욱 안전했다"는 것이다. 이런 관점에서 보면, 여왕의 치세는 인류교에게 모범이었다. 로니 역시 엘리자베스 여왕이 영국의 "마지막 위대한 세습 통치자"였고 그녀의 "치세가 영국 역사의 위대한 한 시대를 마감한다"—편리하게도 옥스퍼드 백작의 사망 시기와 여왕의 치세가 종료되는 시점이 일치한다—는 콩그리브의 견해에 찬성한 듯하다. 델리아 베이컨이 생각한 폭군은 로니가 보기에 모범적인 통치자였던 것이다.

로니는 『트로일러스와 크레시다』 1막에서 혼돈의 위험을 이야기하는 율리시스의 훌륭한 대사야말로 작가의 권위주의적 가치관을 보여주는 가장 완벽한 증거라고 여겼다. 로니의 결론에 따르면 "혁명적인 평등에 대해 여태껏 이보다 더 지독한 비난이 퍼부어진 적은 없었다".

아, 온갖 위대한 계획으로 가는 사다리인
위계질서가 흔들리면
사업은 끝장입니다. 공동체들과
학교의 학년제, 도시의 기능조합,
바다 건너 각국과의 평화적 교역,
장자 상속권과 생득권,
연장자, 왕관, 왕홀, 월계관의 특권이
상하의 구별이 없이 어떻게 정통의 위치를 지켜낼 수 있겠습니까?
(1막 3장 101~108행)

로니는 문맥을 무시한 채 이 대사들을 떼어놓고 그의 계급관을 강조하는 부분을 이탤릭체로 표시한다. 이렇게 함으로써, 신분과 '생득

권'에 대한 대단히 적극적인 방어론을 듣고 싶어할 이유가 충분한 자신의 우스꽝스러운 상관 아가멤논을 조종하기 위해 율리시스가 이런 입에 발린 말을 얼마나 교활하게 내뱉는지는 무시해버린다. 1940년대에 E. M. W. 틸리아드는 향수를 불러일으키는 영향력 있는 저서『영국 르네상스 시대의 세계관Elizabethan World Picture』에서 이 대사를 논의의 중심에 놓았다. 하지만 보수적인 틸리아드조차 로니만큼 극단적인 주장을 펼치지는 않는다. 로니는 "귀족적인 관념에 심취했을 뿐만 아니라 지금까지 사회생활의 기반이 되어준 봉건질서의 쇠퇴를 자각하는 사람의 관점에서 볼 때 그 장면 전체가 국가 정책에 대한 논고"라고 확신했다. 로니는 시계를 되돌릴 수 없음을 아주 잘 알고 있었다. 이와 더불어, "물론 셰익스피어의 중세주의로 되돌아갈 순 없지만 중세의 사회 체제와 그 시대의 사회정신에서 가장 훌륭했던 부분을 근대의 삶에 받아들일 필요가 있다"고 이해했다.

로니는 그 희곡들의 저자가 그런 생각들을 품었다는 데 만족하지 못했다. 그는 그런 관점들을 옹호하고 그의 희곡들을 이용해 분명한 정치적 의제가 통과되도록 힘써야만 했다. 이 지점에서 옥스퍼드의 후보자 자격은 그만큼 설득력을 얻게 되었고 바로 그런 이유로 로니는 스트랫퍼드 출신의 보수적인 사회관을 지닌 셰익스피어가 그런 희곡들을 집필했다고 주장하는 책을 쓸 수 없었다. 진짜 저자는 귀족 혈통을 이어받은 덕분에 타고난 지도자가 된 사람, 만약 당대에 제대로 인정받기만 했다면 세상을 변화시켰을 법한 사람이어야만 했다. 콩트의 위대한 가르침이 그랬듯이, '셰익스피어'의 전집은 사회 개혁과 정치 개혁 모두의 교본이었다. 로니는 이렇게 탄식한다. "당대 정치인들의 정책을 누르고 셰익스피어의 정책이 우세했더라면 유럽이 밟아온 역사가 얼마나 다르게 펼쳐졌겠는가."

　이런 발상에 깊이 빠져든 로니는 옥스퍼드 백작의 희곡들이 현학적인 정치 우화였다고 주장할 수밖에 없었다(예를 들어 『헨리 5세』는 엘리자베스 여왕이 제국주의가 아닌 융화적인 외교 정책을 펼치도록 충고하기 위해 옥스퍼드가 집필한 작품이라고 해석했다). 그런 주장의 기저에는 그 극작가가 등장인물을 창조한 방법과 이유에 대한 무리한 추정들이 도사리고 있다. 로니는 이 등장인물들이 작가의 풍요로운 상상을 통해 창조된 피조물이 아니라고 생각했던 것이다. 그보다는 "각자가 수행해야 할 역할에 알맞도록 예술적으로 변경되고 수정된 살아 있는 남녀"라고 보았다. 그리고 등장인물 중 상당수는 극작가와 직접적으로 친분이 있는 유명한 궁정 조신이나 추밀고문관으로 드러났다. 여기서도 로니는 멀론 이래의 주류 셰익스피어 학자들이 이따금 활용한 주제별 연구법을 활용했으며 비록 그 방식을 심화해서 적용하기는 했어도 실은 도용한 수준에 지나지 않았다.

　옥스퍼드 백작이 경험한 상당수의 사건은 희곡들의 사건과 이상하리만치 맞아떨어졌으므로 그 희곡들이 감춰진 자서전이나 마찬가지였다는 로니의 주장을 뒷받침해주었다. 햄릿이 그랬듯이, 옥스퍼드 백작의 아버지 역시 젊은 나이로 세상을 떠났으며 그의 어머니도 재혼했다. 리어 왕처럼 그는 슬하에 세 명의 딸을 두었고 첫째 부인은 줄리엣과 같은 나이에 그와 결혼했다. 옥스퍼드는 잠자리 속임수에 넘어가 자신의 아내와 동침한 일부터(『끝이 좋으면 다 좋아』의 버트럼처럼) 무장하지 않은 남자를 칼로 찔러 죽인 일에 이르기까지(햄릿이 폴로니우스에게 그랬듯이) 자신이 살아오며 겪은 지독한 사건들을 희곡 속에서 주저 없이 재활용했다.

지금까지 비평가들이 이런 "교활한 위장"을 확인하지 못한 이유는 엉뚱한 남자를 염두에 두었기 때문이다. 로니는 옥스퍼드 백작을 저자로 간주하면 모든 문제를 명확하게 해결할 수 있다고 확신했다. 『햄릿』에는 가장 적합한 사례가 들어 있었으므로 로니는 그 작품의 배역을 옥스퍼드 백작이 궁정에서 맺은 인맥에 대입해보았다. 그러자 폴로니우스는 벌리 남작 1세, 레어티스는 그의 아들 토머스 세실, 햄릿은 옥스퍼드 백작 자신, 그리고 오필리어는 옥스퍼드의 아내 앤에 각각 들어맞았다. 하지만 왕국에서 가장 영향력 있는 일부 인물이 대중 무대 위에 묘사되었다는 이러한 주장들은 엘리자베스 여왕 시대의 연극 검열을 피상적으로밖에 이해하지 못한 데서 생긴 결과였다. 연극이 대중 앞에 공연되기 전에 모든 대본을 읽고 승인하는 임무를 담당한 왕실 연회 담당관 에드먼드 틸니가 고금의 추밀고문관을 그토록 솔직하게 조롱한 연극을 승인했다면 일자리를 잃었을─그런 다음 목이 날아갔고, 그도 아니면 코와 귀가 분명히 날아갔을─터인데 로니는 이 점을 알지 못했던 것이다. 로니의 계획은 상식에도 어긋났다. 『햄릿』이 집필되었을 무렵은 벌리 경이 사망한 뒤였으므로 엘리자베스 여왕이 가장 총애했던 고문관을 사망 직후에 공연이나 책을 통해 조롱하는 일은 더없이 천박한 행동임이 분명했기 때문이다.

그러나 옥스퍼드 백작이 후보라는 주장에 도움이 되는 요소들도 있었다. 그가 일생 동안 시인이자 극작가로 칭송받았으며 그의 시들이 여러 시선집에 포함되었다는 점이다. 로니가 연구에 착수했을 무렵에는 옥스퍼드 백작의 삶에 대해 거의 알려지지 않았기 때문에 그가 옥스퍼드에 대해 더 많은 정보를 알지 못했다고 비난할 이유는 없다. 로니는 셰익스피어 학자인 시드니 리가 『영국 인명사전』에서 때마침 설명한 옥스퍼드의 낭만적 묘사에 크게 의존했다. 그는 이 책에서 여러 사실을 알게 되었다. 옥스퍼드가 1550년에 태어났고 케임브리지 대학에서 잠시 수학했으며 1562년에 아버지의 뒤를 이어 옥스퍼드 백작 자리에 올랐고 윌리엄 세실의 보호를 받는 피후견인이었으며, 1571년에 세실의 장녀 앤과 결혼했고(1588년에 그녀가 사망한 뒤에 재혼했음) 그 후 궁정에서 엘리자베스 여왕에게 총애를 받기도 했으나 대체로는 미움을 받았다는 등의 내용이었다. 리에 따르면, 1592년경부터 1604년에 사망할 때까지 옥스퍼드는 "대체로 한거하며" 여생을 보냈다. 그리고 리의 설명을 통해 로니는 옥스퍼드가 "서정적으로 대단히 아름다운" 시를 썼고 "자유분방한 생활 방식의 문필가들에게 매혹되어 재산의 일부를 낭비했으며" 극단을 후원했다는 사실을 알아냈다.

한 세기 뒤, 옥스퍼드에 관한 훨씬 더 많은 정보가 밝혀졌다. 앨런 넬슨이 집필한 최신판 『영국 인명사전』의 항목을 비롯해 드 비어의 삶을 기록한 냉혹하고 권위 있는 다큐멘터리식 전기, 넬슨의 『무시무시한 적Monstrous Adversary』에서도 찾아볼 수 있다. 넬슨이 그린 옥스퍼드는 리가 묘사한 인물은 물론이고, 더 나아가 로니가 묘사한 인물에 비해 호감이 상당히 떨어진다. 옥스퍼드가 "방종한 삶을 살았고 사치스러운 사생활에 사실상 전 재산을 탕진했다는" 이유로 "당대에 악명이 높았을" 뿐 아니라 "……허구한 날 자금이 부족해 지위가 낮은 사람들에게도 아무 거리낌 없이 빚을 졌다"는 사실은 한층 더 분명해졌다. 그의 "괴팍하고 변덕스러운 성정은 나이를 먹으면서 더 심해졌다". 옥스퍼드는 하인을 칼로 찔러 죽였지만 관계 당국이 살인이 아니라 자살이라고 판결하면서 무죄 처분을 받았다. 그 하인이 옥스퍼드의 칼끝에 자발적으로 찔렸다는 것이다.

리가 명명한 옥스퍼드의 '한거 시기'에 대해서도 로니는 연극용 원고를 순수 예술로 고쳐 쓰는 데 소비되었다고 상상한 반면, 넬슨은 "옥스퍼드가 말년에 과일과 기름, 모직의 독점권과 맥주 측정권, 콘월과 데번 지방의 주석 선취권"을 비롯해 "저지 섬의 행정 장관"과 "웨일스 의회의 의장" 직책을 간청하는 등 어떤 식으로 추가 수입을 올리는 데 매진했는지 기록한다. 아직까지 남아 있는 옥스퍼드의 편지들을 살펴보면 "그가 지속적으로 경험한 실망감이 잘 드러난다. 최후까지 그는 스코틀랜드 사람의 왕위 계승을 반대하는 음모를 계획했다". 넬슨이 묘사한 옥스퍼드의 모습은 1580년에 게이브리얼 하비가 『토스카나의 거울Speculum Tuscanismi』에서 묘사한 내용과 비슷하다. "우아한 말씨와 아취 있는 차림새에 여러모로 자만심이 강했던" 그는 "극도로 보기 드문 이상한 남자"였다. 실증주의적 가치관에 비춰보면 옥스퍼드를 선택하는 것은 대단히 잘못된 일로 판명났다. 다시 한번 말하지만, 당시에는 옥스퍼드에 대한 정보가 극히 부족했으므로 로니는 그 사실을 알 도리가 없었다. 그리고 17세기의 전기작가인 존 오브리는 옥스퍼드에 관한 어쩐지 믿기지 않는 민망한 일화를 다음과 같이 자세히 들려줌으로써 백작의 유산에 흠집을 냈다. "이 옥스퍼드 백작은 엘리자베스 여왕에게 허리를 낮게 숙이다가 실수로 방귀를 뿡 뀌고는 너무 당혹스럽고 부끄러운 나머지 7년 동안이나 여행을 떠났다. 그가 돌아오자 엘리자베스 여왕은 귀국을 환영하면서 이렇게 말했다. '경, 그대의 방귀는 이미 잊었소.'"

로니가 맞닥뜨려야만 했던 가장 커다란 문제는 옥스퍼드 백작이 1604년에 사망했다는 사실이다. 그 시기에는 『맥베스』와 『리어 왕』 『코리올라누스』『안토니우스와 클레오파트라』『아테네의 타이먼』『페리클레스』『겨울 이야기』『심벨린』『헨리 8세』를 포함해 셰익스피어의 위대한 자코비언 희곡의 상당수가 아직 집필되지 않았기 때문이다. 로니는 이런 희곡들이 옥스퍼드의 사망 전에 집필되었거나 (아니면 작품이 집필되고 그의 사후에 연극 애호가들에게 차례로 공개되었거나) 미완성인 채로 남겨져 실력이 그보다 못한 작가들의 손에서 마무리되었을 것이라고 결론지었다(그럴 경우 옥스퍼드가 사망한 이후에 일어난 사건이나 자료가 어떻게 이 작품들 속에 암시되어 있는지 설명된다). 이는 교활한 양면 전략으로, 거의 모든 반대 주장을 반박할 수 있다.

게다가 로니는 『템페스트』—학자들이 집필 연도를 1604년보다 훨씬 더 뒤라고 자신 있게 추정하는 희곡—가 셰익스피어의 정전에 속하지 않고 전적으로 다른 사람의 작품이었다고 결론지었다. '셰익스피어'가 『템페스트』의 원저자임을 부인하면서 그는 『템페스트』가 셰익스피어의 마지막 희곡이었고 지팡이를 부러뜨리고는 "거친 마법"을 포기하는 프로스페로가 예술을 포기한 셰익스피어라고 간주한 19세기 전반의 일반적인 전통을 거부하기도 했다. 로니는 다시 한번 실증주의적 근거를 제시한다. '셰익스피어'는 "우리는 꿈들이 만들어낸 존재이고 짧은 우리의 삶은 잠으로만 둘러싸여 있다"는 프로스페로의 대사에 등장하는 듯한 말도 안 되는 추상적인 생각을 결코 표현할 수 없었다는 것이다. 그리고 비록 『템페스트』에 왕과 공작이 등장한다 하더라도 "누구도 그 작품을 읽으면서 그가 중세 봉건주의의 사회 구조와 연관되었다고 생각하지는 않을 것이다".

로니의 글에 따르면, '셰익스피어'는 "인간의 삶이란 하나의 커다란 객관적 실재"이며 "그의 세계에는 **공상적인 존재**가 아니라 진짜 인간들이 살고 있다"고 틀림없이 믿었다. 여기서 그의 주장은 몇 년 전에 리턴 스트레이치가 제안한 의견을 그대로 되풀이한다. 스트레이치는 재판을 찍은 영향력 있는 에세이에서 『템페스트』의 낭만주의적 해석에 대해 반대했다. "비현실성은 『템페스트』에서 절정에 달했다. 솔직히 말해 두 명의 주요 등장인물은 평범한 인간이 아니다." 로니는 완벽한 시기를 선택한 셈이었다. 『템페스트』를 저버리고 프로스페로를 자전적 주인공으로 간주하지 않으려는 여론의 흐름에 편승할 수 있었기 때문이다. 스트레이치의 언급에 따르면 프로스페로는 "『템페스트』의 중심인물이다. 그리고 그는 저자의 초상화와도 같은 인물—셰익스피어 인생에 후광을 드리웠을 현명한 자비심의 화신—이라고 무턱대고 단정지어지곤 했다." 하지만 "프로스페로는 현명하기도 한 반면 아집이 세고 심술궂기도 하다. (…) 그가 보이는 위엄의 본질은 현학적인 엄정함일 때가 많다 (…) 그리고 그 희곡의 특정 부분에서 그는 모든 등장인물과 심각한 불화를 빚는다".

에드워드 다우든 같은 빅토리아 여왕 시대의 영향력 있는 전기작가들은 프로스페로로 대변된 셰익스피어에게서 평온하고 자애로운 예술가, 즉 자제력을 얻었을 뿐 아니라 세상의 평범한 희로애락에도 초연한 사람의 모습 그 자체를 발견한 반면, 스트레이치는 지루한 주인공과 몸소 "지루함을 느끼는"—사람들이 지루하고 현실이 지루하며 드라마가 지루하다고 느끼는—작가를 발견할 뿐이다. 20세기 초반 들어 『템페스트』를 극작가 경력의 가장 탁월한 업적으로, 현명하고 존경할 만한 프로스페로를 사람들이 상상하고 싶은 셰익스피어의 모습으로 간주하던 압도적인 주류 의견은 호소력이 상당히 떨어졌다. 책을 읽고 마법을 부리는 남자이자 정치적 지혜의 보고인 셰익스피어의 이미지도 마찬가지였다. 로니의 대단한 업적은 베이컨−셰익스피어 동일인설을 대신할 후보자를 제시하는 한편, 이와 동시에 새로운 세기의 욕망을 완벽하게 만족시키는 셰익스피어의 초상을 제공한 것이었다. 즉, 셰익스피어는 햄릿 왕자로 대변되었다. 100년 뒤에 햄릿은 자전적 요소가 가장 강한 인물이라는 입지를 여전히 유지하고 있다. 이는 로니의 이론을 초창기에 옹호한 프로이트 덕이 크다. 옥스퍼드의 사망 연도가 1604년이라는 사실은 한때 로니의 원저자 이론에서 극복하기 어려운 장애로 작용하기도 했지만, 『템페스트』가 아니라 『햄릿』이 '셰익스피어의' 마지막 연극이라는 로니의 믿음을 받아들인 당시의 상황에서는 그 시기가 잘 맞아떨어진다고 여겨졌다. 로니는 『햄릿』의 마지막 대사가 굴욕당한 옥스퍼드 자신의 입장을 직접적으로 대변했을 뿐 아니라 "옥스퍼드의 유언이나 거의 다름없다고 받아들였을 법하다". "전말이 설명되지 않은 채 이대로 놔둬진다면 어떤 누명이 내 사후에 남을 것인가!"● 로니는 글을 마무리하면서 이 예술가가 작업을 마무리 짓지 못한 채 임종을 맞는 장면에 대한 자신의 상상을 잘 포착해낸다.

어느 위대한 인물의 초상이 여기 있다. 그는 진가를 인정받지 못했고 자신의 사회적 활동 영역에서 따돌림을 받다시피 했으며 성격에 결함이 있고 어느 모로 보나 인생에서 엄청난 실패를 겪었으며 자신의 위대한 과업에 부단한 노력을 기울이지만 불명예스러운 이름만 뒤에 남겨놓고 인생의 무대에서 기꺼이 물러났다. 헤아릴 수 없이 많은 것을

● 『햄릿』 5막 2장 가운데 햄릿의 대사 발췌.

이루었지만 자신이 시작한 일을 모두 완수하지는 못한 채 손가락에 펜을 쥐고 끝내 세상과 작별한 것이다.

이 글에서 행간의 의미를 파악해, 인류교가 대중의 시야에서 사라져 오직 불명예스러운 이름만 뒤에 남겨놓았을 때 콩트의 제자들이 느낀 실망감의 징후를 발견하고픈 충동은 좀체 떨치기가 어렵다.

로니는 처음부터 후보자를 내세우지는 않았다. 우선 후보들을 하나둘 불러 모으기 시작했고 이 징집 목록에 '셰익스피어'를 포함시켰다. 아니 오히려 '셰익스피어'가 우리를 불러들인다고 상상한다. 책의 말미에 가서야 로니는 겨우 경계를 늦추고 자기 이론의 노선을 인정한다. 즉, 윗사람이 아랫사람을 지배하고 한 사람이 모든 사람을 통치하면서도 노블리스 오블리제 정신이 널리 퍼져 있는, 사회적으로나 정치적으로 억압적인 "새로운 체제"의 복구에 '셰익스피어'가 중요한 역할을 한다고 생각했다. 이 구상은 로니가 생각한 옥스퍼드 지지자들의 궁극적인 명분을 정신이 번쩍 들도록 잘 표현하고 있으므로 다음과 같이 상세히 인용할 만한 가치가 있다.

'셰익스피어'의 "예언자적 정신"이 기대하던 새로운 체제가 중세의 정신이 싹틀 때 존재하던 사회 원칙들을 재해석해 이를 근대적 문제에 적용시킴으로써 마침내 생겨난다면, 봉건주의 최고의 이상들을 보존하도록 돕는 데 있어 '셰익스피어'는 우리 시대의 문명세계 전반에 걸쳐 무섭게 확산되고 있는 사회 문제들을 해결하는 가장 강력한 요소가 되었을 것이다. 다시 한번 강조하건대, 봉건적 이상이란 노블리스 오블리제의 정신을 말한다. 즉, 강자들이 약자들에게 헌신해야 한다는 개념이자, 정치와 산업 그 어느 쪽을 기반으로 삼든 간에 한 사람이 동시대인들에게 행사하는 전권이 지속적인 구속력을 발휘하는 것은 윗사람들이 아랫사람들에게 마땅한 의무를 충실히 이행하는 동안뿐이라는 원칙이다. "이전처럼 올바로 세우기"라는 이 과업에서 햄릿, 혹은 우리가 에드워드 드 비어라고 믿는 '셰익스피어'는 자신의 작품에서 널리 번져간 소리 없는 정신적 영향력을 통해 다른 어떤 영향력 있는 인물에도 뒤지지 않게 공헌했을 것이다.

로니가 고수한—그리고 '셰익스피어'가 공감했고 예측했던—핵심 신념에 대한 남은 의심들은 그가 미국인 추종자 플로든 W. 헤런에게 보낸 답장 덕분에 모조리 잠재워졌다. 1941년 7월, 영국이 나치의 손에 파괴당할 듯한 위기에 처한 그 암흑의 시기에 헤런은 두 민주국가의 연관성을 피력하면서 결속을 다지는 편지를 썼다. 하지만 로니에게 건네기에는 부적절한 내용이었으므로 다음과 같은 신랄한 대답이 돌아왔다.

그러므로 저는 그 전쟁이 독재 정권과 민주주의 간의 투쟁으로 묘사되는 것이 유감스러울 때가 많습니다. 근본적으로 그 전쟁은 인간의 영혼과 원초적 폭력 간의 갈등입니다. 공교롭게도 현재의 독재 정권이 잔인한 통치와 정신적 압제를 의미하고 영혼의 자유를 방어하는 책임이 민주주의의 몫이 되었을 뿐입니다. 하지만 그 반대의 경우도 얼마든지 생각해봄 직합니다. '다수결의 원칙'은 다른 어떤 형태의 정부만큼이나 정신적 자유를 포악하게 억압할지도 모르니까요.

로니는 독일이 게이츠헤드 온 타인 지역에 퍼부은 대공습 때문에 고향을 떠나야만 했고 『17대 옥스퍼드 백작 에드워드 드 비어로 밝혀진 "셰익스피어"』의 재고는 독일의 런던 폭격으로 파손되었다. 그는 히틀러와 나치에게 진저리쳐지긴 했지만, 그럼에도 불구하고 "우리의 두 국가가 소위 '민주 정부'의 유지보다는 정신적 자유의 보존을 위한 투쟁이라는 면에서 결속되어 있다고 생각하고" 싶었다. 그는—자신의 책과 자신이 생각한 '셰익스피어'가 여전히 그러하듯—민주주의와 근대성의 힘을 끝까지 단호하게 반대했다.

로니의 옥스퍼드설은 취사선택을 허용치 않는 일종의 일괄 안이었다. 후보는 쉽게 수용하면서 그의 방법을 거부할 수는 없다는 뜻이다. 그러므로 환상과 추정으로 그려낸 그 예술가의 초상, 즉 에드워드 드 비어의 삶에 관한 사실들과 도저히 어울리지 않는 요소들도 받아들여야만 했다. 로니는 그 희곡들의 원작자에 관한 이야기와, 그 희곡들의 중세적이고 반민주적이며 대단히 권위적인 가치관들을 분리할 수 없다고 결론지었다. 원작자 논쟁에 관한 그의 해결책을 받아들인 사람이라면 이런 골치 아픈 추정에도 동의해야 한다는 의미였다.

다시, 프로이트

1926년에 70회 생일을 맞은 프로이트는 오랜 친구들인 막스 아이팅곤, 산도르 페렌치, 어니스트 존스와 함께 그날을 축하했다. 이들은 그날 밤늦도록 프로이트와 담소를 나누며 옥스퍼드 백작이 셰익스피어 희곡들의 실제 저자인가를 놓고 갑론을박을 벌였다. 세월이 지난 뒤 존스는 "새벽 두 시에 내가 그 주제에 그토록 열을 올렸다니, 정말 놀라웠다"고 회상했다. 얼마 지나지 않아, 이 문제로 인해 그들은 감정이 상하게 되었고 그 뒤로 몇 년간 소원하게 지냈다. 그러던 1928년 3월 초에 존스는 사랑하는 아이가 막 세상을 떴다는 참담한 소식을 프로이트에게 전했고 편지의 끝머리에서는 위로가 될 만한 말을 몇 가지 들려달라고 호소했다. "선생님의 말이 저희에게 도움이 될 듯합니다." 프로이트는 위로를 전하기보다는 비탄에 잠긴 존스의 "주의를 다른 데로 돌리기 위해 무언가를 하는" 편이 나을 거라 생각했다. 『17대 옥스퍼드 백작 에드워드 드 비어로 밝혀진 "셰익스피어"』를 다시 읽고 있었던 프로이트는 그의 제자가 "셰익스피어 문제에 가장 가까이" 다가갔다고 인정하고 있었으므로 존스에게 로니의 주장을 연구함으로써 마음속의 상실감을 떨쳐내라고 간곡히 제안했다. "그 문제를 조사하는 작업은 분석가로서 관심을 기울일 가치가 분명히 있을 걸세." 그 주제에 열을 올리던 프로이트는 로니의 책이 영국에서 어떻게 받아들여졌는지 유난히 궁금하다고 덧붙였다. 그 자신은 "로니의 연구에 깊은 감명을 받아 거의 납득하게 되었기" 때문이다.

존스는 한 달 이상 지나서야 답장을 썼지만 당시의 사정을 고려해 볼 때 프로이트의 냉담한 답변에 놀라울 정도로 잘 대처한 셈이었다. 물론 프로이트가 이보다는 조금 더 조의를 표해주기를 바랐다고 시인하기는 했다. 그는 "1926년 5월에 선생님(프로이트)이 로니에 관해 낱낱이 들려주었던" 일을 잘 기억하고 있으며, "아무래도 셰익스피어가 드 비어에게 관심이 있었을 뿐 아니라 그에 대해 잘 알았던 듯싶다"는 점을 기꺼이 인정하겠다고 다시 한번 알렸다. 하지만 존스는 여기서 선을 그었다. 그는 로니의 주장이 설득력이 없다고 생각했기에

『17대 옥스퍼드 백작 에드워드 드 비어로 밝혀진 "셰익스피어"』가 런던에서 아무런 감명을 주지 못했"고 "자신과 그 책에 대해 이야기를 나눈 유일한 학자도 그 책을 폄하했다"고 프로이트에게 확실히 알렸다. 그러고는 이렇게 덧붙였다. "전반부에서는 중요한 사실을 밝히고 이를 입증하겠다는 들뜬 약속을 했다가 후반부에서는 그들이 입증했다고 생각하는 것에 대한 승리감을 표출하는 책이 세상에는 너무도 많습니다."

프로이트는 마음이 몹시 상해 답장을 썼다. 이는 두 사람이 셰익스피어에 대해 이야기를 주고받은 마지막 편지였다. "로니에 대한 자네의 식견은 상당히 불만스럽네. 나는 최근에 그의 책을 다시 읽었고 이번에는 더욱더 깊은 감명을 받았다네." 흥미로운 이론이라고 해서 처음에 약속한 바를 모두 성취하는 것은 아니라는 존스의 논평이 그의 신경을 건드렸던 것이다. 프로이트는 이렇게 대답했다. "수수께끼를 해결하는 다른 수많은 사람처럼 그도 약속을 한 뒤에 의기양양해하는 데 지나지 않는다는 평가는 부당하다고 생각하네." 프로이트는 끝으로 한마디를 기어이 덧붙이면서, 옥스퍼드설을 통해 셰익스피어를 전혀 새로운 맥락으로 분석하는 것이 이제 가능해졌다고 존스에게 상기시켰다. "소네트의 해석과 『햄릿』의 분석 글들은—다른 사람들도 그렇지만—내가 보기에도 그의 신념을 잘 해명하는 것처럼 여겨지네. (…) 드 비어의 존재는 흥미로운 긍정적 결과와 부정적 결과를 산출할 수 있는 새로운 연구에 필요한 자료를 마련해준다네. 우리는 옥스퍼드 백작부인이 남편과 사별한 뒤에 재혼했다는 사실은 알고 있지만 정확한 날짜는 모르지. 만약 햄릿이 볼썽사납게 서둘러 어머니를 질책한 행동이 이로 인해 정당해진다면 우리 입장은 어떻게 되겠는가?"

그토록 오랫동안 셰익스피어 원작자 문제에 대해 양가적 입장을 취해왔던 프로이트는 무슨 이유로 말년에 옥스퍼드 백작 지지설에 그토록 빠져들었을까? 그는 로니의 책을 무척이나 꼼꼼히 읽었기에 그 책에서 억압적이고 권위주의적인 과거 중세 시대에 대한 향수를 표현하는 것이 위험할 정도로 순진하다고 생각했다. 의문의 여지 없이, 그는 로니가 펼친 주장의 요지를 파악했던 것이다. 『엘리자베스와 에식스Elizabeth and Essex』의 저자인 리턴 스트레이치에게 보낸 편지에서 그는 로니의 논점을 옹호하면서, 에식스처럼 옥스퍼드도 "압제적인 귀족의 전형을 (…) 구현했다"고 언급했다. 혹여 행간을 읽을 만한 사람이 있다면 단연 프로이트였고 그는 콩트의 사상에 대해서 충분히 잘 알고 있었다(1870년대에 그를 가르친 초창기 스승 가운데 한 명인 에른스트 브뤼케는 열성적인 실증주의자였다). 인간사회에 가해지는—특히 종교가 부과한—탄압의 대가를 바라보는 프로이트의 관점은 분명했고 결국은 바로 이 시기에 『환상의 미래』(1927)를 집필해 로니가 제기한 수많은 사회적 문제와 씨름했다. 그러고는 "종교의 교의가 무제한적인 지배력을 행사했을 때 사람들이 일반적으로 더 행복했는지는 의심스럽다. 다만 사람들의 도덕성이 더 높지 않았던 것은 분명하다"고 결론지었다. 또한 프로이트는 개인의 욕망과 사회의 소망 사이에 존재하는 해결할 수 없는 갈등에 대해 오랫동안 골똘히 생각하면서 『문명 속의 불만』(1930)에서 이 둘을 조정할 방법, 다시 말해 인간이 행복해질 최고의 가능성을 제시한 타협점을 찾아보았다.

셰익스피어를 부인하는 것은 프로이트에게 결코 쉬운 일이 아니었다. 그 일로 인해 그의 마음이 얼마나 어지러웠는지는 1930년 3월에 테오도어 라이크에게 보낸 편지에서 잘 드러난다. "나는 로니의 책 『17대 옥스퍼드 백작 에드워드 드 비어로 밝혀진 "셰익스피어"』로 인해 생긴 마음속의 변화에 대해 그동안 고민해왔다네. 그리고 스트랫퍼드 출신의 남자를 더 이상 믿지 않는다네." 그러나 프로이트는 라이크에게 이 골치 아픈 변화에 대해 조금이라도 더 심오한 정신적 설명을 늘어놓지는 않았다. 혹여 그 설명을 그가 접했다 하더라도 우리는 여전히 접하지 못할 것이다.

로니의 주장을 받아들인 그의 태도가 한층 더 당혹스러운 이유는 40년 전에 프로이트가 햄릿의 (그리고 셰익스피어의) 이미지를 신경과민의 세계주의자인 근대 남성으로 재탄생시켰기 때문이다. 하지만 그가 이 관점을 지속시킬 수 있는 유일한 방법은 셰익스피어, 더 나아가 햄릿을 봉건제도에 찬성하는 반동주의자로 둔갑시킨 주장에 의존하는 것이었다. 옥스퍼드 지지자들의 명분을 포용하려는 프로이트의 결정이 기껏해야 자기기만에 불과하다는 결론은 피하기 어렵다. 그는 생을 마감할 때까지 오이디푸스 콤플렉스의 역학을 지속적으로 수정하고 정교하게 발전시켜나갔으며 유혹 이론의 측면들에 대한 자신의 생각을 심지어 바꾸려고도 했지만, 결국은 오이디푸스 콤플렉스 이론에 대한 그의 핵심 신념은 결코 흔들리지 않았다. 로니의 저서가 『햄릿』 문제의 해결책을 독자적으로 입증하면서 그 희곡이 저자의 아버지가 사망한 뒤에 집필되었다고 확인해준 것은 상당히 고무적인 일로 밝혀졌을 것이다. 만약 로니가 옳았고 프로이트가 그렇게 믿을 수밖에 없었다면 『햄릿』이 이미 1598년에 집필되었는지는, 아니 심지어 1588년에 창작되었다 해도 더 이상 문제가 되지 않았을 터였다. 옥스퍼드는 1562년에 아버지를 잃고 나서 거트루드가 그랬듯이 어머니가 재혼하는 모습을 목격했기 때문이다.

　로니가 해석한 『햄릿』의 다른 측면들은 프로이트의 견해와 쉽게 어우러졌다. 그래서 어떻게 되었는지는 그저 상상에 맡길 뿐이지만, 『17대 옥스퍼드 백작 에드워드 드 비어로 밝혀진 "셰익스피어"』에서 햄릿이 "그런 아버지를 여의었을 뿐만 아니라 그 사건에 직접적인 영향을 받아 그의 젊은 시절이 완전히 혼돈에 빠진 것은 그토록 민감한 성격의 인물에게 틀림없이 엄청난 고통이었다"는 구절을 읽으면서 프로이트는 끓어오르는 흥분을 감추지 못했다. 프로이트처럼 로니 역시 "만약 저자의 극적인 자기 현시가 어딘가에 존재한다면" 햄릿이야말로 "그러한 현시"에 해당된다고 보았다. 다른 면에서도 프로이트는 로니의 주장이 풍부한 가능성을 지닌다고 생각했다. 어쨌든 옥스퍼드 어머니의 재혼이 "셰익스피어 해석의 문제들과" 직접적인 관계가 있다고 로니가 결론지었기 때문이다. 로니가 『햄릿』을 옥스퍼드 지지자의 입장에서 해석한 덕분에—그에게 『햄릿』이란 "죽은 아버지에 대한 아들의 사랑과 존경"이자 "자기 인생에 온갖 비극을 안겨준 원천인" "어머니의 행동에 대한 고뇌와 실망"을 다룬 작품이었다—오이디푸스 콤플렉스적 계획에 담긴 어머니의 측면 **그리고** 아버지의 측면 모두를 더 충실하게 탐구할 수 있게 되었다. 마침내 프로이트가 오랫동안 이루지 못했던 연구가 가능해진 것이다. 그는 『정신분석 개론』의 개정판에 삽입한 메모에서 이 주장을 크게 강조했다. 이 책에서는 "옥스퍼드 백작 에드워드 드 비어, 셰익스피어 작품들의 원저자로 인정할 만하다는 평가를 받아온 이 인물은 아직 어린 소년 시절에 사랑하고 존경하는 아버지를 잃었으며 남편이 사망하자 곧바로 재혼을 약속한 어머니와 완전히 절연했다"고 단정지었다.

로니의 주장에서 정신분석적 가능성을 발견하고 한층 더 흥분하기 시작한 바로 그 순간, 노쇠해가던 프로이트는 자신이 신념을 바꿔주려고 노력했으나 끝내 실패한 지인들에게 점점 더 짜증이 나기 시작했다. 그 가운데 한스 작스에게는 『17대 옥스퍼드 백작 에드워드 드 비어로 밝혀진 "셰익스피어"』를 읽으라고 강요했으며 소설가 아르놀트 츠바이크에게는 마음을 돌리려고 더욱 공을 들였다. 하지만 아무리 설득해도 츠바이크가 옥스퍼드설을 믿지 않자 프로이트는 그에게 책을 돌려달라고 요청했다. "로니의 책을 반드시 돌려주어야 하네. 자네를 설득하는 데는 실패한 게 분명하니 로니의 책을 다른 사람들에게도 권해주어야만 하겠네." 그러고 나서도 츠바이크에게 아직 미련이 남았던지 몇 달 뒤에도 그를 여전히 책망했다. "무엇 때문에 자네가 스트랫퍼드 출신의 남자에게 여전히 마음이 끌리는지 도무지 모르겠네." 프로이트는 이렇게 적는다. "셰익스피어는 자신이 저자라는 주장을 정당화할 근거가 전혀 없어 보이지만, 이에 비해 옥스퍼드는 간접적인 근거가 거의 다 갖춰졌다네. 햄릿의 신경증, 리어의 광기, 맥베스의 저항적 태도, 맥베스 부인의 성품, 오셀로의 질투심 등등. 자네가 그런 생각을 지지한다니 분통이 터질 지경이구먼."

로니의 책을 읽은 뒤에 프로이트는 그동안 진지하게 고려해본 적이 없었던 소네트가 향후의 정신분석 연구를 특별히 풍요롭게 만들어줄 분야가 되리라고 확신하다시피 했다. 그는 소네트의 자전적 특성에 대한 로니의 설명을 충분히 납득했으므로 이런 간결한 서정시란 꿈이나 고백의 기록과도 같아서 저자의 생각에 접근하도록 해줄 뿐 아니라 이것이 없었더라면 기록으로 남지 않았을 작가의 경험에 접근할 기회를 제공한다고 믿었다. 오스트리아의 셰익스피어 학자 리하르트 플라테르로부터 셰익스피어 소네트의 독일어 번역판을 건네받은 프로이트는 답장을 보내 그의 "시대에 뒤진" 의견을 고쳐주고는 "소네트가 진지하고 자기 고백적 가치가 충분한 작품이라는 데에는 더 이상 의심의 여지가 없다"고 장담했다. 이 말의 증거는 명확했다. 그 시들은 "저자의 협력 없이 출간되었고 그의 사후에 원래 의도와는 달리 대중에게 전해졌기" 때문이다. 프로이트는 플라테르에게 최신의 옥스퍼드 원작자설 연구서를 찾아보라고 종용했다. 그 책은 프로이트 자신도 읽고 있었던 "제럴드 H. 렌달의 『셰익스피어의 소네트와 에드워드 드 비어Shakespeare's Sonnets and Edward de Vere』"였다.

『리어 왕』역시 이제는 정신분석적으로 해석할 여지가 훨씬 더 많아 보였다. 프로이트는 제임스 S. H. 브랜슨에게 이렇게 흥분에 찬 편지를 보냈다. "에드워드 드 비어에게는 자식에게 주어야 할 모든 것을 물려준 그 아버지 상이 자신의 부족한 면을 특별히 보상해주는 듯해 매력적으로 느껴졌음이 분명하다. 그는 이와 정확히 반대로, 자녀들에게 본분을 전혀 다하지 못한 부적당한 아버지였기 때문이었다." 그래서 드 비어의 인생이 그 희곡들의 사건과 정반대로 전개되었을 때조차 프로이트는 그가 그 작품들의 저자라고 확신했다. 이와 더불어 옥스퍼드가 말년에—대다수의 학자가 추정하는 그 희곡의 집필 연도보다 앞서서—그 희곡을 집필했으며 혼례를 치른 장녀 엘리자베스와 차녀 브리짓을 비롯해 미혼의 넷째 딸 수전("우리의 코딜리어")을 모델로 흡사한 인물을 만들어냈다고 브랜슨을 설득하려 했다. 프로이트는 원전에 등장하는 리어의 딸 셋이 모두 미혼이었다는 사실과 옥스퍼드가 수정 작업을 통해 리어의 주변 관계와 자신의 상황이 더욱 비슷해지도록 만들었다는 점에서 옥스퍼드가 원저자임이 분명하다는 확신을 얻었다. 『오셀로』 역시 이제는 정신분석적 용어와 가족적 용어로 설명될 수도 있었다. 예를 들어 옥스퍼드와 "앤 세실의 결혼은 대단히 불행하게 흘러갔다. 만약 그가 셰익스피어라면 오셀로의 고통을 직접 경험했을 것이다"라는 말이다. 종합하면, 정신병리학적인 면에서 이야깃거리가 훨씬 더 풍성한 대상은 셰익스피어가 아니라 옥스퍼드로 밝혀졌다. 이는 스마일리 블랜턴에게 보낸 편지에서 밝혔듯이 프로이트가 로니의 이론으로는 원저자에 얽힌 '수수께끼'를 완전히 해결하지 못한다는 사실을 알고 있으면서도 무슨 까닭에 그 이론을 그토록 "편파적으로 강경하게" 두둔하는지에 대한 설명이 될 법하다.

프로이트는 1930년에 괴테 상 수상자로 지명받고 수상 연설문을 작성했다. 하지만 너무 허약해진 나머지 시상식에 직접 참석할 수 없었으므로 딸 안나가 아버지를 대신해 수상 소감을 전달했다. 프로이트는 이를 기회 삼아 일반적인 문학 전기, 그중에서도 특히 옥스퍼드가 셰익스피어 희곡들의 원저자라는 주제의 문학 전기에 관한 자신의 의견을 상세히 말하고자 했다. 이 자리를 빌려 그는 이 견해를 공식적으로 처음 밝히게 되었다(여담으로 하나 덧붙이자면, 1927년 미국판 『자서전』에서 그는 이렇게 적었다. "J. T. 로니의 『17대 옥스퍼드 백작 에드워드 드 비어로 밝혀진 "셰익스피어"』를 읽은 뒤에 나는 그 가명 뒤에 에드워드 드 비어라는 인물이 감춰져 있다고 거의 확신했다."). 문학 전기의 경우 저자가 누구든 그에 관해 "반드시 알아두어야 할 두 가지 질문"은 "예술가가 되기 위해서는 어떤 놀라운 재능이 필요한지" 그리고 "그 작품들의 가치와 영향을 조금이라도 더 잘 이해하는 데" 유용한 방법이 무엇인지다. 프로이트는 이런 질문이야말로 우리가 간절히 알고 싶어하는 내용이므로 이 "강력한 욕구"가 가장 거세지는 시점은—"셰익스피어의 경우"처럼—그것이 충족되지 못할 때임을 인정한다. 이쯤에서 그는 원작자 문제로 화제를 매끄럽게 전환한다. "그런데도 셰익스피어의 희극과 비극, 소네트의 저자가 누구인지 모른다는 사실은 누구에게나 고통스러운 일임이 분명하다. 그 주인공은 사실 스트랫퍼드 지방 주민의 아들로 태어나 정식 교육을 받지 못한 채 제 분수에 걸맞게 런던의 배우가 된 사람이었든가, 아니면 귀하게 태어나 교육을 많이 받고 방종하기 그지없는 삶을 살아온 다소 몰락한 귀족인 에드워드 드 비어였을 것이다." 이런 식으로 생각해보면, 선택의 여지는 별로 없다.

몇 년 뒤 런던으로 망명한 프로이트는 개인 숭배, 머나먼 과거의 낭만적 묘사, 유대인과 관련된 유물론의 비방, 규율의 강조와 독재자의 의지에 대한 대중의 복종 및 굴복, 이 모두를 파괴적으로 조합하여 만들어낸 이데올로기의 출현으로 인해 자신이 그동안 심혈을 기울여 쌓아 올려온 수많은 사상과 가치가 위협당하는 모습을 지켜보았다. 그러는 동안 로니의 사회적 비전이 자신을 빈에서 몰아냈던 사회적 비전과 얼마나 많이 일치하는지에 대해 그는 한 번이라도 곰곰이 생각해봤을까?

세상일에서 우위를 차지하기 위해 언제나 책략을 세우는 '정치인'과 유물론자가 사회의 정신적 원리에 순종하고 그 규율에 따라 행동하는 부차적인 지위를 고수하게 만드는 일을 돕기 위해 앞으로는 그 어느 때보다 더 '셰익스피어'의 정신이 필요할 것이다. 물론 우리는 '셰익스피어'의 중세주의로 되돌아갈 순 없지만 중세 시대의 사회질서와 사회정신에서 가장 좋은 요소들을 근대적 삶 속에 포함시킬 필요는 있다.

시대를 역행한 로니의 비전은, 1933년에 나치가 정권을 잡자 "히틀러주의의 이상"이 "순전히 중세적이고 반동적이다"라고 묘사한 프로이트의 설명과 몹시 비슷하다. 그해에 프로이트는 어니스트 존스에게 다음과 같이 편지를 쓰기도 했다. "우리는 우파 독재 정권을 향해 나아가는 과도기 상태에 놓여 있으니, 이는 곧 사회민주주의가 억압받고 있다는 뜻이네. 그로 인해 앞으로의 정세는 못마땅하게 흘러갈 테고 우리와 같은 유대인들의 삶도 불쾌해질 걸세." 내 판단이 부당할 수도 있겠지만, 스스로 로니의 "추종자"라고 고백한 프로이트는 로니가 지지한 사상이 미칠 더 폭넓은 영향에 대해 모른 척하기로 작정한 듯하다.

로니의 딸 이블린 보델 부인에 따르면, 아버지는 사망하기 며칠 전인 1944년 1월 17일에 이렇게 털어놓았다고 한다. "내 인생의 커다란 목표는 인류의 종교적·도덕적 통합에 이바지하는 것이었다. 이와 더불어 말년에는 에드워드 드 비어가 셰익스피어 희곡들의 원저자로 확고히 자리잡는―그리고 유대인 문제가 해결되는―모습을 지켜보고픈 욕심이 있었다." 이 마지막 구절은 잘못 해석되기 십상이었다. 특히 나치가 유대인들에게 심어준 공포의 실체가 더욱 뚜렷해지던 1944년에는 그럴 소지가 다분했다(집단 수용소에서 사망한 희생자들 중에는 프로이트의 다섯 누이 가운데 네 명이 포함되어 있었다). 이 문장에 담긴 의도는, 프로이트가 빈을 떠나 런던에 도착한 직후인 1938년 7월에 로니가 프로이트에게 보낸 편지에 명확히 드러난다. 로니는 셰익스피어 문제를 논의하기보다 유대인 문제를 해결하는 데 프로이트의 도움을 요청하고 싶어했다. 본인의 설명에 따르면, 그는 실증주의자이자 민족주의자이며 독재 정권에 불만이 없는 사람으로서 글을 쓴다는 것이었다. 한편으로는 나치에 대해 대단히 비판적이면서도 다른 한편으로는 유대인이 인종적 특수성을 단념하고 현재 살고 있는 민족국가에 완전히 동화되기를 거부했다고—로니는 이 점을 그들이 박해받는 궁극적 원인으로 생각한다—화를 낸다. 그는 유대인 조국을 건설하는 것이 비현실적인 생각이라며 배척한다. 실증주의적 관점에서 본 유일한 해결책은 그들이 '융합'하는 길뿐인데, 이는 조만간 "반드시 실현되기" 때문이다. 로니는 옥스퍼드가 이와 동일한 것을 『베니스의 상인』에서 예측했다고 덧붙였다. 이 작품 끝머리에서 샤일록과 제시카는 대화를 통해 지배적인 빈 사회와의 '융합'을 일궈낸 바 있다.

로니는 끝까지 일관된 태도를 취했다. 그는 스트랫퍼드 태생의 셰익스피어가 "욕심 많은 성격"에 평소 "돈 거래에 인색했다"는 점이 샤일록의 행태와 동일하다고 판단하고는 수십 년 전에 원저자 연구를 시작했다. 로니로서는 돈에 굶주린 저자가 그 위대한 희곡들을 집필했다고는 도저히 생각할 수 없었다. 그러므로 그의 독창성은, 스트랫퍼드의 셰익스피어는 샤일록의 모습으로 묘사된 반면 그 희곡의 진짜 저자인 옥스퍼드 백작은 자화상을 안토니오라는 인물에 투영했다고 주장했다는 데 있다. 로니의 원작자 문제 해결책은 그 희곡의 "유대인 문제" 해결법은 물론이고 사실상 "인류의 종교적 도덕적 통합"과도 비슷했다.

옥스퍼드설 지지자들

1920년에 『17대 옥스퍼드 백작 에드워드 드 비어로 밝혀진 "셰익스피

어"』가 출판된 지 거의 하룻밤 만에 옥스퍼드는 그 희곡들의 저자 후
보들 중 가장 유력한 인물로 떠올랐다. 베이컨이 하락세를 타는 형편
이었으므로 이제 드 비어의 주요 경쟁자들은 다른 귀족들이었다. 말
로를 비롯한 다른 전문 극작가나 시인을 옹호하는 주장은 출발이 결
코 순조롭지 않았다. 1905년에는 사우샘프턴 백작과 에식스 백작이
각각 후보로 제안되었지만 둘 중 누구도 큰 관심을 불러일으키진 못
했다. 2년 뒤 러틀랜드 5대 백작인 로저 매너스가 후보로 등장했을
때에는 그 반응이 한층 더 열광적이었다. 그는 필립 시드니 경의 딸과
결혼해 문학계와 대단히 긴밀한 관계를 맺었고 폭넓은 여행 경험을
축적했으며 덴마크 엘시노어 궁에 대사로 파견되어 근무한 덕에 햄릿
의 세계를 익히 잘 알고 있었다. 제법 젊을 때인(그는 17세에 『비너스와
아도니스』를 출판했을 것이다) 1612년에 그가 사망한 것은 셰익스피어의
극작 경력이 끝난 시기와 대강 일치했다. 얼마 지나지 않아 독일인과
스위스인, 벨기에인, 미국인, 아르헨티나인들까지 합류한 러틀랜드 지
지 집단은 그 희곡들의 가장 인상적인 등장인물들이—특히 로미오,
자크, 햄릿, 프로스페로가—경험한 몇 가지 사건이 러틀랜드의 파란
만장한 인생을 비슷하게 본떠서 만들어졌다고 믿기도 했다. 셰익스피
어 희곡을 누가 썼는가라는 수수께끼를 해결하기 위해 은퇴한 셜록
홈스까지 동원되었고 이 유명한 탐정은 그 주인공이 러틀랜드라고 결
론지었다.●

　로니의 책이 등장하기 전까지 러틀랜드의 주요 귀족 경쟁자는 옥

● 미국인 클로드 월터 사익스는 『윌리엄 셰익스피어라는 가명Alias William Shake-
speare』에서 마치 셜록 홈스가 셰익스피어 작품 원저자의 생애를 연구한 끝에 진짜 작가가
러틀랜드라는 사실을 알아낸 것처럼 설명한다.

스퍼드 백작의 사위인 더비 백작, 윌리엄 스탠리였다. 베이컨설의 전성기인 1890년대에 밝혀진 바에 따르면, 1599년 6월에 예수회의 어느 첩자는 더비가 "저속한 배우들을 위해 희극 집필에만 전념하느라 바빴다"는 보고를 올렸다.20년 뒤, 귀족 후보자들에 대한 관심이 재개되자 연구원들은 이 감질나는 정보에 관해 후속 연구를 추진하기 시작했고 1919년에는 더비가 후보에 오른 사실이 국제적으로는 물론 심지어 학계에서도 추종자들의 관심을 끌었다. 이 보고서 외에도 그는 유리한 점이 많았다. 말하자면 더비의 이름은 셰익스피어의 이름과 머리글자가 일치했고(그러므로 말장난을 사용한 '윌' 소네트●를 쉽게 집필할 수 있었다), 그는 셰익스피어보다 3년 일찍 태어났으며 극장들이 모조리 폐쇄된 1642년에 사망했으므로 그의 생존 기간은 충분히 잘 들어맞았다. 또한 더비는 여행 경험이 풍부했고 특히 프랑스로 외유를 떠난 적이 많았다. 그리고 그 희곡들은 더비가 눈으로 보고 몸으로 겪은 일을 기반으로 만들어졌다는 내재적 증거가 상당했다.

이 귀족 출신의 도전자들 가운데 옥스퍼드가 가장 그럴듯한 후보로 보였던 이유는 완전히 명확하지는 않다. 당시에 몇몇 사람은 더비를 지지하는 주장이 몇 년 더 일찍 성립되었다면 그가 정당한 후보라는 데 의견이 일치했을 것이라고 확신했다. 돌이켜보면, 로니는 경쟁 후보들을 지지하는 사람들보다 자신의 후보를 더 효과적으로 옹호했고 그의 책에는 진심이 더 많이 담겨 있었으며 그의 제자들은 더 유명하고 헌신적이었으며 셰익스피어의 희곡들이 마치 자서전처럼 옥스퍼드의 인생과 밀접하게 연결되어 있었다는 주장은 더욱 설득력을 지

● 소위 '윌' 소네트'란 조동사 'will'이 들어가야 할 자리에 셰익스피어가 자신의 이름인 'Will'을 적은 소네트를 가리키는 용어로 134번, 135번, 136번, 143번 등이 이에 해당된다.

녔다. 궁극적으로 드 비어에게 유리한 방향으로 운명이 달라진 궁극적인 요인은 이 백작들 가운데 드 비어만이 당대에 성공한 작가로 인정받았고 시와 희극 모두 동시대인들의 칭송을 받았다는 점이었다. 비록 옥스퍼드가 자신의 이름으로 집필한 작품 중에는 겨우 시 몇 편이 잔존할 뿐 희곡은 전혀 남아 있지 않았지만, 남아 있는 그의 작품들과 셰익스피어의 이름이 붙은 작품들을 비교하고 (베이컨 지지자들이 오랫동안 그랬듯이) 두 작품들의 문체 및 주제의 유사성을 주장하는 것은 여전히 가능했다.

　　로니의 획기적인 연구를 이용하기 위해서는 옥스퍼드의 널리 인정된 시의 학술판과 제대로 된 전기가 필요했다. 로니는 『에드워드 드 비어의 시The Poems of Edward de Vere』를 자진해서 편집했으며 B. M. 워드는 드 비어의 인생을 처음으로 자세히 설명한 『17대 옥스퍼드 백작The Seventeenth Earl of Oxford』을 완성하는 데 몰두했다. 그 뒤로 관련 연구가 홍수처럼 쏟아져 나왔다. 향후 20년이 넘는 기간 동안 출간된 옥스퍼드 지지 저술은 무려 30여 편에 달했다.

　　허버트 H. 홀랜드는 1923년에 『옥스퍼드 안경을 통해 본 셰익스피어Shakespeare Through Oxford Glasses』를 발표해, 이전에는 집필 시기가 17세기 초반이라고 추정하던 희곡들을 1570년대와 1580년대의 시사 문제와 관련짓는 데 앞장섰다. 곧이어 하나같이 소규모 출판업에 종사하는 열성적인 3인조 옥스퍼드 지지자가 이를 뒤따랐다. 에바 터너 클라크는 이 운동에 일찌감치 가담한 소수의 미국인 중 한 명으로 옥스퍼드를 지지하는 책을 네 권 출판했다. 그는 홀랜드의 작업에 기반을 두고, 에드먼드 멀론이 셰익스피어를 위해 했던 작업을 옥스퍼드를 위해 수행하려 애썼다. 이 과정에서 옥스퍼드 희곡들의 대체 연대기를 세심히 작성해, 그 작품들의 최초 창작 시기를 수십 년 앞당겼다. 그녀의 작업은 커다란 영향력을 발휘했고 프로이트는 그 책을 면밀히 읽고 깊이 감명받았다. 영국의 드라마 비평가인 퍼시 앨런은 이보다 더 많은 결실을 맺어 다섯 편의 저술을 발표했다. 또한 『나의 신념 고백My Confession of Faith』을 개인적으로 인쇄해서 자신이 옥스퍼드를 받아들인 결정이 개종에 버금가는 일이라고 주장했다. 이에 못지않은 사례를 들자면, 리버풀 대학의 그리스어 교수로서 80세의 늦은 나이에 옥스퍼드를 지지하게 된 캐넌 제럴드 H. 렌달은 옥스퍼드설을 설파하는 네 권의 책을 발표했다. 『7인의 셰익스피어Seven Shakespeares』(1931)를 쓴 길버트 슬레이터와 『"셰익스피어"로서의 옥스퍼드 백작』(1931)을 쓴 몬터규 윌리엄 더글러스를 포함해 다른 사람들은 실제로 옥스퍼드가 셰익스피어의 작품들을 책임진 작가군의 지도자였다고 제안했다. 또한 더글러스는 엘리자베스 여왕이 애국적인 내용의 희곡들과 팸플릿을 제작하는 선전 기관의 감독직을 옥스퍼드에게 위임했다고 주장했다. 상황을 종합하건대, 이 연구는 대단한 성과를 거두었다. 그리고—베이컨 지지자들이 그랬듯이—주류 셰익스피어 학자들은 옥스퍼드 운동의 초기 성공을 인정하지 않았기에 이 방대한 양의 연구와 앞 다투어 경쟁해야만 했다.

비록 로니는 1944년까지 삶을 이어갔지만 한 권의 저서도 더 집필하지 못했다. 그렇지만 동료들과 편지를 주고받거나 옥스퍼드를 지지하는 논문을 몇 편 기고하기도 했다. 그중에서 호화로운 계간지 『골든 힌드The Golden Hind』에 발표한 논문에서는 『윈저의 즐거운 아낙네들』에 대한 새로운 해석을 펼쳤다. 이 책에서도 등장인물들을 역사상 실제로 존재했던 인물들처럼 간주했다. 즉, 그 희곡의 저돌적인 젊은 연인 펜턴은 옥스퍼드를 투영한 또 하나의 자화상으로, 그녀가 구애하는 여성 앤 페이지는 옥스퍼드와 결혼한 젊은 여성 앤 세실의 대역이 분명하다는 주장이었다. 펜턴의 계략에 속아 넘어간 얼빠진 슬렌더는 옥스퍼드의 경쟁자인 필립 시드니 경을 형상화한 인물로, 실제로 시드니도 앤 세실과 결혼을 약속했다가 깨진 경험이 있었다. 심지어 희곡의 배경인 윈저는 이 작품이 기반으로 삼은 30년 전의 사건이 발생한 장소와 정확히 일치한다. 두 사건의 줄거리는 너무도 완벽하게 맞아떨어져서 로니는 "극작가가 이런 성격의 사건들을 그토록 면밀히 추적해서 합리적인 반박의 여지도 없이 실제와 완벽하게 동일한 상황을 제시한 사례는 다시 나오기 힘들 것이라고" 생각했다.

앤이 열병으로 사망한 1588년에 드라마 작품들이 무수히 발표되었다는 점에서 보면 옥스퍼드와 앤의 사별은 결국 우리 독자들에게 이익인 셈이었다. 그녀의 때 이른 죽음에 영향을 받아 주목할 만한 여주인공들이 셰익스피어의 작품에 연이어 등장했기 때문이다. "옥스퍼드 백작은 부인이 사망한 뒤에 은퇴했고 그러는 사이에 위대한 '셰익스피어의' 작품들이 쏟아져 나왔다. 좀 전에 살펴보았듯이 이 시기와 관련 있는 희곡들에는 그의 청년기와 장년기에 일어난 가장 사적인 사건들이 묘사되었다." "다정하고 사랑스러운 옥스퍼드 백작부인"은 "오필리어, 줄리엣, 데스데모나, 앤 페이지의" 모습으로 계속 살아남았으며 "베아트리체가 단테에게 소중한 존재였듯이 전적으로 다른 상황에서 앤 세실도 우리의 위대한 영국의 '셰익스피어'에게 그러한 존재가 되었다." 이 예술적 영감을 주는 낭만적 이야기는 영화 「셰익스피어 인 러브Shakespeare In Love」에서 표현된 내용을 뛰어넘었을 뿐 아니라 시기적으로도 이보다 앞섰다.

로니는 옥스퍼드가 해크니의 성 어거스틴 교회의 묘비 없는 무덤에 묻혀 있다는 사실을 잘 알고 있었다. 말하자면, 셰익스피어의 성지가 스트랫퍼드 어폰 에이번으로 순례자들을 끊임없이 끌어당기는 것과는 달리 옥스퍼드의 업적을 경배하는 사람들이 방문할 제대로 된 성지가 없다는 뜻이었다. 하지만 앤은 웨스트민스터 사원에 매장되었으므로 로니의 제안처럼 그녀의 무덤을 부부의 공동 사당으로 만들었더라면 옥스퍼드의 신격화 작업은 실현될 수도 있었다. "그렇다면 앤 부인이 웨스트민스터 사원에 누워 있다는 사실은 우리에게 대단히 다행스런 일이다. 언젠가 이 세상이 에드워드 드 비어를 공정하게 대하는 날이 오면 그녀의 기념비적 무덤은 성지가 될 것이다. 그곳에서 두 사람에 대한 기억이 하나로 이어지면 영국의 영광이 되어준 그에게 대중은 합당한 경의를 표할 것이다." 이로써 셰익스피어의 자리에 옥스퍼드를 대신 앉히려는 로니의 주장은 완성되었다. 이런 제안을 하던 당시에 로니는,『영국 인명사전』신판의 항목에 직설적으로 표현되었듯이 열네 살의 앤과 드 비어의 결혼이 "재앙"이었다는 사실을 몰랐을 것이다. 옥스퍼드가 외국 여행에서 돌아오면서 "다정하고 사랑스러운 백작부인"을 피했다는 사실을 알아차리자마자 옥스퍼드의 장인 벌리는 "옥스퍼드가 어떤 음란한 무리의 꾐에 빠져 아내에게 소원해졌다고" 투덜거렸다. 이 부부는 몇 년 동안 떨어져 지냈다. 심지어 두 사람이 다시 합친 뒤에도—그리고 이것은 로니도 알았다— 옥스퍼드는 여왕의 시녀인 앤 바바사워를 임신시켰다. 백작부인이 사망한 지 4년 뒤에 옥스퍼드는 재혼했다. 에드워드 드 비어와 앤 세실이 영국의 단테와 베아트리체라는 로니의 환상은 다소 확대 해석이었다.

'연구와 선전' 작업을 활성화하기 위해 중앙 조직이 필요하다는 각성이 일면서 1922년에 셰익스피어 조합Shakespeare Fellowship이 설립되었고 조지 그린우드 경(그의 활동은 트웨인과 다른 회의론자들에게 크게 영향을 미쳤다)이 초대 회장으로 위임되었다. 창립 부회장으로는 아벨 르프랑과 로니 자신이 포함되었다. 그린우드는 옥스퍼드가 작가 군단의 수장이었다는 쪽으로 마음이 기울었지만 르프랑은 더비 백작을 옹호하는 입장이었으므로 적어도 출범 시기에 이 조직은 "세간에 널리 퍼진 스트랫퍼드 정설에 만족하지 못하는, 셰익스피어를 사랑하는 모든 사람을 하나의 단체로" 통합하고 싶다는 희망을 품었다. 이들의 목적은 "그 문제에 해결의 실마리를 던져줄 법한 교구의 교적부와 유언장을 비롯해 여타 서류들에 관한 연구를 장려하고 체계화하려는" 것이었다. 그해 연말까지 40명 이상의 사람이 이 조직에 가입했다. 학구적인 에너지의 방향이 스트랫퍼드 출신의 남자가 아닌 다른 후보들로 향하게 되자 기록보관소들이 그 희곡들의 실제 저자가 누구인지에 관해 논쟁의 여지가 없는 증거를 곧 내놓을 것이라는 엄청난 확신이 생겨났다.

지금은 잊히고 말았지만 향후 20년 사이의 어느 시점에—러틀랜드와 더비를 비롯해 다른 후보자들에 대한 지지가 사그라진 다음에—그 조직은 "17대 옥스퍼드 백작 에드워드 드 비어와 개인적으로 관련이 있는 사람들에게 동조해, 백작이야말로 위대한 시인 셰익스피어였다는 주장을 특별히 고려하라"는 지령서를 다시 조용히 작성했다. 여기에 공감하는 출판업자 세실 파머를 필두로 상업 출판사들이 출간한 책들은 여전히 옥스퍼드 지지 진영에서 더없이 소중한 존재였고 겨우 1930년대 중반에 들어서야 자신들의 생각을 세상에 널리 알리기 위해 회보를 출간할 필요가 있다고 생각했다. 이 운동은 출범하고

20년 동안 엄청난 성공을 거두었으며 옥스퍼드 지지자들도 대단히 많이 생겨나 이 정황상의 주장은 이제 필요한 모든 것을 상당히 갖추게 되었다.

프로이트와 친구들이 보인 엄청난 관심은 옥스퍼드설이 유럽 대륙에서 건재하다는 하나의 징후일 뿐이다. 뿐만 아니라 소문은 미국으로도 퍼져나가, 1937년에는 미국 다트머스 대학의 영문과 교수인 루이스 베네젯이 옥스퍼드설에 관한 수많은 저서 중 첫 번째 책인 『셰익스피르, 셰익스피어 그리고 드 비어Shakespere, Shakespeare and de Vere』를 출판했다. 같은 해, 찰스 위스너 배럴은 『새터데이 이브닝 포스트 Saturday Evening Post』에서 로니의 이론을 대중화했다. 이로부터 얼마 지나지 않아, 배럴은 『사이언티픽 아메리칸Scientific American』에 애시본 초상화●—19세기에 발견되었고 훗날 폴저 도서관이 구입했으며 일부에서는 셰익스피어의 얼굴로 믿는다—가 조작된 작품이며 엑스선과 적외선 사진으로 보면 이 인물이 에드워드 드 비어의 얼굴 위에 덧그려졌다는 사실이 드러난다고 주장하는 논문을 발표해 큰 물의를 일으켰다. 옥스퍼드 지지자들은 옥스퍼드설의 정황적 주장을 보강하기 위해 고군분투하는 한편, 셰익스피어 지지설의 기반을 약화시키기 위해서도 엄청난 에너지를 쏟아부었다.

1940년대 초반에 옥스퍼드 지지 운동은 놀라울 정도로 주목을 받게 되었다. 그중에서 가장 두드러진 것은 1941년 작 영국의 전쟁 영화 「핌퍼넬 스미스Pimpernel Smith」로, 이 작품에서 레슬리 하워드는 나치를 저지하는 고고학자 역할을 연기했을 뿐 아니라 제작과 감독직

● 이 초상화는 마틴 드뢰샤우트 판화의 원본이라고 믿어진다.

도 도맡았다. 대화를 나누다가 셰익스피어 이름이 언급되는 장면에서 레슬리 하워드는 자신이 "셰익스피어의 정체에 대해 (…) 다소 연구를 해온" 결과 "셰익스피어가 진짜 셰익스피어가 아니었음을 확실히 입증했으며 (…) 진짜 작가는 옥스퍼드 백작이었다"고 가볍게 이야기한다. 영화가 후반부로 넘어가면, 하워드는 어느 발굴 현장에서 해골을 들어올리며 『햄릿』의 유명한 대사인 "이런, 불쌍한 요릭"을 암송하고는 "아시다시피 옥스퍼드 백작이 이 대사를 썼지"라는 말을 덧붙인다. 이를 보면, 옥스퍼드설이 이미 뿌리를 내린 뒤였음이 분명했다.

하지만 옥스퍼드설의 연구는 그렇게 연기만 줄곧 날려대고 불을 붙이는 데에는 성공하지 못했다. 셰익스피어 조합은 옥스퍼드와 그 희곡들의 관련성을 입증하는 문서들을 발견하겠다는 목표를 세웠지만 영국의 기록보관소와 대저택들에서 관련 문서를 단 한 건도 찾아내지 못했다. 1921년으로 되돌아가보면, 당시 로니는 "정황 증거가 영원히 늘어나지 않는다면 언젠가 입증되는 것도 불가능할 것이다"라는 글을 썼다. 하지만 아직까지도 자신들의 주장은 입증하기 힘들었고 광범위하게 받아들여지지도 않았다. 옥스퍼드 지지자들은 거부하기 힘들다고 생각한 정황 증거에 완전히 설득당했지만 이에 비해 다른 사람들은 여전히 냉정한 태도를 고집했다. 그들이 저서를 통해 똑같은 주장을 몇 번이고 반복하자 출판사들은 처음에 돈을 잃었고 그다음에는 흥미마저 잃었다. 로니는 1927년에 어느 지지자에게 이렇게 인정했다. "당연히 이 새로운 이론이 멀리 퍼져나가는 데 걸리는 시간은 발생하는 데 걸린 시간보다 훨씬 빠를 것이라고 기대했습니다."

기록보관소를 뒤지는 작업이 실패로 돌아가고 드 비어의 인생을 셰익스피어의 희곡 및 소네트에 등장하는 사건과 연결시키는 정황적 주장들이 한계점에 도달하자, 새로운 연구 분야를 찾고 있던 옥스퍼드 설 학자들은 당황했다. 로니의 대단한 발견에 단서를 달기보다는 이를 반드시 확인해야만 한다는 생각에 갇혀, 그들은 점점 더 미심쩍은 주장들을 펼치기 시작했다. 첫째, 이들은 옥스퍼드의 문학적 업적을 크게 확대시켰다. 만약 원작자의 정체가 감춰진 상황이고 옥스퍼드의 천재성이 타의 추종을 불허하는 수준이라면, 그가 셰익스피어의 희곡들뿐만 아니라 엘리자베스 여왕 시대의 다른 위대한 작가들의 작품들도 당연히 집필했을 것이다. 베이컨 지지자들은 이 불안한 길을 이미 걸어간 뒤였고 이제는 옥스퍼드 지지자들의 차례였다. 그들이 이런 선택에 내몰린 원인에는, 옥스퍼드의 작품으로 인정받은 1570년대 서정시와 그로부터 10여 년 뒤에 등장하기 시작한 셰익스피어의 희곡 및 시 사이에 백작이 무언가를 틀림없이 집필했다고 입증할 필요도 있었기 때문이다. 하지만 무엇이 문제였겠는가. 로니 자신도 옥스퍼드 백작의 시집을 편찬하면서 "옥스퍼드가 엘리자베스 시대 문학의 열쇠"이자 "모든 것을 통합하는 인적 요소"임이 자명하다고 누구보다 앞장서서 주장한 터였다. 로니는 아서 골딩, 앤서니 먼데이, 존 릴리 같은 수많은 작가의 시와 드라마를 다시 읽어본 다음 주류 학자들이 "모든 요소를 연결시키는 인물이 골딩의 친척이요 제자이자 앤서니 먼데이와 존 릴리를 차례로 고용했던 바로 에드워드 드 비어였음을 알아차리지 못했다"고 공격했다. 옥스퍼드는 그들이 내놓은 문학적 산물의 책임자가 분명하다는 것이었다. 로니가 보기에, 릴리의 1580년대 궁정 드라마는 "옥스퍼드의 초기 서정시와 셰익스피어의 작품을 이어주는 다리"이자 잃어버린 연결 고리였다.

이로부터 얼마 지나지 않아, 그 신봉자들은 아서 브룩의 『로메우스와 줄리엣Romeus and Juliet』과 크리스토퍼 말로와 토머스 키드의 희곡들로부터 에드먼드 스펜서와 조지 개스코인의 시집에 이르는 모든 작품의 저자가 에드워드 드 비어라고 설명하기 시작했다. 일부 신봉자들은 여기서 한발 더 나가, 존 플로리오가 번역한 몽테뉴의 『수상록』과 토머스 노스가 번역한 플루타르코스의 『플루타르고스 영웅전』 같은 기념비적인 작품들도 실은 드 비어가 시간을 내 작업한 것이라고 추측했다. 시간이 흐르면서 이 목록은 점점 더 늘어나서 마틴 마프럴럿의 논문집과 『레스터의 공화국Leicester's Commonwealth』, 토머스 내시와 로버트 그린을 비롯해 수많은 작가의 작품들이 포함되었다.

스트랫퍼드의 셰익스피어가 그 희곡들을 썼다는 데 의혹을 품은 사람들이 하나같이 내세운—진짜 저자는 정체를 숨겼고 그 천재성은 타의 추종을 불허했으며 엘리자베스 시대의 문학 황금기를 창조하는 데 그가 중심 역할을 담당했다는—근본 전제들을 고려해볼 때, 정전의 범위를 확장하는 것은 아마도 불가피한 선택이었던 듯싶다. 하지만 베이컨 지지자들이 베이컨을 옹호하기 위해 과장된 주장을 펼쳤듯이 셰익스피어 옹호자들도 엄밀히 말해 그리 정직하기만 한 것은 아니어서 주류 학자들은 『두 번째 처녀의 비극The Second Maid's Tragedy』과 『에드워드 3세』 『용맹왕 에드먼드Edmund Ironside』를 비롯해 저자가 누구인지 의심스러운 다른 희곡과 시 작품에 셰익스피어의 이름을 올렸다. 사실상 셰익스피어의 작품을 말로가 썼다는 주장은 누구도 감히 하지 못했을 19세기 초에 그와 정반대로 셰익스피어가 사실상 말로의 작품을 모두 집필했다는 주장이 제기되었다. 하지만 이런 정황을 감안한다 하더라도, 옥스퍼드 지지자들이 드 비어의 기존 작품 목록에 추가할 새로운 작품을 찾으며 엘리자베스 시대의 문학을 강탈하기 시작했을 때 보여준 무모함은 정말 충격적이었다.

세실 파머가 『17대 옥스퍼드 백작 에드워드 드 비어로 밝혀진 "셰익스피어"』를 시장에 내놓았을 때 주로 강조한 사항은 로니의 책에 "그의 논거나 발견과 연결지을 만한 암호도 암호술도 숨겨진 메시지도 없다"는 점이었다. 하지만 일부 옥스퍼드 지지자는 베이컨을 지지하는 암호 사냥꾼들을 모방하고 싶은 충동이 너무도 큰 나머지 드 비어와 셰익스피어의 작품을 연결하기 위해 부호와 암호에 의존했던 것으로 밝혀졌다. 결국 아무리 무심히 보아 넘긴다 하더라도 에드워드 드 비어라는 성명의 철자 순서를 바꿔 만든 'E. Vere'는 『트로일러스와 크레시다』의 서문 표제로 사용된 "작가가 아닌 사람이 독자가 아닌 사람에게A never writer to a never reader"●부터 셰익스피어 정전 전체에 대단히 자주 되풀이되는 단어인 'ever'에 이르기까지 셰익스피어의 작품 곳곳에 산재해 있었다. 편리하게도 'never'는 셰익스피어의 작품에 1100번 이상 등장하고 'ever'와 'every'는 각각 600번 이상 등장한다. 이 아슬아슬하게 숨겨놓은 서명을 예의주시하기로 마음먹으면, 주의 깊은 독자들은 다른 사람들이 개별적으로 드 비어의 작품 목록에 재편성시킨 작품들 속에서 그것을 쉽게 확인할 수 있다. 그리고 그리 오래지 않아 조지 프리스비가 크리스토퍼 말로와 조지 개스코인, 존 해링턴 경, 에드먼드 스펜서, 조지 퍼트넘을 비롯해 심지어 제임스 1세의 시에서 이 암호화된 서명, 즉 옥스퍼드가 작가라는 명확한 증거를 찾아냈다.

● "A never writer to a never reader(작가가 아닌 사람이 독자가 아닌 사람에게)"의 철자를 조금 변형하면 "An ever writer to an ever reader(영원한 작가가 영원한 독자에게)"가 되고 여기서 다시 변형하면 "An E. Vere writer to an E. Vere reader(작가 에드워드 드 비어가가 에드워드 드 비어의 독자에게)"가 된다.

당시의 귀족들은 일반적으로 출판을 꺼리는 성향이 있었기 때문에 옥스퍼드가 익명성을 추구했다는 주장은 지나친 감이 있었다. 가장 위대한 시인이 자신의 정체를 숨겼던 이유에 대해서는 더 나은 설명이 제시되어야만 했다. 해답은 곧 찾아졌다. 다름 아닌, 옥스퍼드는 엘리자베스 여왕의 숨겨진 애인이었고 두 사람 사이에서 사생아인 사우샘프턴 백작이 태어났다는 주장이었다. 1933년에 퍼시 앨런이 처음 제기한 이 주장은 옥스퍼드 지지 집단 사이에서 튜더 왕자 지지설로 알려졌고, 옥스퍼드의 문학 인생이 음모와 은닉을 특징으로 한다고 이미 확신한 회의주의자들의 이목을 상당히 사로잡았던 것으로 밝혀졌다. 로니는 퍼시 앨런의 충실함을 높이 평가하는 한편 그의 튜더 왕자 지지설을 경멸했으므로 그로 인해 "그 주장 자체가 놀림감이 될까봐" 두려워했다. 프로이트 역시 그 이론을 싫어한 나머지 앨런에게 책망하는 편지를 보내기도 했다. 지금까지도 이 이론은 옥스퍼드 지지자들 사이에 깊은 골을 파놓았다.

무수한 반대에도 불구하고 튜더 왕자 지지설은 지지자들을 얻었으며 특히 미국에서 긍정적인 반응을 얻었다. 그 이론이 옥스퍼드 지지자들 사이에서 튜더 왕자설 2부라고 부르는 더 대담한 이론으로 대체된 것은 어쩌면 불가피한 일이었다. 이 이론을 제안한 사람들에 따르면, 옥스퍼드는 엘리자베스 여왕의 연인이었을 뿐만 아니라 아들이기도 했다. 열네 살짜리 미래의 여왕을 임신시킨 남자는 아마도 그녀의 의붓아버지 토머스 시모어였던 듯하다. 그러므로 그 관계는 근친상간이었고 옥스퍼드가 훗날 국모와 동침하고 사우샘프턴을 임신하게 만들면서 이중 근친상간이 되었다. 이것이 전부가 아니다. 사우샘프턴은 처녀 여왕의 마지막 자녀에 불과했다. 그 당시에 여왕은 에식스 백작과 메리 시드니, 로버트 세실을 이미 출산한 뒤였다.

최근 들어 옥스퍼드 지지자들은 '음모'와 '은닉'처럼 유도적인 용어를 비켜가려는 경향을 보이지만, 사실 튜더 왕자설에 대해 논의하면서 이런 용어를 피하는 것은 불가능하다. 오늘날 활동하는 옥스퍼드 지지자들 가운데 단연 두각을 나타내는 로저 스트릿매터가 지적했듯이 "스트랫퍼드 지지설은 (…) 옥스퍼드를 숨기려고 튜더 정부가 꾀한 '음모'와 (…) 크게 다르지 않아서" "스트랫퍼드 지지자들의 사상은 튜더 왕조의 정책이 그 이름만 바꿔 확장된 것이다. 한마디로, 이 논쟁이 튜더 왕조의 거짓말을 어쩔 수 없이 해결하는 방향으로 흘러가면서 점차 단조롭고 우스꽝스러우며 무의식적으로 변해가는 동기에 힘을 얻어 확장된 것이다". 따라서 옥스퍼드설은 다른 자손을 많이 낳은 국왕과 옥스퍼드의 관련성에 관한 최초의 거짓말에 대한 반작용으로, 결국은 드 비어에게 하나같이 손해가 되었다. 엘리자베스가 처녀 여왕이었다는 거짓말은 스트랫퍼드의 셰익스피어가 그 희곡들을 썼다는 거짓말이 탄생하는 데 간접적이지만 필연적인 영향을 미쳤다. 권력을 쥔 사람들이 끊임없이 실행한 은폐 공작은 튜더의 궁중에서부터 근대 학문에 이르기까지 이어져왔고, 이는 옥스퍼드의 정체를 계속 숨겨둔 채 정당한 지위와 업적을 부인하는 데에도 여전히 이용되었다.

튜더 왕자 지지설은 옥스퍼드의 동기와 옥스퍼드 지지자들의 동기를 모두 설명하는 데 도움이 되며 지지자들이 쏟은 노력과 그들이 사회에서 소외되어간 과정은 옥스퍼드가 시도한 보상적 성향의 창작 투쟁을 요약해서 보여준다. 그러고 나면 한 가지 커다란 의문이 남는다. "만약 정말로 그랬으면 어떻게 하지?" 만약 옥스퍼드가 당대에 인정을 받았고 그의 아들 사우샘프턴이 1603년에 사망한 어머니의 뒤를 이어 왕위를 계승했더라면 아마도 영국은 가슴 미어지는 내전과 그 뒤의 근대주의, 제국주의, 자본주의(실증주의자들의 근심거리)를 초래한 계급과 질서의 돌이킬 수 없는 와해를 피했을지도 모른다. 그런 이상적인 세상 대신, 우리는 그를 보상하는 듯한 범상치 않은 희곡들을 물려받았다. 스트릿매터가 유려한 말솜씨로 표현했듯이, 옥스퍼드는 "인생 경험 및 독서로 인해 생긴 강박관념들과 정신적 상흔들을 표현할 수 있는 상상의 왕국"을 재창조해서 "아무것도 모르고 종종 노골적으로 배은망덕한 세상에─옥스퍼드가 극적으로 표현한 내용을 위해 어떤 심리적 대가를 지불했는지 여전히 인정하고 싶어하지 않는 세상에─그것을 넘겨주었다". 정치적 억압과, 심리적 외상이라는 근대적 개념에 대단히 깊이 뿌리 내린 한 가지 이론으로 인해 도대체 얼마나 많은 사실이 감춰지거나 억압되었는지를 알아내기란 힘들다 못해 거의 불가능해진다. 튜더 왕자 지지설은, 그 희곡들에서 드러난 것처럼 대단히 충격적인 인생 이야기를 통해 영국의 정치사와 문학사를 모두 다시 쓰고 싶은 소망이 옥스퍼드 지지 운동의 중심에 어느 정도 자리하고 있는지를 강조한다.

　원작자 논쟁을 최종적으로 해결하고 싶다는 강렬한 열망은 로니의 가장 헌신적인 추종자들을 더욱 극단적인 방법으로 이끌었다. 1946년, 그 얼마 전에 셰익스피어 조합 회장으로 선출된 퍼시 앨런은 이제부터 "초자연적인 방법으로 원작자 수수께끼의 해결책"을 찾겠다고 선언한 뒤 자신의 지도력을 확인하는 신임 투표를 실시하자고 요구했다. 앨런이 튜더 왕자 지지설을 옹호하는 태도나 방법은 거의 참기 힘든 수준이었다. 그가 망자들과 나눈 대화는 도리를 벗어났다.

참석한 사람들 가운데 한 명을 제외한 전원이 그의 사임을 그 자리에서 받아들였다. 그러자 앨런은 "수많은 교령회에서 자신이 직접 개인적으로 대화를 나누어본 결과" "그 문제에 관한 완전한 해결책이 있음을 확신하게 되었다"고 발표했다. 그로부터 1년 뒤에 앨런은 옥스퍼드와 베이컨, 셰익스피어와 나눈 대화를 자세하게 설명한 『엘리자베스 여왕 시대 사람들과 나눈 대화Talks with Elizabethans』라는 책을 통해 연구 결과를 발표했다.

앨런의 접근 방법을 비웃기는 쉽지만 사실 망자들과 대화를 나누는 행동은 밀턴이나 베르길리우스, 혹은 디킨스의 책을 집어들 때면 누구나 실행하거나 시도해보는 일이다. 이들은 하나같이 무덤에서 우리에게 말을 건넴으로써 일종의 불멸을 성취했다. 문학 교수라면 누구나 망자와 이야기를 나눈다. 물론 스티븐 그린블랫처럼 정직한 사람은 드물었지만 말이다. 지대한 영향력을 발휘하는 그린블랫의 저서 『셰익스피어의 협상Shakespearean Negotiations』은 다음과 같은 유명한 고백으로 시작한다. "나는 망자들과 대화를 나누고픈 열망에서 시작했다." 그러고는 이런 욕망의 보편성에 찬성한다. "문학 연구의 동기는 비록 말로 표현되지는 않았더라도 익히 아는 것이다. 그리고 이 동기는 요식적인 예의로 두텁게 뒤덮여버린 조직적이고 전문적인 것이다. 말하자면, 문학 교수들은 봉급을 받는 중류층 주술사다." 그린블랫은 망자들과 대화하고 싶은 열망을 영리하게 해부하는 한편, 이 대화가 필연적으로 일방통행일 수밖에 없다는 것을 인정한다(그의 표현대로 "내가 들을 수 있는 것이라고는 나 자신의 목소리가 전부였다").

하지만 퍼시 앨런이 망자들과 대화했을 때 망자들은 대답을 들려주었다. 그의 이야기는 절절하기 그지없다. 어쩌면 다른 방식으로는 결코 입증할 수 없는 주장에 너무나 많은 것을 걸었던 한 남자가 만들어낸 불가피한 결과물인지도 모른다. 뿐만 아니라 셰익스피어의 회고록을 가지고 있다는 윌리엄 헨리 아일랜드의 발표에서부터 셰익스피어의 묘비를 들어올리면 사라진 원고를 발견할 수 있을 거라는 델리아 베이컨의 확신에 이르기까지, 원작자 논쟁에 관련된 무수한 일화를 되풀이하기도 한다. 평소 친분이 있던 아서 코넌 도일이 1920년대에 그 주제에 대해 계속 이야기한 것을 들은 뒤로 앨런은 초자연적 문제에 끌렸다. 올더스 헉슬리의 심령술에 관한 희곡을 본 뒤로 그의 관심은 한결 고조되었다. 그로부터 몇 년 뒤인 1939년, 쌍둥이 형제인 어니스트가 사망하는 충격적인 소식을 듣고 나서 앨런은 당대의 가장 유명한 영매인 헤스터 다우든에게 도움을 청했다. 그녀가 퍼시 앨런이 죽은 쌍둥이와 접선하도록 만드는 데 성공하자, 이에 고무된 그는 원작자 논쟁을 해결하는 데에도 그녀의 도움을 구하게 되었다.

헤스터 다우든은 그 임무에 유난히 잘 맞았다. 그녀의 아버지는 셰익스피어 전기작가인 에드워드 다우든 교수였다. 퍼시 앨런과 마찬가지로 그녀도 셰익스피어 희곡에 완전히 정통했으며 어린 시절부터 헨리 어빙 경과 엘런 테리를 비롯해 당대의 위대한 연기자를 상당수 알고 있었다. 다만 한 가지 복잡한 요인이 있었다. 3~4년 전쯤 원작자 논쟁에 관심이 많은 또 한 명의 인물인 앨프리드 도드가 그녀에게 도움을 청했고 1943년에 『불멸의 대가Immortal Master』라는 책을 출판해 그녀를 통해 알게 된 정보, 다시 말해 프랜시스 베이컨이 셰익스피어 희곡들의 진짜 저자였다는 사실을 밝혔던 것이다(도드는 인지하지 못했지만 그의 방법과 결론은 1910년에 존 롭이 『망자와의 대화Talks with the Dead』라는 저서를 통해 앞질러 발표한 내용이었다. 그 책에서는 셰익스피어가 무덤에서 등장해 자신의 이름으로 알려진 작품들이 모두 그의 작품이라고 몸소 주장했다).

헤스터 다우든은 앨런이 베이컨뿐만 아니라 셰익스피어와 옥스퍼드 백작까지 만날 수 있도록 만들었다. 앨런이 베이컨 본인에게 직접 질문을 던져 사실을 확인하면서 앨프리드 도드가 잘못된 정보를 얻었다는 것이 금세 드러났다(늘 그렇듯이, 다우든은 한때 고대 아테네인이었다가 이제 사후세계에 속해 있는 요하네스라는 주된 '지배령'의 도움을 얻어 자동기술법으로 대화를 기록했다). 여기서 베이컨은 그에게 다음과 같은 사실을 털어놓았다. "셰익스피어의 희곡과 시는 원칙적으로 옥스퍼드 경의 작품입니다. 무대에 올릴 수 있도록 그 작품들을 다듬는 일체의 작업과 대부분의 희극작품은 스트랫퍼드의 윌이 한 일이지요. 당신은 반복되는 다음 말을 몇 번이고 되풀이해서 기억해야 합니다. 우리 두 사람은 옥스퍼드와 셰익스피어로, 우리 뒤에는 일종의 비평가이자 전반적인 조언가인 베이컨이 항상 존재합니다." 이 말은 이와 동일한 추측을 내놓았던 앨런에게 커다란 위안이었다.

처음에는 다소 수줍어하던 셰익스피어도 이내 활기를 띠며 앨런과 자유롭게 이야기를 나누었다(그리고 그에 대한 앨런의 평가는 시간이 지나면서 점차 좋아졌다). 두 사람의 대화가 상당히 매끄럽게 흘러가자 셰익스피어의 개인사에 대해 호기심을 느낀 앨런은 그에게 이렇게 말했다. "이것 보세요. 선생님의 이승생활에 대해서는 거의 알려진 바가 없답니다. 저에게 자서전을 구술해보시겠어요?" 셰익스피어는 관대하게 이 제안에 동의했고 앨런은 옥스퍼드가 이따금 "보태거나 지워서 고친" 자서전을 손으로 써서 내놓았다. 앨런은 세 사람 모두의 입을 통해 튜더 왕자 이야기가—사우샘프턴이 "실제로 여왕의 아들이었다"

는 이야기가—진실이라고 확신했다. 그런 다음 셰익스피어와 옥스퍼드는 그 희곡들을 하나씩 차례로 살펴보면서 앨런에게 어느 부분을 누가 썼으며 어느 작품을 젊은 시절에 썼는지 등에 관해 제법 자세히 설명했다.

자신이 알아낸 내용을 세상에 몹시 알리고 싶었던 앨런은 저세상에서 대화를 나눈 인물들에게 "문서상의 증거를 좀더" 요청했고 그 희곡들의 원고가 아직 남아 있는지 궁금해했다. 처음에 약간 주저하던 "프랜시스 베이컨은 마침내 망설임을 이겨내고 이렇게 말했다. '그건 무덤 안에 있네. 석조 무덤'". 이 지점에서 셰익스피어와 옥스퍼드는 갑자기 장단을 맞추며 여섯 편의 원고가 스트랫퍼드의 셰익스피어 무덤에 숨겨져 있다고 설명했다. 『햄릿』『리어 왕』『오셀로』『맥베스』『리처드 2세』『헨리 5세』가 "양피지에 싸여 있다네. 두 편은 머리맡에, 두 편은 발치에, 그리고 두 편은 가슴께에 있지". "그중에 『햄릿』이 있지. 더비 백작이 그 원고들을 그 자리에 갖다두었거든." 이야기를 들은 앨런이 직접 무덤을 찾아가겠다고 세 사람에게 말하자 옥스퍼드는 그에게 이렇게 경고했다. "내, 자네의 간담을 서늘하게 만들어주지!" 그러고는 말처럼 했다. 1945년 4월, 앨런은 희곡을 몇 편 검토하기 위해 스트랫퍼드 어폰 에이번을 방문한 김에 셰익스피어의 무덤을 찾아갔다. 옥스퍼드가 예언했던 그대로 그는 느닷없이 "뜨끈뜨끈하면서도 기분 좋게 톡 쏘는 느낌이 손가락을 지나 양쪽 팔꿈치로 올라오는" 듯했다. 며칠 뒤에 그는 다우든 부인에게 되돌아갔고 다우든은 펜을 들어서 자동기술을 다시 시작했다. 그러자 셰익스피어가 즉시 앨런과 접촉했다. "찾아와줘서 고맙네. 우리 모두 그 자리에 있었고 자네를 보게 되어 아주 기뻤다네."

앨런은 이 놀라운 소식을 듣고 출판업자들에게 급히 달려갔지만 그들은 "별다른 인상을 받지 않은 듯했고" 소위 "진짜 증거"를 원했다. "가능하다면 시를 보여주게." 그래서 앨런은 다우든 부인에게 되돌아가서 그녀를 통해 옥스퍼드에게 특별한 요청을 건넸다. 그는 3주를 기다린 끝에 옥스퍼드가 새로 구술한 첫 번째 소네트가 담긴 봉투 하나를 다우든 부인으로부터 넘겨받았다. 총 네 편의 사후 소네트가 창작되었고 이 작품들은 향후에 앨런의 『엘리자베스 여왕 시대 사람들과 나눈 대화』에 포함되었다. 옥스퍼드가 소네트를 한 행씩 읊어나가면 다우든 부인이 이를 받아 적었는데, 한 편당 약 40분의 시간이 걸렸다("만약 옥스퍼드가 그 소네트들을 외우고 있었다면 한 편을 구술하는 시간은 3~4분밖에 걸리지 않았을 것이다"). 『엘리자베스 여왕 시대 사람들과 나눈 대화』의 서문을 장식한 소네트는 1609년에 출판된 소네트집의 작품들과는 도저히 비교조차 되지 않는 수준으로, 다음과 같이 마무리된다.

그들은 지상에서 공연한 희곡들을 다시 한번 공연하네.
언제나 수탉이 울면 그들은 땅에서 날아올라,
그대들이 배워두어야 할 것, 바로 그대들의 인내심을 그들은 간청한다네.
그러면 그대들은 무덤에서 비밀을 훔치리.
먼지 한 점 일으키지 않고 뼈 한 조각 드러나게 하지 않는다네.

🙰

돌이켜보면 기존 입장을 철회한 것은 아니지만 그 기세는 이미 한

풀 꺾이기 시작했던 옥스퍼드 지지 운동은 제2차 세계대전이 발발하면서 좌절감을 맛보았다. 침략의 두려움에 사로잡힌 나머지 셰익스피어 학회의 회의는 보류되었고 그 책임은 이제 미국으로 넘어갔다. 1939년에 미국의 에바 터너 클라크는 미국 지회를 설립했지만 그 조직은 1947년에 그녀가 사망하자 곧바로 문을 닫았다. 그 무렵 셰익스피어 학회의 영국 지부에도 남은 것은 그리 많지 않았다. B. M. 워드와 캐넌 렌달 같은 골수 회원들과 더불어 로니가 세상을 떠났고 그 운동에서 가장 유명한 회원이었던 프로이트 역시 사망했다. 회원 수는 70명으로 줄어들었고 그동안 출간된 옥스퍼드 지지 서적을 모두 소장하고 있는 회원은 대략 두 명에 불과했다.

영국과 미국 양국에서 한때 번창했던 이 운동의 남은 세력은 향후 40년 동안 그 명맥을 유지했다. 1949년에 『17대 옥스퍼드 백작 에드워드 드 비어로 밝혀진 "셰익스피어"』의 미국판이 선보이면서 새로운 세대의 독자들이 그 무렵 희귀해진 로니의 책을 손에 넣을 수 있게 되었다. 잠시 타오른 열정이 이어져 1957년에는 셰익스피어 옥스퍼드 협회Shakespeare Oxford Society가 미국에 설립되었다. 여기서 발행되는 소식지에 따르면 그 단체는 "활동 중인 회원들마저 1964년까지 활동을 거의 중지한" 상태였다. 그때까지도 전망은 암울해 보였다. 1968년에 소식지가 인정한 바에 따르면 "우리 회원들의 포교 혹은 전도 정신은 대부분 저조하거나 잠들었고, 그것도 아니면 아예 존재하지 않는 듯하다". 셰익스피어 원작자 협회Shakespearean Authorship Society가 1959년부터 몇 년 동안 『셰익스피어리언 오서십 리뷰Sakespearean Authorship Review』를 발행하자 영국 셰익스피어 조합도 자기 개혁을 하려고 시도했지만 그 조직은 예전 모습에 비하면 겨우 허깨비만 남은 상태였다.

그러던 차에 자기 홍보에 능한 캘빈 호프먼이 크리스토퍼 말로가 그 희곡들의 원저자라는 주장을 내세워 훨씬 더 많은 관심을 불러일으키자 옥스퍼드 지지자들은 시기어린 눈빛으로 지켜보았다. 우선 호프먼은 1955년에 『"셰익스피어"였던 남자의 살인The Murder of the Man Who Was "Shakespeare"』을 출판했고 그다음에는 엘리자베스 여왕의 궁정 신하 토머스 월싱엄의 무덤 발굴 허가를 받아내는 데 성공했지만 말로가 오랫동안 숨겨두었던 셰익스피어의 희곡 원고들은 끝내 발굴하지 못했다. 잠시 동안은 마치 말로가 옥스퍼드를 밀어내고 그 희곡들의 주요 원저자 후보 자리를 차지할 것처럼 보였다.

세월이 유수처럼 흐르면서 기대들은 사그라졌다. 『사이언티픽 아메리칸』에서 애시본 초상화에 대해 배럴이 내세운 것은 희망적 관측에 의존한 당혹스러운 주장으로 드러났다. 알고 보니 이 그림 위에 덧그려진 인물은 옥스퍼드가 아니었고, 복원 작업을 거친 끝에 원래의 초상화가 그려진 시기는 옥스퍼드가 사망한 지 8년 뒤인 1612년으로 밝혀졌다. 그동안 옥스퍼드설에 동의하는 미국 지지자들은 협회 소식지에서 자신들의 불운을 개탄했다. "우리 옥스퍼드 지지자들의 희망은 어떻게 되었는가? 언제쯤 우리가 오랜 고생을 끝내고 빛을 보리라고 기대하는 것이 타당할까? 1969년쯤이면 가능할까? 아니, 거의 불가능할 것이다. 기적이 없다면 말이다." 옥스퍼드 지지자들은 공식적으로는 명랑한 얼굴을 하고 다녔지만 개인적으로는 실패를 목전에 두고 있음을 인정했다. 이들의 표현은 다음과 같이 직설적이었다. "우리는 서로 이야기를 나누며 이미 전향한 사람들을 다시 전향시키고 있다." 그리고 "30년대, 40년대, 50년대에 그랬듯이 그 주장을 지지하는 적극적인 전도자와 강사, 작가들이 많이" 남아 있는지 의심스러워했다. "일반적으로 인정받았고 책으로 출판된" 옥스퍼드 지지 서적을 소장하고 있을 가능성은 '전혀 없는 것'으로 추산되었다.

그들은 자신들의 논거가 더 강력하다고 확신하면서도 "일반 대중, 즉 중립적인 사람들이 수백만 명에 달하는데 현재로서는 그들의 마음을 움직일 방법이 없으니 극적인 '돌파구'를 마련하지 않는 이상 이런 형편으로 지내는 수밖에 없다"고 이해했다. 로니의 책이 출간된 지 50주년이 다가오면서 옥스퍼드 지지자들은 이렇게 시인했다. "편견 없는 중립적인 사람들로 하여금 옥스퍼드 경을 셰익스피어라고 인정하게 만드는 우리의 작업은, 최근 몇 년간 그 진행 속도를 아무리 후하게 평가해준다 해도 한 걸음 살짝 나아갔다가 두 걸음 크게 물러서는 수준이다." 1974년 『하버드 매거진Harvard Magazine』에서 하버드 교수들과 날카로운 대화를 주고받은 덕분에 관심을 불러일으키기는 했지만 여전히 이 운동은 겨우 연명이나 하는 수준이었다. 당시에 셰익스피어 옥스퍼드 협회의 회원 수는 80명이었고 1976년에 콘퍼런스를 통해 새로운 발상과 열정을 불러일으키려고 시도했지만 고작 회원 20명을 모집하는 데 그쳤다. 그러자 옥스퍼드 지지자들은 전후에 맞은 쇠퇴기와 침체기를 그들의 "암흑시대"로 규정했다.

주류 학자들은 적수들이 하나씩 죽어나갈 때까지 기다리지 못하고 그들의 사망 기사를 먼저 내보냈다. 1959년, 폴저 셰익스피어 도서관의 관장인 루이스 B. 라이트는 「셰익스피어 반대 산업과 컬트의 성장Anti-Shakespeare Industry and the Growth of Cults」에서 마지막 일침을 놓으면서 셰익스피어의 원저자 자격을 거부하는 책을 쓰려면 어떤 조건이 필요한지에 대해 이렇게 냉소적으로 묘사했다. "비누 거품 위로 올라가고 몽상의 나라로 날아오르는 능력." 그리고 1970년에 가장 중요한 셰익스피어 전기작가인 새뮤얼 쇼엔바움은 셰익스피어의 원저자 자격을 의심하는 무수한 책을 어쩔 수 없이 세심하게 살펴보다가 참을성에 한계를 느낀 나머지 『셰익스피어의 삶Shakespeare's Lives』에서 필살의 일격을 가했다. 쇼엔바움은 이렇게 적는다. "수많은 이단적인 출판물은 경악스럽기 그지없다." 그 "저술의 방대한 양에 (…) 필적하는 것은 오로지 그 본연의 무익함밖에 없다". 그것은 "정상이 아닌 형편없는 것"으로 "미치광이"의 산물이었다.

1980년대 초반에 『셰익스피어 옥스퍼드 협회 소식지Shakespeare Oxford Society Newsletter』의 한 기고가가 맞닥뜨려야 했을 불신을 상상해보라. 그는 지나친 관심의 표현을 모조리 거부하면서 옥스퍼드를 지지하는 동료들에게 성급히 굴지 말라고 충고하고 25년 뒤에는 이 운동이 번성할 것이라고 예언했다.

2010년이면 미국과 영국의 대학들이 원작자 문제 관련 전공의 석박사 학위를 수여할 것이다. 더렉 자코비와 마크 라일런스 같은 배우들을 포함해 무대와 은막의 스타들은 옥스퍼드 지지 운동의 지도자가 될 것이다. 그리고 에드워드 드 비어에 관한 책들은 다시 한번 출판사들의 출간 목록에서 한자리를 차지할 것이다. 그때에는 주류 학자들이 셰익스피어에 관한 논문을 출판하는 데 애를 먹을 것이다. 어린이 책방에는 감수성이 예민한 어린 독자들에게 적합하게 옥스퍼드설을 다룬 책들이 차곡차곡 쌓여가고 고등학교 학생들은 옥스퍼드설을 주제로 최고의 에세이를 선발하는 연례 대회에서 수상하기 위해 경쟁할 것이다. 『하퍼스Harper's』와 『애틀랜틱Atlantic』을 포함한 일류 잡지들은 옥스퍼드설을 특집으로 다루고 원작자 논쟁에서 어느 편을 들 것인지 선택하라고 독자들에게 요청할 것이다. 『뉴욕타임스』는 옥스퍼드의 정당성에 공감하는 기사를 정기적으로 싣고 결국에는 원작자 문제에 관해 '양측의 이야기'를 모두 가르치라고 강력히 권고할 것이다. 미국 공영 라디오 방송NPR은 한발 더 나가 특집 프로그램을 제작해 옥스퍼드 측 주장을 홍보하는 데 전념할 것이다. 미국과 영국의 대법관들은—이 중에서 몇몇은 열렬한 옥스퍼드 지지자라고 선언할 것이다—대대적인 관심을 받은 모의법정에서 **셰익스피어 대 옥스퍼드** 사건을 주재할 것이다(설사 재판에서 지더라도 우리는 결국 승리할 것이다. 이후로 우리는 유일하게 성공 가능성이 엿보이는 스트랫퍼드의 장갑장수 아들의 대안으로 보일 것이기 때문이다). 주류 학자들처럼 옥스퍼드 지지자들은 동료 연구자들이 검토하여 승인한 독자적인 문학 저널들을 발간하고 국제 학술대회를 개최하며 '옥스퍼드 백작' 판 셰익스피어 희곡을 가르칠 수 있을 것이다. 전 세계의 지지자들은 수백만 명이 접근할 수 있는 토론 그룹에 참여하고 백과사전의 원작자 문제 관련 항목들에 기고할 수 있게 된다. 이 항목들은 소위 전문가들이 아니라 여러 사람이 집단으로 편찬한 것이다. 그리고 전문가들이 옥스퍼드 지지설을 확인하거나 셰익스피어의 정당성을 약화시킨다고 인정할 만한 새로운 문서 하나 발견되지 않고도 이 모든 일이 발생할 것이다!

그런 편지는 결코 작성된 적이 없었지만 여기에 묘사된 내용은 하나도 빠짐없이, 아니 그 이상의 일들이 1985년 이후에 일어났다. 옥스퍼드 지지 운동의 부활은 기적이나 마찬가지였다. 셰익스피어 연구 역사상 가장 놀라우면서도 가장 언급되지 않는 사건들 중 하나다. 이런 상황이 벌어진 원인은 무엇이었을까? 옥스퍼드 지지자들은 대체로 1984년에 출판된 찰턴 오그번의 『불가사의한 윌리엄 셰익스피어 The Mysterious William Shakespeare』 덕분이라고 이야기한다. 하지만 더 정확하게는, 오그번의 저서가 때마침 광범위하게 일어나던 문화적 변화의 대유행을 탄 덕분이라고 말해야 할 것이다.

찰턴 오그번은 정치계와 출판계 양쪽으로 인맥이 두터웠다. 그는 드 비어에 관한 부모님의 공동 저술이 많은 관심을 불러일으키지 못하는 모습을 지켜보았고 자신이 어머니와 공동 저술한 후속작 『셰익-스피어: 그 이름 뒤에 숨은 남자Shake-speare: The Man Behind the Name』(1962)가 앞서와 마찬가지로 무시당하자 다시 한번 실망했다. 문제는 책의 메시지나 전달자가 아니었다. 그 주제에 대해 이야기하는 사람들, 그중에서도 특히 학자들이 점점 많아졌기 때문이다. 공식적인 정설 측에서 만든 "부당한 무언의 음모"라고 생각하는 주장에 그가 맞서 싸우기 위해서는 좀더 저돌적인 대책이 필요했다.

오그번은 1976년에 셰익스피어 옥스퍼드 협회 회장으로 선출된 후 이에 대해 상세히 설명했다. "대체로 비굴한 태도를 보이는 언론의 교사를 받은 영문과 교수들은, 이른바 자유사회에 등장한 반대 의견이 단단한 권위에 의해 얼마만큼 금지되고 침묵당하는지 여실히 보여준다. (…) 우리는 지성계에서 벌어진 일종의 워터게이트에 대응하는 중이며 이를 폭로하는 것은 당연한 의무다." 오그번은 반격을 가했다. 그는 영국의 옥스퍼드설 연구를 위해 연방 정부의 자금을 받으려고 했지만 실패했다. 루이스 B. 라이트와 토론을 펼치려는 시도도 실패했다. 『뉴요커』에 옥스퍼드설에 공감하는 기사를 실으려고 했으나 무위로 끝나버렸다. 그리고 폴저 도서관을 설득해 자신의 연구를 출간하려고 시도했지만 이마저도 실패했다(그들은 학자들이 제출한 논문이

3년 치나 밀려 있다고 주장했다). 오그번은 옥스퍼드에게 정당한 권리가 있음을 대중에게 인정받기 위해 투쟁을 시장하면서 곧바로 900쪽 분량의 『불가사의한 윌리엄 셰익스피어』를 집필하기 시작했다. 이 저서는 드 비어의 고통과 "지성계의 워터게이트"에 직면한 오늘날 옥스퍼드 지지자들의 고통을 뒤섞었다는 점에서 가히 천재적이었다. 그러나 한 분야의 권위자들이 결국은 드러나고 말 음모와 은닉에 어떤 식으로 개입하게 되는지를 보여주는 또 한 번의 사례에 그치고 말았다.

오그번이 이해했듯이, 원작자 문제에는 양측의 논리가 존재했고 그의 편은 항변할 기회조차 주어지지 않았다. 그가 성년이 되었을 무렵 미국은 그 문제에 관해 누구도 손쓸 방법이 없는 상황이었다. 그리고 이 상황은 1940년대 말에 비로소 막을 내렸다. 당시에 언론 보도의 공정성과 균형성을 반드시 보장하기 위해—미국 연방 통신위원회FCC의 관할 아래—'공평의 원칙'이 국법으로 제정되었기 때문이다. 이 원칙은 맹렬한 논쟁에 휩싸였고(상당수의 사람이 보기에 이 원칙은 수정 제1조가 보장한 자유를 역행했다) 마침내 1980년대 중반에 번복되었지만 그 무렵에는 어떤 논쟁이 벌어져도 언론이 양편에게 동등한 항변 기회를 부여하는 것이 관습처럼 굳어진 뒤였다. 1970년대 후반에 미국 지리학 협회NGS는—회의주의자들의 골칫거리인 루이스 B. 라이트가 참여하는—셰익스피어에 관한 텔레비전 프로그램을 계획했다. 이 정보를 알아낸 오그번은 공평의 원칙에 의거해 자신에게도 시간을 균등하게 할애해달라고 호소했다. 그의 표현을 빌리면, 처음 이 요구를 제시했을 때에는 "비웃음을 사고" 말았지만 "법률에 따라 우리는 방송 시간을 얻어 그 내용에 대응할 권리가 있기" 때문에 그는 그 주장을 끈질기게 고수했다. 결국 그 프로젝트는 보류되고 말았지만 옥스퍼드 지지자들은 반격을 가하기 위해 민주주의의 수단을 어떤 식으로 이용해야 할지 배워나갔다.

재판대에 오른 셰익스피어

학계의 기존 의견에 이의를 제기하기 좋은 최상의 장소가 법정이라고 확신한 오그번은 "자격 있는 판사"가 주재하는 "법에 따라 재판"해달라고 요청했다. 하지만 그의 상대편은 지속적으로 진행을 방해했다. 그의 전략은 그리 놀랍지 않았다. 셰익스피어가 희곡들의 원저자라고 믿지 않는 사람들 가운데 상당수가 법조인이었고 법원은 회의주의자들이 자기 입장을 고수한 보기 드문 장소였다. 『불가사의한 윌리엄 셰익스피어』가 출판되고 3년 뒤, 옥스퍼드 지지자들은 마침내 법정에서 변론의 기회를 얻었다. 1987년 9월 25일, 워싱턴 D. C.에서 1000명의 방청객이 참석한 가운데 미국 대법관 윌리엄 브레넌, 해리 블랙먼, 존 폴 스티븐스가 주재하는 '셰익스피어 소건: 셰익스피어 원작자 문제 재판' 사건의 심리가 진행되었다. 이 모의재판이 얼마나 중요한 뉴스였던지, 『뉴욕타임스』는 "판결은 어느 쪽으로도 날 수 있다"는 사전 보도를 내보냈고 승패를 예측하기 위해 고용된 자유기고가들은 세 명의 판사 가운데 가장 진보적인 브레넌이 옥스퍼드 쪽으로 마음이 기울 것 같고 블랙먼이 "결정을 내리지 못해 몹시 망설일" 듯싶으며 "수수께끼 같은" 스티븐스의 판결은 예측하기 어려울 것이라고 판단했다. 이 재판을 가능하게 만든 인물은 데이비드 로이드 크리거였다. 그는 미국 대법 변호사 협회의 회원이자 코코런미술관 이사회장으로서 그 사건에 기꺼이 재정을 지원해주었다.

수석재판관인 브레넌은 처음부터 사건을 입증할 책임이 옥스퍼드 측에 있다고 선언해 블랙먼과 스티븐스를 깜짝 놀라게 만들었다. 그러고는 블랙먼이 "그 문제는 우리 두 사람의 승인을 얻지 않으셨습니다"라고 이의를 제기하자 이를 기각했다. 이제 상황은 셰익스피어에게 유리해졌다. 아침에 진술이 진행되었고 재판관들은 정오에 숙의에 들어갔다. 그날 오후에 판결이 언도되었다. 제일 먼저 입을 연 브레넌은 옥스퍼드 측이 "옥스퍼드가 그 희곡들의 원저자임을 입증하지 못했다"고 판결했다. 그다음 순서였던 블랙먼은 이것이 '법의 답변'이라는 데 동의하면서도 한편으로는 "아무래도 브레넌 판사보다는 내가 이것이 과연 맞는 답변인지에 대한 의구심을 더 크게 느끼는 것 같다"고 인정했다. 스티븐스 역시 셰익스피어의 손을 들어주어 만장일치의 판결이 내려지도록 했었지만 한 가지 중요한 단서를 붙였다. "저자가 스트랫퍼드 출신의 남자가 아니었다면 에드워드 드 비어였을 가능성이 매우 높다. (…) 다른 후보들의 경우는 불리한 증거가 결정적인 듯하다."

옥스퍼드 지지자들은 1604년에 사망한 드 비어가 그 날짜 이후에 쓰인 희곡들의 원저자일 가능성에 대해 판사들을 설득하는 데 실패했다. 판사들은 그 주장이 본질적으로 '음모 이론'이라고 믿는다는 말을 그들의 면전에서 분명히 언급하기도 했다. 재판 중에 이 음모의 발생 이유에 대한 다양한 설명이 제기되었지만 하나같이 논리적 맥락이 맞지 않고 설득력이 떨어졌다. 일부 옥스퍼드 지지자들은 이 음모가 드 비어와 셰익스피어 둘만 알고 있는 비밀 협정이라고 생각했다. 다른 지지자들은 이 음모가 여왕으로부터 출발해 더비 백작과 벤 존슨이 이 조작을 유지하는 데 적극적으로 가담하면서 광범위하게 확대되었다고 여겼다. 그 밖의 사람들은 드 비어가 그 희곡들의 진짜 저자라는 것이 주지의 사실이었다고 확신했다. 엘리자베스 여왕 시대의 사람들이 그 사실을 너무 많이 알고 있어서 누구도 그 문제에 대해 굳이 언급하려 하지 않았다는 것이다. 물론 정치적인 동기를 부여해 튜더 왕자설을 확신하는 사람들도 있었다. 그러므로 통일된 의견도 없었고 하나의 결론에 도달할 가능성도 거의 없었다. 그럼에도 불구하고 옥스퍼드 지지자들은 판사들의 가슴속에 셰익스피어가 원작자가 아닐지도 모른다는 깊은 의혹을 불러일으키는 데 성공했다. 특히 스티븐스는 셰익스피어에게 유리한 증거가 "다소 모호하다"고 판단하면서 "사람들의 일기장이나 서신에서 셰익스피어를 어딘가에서 보았다거나 그를 본 사람과 말해봤다고 언급된 부분을 더 많이 찾아내기를 기대한다"고 덧붙였다. 그의 마음속에는 "날카로운 의심"이 자리 잡았다.

모의재판이 끝나자 스티븐스는 실망한 옥스퍼드 지지자들 쪽으로 갑자기 몸을 돌려 "약간의 충고"를 건넸다. "옥스퍼드설은 그 주장을 뒷받침할 한 가지 일관된 이론이 없는 것이 문제라고 생각합니다." 스티븐스는 다음과 같은 해결책을 제시했다. "제가 생각하기에 그 주장에 대한 가장 탄탄한 이론을 세우려면 우리가 이해하지 못하는 어떤 이유로 여왕과 수상이 [원문 그대로 인용] 이렇게 결정했다는 가정이 필요합니다. '우리는 이 사람이 가명으로 희곡을 집필하기를 원하오.'" 만약 승리하기를 원했다면 옥스퍼드 지지자들은 그 음모와 관련해 혼란스럽고 모순적인 설명을 폐기해버리고 행정 명령, 즉 "군주가 내린 명령"의 결과로 드 비어가 비밀주의 노선을 걷게 되었다는 정당한 주장을 고수하는 것이 최선이었다.

낙심한 찰턴 오그번은 판사들의 결정을 "명백한 패배"로 받아들였고 모의재판이 "애당초 자신의 발상이 아니었다"고 주장했다. 그는 아메리칸 대학 총장에게 편지를 써서, 모의재판에서 셰익스피어를 변호한 제임스 보일 교수를 "완전한 거짓말쟁이"라고 불렀다. 어쩌면 오그번은 보일이 변론 중에 한 말이 아니라 재판을 취재하러 나온 『뉴요커』의 제임스 라드너가 한 말을 마음속에 더 담아두었는지도 모른다. "옥스퍼드 지지자들은 어떤 정보든 무한히 해명해낼 수 있는 해석 체계를 구축했다.""그 이론에 잘 들어맞는 증거는 모두 받아들여졌고 나머지는 거부되었다.""그 지지자들은 자신들의 이론을 반박할 수 있는 증거를 상상하는 것조차" 불가능했다고 보일이 덧붙였을 때 라드너는 이렇게 물었다. "스트랫퍼드의 윌리엄 셰익스피어가 극작가로서 이룬 성취를 축하해주는 내용의 (…) 옥스퍼드 수중에 있던 편지는 어떻습니까?" 보일은 이 흐름을 놓치지 않고 옥스퍼드 지지자들의 대답을 흉내 냈다. "정말이지 백작과 천한 배우 사이에 오갔을 대화로 보기는 도저히 힘들지 않습니까! (…) 누가 봐도 사실을 은닉하려는 음모를 수행하고자 만들어낸 것이 분명합니다. 그가 그런 편지를 썼다는 그 사실이야말로 우리가 얻을 수 있는 가장 강력한 증거입니다!"

『내셔널 리뷰National Review』의 기자로 활동한 조지프 소브런은 당시에 모의재판이 얼마나 주목할 만한 사건인지 파악한 소수의 옥스퍼드 지지자 가운데 한 명이었다. 무엇보다 중요한 것은, 심지어 드 비어에게 불리한 판결을 내리는 동안에 "판사들이 셰익스피어의 영광을 노리는 다른 후보들을 진지한 고려 대상에서 효과적으로 제거해버렸다"는 사실이었다. 이제 언론과 대중에게 적절한 후보자는 두 명밖에 남지 않았다. 바로 옥스퍼드 백작과 스트랫퍼드의 장갑장수 아들이었다. 그리고 소브런은 "세상에 도움이 되지 않는 평판이라는 것은 없다"는 사실을 깨달았다. 그의 생각은 적중했다. 주요 신문과 텔레비전 방송은 이 재판을 중점적으로 다루었다. 모의재판은 문학 전문가들이 참석하지도 못하도록 구성되었다. 이 재판에서는 패배조차 일종의 승리였다. 수십 년간 전문 지식을 쌓아온 학자들이 아니라 판사들에게 증거를 검토하도록 함으로써 아마추어와 전문가들이 대등한 지위로 올라섰고 양쪽 모두 법원이라는 더 높은 권위에, 학문적 기준이 아닌 법적 기준에 복종해서 소위 정황 증거로 간주되는 내용을 판단해야 하기 때문이었다.

이 모의재판은 옥스퍼드설을 홍보하기 위해 지난 수십 년간 기울인 힘겨운 노력에 전환점이 되었다. 다른 무엇보다 대법관들은 합법성을 인정해주었다. 옥스퍼드 지지자들은 더 이상 쇼엔바움에게 비방당하는 "비정상적인 사람들"이 아니었다(그리고 모의재판은 그 즉시 영향력을 발휘했다. 1991년에 쇼엔바움이 『셰익스피어의 삶』 개정판을 내면서 가혹한 표현을 상당히 누그러뜨렸던 것이다). 대법관들이 옥스퍼드 지지자들을 진지하게 대하고 셰익스피어에 필적하는 유일한 경쟁 상대로 간주한 마당에 다른 사람들이 그렇게 못 할 이유는 없었다.

옥스퍼드 지지자들은 미국에서 당한 패배를 통해 몇 가지 교훈을 얻었으므로 영국의 재심에서 판결이 번복되기를 바랐다. 다시 한번 크리거는 소송에 자금을 지원했다. 소설가 제프리 아처는 재판이 수월하게 진행되도록 도왔고 그때는 미처 완공되지 않았던 셰익스피어의 글로브 극장 설립자인 샘 워너메이커는 모금 담당자로서 재판 준비에 기꺼이 참여했다. 드 비어의 자손 찰스 뷰클럭 역시 중요한 역할을 맡아 옥스퍼드 지지자 진영을 편성하는 데 일조했다. 2년 전 옥스퍼드 대학 재학 시절에 그는 드 비어 협회De Vere Society를 설립하고 조상을 대신해 옥스퍼드설을 다시 활성화시키고 싶어했다. 협회 입장에서 보면, 영국에서 재판이 벌어진다는 사실만으로도 승리한 것이나 다름없었다. "영국의 대법관 세 명이 (…) 셰익스피어를 법원으로 데려오기 위한 기틀을 제시하는 데 동의했고, 바로 그렇게 행동함으로써 스트랫퍼드 출신의 교육받지 못한 윌리엄 셰익스피어를 원저자라고 생각하는 전통에 의혹을 제기할 근거가 있다고 인정했기" 때문이다.

1988년 11월 26일, 런던의 이너 템플에서 500여 명의 방청객이 모인 가운데 애크너, 올리버, 템플먼 판사의 주재 아래 모의재판이 열렸다. 원래 계획은 찰턴 오그번이 숙적 새뮤얼 쇼엔바움을 상대로 싸우는 것이었다. 하지만 아무리 전투를 벌이고 싶은 열정이 끓어 넘쳤어도 몸이 너무 아픈 나머지 두 사람 모두 여행을 할 수 없었으므로 차선책이 마련되었다. 이번에는 학계 인물들이 참석하기로 한 것이다. 영국이 낳은 두 명의 대단한 석학 스탠리 웰스와 에른스트 호니그만이 셰익스피어 측의 전문가 증인으로 나섰고 옥스퍼드 지지자인 고든 C. 시어(미국 셰익스피어 옥스퍼드 협회 소속)와 랜슬럿 L. 웨어(영국 셰익스피어 원작자 문제 재단Shakespearean Authorship Trust 소속•)가 반대편 증인으로 참석했다.

결과는 다르지 않았다. 어느 드 비어 지지자의 말을 빌리면, 재판

• 1922년 11월 6일에 런던 해크니에서 창립된 셰익스피어 조합Shakespeare Fellowship은 1959년에 셰익스피어 원작자 문제 협회Shakespearean Authorship Society로, 그다음에는 셰익스피어 원작자 문제 재단으로 이름이 변경되었다.

은 "옥스퍼드 지지자들에게 재난"이었다. 판사들은 옥스퍼드가 극장에서 '제작자 겸 배우'라고 인정받은 한 남자의 이름을 차용했다는 생각을 유독 무시했다. 그리고 옥스퍼드 백작이 그 희곡들의 진짜 저자라는 주장을 무슨 이유로 1920년에야 비로소 정식으로 제기하게 되었는지도 이해하지 못했다. 옥스퍼드 지지자들은 맹렬하게 비난을 쏟아냈다. 그들은 이 최근의 좌절을 겪으면서 무엇보다 큰 교훈을 얻었다. 바로, "법정 절차 안에서는 스트랫퍼드 지지파의 부푼 꿈들을 터트릴 시간도 기회도 없었다"는 것이었다.

재판은 더 이상 열리지 않을 터였다. 이 사건은 비공식적으로는 신랄한 패배라고 인정되었지만, 영국에서 셰익스피어에게 의심을 품은 사람들을 비롯해 특히 옥스퍼드 지지파의 사기를 예기치 않게 북돋아주었다. 미국에서 워싱턴 재판이 열렸을 때와 같은 상황이었다. 절멸 직전의 셰익스피어 원작자 문제 재단과 드 비어 협회(뷰클럭에 따르면, 이들은 이제 시카고의 갑부 윌리엄 O. 헌트에게서 정기적으로 2000파운드라는 엄청난 액수의 활동비를 후원받았다)가 모두 되살아났다. 1988년에 뷰클럭은 오그번의 저서를 축약판으로 편집해서 출판하기도 했는데, 이는 "유례를 찾아볼 수 없을 정도의 대규모 문학혁명이 일어날 것이라는 암시다". 그는 서문에서 자기 조상의 전기적 적합성(그의 일대기로 보아 "드 비어는 속속들이 햄릿이었다")과 영국 귀족 작가들 사이에서 그가 차지하는 위상("영국 문학에서 바이런과 낭만적 전통의 등장을 자연스레 예고한 선구자"로서의 위상) 모두를 강조한다.

영국의 모의재판 절차를 영화나 책으로 만들려는 계획은 수포로 돌아갔지만, 이제 정당성을 인정받아 뉴스거리가 되는 이야기에는 영국 언론이 앞 다투어 달려들었다. 판사들이 논쟁적인 사안을 해결하려고 노력한 데 비해 텔레비전 진행자들은 문제에 불을 지피는 것을 즐겼다. 1989년 4월, 프런트라인Frontline●은 요크셔 텔레비전이 미국의 보스턴 공영 텔레비전 방송국 WGBH와 공동으로 제작한 「셰익스피어 수수께끼The Shakespeare Mystery」를 방영했다. 미국의 경우만 살펴보면, 3500만 명 이상의 시청자가 원작자 논쟁을 처음으로 살펴볼 기회가 되었고 프로그램의(오그번의 책에서 도움을 받은) 제목과 앨 오스틴이 시작 부분의 해설을 더빙했다는 사실은 상황이 옥스퍼드에게 유리하게 기울어지기 시작했음을 분명하게 보여주었다. "진짜 셰익스피어는 누구였는가? 스트랫퍼드 장갑장수의 아들이었을까? 아니면 그는 잊힌 귀족, 17대 옥스퍼드 백작이었을까?" 이 프로그램은 오그번뿐만 아니라 그의 영국 측 인사 뷰클럭에게도 커다란 승리였다. 셰익스피어를 옹호하는 입장에서 발언한 학자들—쇼엔바움과 앨프리드 L. 로즈—의 주장은 보수적으로 보였고 옥스퍼드 지지자들의 목소리는 열정적으로 들렸다. 앨 오스틴의 내레이션은 나머지 일을 모두 떠맡아 옥스퍼드 인생의 사건들과 희곡의 중요 구절들을 연결함으로써 공백을 메웠다. 프런트라인은 후속 프로그램을 한층 더 정교하게 만들었다. 1992년 9월에 윌리엄 F. 버클리 2세가 사회를 본 세 시간짜리 화상 회의 생방송 「셰익스피어 폭로하기: 최신판Uncovering Shakespeare: An Update」이 방송되었고 뷰클럭과 게리 테일러 교수의 날카로운 논쟁도 곁들여졌다. 이 프로그램의 마지막 장면은 스트랫퍼드의 흉상이 부서지면서 옥스퍼드 백작의 모습이 드러나는 내용의 사전 녹음된 애니메이션이었다.

● 영국의 PBS 방송국에서 방영하는 시사다큐 프로그램.

영국의 공영방송 BBC도 이 뒤를 바짝 쫓아 1994년에 이 논쟁을 주제로 다룬 한 시간짜리 영화를 제공했다. 이번에도 뷰클럭은 중요한 역할을 맡았다. 옥스퍼드 지지자들은 "별다른 호응을 얻지 못하는 베이컨 지지자들이나 말로 지지자들"과 방송 시간을 나눠 쓰게 되어 기분이 썩 좋진 않았지만 "옥스퍼드가 이 프로그램의 훨씬 앞부분에서 다뤄졌다"고 믿었다. 카리스마가 넘치는 뷰클럭은 옥스퍼드의 정당한 권리를 계속 홍보했는데, 미국에서의 활동이 특히 두드러졌다. 1990년대 초반의 미국에서 그는 대학 캠퍼스부터 폴저 도서관과 헌팅턴 도서관에 이르기까지 무려 170곳이 넘는 장소에 등장했다. 이제 셰익스피어 옥스퍼드 협회는 에스토니아와 호주 같은 머나먼 나라에서 신입 회원들이 밀려들고 있다고 발표했다.

옥스퍼드 지지자들이 텔레비전에서 거둔 성공은 주요 잡지와 신문 기사를 통해 한층 강화되었다. 1991년 10월 『애틀랜틱』은 이 논쟁에 크게 주목해, 두 명의 학자—옥스퍼드를 지지하는 톰 베델과 셰익스피어를 지지하는 어빙 매터스—에게 자신이 내세우는 논거의 정당성을 입증하고 상대방의 논거를 논박하라고 요청했다. 뒤이어 1999년 4월에 『하퍼스』는 나름의 표제 기사를 실었다. "실제로 그 시인은 누구였는가, 스트랫퍼드 출신의 요주의 인물인가, 아니면 17대 옥스퍼드 백작 에드워드 드 비어인가?" 다시 한번, 이것은 공평의 원칙을 보여준 전형적인 사례였다. 이번에는 총 열 명이 토론에 참석했으며 그중 다섯 명은 옥스퍼드의 입후보를 지지하고 나머지 다섯 명은 셰익스피어의 입후보를 지지했다. 이 무렵이면 베이컨, 말로, 더비를 비롯해 수십 명의 다른 후보자는 더 이상 그럴듯한 경쟁자가 아니었음이 분명해졌다. 이는 옥스퍼드 진영에 결코 작은 승리가 아니었다.

이 대대적인 보도를 정당화하면서 『하퍼스』의 편집자 루이스 H. 래펌은 1970년대 초반에 자신이 찰턴 오그번의 원고를 편집하고 나서 어떻게 이 논쟁에 처음으로 흥미를 갖게 되었는지 상기했다. 그가 생각하기에는 옥스퍼드 지지자의 가설에 "공감이 갔다. (…) 그 희곡들은 극장의 막을 통해 들여다보는 배우보다는 엘리자베스 여왕의 겉치레식 배반 정치에 익숙한 궁정 신하가 집필했다고 상상하는 편이 훨씬 더 쉽기 때문이었다". 그리고 "1972년에는 공식 학설이 정해놓은 걸작들을 신뢰할 만한 분위기가 아니었기 때문이다". 대학 재학 시절과 달리 래펌은 셰익스피어 원작자설이 오랫동안 의지해온 "표준 신화집을 아무 의심 없이 받아들일" 수는 없었다. 그가 이제는 정부의 은폐를 기반으로 만든 이론에 훨씬 더 공감 간다고 생각하게 된 시절에 "리처드 닉슨은 베트남전쟁에 대해 거짓말을 하느라 바빴다. 존 F. 케네디 암살 사건의 풀리지 않는 의문들에 관해 한 국가의 올바른 생각을 수호하는 언론인들은 용납하기 어려운 문제라고 선언해버렸다. [그리고] 미국 중앙정보부CIA는 허위 정보를 담은 벽보를 베를린과 파나마 시티의 벽에 도배했다".

오랫동안 조롱받아왔던, 엘리자베스 시대의 정치적 음모에 관한 옥스퍼드 지지자들의 주장이 어째서 방해 요인에서 유리한 요소로 바뀌었는지를 래펌이 처음으로 확인하게 된 것은 당연한 일이었다. 20세기 말에 옥스퍼드설이 상승세를 타는 것과 동시에 온갖 종류의 정치적 은폐 공작을 기꺼이 믿으려는 성향이 더 강해졌기 때문이다. 한 가지 사례만 들자면, CNN과 『타임』지가 여론조사를 실시한 지 2년 뒤에 래펌은 "미국인의 80퍼센트가 정부에서 외계 생명체의 존재를 알고 있으면서 숨긴다고 생각한다"는 내용의 사설을 썼다. 정부가 1988년에 팬암 103편 폭파 사건과 1993년 세계무역센터 폭탄 테러 사건, 1996년 TWA 800편 추락 사고, 2004년 인도양의 치명적인 쓰나미, 2005년 런던 폭파 사건, 그리고 가장 악명 높은 2001년 9·11 테러 사건에 은밀하게 개입했다는 이론들은 인터넷상에서 삽시간에 널리 유포되었다. 이런 분위기 속에서 튜더 왕조의 실권자들이 공모하여 사소한 은폐 행위를 저질렀다는 주장은 완벽하게 이치에 맞았을 뿐만 아니라 비교적 사소한 문제에 불과했다.

옥스퍼드설은 정부의 음모를 의심하는 사람만이 아니라, 유명 인사들이 사망했을 때 시간적 공백, 이례적인 점들, 조작되거나 사라진 증거에 촉각을 곤두세우는 사람들의 마음마저 끌어당기는 부가 이익을 얻었다. 웨일스 공주 다이애나는 누가 죽였는가? 혹은 자살했다고 알려진 메릴린 먼로의 죽음에는 배후가 있는가? 커트 코베인•과 투팍 샤커••에게는 정말 무슨 일이 일어났는가? 많은 사람에게 이 사건들은 여전히 해결해야 할 수수께끼로 남아 있다. 바로 그동안 옥스퍼드 지지자들은 이와 유사한 수수께끼들인 드 비어의 사라진 유언장에 얽힌 사연과 제임스 1세 시대의 실권자들이 드 비어가 사망한 그날 사우샘프턴을 투옥하기로 (그리고 어쩌면 그의 서류들을 몰수하기로) 결정한 이유를 밝히려고 고군분투했다. 세상에 우연이란 없는 법이니까.

2002년 7월 11일에 음모 이론은 또 한 번의 승리를 일궈냈다. 같은 날, 웨스트민스터 사원에 마련된 시인들의 자리Poets' Coner에서는 크

• 록밴드 너바나의 보컬이자 기타리스트로 1994년에 자택에서 사망한 채 발견되었다. 그의 죽음은 공식적으로 자살로 판명났지만 향후에 무성한 논란을 일으켰다.
•• 미국 서부 힙합계의 전설적인 래퍼이자 영화배우로 1996년에 타이슨의 권투 경기를 보고 귀가하던 중 차 안에서 총격을 받아 병원으로 이송된 뒤 사망했다.

리스토퍼 말로의 명예를 기리는 기념 유리창의 제막식이 거행되었다. 유리창에는 그의 탄생 연도와 사망 연도가 '1564~?1593년'으로 적혀 있다. 그런데 물음표는 왜 찍었을까? 그가 활약하던 시대와 향후 3세기 동안 말로의 사망 연도에 대해서는 아무런 의혹도 없었다. 그가 1593년 5월 30일에 살해당한 뒤 엘리자베스 시대 방식의 검시가 진행되었고 정확한 날짜와 사망한 방법이 확인되었다. 당시에 작성된 서류 원본은 아직도 남아 있다. 그의 사망 연도에 의문을 품는 유일한 이유는, 만약 엘리자베스 시대의 검시보고서가 조작되었고 정부의 최고위층 인사들이 말로의 시신을 다른 사람의 시신으로 바꿔치기한 다음 그를 멀리 빼돌렸다면 그로부터 20년 동안 말로가 현재 셰익스피어의 이름이 붙은 작품들을 집필하는 것이 가능했다는 일말의 믿음 때문이다. 옥스퍼드 지지자들은 여기에 주목했다. 만약 말로 음모론자들이 그토록 설득력 없는 주장으로 이런 일을 성사시킬 수 있었다면 웨스트민스터에 옥스퍼드의 명성에 걸맞은 자리를 마련하는 것도 분명히 가능했을 것이다. 그리고 얼마 지나지 않아 그들은 로니의 꿈이었던 에드워드 드 비어의 순례지 마련을 실현하기 위해 필요한 힘겨운 모금운동과 조직적인 활동을 시작했다.

『애틀랜틱』과 『하퍼스』에 실린 동정어린 기사는 『뉴욕타임스』에 막 등장하기 시작한 기사들과 비교하면 아무것도 아니었다. 이는 자칭 원작자 문제의 '불가지론자'라는 윌리엄 니더콘의 글 때문이었다. 독자들은 2002년 2월 10일자 『뉴욕타임스』를 훑어보다가 그가 기고한 놀라운 전문前文을 읽고 당황했을 법하다. "원저자는 스트랫퍼드 어폰 에이번의 시인이 아니었다. 바로 17대 옥스퍼드 백작인 에드워드 드 비어였다. 이는 옥스퍼드 지지자들이 던진 '누가 셰익스피어를 썼는가?'라는 질문에 대한 대답이다." 이 글에서 뒤이어 등장하는 내용은 대부분 홍보 자료와 비슷하다. 니더콘은 독자들에게 옥스퍼드 이론이 "그 어느 때보다 강력하다"고 장담했고 "에드워드 드 비어 연구학회Edward de Vere Studies Conference를 학계의 교두보"라고 홍보했으며 셰익스피어 옥스퍼드 협회의 연락처를 제공했고 비록 증거는 없지만 주목할 만한 다음 주장을 인용했다. "옥스퍼드가 그럴듯한 후보라는 사실은 우리가 상상할 수 있는 것보다 더 많은 대학에서 가르치고 있다."

미국의 주요 일간지는 과거에 옥스퍼드 지지자들에게 무수히 보인 무례한 태도를 마침내 만회하는 중이었다. 니더콘이 전해준 가장 큰 소식은 모의법정을 주재한 대법관들이 자신의 결정을 다소 번복했다는 점이다. 나중에 블랙먼 판사가 옥스퍼드설에 대해 우호적인 글을 썼다는 사실은 널리 알려져 있었지만, 니더콘은 새로운 소식을 보도함으로써 신기원을 열었다. 바로, 스티븐스 판사가 자신에게 전화를 걸어 "오늘 후보를 골라야 한다면 나는 당연히 옥스퍼드라고 말하겠소"라고 했다는 것이다. 더욱 놀랍게도, 모의재판에서 옥스퍼드에 단호히 반대했던 브레넌 판사가 1997년 사망하기에 앞서 입장을 "수정"했다는 폭로도 덧붙였다. 보도에 따르면 브레넌은 원작자 논쟁에 대해 자료를 많이 읽을수록 "스트랫퍼드 지지설에 대한 회의가 점점 깊어졌다".

드 비어의 지지자들은 당연히 고마워했다. 『셰익스피어 매터스 Shakespeare Matters』●의 편집자들은 2002년 봄호에 실은 사설에서 이렇

● 2001년부터 2013년까지 셰익스피어 조합에서 발간한 계간 소식지.

게 인정했다. "세계 각지의 옥스퍼드 지지자들은 『타임스』의 윌리엄 S. 니더콘이 몇 달 동안 읽고 연구한 끝에 작성한 이 기사에 감사드린 다. 그리고 이에 못지않게 중요한, 『타임스』 내에서 동료 필진과 편집 자들에게 옥스퍼드설의 장점을 계속해서 피력한 그의 끝없는 노력에 도 고마움을 전한다." 또한 그들은 니더콘이 아니었더라면 기록으로 남지 않았을 브레넌 판사의 전향에 관한 놀라운 뉴스를 읽고 의미심 장한 미소를 애써 참았는지도 모른다. 왜냐하면 니더콘은 자신의 정 보원이 변호사 윌리엄 F. 코지라고 말했기 때문이다. 보도에 따르면, 그는 다이애나 프라이스의 『비정통적 셰익스피어 전기Shakespeare's Un-orthodox Biography』에서 셰익스피어 희곡들의 전통적인 저자 표시 방법 을 공격하는 글을 읽고 난 뒤 근래에 스미소니언박물관에서 원작자 문제에 관한 토론회를 개최했다. 그리고 옥스퍼드 지지자들을 더 행 복하게 만드는 사건이 일어났다. 미국의 굉장히 유명한 라디오 진행 자인 르네 몬테인이 미국 공영 라디오 방송에서 니더콘의 보도에 의 존한 채 옥스퍼드설에 관한 프로그램을 진행하고 그의 증거 없는 주 장을 반보 더 진척시켜 대법관 "세 명 전원"이 "자신들의 판결에 의문 을 품게 되었다"고 말한 것이다. 옥스퍼드 지지자들은 수백만 명의 사 람이 청취한 그녀의 프로그램에 무척 흡족한 나머지 올해의 예술 부 문 우수 업적상을 그녀에게 수여했다. 뒤이어 『월스트리트저널』이 실 은 기사는 브레넌 판사에 관한 기록을 바로잡았을 뿐 아니라 앤터닌 스캘리아 판사를 열정적인 옥스퍼드 지지자 명단에 올리기도 했다.

옥스퍼드 지지자들은 니더콘이 2002년 4월에 개최된 연례 옥스퍼 드의 날 연회에 참석해 "자신이 원작자 문제를 연구하고 『타임스』 지 동료들로 하여금 그 문제에 관심을 갖도록 만든 개인적인 여정"에 대해 이야기했을 때에도 이에 버금가는 기쁨을 느꼈다. 이제 니더콘은 옥스퍼드 지지자 모임에 고정적으로 참석하기 시작했고 2004년 10월 정기 총회에 참석해 자신의 기록 연구를 토대 삼아 '아벨 르프랑과, 더비 백작 윌리엄 스탠리를 셰익스피어 정전의 원저자로 간주하는 그의 주장'이라는 주제로 강연을 했다. 그로부터 열 달 뒤인 2005년 8월 30일, 그는 원작자 논쟁에 대한 일종의 후속 기사를 『타임스』에 실었다. 이번에는 더 이상 얼버무리지 않을 작정이었다. "셰익스피어의 작품들의 원저자를 둘러싼 논쟁은 어느 정도 전환점에 이르렀다. 옥스퍼드 백작의 새로운 전기는 그가 셰익스피어라는 비정통적인 주장을 진일보시킨 반면, 환상은 좀더 전통적인 다른 연구의 주된 기법으로 단단히 확립되었다." 운명의 수레바퀴는 완전히 회전해 제자리로 돌아왔다. 즉 이번에는 셰익스피어 학자들이 몽상가가 되었다. 니더콘은 현 상황에 대해 다음과 같이 선언했다. "원작자 논쟁을 벌이는 양측의 주장은 전부 불확실하다. 각각의 주장은 구체적인 증거가 아니라 하나의 이야기에 의존한다." 그는 셰익스피어 지지자들을 격분시키는 제안으로 이 기사를 마무리 지었다. "원저자 연구를 셰익스피어 정규 교과과정에 포함시키면 어떨까?" 셰익스피어 지지자들이 보기에 그의 화법에서는, 학교에서 진화론과 더불어 지적 창조론에 대해서도 가르치기를 간절히 열망하는 천지창조론자들의 화법을 활용하려는 기미가 보였다.

❦

『뉴욕타임스』에 실린 그 기사들은 옥스퍼드 운동이 어느 정도의 변화를 겪어, 니더콘의 말처럼 "소수의 사람으로 출발해 독자적인 출판물, 조직, 활발한 온라인 토론 그룹, 연례 학회를 두루 갖춘 번영하는 공동체로" 성장하게 된 것을 잘 보여준다. 이제 옥스퍼드 지지자들은 자신들을 경쟁자들의 거울이미지로 묘사하려고 애썼다. 외부인들의 눈에 『셰익스피어 매터스』와 『셰익스피어 스터디즈Shakespeare Stud-ies』가 과연 얼마나 다르겠는가? 그리고 그들이 이런 노력을 기울인 것은 학계가 아니라 비학계가 중요하게 생각하는 문제들을 기꺼이 무시한 영문학과 학자들이 방조한 탓이었다.

이 점이 유독 분명해진 계기는, 로저 A. 스트릿매터가 공공연히 옥스퍼드를 지지하는 입장에서 '에드워드 드 비어의 제네바 성서 난외주The Marginalia of Edward de Vere's Geveba Bible'에 관한 논문을 쓰자 2001년에 매사추세츠 애머스트 대학에서 그에게 박사학위를 수여한 일이었다. 수많은 옥스퍼드 지지자의 입장에서는 그 후보자와 그 희곡들 사이에 사라졌던 연결 고리가 마침내 발견된 셈이었다. 한때 옥스퍼드가 소장하던 1570년경 작 제네바 성서 주해판은 폴저 셰익스피어 도서관의 수중에 들어갔다. 그 주석은 대부분 밑줄이 쳐 있었는데, 스트릿매터는 이 부분이 셰익스피어 희곡의 성경 구절에 대한 인유와 꼭 부합하므로 이를 근거로 드 비어가 원저자임이 확인된다고 주장했다. 또한 밑줄 친 구절 일부에는 자전적 요소가 담겨 있어서 "역사에서 이름이 지워진 한 남자를 주제로, 그를 궁극적으로 구원하겠다는 신성한 약속을 제시한" 익숙한 옥스퍼드 지지자들의 "내부 이야기"를 전달한다는 주장도 펼쳤다.

데이비드 캐스먼과 톰 빌, 테리 로스는 그 증거를 각각 살펴본 뒤 스트릿매터의 논문 심사위원회가 알아차리지 못한 듯한 여러 문제를 지적했다. 우선, 밑줄이 셰익스피어의 성경 인유와 부합한다는 결론은 정당하지 못했다. 왜냐하면 "셰익스피어의 성경 인유 가운데 겨우 10퍼센트가 성경에 표시되어 있고 성경에 표시된 구절의 약 20퍼센트만이 셰익스피어 작품에 인유되었기 때문이다". 더욱이 성경의 주석자 혹은 주석자들은 셰익스피어가 거의 의존하지 않은(특히 「사무엘상」부터 「열왕기상」, 마카베오서, 에스드라서, 집회서, 토비트서까지) 경전에 관심이 있어서 그의 희곡에 실제로 언급된 구절에는(특히 「창세기」 「욥기」, 복음서, 「요한계시록」) 비교적 관심을 기울이지 않았다. 그리고 좀더 세밀하게 검토하면, 드 비어 자신이 이 구절에 밑줄을 쳤다는 사실이 분명하지도 않았다. 난외주는 다른 색 잉크로 적혀 있었고 드 비어가 1604년에 사망한 뒤 성서를 소유한 누군가가 손쉽게 적어넣었을지도 모를 일이었기 때문이다. 유명한 옥스퍼드 필적 전문가 앨런 넬슨은 난외주를 검토하고 나서 이 "필체는 [옥스퍼드의] 편지를 적은 것과 전혀 동일하지 않다"고 결론을 내린 뒤로 의심은 이미 제기된 터였다.

하지만 그 무엇도 문제가 되지 않았다. 옥스퍼드 지지자들은 반대론자들을 묵살하고 이것이 드 비어와 그 희곡들의 연결 고리라고 여전히 확신했다. 그리고 그들은 그 논문이 학계에서 받아들여져 정통성을 획득했다는 사실에 크게 고무되었다. 그것은 획기적인 사건이었다. 스트릿매터의 논문 초록에는 이 글이 "드 비어가 '윌리엄 셰익스피어'라는 유명한 필명 뒤로 숨은 진짜 문학가라고 가정하는 존 토머스 로니(1920), B. M. 워드(1928), 찰턴 오그번 2세(1984)를 비롯해 다른 '아마추어' 학자들의 이설을 노골적으로 따르는 문학 연구 논문들" 가운데 최초였다고 자랑스레 선언했다. 그의 연구 결과는 이제 옥스퍼드설 역사의 한 부분을 장식하게 되었다. 그 뒤로 다른 사람들은 옥스퍼드 지지 주장을 보강하고 싶다는 희망으로 드 비어를 찾아보았다. 그중 한 명인 대법관 스티븐스는 『월스트리트저널』의 한 기자에게 셰익스피어 작품에서 "잠자리 속임수를 이용한 사건"과 "이와 동일한 일이 벌어졌다고 추정되는 구약의 사건" 사이에 그럴듯한 연결 고리가 있다고 말하며 드 비어가 성경의 관련 구절에 "밑줄을 쳤을 것이다"라고 추론했다. 그래서 그는 폴저 도서관을 찾아가 자신이 확인할 수 있도록 "그들에게 그 성경을 꺼내달라고" 요청했다. 안됐지만, 그 구절―「창세기」 29장 23절―은 밑줄이 쳐 있지 않았다. 스티븐스는 이렇게 덧붙였다. "정말이지, 아주 엄청난 우연의 일치가 될 만한 부분을 우연히 발견할지도 모른다고 생각했다." 하지만 "그런 일은 전혀 일어나지 않았다".

옥스퍼드 지지자들의 변신은 약간의 대가를 치렀다. 노골적인 음모 논의는 어조를 좀 누그러뜨려, "공공연한 비밀" 혹은 "숨겨진" 원저자라는 보다 중립적인 언어로 대체되어야 했다. 옥스퍼드와 엘리자베스 여왕의 치정에 대한 이야기와, 두 사람의 아들 사우샘프턴 백작이 드 비어가 소네트를 헌정한 튜더 왕자라고 언급하는 것은 일시적으로 보류되었다. 1996년 연례 학회에서 피터 무어는 옥스퍼드 원작자설을 지지하는 동료들에게 노골적으로 이렇게 말했다. "이 '튜더 왕자' 문제에 관해 현실을 직시하고, 타당하며 정밀한 역사적 검토를 하라. (…) 만약 자신이 만든 이론에 맞서는 가장 강력한 주장들을 제시하지도 못하고 거기에 귀 기울이지도 못한다면 그 이론은 혼자 간직하는 않는 편이 더 낫다." 게다가 옥스퍼드 옹호자들은 옥스퍼드의 문학적 폭이 얼마나 넓은지에 대해 공개적으로 토론할 정도로 어리석지도 않았다. 아무리 옥스퍼드가 엘리자베스 시대를 살아간 약 열두 명의 시인과 극작가가 만들어낸 문학적 결과물의 저자로 평가받을 자격이 있다고 믿는다 해도 말이다. 마침내, 더 이상은 사라진 원고들을 발굴하겠다는 희망으로 무덤들을 비집어 열 필요가 없을 것이다.

1960년대와 1970년대만 해도 옥스퍼드 지지자들은 드 비어에 관한 책을 다시 한번 받아주겠다고 나설 출판사가 있을지 반신반의했다. 이제는 그들의 운동이 정통성을 회복한 상황이었으므로 상업적인 출판사들이 기꺼이 그 기회를 이용할 터였다. 그리고 상업 출판사를 확보하지 못한 옥스퍼드설의 저자들은 언제든 자가 출판을 선택할 수 있었고 영국과 미국의 옥스퍼드설 전자 소식지를 통해 한 번의 클릭으로 아마존닷컴Amazon.com이나 자신들의 독자적 서점들에서 결재할 수 있는 시스템을 마련함으로써 판매를 촉진시켰다. 얼마 후 이 분야의 연구가 주체하기 힘들 정도로 늘어났고, 옥스퍼드 지지자 소식지에는 출간할 길을 모색하는 새로운 연구서가 너무 많으니 일종의 관리 절차를 마련할 필요가 있다는 불만이 쇄도했다.

옥스퍼드 지지자들은 오래 전부터 출판사들에게서 퇴짜를 맞아왔고 강의실에서 셰익스피어 교수들이 세뇌시킨 젊은이들에게 접근하려다 즉각 거부당해왔기 때문에, 자신들의 주장을 퍼뜨릴 대안을 개척하는 데 있어서는 경쟁자들보다 훨씬 앞서 있었다. 저서를 발표함으로써 저자들은 지위와 정통성을 인정받고 종신 재직권을 얻을 기회도 얻을지 모르지만, 옥스퍼드 지지자들은 대부분의 사람이 고급 학술 논문을 읽어보지 않았다는 사실을 명확하게 파악했다. 21세기 초에는 셰익스피어나 원작자 문제에 관심을 가진 사람이라면 아마도 구글Google이나 위키피디아에 가장 먼저 눈을 돌릴 것이다. 그리고 두 인터넷 사이트 모두에서 옥스퍼드 지지자들이 경쟁자들보다 더 전문적이고 인상적으로 보였다. 감성과 지성을 사로잡으려는 이 새로운 전장에서 학문적 권위는 더 이상 큰 의미가 없었다. 새로운 정보의 시대는 근본적으로 민주적이기 때문이다.

최근 구글에서 '셰익스피어'와 '저자성'을 검색하면 가장 위쪽에 배치되는 문서들은 십중팔구 호기심이 왕성한 사람들을 셰익스피어의 원저자 자격에 의문을 제기하는 사이트로 안내했다. 심지어 중립적인 입장을 취하는 것처럼 보이는 '초보자들을 위한 셰익스피어 원작자 문제 안내A Beginner's Guide to the Shakespeare Authorship Problem'●라는 메뉴도 독자들을 유도해 '회의주의자들의 명단Honor Roll of Skeptics', 셰익스피어 작품들의 원저자 문제를 둘러싼 의심의 역사, 베이컨, 말로, 더비의 옹호론을 일축하는 간략한 내용, '17대 옥스퍼드 백작 에드워드 드 비어를 '셰익스피어'로 옹호하는 주장the case for Edward de Vere, 17th Earl of Oxford, as 'Shakespeare''이라는 하위 메뉴들을 두루 살펴보도록 만들었다. 유일하게 셰익스피어를 옹호하는 검색 결과는 회의주의자들의 주장을 반박할 의도로 만들어진 기초적인 사이트 '셰익스피어 원저자 문제 페이지Shakespeare Authorship Page'다. 이 사이트는 엄청난 콘텐츠를 담고 있는데도 회의주의자들이 만든 사이트들에 비해 사람들의 눈길을 사로잡지 못해 고전하는 형편이다. 어떤 객관적인 관찰자가 보더라도, 이 연구에 더욱 열정적으로 투자하고 목표가 더 제한적인 옥스퍼드 지지자들이 인터넷에서 벌어지는 원저자 논쟁에서 분명한 우위를 차지하고 있었다.

● 1957년 미국에서 설립된 셰익스피어 옥스퍼드 협회Shakespeare Oxford Society는 한동안 www.shakespeare-oxford.com 사이트를 개설해 이 메뉴를 비롯한 여러 정보와 주장을 제공해왔다. 그러나 2001년에 미국에서 셰익스피어 조합Shakespeare Fellowship이라는 옛 이름을 빌린 새로운 조직이 생겨났고 2013년에 셰익스피어 옥스퍼드 협회와 셰익스피어 조합이 통합되어 셰익스피어 옥스퍼드 조합Shakespeare Oxford Fellowship이라는 단체가 만들어지면서 이 사이트는 운영이 중지되었다.

위키피디아는 원작자 논쟁에 관해 믿을 만한 정보를 찾는 사람들이 가장 먼저 선택하는 기본적인 자료 공급원으로 빠르게 성장하는 중이다. 이 사이트는 주제를 워낙 광범위하게 다루기 때문에 셰익스피어 학자들이 전통적인 방식으로 생산해 공공 도서관과 대학 도서관에서 열람할 수 있는 참고 자료는 물론이고 일반적인 공급원을 통해 지금까지 등장한 어떤 자료도 무색하게 만들어버린다. 옥스퍼드설은 '셰익스피어Shakespeare'와 '셰익스피어 원작자 문제Shakespeare authorship question' 같은 항목부터 '에드워드 드 비어Edward de Vere'와 '셰익스피어 원저자 문제에 관한 옥스퍼드설Oxfordian theory of Shakespeare authorship'을 비롯해 심지어 '튜더 왕자설Prince Tudor Theory' 같은 좀 더 전문적으로 세분화된 항목에 이르기까지 위키피디아 곳곳에서 찾아볼 수 있다. 말로 지지자들, 베이컨 지지자들, 더비 지지자들, 그 밖에 다른 후보자를 옹호하는 소수의 지지자들의 주장은 개별적인 항목에서 간략하게 다뤄지고 있다. 물론 이 경쟁자들에 관한 논의가 함께 이뤄질 때마다 옥스퍼드 지지자들은 지면의 최상단을 차지하려고 기를 쓴다. 새로운 매체가 자신들과 경쟁하는 더 매력적인 후보에게 관심을 돌릴 위험이 항상 도사리고 있기 때문이다. 그리고 사실상 말로의 사망 위장설의 핵심을 이루는 정부 음모론에 대한 관심이 크게 고조된 덕에 크리스토퍼 말로에 관한 사이트가 최근에 급증하는 현상은 어쩌면 옥스퍼드 지지 진영의 우위가 베이컨 지지설보다 그리 길게 이어지지 않고 대략 70년에 그칠 것이라는 조짐인지도 모른다. 옥스퍼드 지지자들이 자기 몫의 유명 인사들을 끌어당길 수 있었듯이 경쟁 진영에서도 같은 성과를 거둘 수 있었다. 영화감독 짐 자무시가 『뉴욕타임스』 인터뷰에서 셰익스피어 희곡의 "원저자가 크리스토퍼 말로였다고 생각해요"라고 말하자 말로 지지자들은 새로운 회원이 생겼다고 기쁜 마음으로 발표했다.

위키피디아에 의지해 정보를 얻으려는 사람들은 대부분 이 글들을 기꺼이 읽는다. 하지만 클릭 한 번으로, 수정되었거나 삭제된 기고문에 대해 상대의 화를 돋우는 말과 종종 주고받는—모욕과 허위 이름을 사용했다는 비난을 비롯해 종종 끓어오르는 분노가 난무하는—언쟁에 접근할 수 있다. 위키피디아의 장점은 글을 기고하는 데 관심 있는 사람이라면 누구나 항목을 편집하고 수정할 수 있다는 것이다. 이곳에서는 끈기와, 전문 지식보다는 결정적인 발언을 하는 능력이 보상받는다. 그리고 위키피디아는 사람들이 자신의 행동을 믿는 이유에 대해 논쟁을 불러일으킬 가능성이 있는 설명들을 배제시켰다. 따라서 위키피디아는 셰익스피어의 원저자 자격을 의심하는 사람들에게 뜻밖의 선물이었고 적수들과 대등하게 경쟁할 기회를 처음으로 제공해주었다. 민주주의와 평등의 영향력, 그리고 계층의 전복, 즉 로니로 하여금 옥스퍼드가 셰익스피어의 희곡들을 썼다고 주장하도록 만든 바로 그 요인은 이제 역설적으로 그가 창립한 운동을 구하러 왔다.

2007년 9월 9일, 최근에 제작된 웹사이트 '셰익스피어 원저자 문제 연합The Shakespeare Authorship Coalition'은 60만 건의 조회 수를 기록했다. 이 예사롭지 않은 반응은 잘 준비된 캠페인의 결과였다. 그리고 그 캠페인의 대미를 장식한 대언론 공식 발표에서 영국 연극계의 권위자인 더렉 자코비 경과 마크 라일런스 두 사람은 당시 인터넷상에 유포된 '윌리엄 셰익스피어의 정체에 대한 타당한 의심 선언서 Declaration of Reasonable Doubt About the Identity of Willam Shakespeare'라는 청원서에 서명했다고 선언했다. 그들은 셰익스피어의 원저자 자격을 의심하는 라일런스의 연극 「나는 셰익스피어다I Am Shakespeare」의 공연을 마치고 청원서에 서명한 다음, 런던의 브루넬 대학이 셰익스피어 원저자 문제 연구에 관한 대학원 프로그램을 개설했다는 뉴스 보도 시간에 맞춰 이를 언론에 발표했다.

이 청원서는 능숙하게 작성된 서류로서, 셰익스피어 원저자 자격에 의혹을 던지는 데 매진한 최고의 지성들 가운데 일부가 공동 협력을 통해 거둔 결실이었다. 이 제목은 역사적 선언의 희망과 배심원들의 공명정대한 평결을 유도하는 구래의 공정성, 즉 '합리적 의심'이 결합된 탁월한 것이다. "셰익스피어의 승소가 확실한 사건"이 "문제가 많고" "원작자로 추정되는 사람의 일생과 작품 사이의 연관성"이 그에 못지 않게 "의심스럽다"고 여겨지면서 이 법정의 분위기는 시종일관 분명하다. 이 기록에는 마크 트웨인과 헨리 제임스, 지그문트 프로이트, 블랙먼 판사를 포함한 전문가 증인 스무 명의 증언이 포함되었다. 그리고 셰익스피어를 대신할 후보를 구체적인 한 사람으로 지정하지 않음으로써 지지자들을 한 지붕 아래로 모두 끌어모은다. 이 선언의 목적은 가능한 한 많은 사람이 다음과 같은 상식 있는 입장을 지지하게 만드는 것이다. "2007년에 누구든 이 원저자에게 의심의 여지가 없다고 주장하는 것은 도저히 믿을 수 없다."

하지만 이 '선언'을 전파하기 위해 창단된 연합의 회장 존 M. 섀한은 옥스퍼드 지지파의 소식지인 『셰익스피어 매터스』의 지면을 빌려, 미처 말하지 못한 다른 동기가 있다며 이렇게 설명했다. "우리는 언론의 관심을 끌기 위해 선언 서명식을 준비할 수 있고" "많은 사람의 서명, 그중에서도 특히 유명한 인물들의 서명을 충분히 받으면 학계의 정설에 공식적으로 도전하고 반대 성명을 작성해" "어째서 그들이 '합리적 의심의 여지가 없다'고 주장하는지" 설명할 수 있다. 2007년 10월경, 1161인의 서명이 모였다. 비록 제러미 아이언스와 마이클 요크가 참여함으로써 또다시 일류 배우 두 명이 이 대열에 합류하긴 했지만 사이트의 통신량을 고려해본다면 솔직히 말해 결과는 그리 신통치 않은 편이었다. 이 서명운동은 셰익스피어 옹호자들을 향한 도전이기도 했지만 이와 동시에 옥스퍼드 지지자들이 주류 언론과 온라인에서 거둔 사반세기의 성공을 폭넓은 대중적 지원을 받는 운동으로 바꿀 수 있는지 알아보는 시험이기도 했다. 섀한도 이 정도는 인정한다. 즉, "스트랫퍼드 남자의 사망 400주년인 2016년까지 9년이 남았다. 그가 정말로 위대한 저자였는지에 관해 우리 세대가 심각한 의문을 제기하지 못한다면 인류는 그를 맹목적으로 찬양할 것이고 오그번의 『불가사의한 윌리엄 셰익스피어』가 출판된 뒤에 태어나서 셰익스피어의 원작자 자격을 의심하는 사람들의 세대도 이런 의문을 제기하지 못할 것이다." 이 협회 웹사이트의 공식적인 기록에 따르면, 이로부터 20개월 뒤에 400개의 서명이 새로 추가되었다.

윌리엄 셰익스피어.

제4장

셰익스피어

스트랫퍼드 어폰 에이번 길드 집회소의 교실.

셰익스피어에게 유리한 증거

다른 사람들이 그 희곡들의 주인이라는 주장이 어떻게 근거 없는 가정에 의존하고 있는지 설명하는 것과 스트랫퍼드의 셰익스피어가 그 희곡들의 진짜 주인이라고 입증하는 것은 전적으로 별개의 문제다. 셰익스피어가 원저자라고 어떻게 그렇게 확신하느냐는 질문을 받으면 나는 몇 가지 증거를 지적한다. 첫째, 초기에 인쇄된 텍스트에 드러난 내용이다. 둘째, 셰익스피어와 친분이 있던 작가들이 그에 관해 한 말들이다. 내가 보기에 이 중 어느 쪽이나 그가 원저자임을 확인하기에 충분하다. 그리고 양쪽에서 들려주는 이야기는 상호 보완적 성격을 띤다. 이상은 모두 그의 마지막 활동 기간에 나온 추가 증거로 한층 보강된다. 이 시기에 그는 새로운 극장을 위해 다른 작가들과 적극적인 공동 작업을 통해 예전과 다른 양식의 작품을 집필하기 시작했다.

1594년 이후 런던의 서점들은 값싸게 풀린 셰익스피어 작품들을 엄청나게 재어놓았는데 그 수는 전례 없는 수준이었다. 다른 어떤 시인이나 극작가의 작품도 70판가량을 인쇄한 적은 없었다. 그리고 그 숫자는 셰익스피어 생전에 출판된 분량만 계산한 것으로, 1622년에 처음 출간된 『오셀로』나 1년 뒤에 첫 번째 2절판으로 처음 출판된 18편의 희곡 중 어느 것도 포함되지 않은 수치다. 한 판을 인쇄할 때마다 부수는 대체로 1500부로 한정되었다. 신중한 출판업자들이 초기 4절판들을 각각 1000부씩만 인쇄해서 팔았다고 가정해도 셰익스피어의 이름을 단 5만 권의 책이(일부는 익명으로 출판되었기 때문이다) 그가 살아 있는 동안 유통되었을 것이다. 당시 런던의 인구는 고작 20만 명밖에 되지 않았다. 배우이자 극작가이며 영국에서 가장 유명한 극단—거대한 야외극장에서 무려 3000명의 관객을 앞에 두고 공연했다—의 주주였던 그는 도시와 궁정에서 가장 잘 알려진 얼굴 중 하나이기도 했다. 셰익스피어가 런던에서 연기하고 글을 쓴 25년 동안, 사람들이 셰익스피어로 알았던 남자가 사실은 사기꾼이고 자신들이 직접 보고 구입한 희곡들을 집필한 극작가 배우가 아니라고 의심하기 시작했다면 우리는 그 사실을 당연히 알게 되었을 것이다.

셰익스피어를 인정하고 그의 이름을 알고 있던 사람들 중 한 명은 조지 버크다. 버크는 정부 관리, 역사가, 책 수집가이기도 했지만 가장 중요한 직책은 왕실 연회 담당관—셰익스피어의 극단이 모든 연극 대본을 제출해 승인받아야 하는 관리—이었다. 옥스퍼드 백작과 친분이 있었던 버크는 셰익스피어와도 잘 아는 사이여서, 그를 불러 세워 자신이 최근 구입한 1599년에 출판된 오래된 익명의 희곡 『웨이크필드의 피너, 조지 어 그린George a Greene, the Pinner of Wakefield』●의 원저자에 대해 물어볼 정도였다. 그는 커튼 극장이나 글로브 극장 혹은 궁정 공연, 아니 어쩌면 세인트폴 대성당과 왕립 증권 거래소 주변에 밀집한 런던의 헌책방에서 셰익스피어를 찾아냈거나 우연히 마주쳤을지도 모른다. 이런 장소에서는 이리저리 책을 훑어보는 셰익스피어와 마주치는 일이 종종 있었을 것이다. 셰익스피어는 자신의 희곡들 곳곳에 영향을 미친 수많은 책을 모두 소장할 수 없었기 때문이다. 그 시대의 누구도 그렇게 많은 책을 소장할 수 없었고 실제로 그렇게 하지도 못했다. 장서가든 귀족이든, 심지어 화이트홀 궁전에 호화로운 도서관을 갖춘 영국의 여왕조차 불가능한 일이었다. 셰익스피어는 버크를 도와주려고 최선을 다했다. 마침내 그 희곡을 어느 성직자가 집필했다는 사실을 기억해냈지만 아무래도 이쯤에서 그의 기억력은 도움이 되지 못했던 모양이다. 기억이 잘 나지 않는 것도 이해함직한 일이었다. 「웨이크필드의 피너, 조지 어 그린」이 초연된 이래로 많은 시간이 흘렀기 때문이었다. 그래도 셰익스피어는 자청해서 진귀한 정보를 알려주었다. 그 성직자가 자신의 희곡에 직접 출연해 피너 pinner(흩어진 동물들을 우리에 넣는 사람) 역할을 연기했다는 것이다. 이를 고맙게 여긴 버크는 4절판의 속표지에 자신이 발견한 내용을 적으면서 저자의 이름을 나중에 집어넣을 수 있도록 공간을 남겨두었다. "피너 역할을 직접 연기한 성직자 (…) 지음. 입회인[즉, 이 자리에 참석해 지켜보았음] W. 셰익스피어." 버크가 배우이자 극작가로 알고 있던 남자를 직접 만났다는 점은 중대한 사실을 시사한다. 일단 셰익스피

• 1593년에 상연되었다고 알려진 이 유쾌한 희극은 로빈 후드 전설에 등장하는 무법자들의 일원인 조지 어 그린을 주인공으로 삼아 전개된다. 작자 미상으로 알려져 있지만 존 헤이우드나 로버트 그린의 작품으로 보는 견해도 있다.

어를 그가 살던 시대와 장소로 되돌려놓고 보면, 본인 이름이 적힌 작품들의 진짜 저자와 관련해 셰익스피어가 자신을 알거나 만난 사람들을 모두 속이려고 적극적인 음모를 꾸몄다는 생각은 설득력이 극히 떨어진다는 것이다.

셰익스피어가 그 희곡들의 원저자가 아니라고 의심하는 사람들은, 자신들이 진짜라고 주장하는 이 음모가 어떻게 진행되었는지 결코 설명하지 못한다. 이 음모에 아무리 많은 것을 걸었다 해도 이와 관련해서 합의된 사실도 거의 없고 심지어 자세한 세부 사항도 없는 형편이므로 감히 시도하기 쉬운 주장은 아니다. 어떤 사람들은 오직 셰익스피어와 진짜 저자만이 내막을 알았다고 주장한다. 이와 정반대의 극단에 선 사람들은 이것이 공공연한 비밀이어서 굳이 언급할 가치도 없다는 견해가 지배적이었다고 믿는다. 의혹을 품은 사람들은 대부분 '셰익스피어', 혹은 일부 책에서 표기된 것처럼 '셰익-스피어'가 그저 다른 작가의 가명이었다고—이 하이픈이 결정적인 증거라고—주장함으로써 수십 권의 출판물 속표지에 등장하는 압도적인 증거를 무시하기도 한다.

하지만 이런 주장들은 그 시대 출판업의 운용 방식에 대해 현재 알려져 있는 사항들과 일치하지 않는다. 그 당시 출판업계는 한 극작가가 출판업자와 은밀하게 주선해 가명으로 희곡을 출간할 수 있는 곳이 아니었다. 사실 셰익스피어는 자신이 쓴 희곡들의 출판에 대해 통제권을 거의 행사하지 못했다. 오늘날에는 무척 이상한 말처럼 들리겠지만, 그가 작품을 소유하지 못했기 때문이다. 작품은 극단이 소유했고 일단 작품이 팔려 서적출판업조합에 등재되면 소유권이 출판사로 양도되었다. 작가의 판권이라는 현대적 개념은 요원한 꿈에 불과했다. 셰익스피어는 분명히 주주로서 발언권이 있었고, 어쩌면 그 발언권은 파격적인 수준이었는지도 모른다. 하지만 자기 작품의 출판 시기 혹은 출판 여부는 물론이고 인쇄의 질이나 정확성에 대해서는 더군다나 거의 관심을 보이지 않았다. 만약 그가 조금이라도 더 관심을 보였거나 그 문제에 대해 조금만 더 언급했더라면 우리는 『카르데니오Cardenio』●와 『사랑의 결실Love's Labour's Won』●● 같은 셰익스피어의 소실된 작품 공연을 관람하기 위해 표를 예매하고 있을 것이다.

시는 이와 사정이 전혀 달랐다. 셰익스피어는 작가생활 초기에 두 편의 위대한 설화시 『비너스와 아도니스』『루크리스의 능욕』의 출판 과정에 지대한 관심을 보였고 두 작품은 베스트셀러가 되어 여러 판을 거듭 인쇄하게 되었다. 1593년과 1594년에 출판된 이 책들의 속표지에는 그의 이름이 등장하지 않았지만 '윌리엄 셰익스피어'라고 서명된 헌사가 두 작품의 전문前文에 포함되어 있다. 이 악명 높은 하이픈이 처음 등장한 그의 작품은 1598년에 출간된 『리처드 2세』와 『리처드 3세』의 재판再版이었다. 만약 '셰익-스피어'가 필명을 사용했다는 신호였다면 왜 그토록 오랜 시간을 기다렸거나 왜 그렇게 괴상한 방식으로 사용되었겠는가? 엘리자베스 시대의 조판공들은 귀중한 활자를 망가뜨리지 않으려고 노력했으므로 그런 하이픈을 만들어달라는 요청을 받았다면 분명히 비웃었을 것이다. 그들은 셰익스피어의

● 세르반테스의 『돈키호테』 영어 번역판(1612)에 등장하는 카르데니오의 이야기를 기초로 한 작품으로 추정되며, 1612~1613년경에 존 플레처와 셰익스피어가 공저한 작품이라는 주장이 현재 유력하다. 1613년 4월 20일과 7월 9일에 왕실 극단이 이와 비슷한 작품 공연의 등록비를 지불했다는 기록이 있고 1653년 9월에 험프리 모슬리가 『카르데니오의 전설 The History of Cardenio』을 존 플레처와 셰익스피어 공저로 공연 등록청에 올렸다.
●● 이 작품은 프랜시스 미어스의 『팔라디스 타미아Palladis Tamia』(1598)와 서적상 크리스토퍼 헌트의 서적 목록(1603)에 셰익스피어의 희극작품 중 하나로 기재되어 있다.

이름이 식자공에게 끔찍한 작업이라는 사실을 경험으로 알았다. 예를 들어 셰익스피어라는 이름을 쓰기 위해 이탤릭 서체로 'k' 다음에 긴 's*'를 배열하면 두 글자가 쉽게 부딪쳐 서체가 흔들릴 가능성이 있었다. 이 문제를 해결하는 가장 쉬운 방법은 철자 'e'나 하이픈, 혹은 둘을 동시에 삽입하는 것이었다. 곧 살펴보겠지만 조판공들은 다른 전략을 쓰기로 결정했다. 그리고 1608년 4절판『리어 왕』과 1609년 『소네트집』의 속표지를 보면 알 수 있듯이 이 습관은 로마 서체를 배열할 때도 그대로 유지되었다.

셰익스피어는 5~6년 동안 희곡들을 집필한 다음 그중 한 권인『타이터스 앤드러니커스』를 1594년에 마침내 출간했다. 그 속표지에는 작가의 이름이 아니라 이 작품을 공연한 극단의 이름을 인쇄해 홍보했다. 이는 당시의 관행이었다. 심지어 엘리자베스 시대의 가장 유명한 극작가들이 쓴 가장 이름난 작품들도 익명으로 출간되었다. 크리스토퍼 말로가『탬벌레인 대왕Tamburlaine the Great』을 집필했다는 문서상의 증거는 없다. 그리고 17세기 초에 토머스 헤이우드가 간단히 언급하지 않았더라면 토머스 키드의 이름은 1580년대 후반의 걸작『스페인 비극The Spanish Tragedy』과 연결되지 못했을 것이다.『무세도러스Mucedorus』『패버샴의 아든Arden of Faversham』『에드워드 3세』를 비롯해 그 시대의 가장 뛰어난 일부 작품은 그 작가가 누구인지 여전히 알려지지 않은 상태다. 그래도 그 작품들이 보존되었다는 것만 해도 운이 좋은 편이다. 엘리자베스 여왕이 즉위한 1558년부터 극장들이 폐

● 긴 s는 고대 로마 시대 필기체에서 단어 중간에 위치하는 s를 표기하던 방식에서 비롯되었다. 셰익스피어의 시대에는 단어의 첫자리와 중간 자리에 긴 s를, 끝자리에 작은 s를 사용했다.

쇄된 1642년 사이에 무대에 오른 약 3000편의 희곡 가운데 인쇄된 작품은 고작 600여 편에 불과했기 때문이다. 힘들여 작품을 출판했더라도 이들은 대부분 여전히 익명으로 남게 되었고, 누구나 알다시피 이 중에서 가명으로 출판된 작품은 한 편도 없었다. 설사 가명으로 출판한다 해도 이는 무의미한 일이었을 것이다. 선동적인 언어 때문에 처벌을 받을까 두려워하거나 출판이 사회적 불명예를 안겨준다고 상상하며 희곡의 속표지에 자기 정체를 밝히는 것을 걱정하는 극작가에게, 가장 단순하고 분명한 행동 방침은 아무 조치도 취하지 않는 것이었다. 수많은 작가가 그러했듯이, 희곡에 이름을 표기하지 않은 채 런던의 서점에 반입되도록 허락하는 것이다. 그래봤자 알아차리거나 신경 쓰는 사람 하나 없었을 것이다.

만약 엘리자베스 시대의 작가가 4절판을 출간하면서 속표지에 가명을 적어달라고 주장했고 어떻게든 출판업자를 설득해서 그 제안을 성사시켰다면, 그런 조치를 취하기에 적합하지 않은 최악의 순간은 1598년이었다. 1598년, 벤 존슨과 토머스 내시가 공동 집필한 희곡『개들의 섬The Isle of Dogs』●이 물의를 빚어 두 작가가 심각한 곤경에 처한 뒤에 추밀원이 대중 극장을 잠시 폐쇄했기 때문이다. 그리고 희곡에 다른 사람의 이름을 대신 올리고 싶었다면 실존하는 사람, 그것도 배우처럼 아주 유명해서 당국이 끌고 가 심문하기 쉬운 인물의 이름을 사용하는 것보다 더 어리석은 일이 어디 있겠는가. 만약 다른 작가의 방패막이로 활동할까 고민하는 사람이 있었다면, 5년 전에 토

● 이 작품은 1597년 7~8월경에 펨브룩 극단이 공연한 것으로 추정된다. 당국은 풍자 희극인 이 작품을 선동적이고 중상모략적인 내용으로 가득하다고 비난했으며 풍자 대상이 여왕이었다는 설과 11세기의 코브햄 남작 헨리 브룩이었다는 설이 있다.

머스 키드가 당국의 가혹한 심문을 받았던 사건이 기억에 남아 여기에 큰 영향을 받았을 것이다. 불쌍하게도, 키드는 말로와 집필 공간을 함께 썼다는 이유로● 고문을 받아 1년여 뒤에 사망했다. 그리고 죽기 전에 배타적 선전활동을 발본색원하려는 심문자들이 말로와 그의 신념에 대해 알고 싶어하는 내용을 모조리 털어놓았다.

그러나 1598년 바로 그해에는 두 명의 출판업자가 셰익스피어의 엄청난 인기를 믿고 책 속표지에 작가의 이름을 올리는 편이 수익에 도움이 되겠다는 판단을 각각 내렸다. 즉, 커스버트 버비는 'W. 셰익스피어'의 『사랑의 헛수고』 '새 수정 증보'판을 출판했고 밸런타인 심스는 『리처드 3세』와 『리처드 2세』(둘 다 작가 이름은 '윌리엄 셰익-스피어'라고 표기되었다) 재판을 출간했다. 만약 누군가가 그 이름이 가명이고 하이픈이 이를 확인해준다고 은근슬쩍 알리고 싶었다면 일관성을 유지하는 편이 유용했을 것이다. 하지만 버비와 심스는 셰익스피어의 이름 철자를 각기 다른 방식으로 적었는데, 이는 둘 중 한 사람만 하이픈을 삽입해야 한다는 언질이 있었기 때문은 아니었다. 만약 정말로 음모가 있었고 '셰익-스피어'가 가명이었다면, 25년 동안 여러 상황에서 셰익스피어의 작품을 소유하고 출판한 20명의 출판업자, 다양한 인쇄업자와 조판공, 그리고 그들이 판권을 팔아넘긴 사람들이 차례로 각자 그 비밀에 가담하고 비밀을 무덤까지 가져가야만 했을 것이다. 가명으로 출판하려면 일관성과, 인쇄물에 대한 어느 정도의 통제

● 1587~1593년에 키드는 어떤 귀족의 후원을 받고 있었는데, 1591년에 말로도 같이 후원을 받으면서 임시 숙소를 공유하게 되었고 1593년에 추밀원이 외설적이고 반항적인 내용의 글을 쓴 작가들을 체포하면서 그도 잡혀갔다. 그의 숙소에서는 반정부적인 내용이 아닌 예수 그리스도의 신성을 부정하는 내용의 서류가 발견되어 이로 인해서도 그는 고초를 치렀다. 한편 말로도 추밀원의 소환을 받았으나 판결을 기다리는 사이에 술집에서 벌어진 칼부림으로 목숨을 잃었다.

력이 다 필요하다. 셰익스피어 희곡들의 출판 상태가 고르지 않은 것으로 보아, 일관성과 통제력 중 어느 것에도 해당되지 않았다. 『리처드 3세』와 『윈저의 즐거운 아낙네들』 같은 일부 작품에는 셰익스피어의 이름이 처음부터 적혀 있었다. 『리처드 2세』 같은 다른 작품에는 처음엔 없었다가 나중에 덧붙여졌다. 그리고 『로미오와 줄리엣』과 『헨리 5세』를 포함한 다른 작품들은 셰익스피어 생전에 그의 이름으로 출판된 적이 한 번도 없었다.

그의 이름은 이 초판들의 속표지에 등장하기는 하지만 'Shakspere' 'Shake-speare' 'Shakespeare' 등 철자가 다양하게 표기되어 있다. 한마디로 일정한 양식이 없다. 당시에는 그야말로 철자법이 통일되지 않았다. 셰익스피어조차 자기 이름을 동일한 철자로 적지 않았을 정도다. 그는 (매 쪽에 서명한) 유언장에서도 처음 두 쪽에는 'Shakspere'로, 마지막 쪽에는 'Shakespeare'로 적었다. 말로 지지자들과 옥스퍼드 지지자들이 잘 알고 있듯이, 자신들이 미는 후보자들의 이름도 당시에 다양한 철자로 적혔다. 앨런 넬슨의 지적에 따르면, 옥스퍼드가 'halfpenny' 같은 단어의 철자를 열한 가지 방식으로 다양하게 적었지만 그렇다고 해서 드 비어가 글을 읽을 줄 몰랐다는 뜻이 아니듯, 셰익스피어의 철자법 습관을 빌미로 그가 문맹이라고 주장할 수도 없다. 『햄릿』의 첫 번째 4절판에는 저자의 이름이 'William Shake-speare'라고 적혀 있다. 1년 뒤에 출판된 두 번째 4절판에는 'William Shakespeare'라고 적혀 있다. 이 밖에도 그의 이름을 다르게 듣고 철자를 적은 사람들에는 1604년 크리스마스 기간 동안 화이트홀 궁전에서 열린 공연의 연회 장부를 기록한 이들이 모두 포함된다. 왕실 극단이 공연한 10편의 희곡작품 옆에는 "그 희곡들을 만든 시인"의 이름이 적혀 있다. 가령 『자에는 자로』 『실수 연발』 『베니스의 상인』 옆에는 'Shaxberd'라는 이름이 나란히 적혀 있다. 그래도 이것은 이 희곡들의 저자가 셰익스피어임을 알리는 또 하나의 독창적인 철자인 동시에 강력한 증거이기도 하다.

이 밖에도 셰익스피어 작품의 초판들에는 저자의 정체에 관한 실마리가 추가로 들어 있다. 극단들은 인쇄업자들에게 다양한 종류의 원고를 넘겼다. 그 결과 인쇄된 텍스트가 탄생하면 학자들은 평생을 바쳐 이를 자세히 조사해 아주 세세한 사항들을 기반으로 잃어버린 원본을 복원했다. 어떤 희곡이 '가필 사본foul papers'(작가의 초고를 가리키는 초기 근대 용어), '오류 수정 사본fair copy'(작가 혹은 사본 필사자가 이전의 초고를 깨끗이 다듬어 필사한 것), '프롬프터용 대본prompt copy'(극장에서 필요한 내용을 적어넣은 뒤에 사용했을 가필 사본이나 오류 수정 사본)● 가운데 어느 원고를 인쇄한 것인지는 상관하지 않았다. '가필 사본'을 조판한 희곡들은 종종 저자의 글쓰기 습관에 대해 많은 정보를 알려주기도 한다.

엘리자베스 시대의 극작가는 일상적인 문제에 상당한 관심을 기울여야만 했다. 가령 그 극단의 어느 배우들이 기용 가능한지, 한 배우가 얼마나 많은 역할을 맡아야 할지(그의 희곡들에 등장하는 배역의 수가 극단의 배우를 합친 수보다 훨씬 많았기 때문이다), 어떻게 시간 맞춰 배우들을 무대 위로 올리거나 내리고 발코니에서 중앙 무대로 나가게 하며 의상을 갈아입게 할 것인지 등의 문제다. 이는 하나같이 보기보다 훨씬 더 복잡한 일이었으므로, 경력의 상당 부분 동안 자신이 집

● 극단에서 리허설을 하며 만든 대본으로 배우들의 입장 및 퇴장과 음악의 사용 시점 등이 표시되어 있다.

필한 연극에 직접 출연해 자신이 만든 다른 배역들에 배정된 배우들과 나란히 연기해본 셰익스피어가 프리랜서 극작가들보다 확실히 유리했다.

극작가로 활동하는 대부분의 시간 동안 셰익스피어는 대단히 안정적이고 성공적인 극단에 소속되어 글을 썼다. 이 극단은 1594년에 창립되었을 때에는 체임벌린 극단이라 불리다가 1603년에 제임스 1세가 즉위한 뒤로 왕실 극단으로 이름을 고쳤다. 셰익스피어는 희곡을 집필할 때마다 자신을 비롯해 배우를 겸직하고 있는 대여섯 명의 극단 주주가 맡을 중요한 배역을 만들어내야 한다는 사실을 알고 있었다. 다른 역할들은 고용된 배우들에게 돌아갔다. 그중 일부는 몇 년 동안 극단과 함께 일한 사람들이었고 나머지는 드문드문 작업을 같이한 사람들이었다. 물론 그 밖에 여자 역할을 연기한 두세 명의 소년이 있었다. 엘리자베스 시대의 무대에는 여성 배우들이 오를 수 없었기 때문이다. 소년 배우들은 성숙해져서 목소리와 신체에 변화가 생기면 더 이상 배역을 맡을 수 없었다. 그래서 배우를 교체하는 일이 꽤 잦았고, 그 때문에 언제든 극단에서 일하는 사람들의 능력에 의존할 수밖에 없는 극작가의 삶은 유난히 고달파졌다. 만약 작품의 4분의 1에 해당되는 700행의 대사를 책임져야 할 소년 배우에게 그만한 역량이 있음을 100퍼센트 확신하지 못한다면 작가는『뜻대로 하세요』의 로절린드 역할을 집필할 수 없었다. 만약 극단에 노래를 할 줄 아는 웨일스 태생의 젊은 배우가 있다는 사실을 알지 못한다면 작가는『헨리 4세 1부』에서 모티머 부인을 연기하는 소년 배우가 웨일스 말로 노래해야 하는 부분을 집필할 수 없었다. 이런 희곡을 쓰는 사람이라면 누구나 단원 한 명 한 명에 관한 내밀한 정보를 직접적으로 알고 있었고 배우 각각의 재능을 날카롭게 판단해야만 했다.

셰익스피어는 특정 배우에게 맡길 대사를 쓰다가 너무 골똘히 생각에 잠긴 나머지 대사자 이름에 등장인물이 아닌 배우의 이름을 잘못 기재한 경우도 있었다. 이런 사실이 알려진 이유는 조판공들이 초고를 조판하면서 이런 실수 중 일부를 그냥 넘겨버렸기 때문이다. 예를 들어 초기 사극『헨리 6세 3부』의 첫 번째 2절판에는 다음과 같은 무대 지시가 나온다. "싱클로와 험프리가 입장한다." 여기서 존 싱클로는 셰익스피어가 만들어낸 수많은 깡마른 남자 배역에 정기적으로 채용되는 배우였다. 셰익스피어의 실수는 한 번으로 그치지 않았고,『헨리 4세 2부』4절판 제작에 사용된 초안에서 싱클로가 연기하는 역할이 아니라 배우 자체에 대해 생각하기 시작했다. 그래서인지 이 작품에는 다음과 같은 무대 지시가 나온다. "싱클로와 서너 명의 순경이 입장한다." 이 장면이 애초에 싱클로를 염두에 두고 재미있게 집필되었으며 그가 연기하지 않았더라면 절반도 재미있지 않거나 절반도 이해되지 않았으리라는 점은 분명하다. 왜냐하면 그는 무대에 올라와서 대체로 허리둘레에 대해 놀림을 받기 때문이다. 다른 등장인물들은 번갈아가며 그에게 욕을 한다. "넛후크"●나 "굶주린 경찰견"이라 부르기도 하고 관객이 의도를 알아차리지 못할 경우를 대비해 "말라깽이"라고 쐐기를 박기도 한다.

셰익스피어 희곡들의 원저자가 일류 비극 배우 리처드 버비지의 능력을 얼마나 발휘시킬 수 있을지 알지 못했다면 리처드 3세와 로미오, 오셀로, 리어 같은 위대한 역할은 창조하지 못했을 것이다. 극단

● 견과류를 따기 위해 가지를 아래로 내리는 용도의 도구로 가느다란 막대기 끝에 갈고리가 달려 있다.

의 스타 희극 배우에게 맡길 역할을 창조해내는 작업은 훨씬 더 힘든 일이었다. 1599년에 윌 켐프가 극단을 그만두었을 때, 그에게 맡기던 희극 역할은 더 이상 쓸 수 없다는 사실을 극단 주주가 아니라면 누가 어떻게 알았겠는가? 그리고 그와는 전혀 다른 희극적 재능을 지닌 로버트 아민이 합류해 그를 대신하기 전까지 과연 대사를 쓰기 시작할 수 있었겠는가? 켐프 역시 셰익스피어가 등장인물과 배우의 이름을 계속 혼동한 경우에 해당된다. 이런 실수가 일어나기 쉬웠던 까닭은 셰익스피어가 어떤 역할을 써서 맡기더라도 켐프는 항상 어느 정도는 자신의 모습을 연기했기 때문이다. 1599년에 출판된 『로미오와 줄리엣』 4절판은 유모와 희극적인 장면을 연출하는 짝패 역할의 피터를 처음에는 '광대'라고 하다가 그다음 무대 지시문에서는 '윌 켐프'라고 밝힌다. 이와 동일한 종류의 실수는 『사랑의 헛수고』 4절판에서도 일어난다. 여기서 우리는 도그베리와 버제스의 희극적 역할이 켐프와 리처드 카울리를 염두에 두고 집필되었음을 알 수 있다.

매일 아침 소규모의 동료 배우들과 리허설을 하고 그날 오후에 그들과 같은 연극에 출연하며 그 뒤에 사업상의 결정을 내리거나 새로운 희곡들을 듣고 구입하기 위해 주주들과 정기적으로 만나는 일은 스트레스가 없을 수 없었다. 심지어 엘리자베스 시대의 배우와 극작가들이 주먹다짐까지 벌였던 사건들에 대한 기록까지 남아 있다. 하지만 우리가 아는 한 셰익스피어 극단의 단원들이 벌인 일은 아니었다. 아마도 그 한 가지 이유는 주주들이 사업을 하면서 모두 재산이 넉넉해졌기 때문일 것이다. 젠틀맨 신분을 요구할 정도로 성공하거나 부동산에 투자한 사람이 비단 셰익스피어 한 명만은 아니었다. 빅토리아 시대의 전기작가들은 셰익스피어의 재산 축적에 대해 엄격하고 무자비한 태도로 주목하느라 그의 재정 문제에 대한 관심이 동료 주주들과 다를 바 없는 일반적인 수준이었음을 간과했다. 그리고 체임벌린 극단에서 성공을 거둔 주주들은 제독 극단 출신의 경쟁자 에드워드 앨린이 축적한 훨씬 더 엄청난 재산을 부러운 눈길로 쳐다볼 수밖에 없었다.

증거는 이와 일치한다. 그 희곡들을 쓴 사람이 누구든 간에 그는 온 정신을 쏟아부어야 하는 이 연극 사업의 장기적인 동업자일 수밖에 없다는 점을 현재 남아 있는 텍스트가 여실히 입증한다는 것이다. 그 희곡들을 쓴 사람은 유럽 대륙으로 도망갔다고 여겨지는 크리스토퍼 말로나, 그 희곡들을 배우들에게 은밀하게 전달한 귀족이 될 수 없었다. 그리고 그 희곡들을 쓴 사람은 1613년 3월에 이미 이 세상 사람이 아니었던 에드워드 드 비어 같은 인물이 될 수도 없었다. 글로브 극장에서 "새로운" 연극 「헨리 8세」를 상영하던 중 화재가 발생하기● 몇 달 전, '셰익스피어 씨'와 '리처드 버비지'는 3월 24일에 열릴 제임스 1세의 즉위 기념 궁중 행사에서 6대 러틀랜드 백작 프랜시스 매너스(일부 사람이 셰익스피어 희곡들의 원저자라고 믿은 5대 러틀랜드 백작의 동생)가 사용할 임프레사를 공동 작업하는 대가로 백작의 집사 토머스 스크레빈에게 각각 44실링씩을 받았다. 임프레사란 화려하게 색칠한 의식용 두꺼운 종이 방패이며 그 위에는 대개 라틴어로 수수께끼 같은 금언을 새겨넣었다. 궁정 신하들은 대단히 재기 발랄한 문구를 생각해내야 한다는 압력을 많이 받았다. 나중에 임프레사에 대

● 1613년 6월 29일, 「헨리 8세」 공연 도중에 무대용 대포의 탄환이 극장 지붕에 불을 붙이면서 건물이 모두 타버렸다. 건물은 이듬해에 재건축되었으나 청교도 세력이 집권하면서 1642년부터 사용이 중지되었다가 1644년에 완전히 헐렸다. 그 뒤로 여러 차례 재건 시도가 있었으나 1990년대 들어서야 진척되었고 1997년에 비로소 공식 개관식이 열렸다.

한 소문이 틀림없이 나돌기 때문이었다. 누가 셰익스피어보다 상상력이 풍부하고 목적에 꼭 들어맞는 문구를 생각해낼 수 있겠는가. 그리고 『페리클레스』에서 이 궁중 예술 형식을 여러 차례 선보인 것이 좋은 광고가 되어, 그가 이런 분야의 일에 재능이 있고 라틴어에 상당히 능통했음이 확인되었다. 재능 있는 화가인 버비지는 "방패를 색칠하고 제작한" 대가로 돈을 받았다. 임프레사는 수명이 짧았으므로 셰익스피어가 러틀랜드를 위해 적은 글이 어떤 내용이었는지는 알 수 없다. 하지만 러틀랜드는 두 사람의 작업이 충분히 만족스러웠던지 3년 뒤에 버비지를 다시 고용했다. 1616년 3월 25일에 그는 "나리의 방패와 몸단장의 대가로" 4파운드 18실링을 받았다. 하지만 이 무렵 셰익스피어는 작업에 참여할 수 없었다. 당시에 스트랫퍼드에서 임종을 기다리고 있었고, 버비지가 돈을 받던 바로 그날 유언장의 매 쪽에 서명을 첨부하던 중이었기 때문이다.

셰익스피어가 원저자라는 다른 텍스트상의 증거는 없었지만 아무리 완고한 회의주의자라도 충분히 설득당할 만한 사건이 하나 있다. 「헨리 4세 2부」의 궁정 공연을 위해 특별히 쓴 에필로그에서 셰익스피어는 희곡의 저자로서 자기 생각을 밝힌다. 「헨리 4세 2부」는 궁전에서 상영되기에 앞서 쇼어디치의 커튼 극장의 수많은 청중 앞에서 공연되었다. 거기서 그 희곡은 윌리엄 켐프가 말하는 에필로그로 마무리되었다. 그 장면 바로 직전에, 켐프가 연기한 폴스타프가 플리트 감옥으로 끌려가고 이번만큼은 위대한 탈출의 명수 폴스타프도 위험에서 빠져나가지 못할 것처럼 보인다. 하지만 켐프는 갑자기 무대 위로 다시 뛰어 들어오고, 잠시 뒤에야 관객들은 연극이 정말로 끝났으며 켐프가 폴스타프로서가 아닌 거의 자기 본연의 모습으로 에필로그를 전달한다는 사실을 깨닫는다.

한마디만 더 아뢰겠습니다. 만약 여러분께서 아직도 비곗덩이에
물리지 않으셨다면 우리의 보잘것없는 작가는 존 경이 등장하는 이야
기를
이어나가고 프랑스의 아름다운 캐서린 왕녀에 관한 이야기로
여러분을 즐겁게 해드릴 생각입니다. 폴스타프가 여러분의 혹평을 이
겨내고
아직 살아 있더라도 (제가 알기로) 그는 프랑스에서 땀을 못 이겨내고
죽을
것입니다. 헌데 올드캐슬은 실제로 순교했습니다만 이 사람은 전혀 다
른 사람입니다. 소생의 혀는 이제 지쳤습니다. 그리고 다리 또한 지쳤
으니 이제 작별 인사를 여쭙겠습니다.

(에필로그, 24~32행)

켐프가 다리와 춤을 반복해서 언급한 것은 지그—희극이든 비극이
든 연극이 끝나면 종종 뒤따른 엘리자베스 시대의 선정적인 노래와
무용 공연—가 막 시작될 참이라는 암시다. 게다가 켐프는 팬들에게
자신의 모습을 조만간 볼 수 있다고 확신시키기 위해 "우리의 보잘것
없는 작가" 셰익스피어가 "이야기를 이어나가기"로 약속한다고 전한다.
하지만 이 에필로그는 외설스러운 지그 공연으로 연극을 마무리
짓지 않는 궁정에서는 쓸 수 없었다. 그래서 셰익스피어는 여왕이 직
접 참석하는 화이트홀 궁전의 어전 공연에 적합한 에필로그를 새로
작성해야만 했다. 중앙 무대로 직접 올라간 셰익스피어는 켐프를 대

신해서 자신의 대사를 전달한다("오늘 소생이 할 말씀은 소생이 직접 생각해낸 것입니다"). 이는 셰익스피어가 희곡을 통해 우리에게 전한 이야기 가운데 자신의 생각을 밝히고 배역이 아닌 본래의 자신으로서 말하는 내용에 가장 가깝다. 이 과감하고 확신에 찬 대사는 심지어 그의 동료 배우들도 전혀 짐작하지 못했을 듯싶다.

먼저, 소생은 겁이 납니다. 그러면 인사 여쭙고 마지막으로 말씀을 올리겠습니다. 겁이 나는 까닭은, 관객 여러분이 마음에 들어하시지 않았을까 염려스러워서입니다. 인사를 올리는 것은 소인의 본분입니다. 그리고 말씀을 올리는 것은 여러분의 용서를 구하기 위해서입니다. 만약 교묘한 말을 기대하신다면 소생으로서는 난처한 일입니다. 왜냐하면 소생이 드려야 할 말씀은 소생이 직접 생각해낸 것이기 때문입니다. 그리고 실제로 (소생이 드려야 할) 이 말씀을 드리면 제 결점이 (아무래도) 입증될 것입니다. 하지만 적절하게 그리고 과감하게 아뢰겠습니다. 잘 알고 계시겠지만 최근에 어느 졸렬한 연극의 폐막에 소생이 나타나서 여러분의 인내심을 빌며 다음에 더 나은 연극을 보여드리리라 약속했습니다. 실제로 이것으로 그 약속을 이행할 뜻이었으나 (모든 불운한 모험이 그렇듯) 불행히도 약속을 위배했다면 저는 파산할 것이고 고귀한 채권자인 여러분은 손실을 입게 됩니다. 허나 그렇게 하겠다고 제가 약속을 드렸으니 여기서 여러분의 관대한 처분만 바랄 뿐입니다. 이것으로 제 빚을 조금 탕감해주시면 앞으로도 부채의 일부를 갚아드리고 (대부분의 채무자가 그렇듯) 앞으로 무한히 변재하기로 약속드립니다. 그러니 소생은 여러분 앞에 무릎을 꿇지만 실은 여왕 폐하께 빌 따름입니다.(에필로그 1~15행)

이번에는 다음 희곡의 주제가 무엇인지에 대한 언급도, 켐프가 폴스타프로 되돌아온다는 약속도 없다. 「헨리 4세 1부」(만약 이 작품이 대단히 인기 있긴 하지만 "불쾌한" 연극이라면 그는 그 이름을 결코 입에 올릴 마음도 없다)의 올드캐슬에 대해 능수능란하게 사과하면서● 셰익스피어는 관객이 방금 박수갈채를 보냈던 폴스타프의 연극을 일종의 보상으로 제공한다. 이 지점을 지나, 에필로그 첫 부분에 나타난 사회적 경의—셰익스피어처럼 사회적 지위가 낮은 사람이 하기에 적합한 온갖 간청과 인사—의 표현은 극작가와 관객들이 마치 한 사업에 참여한 주주들처럼 동반자 관계로 긴밀하게 묶여 있다는 새로운 의견으로 대체된다. 만약 셰익스피어가 자신은 무역상으로, 자신의 희곡들은 보물로, 관객은 투자자들로 표현한 것이라면, 그 뒤에는 자신을 파멸시키거나 파산시키는 "불운한 모험"으로 인해 그의 채권자들도 희생을 치르게 될 것이라는 내용이 반드시 뒤따라야 한다. 궁중 관객들을 "고귀한 채권자"라고 묘사하면서 셰익스피어는 그들이 자신에게 원하는 글을 써도 좋다는 신용장이나 면허를 제공해줄 뿐만 아니라 자신을 믿고 신용한다는 뜻을 의미한다. 그는 이 은유의 참뜻을 좇으면서 양자 간의 암묵적 합의 기반을 재정립한다. 즉, 그의 조건을 받아들이면 그들은 향후 오랫동안 연극으로 보답받게 된다는 것이다.

이 흥미로운 사건은 생각보다 그리 많이 알려지지 않았다. 지난

● 이 작품에서 가장 희극적인 역할의 이름은 원래 존 올드캐슬 경이었으나 후에 존 폴스타프 경으로 바뀌었다. 실제로 올드캐슬은 전쟁터에서 탈영했다가 잡혀서 결국 처형당했고 셰익스피어의 작품에도 이 장면이 그대로 묘사되었는데, 향후에 일부 열성적인 개신교도들은 그가 반역자가 아니라 가톨릭의 억압에 희생된 순교자라고 주장하는 등 논란이 일었고 이에 셰익스피어가 등장인물의 이름을 바꾸게 되었다. 그러나 옥스퍼드 출판사의 편집자들은 작가의 의도를 살리기 위해 등장인물의 이름을 원래대로 올드캐슬이라고 표기하고 있다.

4세기 동안 여러 세대의 편집자들이 이 부분을 효과적으로 덮어버렸기 때문이다. 1600년에 체임벌린 극단은 『헨리 4세 2부』의 원고를 앤드루 와이즈와 윌리엄 애스플리에게 넘겨 출판을 맡겼다. 그다음에는 밸런타인 심스에게 원고를 인쇄하라고 부탁했는데, 출판업자들에게 저작권을 양도한다는 내용으로 서적출판업조합에 등재할 때처럼 이 4절판의 속표지는 이 희곡을 쓴 사람이 '윌리엄 셰익스피어'임을 확인해준다. 하지만 극단에서 연극 대본을 전달하는 과정에서 커튼 극장의 에필로그와 화이트홀의 에필로그를 모두 포함한 원고가 무심코 넘어갔던 것이 분명하다. 심스 밑에서 일하던 조판공이 에필로그 두 개를 나란히 이어 붙여 인쇄하는 바람에 결과적으로 화자는 처음에 무릎 꿇고 기도하다가 나중에는 벌떡 일어나서 남은 대사를 이어나가게 되었다. 2절판 편집자들은 이를 수정하려고 노력했으나 1623년에 더 망쳐버리고 말았다. 무릎 꿇는 부분을 맨 마지막으로 옮겨버렸고 그 뒤부터는 목적이 완전히 다른 두 대사가 혼합된 상태로 계속 인쇄되었던 것이다. 엉킨 부분이 풀리면 이 대사들은 전혀 다른 이야기를 들려준다.

궁중에 관련된 희곡들의 원저자 자리를 두고 경쟁하는 후보들—몇 명만 언급하자면 프랜시스 베이컨, 옥스퍼드 백작, 더비 백작, 러틀랜드 백작, 메리 시드니도—가운데 누군가가 화이트홀 궁전의 무대에 올라서서 사회적 지위가 낮은 배역을 공공연하게 연기하며 이런 대사들을 말할 수 있었다는 것은 감히 상상하기 어렵다. 그리고 이런 설득력 있고 자신감 넘치는 대사를 읽은 뒤에는, 방금 전에 공연한 연극의 원작자라고 주장하는 화자가 실은 그 방에 참석한 다른 누군가의 대변자에 불과하며 여왕과 왕실 양쪽에 다 거짓말을 하고 있다는 대안을 상상하기란 더더욱 힘들다.

"우리의 동료 셰익스피어입니다"

17세기의 전환기에 런던의 문학 공동체는 규모가 작았으며 놀라울 정
도로 긴밀한 유대관계를 맺고 있었다. 작가들은 출판업자와 후원자
를 공유했으며 일부는 숙소나 작업실까지도 같이 썼다. 그들은 공동
작업을 할 때가 많았다. 셰익스피어는 그들 상당수와 자주 마주쳤다.
몇몇 극작가와는 희곡을 공동 집필했고 수많은 작가의 작품에서 배
역을 맡아 연기했으며 다른 작가들이 자기 극단의 주주들에게 작품
을 권했다는 이야기도 전해 들었을 것이다. 심지어 서정시인으로서도
그는 단독 작업만 고집하지는 않아서 소네트를 "사사로운 친구들"과
함께 작업했고 1601년에는 벤 존슨, 조지 채프먼, 존 마스턴 같은 다
른 '근대 작가들'과 더불어 『사랑의 순교자』라는 책에 시를 기고했다.
　예나 지금이나 작가들은 다른 작가의 이야기를 많이 했다. 다행히
동료 작가들이 셰익스피어에 대해 생각하고 평가한 것은 놀라울 정
도로 많이 보존되어 있다. 어떤 작가들은 그에 관해 글을 쓰거나 직
접 이야기를 나누었고 또 다른 작가들은 자신의 생각을 더 폭넓은 독
자들과 공유하기로 결정하는 한편 어떤 작가들은 누군가가 읽으리라
고는 전혀 예상하지도 못한 채 그에 관한 자신의 의견을 사적으로 적
어두었다. 셰익스피어에 관한 작가들의 논평은 그가 연극에 몸담은
초창기부터 1616년에 사망할 때까지는 물론이고 그 뒤로도 끊임없이
이어진다.

셰익스피어에게 가장 먼저 주목한 글은 현재 그 용도나 주제를 정확히 알기 어려운 어느 소책자에 등장한다. 이 소책자를 쓴 사람은 대학 교육을 받은 로버트 그린이라는 작가로 알려져 있다. 1592년에 그린은(혹은 이 책의 사후 출판에 관여한 그의 동료 헨리 체틀은) 저명한 극작가들에게 이렇게 경고했다. "여기 우리의 깃털로 아름답게 장식한 오만불손한 까마귀가 있습니다. 그는 **배우의 가죽으로 감싼 호랑이의 심장**을 지니고 있으니 여러분이 쓴 최고의 작품에 버금하는 무운시를 웅장하게 써낼 줄 안다고 착각하고 있습니다. 그리고 **온갖 분야에 다 능숙한 척하면서도 실은 아무것도 통달하지 못한**● 주제에, 제 딴에는 이 나라의 연극판을 뒤흔드는 유일한 작가라고 생각합니다."●● 여기서 흠이라면 배우가 희곡을 쓰겠다는 열망이 아니라 그가 다른 작가보다 훨씬 잘할 수 있다는, 자신이 "이 나라의 연극판을 뒤흔드는 유일한 작가"라고 생각하는 자신감이다. 설상가상으로 그는 "우리의 깃털로 아름답게 장식"하고 있다. 말하자면, 그들이 그동안 날카롭게 다듬어 만들어놓은 대중적 양식을 파렴치하게 전용하고 있다. 이 공격에는 아주 많은 의미가 담겨 있어 400년 뒤에 우리가 이해하기에는 벅찰 정도다. 하지만 노련한 작가가 별로 마음에 들지 않는 건방진

● Johannes fac totum이라는 표현은 대학 출신 작가들이 남을 모욕할 때 주로 사용하는 용어로, 팔방미인인 척하지만 실은 어떤 분야에서도 명인이 아니라는 의미다. 라틴어 Johannes는 John을, fac totum은 'do everything(모든 것을 하다)'을 각각 의미하는데, Johannes는 그냥 일반적인 남자를 가리키는 말이기도 하지만, 일부에서는 당시에 가장 흔한 이름이 윌리엄과 존이었으므로 윌리엄 셰익스피어를 모욕하려는 의도로 그와 유사하게 평이한 이름을 썼다고 주장하기도 한다.
●● 당시에 까마귀는 위험하고 오만하고 탐욕스럽고 무자비하고 속임수에 능하고 파괴적인 완전히 사악한 성격을 상징했다. 그린은 극작가들이 명성도 돈도 별로 쌓지 못하는 반면 배우들이 엄청난 명성과 돈을 거머쥐는 세태에 대해 분노를 느꼈고, 자신을 비롯한 대학 출신의 극작가들이 쓴 작품에 영향을 받은 배우 출신의 극작가 셰익스피어가 무운시도 쓸 줄 아는 극작가로 인정받는 것에 대해서도 심사가 단단히 뒤틀렸던 듯하다.

풋내기를 날카롭게 비판한다는 인상은 분명히 전달된다. 심지어 그는 셰익스피어의 최근작 『요크 공작 리처드의 진정한 비극True Tragedy of Richard Duke of York』(이 작품은 2절판의 제목인 『헨리 6세 3부』로 더 잘 알려져 있다)의 한 행을 패러디한다. 이 작품에서 셰익스피어는 웅장한 무운시에 대한 훌륭한 이해력을 보여주면서 "아, 호랑이의 심장을 여성의 가죽으로 싸고 있구나"라고 적었다.

1593년에 셰익스피어의 『비너스와 아도니스』가, 1594년에 『루크리스의 능욕』이 각각 출판되면서 이보다 훨씬 더 정중한 반응이 쏟아져 나왔다. 이런 현상은 시인 지망생들 사이에서 유난히 도드라졌다. 그리고 셰익스피어의 이름이 처음 거명된 것은 1594년 『윌로비의 어비자Willobie His Avisa』●에 실린 추천 시에서다. 이 작품은 어떻게 "셰익스피어가 가련한 루크리스의 능욕 장면을 묘사"하는지 언급한다. 1년 뒤, 케임브리지 대학의 학자 윌리엄 코벨 역시 "다정한 셰익스피어"의 "루크리스"를 찬미했다. 얼마 지나지 않아 이 두 편의 설화시 덕분에 셰익스피어는 다른 숭배자들을 얻게 되었다. 그중에서 가장 헌신적인 인물은 리처드 반필드라는 젊은이로 그가 1598년에 쓴 「영국 시인들에 관한 추억A Remembrance of Some English Poets」은 셰익스피어에 대한 비평적 안목을 최초로 보여준다.

그리고 셰익스피어 그대, 그대의 꿀이 흐르는 표현 양식은

(세상을 기쁘게 해) 칭송받네.

● 이 작품은 1594년 9월에 서적출판업조합에 등재된 뒤 런던에서 소책자 형태로 출판된 설화시다. 저자는 헨리 윌로비이고 서문은 헤이드리언 도렐이 쓴 것으로 알려져 있다. 서문은 두 편의 서간과 두 편의 시로 이루어졌는데, 두 번째 시에서 셰익스피어에 대한 언급이 등장한다.

그대의 비너스와 그대의 루크리스는 (상냥하고 순결한)

그대의 이름을 명성이라는 불멸의 책에 안착시켰네.

이 시의 압운은 꽤 딱딱하지만 메시지는 명확하다. 셰익스피어는 도저히 무시할 수 없는 작가였다는 것이다.

반필드가 그의 시적 재능을 칭송하는 동안, 프랜시스 미어스는 셰익스피어가 연극계에 뛰어든 뒤 10년간 이룬 업적을 설명하는 귀중한 저서 『지혜의 보고』(1598)를 발표해 셰익스피어의 시인이자 극작가로서의 명성을 강화하고 있었다. 셰익스피어보다 한 살쯤 어린 미어스는 케임브리지 대학과 옥스퍼드 대학 모두에서 학위를 받은 다음 1590년대 중반에 런던으로 이주해 작가이자 번역가로서 생계를 꾸려나갔다. 『지혜의 보고』에서 가장 흥미로운 부분은 '영국 시인들에 대한 비교 담론'으로 여기서 미어스는 영국 작가 80명을 간략하게 언급한다. 그는 자기 주변에서 활동하는 위대한 인재에 관해 놀라운 통찰력을 발휘했는데, 그의 판단은 오랜 세월을 무사히 버텨냈다. 미어스는 동시대의 어떤 작가에게도 셰익스피어에게 보낸 것만큼 찬사를 바치지는 않았다.

미어스는 근대 영국 작가들을 고대 로마 작가들에 비유한다(예를 들면 "오비디우스의 아름답고 지적인 영혼이 감미롭고 능숙한 말솜씨를 자랑하는 셰익스피어에게 깃들어 있다"). 로마 극작가들 가운데 "희극과 비극에 가장 뛰어난" 플라우투스와 테렌티우스의 호적수를 찾는다면 그는 셰익스피어가 "영국 작가들 가운데 두 장르의 무대극에서 두루 최고의 솜씨를 보이는" 유일한 인물이라고 결론짓는다. 그리고 자신의 주장을 강조하기 위해 셰익스피어의 유명한 희극과 비극을 10여

편 열거한다. 옥스퍼드 백작과 셰익스피어가 동일한 작가였다고 믿고 싶은 사람들에게는 치명적인 내용이지만, 미어스는 두 사람을 언급하되 구분을 두어 '옥스퍼드 백작 에드워드'와 셰익스피어를 최고의 희극 작가 명단에 모두 포함시킨다(반면 일류 비극 작가 명단에서는 옥스퍼드를 제외했다). 또한 미어스는 셰익스피어를 영국 최고의 서정시인에 포함시켰을 뿐 아니라 "우리 가운데 사랑의 난국을 한탄하고 슬퍼하는 데 가장 열정적인" 사람들 명단에도 올린다.

셰익스피어는 기성세대와 젊은 세대 양쪽의 관심을 다 사로잡았다. 1600년경 노련한 작가이자 논쟁가인 게이브리얼 하비는 자신이 소장한 『초서 작품집』에 셰익스피어의 인기가 점점 늘어나고 있으며 그의 작품에 대한 소위 식자층의 반응과 무지한 사람들이 보이는 반응이 상이하다고 적었다. "비교적 젊은 사람들은 셰익스피어의 『비너스와 아도니스』를 무척 좋아하지만 좀더 현명한 사람들이 즐기기에는 그런 요소가 담겨 있는 『루크리스의 능욕』과 『덴마크의 왕자, 햄릿의 비극』이 적격이다." 또 하나의 개인적인 글에서 하비는 셰익스피어와 그의 오랜 친구인 에드먼드 스펜서, 그리고 "존경받는 나머지 작시가들"을 열거한다. 이는 대학 출신의 작가에게 받은 엄청난 상찬이다.

셰익스피어의 문체에 매혹된 젊은 시인은 반필드만이 아니었다. 1599년 존 위버는 셰익스피어 소네트에서 그가 받은 영감의 원천에 경의를 표했다.• "능변의 셰익스피어, 내가 그대의 작품을 보았을 때/ 아폴로가 다른 것이 아닌 오직 그대의 작품들만 이해했다고 맹세합

• 이 작품에서 위버는 셰익스피어에게 영감을 주는 존재가 태양의 신 아폴로라고 말하는데, 셰익스피어는 『헨리 5세』 서문에서 "불의 뮤즈Muse of fire"에게 새로운 글을 쓰도록 도와달라고 한 적이 있으므로 이는 타당한 주장으로 여겨진다.

니다." 위버는 셰익스피어의 설화시와 희곡을 모두 칭찬하면서 여기에 대해서는 그만큼 잘 알지는 못한다고 인정한다("로미오, 리처드. 그 제목을 더 이상은 모르겠네"). 셰익스피어는 런던 바깥 지역에 사는 젊은 숭배자들의 마음까지도 끌어당겼다. 그중에는 1599년에서 1601년까지 케임브리지 대학의 세인트 존스 칼리지에서 상영된 세 편으로 구성된 작자 미상의 『파르나서스Parnassus』● 극을 쓴 저자(들)도 포함된다. 종종 교묘한 풍자적 요소가 드러나는 이 원고들 중 두 번째 작품은 셰익스피어를 극구 칭송한다. 인헤니오소라는 등장인물은 "우리는 오직 셰익스피어 외에는 아무도 필요 없다"고 말하고는 그를 다시 한번 "친애하는 셰익스피어 선생!"이라 부른다. 다른 등장인물은 그 칭찬을 반복하며 "나는 궁정의 내 서재에 그의 그림을 붙일 거야"라고 덧붙이고는 이렇게 결론짓는다. "이 무지한 세상이 스펜서와 초서를 존경하게 내버려두라. 나는 친애하는 셰익스피어 선생을 숭배할 테니."

세 번째이자 마지막 『파르나서스』 희곡에는 버비지와 켐프 역할을 맡은 배우들이 카메오로 등장한다. 켐프 역의 배우는 대학 교육을 받은 극작가들이 이류라고 주장한 뒤 이렇게 덧붙인다. "이런, 우리의 친구 셰익스피어가 그들 모두를 바보로 만드네, 아 그리고 벤 존슨도." 당시 런던 극장가에서 맹위를 떨치던 '시인의 전쟁'●● 에 대해 켐프도 이 무렵 이렇게 언급했다. "벤 존슨은 해로운 인물이고 그가 시인들에게 약을 먹인 호라티우스를 불러왔지만●●● 우리 동료 셰익스

● 대학의 크리스마스 연회에서 상영된 연극으로 두 명의 학생이 겪은 모험을 유머러스하게 풀어낸다. 첫 번째 작품은 학생들의 생활에 대한 우화이고 나머지 두 편은 두 명의 졸업생이 생활 전선에 뛰어들었다가 실패하고는 대학에서 배운 지식으로는 돈을 벌 수 없다는 씁쓸한 사실을 깨닫는 이야기다.

피어는 그에게 설사약을 주어 그의 명성을 손상시켰다"●●●●고 언급한다. 이런 케임브리지 학부생들에게 셰익스피어는 생생하게 살아 숨 쉬는 존재였다. 학생들은 그의 시를 암기했고 그의 문학적 논쟁을 경청했으며 그의 초상화 한 점을 자신들의 방에 전시하는 상상을 했다.

셰익스피어에 주목한 이들은 시인들만이 아니었다. 1605년에 당대의 뛰어난 역사가 윌리엄 캠든은 『더 위대한 작품의 나머지, 영국에 관하여Remaines of a Greater Worke, Concerning Britaine』에서 셰익스피어를 가장 위대한 동시대 작가의 반열에 올렸다. "다음 세대가 당연히 존경해 마지않을 필립 시드니 경, 에드먼드 스펜서, 새뮤얼 대니얼, 휴 홀랜드, 벤 존슨, 토머스 캠피언, 조지 채프먼, 존 마스턴, 윌리엄 셰익스피어, 그리고 우리 시대의 가장 풍요로운 생각을 보유한 작가들 덕분에 나는 여러분에게 얼마나 멋진 세상을 제시할 수 있겠는가." 과연 캠든처럼 존경받는 역사가도 그 음모에 동참해서 자신의 저서에 기꺼이 거짓말을 늘어놓은 게 틀림없다고 생각해야만 하는가? 얼마 지나지 않아 윌리엄 드러먼드라는 스물한 살의 스코틀랜드인이 런

●● 극단 전쟁이라고도 하는 이 사건은 1599년에 마스턴이 존슨을 풍자한 데 발끈해 존슨이 마스턴의 작품을 조롱하면서 시작되었고 여기에 데커가 개입하면서 한동안 난타전이 이어지다가 1604년에 마스턴이 존슨에게 헌정작을 발표하고 존슨이 두 사람과 각각 공동 작업을 하면서 마무리되었다. 이 사건의 이면에는 당시에 대단한 인기를 끌던 소년 극단 간의 알력이 작용했다는 설이 유력하다. 당시의 사정을 뒷받침하는 증거로, 셰익스피어는 『햄릿』에서 등장인물의 입을 빌려 소년 극단의 인기에 밀려 일반 극단들의 사정이 어려워졌다고 불평한다.
●●● 1601년에 벤 존슨은 『엉터리 시인The Poetaster』을 발표해, 자신을 대변하는 호라티우스라는 등장인물이 마스턴과 데커를 대변하는 엉터리 시인들에게 강력한 알약을 먹여 이들이 표절한 문구들을 죄다 토해내게 만드는 장면을 삽입했다.
●●●● 셰익스피어는 시인들의 전쟁에 가담하지 않았으므로 이 말의 정확한 의미는 밝혀지지 않았지만, 학자들에 따라서 셰익스피어가 존슨을 『윈저의 즐거운 아낙네들』의 등장인물이 '님'으로 희화화했다거나 『십이야』의 등장인물인 '말볼리오'로 우스꽝스럽게 묘사했다고, 달리 주장한다.

던에 도착했다. 그는 그해에 셰익스피어의 작품, 그중에서도 『로미오와 줄리엣』『한여름 밤의 꿈』『사랑의 헛수고』『루크리스의 능욕』 같은 흥미로운 작품을 특히 많이 읽기 시작했다. 1611년에 드러먼드는 개인 도서관의 장서 목록을 만들면서 'Schaksp'의 작품으로 여겨지는 『비너스와 아도니스』『루크리스의 능욕』을 모두 포함시켰다. 그가 소장했던 『로미오와 줄리엣』은 지금까지 전해오고 있어 에든버러 대학 도서관에서 찾아볼 수 있다. 드러먼드는 그 책에서 빠진 저자의 이름이 'Wil. Sha.'라고 알려준다. 앨런 넬슨이 입증했듯이 셰익스피어의 이름을 알아보는 당대의 장서가는 비단 드러먼드만이 아니었다. 그런 사람들 가운데에는 『우울증의 해부The Anatomy of Melancholy』의 저자 로버트 버턴, 제독 극단의 주연배우 에드워드 앨린(『소네트집』을 한 부 구입했다), 엘리자베스 여왕 시절에 국고 출납을 관리하는 대신이었던 리처드 스톤리, 여왕의 대자이자 주요 작가이기도 했던 존 해링턴, 연극계에 폭넓은 인맥과 연줄이 있었던 험프리 다이슨도 포함된다. 셰익스피어의 작품들을 "진짜" 저자에게 되돌려줄 이 좋은 집안 출신의 사람들을 발견할 만한 장소가 혹여 있다면, 틀림없이 이런 개인 문서 안에 있을 것이다. 하지만 이 작가들은 하나같이 다른 사람이 아닌 셰익스피어의 이름을 기록했다. 이들은 모두 셰익스피어가 누구인지 알고 있었고 그가 이 작품들을 썼다는 사실을 추호도 의심하지 않았기 때문이다.

만약 다른 극작가들이 셰익스피어에 대한 견해를 기록으로 전혀 남기지 않았더라면 이것이야말로 놀라운 일이었을 것이다. 결국 셰익스피어와 가장 긴밀하게 작업하고 그의 연기를 직접 보며 그의 모든 성격을 판단한 이들은 극작가들이다. 이들은 셰익스피어가 무대에서 거의 은퇴하고 나서야 비로소 의견을 나누기 시작하면서 훌륭한 균형을 이뤄냈다. 즉, 셰익스피어가 가장 먼저 주목을 받은 것이 로버트 그린 같은 노련한 희곡작가 때문이라면 그가 마지막으로 읽거나 들어본 몇몇 평가를 제공한 사람들 가운데 단연 두드러진 이들은 극작가들이었다. 셰익스피어에게 크게 영향을 받은 까닭에 표절과 패러디 사이를 오가는 1612년 작 『하얀 악마The White Devil』의 극작가 존 웹스터는 기꺼운 마음으로 "셰익-스피어, 데커, 헤이우드 등 대가들의 더없이 적절하고 풍부한 노고"에 진 빚을 인정하고 "내가 쓰는 글이 그분들의 시각으로 읽히기를 희망"했다. 워릭셔 태생의 동향이자 뛰어난 시인이며 극작가인 마이클 드레이턴은 그 누구보다 더 오랫동안 셰익스피어를 알았을지도 모른다. 셰익스피어보다 1년 먼저 태어난 드레이턴은 셰익스피어에 대한 글을 쓰지 않다가 그가 사망한 뒤에야 비로소 열렬히 찬양했다.

> 그리고 그대, 셰익스피어에 대해
> 말하노라. 그대는 희극에 잘 어울리는●
> 유려한 희극 양식을 구사하네. 그리고 그대의 천부적인 재담에는
> 무대와 거래하는 어느 누구 못지않은 힘 있는 상상력과
> 끓어오르는 순수한 열정이●● 있네.

아주 오랜 활동 기간 동안 200편이 넘는 희곡에 손을 댄 토머스 헤

● 'sock'은 그리스 로마 시대의 희극 배우들이 신던 얇은 양말을 가리키던 데서 유래해 희극작품이나 희극 연기를 뜻하게 되었다.
●● 'rage'는 셰익스피어 시대에 격렬한 열정을 의미하기도 했으며 학자들에 따라서는 이 대목을 '영감inspiration'으로 해석하기도 한다.

이우드 역시 다음과 같은 표현으로 상찬을 아끼지 않았다. "마음을 사로잡는 깃펜으로 즐거움이나 열정을 자유자재로 구사하는/ 감미로운 셰익-스피어가 바로 윌이었다."●

셰익스피어에 대해 글을 남긴 경쟁 극작가들 가운데 최연소자는 프랜시스 보몬트였다. 지금까지 보존되어 있는 보몬트의 편지는 친구이자 조언가인 벤 존슨에게 운문 형식으로 보낸 것으로 'F. B.'가 'B. J.'에게라는 서명만 있을 뿐 날짜가 적혀 있지 않아 1608년경에 작성된 것으로 추정된다. 이 편지에서 보몬트는 몇몇 극작가에 대해 이야기하면서 공동의 경쟁자 셰익스피어를 지나가는 말로 슬쩍 언급했다. 이 편지는 1921년에야 겨우 발견되었고 그 가치에 비해 생각만큼 널리 알려지지는 않았다.

여기서 나는 학식을

(혹여 나에게 조금이라도 학식이 있다면) 버리리라,

그리고 이 시가 셰익스피어가 쓴 최고작처럼

어떤 지식도 없이 완벽하게 만들리라.●● 그리고 우리 후손들은 듣게 되리라,

한 필멸의 인간이 배우지 않고서도

때로 얼마나 대단한 재능을 발휘하는지 보여주기 위해

● 1635년에 헤이우드는 『성스러운 천사들의 위계Hierarchie of the Blessed Angels』에서 수많은 극작가의 별명을 길게 나열했다. 가령 말로는 Kit, 헤이우드 자신은 Tom, 셰익스피어는 Will이라는 별명이 있었다고 확인해준다.

●● 셰익스피어 학자들은 이 대목이 셰익스피어가 고등교육을 받지 못했다는 사실을 입증한다고 생각한다. 그러므로 교육을 받지 못하고도 훌륭한 작품을 쓴 셰익스피어는, 셰익스피어 원작자 문제를 제기하는 회의주의자들의 주장과 달리 대학 출신의 작가였을 리 없다는 뜻이다.

설교자들이 청중의 기대와 입맛에 맞게 고친 것을.

보몬트는 셰익스피어를 위대한 예외라고 부름으로써 존슨과 자신을 다 만족시킨다. 다시 말해, 셰익스피어는 모범적인 자연시인이자 작가가 충분한 학식과 지식 없이 얼마나 대단한 재능을 발휘하는지를 예증한 예외적 시인이라는 것이다.

존슨은 셰익스피어에게 가장 사적이고 광범위한 헌사를 남겼다. 많은 사람은 그의 증언만으로도 셰익스피어가 그 희곡들의 원작자인지에 대한 의심이 해소된다고 여긴다. 두 사람의 관계는 최소한 1598년으로 거슬러 올라간다. 그해에는 존슨의 획기적인 희곡 『모든 사람이 각자의 기질대로Every Man in His Humour』가 체임벌린 극단에 매입되어 무대에 올려졌다. 존슨은 그 작품에서 공연한 배우 명단에 셰익스피어의 이름을 자랑스레 거론한다. 셰익스피어는 1년 뒤에 공연된 후속작 「각자의 기질에서 벗어나Every Man out of His Humour」에는 배우로 참여하지 않았지만 1603년에 존슨의 로마 비극 「세자누스Seja-nus」에서는 배역을 맡았다. 셰익스피어가 사망하고 3년 뒤인 1619년에 존슨은, 자신과 마찬가지로 셰익스피어 작품을 추종하는 스코틀랜드의 윌리엄 드러먼드를 방문하는 동안 오랜 경쟁자에 대해 이야기할 기회가 있었다. 드러먼드는 존슨과 나눈 대화 내용을 자세하게 기록해두었다. 이 기록을 살펴보면, 존슨은 "셰익스피어의 학식이 부족했다"고 판단했으며 자신의 경쟁자가 『겨울 이야기』를 집필하며 지리를 혼동한 것을 못마땅하게 여겼음을 알 수 있다. "한 희곡에서 셰익스피어는 보헤미아에서 배가 난파되었다고 이야기하는 등장인물을 수없이 등장시켰지만 그곳은 인근 몇백 마일 안에 바다가 없다."

존슨이 작성한 노골적인 논평 가운데 상당수는 그의 사후에 발견되어, 1641년에 편집해 출판된 『숲 또는 발견: 인간과 물질에 관하여 Timber, or Discoveries: Made upon Men and Matter』에 실려 있다. 이 글에서 존슨은 수십 년 전에 셰익스피어 극단의 단원들과 의견이 일치하지 않았던 일을 떠올린다. 당시 단원들은 셰익스피어가 원고를 절대 수정하지 않았던 점이 칭찬할 만하다고 생각했다. "셰익스피어가 (어떤 작품이든) 글을 쓰면서 한 행도 절대 지우지 않았다는 것이 마치 자랑인 양 종종 언급했던 일이 기억난다. 나는 그가 수천 번을 지웠을 것이라고 대답했다. 그들은 내 대답을 심술궂다고 생각했다. 나는 지금까지 이 이야기를 후손들에게 들려준 적이 없었지만, 친구가 가장 큰 실수를 저질렀는데도 그를 칭찬하기 위해 그런 상황을 선택하는 그들의 무지함에 대해서는 이야기하련다." 셰익스피어가 사망하고 오랜 시간이 흐른 뒤, 이제 노인이 되어 글을 쓰는 존슨은 기록을 바로잡고 싶어한다. 이제는 손해 볼 게 없었고, 미처 입 밖에 내지 않은 칭찬을 계속 참거나 불만을 무덤까지 가져간들 아무 의미가 없었다. 비록 마지막 단서가 하나 붙기는 했지만, 존슨이 여태껏 썼던 어떤 글보다 관대하다. "나는 그 남자를 사랑했고 그 어떤 대상보다 (우상 숭배에 가까울 정도로) 그를 추념한다. 그는 (정말로) 정직했으며 솔직하고 자유로운 성품을 지녔었다. 상상력이 탁월했고 이해력이 뛰어났으며 표현은 부드러웠다. 비록 그는 글을 술술 써내려갔지만 때로는 반드시 제동을 걸어줄 필요가 있었다."

존슨은 칭찬과 비난을 동일한 비율로 뒤섞어 논평을 마무리 지으며 지난 시절과, 두 사람의 문체 및 감각의 차이를 다시 한번 떠올린다. "그는 지성을 갖추었지만 이를 적절히 조절하고 다스릴 줄 몰랐다. 그는 이런 실수를 수없이 저질러 비웃음을 샀다. 그가 시저라는 등장인물의 모습으로 이야기했을 때 누군가 그에게 이렇게 말했다. '시저, 그대는 나에게 잘못을 저질렀소.' 그러자 그가 대답했다. '시저는 정당한 이유가 있지 않은 이상 결코 잘못을 저지르지 않았소.'● 이런 식의 말이 종종 등장하는데 이는 우스꽝스러웠다. 하지만 그는 미덕으로 악덕을 보완했다. 그에게는 변명해야 할 것보다는 칭송해야 할 것이 훨씬 많았다." 존슨이 속임수를 쓰는 사람이었고 어떤 식으로든 부추김을 받아 이 글, 즉 셰익스피어가 그 희곡들을 썼다고 생각하게끔 세상을 현혹하는 음모를 진척시키려는 의도로 이 헌사를 썼다고 누군가 믿을 수 있었다니, 나는 이 회상을 읽고 나서도 그렇게 상상하기란 쉽지 않으리라고 생각한다.

෴

회의주의자들은 1616년에 셰익스피어가 사망하고 나서 1623년에 첫 번째 2절판이 뒤늦게 출간되기까지 무려 7년이라는 긴 시간이 경과한 점이 의심스러워 보인다고 지적한다. 그들의 입장에서 이 기간은 스트랫퍼드의 셰익스피어가 희곡들의 원저자와 전혀 관련이 없었기 때문에 누구도 그의 죽음에 주목하지 않았다는 사실을 확인해준다. 여기서 그들이 간과한 것은, 그가 사망한 지 겨우 3년 뒤에—비극과 희극, 사극을 포함해—모두 10편으로 구성된 셰익스피어의 희곡 선집이 런던의 진취적인 출판업자인 토머스 페이비어와 윌리엄 재거드에 의해 발행되어 런던에서 이미 판매되고 있었다는 점이다. 이 책

● 『줄리어스 시저』 3막 1장 47행. 시저를 암살하려는 음모가 실행되기 직전에 메텔러스와 주고받는 대사 중 일부다.

들은 낱권이나 전집으로 구매할 수 있었고 심미안이 뛰어난 일부 구매자는 10편을 모두 사서 일종의 전집처럼 함께 묶어두었다. 당시에 페이비어는 희곡 10편 중 5편의 저작권을 이미 입수한 상태였으므로 이것은 합법적인 사업이었다. 게다가 그와 재거드는 함께 다른 희곡들의 저작권이 포기된 상태라고 믿었거나 그렇게 확신했는지도 모른다. 이 무렵에는 10여 명의 출판업자가 이미 출간된 셰익스피어의 희곡 18편 중 한두 편의 소유권을 주장할 수 있었다. 그리고 보다 대규모 전집을 출간하기 위해서는 이들이 모두 참여하는 일종의 공동판매조합인 신디케이트가 형성되어야만 했다. 이는 오랜 시간이 걸리는 작업이었다. 어쩌면 페이비어와 재거드가 모음집을 발간한 의도는 좀 더 많은 작품을 포괄하는 셰익스피어 작품집의 출간 욕구를 돋우기 위해서였는지도 모르며, 재거드는 이미 그런 목표를 달성하기 위해 노력하던 중이었다. 아니면, 이 사건은 왕실 극단의 단원들에게 그런 책을 출간하라는 자극이 되었을 수도 있다. 어느 경우였든, 1619년에 왕실 극단은 서적출판조합이 셰익스피어의 희곡을—혹은 그들의 관점에서 보면 자신들의 희곡을—더 이상 출판하지 못하도록 막아달라고 체임벌린 경에게 부탁했다. 어쩌면 다른 출판업자들을 막으려는 의도였는지도 모른다. 그들이 페이비어와 재거드, 이 두 사람과 이미 힘을 합쳤을 가능성도 있었기 때문이다(그리고 그들은 나중에 페이비어의 4절판과 재거드의 인쇄기로 1623년 2절판을 생산했다). 셰익스피어 학자들은 페이비어가 4절판을 출간한 동기를 아직도 명확히 파악하지 못한 상태다. 하지만 이들이 무슨 연유로 4절판을 출판했든 간에 셰익스피어의 사망 소식 이후부터 그의 희곡집을 출간하기 위해 결연히 노력하기까지 걸린 시간이 놀라울 정도로 짧았다는 점은 분명하다.

36편의 희곡 외에도 1623년 2절판에는 대단히 값비싼 더블릿을 착용한 셰익스피어의 동판화가 들어 있었다. 존슨에 따르면 그 초상화는 실물과 꼭 닮았다. 그는 예술가가 셰익스피어의 재주와 기량을 얼굴만큼 정확히 그려넣지 못해 안타깝다는 말도 덧붙였다. "그가 그의 얼굴을 묘사했던 것만큼/ 동판화에 그의 재기를 잘 그려넣을 수도 있었을 텐데./ 그러면 그 판화는 지금까지 동판에 새긴/ 모든 것을 뛰어넘었을 것이다." 2절판에는 추모 시들도 포함되어 있었는데 그중 가장 유명한 작품은 존슨의 장시 「내가 사랑하는 작가 윌리엄 셰익스피어와 그가 우리에게 남긴 것을 기념하며To the Memory of My Beloved, The Author Mr. William Shakespeare, and what He Hath Left Us」였다. 휴 홀랜드와 레너드 디게스, "I. M."(아마도 제임스 맙을 가리키는 듯하다)도 시를 기고했다. 존슨이 자신의 시에서 셰익스피어를 출생지와 연결시키고 그를 "에이번의 감미로운 백조"라 불렀다면, 디게스는 그 희곡들을 쓴 사람과 스트랫퍼드에 묻힌 남자를 노골적으로 동일시한다.

셰익스피어여, 마침내 그대의 독실한 동료들이 그대의
작품을 출판하네. 그대의 작품 덕분에 그대의 이름은
그대의 무덤보다 오래 지속되리니. 그 비석이 부서지고
시간이 흘러 그대의 스트랫퍼드 기념비가 사라질 때
여기 살아 있는 우리는 그대를 여전히 지켜보리니.

디게스가 언급하는 기념비는 1623년에 이미 세워졌다. 혹여 기념비를 직접 방문하지 않았더라도 그는 배우들을 통해 그것에 대해 들어봤을 수도 있다. 1622년에 왕실 극단의 단원들은 순회공연 기간 동안 셰익스피어의 출생지를 지나가면서 스트랫퍼드 어폰 에이번에서 공연하지 말라고 돈을 받았기 때문이다. 그들은 오랫동안 청교도 성향의 마을이 배우들에게 불친절했다는 사실을 분명히 알고 있었을 것이다. 그럼에도 불구하고 아마도 자신들이 연극으로 돈을 벌 수 있도록 해준 남자의 무덤과 기념비에 경의를 표하려는 목적으로 스트랫퍼드 어폰 에이번을 방문했을 것이다.

✤

이번 장을 집필하기 위해 실시하던 조사를 거의 마무리한 뒤, 나는 한 가지 추가 증거를 우연히 발견했다. 만약 당시의 다른 작가들이 셰익스피어에 대해 뜨문뜨문 언급한 표현들을 모두 포함시켰더라면 이 장의 분량은 두 배로 늘어났을 것이다. 그래도 나는 한 가지만 더 추가하기로 마음먹었다. 이 표현은 셰익스피어가 원저자라고 확인해주는 증거가 앞으로 계속 발견될 것임을 보여줄 뿐만 아니라, 아무리 많은 서류가 나타나더라도 이 증거들이 입증할 수 없는 터무니없는 거짓말이라고 계속해서 해석할 사람들이 언제나 존재할 것임을 강조하기 때문이다.

윌리엄 캠든이 라틴어로 쓴 1590년판 『브리타니아Britannia』에는 스트랫퍼드 어폰 에이번에 대한 간략한 설명이 담겨 있다. 캠든은 어떻게 그 마을이 "두 명의 수양아들, 즉 교회를 건립한 캔터베리 대주교 스트랫퍼드의 존과 엄청난 비용을 투자해 14개의 아치로 지탱되는 석조 다리를 에이번 위에 건립하기 시작한 런던의 치안판사 휴 클랍턴 덕분에 온갖 명성을 얻게 되었는지" 묘사한다. 이 책 한 부는 리처드 헌트가 소유한 헌팅턴 도서관에 비치되어 있다. 1596년에 태어난 헌트는 스트랫퍼드에서 동쪽으로 12마일쯤 떨어진 비숍스 이칭턴의 교구 목사가 되었다. 이 책을 읽던 한 독자, 아니 헌트 자신이었을 가능성이 매우 높은 한 독자는 그 구절을 발견하고는 스트랫퍼드가 낳은 가장 유명한 아들들에 관한 설명 다음에 라틴어로 이렇게 덧붙였다. "그리고 우리 마을의 로스키우스 윌리엄 셰익스피어에 이르기까지." 로스키우스는 널리 칭송받는 로마의 배우로 대단한 명성을 얻고 막대한 재산을 축적한 뒤 무대에서 은퇴했다. 셰익스피어 시대에 누군가를 로스키우스에 빗댄다는 것은—토머스 내시가 1590년대에 제독 극단의 에드워드 앨린을 칭송했듯이—그 사람을 무대의 스타로 인정하는 의미였다.

이 방주는 폴 알트로키가 발견했다. 하지만 헌신적인 옥스퍼드 지지자인 알트로키가 보기에는, 셰익스피어가 아닌 다른 사람이 그 희곡들을 집필했다는 생각을 반박하기보다 그저 확인해주는 문구였다.

스트랫퍼드의 셰익스퍼가 1616년에 사망한 뒤 곧바로 쓰였을 법한 이 주석은 옥스퍼드 지지자들이 보기에 윌리엄 세실이 영리하지만 기괴하게 묵인해버린 사건이 초기에 놀라운 성공을 거두었음을 확인해준다. 그 사건이란, 천재 에드워드 드 비어에게 필명 사용을 강요하고 문맹의 곡물거래상이자 부동산 투기꾼인 스트랫퍼드의 윌리엄 셰익스퍼가 위대한 시인이자 극작가인 윌리엄 셰익스피어라는 날조된 명성을 얻도록 만든 것이다.

이 서류의 해석 방향을 좌우하는 전제가 근본적으로 다르다는 점을 고려해볼 때, 이런 결론에 대해 토론하는 것은 의미가 없다.

셰익스피어의 동료 작가들이 제공한 거의 모든 증거가 비슷한 방식으로 설명되어왔다. 이제 회의주의자들은 편리한 도표를 만들어낸다. 이 도표는 다이애나 프라이스의 『비정통적 셰익스피어 전기』에 처음 등장한 뒤로 이 책에서 저 책으로, 그 희곡들의 원저자에 적합한 새로운 후보를 옹호하는 주장에서 다른 주장으로 옮겨지면서 셰익스피어가 원저자임을 입증하는 문헌적 증거가 **전혀** 존재하지 않는다고 주장한다. 이 도표는 우상화되었고 지금은 "동시대의 사적인 문헌 증거", 즉 CLPE라는 약자로만 알려져 있다. 프라이스와 동료들은 언제나 셰익스피어를 아슬아슬하게 제외하는 방식을 동원하되 필요하면 의미론을 근거로 삼아 원저자를 정의한다. 셰익스피어가 체임벌린 경의 조합복을 입었고 왕실 극단의 단원이자 궁내관으로서 제임스 1세를 섬겼으며 『비너스와 아도니스』와 『루크리스의 능욕』 양편의 서문에 달린 편지에서 사우샘프턴 백작을 그의 후원자라고 직접 언급했음에도 불구하고, CLPE는 셰익스피어가 후원자와 **직접적인 관계**를 맺었다는 증거가 하나도 없다고 주장한다. 또한 프라이스의 CLPE는 셰익스피어가 "사망했을 때 작가로 주목"받지 못했다고 주장한다. 그의 추도문을 쓴 사람들이나 그의 기념비에 자금을 대거나 기념비를 조각한 사람들, 혹은 페이비어 판이나 첫 번째 2절판을 만들기 위해 노력한 사람들이 이에 대해 어떻게 생각할지는 잘 모르겠다. 하지만 CLPE에 따르면 이 모든 추도 노력이 실현되기 전에 시간이 만료된 듯하다. 그리고 셰익스피어가 주주였으므로 극단으로부터 희곡을 한 편씩 쓸 때마다 곧장 돈을 받지 않았다는 사실은 프라이스도 알고 있지만(그리고 임프레사로 돈을 받은 일에 대해서도 알고 있지만) 그녀는 CLPE를 통해 그가 "글을 쓴 대가로 돈을 받았다"는 증거가 없다고 설득한다. 그러므로 독자들이 스스로 마음을 정해야 할 필요가 있다.

자코비언 셰익스피어

2008년 11월 5일 나는 런던에 있었다. 제임스 1세 암살 음모로부터 왕을 기적적으로 구해낸 것을 경축하는 유서 깊은 기념일인 가이 포크스의 날이었다.[●] 한 주 내내 런던의 하늘에서 폭죽이 터졌고 모닥불을 피우며 종을 울리는 400년의 전통이 진행되었다. 그 와중에도 이 폭약을 설치한 사람들이 자신들이 무엇을 기념하는지는 알고 있나 궁금한 마음이 들었다. 나는 국립초상화미술관을 방문해 제임스 1세에게 좀더 조용하게 나만의 경의를 표하리라고 생각했다. 엘리자베스 1세와 궁정 대신들의 초상화가 잔뜩 걸린 튜더 전시관들을 통과했지만 다음 전시관으로 들어서자 혼란스러워졌다. 제임스 1세와 그의 궁정 대신들의 그림이 오랫동안 전시되어온 곳에서 그들의 친숙한 모습을 찾을 수 없었기 때문이다. 제자리걸음만 되풀이하다가 결국 경비원에게 제임스 1세 시대의 초상화가 걸린 곳으로 안내해달라고 부탁했다. 그는 그 그림들이 임시로 창고에 있으며 현재 그 자리에는 극작가들, 즉 '셰익스피어와 동료들'의 초상화가 걸려 있다고 설명했다. 왕이 없는 왕실 극단이라니, 마치 왕자가 빠진 햄릿처럼 느껴지기도 했다.

● 가이 포크스는 로마 가톨릭교를 억압하는 정책에 보복하기 위해 제임스 1세가 있는 의사당 건물을 폭파하려는 계획에 가담했으나 발각되어 고문을 당한 뒤에 처형당했다. 11월 5일 가이 포크스의 날에는 영국 전역에서 불꽃놀이가 벌어지고 시민들이 가면을 쓴 채 가이 포크스 인형을 화형시키는 행사가 열린다.

의기소침해진 나는 아주 근사한 서점인 포일스로 발길을 돌려 제임스 1세에 관한 최근 서적들을 찾아봤지만 이번에도 헛걸음이었다. 서가에는 관련 서적이 단 한 권밖에 없었다. 어째서 역사가, 출판사, 서점들이 (스코틀랜드에서 36년 동안 통치한 뒤에) 22년 동안 영국을 통치한 사람을 이처럼 포기하다시피 한 것인지 도무지 이해가 가지 않았다. 인접한 서가는 튜더 왕조, 그중에서도 특히 엘리자베스 1세에 관한 책들의 무게로 가운데가 축 처져 있었다. 어디로 눈길을 돌리든 상황은 마찬가지였다. '튜더스The Tudors'라는 인기 텔레비전 시리즈가 방영되었고 대여할 수 있는 엘리자베스에 대한 영화는 얼마든지 넘쳐났다. 하지만 그녀의 왕위 계승자에 대한 작품은 단 한 편도 없었다(나중에야 나는 로널드 허턴이 재치 있는 에세이 「스튜어트 왕조는 왜 영화로 만들어지지 않을까?Why Don't Stuarts Get Filmed?」에서 바로 그 주제를 다뤘음을 알게 되었다).

「셰익스피어 인 러브」는 셰익스피어를 소재로 만든 영화 가운데 역사상 가장 유쾌한 작품에 속한다. 이 영화의 최고 명장면 가운데 하나는 데임 주디 덴치가 연기한 엘리자베스 여왕이 야외극장의 갤러리석●에 앉아 「로미오와 줄리엣」 공연을 감상하고는 향후에 셰익스피어에게 "좀더 이야기를 나눌 수 있게" 궁전으로 들어오라고 말하는 대목이다. 이 장면에서 그녀를, 제임스 1세 역할을 맡은 사이먼 러셀 빌로 대체해서 상상해보라. 아마 원하던 효과가 나지 않을 것이다. 비록 연극 인생의 거의 절반을 왕실 극단의 단원으로 보냈지만 셰익스피어가 가장 오랜 시간 동안 강렬하고 결정적인 인연을 맺은 인물은 엘

● 엘리자베스 시대의 극장에서 무대와 뜰 혹은 오케스트라석(무대 바로 앞의 공간)을 에워싼 목조 구조물의 관객석으로, 무대 진행 상황이 잘 보이는 위치였으므로 가격이 비쌌다.

리자베스 여왕이었다. 이 연결 고리가 매우 탄탄하다보니 우리는 어떻게 셰익스피어의 희곡들이 "엘리자와 우리의 제임스를 즐겁게 했는가!"라며 벤 존슨이 공명정대하게 회상한 구절을 잊어버린 것 같다.

적어도 18세기 초반부터 작가들이 문서상의 근거가 없는 극작가와 여왕의 친밀한 교류를 날조하기 시작하면서부터 상황은 이런 식으로 흘러왔다. 1702년에 존 데니스는 『윈저의 즐거운 아낙네들』이 "여왕의 명령으로 집필되었다"고 주장했다. 몇 년 뒤, 니컬러스 로는 엘리자베스 여왕이 "그에 대한 총애를 품위 있게 표현한 적은 수도 없었음이 분명하다"고 덧붙였다. 셰익스피어와 다른 군주를 직접적으로 연결시키려는 노력이 마지막으로 시도된 1709년에 버나드 린톳은 이렇게 적었다. "제임스 1세는 셰익스피어에게 보내는 우호적인 편지를 기꺼이 손수 썼다. 이 편지가 지금은 비록 소실되고 없지만 윌리엄 대버넌트 경이 오랫동안 수중에 간직하고 있었다. 이 점에 관해서는 믿을 만한 생존자가 증언할 수 있다." 그런 편지는 전혀 남아 있지도 않을뿐더러 심지어 존재했을 가능성도 없다(대버넌트는 자신이 셰익스피어의 사생아라고 자랑하기도 했다). 18세기 말경 제임스 1세가 셰익스피어에게 보낸 편지들은 오랫동안 잊혔다. 아일랜드의 위조 사건으로 확인되었듯이, 엘리자베스가 보낸 편지들이 이제 대중의 상상력을 사로잡았다. 셰익스피어가 엘리자베스 여왕 시대의 작가였다는 사실이 오랫동안 내려온 하나의 신념이 된 상황에서, 셰익스피어의 희곡들이 어느 튜더 시대 극작가의 창조물이었다는 널리 퍼진 믿음에 굴복했다는 이유로 누가 옥스퍼드 지지자들을 비난하고 그들의 역사를 엘리자베스 시대의 삶으로 거의 완전히 제한할 수 있겠는가?

게다가 우리는 글로브 극장이 엘리자베스 여왕의 통치 만년에야 건축되었음에도 불구하고 그가 글로브 극장의 셰익스피어였다는 생각을 주입해왔다. 셰익스피어가 지난 10년 동안 명성을 쌓아온 런던 및 인근의 다른 극장들은 오랫동안 잊혔다. 그 시기에 그는 시어터, 커튼, 뉴잉턴 버츠, 로즈, 리치먼드, 화이트홀에서도 활동했으며 어쩌면 스완에도 잠시 몸담았던 듯하다. 이 점에서는 글로브 극장의 건립과 엘리자베스 여왕의 통치 만년에 일어난 일에 대해 수년 동안 조사하고 글을 써온 나도 다른 사람들만큼이나 비난받아 마땅하다. 글로브 극장은 하나의 우상이 되었고 다시 한번 런던 뱅크사이드에서 친숙한 풍경이 되었다. 도시의 전설인지는 확실히 모르겠지만, 나는 글로브 극장의 복제품 수십 개가 전 세계에 나타났다는 이야기를 들었다.

하지만 1610년 겨울의 런던 거리에서 아무나 붙잡고 셰익스피어의 최신 연극을 보려는데 어디로 가야 하는지 물어본다면 오직 하나의 대답밖에 들을 수 없을 것이다. "블랙프라이어스." 블랙프라이어스 극장은 오늘날 셰익스피어를 숭배하는 대부분의 사람에게 그리 대단한 의미를 지니지 않는다. 내가 알기로 블랙프라이어스를 복제한 유일한 극장이 버지니아 주 시골지역에 건립되어● 관객과 학자들의 마음을 모두 사로잡고 있다. 블랙프라이어스 극장의 역사는 자코비언 셰익스피어의 역사이자, 그가 극작가로서의 경력이 끝나갈 무렵에 직면한 특별한 도전의 역사이기도 하다. 결과적으로 이 이야기는 어째서 그곳에서 상연된 그의 말기 희곡들을 집필할 수 있었던 사람이 오직 셰

● 1988년에 랠프 앨런 코언과 짐 워런이 건립한 셰넌도어 셰익스피어 익스프레스 Shenandoah Shakespeare Express가 1999년에 셰넌도어 셰익스피어Shenandoah Shakespeare로, 2005년에 다시 아메리칸 셰익스피어 센터American Shakespeare Center로 이름이 바뀌었으며 현재까지 그대로 유지되고 있다.

익스피어밖에 없는지 설명하는 데 도움이 된다.

이 극장의 역사는 1596년 2월, 제임스 버비지가 런던의 번화가인 블랙프라이어스 지역에 건물을 매입하던 순간으로 거슬러 올라간다. 버비지는 원래 쇼어디치에 위치한 셰익스피어 극단의 야외극장인 시어터를 임대하고 있었으나 임대 기간이 만료될 무렵 극단을 영구적인 공연 공간으로 이주시키는 계획을 세웠다. 새로운 부지는 그 계획에 아주 잘 맞아떨어졌다. 첫째, 그곳은 도시의 심장부에 자리잡아 런던의 연극 애호가들에게 훨씬 더 편리했다. 둘째, 실내극장이어서 어떤 고약한 날씨에도 구애받지 않고 배우들이 1년 내내 공연할 수 있었다. 그리고 원래 교회 부지였기 때문에—수도원이 해체되기 전까지 도미니크회의 소수도원이었으므로 이런 이름이 붙여졌다—블랙프라이어스는 엄밀히 말해 런던 시 당국의 관할권에 속하지 않았다. 즉, 당시에 런던 교외로 추방되었던 전문 배우들이 벌 받을 것을 두려워하지 않고 도시의 중심에서 공연할 수 있었다는 뜻이다. 버비지는 이 건물을 가로세로 약 46×66미터 크기의 붐비는 직사각형 공연장 안에 600여 명의 관객을 수용할 수 있는 아늑한 극장으로 개조하느라 엄청난 자금을 쏟아부었다. 하지만 버비지의 예상과 전혀 달리, 그 극단의 후원자인 체임벌린 경을 비롯해 지역 유지들은 동네에 극장이 들어서면 통제하기 힘든 군중이 몰려든다는 이유로 이 계획에 완강하게 반대하고 나섰다. 이야기의 나머지는 잘 알려진 대로다. 1599년에 극단은 그곳을 포기하고 사우스워크로 이주해 철거된 시어터 극장의 목재를 가져다가 야외극장을 지어 글로브라는 이름을 붙이고는 공연을 시작했다.

블랙프라이어스에 입주하고 싶어하던 셰익스피어와 동료 배우들의 꿈은 오랜 시간이 지나서야 비로소 실현되었다. 글로브 극장이 설립되어 운영을 시작한 지 얼마 지나지 않아 리처드 버비지는 돌아가신 아버지가 지출한 엄청난 경비를 일부라도 메워보겠다는 바람으로 블랙프라이어스 부지를 헨리 에번스에게 임대했다. 에번스는 적극적인 사업가 기질의 공증인으로서 1580년대부터 수많은 소년 극단과 작업을 해왔고 블랙프라이어스 인근에 사는 사람들이 그곳에서 일주일에 몇 번 올라가는 소년 극단의 공연에도 반대하지는 않을 거라고 확신했는데 그 판단은 옳았다. 이제 에번스는 공연장을 확보하긴 했지만 소년 배우들을 충분히 보유하진 못했으므로 윈저에 있는 채플 로열 소년 성가단의 단장인 너새니얼 자일스를 데려왔다. 자일스는 '소년 성가대원'이 될 가능성이 있는 아이들을 강제로 데려올 법적 권한이 있었다. 선원들이 강제로 영국 함대에 배치되었던 것과 마찬가지다. 1600년 후반 무렵 아이들은 블랙프라이어스에서 성공해 성인 배우들의 권위를 위협했다. 『햄릿』에서 설명했듯이 셰익스피어는 '일반 관중'이 "사설 연극과 아이들의/ 변덕에 마음을 돌렸다"(2.2)는 것을 잘 알고 있었다.

하지만 1604년에 역병이 창궐해 극장들이 폐쇄되고 런던 인구의 6분의 1이 쓸려나가자, 에번스는 장기 임대에 "지치고 넌더리가 난" 나머지 리처드 버비지를 찾아가 계약을 해지하자고 제안했지만 두 사람은 결코 합의에 도달하지 못했다. 나중에는 에번스도 분명히 마음을 놓았을 것이다. 그의 극단이 제임스 1세의 아내인 덴마크의 안나 왕비의 후원으로 특허를 받은 뒤부터 재정 상황이 금세 개선되었기 때문이다. 이들은 극단의 이름을 왕비의 연회 소년 극단으로 고친 뒤 존 마스턴, 조지 채프먼, 토머스 미들턴, 프랜시스 보몬트, 존 플레처를 비롯해 당대의 가장 재능 있는 젊은 극작가들을 이내 영입했다. 성인 극단들은 모든 장르를 아울러 다양한 작품을 공연하는 편이었고 항상 관객을 즐겁게 하는 오래된 공연을 많이 보유했다. 이에 비해 왕비의 연회 소년 극단은 의지할 만한 오래된 인기작 목록이 없었기 때문에 희비극과 불경한 풍자극이 뒤섞인 비교적 한정적인 상연물을 고수했다. 이들이 선보이는 새로운 작품들은 가장 싼 자리에 은화 6펜스를(글로브 극장 입장료의 여섯 배), 그리고 무대에 인접한 박스석을 원하는 사람들에게는 최대 2실링 6펜스까지도 기꺼이 지불할 상류층 관객들의 요구에 부합했다. 멋쟁이 신사들은 더 많은 돈을 지불하고, 배우들이 연기하는 곳에서 불과 1미터도 떨어지지 않은 무대 위의 등받이 없는 좌석에 앉은 채 관람 온 사람들의 모습을 보기도 하며 자신의 모습을 그들에게 보이기도 했다.

성인 배우들은 이런 상황 변화를 주의 깊게 지켜보았다. 당시에는 블랙프라이어스의 연극 공연물의 풍자성이 정도가 지나쳐서 런던의 배우 전부를 곤경에 빠뜨릴지도 모른다는 우려가 있었다. 이 주장은 1608년경에 노련한 극작가 토머스 헤이우드가 내세운 것이었다. 그는 『배우들을 위한 변명Apology for Actors』에서 "모든 계급을 상대로 절제 없는 욕설"을 퍼부으면서도 "어린이들의 입을" 빌려서 한다는 이유로 "어린 배우들이 어떤 욕설을 해도 면책받을 뿐 아니라 그 욕설이 절대로 그렇게 폭력적일 리가 없다고 추정하는" 새로운 유형의 작가들에게 경고했다. 그로부터 얼마 지나지 않아 대단히 충격적인 희곡들이 여러 편 등장하는 바람에—『이스트워드 호Eastward Ho』『얼간이들의 섬The Isle of Gulls』을 비롯해 특히 『은광The Silver Mine』이라는 현재 소실된 희곡은 다름 아닌 왕을 입버릇이 상스러운 술고래라며 조롱했다

—제임스 1세는 화가 치솟아 소년 극단의 해산을 요구할 정도였다(전해지는 말에 의하면 왕은 "그들이 더 이상 연극을 하지 못하고 차라리 빌어먹게 만들겠다고 맹세했다"). 이제 임대비로 연간 40파운드를 지불하면서도 어떤 연극도 블랙프라이어스 무대에 올리지 못하게 된 헨리 에번스는 장소를 옮길 때가 되었다고 결심하고는 1608년 8월에 버비지 일가에게 임차권을 양도했다.

바로 이 시점에서 셰익스피어와 왕실 극단의 동료들이 다시 이 문제에 관여해, 12년 전에는 거부당했지만 이제는 이 공간에서 공연해도 좋다는 허가를 조용히 얻어냈다. 셰익스피어는 리처드 버비지, 헨리 콘델, 토머스 에번스, 존 헤밍스, 윌리엄 슬라이와 더불어 신디케이트를 만들고 수익을 낼 가능성이 풍부한 실내극장의 관리인이 되었다. 하지만 그들은 글로브 극장을 포기하지 않기로 결정했고 블랙프라이어스에서는 10월부터 부활절까지만 공연하고 야외극장인 글로브에서는 늦봄과 여름철에 공연했다. 새로운 사업을 시작하고 처음 몇 년 동안은 어려움이 많았으며 좌절하기도 했다. 9년 전에 글로브 극장 사업을 할 때와는 대조적으로 그들은 보고 싶은 종류의 희곡에 커다란 기대를 품고 찾아오는 까다로운 정기 고객을 확보한 극장으로 발전해가던 중이었다. 게다가 블랙프라이어스는 엄청난 수리를 요했다. 이보다 더 걱정스러운 일은, 이제 다시 역병이 몰려와 위력을 떨치고 있었으며 1610년 이전까지는 왕실 극단이 블랙프라이어스에서 정기 공연을 시작하지 못한다는 점이었다.

왕실 극단은 겨울에 공연할 만한 습기 없는 공간을 찾아야 한다는 점 외에도 장소를 옮겨야 할 다른 동기들이 있었다. 이 노련한 극단의 핵심 집단이 노쇠해가고 있었으므로 반드시 새로운 피를 수혈할 필요가 있었던 것이다. 근자에 들어 단원을 잃은 사건은 가혹했다. 우선 체임벌린 극단의 창립 회원이자 글로브 극장의 공동 소유주인 토머스 포프가 1604년에 사망했다. 그 뒤부터는 존 싱클로에 대한 소식도 더 이상 들리지 않았다. 꽤 확신할 수 있는 것은, 셰익스피어 역시 이 무렵부터 더 이상 극단을 위해 정기적으로 무대에 서지 않았다는 점이다. 또 한 명의 원년 회원이자 글로브 극장의 공동 소유주인 어거스틴 필립스는 1605년에 사망했다. 윌리엄 슬라이는 블랙프라이어스 신디케이트에 서명한 직후인 1608년에 사망했다. 생존자들은 점점 나이가 들어가는 추세였는데, 자코비언 연극계가—배우들 못지않게 전문 극작가들도—젊은이들에게 능한 분야임을 그들도 알고 있었다. 왕실 극단이 블랙프라이어스에서 선보인 젊은 인재 몇몇을 받아들이는 데 열을 올렸던 사실은 버비지가 어느 소송에서 인정한 것으로 확인된다. "시간이 지남에 따라 소년들이 성장해서 어른이 되었다. 이들은 존 언더우드, 네이선 필드, 윌리엄 오슬러로, 단원을 확충하기 위해 받아들여졌다. 소년들은 날마다 줄어들었으므로 단지 인원을 확충하기 위해 추가로 데려왔다. 그 건물이 우리에게 적합할 것처럼 생각되었으므로 돈을 주고 에번스로부터 남은 임대 기간을 사들여 헤밍스, 콘달(헨리 콘델), 셰익스피어 등의 성인 연기자들에게 자리를 마련해주었다."

　네이선 필드와 윌리엄 오슬러, 존 언더우드는 또래 배우들 중 가장 뛰어났고 스무 살쯤 되자 성인 역할을 맡을 준비가 되었다. 얼마 지나지 않아 세 명 다 왕실 극단의 주주가 되었다(물론 진취적인 필드가 완전히 합류하기까지는 몇 년이 더 걸렸다).● 이것은 차세대 스타 배우들과 런던에서 가장 인기 있고 성공한 일부 배우가 손잡은 완전한 동업자 관계였다. 우리는 그 결과를 지금까지 보존된 그 시기의 출연자 명단 몇 개 중 하나에서 확인할 수 있다. 왕실 극단이 공연한 존 웹스터의 「말피 공작부인」을 관람할 정도로 운이 좋았던 관객들은 페르디난드와 추기경, 안토니오, 델리오 역할을 버비지와 콘델, 오슬러, 언더우드가 각각 맡아서 연기하는 모습을 보았다. 셰익스피어의 개별 작품에 출연한 배역 명단은 보존된 것이 하나도 없지만 1623년 2절판에 실린 그의 작품 출연자 명단에는 언더우드와 필드, 오슬러가 언급되어 있다.••

블랙프라이어스를 인수하면서 왕실 극단은 배타적인 소규모 관객들을 위해 글을 써서 명성을 얻은 극작가들도 받아들였다. 이들은 셰익스피어, 벤 존슨, 토머스 미들턴, 존 플레처, 프랜시스 보몬트라는 영국에서 가장 중요한 극작가 다섯 명이 이제 왕실 극단을 위해 집필한다고 자랑할 수 있었다. 전기 비평가들은 중년의 위기 혹은 아내 및 딸들과 화해하고 싶은 열망 때문에 셰익스피어가 이 시기에 희비극에 의지했다고 상상하기를 좋아한다. 그가 후기작이나 공동 집필한 희곡에서 로맨스와 희비극으로 눈길을 돌린 이유는 블랙프라이어스에서 이런 장르의 희곡들이 인기를 끌어 그 극장 고유의 양식이 되다시피 한 상황으로부터 영향을 받았을 가능성이 높다.

1610년경 셰익스피어는 새로운 무리의 배우들을 위해 새로운 세대의 극작가들과 함께 (대체로 공동 집필 형태의) 글을 썼다. 그리고 새로운 공연 공간에서 글을 썼다. 그때까지는 언제나 공연 장소를 바꿀

• 존 언더우드와 윌리엄 오슬러는 1610년경에 왕실 극단에 합류했으나 네이션 필드는 1616년에 들어왔다.
•• 첫 번째 2절판에는 셰익스피어의 작품에 출연한 주요 배우들 26명의 명단이 정리되어 있는데 가장 먼저 언급된 이름은 윌리엄 셰익스피어다.

수 있는 작품들을 집필해오면서, 작품들 가운데 상당수는 처음에 야외 원형극장에서 공연되었다가 다양한 궁전, 귀족들의 저택, 온갖 공연 장소에서 열리는 지방 순회공연에서 다시 무대에 오를 것이라고 기대했다. 그렇게 할 수 있었던 한 가지 이유는 그의 작품이 연극 소도구를 사용하는 일이 극히 적었고 화려하고 복잡한 동작도 거의 없었기 때문이다. 하지만 블랙프라이어스는 일련의 특별한 도전들을 감행했다. 『햄릿』의 마지막에 등장하는 스릴 만점의 결투 장면처럼 싸우는 장면들을 없앴다. 의자에 앉은 관람객들로 붐비는 블랙프라이어스의 비좁은 무대는 싸우는 장면을 담아낼 여력이 안 되었다(예를 들어 『두 귀족 친척』의 마지막에 상당한 기대를 불러일으키는 싸움 장면이 그저 말로만 설명될 뿐 무대 위에서 연출되지 못한 것도 바로 이런 이유에서다). 또 하나의 커다란 차이는 조명과 관련 있었다. 블랙프라이어스의 연극들은 오후에 상연되었지만 극장의 창문은 빛을 충분히 받아들이지 못했다. 그래서 공연을 위해 촛불을 조명으로 설치했다. 촛불은 친밀한 공간에 색다른 분위기를 조성하기도 했지만 세 시간짜리 공연이 진행되는 중간에 정돈해줄 필요가 있었다. 블랙프라이어스에서는 막 사이의 휴식 시간을 이용해 이를 처리했다. 이런 상황은 무대 위의 연기가 중단되지 않는 글로브 극장과는 전혀 달랐다. 이야기의 흐름상 16년의 세월을 갑자기 건너뛰는 『겨울 이야기』를 집필할 무렵, 셰익스피어는 이미 막간을 창의적으로 활용해왔던 것이 분명했다.

블랙프라이어스의 관객들은 촛불을 다듬거나 교환하는 시간 동안에도 즐거운 시간이 이어지기를 기대했다. 그래서 왕실 극단은 소년 극단으로부터 극장을 인수했을 때 현명하게도 블랙프라이어스에서 같이 공연할 숙련된 음악가들도 영입했다. 결과적으로 그 이후에 셰익스피어가 극단을 위해 쓴 희곡들에는 음악이 더 많이 포함되었다. 1610년 이후 셰익스피어의 작품에서는 앞선 작품에 등장하던 트럼펫과 드럼이 사라졌으며 『타이터스 앤드러니커스』 이후로는 배우들이 직접 쉽게 연주할 수 있던 악가들을 사용하지 않고 좀더 세련된 음악 효과로 교체했다. 『심벌린』이 요청한 "장엄한 음악", 『겨울 이야기』에서 헤르미오네를 깨우는 음악, 『헨리 8세』의 "슬프고도 장엄한 음악", 『두 귀족 친척』의 "갑작스레 울린 악기 소리", 특히 『템페스트』에서 반복해서 요구하는 "장엄하고 이상한 음악"과 "부드러운 음악"을 들을 수 있다. 무용 역시 셰익스피어의 작품들에서 어김없이 중요한 부분을 차지하기 시작했다. 앞선 서른세 편 가운데서는 겨우 여섯 편에만 무용 장면이 등장했다. 하지만 블랙프라이어스로 옮긴 뒤부터 무용은 셰익스피어의 모든 작품에서 중요한 부분을 차지했다.

무용이 등장하는 장면들은 대부분 궁정 중심의 예술 형태로 무용과 음악, 대사가 한데 뒤섞인 정식 가면극을 중심으로 전개된다. 이 장르의 혁신자로 손꼽히는 벤 존슨은 1605년에 자코비언 궁정 가면극의 요소들을 블랙프라이어스 무대에 처음 도입하기도 했다. 그로부터 그리 오래지 않아 집필된 셰익스피어의 첫 번째 가면극은 글로브 극장에서 상연된 「아테네의 타이먼」에 등장했다. 블랙프라이어스로 이주한 뒤로 가면극은 셰익스피어의 『심벌린』 『템페스트』 『헨리 8세』 『두 귀족 친척』에서 놀라울 정도로 규칙적으로 등장하기 시작한다.

자코비언 궁정 가면극은 영국에서 가장 재능 있는 일부 예술가를 끌어들였다. 셰익스피어는 궁정에서 공연될 가면극을 집필한 적은 없었지만 그의 후기작들에서 명백히 드러나듯이 가면극이라는 장르에 예리한 안목과 식견을 지녔고, 동료 단원들은 1609년 이후의 궁정 공연에서 (본 가면극과 대비를 이루는 무질서한 장면을 상연하는) 반가면극 배역을 받아 공연해왔기 때문에 그 장르를 익히 알고 있었다.• 그로부터 오래지 않아 셰익스피어는 자기만의 독특한 반가면극을 제공했다. 말하자면, 스티븐 오겔이 가면극에 대한 "가장 중요한 르네상스적 주석"이라고 적절히 묘사한 작품인 『템페스트』에서 정령들이 질서정연한 춤을 추고 나면 캘리밴과 두 명의 인물이 등장해 희극적 대비를 만들어낸다.•• 블랙프라이어스의 관객들은 글로브 극장의 관객에 비하면 특권을 누렸는지도 모르지만, 양쪽 어느 극장의 관람객이든 제임스 1세의 궁전에서 공연된 호화로운 가면극을 직접 지켜볼 수 있었던 이들은 소수에 불과했다. 셰익스피어가 작품에 삽입한 가면극은 그다음으로 좋은 것이었다.

✾

왕실 극단이 블랙프라이어스로 이주하는 동시에 셰익스피어는 비평가들이 오랫동안 그의 독특한 말기 양식이라고 특징지은 작품들을 창작하기 시작했고 이런 성향에 박차를 가했다. 물론 그의 무운시 구사 습관이 달라진 이유는 단순히 새로운 장소나 당시에 몰두하던 희곡의 장르 때문만은 아니었을 것이다. 나는 셰익스피어의 경력을 발전 단계에 따라 나누는 것만큼이나 그의 양식에 대한 발달적 혹은 진화적 주장에 대해 경계하지만 1608년경 이후의 희곡들 자체가 제

• 반가면극이란 가면극이 시작되기 전에 소개되는 해학적인 내용의 막간극으로, 가면극의 주제를 보강하는 동시에 익살스럽게 비판함으로써 중심 플롯을 전복시키는 역할을 한다. 가면극은 아마추어 연기자들이 연기한 반면 반가면극은 주로 전문 배우들이 연기했다.
•• 4막 1장에서 무지개의 정령 아이리스, 오곡의 여신 시리즈, 여신 주노가 꾸미는 가면극이 끝나면 알론소 왕의 광대인 트링큘로와 술주정뱅이 집사 스테파노는 캘리밴과 함께 말 오줌에 푹 절은 채 등장해 군주와 신하들의 관계를 풍자하는 장면을 연출한다.

공하는 증거는 도저히 무시할 수가 없다. 그의 무운시 작법이 달라진 것은 중요한 분수령이 되므로 셰익스피어의 양식이 이렇게 변화하기 오래전에 사망한 옥스퍼드 같은 유력한 인물들은 후보에서 제외된다.

그의 말기 양식에 관한 흥미로운 점들 가운데 하나는 대부분의 비평가가 (그리고 추측건대 대부분의 배우가) 그것을 그다지 좋아하지 않는다는 점이다. 그것은 너무 어렵고 너무 복잡할 때가 많을 뿐 아니라 일부 사람이 보기에 셰익스피어가 제멋대로 글을 쓴 것처럼 보이기 때문이다. 간단한 예를 들면, 후기 극 「헨리 8세」의 개막 장면에서 노포크는 과장스러워 보이는 묘사를 옹호한다.

> 나는 귀족 체면상 정직을 소중히 여기고
> 좋아하기 때문에, 설사 달변가처럼 말하더라도
> 모든 묘사는 행위 자체가 가진
> 활기를 다소 잃어버릴 걸세.
>
> (1막 1장 39~42행)

최고의 셰익스피어 편집자들조차 이런 구절에는 절망하여 양손을 번쩍 든다. 인내심을 발휘하면 그 의미가 분석될 수도 있다. 노포크는 대단히 우회적인 어법을 택했다. "이보게, 나는 귀족이라 진실을 말할 의무가 있네. 하지만 숙련된 보고자가 무언가를 아무리 잘 묘사한다 하더라도 그곳에 있던 사람들이 경험한 것에는 마치지 못할 것일세." 셰익스피어의 언어를 누구보다 예리하게 이해할 줄 아는 프랭크 커모드가 보기에 이 구절에 나타난 "행위의 의인화"는 물론이고 "체면과 정직에 대한 과다한 긍정, 가장된 '묘사'"는 모두 "고故 셰익스피어가 구사한 언어의 경직된 왜곡을 전형적으로 보여준다"고 말한다. 이 구절은 무운시보다는 산문처럼 느껴지므로 이런 효과를 자아낸 부분적 요인은 행 끝에서 규칙적인 휴지나 호흡을 포기한 것이다.

『셰익스피어의 말년 양식Shakespeare's Late Style』에서 이 주제를 우아하게 다룬 러스 맥도널드는 이 새로운 소리를 구성하는 비결을 모조리 살펴봤는데 그의 설명은 커모드의 설명과 딱 들어맞는다. 셰익스피어의 운문은 이제 훨씬 더 빠르게 끊기고 생략적이다. 그가 절 사이의 연결사를 제거하고 전통적인 구문론을 사정없이 파괴하며 삽입어구나 한정사들을 이용해 대사를 끊임없이 방해하(고 길게 늘리)기 때문에 이해하기가 훨씬 더 힘들다. 은유적 표현들은 서로의 영역으로 넘쳐흐르고 글자와 소리, 단어, 구절은 되울려 퍼진다. 멀론과 같이 오래전의 학자들이 즉시 주목했듯이, 압운은 거의 사라지고 그 대신 뜻이나 구문이 다음 행이나 구로 계속 이어지며 운율상 필요한 것 이상으로 많은 음절을 이용하거나 열한 번째 음절에 강세가 없는 행이 훨씬 더 많아진다.

또 하나의 사례로는 셰익스피어가 쓴 마지막 장들에서 발췌한 것으로 『두 귀족 친척』에서 아시테가 기사들에게 건네는 대사다. 여기에는 양식상 획기적인 요소가 거의 풍부하게 들어 있다.

> 강한 분이시여, 당신은 자신의 힘으로
> 푸른 바다를 자줏빛으로 바꾸시는구려.
> 광활한 전장에서 당신이 다가오는 것을 혜성이 미리 경고하며
> 무덤에서 파낸 해골이 선언하고 있습니다. 풍작의 여신 시리즈의 수
> 확을

당신의 숨결이 날려 보내고, 푸른 구름에서

석조 망루를 강인한 손으로 끌어내려

도시의 석벽을 만들기도 하고 부수기도 하는구려. 저는 당신의 제자
요,

당신이 가진 큰 북의 가장 젊은 시종이니, 오늘

병사의 기술을 가르쳐주십시오. 당신의 찬가에 맞춰

저는 깃발을 들어 올리고 당신이 임명한

하루의 주인이 되겠습니다.

(5막 1장 49~60행)

이 행들은 주석을 달기도 어렵거니와 심지어 쉽게 풀어쓰기가 끔찍하리만큼 힘들다. 그러나 후기 희곡에서 발췌한 가장 복잡한 구절조차 관객들의 항의를 받은 것 같지는 않다. 어쩐 일인지 셰익스피어는 극장에서 전력을 다해 전달하면 충분히 만족스럽게 들리지만 서재에서 분석하려면 여간 어렵지 않은 행들을 써낸다. "석조 망루"는 망루를 세운 사람을 압축된 방식으로 묘사한 것이다. 성곽은 이제 "stony girths(석벽, 돌로 만든 띠)"로 표현된다. 발굴되었다는 의미의 "unearthed(무덤에서 파낸)"이라는 단어는 영국 문학에서 이전에 한 번도 이런 식으로 사용된 적이 없었다. 셰익스피어는 낯선 단어들을 찾느라 이리저리 눈을 돌린다. 가령 셰익스피어가 초서의 작품에서 "armipotent(강인한, 강인한 팔뚝의)" 같은 단어를 차용했다면 이와 마찬가지로 초서는 자신이 영향을 받은 보카치오의 글에서 이 단어를 차용했다. 셰익스피어가 이 무렵에 "관객들을 동료로 이해하려고 노력하지 않고 그저 그들에게 도전했다"는 커모드의 결론에 반박하기

란 쉽지 않다.

리턴 스트레이치는 이들 후기 희곡에서 다른 변화를 감지했다. 그의 판단에 따르면, 셰익스피어는 "누가 무엇을 말했는가"에 더 이상 관심이 없다. 그의 주장은 옳다. 이 작품들은 전작들과는 분명히 달라서 각 인물의 목소리마다 뚜렷한 개성이 드러나지 않는다. 1610년 즈음에는 각각의 화자에게 뚜렷이 구별되는 목소리를 부여하는 것이 셰익스피어에게 더 이상 그리 중요하지 않거나 그저 다른 요소가 더 중요한 것처럼 보였다. 만약 누군가가 셰익스피어는 그처럼 완전히 다른 양식의 글을 동시에 쓸 수 있다고—말하자면 그가 『헨리 8세』와 『헨리 5세』 혹은 『겨울 이야기』와 『뜻대로 하세요』를 동시에 집필했다고—주장하고 싶다면, 나는 그의 주장이 불가능하다고 생각할 것이다. 엘리자베스 여왕 시대에는 이처럼 종종 이해하기 어려운 양식으로 글을 쓰는 사람이 없었다. 반면 제임스 1세 시대에는 채프먼과 플레처의 추종자들이 증명하듯이 많은 작가가 그렇게 했다. 개인적인 양식이기도 했던 만큼 시대적인 양식이기도 했다.

1613년 3월 셰익스피어는 블랙프라이어스 지역을 얼마나 편안하게 생각했던지 실내극장에서 90미터 남짓 떨어진 곳의 숙소를 매입할 정도였다. 물론 그가 이곳을 장기적으로 머물 거처로 생각했는지, 하나의 투자로 여겼는지, 아니면 단지 스트랫퍼드에서 통근하는 동안 런던에서 머무는 장소로 여겼는지는 알 수 없다. 원래의 의도가 무엇이었든 간에 그로부터 석 달 뒤인 6월 말에 재난이 닥치면서 아마도 그의 생각은 달라졌을 것이다. 몇 명의 동시대인이 **새로운** 희곡이라고 적절히 묘사했던 「헨리 8세」가 상연되는 동안 글로브 극장의 초가지붕에 사고로 불이 붙었고 극장은 순식간에 잿더미로 변했다. 물론 글로브 극장은 재건되었고 이번에는 불에 타기 쉬운 초가지붕이 아니라 기와를 얹었지만, 새로운 건물이 완성되기까지는 무려 1년이 걸렸다. 그동안 셰익스피어는 블랙프라이어스에서 독점 상연될 두 편의 희곡『두 귀족 친척』과 현재는 소실된『카르데니오』를 공동 집필했다. 1604년에 사망한 극작가는● 이런 식으로 전개된 기회와 사건에 대해 셰익스피어처럼 예견하거나 반응할 수는 없었다.

✿

1980년대 초반에 학생들을 가르치기 시작했을 때만 해도 나는 강의 개요에 올린 세 편의 셰익스피어 희곡─『타이터스 앤드러니커스』『아테네의 타이먼』『페리클레스』─이 공저인지 알지 못했다.『헨리 8세』나『두 귀족 친척』은 한 번도 가르쳐본 적이 없었으므로 두 작품 역시 공동 작업의 결실인가에 대해 그리 깊이 생각해보지 않았다. 당시 대부분의 셰익스피어 학자가 그랬듯이, 나 역시 대체로 잊힌 19세기의 저자 판별 연구에 크게 관심을 두지 않았다. 20세기의 가장 위대한 셰익스피어 학자 에드먼드 K. 체임버스가 이런 시도를 "분쇄" 작업이라고 가차 없이 일축한 뒤부터는 그 분야의 중요한 저작이 거의 멸종되다시피 했다. 이 문제에 관해 판단을 내릴 때 내가 의지한 일류 권위자들, 그중에서도 특히 권위 있는 아든 판, 옥스퍼드 판, 케임브리지 판 셰익스피어 희곡집의 편집자들은 모두 체임버스의 견해에 동의했고, 셰익스피어가 어떤 식으로든 공저했으리라는 가능성을 단호히 거부했다.

● 1604년 6월 24일에 사망한 에드워드 드 비어를 가리킨다.

이제 이 주장은 아주 먼 옛날 일처럼 보인다. 그 이후로 셰익스피어 전공 교수들 사이에서 공저에 관한 사고방식이 가히 혁명적으로 달라졌다. 이는 새롭고 창의적인 세대의 학자들, 그중에서도 특히 맥도널드 잭슨과 워드 엘리엇, 조너선 호프, 데이비드 레이크, 게리 테일러가 저자 판별에 관심을 두고 연구한 덕이 컸다. 이들은 대부분 독자적인 연구를 통해 토머스 미들턴과 조지 윌킨스, 존 플레처가 셰익스피어의 자코비언 희곡들에 기여했고 조지 필이 이보다 훨씬 더 일찍 집필된 『타이터스 앤드러니커스』에 개입했다는 반박할 수 없는 주장을 규명해냈다. 이런 성과를 얻기 위해 그들은 각 작가의 의식적인 습관과 무의식적인 버릇을 알아내려고 애썼다. 이런 버릇은 작가 개개인의 양식상 특징이 되기 때문이다. 이들 중 어떤 연구가들은 작시법에, 어떤 연구가들은 어휘에, 또 어떤 연구가들은 가장 세심한 뿌리 깊은 언어 습관, 가령 조동사를 사용하거나 축약형을 선호하는 등 희곡을 읽거나 감상하면서 결코 알아차리기 힘든 종류의 습관에 초점을 두었다. 그들의 분석과 통계 자료를 따라가는 것은 무척 지루하겠지만 셰익스피어와 동료 극작가들이 특별히 선호한 양식에 대한 그들의 결론은 결코 부인할 수가 없다. 각 작가의 작품을 충분히 세밀하게 살펴본 뒤 그들이 공동 작업으로 이룬 결실에 눈을 돌려보라. 그러면 그들의 차이점이 두드러질 것이다. 또한 이 연구들은 각 희곡의 어느 부분을 셰익스피어가 집필했고 어느 부분을 공저한 작가가 집필했는지에 관해 거의 동일한 결론을 내렸다. 이 연구 결과를 기반으로 스탠리 웰스와 게리 테일러의 1986년 옥스퍼드 판 셰익스피어 『작품집Works』은 공저한 작품들을 대부분 인정함으로써 신기원을 이뤄냈다. 그리고 여기저기 흩어져 있던 여러 편집자와 연구자의 의견들은 2002년에 브라이언 비커스의 『셰익스피어, 공저자Shakespeare, Co-Author』에 한데 모여 새로운 시각으로 설명되었다. 그는 이런 연구를 무시하거나 증거를 모른 척한 채 셰익스피어가 단독으로 작품을 썼다고 계속 주장하는 편집자들을 조롱하는 데서 즐거움을 느꼈다.

비커의 책이 세상에 나올 무렵에는 소수의 편집자가 책 속표지에 특정 희곡의 저자를 '플레처와 셰익스피어' 혹은 '셰익스피어와 미들턴'이라고 명기함으로써 공저 사실을 이미 인정한 뒤였다. 하지만 학계에서는 이런 소식이 흘러나올 기미도 없었다. 셰익스피어의 공저 범위가 대학원 세미나에서 학부 수업으로, 그리고 마침내 대중적인 전기로 넘어가 알려지기까지는 아마도 10~20년은 걸릴 듯하다. 그때쯤이면 셰익스피어에 관해 우리가 내내 알고 있었다고 생각하는 사항들 가운데 이 공저 사실도 포함될 것이다. 그래도 그 희곡들을 가르치고 그의 생애에 대해 글을 쓰는 사람들이 오래된 사고방식을 그 자리에서 포기하기란 쉽지 않았다. 이로 인해 셰익스피어의 집필 방식에 대한 사람들의 생각이 얼마나 극심하게 달라졌는지를 받아들이느라 애를 먹는 사람은 비단 나 혼자만이 아니다. 그중에서도 극작가 생활이 끝나갈 무렵에 절반의 공저를 포함한 마지막 10편의 작품을 작업하던 시기의 집필 방식과 관련해서는 특히 그렇다. 그도 그럴 것이, 이 시기에는 그가 단독 집필한 『안토니우스와 클레오파트라』 『코리올라누스』 『겨울 이야기』 『심벨린』 『템페스트』의 5편과 『아테네의 타이먼』(토머스 미들턴과 공저), 『페리클레스』(조지 윌킨스와 공저), 『헨리 8세』, 지금은 소실된 『카르데니오』 『두 귀족 친척』(3편 모두 존 플레처와 공저)이 섞여 있기 때문이다.

나는 저자 판별 연구들이 이룬 성과를 과장해서 말하고 싶진 않다. 이런 연구가 시행된 뒤에도 우리는 셰익스피어의 문학적 DNA를 밝히는 데 조금도 가까워지지 못한 것이 분명하기 때문이다. 이제 어느 장면의 원고를 셰익스피어가 처음 작성하고 어느 장면의 원고를 공저자가 작성했는지에—그리고 내가 위에서 인용한 복잡한 구절은 모두 셰익스피어가 작성했는지에—대해서는 상당히 명확하게 파악할 수 있지만, 공저 작품 각각의 특성에 관한 가장 절실한 질문들 가운데 일부는 여전히 해답을 구하지 못한 상태다. 셰익스피어가 다른 작가들에게 공동 집필을 요청했을까 아니면 그들이 셰익스피어에게 다가왔을까? 누가 플롯을 생각해냈을까? 왜 이 공동 작업의 결과물이 셰익스피어가 단독으로 작업한 작품들에 비해 열등해 보일까? 새로운 저자 판별 연구는 공동 작업이 좀더 집약적인 방식으로 이루어졌을 때, 말하자면 극작가들이 의견 교환을 통해 특정 문단을 작성하거나 아마도 무의식적으로 상대방의 양식을 도용하거나 모방했을 때에도 그리 큰 도움이 되지 않는다.

그렇다면 이 주제에 관심이 있는 어떤 사람에게도 최대의 난제 가운데 하나는 당대의 극작가들의 공동 작업 방식에 대해 알려진 정보 거의가 없다는 점이다. 우리는—1591년부터 1604년 사이에 이뤄진 연극계의 거래에 관한 필립 헨슬로의 설명에 주로 의존해—그들이 공저를 했고 그의 극장에서 공연한 극단에서는 공동 집필이 예외적인 일이 아니라 일반적인 형태였다는 사실만 알고 있을 뿐이다. 하지만 그 증거를 기반으로 셰익스피어의 작업 방식을 추정하는 것은 위험하다. 그리고 셰익스피어의 활동 초창기에 이뤄진 공동 작업은 셰익스피어가 오랜 공백기를 깨고 활동을 재기한 듯한 1605년경 이후의 공동 작업과 분명히 커다란 차이를 보인다(이 현상은 그가 연기를 그만두면서 좀더 지속적인 공동 작업에 참여할 수 있는 시간이 이제 밤낮으로 생겼다는 사실로 가장 잘 설명될 법하다). 우리는 공동 저작을 설명할 적당한 용어조차 없는 형편이다('공동 작업'이라는 단어는 여전히 적에게 협력하는 듯한 냄새를 풍긴다.)● 당시의 작가들도 크게 도움이 되지는 않는다. 공동 작업에 이골이 난 벤 존슨조차 『볼포네Volpone』 서문에서 겨우 5주 만에 이 작품을 혼자서 어떻게 집필했는지를 자랑한다. "견습생, 삼류 작가, 교정자와 같은/ 공동 작업자 없이, 자신의 손으로/ 원고를 완성했네." 이 용어가 각기 의미하는 내용을 우리가 정확히 알지는 못하지만●● 함께 작업한 작가들 사이에 경험을 기반으로 나눈 서열이 존재했던 것은 꽤 분명한 듯하다.

그 밖에 우리에게 전해진 정보는 극소수에 불과하다. 예를 들어 1614년에 네이선 필드는 헨슬로에게 편지를 보내 자신의 신작을 구매하라고 권유했다. 편지에서 필드는 이렇게 말한다. "로버트 데이본●●●과 제가 플롯에 대해 상당히 오랫동안 회의를 했으므로 이 작품은 근래 7년간 등장했던 다른 어떤 작품보다 수익성이 좋을 겁니다." 이보다 더 흥미로운 일화는 1684년에 토머스 풀러가 기록한 것이다. 그가 들은 이야기에 따르면, 존 플레처와 동료 작가 한 명은 "선술집에서" 만나 "비극의 초안을 대강 궁리했다. 플레처는 플롯에서 **왕을 죽이기로** 약속했는데 그 말을 우연히 엿들은 사람 때문에(비록 이 일화에서 그

● 공동 작업 혹은 이 경우처럼 공저로 번역되는 collaboration이라는 영단어는 적국 혹은 점령국을 자진해서 돕는 행위, 즉 부역을 의미하기도 한다.
●● 일부 학자는 벤 존슨의 시대에 novice는 견습생 혹은 도제를, journeyman은 오래된 희곡을 개작하는 삼류 작가를, 견습생과 삼류 작가의 원고를 감독하거나 교정하는 작가를 의미했다고 해석한다.
●●● 자코비언 시대 영국의 극작가로 『이슬람교로 개종한 어느 기독교인A Christian Turn'd Turk』과 『가난한 사람의 위안The Poor Man's Comfort』이라는 작품을 남겼다.

의 충성심만큼은 비난해서는 안 되겠지만) 엄청난 반역죄를 저지른 것으로 몰렸다". 다행히 "그 음모가 드라마와 무대에 등장하는 왕만 겨냥했고" "모든 내용이 오락 삼아 진행되었다"는 점이 명확해지자 플레처와 공저자는 중죄 혐의를 벗었다. 허구든 사실이든 상관없이 이런 일이 없었더라면 거의 알려지지 않았을 내용, 즉 작가들이 플롯을 함께 구상한다는 사실에 대해 우리는 이 일화를 통해 간략하게나마 알수 있다. 하지만 셰익스피어가 『페리클레스』『헨리 8세』『두 귀족 친척』『아테네의 타이먼』의 플롯과 등장인물에 대해 언제 어디서 어떻게 상의했는지는 결코 알지 못할 것이다.

저자 판별 연구는 작업 분량이 얼마나 공평하게 분배되었으며 작품의 어느 부분을 각각의 극작가 집필하고 싶어했는지 설명하는 데 용이하다. 증거에 따르면, 셰익스피어가 참여한 공동 작업은 대부분 공평하고 활발한 동반자 관계였다. 작업 분량을 가장 공평하게 분배한 작품은 『페리클레스』로 윌킨스가 835행, 셰익스피어가 827행을 작성했다. 플레처는 『헨리 8세』와 『두 귀족 친척』에서 좀더 많은 부분을 담당했다(『헨리 8세』에서 플레처가 1604행, 셰익스피어가 1168행을, 『두 귀족 친척』에서는 플레처가 1398행, 셰익스피어가 1124행을 집필했다). 그리고 셰익스피어는 『타이터스 앤드러니커스』(셰익스피어가 1759행, 필이 759행)와 『아테네의 타이먼』(셰익스피어가 1418행, 미들턴이 897행)에서 가장 많은 부분에 참여했다. 비록 이 정보는 비커스의 정확한 수치를 활용한 것이지만, 작가가 개별 대사의 일부를 쓰거나 어쩌면 한 사람이 도맡아 최종 원고를 대사까지 다듬었을 정도로 공동 작업이 더 확대되었을 가능성이 크므로 이 숫자는 근삿값으로 여길 필요가 있다.

누가 어느 부분을 주로 책임졌는가에 대한 분석도 이에 못지않게 대단히 흥미롭다. 셰익스피어가 공저자에 비해 숙련도가 떨어지는 작가로 참여한 『타이터스 앤드러니커스』에서 필은 이 작품의 처음 3분의 1과 4막 시작 부분의 대단히 훌륭한 장면을 썼다. 셰익스피어는 나머지 부분을 책임졌다. 다른 공동 작업은 제임스 1세 시대에 이뤄졌고 셰익스피어는 매번 공저자보다 더 숙련된 작가였다. 『페리클레스』의 경우는 윌킨스가 처음 절반을, 셰익스피어가 나머지 절반을 집필한 듯하다. 『아테네의 타이먼』은 한층 더 복잡해서 셰익스피어가 첫 번째 장과 마지막 막을 집필한 듯하지만 나머지 부분은 대체로 함께 한 듯하다. 때로는 한 개 장이 둘로 나뉘기도 해서 미들턴과의 공동 작업은 유별나게 긴밀했음을 짐작할 수 있다. 플레처와 처음으로 공동 작업한 『헨리 8세』를 통해 셰익스피어는 희곡 집필을 다시 시작한다. 그 작품의 마무리는 플레처가 담당했지만, 미들턴과 작업할 때는 작업하는 내내 원고를 상당히 여러 번 주고받았다. 그리고 『두 귀족 친척』에서 셰익스피어는 다시 한번 서막을 담당했고 이번에는 5막의 대부분과 더불어 최종 결정권도 맡았다.

『셰익스피어, 공저자』에서 스탠리 웰스는 셰익스피어의 공동 작업이 상당히 일반적인 일이었다고 주장하면서 단서를 하나 달았다. 현존하는 극소수의 증거 중 하나를—1624년의 공동 집필 희곡, 즉 토머스 데커와 존 웹스터, 존 포드, 윌리엄 롤리가 공동으로 작업한 『과부를 깨어 있게 하라Keep the Widow Waking』와 관련된 소송을—전형적인 사례로 간주해야 한다는 것이다. 이 소송에서 데커는 1막의 여덟 쪽과 그로부터 한참 뒤에 등장하는 대사 하나를 자신이 집필했다는 증거를 제시했고, 그가 동료들이 뒤이어 작업할 줄거리를 정한 것은 분명하다. 또한 데커는 작품의 무대 공연을(혹은 적어도 일부분이라도)

"자주" 지켜봤다고 증언했다. 이는 극작가가 작품의 리허설 날이나 공연 날에 참석해야 할 일종의 직업적 의무가 있음을 나타낸다. 아마도 10년 뒤에는 그 분야에 대한 현재의 설명이 불충분하고 초보적으로 들릴 것이다. 지금은 더 많은 학자가 이 문제에 관심을 돌리고 좀더 수준 높은 접근 방법들을 개발하고 있는 실정이다. 시간은 다소 걸리겠지만 언젠가는 셰익스피어의 편집자와 전기작가들이 그의 저작 말년의 공저 단계에 대해 더 진실한 설명을 제공할 것이다.

만약 주류 학자들이 저자 판별 연구가 셰익스피어 집필 양식에 대한 우리의 이해를 어느 정도 변화시켰는지 인정하는 것을 불편하게 생각해왔다면, 그가 그 작품들을 쓰지 않았다고 믿는 사람들이 이 문제에 대해 어떻게 느꼈을지는 그저 상상에 맡길 수밖에 없다. 지금까지도 그들은 이 문제에 대해 거의 침묵을 지켜왔다. 이유를 이해하기란 어렵지 않다. 그들이 후보로 내세우는 귀족이나 궁정 조신들 중 누군가가 천한 극작가 무리와, 특히 여관을 소유하고 매춘굴을 운영했을지도 모를 윌킨스와 거의 어깨를 나란히 한 채 작업했다고 상상하기는 불가능하기 때문이다. 특히 옥스퍼드 지지자들에게 저자 판별 연구는 악몽이다. 그들이 오랫동안 고수해온 전략은 1604년에 드 비어가 사망한 뒤 미완성 원고들을 다른 극작가들이 손보거나 완성했다고 주장하는 것이었다. 정통 셰익스피어 학자들은 이런 주장을 "자선 바자" 시나리오라며 비웃는다. 그들의 주장대로라면, 미들턴과 윌킨스, 플레처가 1604년에 옥스퍼드의 유품 정리 판매에 우연히 참석했다가 입수 가능한 미완성 원고들을 발견하고는 앞 다투어 챙겼는데 손이 빠른 플레처는 세 편을 가지고 도망갔고 나머지 사람들은 각자 한 편만 얻었다는 식의 이야기를 상상할 수밖에 없다.

옥스퍼드설 지지자들은 셰익스피어가 집필했다고 알려졌지만 실은 1604년까지 드 비어가 집필한 작품들을 소수의 극작가가 손질했다고 주장했는데, 이는 얼마 전까지만 해도 반박하기가 상당히 어려운 것으로 드러났다. 하지만 공동 집필 희곡의 편집자들이 최근에 입증한 바에 따르면, 셰익스피어의 후기 작품들 가운데 일부는 한 작가가 시작해서 나중에 다른 작가가 완성했을 가능성이 없다. 그 대표적인 사례가 로이스 포터의 아든 판 『두 귀족 친척』에 등장한다. 여기서 포터는 셰익스피어가 이전 장면에서 벌인 일을 그다음 장면에서 플레처가 제대로 알아차리지 못했다고 입증한다. 2막 1장에서 셰익스피어는 간수의 딸이 팔라몬과 아시테가 어떻게 "이런저런 이야기를 많이 하시면서도 감옥에 갇혀 힘들다는 말씀은 전혀 안 하시는지"(2막 1장 40~41행) 묘사하게 만든다. 2막이 끝날 무렵 친구들이 2층 무대에 등장하지만 결코 퇴장하지는 않는다. 그리고 바로 그 장면에서 셰익스피어가 손을 놓았다. 바로 이어지는 장면을 단독으로 집필한 플레처는 셰익스피어가 할당받은 부분에서 부지런히 써내려간 내용을 대강밖에 이해하지 못했음이 틀림없었다. 그는 팔라몬과 아시테를 중앙 무대로 등장시킨다. 그리고 두 사람은 대사를 읊기 시작하는데, 좀 전에 셰익스피어가 집필한 장면에서 간수의 딸이 들려준 이야기와 반대의 주장을 펼친다. 두 사람은 마치 전투 장면 이후로 처음 만나는 것처럼, 팔라몬이 "안녕하신가, 귀족 사촌?"이라고 물으면 아시테가 "안녕하십니까?"라고 대답한다(2막 2장 1~2행). 이런 차이는 극단이 작품을 상연하는 과정에서 아마 해결하기는 했겠지만 지금까지 남아 있는 대본에서는 여전히 해결되지 않고 그대로 있다. 그리고 플레처가 오래된 미완성 원고를 수중에 넣어 완성했다는 주장은 도저히 그럴듯하게 들리지 않는다. 셰익스피어가 원저자가 아니라고 의심하는 사람들 입장에서 보면 이전에는 상황이 한결 쉽게 풀렸다. 그때는 "진짜" 저자가 최신 희곡을 글로브 극장의 뒷문으로 비밀리에 전달시켰다고 상상하는 것이 그래도 가능했기 때문이다.

"나 윌리엄 셰익스피어가". 셰익스피어 유언에서 발췌.

에필로그

돌이켜보면 셰익스피어 원저자 논쟁은 오늘날의 독서 방식에 대한 더 방대한 이야기에 덧붙인 기다란 각주로 밝혀졌다. 18세기에는 글쓰기에 관한 수많은 생각, 그중에서도 특히 자기표현인 동시에 자기 탐구로서의 문학에 대한 관심이 부상했고 이것은 오늘날 우리에게 상속되었다. 이 새로운 국면은—'근대'와 '초기 근대'를 구분하는 부분적인 기준은—가장 유명한 작가들 대부분의 작품 방향을 결정지어, 이 작가들의 개인적인 경험이 그들의 글에 잊을 수 없는 뚜렷한 특징을 남기도록 만들었다. 지난 100여 년 동안 배출된 가장 뛰어난 작가들 중 상당수의 소설과 시가—여기서 내가 생각하는 작가를 몇 명만 말하자면 조지프 콘래드, 마르셀 프루스트, D. H. 로런스, 제임스 조이스, 버지니아 울프, 프란츠 카프카, 실비아 플라스, 랠프 월도 엘리슨, 퍼시벌 로런스 로웰, 앤 섹스턴, 필립 로스, 존 쿳시 등이다—지극히 자전적이었다고 말해도 타당할 것이다. 작가의 생애와 작품 사이의 관계는 우리가 좋아하는 작가의 최신작을 사면서 궁금해하고 기대하는 요소 중 하나다.

지난 10여 년 동안 작가들의 인생에 대한 관심은 깊어만 갔다. 문예 창작 프로그램들과 베스트셀러 목록은 오늘날의 문학 문화에서 자기 표출이 얼마나 널리 번져 있는지 확인해준다. 책 표지에 실린 저자의 사진과 약력에 관한 몇 줄의 문장만으로는 더 이상 만족하지 못한다. 이제 독자들은 작가의 홈페이지와 블로그로 눈을 돌린다. 회고록으로 가장하지 않았다면 결코 팔리지 않았을 법한 소설을 발표했다는 이유로 해당 작가를 비방하는 스캔들은 1년이 멀다 하고 잇달아 터지곤 한다. 작가의 생애와 작품이 일치하지 않으면 어딘가 이상하고, 지어낸 이야기가 힘겹게 얻은 경험으로 가장하고 있으면 우리는 속은 기분이 든다.

자전적 성향이 강한 작품이 수없이 집필되는 지금의 현상은 각종 창작 문학에 거는 우리의 기대를 손쉽게 바꿔놓을 수 있다. 이제 우리는 작가가 살아온 삶의 특정한 부분이 소설에서 필연적으로 드러난다고 추측한다(예를 들어 그런 이유로 『오만과 편견』에서 엘리자베스 베넷의 낭만적 동경은 제인 오스틴의 낭만적 갈망을 훤히 드러낸다는 생각이 하나의 진실로 널리 인정받게 되었다). 이와 동시에 수많은 문학적 전기는 그것이 원래 조명하려던 허구의 작품들을 대신하게 된 형편이어서, 실비아 플라스의 결혼과 자살에 관한 책들이 현재 점유하고 있는 독자층을 『에어리얼Ariel』과 『벨자The Bell Jar』가 차지하려고 분투하는 정도다. 이런 풍조 속에서―현재 못지않게 과거의―문학작품들이 필연적으로 자전적 성향을 띤다고 추측하기란 어렵지 않다.

이것은 셰익스피어가 원저자임을 부정하는 사람들에게 축복이었다. 이들의 주장은 문학이 과거에도 언제나 그랬고 지금도 그렇듯이 자전적 성향을 띤다는 핵심 신념과 운명을 같이한다. 최근의 회의론자들이 낸 저술을 찾아보면 이들의 주장을 확인할 수 있다. 가령 다이애나 프라이스는 "창작가들이 작품에서 자신의 모습을 드러낼 수밖에 없다"고 이야기하고 행크 휘트모어는 셰익스피어의 이름이 붙은 작품들이 "허구의 탈을 쓴 논픽션"이라고 주장한다. 시대를 막론하고, 셰익스피어가 원저자임을 부인하는 작가들은 하나같이 대동소이한 주장을 펼친다. 『셰익스피어 매터스』의 편집자가 최근에 수긍했듯이 "작품 자체가 이 모든 문제의 가장 중요한 증거"이기 때문에 "셰익스피어의 희곡과 시에 대한 증거가 없다면 원작자 논쟁도 없을 것이다". 이 책에서는 베이컨 지지자와 옥스퍼드 지지자들에게 초점을 맞춰왔지만, 실은 어떤 경쟁 후보를 지지하는 주장에도 한결같이 적용되는 이야기다.

1934년에 찰스 J. 시슨이 빅토리아 시대 전기작가들의 월권을 통렬하게 비판한 「셰익스피어의 가공의 슬픔The Mythical Sorrows of Shakespeare」은 셰익스피어의 작품을 노골적으로 자전적 관점에서 해석하고 싶어한 학자들을 거의 20세기 내내 저지했다. 시슨의 경고를 한 단계 강화한 인물은 1970년대의 새뮤얼 쇼엔바움이었다. 그의 저서 『윌리엄 셰익스피어: 서류로 증명된 생애William Shakespeare: A Documentary Life』는 기록된 사실에서 한 치도 벗어나지 않은 문학적 전기의 모범을 제시했다. 하지만 셰익스피어의 작품에 내포된 자전적 내용에 대해 추측하기를 꺼리는 태도는 다른 종류의 셰익스피어의 인생, 즉 문학적 자기 표출이라는 대중적 개념에 더 잘 들어맞는 그의 삶을 갈망하는 현대 독자들을 만족시키지 못했다.

새로운 세기가 도래하자 빅토리아 시대 이후로 주류 셰익스피어 연구에서 한 번도 등장하지 못했던 주장들이 되살아났다. 2003년에 BBC 방송국의 시리즈물로 처음 방영된 마이클 우드의 「셰익스피어를 찾아서In Search of Shakespeare」는 이 분야의 선두 주자였다. 이 작품은 소네트가 "출판을 위해 아무리 많이 다듬어졌다 해도 진짜 사건과 감정을 다룬 대체로 개인적인 기록"임을 우리에게 확신시켰다. 우드는 셰익스피어의 "성적 질투심에는 그의 신체가 쇠약해지고 성 행위가 걱정스럽다는 숨은 의미가 담겨 있다"고 덧붙인다. 셰익스피어가 젊은 남성에게 열중하는 모습도 그만큼 염려스러웠다. 소네트 33번을 예로 들어보자. "현대의 심리학자라면 아들이 죽은 다음 해에 셰익스피어가 17세의 남성에게 보인 열정적이다 못해 거의 필사적인 사랑에 분명히 흥미를 느낄 것이다. 현대적 용어를 빌리면, 그의 태도는 환경에 적응하려는 일종의 감정 전이였다." 우드는 자신의 일부 주장이 추측에 근거했음을 인정한다. 예를 들어 셰익스피어가 『템페스트』 작업을 하는 동안 어떤 생각을 품고 있었는지에 대한 "증거는 없다"고 인정하면서도, 그럼에도 불구하고 그는 "셰익스피어처럼 지적이고 연극의 환상성을 잘 인식하는 작가가 자전적 요소를 가미해 플롯을 부각시키려 하지 않는다는 것은 거의 불가능하다"고 결론짓는다.

1년 뒤 스티븐 그린블랫의 베스트셀러 『세상 속의 윌Will in the World』은 미국이 낳은 당대의 뛰어난 셰익스피어 학자가 이 접근 방법을 승인한다는 표시였다. 그린블랫은 즉시 이렇게 인정한다. "셰익스피어의 생애를 탐구하려는 모든 충동은 그의 희곡과 시가 다른 희곡과 시에서 비롯될 뿐 아니라 그가 자신의 몸과 영혼으로 직접 경험한 것으로부터 나온다는 강한 신념에서 발생한다." 그는 어떤 역사적 발달로 인해 이런 신념이 생겨났는지 추측하기보다 지금까지 남아 있는 셰익스피어의 작품들 속에서 그의 직접 경험을 어떻게 되찾아올 것인지에 초점을 둠으로써, 시인의 열망과 걱정에 접근하는 것을 가능케 했다. 그린블랫의 의견에 따르면, 셰익스피어는 "인생이 그에게 나누어준 모든 것을—사회적 지위, 성별, 종교라는 고통스러운 고비들을—예술로 활용했다. (…) 심지어 그는 아들을 잃은 슬픔과 당혹감마저 미학적 자산으로 변화시켰다".

셰익스피어가 앤 해서웨이에게 보인 구애는 『베로나의 두 신사』와 『말괄량이 길들이기』 같은 희곡에서 재현된 "저항할 수 없는 즐거운 꿈을 제공"한 반면, 향후 두 사람의 불행한 결혼 이야기는 수많은 후기 희곡에서 나타난 "친밀함을 갈망하지만 끝내 좌절하는" 내용으로 재현된다. 결혼생활에 관한 적대적인 묘사로 인해—그는 셰익스피어가 유언장에서 앤 해서웨이를 어떻게 대하는지 보고 이런 생각을 굳혔다—그린블랫은 "기나긴 결혼생활의 대부분을 아내와 떨어져 살기로 마음먹은 상황을 염두에 두지 않고 작품들을 해석하기가" 힘들다. 그리고 "전기적 기록으로 간주된 소네트들에서 강력히 암시하는 내용이 한 가지 있다면, 그가 정서적으로나 성적으로 갈망했던 것을 결혼생활에서 찾지 못했다는 점이다". 200년 만에 우리는 완전히 한 바퀴를 돌아 멀론이 논의를 시작했던 원점으로 되돌아왔다.

유명한 학자 가운데 셰익스피어의 생애를 추측한 이가 결코 그린블랫 한 사람만은 아니다. 2007년에 출간된 전기 『셰익스피어를 밝히다 Shakespeare Revealed』(미국 출판사들이 '숨겨진 생애를 해독하다Decoding a Hidden Life'라는 효과적인 부제를 붙였다)에서 영국의 뛰어난 학자이자 편집자인 르네 와이즈는 "셰익스피어의 내면생활"에 대한 "중요한 단서가 희곡과 시에 담겨 있다"며 그린블랫과 유사한 결론을 내린다. 와이즈가 보기에도 소네트는 폭로적인 성향이 유난히 강하다. 가령 "건전한 힘이 절름발이에게 꺾이게 되고"(소네트 66번 8행)와 "운명의 여신에게 극심한 미움을 받아 절름발이가 된"(소네트 37번 3행)에서 사용된 은유는 어쩌면 셰익스피어가 어린 시절에 병을 앓거나 "낙마와 같은 사고"를 당해 절름발이였을 가능성이 있다고 암시한다. 와이즈는 셰익스피어가 살아오면서 경험한 일들이 그의 희곡들에서 몇 번이고 다시 드러난다고 본다. "셰익스피어가 딸을 모델로 삼아 비교적 젊은 여주인공들을 창조했다고 생각할 이유는 충분"하다.『십이야』에서 "셰익스피어는 사라진 남자 쌍둥이를 되살려내는 상상을 실컷 즐긴다". 그리고『오셀로』에서 "이아고에게 잠재된 동성애 성향은 셰익스피어와 미심쩍게 연결될지도 모른다". 프로이트나 그린블랫을 비롯한 수많은 학자가 그랬듯이, 와이즈는 셰익스피어가 "죽은 아들의 이름을 딴 희곡을 쓰게" 된 원인이 아버지의 죽음이었다고 믿는다. 결국 그는 학자들의 공통된 의견에서 벗어나『햄릿』이 1602년에야 집필되었다는 믿기 힘든 결론을 내린다.•

이런 유의 추측은 셰익스피어의 대중 전기에서 워낙 흔해져버렸고 결국은 교실로 번져나가는 바람에 다른 르네상스 극작가들의 연구에서 모범적 사례로 취급된다. 이런 현상은 직업의 특성상 분명히 생길 수밖에 없다. 나는 전기적 추측을 멀리하려고 최선을 다하는 편이지만, 그럼에도 불구하고 강의를 하거나 글을 쓰면서 불쑥 그런 식으로 언급했던 일을 떠올리면 움찔하게 된다. 이 문제를 가장 잘 묘사한 사람은 조너선 베이트다. 그는 셰익스피어 소네트에 관한 자신의 최근

• 일반적으로『햄릿』은 1600년경에 집필된 것으로 추정되며 셰익스피어의 아들 햄닛은 1596년에, 아버지는 1601년에 사망했다.

생각들을 『런던타임스』에 발표했다.

소네트가 자전적이라고 추정하는 덫에 걸리지 마라. 그것은 셰익스피어의 예술적 환상이다. 하지만 그런 행동을 자제하기는 무척 힘들다. 1990년대에 『셰익스피어의 천재성The Genius of Shakespeare』이라는 저서에서 그 문제에 대해 탐구하면서 나는 다크 레이디의 정체를 알아냈다고 확신하게 되었다. 그녀는 사우샘프턴 백작 가정에 머물던 이탈리아 가정교사 존 플로리오의 아내였다. 최근에 『시대의 영혼Soul of the Age』이라는 저서를 쓰느라 그 문제로 되돌아간 나는 경쟁 시인의 정체를 알아냈다고 확신하게 되었다. 그는 영국 최고의 명필이자 펨브로크 백작의 측근이었던 헤리퍼드 출신의 존 데이비스였다.

베이트의 결론에 따르면, "언제나 시는 마법을 부렸다. 시는 나의 이야기가 시의 묘사 속에 투영되도록 만들었다. 시는 마치 사랑 그 자체처럼 작용해, 여러분이 자신의 이야기를 다른 사람의 이야기와 연결하고 싶어하도록 만든다".

베이트의 논평은 셰익스피어가 그 희곡들을 집필하지 않았다고 의심하는 사람들에게 던지는 직접적인 도전으로 파악된다. 그의 글을 읽은 즉시 윌리엄 니더콘은 『뉴욕타임스』 편집자 블로그에 답글을 올렸다. "고매한 셰익스피어 학자들은 어째서 우리가 소네트를 단순히 상상으로 지어낸 이야기라고 생각하기를 원하는가?" 니더콘의 판단에 따르면, 소네트가 "저자의 생애를 묘사한다"고 인정하지 않는 교수들과, "셰익스피어를 평범한 환경에서 성장한 타의 추종을 불허하는 천재로 묘사한 전기와 운명을 같이하는" 사람들은 "소네트의 진실성

을 거부할 타당한 이유가" 있다. 니더콘은—스트랫퍼드 출신의 남자
는 소네트와 아무 관계가 없다는—이 타당한 이유를 애매하게 감춘
채, 중요한 셰익스피어 회의주의자들을 다룬 경쟁지의 기사와 "타당
한 의심 선언서"를 게재한 인터넷 페이지로 『뉴욕타임스』 독자들을 안
내하기로 결심한다.

셰익스피어 학자들이 희곡과 시를 자전적으로 해석하라고 권장할
수록, 셰익스피어가 그 희곡들을 썼다는 생각을 묵살하는 모든 사람
의 주장을 뒷받침하는 추정들만 점점 더 정당화할 뿐이다. 그리고 학
자들이 그런 해석을 포용하기 위해 조치를 취할 때마다, 적수들에게
더욱더 추측에 근거한 주장을 펼치라고 부추기는 셈이었다. 셰익스
피어 소네트를 옥스퍼드설 입장에서 해석한 행크 휘트모어의 최근작
『기념비The Monument』는 앞으로 사태가 어떻게 진행될지를 어렴풋이
보여준다. 심지어 다른 옥스퍼드 지지자들은 (휘트모어의 저술이 처음
배포되었다는 소식을 들은 『셰익스피어 매터스』의 편집자 윌리엄 보일이 표
현했듯이) "논란이 많고도 위험"하기까지 한 영역, 다시 말해 "새로운
영역으로의 여정이 시작된 것이 분명하다"고 생각했다. 이제 셰익스
피어 소네트는 기본적으로 허구의 창작품이 아니라 "어느 모로 보나
영국 공공 기록보관소에서 발견된 편지나 일기 혹은 어떤 문서만큼
중요하고 영향력 있는 증거 서류"로 해석될 수 있다. "사실 몇몇 경우
에 이 소네트들은 다른 어디에도 존재하지 않는 역사적 정보를 제공
한다."

2008년 11월, 나는 90여 명의 사람과 함께 런던 글로브 극장에 모
여 휘트모어의 연구 결과 발표를 들었다. 듣고 보니 그의 연구는 튜
더 왕자 이론을 우아하게 재생한 것으로 드러났다. 셰익스피어 소네

트에 관한 역사는 엘리자베스 여왕이 젊은 옥스퍼드 백작에게 마음을 빼앗겨 그와 동침했던 시기로 거슬러 올라갈 수 있었다. 두 사람의 결합으로 탄생한 존재가 사우샘프턴 백작이었다. 셰익스피어 소네트는—특히 27번부터 126번까지—옥스퍼드가 자신의 왕실 후손에게 보낸 일련의 편지로 밝혀졌다. 이 연작시는 에식스 백작의 반역이 실패한 직후인(그 일로 에식스의 친구인 사우샘프턴이 투옥되었다) 1601년부터, 왕위를 이어받을 "진정한 계승자" 사우샘프턴을 대신해 제임스 1세가 즉위한 1603년까지 집필되었다. 이 억압된 역사는 소네트에 대한 상상력 넘치는 해석과 뒤섞였다. 여기서 옥스퍼드는 아들의 옹호자 노릇을 하며 왕좌에 대한 모든 권리까지 포기하는 대신 아들의 석방을 얻어냈다. 휘트모어가 보기에 "옥스퍼드는 비탄을 배출할 진실한 수단으로 소네트를 이용해, 사우샘프턴의 운명과 관련해 자신을 책망할 수밖에 없는 개인적인 고통을 표현한다".

이것은 음모의 역사와 자서전적 분석을 상상할 수 있는 한 가장 완벽하게 결합시킨 매혹적인 성과였다. 만약 그날 저녁 관객들의 열정적인 반응이 어떤 징조였다면, 옥스퍼드 지지자들이 휘트모어의 연구 방법이 위험하다고 우려하는 것은 부적절하다는 것이었다. 내가 강의실을 둘러보자, 셰익스피어 관련 강좌에 정기적으로 참석하는 동일한 부류의 사람들이—분별 있는 차림새를 한 중산층의 중년들이—동의하듯 고개를 끄덕이며 재미있는 부분에서 크게 웃음을 터뜨리고 있었다. 나는 그 모두가 인상적이면서도 실망스럽게 느껴졌다. 음모 이론, 가짜 역사, 허구를 자전적 사실로 해석하는 것에 대한 집단적 편안함이 이미 새로운 한계점을 통과해버린 세상을 보았기 때문이다. 나는 글로브 극장을 떠나면서 에드워드 드 비어가—스트랫퍼드 출신의 장갑장수 아들과는 달리—해적들에게 붙잡힌 경험도 있었고 딸을 세 명 두었기 때문에 『햄릿』과 『리어 왕』을 집필했다고 주장할 근거가 더 타당하다는 옥스퍼드 지지자들에게 대응해 주류 전기작가들이 뭐라고 말할 것인지 궁금해졌다. 물론 자전적 증거가 중요하다고 믿는 셰익스피어 학자들이 어째서 이런 대화를 나누기 꺼리는지는 쉽게 이해할 수 있다. 하지만 그들이 전기를 집필하면서 옥스퍼드 지지자들과 비슷한 일을 했다고 인정하지 않는 태도는—아무리 그들의 총론적인 해석이 훨씬 더 현실적이고 그들이 작가의 전기를 쓰면서 작품과는 무관하게 그의 인생을 이해한다고 해도—스트랫퍼드의 셰익스피어가 그 희곡들을 쓸 만한 인생 경험을 하지 않았다고 생각하는 사람들을 당연히 격분시킨다. 내가 여전히 풀지 못한 의문은, 셰익스피어 학자들이 어째서 적수들을 (비방하지 않을 때에는 그들을) 무시하느냐는 것이다. 그들이 애써 인정하는 것보다 삶과 문학의 교차점에 대한 무언의 추정을 더 많이 공유하기 때문일까? 그리고 실제로 그들은 그렇다고 먼저 공언했다. 만약 그들이 그 정도는 인정할 용의가 있다면, 프로스페로가 캘리밴에 대해 한 말 같은 결론을 내릴 수도 있을 것이다. "여기 암흑의 씨는 내 것임을 인정하오." 어쩌면 이제 셰익스피어의 작품을 누가 썼는지에 대한 논의로부터 작품에서 저자의 정서생활, 성생활, 종교생활을 발견할 수 있는지에 관한 논의로 우리의 주의를 전환해야 할 때가 되었는지도 모른다.

증거로 미루어, 일반적인 창작 문학과 특히 셰익스피어 시대의 희곡들은 자기 표출을 위한 수단이었던 경우가 좀처럼 드물었음이 분명하다. 신앙고백과 일부 서정시를 제외하면, 하나의 장르이자 하나의 원동력으로 쓰인 자서전은 아주 드물었다. 그리고 에드먼드 스펜서나 조지 개스코인 같은 16세기 서정시인들은 심지어 자신에 대해 이야기할 때조차 초서가 『캔터베리 이야기』에서, 혹은 단테가 『신곡』에서 채택한 허구의 페르소나를 내세우는 전통에 따라, 오늘날 생각하는 자서전적 요소와는 완전히 다르게 각자의 창작품에 나오는 등장인물이 된다. 자전적 글쓰기의 증거를 찾아 그 시기를 샅샅이 뒤진 사람들은 아무 소득도 올리지 못했다. 영국 자서전의 기원에 관한 선구적 연구에서 폴 딜레이니는 16세기를 조사하면서 아무 자료도 발견하지 못했고 17세기로 눈을 돌리고 나서야 겨우 200가지 사례를 발견했을 뿐이었다. 그 사례의 절반은 "종교적 자서전"이었다. 알맞은 제목을 붙인 최근작 『튜더 가문 자서전Tudor Autobiography』에서 메러디스 스쿠라는 이 불모의 영역을 다시 찾고, 심지어 자서전적 작품에 대해 상당히 느슨한 정의를 내리며 작업에 돌입했음에도 불구하고 튜더 왕조기 작가를 10여 명밖에 찾아내지 못했다. 이 작가들은 "자신의 삶을 설교와 성자의 삶, 궁정 시와 통속 시, 역사책, 여행자의 기록, 농경법 책과 조화시키는 방법을 찾았다". 희곡만 제외하고 모든 분야를 망라한 듯하다.

일부 엘리자베스 시대 사람들이 희곡에 담긴 시사적 암시를 예의 주시했다고 알려져 있듯이, 당시의 희곡들이 자전적 성향을 띤다고 믿는 사람들은 엘리자베스 시대의 사람들이 고백적 암시에 주목했다는 사실을 입증할 수 있어야 한다. 하지만 셰익스피어 작품을 포함해 그 시기의 어떤 희곡에 대해서도 동시대인이 고백적 암시를 지켜봤다는 기록은 단 하나도 남아 있지 않다. 근대의 전기작가들이 그런 생각을 아무리 많이 했다 해도, 엘리자베스 시대의 관객들은 전혀 그렇게 생각하지 않았던 듯 보인다. 그러므로 셰익스피어가 희곡에 자전적 요소들을 새겨넣었다는 주장은 베이컨 지지자들이 주장하는 암호 이론과 상당히 비슷하다는 결론에 도달할 수밖에 없다. 즉, 후손을 위해 작품에 숨겨둔 의미를 동시대인들은 의식하지 못했지만 수백 년 뒤에는 영리한 탐사 작업을 통해 밝혀내고 해독할 수 있다는 것이다.

비록 셰익스피어가 시와 희곡을 쓰면서 때로는 개인적 경험에 의존했다 한들, 그리고 한 치의 의심도 없이 이 사실을 인정한다 해도 그가 실제로 그랬는지, 정말 그랬다면 언제, 어디서 그랬는지에 대해 어떻게 조금이라도 확신할 수 있는지 모르겠다. 분명히 그는 대단히 뛰어난 작가였기 때문에 자신의 경험을 서투르고 어수선한 방식으로, 다시 말해 자전적 요소의 흔적을 찾는 비평가들이—그가 원저자라고 옹호하는 사람들이든 회의적인 사람들이든 똑같이—우리에게 믿음을 주려고 종종 사용하는 그런 방식으로 재활용하지는 않았을 것이다. 그런 이유와 더불어 우리가 그의 개인적 경험에 대해 거의 모른다는 이유로, 아마도 그가 경험을 바탕으로 만들어냈을 법한 몇몇 장면은 여전히 우리가 분간할 수 없을뿐더러 당시에 그를 잘 알았던 사람들도 겨우 조금 더 식별하는 것에 불과했다.

더 현명한 선택은 이 작가의 경험들을 이미 되살릴 수 없다고 인정하는 것이다. 하여간 우리는 지금 무엇을 찾고 있는지도 알지 못할뿐더러, 설령 안다 해도 그것을 정확히 해석할 방법이 있을지는 전혀 확신할 수 없다. 결국 작가의 개인적 경험을 확인하려고 시도하다보면 추정만 무성해질 뿐이어서 정작 셰익스피어에 관해서보다는 전기작가에 대한 정보가 더 많이 드러날 것이다. 이쯤에서 T. S. 엘리엇의 경험을 떠올려보는 편이 좋겠다. 그는 개인적 요소와 허구적 요소를 구분하지 못하는 동시대 전기작가들이 무능력하다는 생각이 불쑥 떠올랐다. "나는 책에서 얻은 구절들이나, 어감이 좋다는 이유로 내가 창조해낸 구절들을 기반으로 내 자서전이 재구성되는 일에 (…) 익숙하다. 그리고 내가 **분명히** 개인적 경험을 기반으로 쓴 글에서 나의 전기적 사실이 변함없이 무시당하는 데에도 이골이 났다."

만약 우리가—그를 알고 지낸 수많은 사람이 여전히 살아 있고 참고할 귀중한 편지와 인터뷰 자료가 남아 있는데도—엘리엇의 시와 희곡에서 자전적 요소를 올바로 이해하지 못한다면 셰익스피어 작품의 자전적 요소를 올바로 이해한다고 어찌 기대할 수 있겠는가? 셰익스피어의 개인사를 배제하고 작품을 해석하는 사람들이—그가 좋은 남편이었다거나 나쁜 남편이었다고, 은밀한 가톨릭 신자였다거나 독실한 신교도였다고, 동성애자였다거나 이성애자였다고, 여성혐오자였다거나 페미니스트였다고, 혹은 원작자 문제와 관련해 그 작품들의 실제 저자가 베이컨, 옥스퍼드, 말로 등이었다고—끝없이 제안하는 대안들은 서로를 상쇄하다가 끝내 그의 희곡과 시가 명확히 자전적 성향을 띠지는 않는다는 결론으로 이어질 것 같기도 하다.

셰익스피어의 작품 속에서 그의 생애를 찾아내려는 노력에 반대하는 좀더 중요한 이유는, 우리의 현재 모습을 형성시킨 요인이 셰익스피어 시대에 살았던 사람들의 모습을 만들었다고 추정하게 되기 때문이다. 사회사가들은 그런 추정이 얼마나 위험할 수 있는지 입증해왔다. 초기 근대의 남녀의 삶이 오늘날 우리의 삶과 닮았다는 증거는 거의 없다. 그 시대 사람들의 성장기는 지금과 분명히 달랐다. 아동기는 짧았고, 빈부에 관계없이 대부분의 청소년은 집에서 내보내져 다른 가구에서 생활하고 일했다. 결과적으로 아이들은—심지어 왕족도—부모와 한집에서 그리 오래 살지 못했다. 가족보다는 가구야말로 사람들이 한 구성원으로 속해 있다고 생각한 가정의 단위였다. 이는 단순한 혈연이나 결혼으로 이어진 관계를 넘어선 것이었고 한 사람은 평생 동안 몇 번의 가구를 거칠 수도 있었다. 이 모든 조건에도 불구하고, 성격 분석적 전기의 중심에 자리잡은 선입관, 즉 현대와 마찬가지로 당시에도 일반적으로 핵가족이 존재하고 그로 인해 아동이 발달과정에서 어려움을 겪었다는 생각은 깨기 어렵다.

셰익스피어의 창작품에 등장하는 가족의 발달 형태가 반드시 그 시대에 나타난 일반적 현상인 것은 아니다. 이와 마찬가지로, 줄리엣이 열세 살에 결혼했다고 해서 당시 사람들도 그 나이에 혼인을 했다고 추측해서는 안 된다(일반적으로 남녀 모두 스물다섯 살이 돼서야 결혼을 했고, 셰익스피어의 세 형제를 포함해 20퍼센트쯤 되는 사람들은 평생 독신으로 살았다). 셰익스피어 작품에서 저자의 인생을 엿보았다고 생각하는 사람들이 오로지 그가 아버지와 아들, 아내, 딸들과 나눈 관계에만 초점을 둔 것은 이상하다. 이들은 하나같이 그가 성인이 된 뒤에 거의 떨어져 지냈던 사람들이기 때문이다. 이 모두가 어찌나 모호한지 수상하기 짝이 없다. 확실히 알지는 못하지만(그리고 요점은 우리가 모른다는 것이다) 셰익스피어와 가장 중요한 관계를 맺은 인물들은 동료 작가와 배우, 주주, 후원자, 지주, 이웃, 애인 및 친구들, 혹은 그가 집필활동을 했던 사반세기 동안 교류한 가구 구성원들이었는지도 모른다. 하지만 이 관계에 대해서는 어떤 증거도 남아 있지 않다.

엘리자베스 시대의 가구에서 여성들이 어떤 삶을 살았는가는 무시되거나 잘못 해석되어왔다. 저메인 그리어의 『셰익스피어의 아내Shakespeare's Wife』와 같은 연구들 덕분에—맥아 매점매석에서 소액 대부업에 이르기까지—셰익스피어가 스트랫퍼드에서 벌인 경제활동에 관한 문서 가운데 상당수가 앤 해서웨이가 맡아서 처리하던 문제들과 관련 있다는 사실이 이제 명확해졌다. 남편이 대체로 런던에서 지낸 거의 30년이라는 세월 동안 그녀는 가구를 돌보는 복잡한 사업에서 한몫 담당했다. 이 대목에서 두 명의 전기작가는 실수를 저질렀다. 셰익스피어가 맥아 판매상이라는 개념에 사로잡혔을 뿐 아니라 앤 해서웨이가 소박맞고 수동적이며 어쩌면 부정한 아내였다는 상상에서 도저히 헤어나오지 못했기 때문이다.

게다가 초기 근대의 정서적 반응이 오늘날의 정서적 반응과 어느 정도로 비슷한가에 대해 의심해볼 이유도 있다. 우선 당시의 반복적이고 치명적인 역병의 발발, 출산 중 사망, 흉작, 높은 유아 사망률이 사회 유대와 가족 유대에 방해가 되었을지도 모른다. 그다음으로, 가족의 유대는 오래 지속되지 않았다. 일반적으로 사람들은 40대 중반이면 세상을 떴기 때문이다. 셰익스피어의 부모와 딸들처럼 꽤 장수하는 사람들도 더러 있었다. 하지만 셰익스피어의 일곱 형제자매는 46세를 넘기지 못했고 그는 52세에 사망했다. 일각에서는 어린 아들 햄닛의 죽음으로 셰익스피어가 얼마나 슬퍼했는지에 관해 터무니없는 주장들을 제기해왔다. 하지만 셰익스피어는 햄닛이 태어나고 얼마 지나지 않아 스트랫퍼드 어폰 에이번을 떠나 런던에 간 뒤로 아들을 몇 번밖에 만나지 못했을 가능성이 크다.

그 밖에 사랑과 결혼처럼 변치 않으리라 짐작하는 것들도 당시에는 오늘날과 달랐다. 스트랫퍼드의 기록에 따르면, 셰익스피어가 열여덟 살에 결혼하겠다고 결심한 것은 예외적인 일이었다. 결혼하는 나이가 늦었고 사생아 비율이 극도로 낮았다는 점을 고려하면, 당시 사람들은 성적 욕망을 바람직한 방향으로 돌렸거나 생식과 관계없는 성행위를 배출 수단으로 삼았거나, 아니면 두 가지 모두에 해당되었을 것이다. 사람들은 '이성애' 혹은 '동성애' 같은 근대적 이분법의 측면에서 생각하지도 않았다. 더욱이 오늘날 우리가 누리는 개인 사생활이나 위생의 정도는 셰익스피어와 동시대인들에게 낯설었을 것이다. 그들은 방은 물론 침대까지도 함께 사용했고 포크와 손수건, 잠옷 같은 물건이 이제 막 보급되어 사용되던 시절에 살았다.

심지어 중요한 개념의 의미조차 현재와 동일하지 않았다. 가령 '개인'을 규정하는 요소가 이에 해당된다. 셰익스피어를 포함한 작가들은 개성을 '변별성'이나 '특수성'과 같은 근대적 개념으로 설명하기 시작했는데, 이는 개성이란 말이 오랫동안 의미했던 '불가분성'과 정반대의 뜻이었다. 심지어 사회적 발달 혹은 심리적 발달 같은 근대적 개념에 가까운 주제를 다루는 소수의 엘리자베스 시대 작품들을 살펴봐도 아무 소용이 없다. 1600년에 『인생의 시기별 차이The Differences of Ages of Man's Life』를 집필한 헨리 커프는 피타고라스가 구분한 인생의 네 단계 '유년기, 청년기, 성년기, 노년기'와 아리스토텔레스가 구분한 삼분법 '아동기, 변성기, 노년기' 사이에서 한 발짝도 더 나가지 못했다. 그는 개인의 심리라는 측면에서 생각하지 않는다. 사람들을 유형으로 나누고 각각의 유형은 체온이나 체수분의 불균형에 따라 다르게 행동한다고 주장한다. 커프의 입장에서 보면 이 이론은 아이들이 분별이 없고, 성마른 사람들이 일찍 사망하며, 노인들이 의심이 많은 이유를 설명해준다. 커프를 예로부터 물려받은 이론적 범주에 갇힌 답답한 학자라고 일축할 수도 있겠지만, 셰익스피어와 그의 작품, 그리고 그와 비슷한 다른 작가들의 작품에 담긴 복잡한 심리보다는 벤 존슨의 기질을 훨씬 더 편하게 생각하는 사람은 엘리자베스 시대 사

람들이 동기나 개성, 행동에 대해 오늘날의 사고방식과 다르게 생각
했다고 주장한다. 당시 사람들은 성장과정에 관련된 현대적 개념에도
동의하지 않았다. 이는 셰익스피어의 일생을 다룬 수많은 전기에 나
타나는 특징으로 그에게 성적, 종교적, 혹은 가족적 트라우마를 덧씌
우고 때로는 이 세 가지 특징을 모두 부과한다. 하지만 그의 희곡에
서 끌어들인 것을 제외하면 이런 특성에 관한 실질적인 증거는 전혀
남아 있지 않다.

자아와, 자신이 세상에서 차지하는 위치에 대한 근대 이전의 개념
들은 오늘날의 개념과 일치하지 않았다. 그리고 사회사가들이 그 차
이를 규명하려고 여전히 노력하는 중이지만, 초기 근대 남녀의 삶을
근대성의 관점으로 바라볼 생각이라면 그 작업은 조심스럽게 진행할
필요가 있다. 더욱이 당시가 신앙의 시대였다는 (혹은 적어도 예배 참
석이 의무였던 시대였다는) 점을 고려하면 삶, 죽음, 그리고 사후세계에
대한 사고방식을 형성하는 데에는 종교가 담당한 역할도 오늘날보다
훨씬 더 대단했다. 셰익스피어가 우리와 비슷했기를 원하는 마음이
큰 만큼 그와 우리의 차이점도 컸다. 그리고 전기작가들은 그가 우리
와 비슷했다고 상상하도록 유도함으로써 우리를 잘못된 방향으로 이
끈다.

최근에 한 친구가 『파이낸셜타임스』에 실린 수전 엘더킨의 탁월한
비평을 내게 알려주었다. 그녀는 저자들이 한 번도 방문한 적 없는
장소를 배경으로 쓴 소설들에 대해 이렇게 평가했다.

몇 년 전 라디오 4●의 「프런트 로Front Row」●●에서 마크 로슨●●●은 『집이라 할 만한 곳Something Like a House』으로 휘트브레드 최우수 소설상을 수상한 작가 시드 스미스와 인상적인 인터뷰를 진행했다. 문화혁명 기간의 중국을 배경으로 한 이 소설은 소작농의 생활을 생생하게 환기시켜 널리 찬사를 받았다. (…) 스미스의 묘사에 깊은 인상을 받은 로슨은 저자에게 표준 중국어를 유창하게 구사하는지 물었다. 스미스는 아니라고, 중국어를 할 줄 모른다고 대답했다. 로슨은 저자가 중국에서 일한 적이 있느냐고 물었다. 그는 그런 적이 없다고 대답했다. 이쯤에서 로슨은 당황했다. "하지만 중국에 다녀온 적은 있으시죠?" 그가 말했다. 잠시 침묵이 흐른 뒤 스미스가 아니, 사실은 중국에 한 번도 가보지 못했다고 차분히 딱 잘라 말했다. 로슨은 당연히 아연실색했다. 『집이라 할 만한 곳』은 오랫동안 직접 경험해야만 알 수 있을 것 같은 중국생활에 관한 특이한 정보로 가득하다. (…) 그래도 인터뷰에서 가장 재미있는 부분은 로슨이 담당했다는 사실이 아니라 스미스가 조금도 변명하려 하지 않았다는 점이다. 그는 자신이 묘사할 중국의 모습을 런던 도서관, 영화, 신문, 인터넷에서 찾아냈다.

바로 그 주에 영국 국립 도서관에서 작업하는 동안 나는 현존하는 두 권의 엘리자베스 시대의 시집 『리샤, 혹은 사랑의 시Licia, or Poems of Love』 중 한 권을 이용했다. 이 작품은 1593년에 익명으로 출판되었고 51편의 소네트와 한 편의 송가, 한 편의 비가, 마치 "리처드 3세

─────────
● 영국의 공영방송 BBC의 라디오 채널 중 하나로 담화, 드라마, 분석, 예술에 관해 다룬다.
●● 예술과 문학, 영화, 미디어, 음악을 주제로 생방송으로 진행되는 프로그램이다.
●●● 영국의 기자이자 칼럼니스트, 방송 진행자, 작가로 1998년부터 2014년까지 이 프로그램을 진행했다.

가 집필한" 것처럼 흘러가는 '리처드 3세의 즉위The Rising to the Crown of Richard the Third'에 관한 특이한 시 한 편이 담겨 있다. 이 작품은 당시에 소네트와 어쩌면 『리처드 3세』를 집필하느라 바쁘게 보내던 셰익스피어의 눈길을 사로잡았을 법한 그런 유의 작품이었다. 『리샤, 혹은 사랑의 시』의 저자는 제법 긴 서문을 덧붙였고 서문 중간에 시드 스미스와 마크 로슨이 4세기 뒤에 나눈 대화를 예견하는 듯한 놀라운 문장을 제시했다. "사람이 사랑에 대한 글을 쓰더라도 실제로는 사랑에 빠지지 않았을 수도 있다. 게다가 농사에 대해 쓰더라도 경작을 하지 않고, 혹은 마녀에 대해 쓰더라도 마녀가 아닐 수도 있다." 이는 내가 아는 그 어떤 설명보다도 셰익스피어의 『소네트집』『뜻대로 하세요』 『맥베스』의 저자를 적절히 묘사한다.

『리샤, 혹은 사랑의 시』를 쓴 저자의 정체가 당대에 널리 알려졌을 가능성은 없다. 그 이후로 학자들은 (작가 아들의 우연한 발언을 근거로) 그 작품의 저자가 가일스 플레처라는 사실을 알게 되었다. 플레처는 1593년에 이런 소네트들의 화자로 등장하는 젊은 연인이라는 페르소나와는 거리가 멀었다. 그는 중년의 기혼 남성으로 일곱 명 이상의 자녀를 둔 아버지였고 제정 러시아 황제의 궁전에 사절단으로 파견되는 위험한 임무를 마치고 최근에 귀국한 노련한 외교관이기도 했다. 플레처는 엘리자베스 여왕 시대의 역사에 대해 집필하고 싶었지만 벌리 경이 그처럼 정치적으로 민감한 계획에 찬성하지 않자 집필을 보류했다. 그래서 이와는 완전히 다른 일을 시도했다. "내가 집필한 이런 유형의 시에 대해 말하자면, 나는 오로지 상상력을 입증하기 위해 썼다." 그는 라틴 시를 대단히 많이 차용했고(아마 플레처에게는 낯선 개념이었겠지만 오늘날이라면 표절이라 말했을 것이다) 그중에서도 특히 히에로니무스 안제리아누스의 「가장 기품 있는 세 명의 시인Poetae Tres Elegantissimi」을 즐겨 인용했으며 시드니의 『아스트로펠과 스텔라Astrophel and Stella』에 대한 존경의 뜻을 여기저기서 내비쳤다. 그리고 리샤라는 유별난 이름 역시 시드니가 3년 전에 출간한 『아케이디아Arcadia』에서 차용했을 가능성이 높다. 이 작품은 "리샤의 여왕"을 비롯해 "정복당한 열한 명의 미인"을 다소 상세하면서도 약간 조롱하듯이 묘사한다. 소네트는 자전적인 내용을 담을 필요가 없으며 심지어 독창적일 필요도 없다. 시인들이 페르소나를 내세우기 때문이다. 때로는 허구의 애인을 지어내기도 한다(그래도 플레처의 책이 등장한 뒤에 젊은 케임브리지 학생이 과거에 리샤와 동침한 적이 있었노라고 떠벌리는 것을 막지는 못했다).

만약 자일스 플레처가 자신의 '상상력'을 "입증하기 위해" 소네트를 집필할 수 있었다면 셰익스피어 역시 그렇게 할 수 있었을 것이다. 만약 시드 스미스가 중국에 관해 설득력 넘치는 책을 집필하기에 충분할 정도로 정보를 수소문하고 책을 읽을 수 있었다면, 틀림없이 셰익스피어도 베니스와 베로나를 책에서 다루기 위해 그와 마찬가지 과정을 해낼 수 있었을 것이다. 우리는 그가 물불을 가리지 않고 자료를 모았다는 사실을 알고 있다. 리처드 2세의 치세를 조사할 때면 그는 한두 권의 책에서 발견한 내용에 만족하지 않고 그에 관해 기록한 거의 모든 자료를 어떻게든 손에 넣었다. 그가 부유한 귀족이 아니었다면 그토록 많은 서적을 결코 접하지 못했으리라는 주장은 터무니없다. 누구도 토머스 데커를 두고 이런 질문을 던지지는 않는다. 데커는 부채로 인해 투옥되었다가 석방된 뒤 1599년 한 해에만 (아찔할 정도로 많은 인쇄 자료를 참고하여) 11편의 희곡을 작업했다. 그렇다면 데커와 셰익스피어 같은 전문 극작가들은 어떻게 그토록 많은 서적에 접근할 수 있었을까? 그에 대해 확실히 알려진 바는 없다. 그들은 자료의 일부를 소장했고 일부는 빌렸으며 영감의 원천을 더 찾겠다는 일념으로 런던의 수많은 서점을 둘러봤을 것이다. 엘리자베스 시대의 극단들은 정교한 의상 한 벌에 10파운드 이상을 지출하면서도 완성된 희곡 한 편에는 겨우 6파운드밖에 지불하지 않았다. 게다가 그들은 비교적 가격이 저렴한 책을 상당수 보유하고 있었을 것이다. 극단으로서는 극작가가 제안한 원고를 구입하고 나면 약속된 희곡을 연구하고 집필하는 데 필요한 자료를 해당 극작가에게 제공하는 것이 이득이었기 때문이다.

셰익스피어가 세상에 대해 가진 지식은 책에서 발견한 내용에만 국한되지 않았다. 엘리자베스 시대의 런던에는 수천 명의 '이방인' 혹은 외국에서 태어난 사람들이 살고 있었으므로 각양각색의 여행객들과 만나는 것이 그리 어렵지는 않았다. 개중에는 해외에서 런던을 방문한 사람이나 런던에서 생활하는 사람도 있었고 세상 경험이 풍부한 영국 상인이나 항해가도 있었다. 호기심 넘치는 셰익스피어는 신중하게 주고받은 몇 번의 대화를 통해 여러 희곡의 배경이 될 이탈리아에 관한 필요한 정보를 모두 얻었을 수도 있다.

이처럼 직접 경험에 집착하다보면 극작가들이 매사냥, 사냥, 테니스를 비롯해 여타 귀족적 취미에 정통해야 한다는 생각마저 들게 된다. 배우 시절에 영국 전역의 여러 귀족 저택에서 순회공연을 한 셰익스피어가 부유한 귀족들이 여가를 즐기는 모습을 자주 지켜보지 못했다면 오히려 그것이 놀라운 일일 것이다. 궁정의 생활 양식에 대해 말하자면 셰익스피어는 왕궁을 여러 차례 방문했고 군주와 조신들의 행동 방식을 관찰하기에 이상적인 입장이었다. 200년 전에 스티븐스가 멀론에게 경고했듯이, 셰익스피어가 오직 자신의 감정이나 경험을 주제로 작품을 쓸 수 있다고 주장하다보면 대단히 염려스러운 결론들에 이를 수도 있다. 만약 유혈이 낭자한 희곡들을 진심으로 자전적 증거로 간주해야 한다면 누구든 이런 작품들을 쓴 사람은 살인자의 마음에 이례적으로 접근했었다는 말이 된다. 게다가 이 희곡들은 악당, 거짓말쟁이, 협잡꾼, 간통자, 겁쟁이, 고아, 영웅, 강간범, 포주, 뚜쟁이, 미치광이로 넘쳐난다. 셰익스피어의 희곡들은 좋아하는 요리만 골라서 만찬을 즐길 수 있는 아라카르트 메뉴가 아니다. 메뉴판을 보고 우리가 간절히 바라는 셰익스피어의 성격에 부합하는 특징들만 가려내고 그다지 구미에 맞지 않는 특징들은 무시할 수 없는 노릇이다. 그 요소들은 모두 셰익스피어의 상상의 산물이었다.

셰익스피어를 상대로 제기된 가장 상습적인 비난 가운데 하나는 그가 그 희곡들을 집필할 만큼 충분한 정규 교육을 받지 못했다는 것이다. 그리고 일부 사람은 그가 정규 교육을 **조금이라도** 받았다는 기록이 없다고 주장해왔다. 그들이 빼놓고 말하지 않은 이야기는, 셰익스피어의 시대의 학생들에 관한 기록이 모두 소실되었기 때문에(그래도 교사들의 이름은 알려져 있고 튜더 시대의 마을 부속 예배당에 마련된 교실은 오늘날까지 남아 있다) 당시의 어느 누구도 스트랫퍼드에서 교육을 받았다는 증거가 없다는 점이다. 그렇다면 셰익스피어와 동년배였던 런던의 출판업자이자 리처드 필드 역시 학교에 다녔다는 기록이 없으므로 교육을 받지 못했다고 상상해야만 할까? 아니면, 다른 스트랫퍼드 거물들의 아들들도 그중 일부가 옥스퍼드 대학에 진학했음에도 불구하고 대학에 가기 전까지 글을 읽지 못했을까? 학자들이 엘리자베스 시대 문법학교의 교과과정을 철저히 재구성해본 결과, 셰익스피어와 필드가 그곳에서 공부한 과정은—그리고 이들과 유사한 교육을 받은 수많은 연극 애호가들이 동종의 학교에서 배운 교육과정은—오늘날의 학사 학위과정과 비슷했으며 일반적인 고전학과 전공 학생보다 그곳 재학생의 라틴어 실력이 더 뛰어났음이 입증되었다.

이와 마찬가지로 터무니없는 주장은 셰익스피어의 어휘가 문법학교 밖에 나오지 못한 사람이 구사할 법한 수준을 훌쩍 뛰어넘었다는 것이다. 셰익스피어의 언어 연구 분야에서 손꼽히는 전문가인 데이비드 크리스털이 입증했듯이, "셰익스피어가 영국 작가들 중에서 어휘력이 가장 풍부했다"는 신화는 떨쳐버리기 쉽지 않다. 셰익스피어가 무려 3만 개의 단어를 사용했다는 등의 인상적인 주장들이 공공연히 논의될 때도 많다. 만약 단어의 이형들을('고양이'와 '고양이들' 혹은 '말하다'와 '말한다'를 모두) 계산한다면 이 주장은 사실이다. 이형을 제외하고 계산하면, 그의 어휘는 2만 단어 정도였다. 이 숫자 역시 상당히 크지만 그의 희곡과 시에서 다뤄진 광범위한 주제와 현재까지 남아 있는 방대한 작품 수를(셰익스피어 전집에 사용된 어휘의 수는 90만 단어에 달한다) 고려한다면 그리 놀랍지는 않다. 또한 크리스털은 현대 영어에서 통용되는 약 100만 개의 단어 가운데 "대다수의 사람이 사용하는 단어는 적어도 5만 개다"라는 점도 언급한다. 그런데 셰익스피어보다 두 배나 많은 실용 어휘를 사용하는 우리 중에 『로미오와 줄리엣』과 비슷한 수준의 작품을 썼다고 자랑할 수 있는 사람은 거의 없다.

엘리자베스 시대의 문법학교가 제공한 교육과정에 대해 무지했던 탓에 회의주의자들은 그 희곡들의 진짜 저자가 당시의 관객들이 대부분 이해하지 못하는 작품을 의도적으로 집필했다는 주장도 펼쳤다. 다이애나 프라이스는 이런 의문을 제기한다. 만약 셰익스피어가 "주로 글로브 극장의 일반 대중을 위해" 그저 글을 쓰고 있다면 "그 희곡들에서 그만한 교양과 학식이 무슨 소용일까?" 이런 생각은 속물근성이라기보다는 셰익스피어의 희곡들을—그리고 교양과 학식에 관해 말하자면 말로, 존슨, 웹스터, 마스턴, 채프먼의 훨씬 더 학구적인 작품들을—관람하기 위해 돈을 지불한 관객들이 얼마나 많은 내용을 쉽게 알아들었는지에 대한 빈곤한 이해력 때문이다. 셰익스피어가 당시에 일반적인 제한된 정규 교육을 받았다고 공격하는 사람들은 한 가지 사항을 더 무시하고 있다. 즉, 예나 지금이나 포부가 있는 작가들이라면 교실 교육이 끝나고 한참 뒤에 책과 외국어를 비공식적으로 공부한다는 것이다. 우리는 이 셰익스피어가 학교를 마치고 나서 전문적인 작가와 배우생활을 시작하기 전까지 10여 년 동안 얼마나 많은 공부를 했는지 전혀 알지 못한다.

스트랫퍼드의 셰익스피어가 그 희곡들을 쓸 만한 인생 경험을 하지 못했다는 주장에서 가장 실망스러운 점은, 이런 생각이 셰익스피어를 대단히 특별한 존재로 만들어주는 바로 그 특징, 즉 그의 상상력을 폄하한다는 것이다. 야심만만한 배우 시절, 셰익스피어는 자신을 무대 위의 수많은 등장인물처럼 상상하는 재능을 분명히 발휘했을 것이다. 글쓰기로 눈을 돌린 뒤에는 한층 더 설득력 넘치는 상상력을 입증해 보였다. 그 상상력 덕분에—크고 작은 다른 수백 명의 등장인물과 더불어 로절린드와 햄릿, 리어, 줄리엣, 티몬, 브루투스, 레온티스, 클레오파트라 같은—얼마나 깊이 있고 복잡한 역할들을 창조해냈던지, 심지어 그중에서 가장 하찮은 인물조차 4세기가 지난 뒤에도 대단히 인간적이고 독특해 보인다. 특히 매혹적인 부분은 그가 이런 등장인물들을 대부분 실제로 창조하지 않았다는 점이다. 그는 거의 모든 등장인물을 자신이 알았던 사람들이 아니라—그가 몇 번이고 반복해서 참고한 자료인 노스의 『플루타르코스 영웅전』 번역본과 홀린셰드의 『연대기』를 포함한—다른 작가들의 작품 속에서 미완의 상태로 발견했다. 그 책들에 담긴 이야기와 묘사는, 그가 이 내용을 철저히 변형해 그 안에 생명력을 불어넣기 위해 무엇이 필요한지를 파악할 수 있을 때까지 오랫동안 그의 뇌리에 박혀 있었다.

개인적인 경험을 기반으로 글을 쓴다는 주장은 은연중에 일종의 사실주의를 옹호한다. 이 경험이 도움이 될 때에는 셰익스피어도 사실적으로 글을 썼다. 하지만 사실주의만으로 어딘가 부족할 때면 한 치의 망설임 없이 신들을 무대에 끌어올리거나, 다른 인물들의 눈에 보이지 않는 등장인물을 등장시키거나, 시간을 거슬러 올라가게 설정하거나, 조각상에 생명을 불어넣었다. 만약 직접 경험으로 알고 있는 사실을 집필하는 데에 정말로 관심이 있었다면 셰익스피어는 존슨, 데커, 미들턴을 비롯해 당대의 수많은 다른 극작가가 선택했던 방식을 따랐을 것이다. 즉, 자신이 성장기를 보낸 장소나 제2의 고향인 런던을 극의 배경으로 설정했을 것이다. 하지만 그런 장소 대신—빈, 베로나, 베니스 혹은 고대 영국과 아테네, 트로이, 티레, 로마 같은—머나먼 땅이나 과거 시대를 극의 배경으로 설정함으로써 상상력을 더 자유롭게 펼치기로 결정했다. 『심벨린』에서는 심지어 근대 이탈리아인들과 고대 로마인들이 서로 어우러지게 만들기도 했다.● 심지어 셰익스피어가 개인적 경험에 가장 가까이 다가가서 『뜻대로 하세요』의 플

롯이 대부분 워릭셔의 아든 숲을 배경으로 전개되도록 설정할 때에
도 그 장소는 목동과 은둔자들만이 아니라 사자와 뱀, 혼인의 신인
휘멘도 거주하는 마법의 풍경으로 드러난다.

『옥스퍼드 영어사전』이 상기시켜주듯, '상상'이란 "실제로 감지하지
못하는 현상이나 사물의 정신적인 개념을 만드는 것"으로 "사물의 실
재와 일치하지 않는" 것이라는 뜻이다. 그러므로 간단히 말해, 상상
은 경험이―우리가 보거나 듣거나 느끼는 것이―끝나는 지점에서 시
작된다. 셰익스피어는 희곡작품에서 자신의 개인사에 대해 많은 이야
기를 들려주지 않는 듯하지만 상상의 작용에 대해 어떻게 생각하는
지는 종종 알려준다. 셰익스피어가 창조한 가장 위대한 피조물로 널
리 인정받는 햄릿이 오필리어를 향해 상상의 힘에 대해 누구보다 설
득력 있는 주장을 펼치는 것은 결코 우연이 아니다. "나는 아주 오만
하고 복수심이 강하며 야심만만하다오. 나 자신이 명확히 의식한 죄,
상상으로 뚜렷한 형태를 부여한 죄, 기회만 있으면 단번에 범하려고
하는 죄 외에 어떤 죄를 더 저지를지 모르오."(3막 1장 123~124행) 햄
릿이 자신의 창조자와 가장 많이 닮은 부분은, 그가 해적에게 사로
잡히거나 아버지의 죽음을 애도한다는 사실이 아니라 종종 무모하기
그지없는 생각에 형태와 단어를 부여할 능력이 있다는 점이다. 햄릿
은 호레이시오에게 이렇게 따져 묻는다. "알렉산더 대왕의 존엄한 유
해가 마지막에는 술통 마개가 될지 모른다고 상상해볼 수도 있지 않
은가?"(5막 1장 195행)

● 이 작품의 중심인물인 포츠머스는 시기상 고대 로마 시대이지만 분위기상 르네상스 이
탈리아와 공통점이 더 많은 도시, 로마로 추방되어 두 명의 근대 이탈리아인인 이아키모와
필라리오를 만나게 되고, 로마 원로원의 계획에 따라 고대 로마의 병사들과 함께 브리튼
원정에 나서기도 한다.

헬레나와 리어, 안토니오, 미란다, 빈센티오, 가우어, 말볼리오, 폴릭세네스는 셰익스피어의 희곡에서 상상력에 대해 깊이 생각해보는 —통치자와 연인들, 금욕적인 인물과 정직한 인물들, 자기기만에 빠진 인물과 자신을 잘 아는 인물들을 비롯해—무수한 등장인물에 속한다. 그런데도 셰익스피어가 『한여름 밤의 꿈』에서 상상의 힘에 대해 가장 회의적인 태도를 보이는 인물인 테세우스에게 가장 인상적인 상상력의 정의를 맡긴 것은 적절한 선택이었다.

나는 절대로
이런 옛 전설이나 요정의 장난을 믿지 못하겠소.
연인들과 광인들은 머릿속이 어쩌나 복잡하게 끓어오르는지
터무니없는 환상을 그려내고 냉정한 이성으로는
도저히 이해할 수 없는 일들을 상상해낸다오.
광인과 연인, 시인은
오로지 상상으로 꽉 차 있소.
이들은 거대한 지옥보다 더 많은 악마를 본다오.
바로 광인이 그렇지. 광기에 빠진 연인도
집시의 검은 얼굴에서 트로이의 헬렌의 아름다움을 본다지.
세련된 망상으로 굴러가는 시인의 눈은
천상에서 지상을, 지상에서 천상을 쳐다본다오.
그리고 상상력이 미지의 사물에
일정한 형상을 부여하면 시인의 펜촉은
이들을 구체적인 모습으로 만들고 존재하지 않는 헛것에
거주지와 이름을 부여하지.

강력한 상상력은 솜씨가 어쩌나 뛰어난지

그 어떤 기쁨을 감지하기만 하면

그 기쁨의 원천을 상상 속에 끌어들이거나 창조해낸다오.

(5막 1장 2~20행)

이 대사에서 대단히 재미있는 부분 중 하나는 테세우스 자신이 '고대의 우화'라는 점이다. 연인이나 미치광이들과 더불어 작가들은 "알려지지 않은 것의 형태"를 상상할 줄 아는 대단히 뛰어난 능력을 지니고 있다. 하지만 상상을 "구체적인 모습으로 만들고 존재하지 않는 헛것에/ 거주지와 이름을 부여"할 수 있는 인물은 작가들밖에 없다. 문학작품의 수수께끼에 대해 이보다 더 나은 정의를 상상하기란 쉽지 않다. 이 대사를 말하고 나서 얼마 지나지 않아 테세우스는 보텀과 다른 "투박한 직공들"이 공연하는 연극을 관람하고 자신이 그 경험을 통해 변화되었다고 생각한다. 직공들의 연극을 보고 그가 보인 반응은 셰익스피어가 쓴 가장 멋진 대사의 하나로 손꼽힌다. "아무리 최고라 한들 연극이란 그림자일 뿐이지. 그러니 최악의 연극이라 해도 상상으로 보충하기만 한다면 그리 나쁘지는 않소." 그가 포로로 데려온 예비 신부 히폴리타는 테세우스와 더불어 우리에게도 다음과 같은 사실을 재빨리 상기시켜준다. "그것은 당신의 상상이지 그들의 상상은 아니잖아요."(5막 1장 210~212행)

꽃

몇 년 전 이 책을 쓰면 어떨까 하는 생각을 처음 떠올렸을 무렵 나는 한 친구에게서 다음과 같은 질문을 받고 그만 당황하고 말았다.

"그 희곡들을 누가 썼든 뭐가 달라지지?" 당시에 내가 제시한 반사적인 대답은 이제 훨씬 더 명확해졌다. "많은 점이 달라지지." 우선, 셰익스피어가 살았고 글을 썼던 세상에 대한 사고방식이 달라진다. 그리고 초기 근대에서 현대까지 일어난 수많은 변화에 대한 사고방식은 한층 더 달라진다. 하지만 모든 관심사 가운데서 가장 크게 달라지는 것은 그의 희곡들을 해석하는 방법이다. 이제 우리는 시인들이 "존재하지 않는 것"에 "거주지와 이름"을 줄 수 있다고 셰익스피어 자신이 생각했음을 믿을 수 있다. 아니면, 이 "존재하지 않는 헛것"이 그 뜻을 해독할 필요가 있는 정체를 위장한 무언가로 밝혀진다고, 그리고 셰익스피어가 직접 경험하지 않았더라면 "미지의 사물"을 상상할 수 없었다고 결론 내릴 수도 있다. 이는 엄연한 필연적인 선택이다.

참고문헌

셰익스피어 원저자 논쟁을 다룬 문헌은 방대하다. 그것이 가능할지는 모르겠으나, 그 문헌들을 모두 다룬다면 이 책의 길이는 지금의 몇 배로 늘어날 것이다. 그러므로 다음은 내가 지금까지 참고한 인쇄물, 필사본, 그리고 전자 양식의 구체적인 자료에 국한된 길라잡이다. 그러므로 관심 있는 사람이라면 누구나 이 자료를 참고해 내 연구를 되짚어보거나 그에 관한 후속 연구를 할 수 있다.

이 논쟁의 개요를 살펴보고 싶은 사람들 입장에서는 만족할 만한 연구가 상당 부분 이뤄졌으며 나는 이 모두가 도움이 되고 믿음직하다고 생각한다. 예를 들어 *R. C. Churchill, Shakespeare and His Betters*(London, 1958)와 H. N. Gibson, *The Shakespeare Claimants*(London, 1962); Warren Hope와 Kim R. Holston, *The Shakespeare Controversy*(Jefferson, N. C., 1992), John F. Michell, *Who Wrote Shakespeare?*(London, 1996) 등이 있다. 이 논쟁에 관한 초기 참고 문헌이 궁금하다면 W. H. Wyman, *Bibliography of the Bacon Shakespeare Controversy*(Cincinnati, 1884), Joseph S. Galland의 박사학위 논문 *Digesta Anti-Shakespeareana*(Evanston, Ill., 1949)를 보라.

셰익스피어를 지지하는 가장 강력한 주장들에 흥미를 느끼는 사람들이라면 Irvin Matus, *Shakespeare, in Fact*(New York, 1994)와 Scott McCrea, *The Case for Shakespeare*(Westport, Conn., 2005)를 참고하라. 여전히 가장 학술적인 설명으로 평가받는 저작은 S. Schoenbaum, *Shakespeare's Lives*(Oxford, 1970)로 1991년

에 대대적인 개정판이 나왔다. 원저자 논쟁과 관련해 내가 특별히 추천하고 또 크게 도움을 받기도 한 책으로는 F. E. Halliday, *The Cult of Shakespeare*(London, 1957), Marjorie Garber, *Shakespeare's Ghost Writers*(New York, 1987), Gary Taylor, *Reinventing Shakespeare*(New York, 1989), Harold Love, *Attributing Authorship*(Cambridge, U. K., 2002)과 특히 Jonathan Bate, *The Genius of Shakespeare*(London, 1997) 등이 있다. 셰익스피어가 원저자임을 조목조목 변호하는 저술을 찾는다면 David Kathman과 Terry Ross의 웹사이트(www.shakespeareauthorship.com)를 참고하라. Alan Nelson이 구축한 대단히 훌륭한 웹사이트는 socrates.berkeley.edu/~ahnelson/authorsh.html에서 접속할 수 있다.

대안적 후보들을 지지하는 문헌—인쇄물과 전자 양식 모두—은 셰익스피어 지지설을 빈약해 보이게 만든다. 내가 가장 유용하다고 판단한 일부 저술을 연대순으로 배열하면 George Greenwood, *The Shakespeare Problem Restated*(London, 1908), Gilbert Slater, *Seven Shakespeares*(London, 1931), Calvin Hoffman, *The Murder of the Man Who Was "Shakespeare"*(New York, 1984), Richard Whalen, *Shakespeare: Who Was He?*(Westport, Conn., 1994), Joseph Sobran, *Alias Shakespeare*(New York, 1997), Diana Price, *Shakespeare's Unorthodox Biography*(Westport, Conn., 2001), Mark Anderson, *"Shakespeare" by Another Name*(New York, 2005), Brenda James and William D. Rubenstein, *Truth Wilt Out: Unmasking the Real Shakespeare*(New York, 2006), Brian McClinton, *The Shakespeare Conspiracies*(Belfast, 2007)가 있다. 나는 때에 따라서 다른 책들을 참고하기도 할 것이다. 셰익스피어의 자격에 의문을 제기하고 다른 후보자들의 자격을 지지하는 각양각색의 주장을 찾아다니는 사람들이 선택할 수 있는 대안적 웹사이트는 수없이 많다. 그중에서 대단히 뛰어난 것으로는 셰익스피어 원작자 문제 재단(www.shakespeareanauthorshiptrust.org.uk), 프랜시스 베이컨의 학문의 새로운 진보(www.sirbacon.org), 셰익스피어 조합(www.shakespearefellowship.org), 셰익스피어-옥스퍼드 협회(www.shakespeare-oxforD. Com), 말로-셰익스피어의 관련성(marlowe-shakespeare.blogspot.com), 드 비어 협회(www.deveresociety.co.uk)가 있다.

이 책에서 윌리엄 셰익스피어의 생애에 관해 구체적인 사실들을 언급하면서 출처를 따로 명시하지 않은 경우는 E. K. Chambers, *William Shakespeare: A Study of Facts and Problems*, 2 vols.(Oxford, 1930)와 S. Schoenbaum, *William Shake-*

speare: *A Documentary Life*(Oxford, 1975), S. Schoenbaum, *William Shake-speare*: *Records and Images*(London, 1981)를 참고했다. 또한 *Oxford Dictionary of National Biography*를 모든 부분에서 광범위하게 활용했다. 특별한 이유가 있어서 원전의 철자법을 그대로 인용하거나 책 혹은 논문의 정확한 제목을 인용할 필요가 없을 때에는 철자와 구두법을 현대화했다. 희곡과 시의 인용구들은 *The Compete Works of Shakespeare*, ed. David Bevington, updated 4th ed.(New York, 1997)를 사용했다.

프롤로그

한 번도 출판된 적 없는 카웰의 강연들은 런던 대학 국회도서관의 더닝 로런스관에 자리한 더닝 로런스 컬렉션 문서번호 294번 *Some Reflectionsonthe Life of William Shakespeare. A Paper Read before the Ipswich Philosophic Society by James Carton Cowell, February 7, 1805 [And a second paper, April 1805]*에서 인용했다.

나는 주목할 만한 수많은 회의주의자 가운데 몇 명을 선정했다. 헨리 제임스와 지그문트 프로이트, 헬렌 켈러, 마크 트웨인은 다음 장들에서 상세히 논의된다. 찰리 채플린의 경우는 *My Auto-Biography*(New York, 1964)를 읽어보라. 이 책에서 그는 이렇게 적었다. "나는 원작자가 스트랫퍼드 출신의 남자였다고 생각하기 힘들다. 누구든 그 작품들을 쓴 작가는 귀족적인 태도를 보였다." 맬컴 엑스는 *The Autobiography of Malcolm X*(New York, 1965)에서 이렇게 말한다. "내가 참여한 또 하나의 열띤 토론은 셰익스피어의 정체성에 관한 내용이었다. (…) 그때 나는 셰익스피어의 딜레마에 대해 막 흥미를 느끼게 되었다. 킹 제임스 성경은 영문학사에서 가장 위대한 작품으로 여겨지고 있다. (…) 1604년부터 1611년 사이에 제임스 1세는 시인들을 시켜 성경을 영어로 번역하는 작업을 진행했다고 한다. 그런데 셰익스피어가 존재했다면 그는 당대 최고의 시인이었다. 하지만 셰익스피어는 이 성경과 관련해 어느 곳에서도 언급되지 않는다. 만약 그가 존재했다면 제임스 1세는 왜 그를 활용하지 않았을까?" 오손 웰스에 따르면 "나는 옥스퍼드가 셰익스피어 작품을 집필했다고 생각한다. 만약 동의하지 않는다면 잘 설명해야 할 대단히 재미있는 우연의 일치가 몇 가지 있다."(Cecil Beaton and Kenneth Tynan, *Persona Grata*[London, 1953]에서 인용) 더렉 자코비 경은 그 희곡과 소네트들의 실제 저자가 "옥스퍼드 백작 에드워드 드 비어"라고 "99.9퍼센트 확신한다"고 말했다(『이브닝 스탠더드Evening Standard』 2009년 4월 23일자).

엘리스 브로치의 청소년 소설은 *Shakespeare's Secret*(New York, 2005)을 보라.

셰익스피어 산업에서 음모가 벌어지고 있다는 주장에 관해서는 찰턴 오그번을 일례로 들어보자. 그는 "생각지도 못한 일을 예방하는 것이 셰익스피어 출생지 재단의 최대 관심사임이 틀림없다"고 기술하고 이 재단이 상당한 예산을 운용할 뿐 아니라 국립 인문학 기금NationalEndowmentfortheHumanities, 멜론 재단, 구겐하임 재단도 정통적인 셰익스피어 지지설에 기부하고 있다고 덧붙인다. 그는 "훨씬 더 중요한 문제는 대서양 양쪽의 학자들이 셰익스피어를 원저자로 인정하는 정설에 전문적·경제적·심리적 투자를 하는 것이라고 확신한다"고 적은 다음, 이 사안에서 그런 권위자들로 하여금 셰익스피어와의 관계를 절대 놓아버리지 못하도록 만드는 "사악한 요소들"에 대해 말하기 시작한다(Ogburn, *The Mysterious William Shakespeare*).

카웰 문서의 발견에 관해서는 1932년 2월 25일자 *Times Literary Supplement*에 실린 Allardyce Nicoll, "The First Baconian"을 참고하라. 근사한 이름을 가진 윌리엄 재거드는 *Times Literary Supplement*로 보낸 편지에서 카웰이 "바턴 온 더 히스"에 있는 윌모트의 거주지를 찾아갔으며 그가 "스트랫퍼드 어폰 에이번에서 북쪽으로 6마일 떨어진" 곳을 방문했다고 묘사하지만 실제로는 "정남향으로 16마일" 떨어져 있다고 지적했다(1932년 3월 3일). 내가 알기로 이보다 먼저 카웰의 문서를 검토하려는 노력은 *Shakespeare Matters* 2(Summer 2003)에 실린 네이션 바카의 연구보고서가 유일하다. 여기서 바카는 카웰과, 그 문서가 위조일지도 모른다는 그의 의혹에 대한 대니얼 라이트의 미발표 연구를 설명했다. 더닝 로런스 컬렉션에 대해 더 자세한 정보는 K. E Attar, "Sir Edward Durning-Lawrence: A Baconian and His Books," *The Library* 5(September 2004), pp. 294-315, K. E. Attar, "From Private to Public: The Durning-Lawrence Library at the University of London," *The Private Library*, 5th ser., vol. 10:3(Autumn, 2007), Alexander Gordon, *Memoir of Lady Durning-Lawrence*(자비 출판, 1930)를 보라. 그 위조꾼(혹은 위조꾼들)은 Sidney Lee, "A New Study of *Love's Labour's Lost*"(*Gentleman's Magazine*(October 1880))에 언급된 주장들을 분명히 포함시켰다. 카웰 문서에 관한 영수증을 확인하려면 런던 대학 국회도서관에서 DLL/1/10을 보라. 이 칸에는 가로세로 20.32×15.24센티미터쯤 되는 종이가 들어 있고 그 위에 이렇게 적혀 있다. "카웰 문서. £8=8-0 더닝 로런스 부인이 영수증 보관." 이 종이에는 날짜도 없고 출처나 판매인, 또는 영수증 보관 장소에 관한 다른 어떤 정보도 적혀 있지 않다. 다만 오른쪽 상단 모서리에는 구멍이 하나 있어서 무언가가 덧붙어져 있었을지도 모른다는 추측을 자아낸다.

셰익스피어가 대부업을 했거나 곡식을 사재기했다는 주장 가운데 가장 먼저 발표된 것을 보고 싶다면 R. B. Wheler, *History and Antiquities of Stratford-upon-Avon*(Stratford-upon-Avon, 1806)과 John Payne Colier, *The Works of William Shakespeare*(London, 1844)를 참고하라. Richard Quiney가 셰익스피어에게 보낸 편지는 Alan Stewart, *Shakespeare's Letters*(Oxford, 2008)를 보라.

세레스에 관한 내용을 더 알고 싶으면 Olivia Wilmot Serres, *The Life of the Author of the Letters of Junius, the Rev. James Wilmot*(London, 1813), *Dictionary of National Biography*에 기재된 그녀에 관한 항목, Bram Stoker, *Famous Imposters*(London, 1910), Mary L. Pendered and Justinian Mallett, *Princess or Pretender? The Strange Story of Olivia Wilmot Serres*(London, 1939)를 살펴보라.

제1장 셰익스피어
아일랜드, 사건의 발단

셰익스피어에 관한 사실들을 확인하려면 (그리고 특정 문서들이 언제 학자들에 의해 발견되었는지 알고 싶다면) Chambers, *William Shakespeare: A Study of Facts and Problems*와 Schoenbaum, *William Shakespeare: A Documentary Life, William Shakespeare: Records and Images*를 보라. 초기 근대에 작성된 일기와 전기를 개관하고 싶다면 William Mathews, *British Diaries: An Annotated Bibliography of British Diaries Written between 1442 and 1942*(Berkeley, Calif, 1950)와 Donald A. Stauffer, *English Biography before 1700*(Cambridge, Mass., 1930)을 보라. *Gentleman's Magazine* 65(1795)에서 Malone은 셰익스피어에 관해 좀더 폭넓은 조사를 하라고 호소했다. Sir James Prior, *Life of Edmond Malone, Editor of Shakespeare*(London, 1860)도 보라.

아일랜드의 이야기는 관련 자료가 유난히 많이 남아 있다. 나는 동시대에 등장한 다음 책들을 참고했다. Samuel Ireland, *Miscellaneous Papers and Legal Instruments Under the Head and Seal of William Shakspeare*(London, 1796), James Boaden, *Letter to George Steevens, Esq. Containing a Critical Examination of the Papers of Shakespeare*(London, 1796), Edmond Malone, *An Inquiry into the Authenticity of Certain Miscellaneous Papers and Legal Instruments* (⋯) *Attributed to Shakespeare*(London, 1796), Samuel Ireland, *Mr. Ireland's Vindication of His Conduct, Respecting the Publication of the Supposed Shakspeare*

MSS(London, 1796), William—Henry Ireland, *An Authentic Account of the Shaksperian Manuscripts*(London, 1796), Francis Webb, *Shakespeare Manuscripts, in the Possession of Mr. Ireland, Examined*(London, 1796), Samuel Ireland, *An Investigation of Mr. Malone's Claim to the Character of Scholar, or Critic, Being an Examination of His Inquiry into the Authenticity of the Shakspeare Manuscripts, &c., by Samuel Ireland*(London, 1797) George Chalmers, *A Supplemental Apology for the Believers in the Shakspeare—Papers*(London, 1799), George Chalmers, *An Appendix to the Supplemental Apology for the Believers in the Suppositious Shakspeare—Papers*(London, 1800), William—Henry Ireland, *The Confessions of William—Henry Ireland*(London, 1805), William—Henry Ireland, *Vortigern: An Historical Play with an Original Preface*(London, 1832).

이외에도 나는 비교적 현대에 등장한 다음의 해석들을 참고했다. Clement M. Ingleby, *The Shakespeare Fabrications*(London, 1859), Bernard Brebanier, *The Great Shakespeare Forgery*(New York, 1965), S. Schoenbaum, "The Ireland Forgeries: An Unpublished Contemporary Account", *Shakespeare and Others*(Washington, D. C.,), pp. 144—153, Jeffrey Kahan의 탁월한 저서 *Reforging Shakespeare: The Story of a Theatrical Scandal*(London, 1998), Paul Baines, *The House of Forgery in Eighteenth—Century Britain*(Brookfield, Vt., 1999), Patricia Pierce, *The Great Shakespeare Fraud: The Strange, True Story of William—Henry Ireland*(Phoenix Mill, 2004), Tom Lockwood, "Manuscript, Print and the Authentic Shakespeare: The Ireland Forgeries Again", *Shakespeare Survey 59*(Cambridge, U. K., 2006), pp. 108—123. 마지막으로, 비록 소수이지만 현재까지 남아 있는 초기 근대 희곡 원고의 모습이 궁금하다면 William Long, "Precious Few: English Manuscript Playbooks," *A Companion to Shakespeare*, ed. David Scott Kastan(Oxford, 1999), Grace Ioppolo, *Dramatists and Their Manuscripts in the Age of Shakespeare, Jonson, Middleton and Heywood*(London, 2006)를 보라.

신격화된 셰익스피어

드루리 레인의 무대에 올린, 셰익스피어를 신격화하는 공연에 대해 궁금하다면 Richard Fitzpatrick, *The Occasional Prologue, Written by the Rt. Hon. Major Gen-*

eral Fitzpatrick, and Spoken by Mr. Kemble, on Opening the Theatre Royal, Drury Lane, with Shakespeare's Macbeth, Monday, April 21st. 1794(London, 1794)를 보라. 또한 *Biographia Dramatica*, ed. David Erskine Baker, Isaac Reed and Stephen Jones, 3 vols.(London, 1812) 가운데 vol. 1과 *The London Stage 1660–1800*, part 5, ed. Charles Beecher Hogan(Carbondale, 1968)도 보라. 셰익스피어 신격화에 관해 전반적으로 살펴보려면 Robert Witbeck Babcock, *The Genesis of Shakespeare Idolatry 1766–1799*(Chapel Hill, N. C., 1931)와 Péter Dávildházi, *The Romantic Cult of Shakespeare*(Houndmills, U. K., 1998), Charles Laporte, "The Bard, the Bible and the Victorian Shakespeare Question," *English Literary History* 74(2007) pp. 609–628, Marcia Pointon, "National Identity and the Afterlife of Shakespeare's Portraits," *Searching for Shakespeare*, ed. Tarnya Cooper(London, 2006)를 참고하라. 신격화된 셰익스피어에 관해 드라이든이 언급한 내용이 궁금하다면 *Aureng–Zebe*(1646)와 *The Tempest, or The Enchanted Island*(1670), *All for Love*(1678)를 보라. 볼테르에 관한 내용은 Thomas R. Lounsbury, *Shakespeare and Voltaire*(London, 1902)를 보라. 시각예술 분야에서 나타난 셰익스피어 신격화 현상에 대해서는 William L. pressly, *The Artist as Original Genius: Shakespeare's "Fine Frenzy" in Late–Eighteenth–Century British Art*(Newark, N. J., 2007)를 보라.

개릭과 기념제에 관한 문헌은 실로 방대하다. 나는 Christian Deelman, *The Great Shakespeare Jubilee*(New York, 1964)와 Johanne M. Stochholm, *Garrick's folly: the Shakespeare Jubilee of 1769 at Stratford and Drury Lane*(London, 1964), Martha W. England, *Garrick's Jubilee*(Columbus, Ohio, 1964), Halliday, *Cult of Shakespeare*, Vanessa Cunningham, *Shakespeare and Garrick*(Cambridge, U. K., 2008)을 참고했다. 인용문은 Samuel Foote, *Letter (⋯) to the Reverend Author of the Remarks, Critical and Christian*(London, 1760)에서 발췌했다.

셰익스피어 전문가의 등장에 관해서는 Simon Jarvis, *Scholars and Gentlemen: Shakespearian Textual Criticism and Representations of Scholarly Labour, 1725–1765*(Oxford, 1995)와 Marcus Walsh, *Shakespeare, Milton, and Eighteenth–Century Literary Editing*(Cambridge, U. K., 1997), Arthur Sherbo, *The Birth of Shakespeare Studies*(East Lansing, Mich., 1986), Jonathan Bate, *Shake-*

spearean Constitutions: Politics, Theatre, Criticism 1730–1830(Oxford, 1989),
Michael Dobson, *The Making of the National Poet*(Oxford, 1992), Gary Taylor,
*Reinventing Shakespeare*를 보라.

"오쟁이 진 남편처럼"

멀론의 전기 중 가장 뛰어난 작품은 Peter Martin, *Edmond Malone, Shakespear-
ean Scholar*(Cambridge, U. K., 1995)다. 멀론이 셰익스피어 희곡들을 연대와 주제에
따라 배열하려고 시도한 것에 대해서는 "Attempt to Ascetain the Order in Which
the Plays of Shakespeare were Written"(London, 1778)과 "A Second Appendix
to Mr. Malone's Supplement"(London, 1783), *The plays of William Shakespeare*,
ed. Samuel Johnson and George Steevens, 4th ed.(London, 1793)에 인용된 "Mr.
Malone's Preface"를 보라. Margreta de Grazia는 *Shakespeare Verbatim: The
Reproduction of Authority and the 1790 Apparatus*(Oxford, 1991)에서 멀론에 대
해 논한다. 멀론이 참고한 William Oldys의 원고 주석은 대영도서관의 Add. MSS
22959에서 찾아볼 수 있다. "가장 좋은 갈색 침대"의 수정과 관련해서는 존슨과 스
티븐스가 편집한 1793년판 1권에서 멀론의 설명을 참고하라. 여기서 그는 "시어볼드
와 다른 현대의 편집자들이 셰익스피어 부인에게 비교적 관대한 태도를 취해 이런 표
현 대신 '나의 가장 좋은 갈색 침대, 그리고 가구'라고 인쇄했다"고 설명한다. Ken-
neth Gross, *Shylock Is Shakespeare*(Chicago, 2006)도 참고하라.

17세기 초반에 헤이우드가 집필한 미완성 혹은 소실된 전기에 대해서는 *The
Plays and Poems of William Shakespeare*, ed. Edmond Malone(London, 1821)
의 vol. 2를 살펴보라. 여기서 *Hierarchy of Blessed Angels*(1635)에 덧붙인 헤이우
드의 주석을 인용한 멀론에 따르면, 1614년에 리처드 브래스웨이트가 "현명한 친구
인 토머스 헤이우드가 엄청난 노력을 기울여 모든 시인을 간략하면서도 개괄적으
로 설명하려는 작업에 착수했다"고 처음 언급한 지 20년이 지난 당시까지도 헤이우
드는 이 작업을 완성하겠다고 여전히 약속한다. 18세기 영국에서 출현한 문학 전기
에 관해서는 *Biographia Britannica: Lives of the Most Eminent Persons Who
Have Flourished In Great Britain and Ireland* 7 vols.(London, 1747–1766)을 비
롯해 Samuel Johnson, *The Lives of the Most Eminent English Poets*, ed. Roger
Lonsdale, 4 vols.(Oxford, 2006)에 실린 론즈데일의 탁월한 서문을 참고하라. 셰익
스피어 유언에서 소실된 물품 목록에 관해서는 J. O Halliwell–Philipps, *Outlines*

of the Life of Shakespeare, 3rd ed.(London, 1883) p. 235ff를 보라. 카펠의 인용문은 "Mr. Capell's Introduction," *The Plays of William Shakespeare*, ed. Johnson and Steevens에서 발췌했다.

"이 열쇠로"

여기서 인용한 소네트의 자서전적 해석에 대해서는 *A New Variorum Edition of Shakespeare: The Sonnets*, ed. Hyder Edward Rollins, 2 vols.(Philadelphia, 1944)를 보라. 특히 워즈워스에 관해서는 *The Letters of William and Dorothy Wordsworth: The Early Years 1785–1805*, ed. Ernest De Selincourt, rev. Chester L. Shaver(Oxford, 1967)를 보라. Anna Jameson의 글은 *The Lovers of the Poets* 2 vols.(London, 1829)에서 인용했다. 키츠에 관해서는 *The Letters of John Keats, 1814–1821*, ed. Hyder Edward Rollins, 2 vols.(Cambridge, Mass., 1958)를 보라. 콜리지에 관해서는 *Specimens of the Table Talk of the Late Samuel Taylor Coleridge*, ed. H. N. Coleridge, 2 vols.(London, 1835)와 Samuel Taylor Coleridge, *Lectures 1808–1819 on LIterature*, ed. R. A. Foakes, 2 vols.(Princeton, N. J., 1987), Samuel T. Coleridge, *Shakespearean Criticism*, ed. Thomas Middleton Raysor, 2 vols.(London, 1960)를 보라. 셰익스피어 작품을 자서전적으로 해석하는 성향에 대해서는 *Reinventing Shakespeare*에서 게리 테일러가 제시한 설명이 특히 유용하다. 셰익스피어의 인생을 그의 작품에서 읽어내려는 태도에 대한 반발은 C. J. Sisson, "The Mythical Sorrows of Shakespeare," Annual Shakespeare Lecture of the British Academy *Proceedings of the British Academy* 20(1934)을 보라.

공동 집필에 대한 초기 반응에 대해서는 Edward Ravenscroft, *Titus Andronicus*(London, 1687)를 보라. 셰익스피어의 희곡을 편집하면서 공동 집필 여부를 판단한 시어볼드와 핸머를 비롯해 다른 편집자들에 관해서는 Babcock, *The Genesis of Shakespeare Idolatry*를 보라. 그리고 *The Plays of William Shakespeare*, ed. Johnson and Steevens, vol. 1에 포함된 Alexander Pope의 서문과 Edmond Malone, *A Dissertation on the Three Parts of King Henry VI Tending to Show that Those Plays Were Not Written Originally by Shakespeare*(London, 1787), Henry Tyrrell, *The Doubtful Plays of Shakespeare*(London, 1851), Joseph C. Hart, *The Romance of Yachting*(New York, 1848)도 보라.

고리대금업자와 곡물거래상

19세기에 등장한 셰익스피어의 생애와 관련된 정보는 쇼엔바움, 체임버스, 웰러의 저작들을 참고하라. 콜리어의 발견에 대해서는 J. Payne Collier, *Reasons for a New Edition of Shakespeare's Works*(London, 1841)와 *The Works of William Shakespeare*, ed. Collier(London, 1844) vol. 1에 게재한 전기 형식의 짧은 글, 아서 프리먼과 재닛 잉 프리먼의 권위 있는 연구서 *John Payne Collier: Scholarship and Forgery in the Nineteenth Century*, 2 vols.(New Haven, Conn., 2004)를 보라. Joseph Hunter는 자신이 발견한 내용을 *New Illustrations of the Life, Studies, and Writings of Shakespeare*, 2 vols.(London, 1845)에서 발표했다. 할리웰-필립스와 그가 발견한 자료에 대해서는 Halliwell-Philipps, "Life of William Shakespeare," *Works of William Shakespeare*(London, 1853) vol. 1을 보라. 그리고 Arthur and Janet Ing Freeman, "Did Halliwell Steal and Mutilate the First Quarto of Hamlet?" *The Library* 2.4(2001, pp. 349-363)과 D. A. Winstanley, "Halliwell-Phillipps and Trinity college Library" *The Library* 5.2(1948) pp. 250-282를 보라. 그리고 할리웰-필립스를 옹호하는 의견에 관해서는 Marvin Spevack, *James Orchard Halliwell-Phillipps: The Life and Works of the Shakespearean Scholar and Bookman*(London, 2001)을 보라. 셰익스피어가 재정적 이익에 주의를 기울였다고 판단한 할리웰-필립스와 다이스의 의견이 궁금하다면 Halliwell-Phillipps, "Life of William Shakespeare," *Wokrs of William Shakespeare*와 Dyce, "Some Account of the Life of Shakespeare," *Works of William Shakespeare*(London, 1857)를 보라. "Who Wrote Shakespeare?"라는 논문은 *Chambers's Edinburgh Journal* 449(August 1852) pp. 87-89에 익명으로 게재되었다.

호메로스, 예수, 고등비평

호메로스의 원작자 문제에 관해 좀더 자세히 살펴보고 싶다면 J. A. Davison, "The Homeric Question," *A Companion to Homer* ed. Alan J. B. Wace and Frank H. Stubbings(London, 1962), pp. 234-265를 보라. 그리고 Martin West, "The Invention of Homer," *Classical Quarterly* 49.2(1999), pp. 364-382를 보라. 에머슨이 울프를 평가한 인용문은 Moncure Daniel Conway, *Emerson at Home and Abroad*(London, 1883)에서 발췌했다. Robert Wood, *Essay on the Original Genius and Writings of Homer*(London, 1775)와 Thomas Blackwell, *An Enquiry into the Life and Writings of Homer*(London, 1735)도 보라.

울프의 탁월한 호메로스 해석이 궁금하다면 Anthony Grafton과 Glenn W. Most, James E. G. Zetzel이 번역하고 서문과 주석을 단 F. A. Wolf, *Prolegomena to Homer*(Princeton, N. J., 1985)를 보라. 나는 Anthony Grafton, "Prolegomenon to Fredrich August Wolf," *Journal of the Warburg and Courtauld Institutes* 44(1981) pp. 101-199로부터 큰 도움을 받았다. 울프의 주장에 19세기와 20세기 학자들이 어떻게 반응했는지 궁금하다면 디즈레일리의 소설과 Samuel Butler, *The Authoress of the Odyssey*(London, 1897), *The Works of Thomas de Quincey, ed.* Grevel Lindop and John Whale(London, 2001) vol. 13에 실린 de Quincey의 논문들, Elizabeth Barrett Browning, *Aurora Leigh*, ed. Margaret Reynolds(New York, 1996, Laporte, "The Bard, the Bible, and the Victorian Shakespeare Question"에서 인용), E. V. Rieu가 *Iliad*(Harmondsworth, U. K., 1950) 번역판에 게재한 서문을 보라.

스트라우스와 그의 작품에 대해서는 David Freidrich Strauss, *The Life of Jesus* 3 vols. [trans. George Eliot](London, 1846)과 Richard S. Cromwell, *David Friedrich Strauss and His Place in Modern Thought*(Fair Lawn, N. J., 1974), Horton Harris, *David Friedrich Strauss and His Theology*(Cambridge, U. K., 1973)를 보라. H. Bellyse Balidon은 자신이 편집한 *Titus Andronicus*(London, 1904) 서문에서 고등비평에 대해 논의하고 Robertson은 *The Baconian Heresy*(New York, 1913)에서 이에 관해 이야기한다. 절대 진리로 받아들여지는 셰익스피어에 관해서는 Joss Marsh, *Word Crimes: Blasphemy, Culture, and Literature in Nineteenth-Century England*(Chicago, 1998)와 Selkirk, *Bible Truths*(London, 1862)를 보라. 칼라일에 관해서는 Adrian Poole, *Shakespeare and the Victorians*(London, 2004)를 보라. 아널드의 인용문은 *Matthew Arnold*, ed. Miriam Allott and Robert H. Super(Oxford, 1986)에서 발췌했다. 조지 길필런의 인용문은 "Shakespeare—A Lecture," *A Third Gallery of Portraits*(New York, 1855)에서 발췌했으며 내가 이 책을 참고하게 된 것은 라포트 덕분이다. 내가 알기로 *Reinventing Shakespeare*에서 게리 테일러는 셰익스피어 학자 가운데 유일하게 새뮤얼 모샤임 슈머커에 대해 언급했고 감사하게도 그의 저술 덕분에 내가 *The Erros of Modern Infidelity Illustrated and Refuted*(Philadelphia, 1848)에 관심을 기울이고 인용문을 발췌할 수 있었다. 이 책은 훗날 제목만 바뀌어 *Historic Doubts Respecting Shakespeare: Illustrating*

Infidel Objections against the Bible(Philadelphia, 1853)로 재출간되었다.

제2장 베이컨

델리아 베이컨, 논쟁을 촉발하다

델리아 베이컨에 관한 비처의 논평은 Martha Bacon, "The Parson and the Blue-stocking," *The Puritan Promenade*(Boston, 1964)에서 인용했다. 이 숭배자의 격찬에 가까운 묘사는 새라 에드워즈 헨쇼가 제공했다. 여기에 대해서는 Theodore Bacon, *Delia Bacon: A Biographical Sketch*(Boston, 1888)과 헨쇼가 시드니 E. 홈스라는 가명으로 시카고의 주간지 『어드밴스Advance』에 1867년 12월 26일에 게재한 논문을 참고하라. 헨쇼는 "Delia Bacon as a Teacher of Shakespeare," *Shakespeareana* 5(February 1888)에서 베이컨의 강의 방식에 대해 설명하기도 했다. 베이컨의 학문적 범위에 대해서는 1852년 12월 21일자 『뉴욕 헤럴드』에 실린, 그녀의 강의를 찬양하는 편지에 잘 묘사되어 있다. 여기서 베이컨의 배경을 설명하면서 언급한 다른 사실들은 비비언 C. 홉킨스가 저술한 권위 있는 전기 *Prodigal Puritan: A Life of Delia Bacon*(Cambridge, Mass, 1959)을 보라. 그리고 Nina Baym의 탁월한 논평 "Delia Bacon, History's Odd Woman Out," *The New England Quarterly* 69(1996) pp. 223-249도 보라. 그녀와 엘런 트리의 관계에 대해 더 자세히 알고 싶다면 Charles H. Shattuck, *Shakespeare on the American Stage*(Washington, D. C., 1976)와 Joy Harriman Reilly의 석사학위 논문 "Miss Ellen Tree(1805~1880), Actress and Wife to Charles Kean"(Columbus, Ohio, 1979)을 읽어보라. 편지들은 대부분 홉킨스의 판본에서 인용했지만 일부는 현재 폴저 도서관에 소장된 델리아 베이컨의 편지와 서류에서 특별히 발췌했다.

베이컨이 자신의 희곡 주제에 관해 언급한 내용은 *The Bride of Fort Edward, Founded on an Incident of the Revolution*(New York, 1839)에 실린 그녀의 서문에서 인용했다. 초기 미국 여성 극작가들에 대한 자세한 정보는 *Plays by Early American Women, 1775-1850*, ed. Amelia Howe Kritzer(Ann Arbor, Mich., 1995)와 *The Cambridge Companion to American Women Playwrights*, ed. Brenda Murphy(Cambridge, U. K., 1999)를 참고하라. 베이컨이 셰익스피어 공연을 보고 실망한 이야기는 헨쇼가 기록한 것이다. 그녀는 베이컨이 "셰익스피어의 작품을 사람들의 기대만큼 멋지게 공연할 수는 없다. (…) 상상력에 필적할 만한 것은 없는 법이니까"라고 말한 것을 기억했다. 베이컨에 관한 포의 생각이 더 궁금하다면 Col-

lected Writings of Edgar Allan Poe, ed. Burton R. Pollin, 2 vols.(New York, 1985)
를 보라. 1854년에 후원자인 Charles Butler에게 보낸 편지의 글귀가 과장이 아니라
면, 베이컨은 셰익스피어 원작자 문제를 상당히 오랫동안 고민해왔던 것 같다. 그 편
지에는 "내가 이 문제에 완전히 몰두한" "지 10년이 넘었다"라고 쓰여 있다.

*Reinventing Shakespeare*에서 게리 테일러는 1865년에야 비로소 하버드 대학
이 교과과정에 "영어책을 소리 내어 읽는" 수업을 필수 과목으로 집어넣었다고 언급
한다. 그로부터 다시 10년이 지난 뒤에는 셰익스피어 작품을 비롯해 정해진 문학 텍
스트들에 관한 작문 수업이 필수 과목이 되었다. 베이컨의 독특한 셰익스피어 수업
방식에 대해서는 헨쇼와, 역시 베이컨의 제자였던 레베카 테일러 해치가 *Personal
Reminiscences and Memorials*(New York, 1905)에서 잘 설명한다. "무지한 군중"에
대한 베이컨의 견해는 *The Philosophy of the Plays of Shakspere Unfolded*(London
and Boston, 1857)에서 인용했다. 델리아 베이컨은, 정확히 알지는 못하지만 프랜시스
베이컨이 친척인 것 같다는 말을 1857년 10월에 처음이자 마지막으로 발설했다. 당시
그녀는 원작자 논쟁에 대한 자신의 의견을 정리해 마침내 책으로 출간한 뒤 중병을
앓던 상태였다. 여기에 관해서는 홉킨스가 설명한 마리아 미첼의 편지를 참고하라.
과학자였던 마리아는 몸이 아픈 베이컨을 스트랫퍼드로 찾아가 만난 뒤, 영국으로 건
너와 델리아를 집으로 데려가라고 그녀의 가족을 설득하면서 델리아가 "프랜시스 베
이컨의 후손이라고 주장"한다고 언급한 바 있다.

프랜시스 베이컨의 명성에 관해서는 Graham Rees, *"Novum Organum* and
the Texts of 1620: Fluctuating Fortunes," *The Instauratio Magna Part II: No-
vum Organum and Associated Text*, ed. Rees and Maria Wakely, *The Oxford
Francis Bacon*, vol. 11(Oxford, 2004)과 Charles Webster, "The Origins of the
Royal Society," *History of Science*, 6(1967), Richard Yeo의 탁월한 논문 "An Idol
of the Market-Place: Baconianism in Nineteenth Century Britain," *History
of Science*, 23(1985)을 보라. 프랜시스 베이컨에 관한 에머슨의 의견이 궁금하다면
Vivian Hopkins, "Emerson and Bacon," *American Literature*, 29(1958)와 *The
Early Lectures of Ralph Waldo Emerson*, vol. 1, ed. Stephen E. Whicher and
Robert E. Spiller(Cambridge, Mass., 1959)를 보라. 남북전쟁 이전의 미국에서 베이컨
을 어떻게 받아들였는지 궁금하다면 Theodore Dwight Bozeman, *Protestants in
an Age of Science: The Baconian Ideal and Antebellum American Religious
Thought*(Chapel Hill, N. C., 1977)와 George H. Daniels, *American Science in*

the Age of Jackson(New York, 1968)을 보라. 그리고 프랜시스 베이컨의 저작활동 중 소실된 부분에 대해서는 Francis Steegmuller가 Byron Steel이라는 필명으로 출간한 Sir Francis Bacon: The First Modern Mind(Garden City, N. Y., 1930)를 비롯해 여러 책을 참고했다.

맥워터의 책은 The Christian Examiner 62(March 1857)에 그에 관한 논평이 실렸고 이를 통해 그의 주장이 "공리공론"에 불과하다며 묵살되었다. 맥워터 사건의 자세한 내막이 궁금하다면 Catherine E. Beecher, Truth Stranger Than Fiction(Boston, 1850)을 읽어보라. 이 기간 동안 베이컨의 삶에 관한 자세한 사항은 Hopkins의 책과 더불어 Eliza Ware Rotch Farrar, Recollections of Seventy Years(Boston, 1866), Caroline Dall, What Really Know About Shakespeare(Boston, 1886), Letters of Elizabeth Palmer Peabody, ed. Bruce A. Ronda(Middletown, Conn., 1984), Helen R. Deese의 획기적인 글 "A New England Women's Network: Elizabeth Palmer Peabody, Caroline Healey Dall, and Delia S. Bacon," Legacy 8(1991) pp. 77–91, Daughter of Boston: The Extraordinary Diary of a Nineteenth–Century Woman: Caroline Healey Dall, ed. Deese(Boston, 2005)를 보라. Nancy Glazener, "Print Culture as an Archive of Dissent: Or, Delia Bacon and the Case of the Missing Hamlet," American Literary History 19(2007) pp. 329–349, Zachary Lesser, "Mystic Ciphers: Shakespeare and Intelligent Design: A Response to Nancy Glazener," American Literary History 19(2007) pp. 350–356을 보라.

호손의 Notebooks는 델리아 베이컨과 셰익스피어 원작자 논쟁에 관한 정보를 얻을 수 있는 믿음직한 출처다. Nathaniel Hawthorne, The English Notebooks, 1856–1860, ed. Thomas Woodson and Bill Ellis(Columbus, Ohio, 1997)를 보라. 이와 마찬가지로 그의 편지들도 좋은 자료 공급원이므로 Nathaniel Hawthorne, The Letters, 1853–1856, ed. Thomas Woodson, James A. Rubino, L. Neal Smith, and Norman Holmes Pearson(Columbus, Ohio, 1987)과 The Letters, 1857–1864, ed. Thomas Woodson, James A. Rubino, L. Neal Smith, and Norman Holmes Pearson(Columbus, Ohio, 1987)을 보라. 그리고 베이컨의 The Philosophy of the Plays of Shakspere Unfolded에 실린 호손의 서문도 참고하라.

나는 Leonard Bacon, A Discourse on the Early Constitutional History of Connecticut(Hartford, Conn., 1843)에서 미국의 정치적 뿌리에 대한 저자의 견해를

인용했다. 또한 그의 논문 "On the Proper Character and Functions of American Literature," *American Biblical Repository* s.s. 3(January–April 1840)과 Hugh Davis, *Leonard Bacon: New England Reformer and Antislavery Moderate*(Baton Rouge, La., 1998)도 읽어보라. 나는 Nina Baym의 다음 주장으로부터 큰 도움을 받았다. "베이컨은 공화주의의 이상에 공헌한 사람들이 청교도를 믿는 중산계층이 아니라 영국 국교회를 믿는 귀족들이었다는 새로운 주장을 제시함으로써 뉴잉글랜드 칼뱅주의가 영국 칼뱅파 청교도에서 시작되었다는 믿음을 박탈해버렸고 사실상 미국의 예외주의를 전반적으로 공격한 셈이었다."("Delia Bacon: Hawthorne's Last Heroine," *Nathaniel Hawthorne Review* 20[1994], pp. 1–10)

에머슨이 델리아 베이커에게 보인 관심에 대해서는 Hopkins의 책과 더불어 Theodore Bacon, *Delia Bacon: A Biographical Sketch*를 보라. 에머슨이 델리아 베이컨을 격찬한 내용은 Helen R. Deese, "Two Published Emerson Letters: To George P. Putnam on Delia Bacon and to George B. Loring," *Essex Institute Historical Collections* 122(1986)에서 인용했다. 셰익스피어에 관한 에머슨의 의견은 Sanford E. Marovitz, "Emerson's Shakespeare: From Scorn to Apotheosis," *Emerson Centenary Essays*, ed. Joel Myerson(Carbondale, Ill., 1982), pp. 122–155와 Ralph Waldo Emerson, "Shakespeare, or the Poet," *Representative Men: Seven Lectures, The Collected Works of Ralph Waldo Emerson*, vol. 4, introduction and notes by Wallace E. Williams, ed. Douglas Emory Wilson(Cambridge, Mass., 1987)을 보라. 그리고 *The Early Lectures of Ralph Waldo Emerson*도 보라.

델리아 베이컨의 영국 체류 시절에 관해서는 홉킨스의 전기를 보라. 칼라일의 대답은 Laporte의 논문과 *November Boughs, The Works of Walt Whiteman*, ed. Malcolm Cowley, 2 vols.(New York, 1968)에 실린 휘트먼의 글을 인용했다. 시어도어 베이컨은 칼라일이 에머슨에게 보낸 1854년 4월 8일자 편지를 인용한다. "베이컨 양은 대여섯 달 전에 위대한 베이컨의 고장인 세인트올번스로 떠나버렸다. 그리고 현재 그곳에서 셰익스피어 문제를 해결하면서 박물관이나 기록보관소의 모든 증거를 마음 깊은 곳에서 분명히 무시하거나, 자포자기한 듯 개의치 않고 있다." 호손은 영국에 있는 델리아 베이컨을 방문한 뒤 그녀가 소장한 기본적인 장서들은 "자신의 셰익스피어 이론과 조금이라도 관계가 있는" 작품으로 한정되어 있다고 기록했다. 여기에는 "롤리의 *History of the World*와 베이컨의 서간집, 몽테뉴의 책, 셰익스피어 희곡집" 등이 포함되어 있었다(Hawthorne의 *English Notebooks*를 참고하라).

베이컨이 익명으로 발표한 획기적인 논문이 궁금하다면 "William Shakespeare and His Plays: an Enquiry Concerning Them," *Putnam's Monthly* 7(1856) 을 보라. 이 책은 나중에 *American on Shakespeare, 1776-1914*, ed. Peter Rawlings(Aldershot, U. K., 1999)로 재판되었다. Richard Grant White에 관해서는 "The Bacon-Shakespeare Craze," *The Atlantic Monthly* 51(April 1883)과 *Memoirs of the Life of William Shakespeare*(Boston, 1865)를 보라.

메이그스에 관한 이야기는 *Baconiana* 6, 3rd ser.(1908) pp. 193-194를 보라. William Henry Smith에 관해서는 *Was Lord Bacon the Author of Shakespeare's Plays?: A Letter to Lord Ellesmere*(London, 1856)와 *Bacon and Shakespeare: An Inquiry Touching Players, Playhouses, and Play-writers in the Days of Elizabeth*(London, 1857)를 보라. 윌리엄 헨리 스미스는 1884년에도 여전히 그 문제에 몰두해 *Bacon and Shakespeare. William Shakespeare: His Position as Regards the Plays, Etc.*(London, 1884)라는 가벼운 팸플릿을 출판했다.

너새니얼 호손은 1865년 5월 12일에 쓴 편지에서 베이컨이 경쟁자들에게 느끼는 두려움을 가라앉히려고 노력했다. 이 문제에 관해 한층 더 자세한 내용은 John Alden, "Hawthorne and William Henry Smith," *The Book Collector* 5(1956)를 보라. 먼저 델리아 베이컨에게 관심을 보인 에머슨과 칼라일에 비해 호손은 그녀에게 한층 더 깊이 매료되었다. 비록 그 역시 베이컨의 이론을 믿지는 않았지만 그녀의 책이 출판되도록 돕기 위해 누구보다 더 많은 정성을 기울였다(그녀에게 출판업자를 알선해주었고 사비를 털어 출판 비용을 충당했으며 심지어 서문을 써달라는 출판사의 요구도 받아들일 정도였다). 이렇듯 베이컨은 호손에게 큰 은혜를 입었지만 편집증과 정서 불안 증세가 악화된 탓이었는지 결국 그에게도 등을 돌리고 말았다. Robert Cantwell, "Hawthorne and Delia Bacon," *American Quarterly* 1(1949) pp. 343-360과 James Wallace, "Hawthorne and Scribbling Women Reconsidered," *American Literature* 62(1990) pp. 201-222를 보라.

델리아 베이컨이 고려한 다른 제목들에 관해서는 1855년 7월 5일에 그녀가 런던에서 미국의 출판업자인 Phillips와 Sampson에게 보낸 편지를 참고하라(Folger MS Y.c.64). 호손의 논문 "Recollections of a Gifted Woman"은 *The Atlantic Monthly* 11(1863)에 처음 게재되었다가 나중에 *Americans on Shakespeare*에 다시 실린다. 시어도어 베이컨은 1856년 10월에 델리아 베이컨이 호손에게 보낸 편지를 인용한다. "이 은밀한 철학 협회의 문서들은 어딘가, 아마도 한 곳이 아니라 여러 곳에 묻혀 있는 듯하다. 증거는 이 방향을 강력하게 가리키고 있다. 즉 무덤으로 우리를 이끈다. 베이컨 경의 무덤은 이 문제를 해결할 실마리를 던져줄 듯하다." 1858년 1월 8일에 레너드 베이컨이 George Frayer 박사에게 보낸 편지를 근거로 우리는 델리아가 셰익스피어의 무덤을 파헤치려고 계획했음을 알고 있다(Folger MS Y.c.2599, no119). 에머슨이 델리아 베이컨의 사후에 건넨 찬사는 1857년 10월 13일 Caroline Sturgis Tappan에게 보낸 편지에 등장하며, 홉킨스가 이를 인용했다. 또한 홉킨스는 그로부터 얼마 지나지 않아 에머슨이 캐럴라인 힐리 달에게 보낸 다음과 같은 내용의 편지를 인용하기도 한다. "약간의 불균형 때문에, 또는 다른 누구에게나 있는 부분이 부족하다는 이유로 그처럼 탁월한 재주가 무용지물이 되다니, 얼마나 비극적인 일인가. 하지만 그 뒤에 고통받는 한 여인이 숨어 있다는 사실을 행여 잊어버린다 해도 그녀의 책은 그 자체로 문학적 축제다. 이 책에는 성공적인 수많은 작품에 쏟은 것보다 더 많은, 그러면서도 희귀한 재능이 발휘되었다." 쇼엔바움의 가혹한 평가에 관해서는 특히 1970년대 판 *Shakespeare's Lives*를 보라. 그리고 여기서 인용한 Delia Bacon의 "The author's apology and claim"은 Folger MS Y.c.2599, no. 311을 보라. 베이컨-셰익스피어 동일인설이 국제적으로 호응을 얻은 부분에 관해서는 R. C. Churchill, *Shakespeare and His Betters*를 보라.

마크 트웨인, 세기초 문학인의 치명적 개입

마크 트웨인의 말년에 관한 설명은 Hamlin Hill, *Mark Twain: God's Fool*(New York, 1973), William R. Macnaughton, *Mark Twain's Last Year as a Writer*(Columbia, Mo., 1979), Karen Lystra, *Dangerous Intimacy: The Untold Story of Mark Twain's Final Years*(Berkeley, Calif., 2004)를 참고했다. *Mark Twain's Autobiography*, ed. Albert Bigelow Paine, 2 vols.(New York, 1924), *Mark Twain's Own Autobiography*, ed. Michael J. Kiskis(Madison, Wis., 1990), John Lauber, *The Making of Mark Twain*(New York, 1985), *The Autobiography of Mark Twain*, ed. Charles Neider(New York,1959), Justin Kaplan, *Mr. Clemens and Mark Twain: A Biography*(New York, 1966)도 보라.

자서전의 등장에 관해서는 *Mark Twain-Howells Letters, The Correspondence of Samuell. Clemens and William D. Howells, 1872-1910*, ed. Henry Nash Smith and Wilam M. Gibson, 2 vols.(Cambridge, Mass., 1960), Robert Folkenflik, "Introduction: The Institution of Autobiography," *The Culture of Autobi-*

ography, ed. Folkenflik.(Stanford, Calif, 1993), Loren Glass, "Trademark Twain," *American Literary History* 13(2001), pp. 671-693, Loren Glass, *Authors Inc.: Literary Celebrity in the Modern United States, 1880-1980*(New York, 2004) 을 보라. *A Bibliography of American Autobiographies*(Madison, 1961)에서 자서전 일람표를 작성하려고 처음 시도한 Louis Kaplan은 1945년까지 6300편 이상을 포함시켰다. 그리고 *American Autobiography: 1945-1980*, ed. Lynn Z. Bloom, Mary Louise Briscoe, and Barbara Tobias(Madison, 1982)와 Robert F. Sayre, "The Proper Study: Autobiographies in American Studies," *American Quarterly* 29(1977), pp. 241-262를 보라. Allon White, *The Uses of Obscurity: The Fiction of Early Modernism*(London, 1981)도 보라. 콘래드는 *Some Reminiscences*(London, 1912)에서 인용했다. 트웨인의 소설에 드러난 자전적 요소들에 관해서는 Michael Kiskis, *Mark Twain's Own Autobiography*를 보라. 이 책은 1886년에 트웨인이 Kate Staples에게 쓴 편지를 인용하고 있다. 2년 뒤에 트웨인은 *Mark Twain's Library of Humor*의 두주에서 그와 동일한 내용을 이야기했다. 여기서 그가 삼인칭 시점으로 논평한 바에 따르면, 그의 "최초의 책 *The Innocents Abroad*는 자신이 한 경험과 관찰의 소산"이고 그다음 책들은 자신이 살아온 인생에 관한 이야기를 다소 상세하고 정확하게 이어가고 있다. 이 표현들은 내가 깊이 감사드리는 Alan Gribben의 논문 "Autobiography as Property: Mark Twain and His Legend," *The Mythologizing of Mark Twain*, ed. Sarade Saussure Davis and Philip D. Beidler(Tuscaloosa, Ala., 1984)에서 재인용했다. 1891년에 트웨인이 정체불명의 상대에게 보낸 편지도 보라. 그는 이 편지에서 이렇게 말한다. "소설을 만들어낼 때 쓸 수 있는 가장 귀중한 자산이나 문화, 혹은 교육은 내가 그 일을 위해 충분히 잘 준비해야만 하는 개인적 경험이다." 이 문장은 *Mark Twain's Letters*, ed. Albert Bigelow Paine(New York, 1917)에서 인용했다.

라일리의 모험에 관한 내 설명은 현재 뉴욕 공립 도서관 베르그 컬렉션이 소장하고 있는 트웨인의 여러 작품의 창작에 관한 이저벨 리온의 보고([Clemens], M.B., Isabel Lyon, "Holograph notes on books by S. L. Clemens")를 참고했다. 베르그 컬렉션에 보관된 서신들도 보라("Clemens, S. L., A. L. S. to J. H. Riley,"[9 October 1870]). 라일리의 죽음에 대한 다른 설명은 1872년 5월 15일에 트웨인이 Bliss에게 보낸 편지에 등장한다. 그 편지에 따르면 "암이 주요 장기를 잠식해서 그는 앞으로 얼마 살지 못할 듯하다. 아홉 명의 의사가 그를 치료해보려고 시도했지만 암이 이겼다."(*Mark Twain's*

Letters to His Publishers, ed. Hamlin Hill[Berkeley, 1967])

트웨인이 셰익스피어의 『템페스트』를 언급한 부분에 관해서는 Mark Twain, "A Memorable Midnight Experience," *The Complete Works*(New York, 1923)를 보라. 그리고 트웨인이 자신을 고전 작가라고 언급한 부분은 Samuel E. Moffett, "Mark Twain: A Biographical Sketch," *McClure's Magazine* 13(October 1899), pp. 523–529를 보라. 이 글은 향후에 *The Complete Works*의 서문으로 등장했다. 트웨인의 자기 자랑에 관해서는 Gribben의 논문과 더불어 Louis J. Budd, "A 'Talent for Posturing': The Achievement of Mark Twain's Public Personality," *The Mythologizing of Mark Twain*, Justin Kaplan, *Mr. Clemens and Mark Twain*, R. Kent Rasmussen and Mark Dawidziak, "Mark Twain on the Screen," *A Companion to Mark Twain*, ed. Peter Messent and Louis J. Budd(Oxford, 2005)를 보라.

헬렌 켈러의 인생에 관하여 가장 잘 설명한 것은 Joseph P. Lash, *Helen and Teacher: The Story of Helen Keller and Anne Sullivan Macy*(New York, 1980)다. 그녀의 회고록 *Midstream: My Later Life*(New York, 1929)도 보라. 키트리지의 논평은 *The Nation* 75(1902), pp. 268–270에 게재되었다. 이 논평은 익명으로 출판되었는데 키트리지가 자신의 글이라고 주장했다. 이에 관해서는 James Thorpe, *A Bibliography of the Writings of George Lyman Kittredge*(Cambridge, Mass., 1948)를 보라. 셰익스피어 원저자 문제에 관한 켈러의 점점 깊어지는 의심은 출판되지도, 사실상 알려지지도 않았던 자신의 원고 "Francis Bacon"에 설명되어 있다. 이 글은 미국 시각장애인협회 헬렌 켈러 기록보관소의 box 223, folder 9에 보관되어 있다. 그린우드의 책에 대한 켈러의 논평은 *The Matilda Ziegler Magazine for the Blind*에 실려 있다. 이 책에서는 *Baconiana* 7, 3rd ser.(1909), pp. 55–56을 재인용했다. 켈러, 앤 설리번 메이시, 존 메이시가 스톰필드로 트웨인을 방문한 사건에 관한 내 설명은 Isabel Lyon, "Holograph notes on books by S. L. Clemens"에 실린 "Is Shakespeare Dead?"라는 글에서 그녀가 회상한 내용에 크게 의존하고 있다. 그리고 William Stone Booth, *Some Acrostic Signatures of Francis Bacon*(Boston, 1909)도 보라.

*The Testament of Love*로 인해 초서의 전기들이 어떻게 달라졌는지에 관해서는 William Godwin, *Life of Geoffrey Chaucer*(London, 1803)를 보라. 그리고 Walter W. Skeat, *Chaucerian and Other Pieces*(Oxford, 1897), Thomas Usk, *The Testament of Love*, ed. R. Alien Shoaf(Kalamazoo, Mich., 1998), Paul Strohm,

"Politics and Poetics: Usk and Chaucer in the 1380s," *Literary Practice and Social Change in Britain, 1380–1530*, ed. Lee Patterson(Berkeley, Calif. 1990), pp. 83–112도 보라.

암호 사냥꾼들

이 시기에 베이컨 지지자들이 암호 해독과 소실된 원고의 발견에 대해 엄청난 기대를 품고 있었던 것에 관해서는 "The Goal in Sight," *Baconiana* 7, 3rd ser.(1909), pp. 145–149와 *New-Shakespeareana* 9(1910)를 보라. 부호와 문헌에 대한 매혹적인 설명에 관해서는 Shawn James Rosenheim, *The Cryptographic Imagination: Secret Writing from Edgar Poe to the Internet*(Baltimore, 1997)을 보라. David Kahn, *The Codebreakers: The Story of Secret Writing*(New York, 1996)도 보라.

도넬리의 일기 가운데 1882년 9월 23일자 내용은 Martin Ridge, *Ignatius Donnelly: The Portrait of a Politician*(Chicago, 1962)에서 인용했다. *Mark Twain's Notebooks&Journals*, ed. Frederick Anderson, Michael B. Frank, and Kenneth M. Sanderson(Berkeley, Calif. 1975) vol. 1과 *Mark Twain's Notebooks&Journals*, ed. Robert Pack Browning, Michael B. Frank, and Lin Salamo(Berkeley, Calif., 1979) vol. 3도 보라. 도넬리의 책에 대한 트웨인의 회상은 캘리포니아 버클리 대학의 마크 트웨인 기록보관소가 소장하고 있는 그의 글 "Autobiographical Dictation, 11 January 1909"에 등장한다. 그리고 Ignatius Donnelly, *The Great Cryptogram: Francis Bacon's Cipher in the So-Called Shakespeare Plays*(Chicago, 1888)도 보라. 도넬리의 셰익스피어 암호 해독 방법에 관해서는 R. C. Churchill, *Shakespeare and His Betters*와 Donnelly, *The Cipher in the Plays and on the Tombstone*(Minneapolis, 1899)도 보라. 셰익스피어의 암호와 부호에 관한 최고의 저술은 William F. Friedman and Elizebeth S. Friedman, *The Shakespearean Ciphers Examined*(New York, 1958)다.

월트 휘트먼은 처음에 자신의 시를 "Shakespeare's Cipher"라고 불렀다. 여섯 군데 정도의 잡지사에서 퇴짜를 맞은 뒤 이 시는 신간 잡지 *The Cosmopolitan* (October, 1887)에 실렸다. 휘트먼과 셰익스피어 원작자 문제에 관해 더 많은 정보를 얻고 싶다면 Horace Traubel, *With Walt Whitman in Camden*(New York, 1915)의 vol. 3을 보라. Whitman, *November Boughs*(1888)도 보라. 이 책에서 그는 이렇게 설명한다. "오늘날의 셰익스피어 문제에 얼마나 많은 **신화**가 존재하는지는 누구나 알고 있다. 입증된 사실들의 몇 가지 근거 아래에는 한층 더 흐릿하고 규정하기 힘들지만 가장 중요한, 감질나고 미심쩍은 것들이 분명히 잠겨 있다. 이는 누구도 감히 분명히 진술하지 못할 설명을 제시한다."(*The Works of Watt Whitman*, vol. 2) 트웨인이 밀턴을 Pilgrim's Progress의 진짜 저자로 간주하는 것에 관해서는 *Mark Twain's Notebooks&Journals* vol. 3을 보라.

오빌 워드 오언에 관해 더 많은 정보가 궁금하다면 Friedman and Friedman, *The Shakespearean Ciphers Examined*와 John Michell, *Eccentric Lives and Peculiar Notions*(London, 1984)를 보라. 나는 *Shakespeare's Lives*에 실린 쇼엔바움의 설명도 인용했다. 뉴욕 공립 도서관에는 '베이컨 암호 컬렉션'이라는 원고 보관소가 있는데 이곳은 오언, 갤럽, 리버뱅크 연구소가 기증한 서른 상자의 자료로 채워져 있다. Kate H. Prescott, *Reminiscences of a Baconian*(n.p., 1949)도 보라. 갤럽의 조사 내용에 관해서는 Elizabeth Wells Gallup, *The Bi-literal Cypher of Sir Francis Bacon*, part 3(Detroit, 1910)을 보라. 회의주의자들은 여전히 『십이야』 2막에 나오는 말볼리오의 대사에 숨겨진 진실한 의미를 해독하려고 시도 중이다. 예를 들어 Sundra G. Malcolm, "M.O.A.I. Unriddled: Anatomy of an Oxfordian Reading," *Shakespeare Matters*(Fall 2007)를 보라. 이 논문에서는 이 문제를 옥스퍼드의 철자 바꾸기로 진지하게 받아들이고 이 철자를 바꾼 말을 IAMO, 즉 "나는 옥스퍼드다I am Oxford(I am O)"로 해석해야 한다고 결론지었다.

헬렌 켈러가 베이컨에 관한 저술을 출간하려고 노력했으나 끝내 좌절하고 만 내용에 관해서는 그녀가 길더에게 보낸 편지를 보라. 이 편지는 헨리 E. 헌팅턴 도서관의 프랜시스 베이컨 재단/아젠버그 기록보관소, box 58, folder "Keller, Hellen"에 보관되어 있다. 그의 답장에 관해서는 헬렌 켈러 기록보관소의 box 210, folder 5에 보관된 R. W. Gilder가 Helen Keller에게 보낸 1909년 4월 20일자 편지를 보라. 그리고 회고록 이외의 다른 글을 쓰려고 시도했으나 성공하지 못한 이야기에 관해서는 Lash, *Helen and Teacher*를 보라. 그녀가 추진하던 셰익스피어 원저자 문제 프로젝트에 관한 서신을 더 보고 싶다면 헬렌 켈러 기록보관소 box 20, folder 4에 보관된 헬렌 켈러가 R. W. Gilder에게 보낸 1909년 5월 9일자 편지를 보라("셰익스피어 생애에 관한 진짜 자료"에 대한 내용은 켈러가 직접 입력한 것이 아니라 다른 사람의 말을 받아 쓴 것이었다). 헬렌 켈러 기록보관소 box 48, folder 6에 보관된 헬렌 켈러가 Wiliam Stone Booth에게 보낸 1909년 5월 23일자 편지를 보라. 그리고 트웨인이 부스의 암호를 보고 보인 반응에 대해 그녀가 기억해낸 추가 내용은 켈러가 1929년에 발표한 회고록

*Midstream*을 보라.

셰익스피어는 죽었는가?

트웨인이 셰익스피어에 대해 잘 알고 있었다는 내용에 관해서는 Howard G. Baet-zhold, *Mark Twain and John Bull: The British Connection*(Bloomington, Ind., 1970). Anthony J. Berret, *Mark Twain and Shakespeare: A Cultural Legacy*(Lanham, Md., 1993), Thomas J. Richardson, "Is Shakespeare Dead? Mark Twain's Irreverent Question," *Shakespeare and Southern Writers: A Study in Influence*, ed. Philip C. Kolin(Jackson, Miss., 1985), pp. 63−82, Joe Falocco, "Is Mark Twain Dead? Samuel Clemens and the Question of Shake-spearean Authorship," *The Mark Twain Annual* 2(2004), pp. 25−40, Alan Gribben, *Mark Twain's Library: A Reconstruction*, 2 vols.(Boston, 1980)를 보라. Mark Twain, *The Adventures of Huckleberry Finn, ed. Waiter Blair and Vic-tor Fischer*(Berkeley, Cal., 1988)도 보라. 그리고 스트랫퍼드에 증거가 없는 것에 관한 그의 의견은 *Mark Twain's Notebooks&Journals* vol. 1을 보라. 트웨인이 『줄리어스 시저』를 패러디한 것은 *The Works of Mark Twain: Early Tales and Sketches, vol 2, 1864−1865*, ed. Edgar Marquess Branch and Robert H. Hirst(Berkeley, 1981)를 보라. 그리고 마크 트웨인의 1881년 작 풍자극 *Hamlet*에 관해서는 *Mark Twain's Satires and Burlesques*, ed. Franklin R. Rogers(Berkeley, Calif., 1967)를 보라.

　*Is Shakespeare Dead?*의 창작에 대해서는 뱅크로프트 도서관의 마크 트웨인 기록보관소에 소장된 Mark Twain, "Autobiographical Dictation, 11 January 1909"와 Isabel Lyon, "Holograph notes on books by S. L. Clemens", Paine, *Mark Twain: A Biography*, Mark Twain, *Is Shakespeare Dead? From My Autobiography*(New York, 1909)를 보라. 트웨인은 부스의 주장이 엉성하다고 메이시에게 불평했다. 그는 1909년 3월 27일에 메이시에게 보낸 편지에서 자신도 아크로스틱으로 애를 먹었다고 말했다. 그리고 더 치명적인 글귀를 적어넣었다. 일반적인 독자는 "10개의 아크로스틱을 두고 머리를 쥐어짜다가 실패를 거듭하고는 경청해줄 사람에게 자신의 판단을 들려줄 겁니다. '거기에 아크로스틱은 없습니다.' 그러고 나서 다시는 아크로스틱을 조사하지 않겠지요. 이건 해도 해도 정말 너무하는군요! 아크로스틱이 그의 앞에서 입증된다면 셰익스피어에 대한 믿음을 저버리지 않은 사람들도 소위 개종을 할 수 있었을 겁니다. 하지만 다른 방법으로는 도저히 안 되지요."(헬

렌 켈러 기록보관소, box 50, folder 12)

　트웨인이 그린우드의 책 여백에 적어넣은 티치본의 배경과 교육에 관한 설명은, 그가 셰익스피어 희곡을 쓴 진짜 작가의 배경과 속성이라고 이해한 것들과 여러 면에서 중복된다. 뉴욕 공립 도서관의 베르그 컬렉션에 보관된 마트 트웨인의 소장 도서 George Greenwood, *The Shakespeare Problem Restated*를 보라. 그가 티치본의 재판에 대해 언급한 부분은 Mark Twain, *Following the Equator*(Hartford, Conn., 1897)를 보라. 재판에 대해 좀더 자세한 정보는 Rohan McWilliam, *The Tichborne Claimant: A Victorian Sensation*(London, 2007)을 보라.

　피들러에 관한 내용은 Susan Gillman, *Dark Twins: Imposture and Identity in Mark Twain's America*(Chicago, 1989)에서 인용했다. 켈러와 설리번에 대한 트웨인의 관점은 Nella Braddy Henney, *Anne Sullivan Macy: The Story Behind Helen Keller*(Garden City, N.Y., 1933)에서 찾아볼 수 있다. 그리고 Mark Twain, 1601에 실린 Leslie A. Fiedler, "Afterword"와 *Is Shakespeare Dead?*, ed. Shelley Fisher Fishkin(New York, 1996)을 비롯해 쌍둥이와 사기 행위에 관한 쌍둥이 및 신분 사칭에 관심을 보이는 트웨인에 관한 내용은 Gillman, *Dark Twins*를 보라. 엘리자베스 여왕이 남자였는지에 대해 트웨인이 보인 관심은 Henry W. Fisher, *Abroad with Mark Twain and Eugene Field: Tales They Told to a Fellow Correspondent*(New York, 1922)를 보라. 그리고 셰익스피어 원작자 문제에 대한 그의 회의적인 견해는 그가 소장했던 Greenwood의 *The Shakespeare Problem Restated* 도처에서 두루 찾아볼 수 있다. 1905년에 출간한 "What Is Man"에서 트웨인은 어떤 상상의 대화가 1880년에 시작되었다고 이야기하는데, 이 대화 중에 등장하는 "셰익스피어는 아무것도 창조하지 않았다"는 그의 때늦은 주장 역시 흥미롭다. 이 글은 Mark Twain, *Collected Tales, Sketches, Speeches, and Essays, 1891–1910*, ed. Louis J. Budd(New York, 1992)로 재판되었다.

　트웨인은 *Pudd'nhead Wilson*에 매혹적인 서문 "A Whisper to the Reader"를 붙여 저자의 제한적인 법률 지식의 문제를 직접 언급한다. 이에 관해서는 Mark Twain, *Pudd'nhead Wilson and Those Extraordinary Twins*(Hartford, Conn., 1893–1894; New York, 1922)를 보라. "Symposium: Who Wrote Shakespeare? An Evidentiary Puzzle," *Tennessee Law Review* 72(2004)에 실린 Daniel J. Kornstein, "Mark Twain's Evidence: The Never-Ending Riverboat Debate"도 보라. 트웨인의 표절에 대한 더 자세한 정보는 Merle Johnson, *A Bibliography of the*

Works of Mark Twain(Folcroft, Pa., 1935)을 보라. 헬렌 켈러 기록보관소 box 50, folder 12에 보관된 트웨인이 메이시에게 보낸 1909년 2월 25일자 편지와 Michael Bristol, "Sir George Greenwood's Marginalia in the Folger Copy of Mark Twain's *Is Shakespeare Dead?*," *Shakespeare Quarterly* 49(1998), pp. 411–416도 보라.

*Is Shakespeare Dead?*의 출간과 그 여파에 관해서는 Lyon, "Holograph notes," Hill, *Mark Twain, God's Fool*, Fiedler, "Afterword," Alan Gribben, "Autobiography as Property," Justin Kaplan, Mark Twain and His World(New York, 1974), *Mark Twain: The Contemporary Reviews*, ed. Louis J. Budd(Cambridge, U.K., 1999), 그리고 특히 Eugene H. Angert의 압도적인 논평 "Is Mark Twain Dead?," *The North American Review* 190(September 1909)을 보라. 메이시가 "셰익스피어와 베이컨"에 관해 쓴 편지를 나와 공유한 William Sherman에게 감사드린다. 메이시가 Waiter Conrad Arensberg에게 보낸 1926년 10월 20일자 편지는 헨리 E. 헌팅턴 도서관의 아젠버그 프랜시스 베이컨 컬렉션에 소장되어 있다. 암호 사냥꾼들의 만년에 대해서는 Schoenbaum, *Shakespeare's Lives*, Virginia M. Fellows, *The Shakespeare Code*(Gardiner, Mont., 2006), Friedman and Friedman, *The Shakespearean Ciphers Examined*를 보라. 그리고 프리드먼이 군부를 위해 한 활동에 관해서는 Rosenheim, *The Cryptographic Imagination*과 Ronald Clark, *The Man Who Broke Purple: A Lift of the World's Greatest Cryptographer*(Boston, 1977)를 보라. *Is Shakespeare Dead?*에 대한 트웨인의 변호에 관해서는 폴저 도서관에 소장된 1909년 5월에 그가 M. B. Colcord에게 보낸 편지를 보라(Folger MS Y.c.545).

헨리 제임스, 신중한 회의론자

제임스가 유고 관리인에게 전달한 지시 사항에 관해서는 Leon Edel, *Henry James: A Lift*(New York, 1985)를 보라. 드 페이스터에 대한 언급은 Churchill, *Shakespeare and His Betters*에서 찾아볼 수 있다. William James가 C. E. Norton에게 보낸 1902년 5월 4일자 편지는 *Shakespeare Fellowship Newsletter*(September 1953)에서 인용했다. "The Birthplace"의 근거가 된 일화에 대해 제임스가 노트에 기재한 내용은 Tony Tanner, "The Birthplace," in N. H. Reeve, *Henry James: The Shorter Fiction: Reassessments*(New York, 1997), pp. 77–94를 보라. 이 단편의 출간에 관해서는 Henry James, *The Altar of the Dead, The Beast in the Jungle, The*

Birthplace and Other Tales(New York, 1909)를 보라.

제임스가 셰익스피어 원작자 문제에 관해 주고받은 편지는 *Henry James: Selected Letters*, ed. Leon Edel(Cambridge, Mass., 1987), *Henry James: Letters. Volume IV, 1895–1916*, ed. Leon Edel(Cambridge, Mass., 1984), *The Letters of Henry James*, ed. Percy Lubbock(New York, 1920)을 보라. 그의 편지 원본을 확보할 수 있도록 도와준 *The Complete Letters of Henry James*의 편집자 Pierre A. Walker와 Greg W. Zacharias에게 감사드린다. 제임스가 명백하게 참고하고 있는 책에 관해서는 Thomas Ebenezer Webb, *The Mystery of William Shakespeare: A Summary of Evidence*(London, 1902)를 보라.

헨리 제임스는 암호 사냥꾼들에 대해서도 잘 알고 있어서 그의 단편 「융단 속의 무늬」에 등장하는 한 인물은 숨은 저자의 가능성을 즉각 묵살해버리지는 않았다. "나는 그가 셰익스피어의 암호 같은 성격에 대한 정신 나간 이론을 받아들이는 미치광이들이나 다름없다고 말했다. 이 말을 듣고 그는, 만약 셰익스피어가 암호 같다는 주장에 대해 셰익스피어의 직접적인 설명을 들었더라면 즉시 그 말을 수용했을 것이라고 응답했다."(Henry James, "The Figure in the Carpet," in vol. 2 of *Henry James' Shorter Master pieces*, ed. Peter Rawlings[Sussex, U.K., 1984]) 그리고 헨리 제임스가 자신의 탄생지를 방문한 것에 관해서는 Henry James, *The American Scene, in Collected Travel Writings: Great Britain and America*, ed. Richard Howard(New York, 1993)를 보라. 내 주장을 비롯해 이 책에 등장하는 참고문헌은 대부분 Gordon McMullan, *Shakespeare and the Idea of Late Writing*(Cambridge, U.K., 2007)을 자료로 활용했다. 여기서 그는 헨리 제임스와 "파악하기 어려운 고 셰익스피어"에 대해 명쾌한 논의를 펼쳤다. 오커트와 제임스가 나눈 대화에 관해서는 *The Christian Science Monitor* 1934년 8월 26일자 사설란에 실린 William Dana Orcutt, "Celebrities Off Parade: Henry James"를 보라. 제임스가 『템페스트』에 대해 언급한 내용은 *The Tempest, The Complete Works of William Shakespeare* vol. 8, ed. Sidney Lee(New York, 1907)에 실린 그의 서문을 보라.

제임스의 셰익스피어 작품 해석은 내게 유난히 도움이 되었다. 이에 관해서는 Nina Schwartz, "The Master Lesson: James Reading Shakespeare," *Henry James Review* 12(1991), pp. 69–83, William T. Stafford, "James Examines Shakespeare: Notes on the Nature of Genius," *PMLA* 73(1958), pp. 123–128, Neil Chilton, "Conceptions of a Beautiful Crisis: Henry James's Reading of *The*

Tempest," *The Henry James Review* 26(Fall 2005), pp. 218–228, Peter Rawlings, *Henry James and the Abuse of the Past*(New York, 2005), Lauren T. Cowdery, "Henry James and the 'Transcendent Adventure': The Search for the Self in the Introduction to *The Tempest*," *The Henry James Review* 3(Winter 1982), pp. 145–153, Michael Millgate, *Testamentary Acts: Browning, Tennyson, James, Hardy*(Oxford, 1992)를 보라. 1915년 11월에 영국 학사원은 셰익스피어 사망 300년 기념 강의를 부탁하기 위해 제임스에게 접촉했다. 하지만 그 무렵 제임스는 건강이 심하게 악화된 상태였으므로 "관대한 제안이 (…) 안타깝게도 너무 늦게 왔습니다"라는 답장을 보냈다. 그는 그 주제에 대한 마지막 생각을 기어코 무덤까지 가져가려 했다.(Philip Horne, *Henry James: A Life in Letters* [London, 1999]을 보라.)

제3장 옥스퍼드
프로이트의 오이디푸스 콤플렉스와 셰익스피어
Margaret Gray Blanton이 전기적 주석과 주해를 단 Smiley Blanton, *Diary of My Analysis with Sigmund Freud*(New York, 1971)를 보라. 그가 프로이트와 주고받은 서신에 관해서는 위스콘신 매디슨에 자리한 위스콘신 역사학회의 마거릿 그레이 블랜턴 문서기록원에서 mss 93, box 13, folder 2를 보라. 테네시 녹스빌에 자리한 테네시 대학 도서관의 스페셜 컬렉션에서 Margaret Gray and Smiley Blanton Collection, MS-0739를 보라. 브런즈윅의 간략한 부고는 *Shakespeare Fellowship Quarterly* 7(1946)을 보라. 그녀에 관한 더 자세한 정보는 Lisa Appignanesi and John Forrester, *Freud's Women*(New York, 2000)을 보라. 브런즈윅이 프로이트에게 준 로니의 책은 프로이트가 빈을 떠나면서 런던으로 가져간 장서에 포함되어 지금까지 남아 있다. Harry Trosman and Roger Dennis Simmons, "The Freud Library," *Journal of the American Psychoanalytic Association* 21(1973), pp. 646–687을 보라.

프로이트와 셰익스피어 원작자 문제에 관해서는 내가 가장 많이 의존한 Ernest Jones, *The Life and Work of Sigmund Freud*, 3 vols.(New York, 1953-1957)을 보라. 그리고 Peter Gay, *Reading Freud: Explorations and Entertainments*(New Haven, Conn., 1990)와 Harry Trosman, "Freud and the Controversy over Shakespearean Authorship," *Journal of the American Psychoanalytic Association* 13(1965)도 보라. 셰익스피어에 대한 프로이트의 견해에 관해서는 *The*

Standard Edition of the Complete Psychological Works of Sigmund Freud, trans. James Strachey, in collaboration with Anna Freud, 24 vols.(London, 1953-1974)를 보라. 그가 스트라키와 주고받은 서신에 관해서는 *Bloomsbury/ Freud: The Letters of James and Alix Strachey, 1924-1925*, ed. Perry Meisel and Waiter Kendrick(New York, 1985)을 보라. 프로이트는 1895-1896년 뮌헨 판 Georg Brandes, *William Shakespeare*를 참고했을 것이다. 그에 비해 나는 덴마크 판을 William Archer, Mary Morison, Diana White가 영어로 번역한 *William Shakespeare*(New York, 1935)를 인용했다. 프로이트가 플리스에게 보낸 편지에 관해서는—1896년 11월 2일자, 1897년 6월 12일자, 그리고 1897년 9월 21일부터 1897년 10월 15일 사이에 보낸 중요한 편지들이 포함된다—*The Complete Letters of Sigmund Freud to Wilhelm Fliess, 1887-1904*, ed. and trans. Jeffrey Moussaieff Masson(Cambridge, Mass., 1985)을 보라. 일찍이 1872년에 프로이트는 햄릿의 눈을 통해 세상을 보았으므로 친구에게 보낸 편지에서 자신의 심리적 억압에 대해 "내 안에 자리한 부조리한 햄릿, 나의 망설임"(1872년 9월 4일자 편지)이라고 묘사했다. 이에 관해서는 *The Letters of Sigmund Freud to Eduard Silberstein*, ed. Waiter Boehlich and trans. Arnold J. Pomerans(Cambridge, Mass., 1990)를 보라.

어니스트 존스의 의견에 관해서는 Ernest Jones, *Hamlet and Oedipus*(New York, 1954)를 보라. 프로이트는 자신보다 작품을 일찍 발표해 자신의 저작에 대한 믿음을 더욱 공고히 해준 창조적 예술가들을 신뢰하는 것을 더 편하게 여겼다. "내가 아니라 그 시인들이 무의식을 발견했다."(Norman N. Holland, "Freud on Shakespeare," *PMLA* 75[1960], pp. 163-173) 1908년에 *The Interpretation of Dreams* 2판이 출간된 뒤에야 프로이트는 비로소 자신의 변형된 통찰력이 "하나의 자기분석이자 아버지의 죽음, 즉 한 인간의 삶에서 가장 중요한 사건이자 가장 가슴 아픈 상실에 대한 반응으로 나타났음"을 뒤늦게 인정했다. 조너선 크루가 날카롭게 주장했듯이 "『오이디푸스 왕』보다 『햄릿』이 결정적인 '프로이트식' 작품이다. 그리스 희곡보다 이 작품에서 무의식적 욕망의 오이디푸스 콤플렉스 구조의 **발견**이 (다시) 이뤄질 수 있기 때문이다." 책에 실리지 않은 그의 통찰력은 Julia Lupton and Kenneth Reinhard, *After Oedipus: Shakespeare in Psychoanalysis*(Ithaca, N.Y., 1993)에서 발췌했다. Peter L. Rudnytsky, *Freud and Oedipus*(New York, 1987)도 보라.

이 이론에 대한 프로이트 제자들의 반응에 관해서는 Ludwig Binswanger, *Sigmund Freud: Reminiscences of a Friendship*, trans. Norbert Guterman(New

York, 1957)을 보라. 빈스방거는 허구적 인물이 마치 실제 사람처럼 다루어지는 것을 듣고 처음에는 깜짝 놀랐다. 하지만 이 주장의 전기적 근거에 대해 알게 되면서 안심했다. 그는 이렇게 적는다. "나중에 프로이트는 셰익스피어의 간략한 일대기를 내게 개인적으로 들려주었다. 이를 알고 나면―사실상 언제나 햄릿으로 간주되어야만 하는―셰익스피어가 심각한 어머니 콤플렉스를 앓았다는 사실이 쉽게 이해된다."(*Freud/Binswanger Correspondence*, ed. Gerhard Fichtner and trans. Arnold J. Pomerans(New York, 2003)

브라네스가 입장을 전환한 근거에 관해서는 게이브리얼 하비가 에드먼드 스펜서(1599년 1월에 사망)와 에식스 백작(셰익스피어의 아버지가 사망하기 전인 1601년 초에 처형되었다)이 모두 여전히 살아 있는 것처럼 언급한 내용을 보라. 프로이트는 브라네스가 의존한 자료인 *Gabriel Harvey's Marginalia*, ed. G. C. Moore Smith(Stratford-upon Avon, 1913)에 대해서도 존스에게 이야기한다. 프로이트는 Georg Brandes, *Miniaturen*, trans. Erich Holm[pseud.](Berlin, 1919)을 여기서 영어로 번역한다. 프로이트가 존스와 주고받은 서신에 관해서는 *The Complete Correspondence of Sigmund Freud and Ernest Jones, 1908–1939*, ed. R. Andrew Paskauskas(Cambridge, Mass., 1993)를 보라. 그 당시 『햄릿』의 연대 결정에 관해 더 자세한 정보는 the 4th ed. of Sidney Lee, *A Life of William Shakespeare*(London, 1928)와 Leo Kirschbaum, "The Date of Hamlet," *Studies in Philology* 34(1937)를 보라.

게다가 존스는 또 한 가지 문제로도 골머리를 앓았다. 오이디푸스 콤플렉스의 요소가 그 문제에 가미된 바로 그 순간 『햄릿』 문제는 한층 더 복잡해졌다. 이제는 셰익스피어의 아버지가―그리고 그 문제와 관련해 그의 아들 햄닛이―사망하기 훨씬 더 전에 집필된, 전통적으로 토머스 키드가 저자로 알려진 작품에 오이디푸스 콤플렉스의 요소가 이미 존재했던 것처럼 보였기 때문이다(존스가 프로이트에게 보낸 1921년 2월 3일자 편지를 보라). 프로이트와 챈도스 초상화에 관해서는 Michael Molnar, "Sigmund Freud's Notes on Faces and Men: National Portrait Gallery, September 13, 1908," *Freud: Conflict and Culture*, ed. Michael S. Roth(New York, 1998)를 보라. 전체 문구는 다음과 같다. "얼굴은 인종이고 가족이며 체질적 소인이다." 존스와, 셰익스피어의 프랑스 기원에 대한 프로이트의 견해를 주제로 주고받은 그들의 편지를 보라. 그리고 베이컨과 원작자 문제에 관한 프로이트의 의견은 A. Bronson Feldman, "The Confessions of William Shakespeare," *American Imago*

10(1953)을 보라. 베이컨 문제에 대한 최근의 논문이 출간되면서 촉발된, 프로이트가 아이팅곤에게 건넨 복잡한 표현은 너무도 모호해서 독일어 원문을 그대로 인용할 가치가 있다. "Interessanter war mir ein vorstehender Aufsatz über Bacon-Shakespeare. Dies Thema und das Okkulte bringen mich immer etwas aus der Fassung. Meine Neigung geht durchaus aufdie Verneinung. Ich glaube an ein paranoides Wahnsystem, ob bei den Autoren oder bei Bacon selbst?" 이 글은 *Sigmund Freud/Max Eitingon, Briefwechsel, 1906-1939*, ed. Michael Schröter(Berlin, 2004)에 실린 1922년 11월 13일자 편지에서 발췌했다.

인류교파 로니의 탐구

나는 이 부분의 서두에서 인류교의 다음 문서들을 인용하거나 이용했다. *Religion of Humanity*(London: Church of Humanity, 1898), Malcolm Quin, *A Final Circular Addressed to the Supporters of His Religious Action*(Newcastle, U.K., 1910), Vernon Lushington, *Shakespeare. An Address Delivered to the Positivist Society of London, on the 2nd of August, 1885*(18 Dante 97), *at Stratford-on-Avon*(London, 1885), *The New Calendar of Great Men: Biographies of the 558 Worthies of All Ages and Nations in the Positivist Calendar of Auguste Comte*, ed. Frederic Harrison(London, 1892).

콩트의 배경에 관해서는 Frank E. Manuel, *The Prophets of Paris: Turgot, Condorcet, Saint-Simon, Fourier, and Comte*(New York, 1965), Isaiah Berlin, *Historical Inevitability*(London, 1954), Arline Reilein Standley, *Auguste Comte*(Boston, 1981), John Edwin McGee, *A Crusade for Humanity: The History of Organized Positivism in England*(London, 1931)는 물론이고 특히 T. R. Wright's 명쾌한 저서 *The Religion of Humanity: The Impact of Comtean Positivism on Victorian Britain*(Cambridge, U.K., 1986)을 이용했다. 그리고 그의 "Positively Catholic: Malcolm Quin's Church of Humanity in Newcastle upon Tyne," *Durham University Journal* 75(1983), pp. 11-20도 보라.

성직자가 되려는 로니의 행보에 관해서는 대영도서관에서 Add. mss. 43844, folder 62를 보라. 로니에 대한 퀸의 의견에 관해서는 Malcolm Quin, *A Special Circular, Addressed to the Members and Supporters of the Positivist Church and Apostolate of Newcastle-upon-Tyne, and to Other Adherents of the Reli-*

gion of Humanity(Newcastle?, 10 October 1901, 3 Descartes 47), Malcolm Quin, *Religion of Humanity. Second Annual Circulate Addressed to Members and Supporters of the Positivist Church and Apostolate of Newcastle-upon-Tyne for the Year 46*(Newcastle?, 1900), Malcolm Quin, *Religion of Humanity. Third Annual Circulate Addressed to Members of the Positivist Church and Apostolate of Newcastle-upon-Tyne for the Year 47*(Newcastle?, 1901?)을 보라. 인류교에 관한 퀸의 실증주의적 저술들은 킬 대학에서 찾아볼 수 있다. 이 중에서 로니에 관한 언급을 비롯한 그의 글 일부는 드물다. McGee와 Wright의 글 외에 퀸에 관한 저서를 더 찾아보고 싶다면 Quin, *Memoirs of a Positivist*(London, 1924)를 보라.

1910년에 관한 버지니아 울프의 논평은 그녀의 에세이 "Character and Fiction"을 보라. 이 작품은 1924년 7월 *Criterion*에 처음으로 실렸다. 로니에 대한 옥스퍼드 지지자들의 묘사는 Percy Allen, *Shakespeare Fellowship News-letter*(May 1944)를 보라. 로니는 Charles Wisner Barrell에게 보낸 1937년 6월 6일자 편지에서 추가 정보를 제공한다(*Shakespeare Fellowship Quarterly*[June1944]). 그리고 *"Shakespeare" Identified*, 3rd edition, vol 1, ed. Ruth Loyd Miller(Jennings, La., 1975)에 실린 로니의 경력에 대한 간략한 개요 또한 유용하다. Hope and Holston, *The Shakespeare Controversy*와 "Discoverer of the True Shakespeare Passes," *Shakespeare Fellowship Quarterly* 5(1944), pp. 18-23도 보라. 마지막으로, 로니가 자신의 지적인 배경에 관해 콩그리브에게 보낸 편지들을 보라. 이 자료들은 대영도서관의 Add. mss. 45240, ff. 180-185와 Add. mss. 43844, folder 62에 있다. 이상은 로니가 J. Thomas Looney, *"Shakespeare" Identified in Edward de Vere the Seventeenth Earl of Oxford*(London, 1920)에서 자기 자신에 대해 이야기한 내용에 부가되는 것이다.

오그번의 언급에 관해서는 *The Mysterious William Shakespeare*를 보라. 로니를 교사로 묘사하는 것의 호소력에 관해서는 가령 Eddi Jolly의 "An Introduction to the Oxfordian Case"를 보라. 이 글은 이렇게 시작된다. "거의 100년 전, 오랫동안 셰익스피어의 희곡들을 가르쳐온 어느 학교 선생은 스트랫퍼드 어폰 에이번의 윌리엄 셰익스피어가 원저자가 아니라고 확신하게 되었다."(*Great Oxford: Essays on the Life and Work of Edward de Vere, 17th Earl of Oxford, 1550-1604*, ed. Richard Malim[Tunbridge Wells, U.K., 2004]) 후년에 가서 로니는 *Shakespeare Identified*를 집필하면서 실증주의자로서의 신념보다는 교사로서의 역할에 더 큰 비중을 둔 것이 못내 불안한 나머지 추종자들에게 자신이 "직업적 연구와 의무를 이 특별한 작품을 위한 내 교육과 준비의 사소한 요인들에 포함시키겠다"고 말했다(*Shakespeare Fellowship Quarterly* 5[June 1944]).

"*Shakespeare*" *Identified*의 앞부분에서 셰익스피어 연구 분야를 조사하면서 로니는 "작가가 왕성한 상상력으로 모든 것을 창조한다는 오래된 개념을 무시하고, 작품이 저자의 성격과 경험을 반영한다고 간주하려는 경향"이 점차 짙어지고 있음을 인정한다. 로니가 제출한 원고의 상태에 대한 세실 파머의 논평은 *Shakespeare Fellowship Newsletter*(March 1952)에 등장한다. 콩그리브가 엘리자베스 여왕 시대의 정치에 대한 로니의 의견에 영향을 미친 것에 관해서는 Richard Congreve, *Elizabeth of England*(London, 1862)와 Richard Congreve, *Historical Lectures*(London, 1900)를 보라. 『템페스트』에 대해 스트라키가 언급한 내용은 Lytton Strachey, "Shakespeare's Final Period," *Books and Characters*(New York, 1922), pp. 64-69에서 발췌했다. 이 에세이는 1904년에 *Independent Review*에 처음 실렸다. 로니의 팔리지 않은 책들이 전쟁 기간 동안 파괴된 것에 관해서는 Hope and Holston, *The Shakespeare Controversy*를 보라. 제2차 세계대전에 대한 로니의 시각을 더 자세히 알고 싶다면 그가 에바 터너 클라크에게 보낸 편지를 보라. 이 편지는 *Shakespeare Fellowship News-letter* 1(1940)에 다음 부분이 인용되었다. "하지만 내가 생각하기에는 민주주의와 독재주의 사이의 투쟁이라기보다는 물질적인 힘과 영적인 관심사 사이의 투쟁처럼 보입니다." 1939년 6월 10일에 로니는 나치에 대한 노골적인 혐오감을 분명히 밝혔다. "앞으로 다가올 세기에 나치와 히틀러라는 단어가 오로지 혐오감과 반감을 불러일으키고 잔인함과 불신의 동의어로 기억될 때 셰익스피어와 워즈워스, 테니슨, 셸리는 인류의 가장 지속적이고 특징적인 것을 표현했다고 계속 칭송받을 것이다."(Looney, "*Shakespeare*" *Identified*, third ed. vol. 1에서 인용) 로니가 샌프란시스코의 플로든 W. 헤론에게 보낸 1941년 7월 5일자 편지를 보라. 이 편지는 "A Great Pioneer's Ideas on Intellectual Freedom," *Shakespeare Fellowship Quarterly* 6(1945)에 부분적으로 다시 실렸다.

다시, 프로이트

Jones, *Life and Work* vol.3와 *Correspondence of Freud and Jones*를 보라. 특히 1928년 3월 7일자, 1928년 3월 11일자, 1928년 4월 29일자, 1928년 5월 3일자 편지들을 보라. 프로이트가 로니의 저서를 처음 읽은 것이 언제인지는 확실치 않다. 존

스의 주장에 의하면 1913년으로부터 "10년쯤" 뒤이거나 1923년경이라 한다(*Life and Works*, vol. 3). 존스의 책에서 이 구절을 못 보고 지나친 것처럼 보이는 피터 게이는 더 늦은 날짜인 아마도 1926년을 주장한다(*Reading Freud*). 그리고 1928년 12월 25일자 편지의 경우는 Strachey, *Bloomsbury*/Freud를 보라. 그러나 다음 문장에서, 분명 양쪽을 다 원하는 것처럼 보이는 프로이트는 옥스퍼드가 "최초의 근대적 신경증 환자인 햄릿으로 등장하는 것이 분명하다는 자신의 생각을 포기할 의향이 없다. 그리고 이 생각에 로니는 날카롭게 이의를 제기했을 것이다. Peter Gay, *Freud: A Life for Our Time*(New York, 1998)에서 게이는 에른스트 브뤼케와 실증주의에 대한 정보를 제공한다. 프로이트가 라이크와 주고받은 서신에 관해서는 Theodor Reik, *The Search Within: The Inner Experiences of a Psychoanalyst*(New York, 1956)를 보라.

프로이트가 유혹 이론에 대해 말년에 한 생각들은(여기에는 상상이 아버지가 아니라 어머니와 관련되어 있으며 실제 "유혹자들이 일반적으로 큰아이들이었던 것으로 드러났다"는 그의 믿음이 포함된다) Freud, "An Autobiographical Study"(1924)와 "Female Sexuality"(1931)에 대한 그의 논문을 보라. 프로이트가 오이디푸스 콤플렉스 이론의 운용을 추가로 탐구한 것에 관해서는 특히 "The Dissolution of the Oedipal Complex"(1924)를 보라. 이상은 모두 그의 표준판 작품들에서 찾아볼 수 있다. 프로이트가 오이디푸스 콤플렉스를 지지해 유혹 이론을 거부한 것에 관해 좀더 훌륭한 의견이 듣고 싶다면 Paul Robinson, *Freud and His Critics*(Berkeley, Calif., 1993)를 보라.

색스와 나눈 서신에 관해서는 Hanns Sachs, *Freud: Master and Friend*(Cambridge, Mass., 1944)를, 츠바이크와 주고받은 편지에 관해서는 *The Letters of Sigmund Freud and Arnold Zweig*, ed. Ernst L. Freud and trans. Elaine and William Robson-Scott(New York, 1970)를 보라. Richard Flatter, "Sigmund Freud on Shakespeare," *Shakespeare Quarterly* 2(1951), pp. 368-369과 H. R. Woudhuysen, "A Freudian Oxfordian," *Times Literary Supplement* 20-26(April 1990)을 보라. 그리고 Jones, *Life and Works*의 "Appendix A"에 다시 실린, 프로이트가 제임스 S. H. 브랜슨에게 보낸 1934년 3월 25일자 편지를 보라.

프로이트가 스마일리 블랜턴에게 영어로 써 보낸 1937년 12월 20일자 편지는 위스콘신 역사학회의 마거릿 그레이 블랜턴 문서기록원, mss. 93, box 13, folder 2에 보관된 문서들에서 찾아볼 수 있다. 프로이트는 『햄릿』에 대한 자신의 오랜 관점을 수정하고 The *Interpretation of Dreams* 1930년판에 추가된 각주에서 처음으로, 그

다음에 *Moses and Monotheism*(1939)의 각주에서 다시 한번, 마지막으로 그가 사망한 뒤에 나온 *Outline of Psychoanalysis* 1940년판에서 옥스퍼드가 원저자라고 주장했다.

1935년에 프로이트는 *An Autobiographical Study*에 각주를 추가하고 이렇게 적었다. "나는 스트랫퍼드 출신의 배우 윌리엄 셰익스피어가 오랫동안 그의 이름으로 알려진 작품들의 저자라는 사실을 더 이상 믿지 않는다. J. T. 로니의 *Shakespeare Identified*가 등장한 이래로 나는 사실상 옥스퍼드 백작, 에드워드 드 비어가 이 가명 뒤에 숨어 있다고 거의 확신하고 있다." 그의 번역자인 James Strachey는 이 말에 "깜짝 놀랐고" 부분적으로는 로니의 "불운한 이름" 때문에 프로이트에게 재고해보라고 요청했다. 1935년 8월 29일에 프로이트는 이에 대해 신랄한 답장을 보내면서 이렇게 말했다. "나는 이 문제에 대한 영국인들의 태도를 이해할 수가 없네. 에드워드 드 비어는 윌 셰익스피어만큼이나 훌륭한 영국인이었네." 프로이트는 영국 판을 요청하는 스트라키의 제안에 기꺼이 동의하면서도, (영국과) "동일한 종류의 자기도취적 방어를 두려워할 필요가 없는" 미국 판에 이 주석이 포함되어야 한다고 요구한다.

나는 프로이트가 마리 보나파르트에게 보낸 편지에서 '히틀러주의의 이상'에 대해 설명한 것에서 인용한다. 이 글은 Giovannni Costigan, *Sigmund Freud: A Short Biography*(New York, 1965)에 인용되어 있다. 그가 어니스트 존스에게 보낸 1933년 4월 7일자 편지도 *Correspondence*에서 찾아보라. 프로이트가 자신을 로니의 "추종자"라고 묘사한 것은 A. Bronson Feldman, "The Confessions of William Shakespeare"에서 인용했다. 로니의 딸이 설명한 내용은 Percy Alien, "John Thomas Looney(1870-1944)" *Shakespeare Fellowship News-letter*(May 1944)에 나온다. 로니가 프로이트에게 보낸 1938년 7월 15일자 편지는 워싱턴 D. C.에 자리한 미국 의회도서관 문서부의 지그문트 프로이트 컬렉션에서 J. Thomas Looney to Sigmund Freud, container no. 36, Sigmund Freud Papers를 보라.

옥스퍼드설 지지자들

다양한 귀족 후보들의 출현에 관해서는 Churchill, *Shakespeare and His Betters*, Gibson, *The Shakespeare Claimant's*, Michell, *Who Wrote Shakespeare?*, Schoenbaum, *Shakespeare's Lives*를 보라. 셜록 홈스에 관해서는 Claud W. Sykes, *Alias William Shakespeare?*(London, 1947)를 보라. 더비 옹호론을 처음으로 전개한 사람은 James Greenstreet로, 그의 글 "A Hitherto Unknown Noble Writer

of Elizabethan Comedies"(July 1891), "Further Notices of William Stanley"
(January 1892), "Testimonies against the Accepted Authorship of Shakespeare'
s Plays"(May 1892)는 모두 *The Genealogist*에서 발표되었다. 하지만 1915년이 되어
서야 비로소 더비 옹호론이 충분히 분명하게 표현되었다. Latham Davis는 *Shake-
speare: England's Ulysses*(Seaford, Del., 1905)에서 에식스 백작을 원작자라고 주
장했다. J. C. Nicol은 *The Real Shakespeare*(London, 1905)에서 사우샘프턴 백작
이 유일한 원작자라고 주장했다. 더비설 지지자들은 특히 Robert Frazer, *The Silent
Shakespeare*(Philadelphia, 1915)와 Abel Lefranc, *Sous le Masque de "William
Shakespeare": William Stanley, Vie Comte de Derby*, 2 vols.(Paris, 1919)를 보
라. Burkhard Herrmann(Peter Alvor라는 필명으로 활동)은 러틀랜드가 희곡을 집필
하고 사우샘프턴이 비극과 역사극을 집필했다고 1906년에 처음으로 주장했다. 그러
고 나서 1907년에 독일의 Karl Bleibtreu는 희곡 *Der wahre Shakespeare* 서문에
서 러틀랜드가 유일한 원작자라는 주장을 제기했다. 그 후 여세를 몰아 1909년에는
*Die Lösung der Shakespeare-Frage*에서, 그리고 *Shakespeares Geheimnis*(Bern,
1923)에서 다시 한번 같은 주장을 펼쳤다. 러틀랜드를 가장 크게 옹호한 인물은 Cé-
lestin Demblon이었다. 1912년에 그는 *Lord Rutland est Shakespeare*를, 2년 뒤
에는 *L'Auteur d'Hamlet et son monde*(Paris, 1914)를 출간했다. 셰익스피어의 희곡
집필에서 말로가 담당한 역할에 대한 최초의 주장들은 Wilbur G. Zeigler, *It Was
Marlowe*(Chicago, 1895)를 보라.

프로이트가 터너의 연구에 보인 높은 관심에 대해서는 그가 스카일리 블랜턴에
게 보낸 1937년 12월 20일자 편지를 보라. 이 자료는 위스콘신 역사학회의 마거릿 그
레이 블랜턴 문서기록원, mss. 93, box 13, folder 2에 보관되어 있다. 『원저의 즐거
운 아낙네들』에 대한 로니의 에세이는 Thomas Looney, "The Earl of Oxford as
'Shakespeare': New Evidence," *The Golden Hind* 1(1922), pp. 23-30을 보라.
에드워드 드 비어의 생애에 관한 전기적 사실이 궁금하다면 *Oxford Dictionary of
National Biography*에 실린 Alan H. Nelson 항목과 그가 집필한 전기, *Monstrous
Adversary: The Life of Edward de Vere, 17th Earl of Oxford*(Liverpool, U.K.,
2003)를 보라. 데이비드 챈들러는 옥스퍼드설 방법론을 고려한 소수의 평론가들 중
한 명이다. 그의 "Historicizing Difference: Anti-Stratfordians and the Acad-
emy," *Elizabethan Review*(1991)를 보라. 이 전자 학술지는 현존하지 않지만 그의
중요한 논문은 다음에서 찾아볼 수 있다. web.archive.org/web/20060506133739/

http://www.jmucci.com/ER/articles/chandler.htm.

셰익스피어 조합의 설립에 관해서는 B. R. Ward, *The Mystery of "Mr. W. H."* (London, 1923), *Shakespearean Authorship Review* 1(1959), 그리고 브루넬 대학의 기록보관소를 보라. 여기에는 최초의 셰익스피어 조합원 명단인 "Shakespeare Fellowship Library"(SAT-0067, Brunel University)가 포함되어 있다. 찰스 위스너 배럴에 관해서는 "Identifying 'Shakespeare,'" *Scientific American*(January 1940)와 Ogburn, *The Mysterious William Shakespeare*를 보라. 레슬리 하워드에 관해서는 Hope and Holston, *The Shakespeare Controversy*를 보라. 정황 증거에 대한 로니의 설명과, 옥스퍼드와 다른 시인들의 연관성에 대한 그의 견해는 그가 편집한 *The Poems of Edward De Vere*(London, 1921)에 등장한다. 그리고 1927년에 그가 해더에게 보낸 편지는 *Shakespeare Fellowship News-letter*(September 1952)에 다시 실렸다. 수많은 지지자가 옥스퍼드를 원저자라고 주장한 다른 작가들의 작품 목록의 확장판에 관해서는 가령 Paul Streitz, *Oxford: Son of Queen Elizabeth I*(Darien, Conn., 2001)을 보라. 옥스퍼드 원저자 사이트인 www.oxford-shakespeare.com 도 보라. 그리고 비교적 최근에 제기된 주장인 *Oxfordian*의 편집자 Stephanie Hughes, "Beyond the Authorship Question: Was Shakespeare Only the Beginning?" *Shakespeare Matters* 4(Spring 2005)를 보라.

19세기 초반에 말로의 작품들이 셰익스피어의 것으로 취급되었던 사건에 관해서는 David Chandler, "Marlowe: A Hoax by William Taylor," *Notes and Queries* 239(June 1994), pp. 220-222를 보라. 로니의 작업이 암호들을 회피했다는 주장에 관해서는 로니가 편집한 *Poems of Edward de Vere*에 실린 고지를 보라. 조지 프리스비의 연구 결과에 관해서는 George Frisbee, *Edward de Vere: A Great Elizabethan*(London, 1931)을 보라. 앨런에 대한 로니의 논평은 그가 존 바이얼릿 로빈슨에게 보낸 1933년 9월 3일자 편지에 기록되어 있고 이 편지는 Christopher Paul, "A New Letter by J. T. Looney Brought to Light," *Shakespeare Oxford Society Newsletter* 43(Summer 2007)에 실려 출간되었다. 앨런에 대한 프로이트의 생각에 관해서는 H. R. Woudhuysen, "A Freudian Oxfordian"을 보라.

튜더 왕자 이론에 관한 좀더 자세한 정보는 Ogburn, *The Mysterious William Shakespeare*와 오그번이 *The Elizabethan Review* 5(Spring 1997)의 편집자에게 보낸 편지, 그리고 Paul H. Altrocchi, "A Royal Shame: The Origins and History of the Prince Tudor Theory," *Shakespeare Matters* 4(Summer 2005)를 보라. 이 이론

의 기원에 관해서는 Percy Alien, *Lord Oxford and Shakespeare: A Reply to John Drinkwater*(London, 1933)과 Alien and B. M. Ward, *An Enquiry into the Relations between Lord Oxford as "Shakespeare," Queen Elizabeth and the Fair Youth of Shakespeare's Sonnets*(London, 1936)를 보라.

튜더 왕자설 2부에 관해서는 Paul Streitz, *Oxford: Son of Queen Elizabeth I*을 보라. 이 관계가 근친상간이기는 했지만 스트라이츠는 옥스퍼드 백작이 아들이자 이복형제인 사우샘프턴에게 보인 동성애적 감정에 관해서는 분명한 선을 그었다. 스트라이츠는 엘리자베스와 시무어의 결합에서 시작되어 엘리자베스와 옥스퍼드로, 그리고 사우샘프턴을 거쳐 마침내 직계 가족인 다이애나 왕세자비로 이어진 유용한 계보를 제공한다. 이 이론에 대한 옥스퍼드 지지자들의 비평에 관해서는 Christopher Paul, "The Prince Tudor Dilemma: Hip Thesis, Hypothesis or Old Wives' Tale?" *The Oxfordian* 5(2002), pp. 47–69를 보라. 로저 스트릿매터의 언급에 관해서는 *The Oxfordian* 2(1999)를 보라.

앨런의 신임 투표에 관해서는 *Shakespeare Fellowship News-letter*(March 1946)를 보라. 망자들과의 대화에 대한 스티븐 그린블랫의 설명은 Stephen Greenblatt, *Shakespearean Negotiations*(Berkeley, Calif., 1988)의 서두를 보라. 헤스터 다우든에 관한 정보를 더 알고 싶다면 Edmund Bentley, *Far Horizon: A Biography of Hester Dowden, Medium and Psychic Investigator*(London, 1951)를 보라. 퍼시 앨런은 자신이 주관한 교령회와 발견한 내용을 Percy Alien, *Talks with Elizabethans: Revealing the Mystery of "William Shakespeare"*(London, 1947)에서 설명한다. 이 책은 속표지에서 인용한 소네트를 재발행했다.

옥스퍼드 지지 운동의 부침에 관해서는 Ogburn, *The Mysterious William Shakespeare*와 더불어 *Shakespeare Fellowship Quarterly* 5(1944), *Shakespearean Authorship Review* 7(1962), *Shakespeare Oxford Society Newsletter*, 15 December 1966, *Shakespeare Oxford Society Newsletter*, 25 May 1966를 보라. 애시번 초상화에 대한 배럴의 주장에 제기된 이의들은 Schoenbaum, *William Shakespeare: Records and Images*를 보라. 1960년대와 1970년대에 옥스퍼드 지지 운동이 쇠퇴한 것에 관해서는 *Shakespeare Oxford Society Newsletter*, 28 February 1969, *Shakespeare Oxford Society Newsletter*, 31 March 1970, 그리고 *Shakespeare Oxford Society Newsletter*(Fall 1976)를 보라. Charlton Ogburn, Jr.를 추모하는 *The Oxfordian* 2(1999)의 서문도 보라. 그리고 *Shakespeare Oxford Society*

Newsletter(1994)에 실린 찰스 비어의 논평도 보라. 루이스 B. 라이트의 논평은 "The Anti-Shakespeare Industry and the Growth of Cults," *Virginia Quarterly Review* 35(1959)에 실려 있다. 그리고 Schoenbaum, *Shakespeare's Lives*도 보라.

오그번에 대한 정보가 더 궁금하다면 *Shakespeare Matters*(Summer 2007) 와 Charlton Ogburn, "President's Message," *Shakespeare Oxford Society Newsletter*(Fall 1976), *Shakespeare Oxford Society Newsletter*(30 March 1966)를 보라. 공평의 원칙에 대해서는 Fred W. Friendly, *The Good Guys, The Bad Guys and the First Amendment: Free Speech vs. Fairness in Broadcasting*(New York, 1976)과 Steven J. Simmons, *The Fairness Doctrine and the Media*(Berkeley, Calif., 1978)를 보라. 오그번의 노력에 관해서는 *The Mysterious William Shakespeare, Shakespeare Oxford Society Newsletter*(Winter 1979)와 더불어 그의 "President's Message"를 보라.

재판대에 오른 셰익스피어

워싱턴 D. C.의 모의재판에 관해서는 James Lardner, "The Authorship Question," *The New Yorker*, April 11, 1988과 "Washington Talk: Briefing; In Re Shakespeare," *New York Times*, 10 September 1987을 보라. 크리거는 쇼엔바움의 *Documentary Life*와 오그번의 *Mysterious William Shakespeare*를 읽으면서 재판 준비를 하고 싶어했다. 일은 그의 생각대로 진행되지 않았고 재판은 두 명의 아메리카 대학 법학교수가 제기한 주장에 주로 의존했다. 피터 자스지는 옥스퍼드설을 지지했고 제임스 보일은 셰익스피어를 지지했다. 재판 기록을 보고 싶다면 *American University Law Review* 37(Spring 1988), pp. 609-826을 보라. 오그번의 고소장은 *Shakespeare Oxford Society Newsletter* 24(Spring 1988)에 실려 있다. 그리고 Sheila Tombe 박사가 실시한 찰턴 오그번의 인터뷰를 *Apostrophe*(Spring/Summer 1996)에서 찾아보라. 또한 *American University Law Review* 37(Spring 1988)에 실린 Kreeger의 서문도 보라. 5년 뒤에 펜실베이니아 윌크스 대학에서 한 연설에서 미국의 대법관인 스티븐스는 옥스퍼드 지지자들이 자신들의 주장을 어떻게 논의해야 하는지 한층 더 분명하게 주장했다. 그 무렵 그는 셰익스피어 희곡들의 자전적 특성을 비롯해 귀족적 성향에 대한 옥스퍼드 지지자들의 추정에 거의 동조하게 된 뒤였다. John Paul Stevens, "The Shakespeare Canon of Statutory Construction," *University of Pennsylvania Law Review* 140(1992)을 보라.

런던에서 열린 모의재판에 관해서는 David J. Hanson, "A Wildcatter Reports on the London Moot Court Hearing in an Open Letter to Russell des Cognets," *The Shakespeare Newsletter*(Spring/Summer 1989)를 보라. 애크너 경은 James Barrie의 글을 인용하며 재치 있게 글을 마무리 지었다. "베이컨이 셰익스피어의 작품을 집필했는지는 알 수 없으나, 만약 그렇지 않다면 그는 일생의 기회를 놓친 듯하다." 이 글은 국제 셰익스피어 글로브 센터International Shakespeare Globe Centre 기록보관소에 소장된 모의재판 기록("Shakespeare Globe Trust, Shakespeare Moot, Judges Summing Up"[file "1988 Moot"])에서 발췌했다. Gordon C. Cyr, "Let the Real Debate Begin! Legalisms of 'Moot' Format Obscure the Authorship Question," *Shakespeare Oxford Society Newsletter*(Winter 1989)도 보라. 또한 Cyr의 설명 다음에 실린 Shakespeare Moot of 26 November 1988, "Appraisals from Anonymous Sources"도 보라. 헌트의 재정적 원조와 두 개의 영국 조직들 사이의 관계에 대한 추가 배경 정보에 관해서는 Brunel University Libraryarchives, Shakespearean Authorship Trust, SAT-0033에 보관된 찰스 뷰클럭의 서신을 보라. 그리고 영국 판 오그번의 저서는 Charlton Ogburn, *The Mystery of William Shakespeare: An Abridgement of the Original American Edition*, ed. Lord Vere(London, 1988)를 보라.

시청자 수에 관해서는 "News Items of Interest from Gary Goldstein," *Shakespeare Oxford Society Newsletter*(Summer 1989)를 보라. 보스턴의 WGBH-TV 역시 셰익스피어 원작자 논쟁을 다룬 편이 프런트라인의 해당 시즌에서 가장 큰 인기를 끌었다고 보도했다. 옥스퍼드 지지설이 다시 상승세를 타기 시작한 것에 관해 더 많은 정보가 궁금하다면, *Shakespeare Oxford Society Newsletter*(June 7, 1992)와 Lewis H. Lapham, "Notebook: Full Fathom Five," *Harper's Magazine*(April 1999)을 보라. 여론 조사는 1997년 6월 15일자 cnn.com을 인용했다. 웨스트민스터 사원에 관해서는 Nathan Baca, "Commemorating Marlowe," *Shakespeare Matters* 2(Fall 2002)를 보라. 그리고 모금활동에 관해서는 *Shakespeare Matters*(Summer 2003)를 보라. 윌리엄 니더콘의 불가지론에 관해서는 2007년 1월 9일에 그가 내게 자발적으로 보낸 이메일에서 인용했다. William S. Niederkorn, "The Shakespeare Code, and Other Fanciful Ideas From the Traditional Camp," *New York Times*, 30 August 2005도 보라. 니더콘의 셰익스피어 이론에 관한 유용한 분석을 읽고 싶다면 Ron Rosenbaum, "The Shakespeare Code: Is Times Guy Kind of Bard

'Creationist'?" *New York Observer*, 18 September 2005를 보라. 그리고 양측의 의견이 나름대로 타당하다는 니더콘의 결론에 대한 논평은 내가 쓴 글 "Happy Birthday, Whoever You Were," *Telegraph*(23 April 2006)를 보라. 미국 공영 라디오 방송 NPR과 르네 몬테인에 관해서는 "The Real Shakespeare: Evidence Points to Earl," NPR, 4 July 2008을 보라. 이 상은 2009년 13회 연례 셰익스피어 원작자 문제 연구 컨퍼런스에서 그녀에게 수여되었다. 미국 연방 대법원의 옥스퍼드 지지자들에 관해서는 Jess Bravin, "Justice Stevens Renders an Opinion on Who Wrote Shakespeare's Plays," *Wall Street Journal*, 18 April 2009를 보라. 최근의 옥스퍼드설 연구에 관해서는 Richard Malim, ed., *Great Oxford*를 보라. 그리고 옥스퍼드설 판 셰익스피어 가운데 대표적인 작품이 궁금하다면 William Shakespeare, *Macbeth*, edited and "Fully Annotated from an Oxfordian Perspective," Richard F. Whalen(Truro, Mass., 2007)을 보라.

스트릿매터의 논문 서론은 www.shakespearefellowship.org/virtualclassroom/intro.pdf에서 발췌해 인용했다. 그의 주장에 대한 비평이 궁금하다면 Kathman, "Oxford's Bible"을 보라. 내가 도움을 많이 받았고 위에서 인용하기도 한 이 글은 shakespeareauthorship.com에서 열람할 수 있다. stromata.tripoD.Corn/id288.htm와 stromata.tripoD.Corn/id459.htm에서 Tom Veal의 비평도 읽어보라. Alan Nelson의 글이 인용되어 있는 Scott Heller, "In a Centuries-Old Debate, Shakespeare Doubters Point to New Evidence," *The Chronicle of Higher Education*, 4 June 1999도 보라. 대법관 Stevens에 관해서는 Bravin, "Justice Stevens Renders an Opinion," *Wall Street Journal*을 보라.

말로에 대한 관심이 되살아난 것은, 말로를 셰익스피어 작품의 원작자 후보에서 철저히 배제시키고 옥스퍼드에게만 집중했던 1989년 작 다큐멘터리 Frontline을 보고 이에 대응하여 제작된 Michael Rubbo의 다큐멘터리 *Much Ado About Something*도 어느 정도 영향을 미쳤다(www.pbs.org/wgbh/pages/frontline/shows/muchado/fine). 예를 들어 "The Marlowe-Shakespeare Connection/."(marlowe-shakespeare.blogspot.com), "Marlowe's Ghost"(marlowesghost.com), The Marlowe Lives! Association(www.marlovian.com), Peter Farey의 홈페이지(www2.prestel.co.uk/rey)도 보라. Christopher Marlowe and William Shakespeare, *Hamlet*, ed. Alex Jack(Becket, Mass., 2005)의 서론과 William Honey가 자비로 출판한 *The Lift, Loves, and Achievements of Christopher Marlowe, Alias Shakespeare*, vol

1(London, 1982)도 보라. 말로에 관한 짐 자무시의 생각이 궁금하다면 Lynn Hirschberg, "The Last of the Indies," *New York Times*, 31 July 2005를 보라.

무어의 발언에 관해서는 Peter Moore, "Recent Developments in the Case for Oxford as Shakespeare," *Ever Reader* 4(Fall 1996/Winter 1997)를 보라. 그리고 William Boyle, "Books and Book Reviewers," *Shakespeare Matters* 2(Fall 2002) 를 보라. "초보자들을 위한 셰익스피어 원작자 문제 안내A Beginner's Guide to the Shakespeare Authorship Problem"에 관해서는 www.shakespeare-oxforD. Com/?p=35를 보라. '윌리엄 셰익스피어의 정체에 대한 타당한 의심 선언서Declaration of Reasonable Doubt About the Identity of William Shakespeare'에 서명한 인물들의 최근 명단이 궁금하다면 www.doubtaboutwill.org를 보라.

제4장 셰익스피어

셰익스피어에게 유리한 증거

셰익스피어 희곡과 시 작품들의 판본에 관한 정보는 Andrew Murphy, *Shakespeare in Print: A History and Chronology of Shakespeare Publishing*(Cambridge, U.K., 2003)를 보라. 조지 버크와 옥스퍼드 백작의 친분에 관해서는 Charles J. Sisson, *Thomas Lodge and Other Elizabethans*(Cambridge, Mass., 1933)을 보라. 버크와 셰익스피어의 만남에 관한 설명은 Alan H. Nelson, "George Buc, William Shakespeare, and the Folger George a Greene," *Shakespeare Quarterly* 49(1998), pp. 74-83을 참고했다. James Shapiro, *A Year in the Life of William Shakespeare: 1599*(London and New York, 2005)도 보라. 조판에 대한 정보가 더 궁금하다면 Margreta de Grazia and Peter Stallybrass, "The Materiality of the Shakespearean Text," *Shakespeare Quarterly* 44(1993), pp. 255-283과 Randall McLeod, "Spellbound: Typography and the Concept of Old-Spelling Editions," *Renaissance and Reformation*, n.s. 3(1979), pp. 50-65를 보라. 그리고 곧 발표될 Adam G. Hooks, "Shakespeare and Narrative of Authorship: Biography, Book History, and the Case of Richard Field"도 보라. 엘리자베스 여왕 시대의 귀족 시인들이 작품을 발표하고 싶어하지 않았다는 통념이 1870년대에 생겨났다는 것에 관해서는 Steven W. May의 가장 권위 있는 논문 "Tudor Aristocrats and the Mythical 'Stigmaof Print,'" *Renaissance Papers* 10(1980), pp. 11-18을 보라. 1604년에 치러진 공연들은 궁중 연회의 지불 기록치고는 대단히 특이하다. 궁중의 지불 기록은 수

금을 하러 오는 극단 주주들의 이름을 기록하는 데 그치기 때문이다(가령 켐프와 버비지, 셰익스피어의 이름은 1595년에 극단의 최근 궁정 공연의 대가로 돈을 받아간 사람들로 기록되었다). 이 내용에 관해서는 Chambers, *William Shakespeare: A Study of Facts and Problems*를 보라. 극작가들이 무대연출법에 대한 지식이 있었다는 것에 관한 유용한 논의는, Stanley Wells, *Shakespeare and Co.*(London, 2006)보라.

"우리의 동료 셰익스피어입니다"

당시의 다른 작가들이 셰익스피어에 관해 어떤 말을 했는가는 Chambers, *William Shakespeare: A Study of Facts and Problems*를 보라. 보몬트와 플레처의 경우는 *Dictionary of National Biography* 신판의 Philip Finkelpearl이 작성한 보몬트 항목에 인용된 Aubrey, *Brief Lives*를 보라. 그리고 보몬트 시작품의 연대 결정에 관해 더 많은 정보가 궁금하다면 Peter R. Moore, "The date of F. B.'s Verse Letter to Ben Jonson," *Notes and Queries*(September 1995), pp. 347-352를 보라. 페이비어 4절판에 대한 분명한 논의가 궁금하다면 Sonia Massai, *Shakespeare and the Rise of the Editor*(Cambridge, U.K., 2007)를 보라. John Jowett, *Shakespeare and Text*(Oxford, 2007)도 보라. 왕실 극단이 스트랫퍼드를 방문한 이유에 관해 내가 참고한 자료는 Deelman, *The Great Shakespeare Jubilee*다. 그리고 헌팅턴 도서관에 소장된 캠든의 *Brittania*에 달린 주석에 관해서는 Paul Altrocchi, "Sleuthing an Enigmatic Latin Annotation," *Shakespeare Matters* 2(Summer 2003)와 헌트의 배경에 관한 Alan Nelson의 연구, 그리고 그의 해석을 보라(web.archive.org/web/20051226113826/socrates.berkeley.edu/~ahnelson/Roscius.html을 보라). 그리고 Diana Price, *Shakespeare's Unorthodox Biography*를 보라.

자코비언 셰익스피어

영화에 담긴 자코비언 왕가에 관해서는 Ronald Hutton, "Why Don't the Stuarts Get Fumed?", *Tudors and Stuarts on Film: Historical Perspectives*, ed. Susan Doran and Thomas S. Freeman(New York, 2009), pp. 246-258를 보라. 나는 Marc Norman and Tom Stoppard, *Shakespeare in Love: A Screenplay*(New York, 1998) 대본을 인용했다. 엘리자베스 여왕과 셰익스피어에 관해 더 자세한 내용은 Helen Hackett, *Shakespeare and Elizabeth: The Meeting of Two Myths*(Princeton, N.J., 2009)와 Rowe, *Life of Shakespeare*를 보라. 제임스 1세가

셰익스피어에게 보낸 편지에 관해서는 *A Collection of Poems … by Mr. William Shakespeare*, ed. Bernard Lintott(London, 1709)을 보라. 소년 극단과 소년 성가 대원들의 모집, 그리고 그들의 레퍼토리에 관해서는 Lucy Munro, *Children of the Queen's Revels*(Cambridge, U.K., 2005)를 보라. 1603년 4절판『햄릿』7장에 등장 하는 소년 배우들에 관한 인용문은 *The First Quarto of Hamlet*, ed. Kathleen O. Irace(Cambridge, U.K., 1998)를 보라. 제임스 1세의 분노에 찬 반응에 관해서는 Irwin Smith, *Shakespeare's Blackfriars Playhouse*(New York, 1964)에 인용된 Sir Thomas Lake가 Lord Salisbury에게 보낸 1608년 3월 11일자 편지를 보라. 블 랙프라이어스 극장에 관한 더 많은 정보는 Gerald Eades Bentley, "Shakespeare and the Blackfriars Theatre," *Shakespeare Survey* 1(1948), pp. 38–50, Leeds Barroll, "Shakespeare and the Second Blackfriars Theater," *Shakespeare Studies* 33(2005), pp. 156–170, Gerald Eades Bentley, *The Jacobean and Caroline Stage*, vol. 6(Oxford, 1968), Andrew Gurr, *The Shakespeare Company: 1594–1642*(Cambridge, U.K., 2004), *Inside Shakespeare: Essays on the Blackfriars Stage*, ed. Paul Menzer(Selinsgrove, Pa., 2006)를 보라.

블랙프라이어스에서 상연된 연극들의 춤, 가령『겨울 이야기』의 남녀 양치기들의 춤 뒤에 이어진 사티로스의 정교한 춤,『두 귀족 친척』의 모리스 댄스,『헨리 8세』의 정령들의 춤, 그리고 특히『템페스트』3막의 "이상한 형태들"의 춤과 4막의 낫질하는 일꾼과 정령들의 춤을 보라. 블랙프라이어스 상연 희곡들의 음악과 춤에 대한 내 논 의는 어윈 스미스의 귀중한 저작에 의지하고 있다. 탁월한 개요를 보여준 Alan Brissenden, *Shakespeare and the Dance*(London, 1981)를 보라.

『두 귀족 친척』3막의 연회 장면은 보몬트의 *Masque of the Inner Temple and Gray's In*의 두 번째 반半 가면극을 도용한 것처럼 보인다. 보몬트의 이 작품은 엘 리자베스 공주와 팔라틴 선제후의 결혼을 축하하기 위해 1913년 2월 20일 화이 트홀에서 상연되었다(Brissenden, *Shakespeare and the Dance*를 보라). 제임스 1세 는 이 공연이 무척 마음에 들어 재상연을 요구했다. 왕실 극단의 반 가면극 배우들 에 관해서는 Richard Proudfoot, "Shakespeare and the New Dramatists of the King's Men, 1606–1613," *Later Shakespeare*, eds. John Russell Brown and Bernard Harris(London, 1966), pp. 235–261을 보라.『템페스트』의 반 가면극에 관 해서는 Stephen Orgel, *The Illusion of Power: Political Theater in the English Renaissance*(Berkeley, Calif., 1975)를 보라. 후기 희곡들의 혼란스러운 언어에 관한

커모드의 견해는 그의 저서 *Shakespeare's Language*(London, 2000)를 보라. Russ McDonald, *Shakespeare's Late Style*(Cambridge, U.K., 2006)과 McMullan, *Shakespeare and the Idea of Late Writing*을 보라.

스트라키의 전문은 다음과 같다. "누구나 종종 생각하기에, 그는 완전무결한 서정시를 위한 자리, 뜻밖의 새로운 운율 효과, 혹은 장대하고 신비로운 대사를 집어넣을 자리를 발견할 수만 있다면 무슨 일이 벌어지고 있는지, 혹은 누가 무슨 말을 하고 있는지에 더 이상 관심이 없다." 이 인용문은 Strachey, "Shakespeare's Final Period" *The Independent Review* 3(August 1904)을 보라. 글로브 극장의 화재 사건에 대한 동시대인의 설명에 관해서는 예를 들어 Gordon McMullan이 편집한 아든 판 *Henry the Eighth*(London, 2000)에 인용된 보고서들을 보라.

챔버스의 의견에 대해서는 Chambers, "The Problem of Authenticity," *William Shakespeare: A Study of Facts and Problems*와 그가 영국 학술원에서 실시한 *The Disintegration of Shakespeare*(Oxford, 1924)에 관한 유명한 강의를 보라. 그리고 Ben Jonson, *Volpone*, ed. R. B. Parker(Manchester, U.K., 1983)를 보라. 나는 필스의 편지를 Brian Vickers, *Shakespeare, Co-Author: An Historical Study of Five Collaborative Plays*(Oxford, 2002)에서 인용했다. 플레처의 선술집 사건은 Thomas Fuller, *The History of the Worthies of England*, vol. 2(London, 1662)에 설명되어 있다. 셰익스피어와 공저자들의 분업에 관한 전체 논의는 Vickers, *Shakespeare, Co-Author: An Historical Study of Five Collaborative Plays*(Oxford, 2002)를 보라. Stanley Wells, *Shakespeare and Co.*,와 C. J. Sisson, *Lost Plays of Shakespeare's Age*(Cambridge, U.K., 1936)도 보라. 그리고 셰익스피어와 조지 윌킨스의 흥미로운 이야기에 관해서는 Charles Nicholl, *The Lodger Shakespeare: His Life on Silver Street*(New York, 2008)를 보라.

에필로그

셰익스피어가 원작자임을 부인하는 사람들이 근본적으로 공유하는 자전적 추정에 관해서는 가령 Diana Price, *Shakespeare's Unorthodox Biography*와 Hank Whittemore, *The Monument*(Marshfield Hills, Mass., 2005), William Boyle, "Can Literature Be Evidence?", *Shakespeare Matters* 3(Summer 2004)을 보라. Michael Wood, *In Search of Shakespeare*(London, 2003)와 Stephen Greenblatt, *Will in the World: How Shakespeare Became Shakespeare*(New York, 2004)

를 보라. Greenblatt, "A Great Dane Goes to the Dogs," *The New York Review of Books*, 26 March 2009도 보라. 그리고 Rene Weis, *Shakespeare Revealed: A Biography*(London, 2007)를 보라. *Shakespeare's Personality*, ed. Norman N. Holland, Sidney Homan, and Bernard J. Paris(Berkeley, Calif., 1989)도 보라. 베이트의 논평과 니더콘의 응답에 관해서는 Jonathan Bate, "Is This the Story of the Bard's Heart?" *The Times*(London), 20 April 2009와 *New York Times Book Review*의 편집자들이 운영하는 블로그인 'Paper Cuts'에 실린 William S. Niederkorn, "The Sonnets at 400," 20 May 2009, papercuts.blogs.nytimes.com/2009/05/20/the-sonnetsat-400/를 보라. 그리고 Hank Whittemore, *The Monument*를 보라. T. S. 엘리엇은 "Shakespeare and the Stoicism of Seneca," *Selected Essays*, second edition(London, 1934)에서 이렇게 덧붙인다. "나에 비해 셰익스피어가 상대적으로 우월한 것만큼 사람들이 셰익스피어에 대해 잘못 알고 있다고 나는 믿고 싶다."

이 사회사의 상당 부분은 E. A. Wrigley, et al., *English Population History from Family Reconstitution, 1580–1837*(Cambridge, 1997)과 E. A. Wrigley and R. S. Schofield, *The Population History of England, 1541–1871: A Reconstruction*(London, 1981)에서 찾아볼 수 있다. 좀더 최근의 개관에 관해서는 Will Coster, *Family and Kinship in England 1450–1800*(London, 2001)과 *The Family in Early Modern England*, ed. Helen Berry and Elizabeth Foyster(Cambridge, 2007), Naomi Tadmor, "The Concept of the Household-Family in Eighteenth-Century England," *Past and Present* 151(1996), pp. 111–140을 보라. 초기 근대 시대의 자서전에 관해서는 Paul Delany, *British Autobiography in the Seventeenth Century*(London, 1969)와 Meredith Skura, *Tudor Autobiography*(Chicago, 2008), Henry Cuffe, *The Differences of the Ages of Mans Life*(London, 1607), Greer, *Shakespeare's Wife*를 보라. Gail Kern Paster, *Humoring the Body: Emotions and the Shakespearean Stage*(Chicago, 2004)와 *Reading the Early Modern Passions: Essays in the Cultural History of Emotion*, ed. Gail Kern Paster, Katherine Rowe, and Mary Floyd-Wilson(Philadelphia, 2004)도 보라.

마크 로슨의 인터뷰에 관해서는 Susan Elderkin, "Gullible's Travels," *Financial Times*, 23 June 2007을 보라. 리뷰를 의뢰하고 그 원고를 나에게 보여준 Rosie Blau에게 감사드린다. 자일스 플레처의 작품이 궁금하다면 *Licia, or Poems of*

Love(n.p., 1593)와 *The English Works of Giles Fletcher, the Elder*, ed. Lloyd E. Berry(Madison, Wis., 1964)를 보라. 그리고 Gordon McMullan가 훌륭하게 설명한 *Dictionary of National Biography*의 항목을 보라. 리샤와 잠자리를 했다고 우쭐거린 젊은 학자의 이야기에 관해서는 *Records of Early English Drama: Cambridge*, ed. Alan H. Nelson, 2 vols.(Toronto, 1989)와 Nelson's "Shakespeare and the Bibliophiles"를 보라. 이 책에 등장하는 이야기는 윌리엄 코벨(나중에 성직자가 되었으며 "다정한 셰익스피어"의 초기 추종자였다)이라는 젊은이에 대한 것으로, 그는 케임브리지 대학에서 사귄 한 친구에게 자신이 "리샤와 같이 누웠으며 어떻게 그녀의 침대에 들어갔는지"를 자랑스레 떠벌렸다고 알려졌다(그러자 이 친구는 코벨과 불륜관계였던 어느 유부녀에게 이 이야기를 전했다). 셰익스피어가 문법학교에서 배운 교육에 관해서는 T. W. Baldwin, *William Shakspere's Small Latine & Lesse Greeke*, 2 vols.(Urbana, Illinois, 1944)를 보라. 셰익스피어의 어휘에 관해서는 David Crystal, '*Think on My Words': Exploring Shakespeare's Language*(Cambridge, U.K., 2008)를 보라.

감사의 말

책 한 권을 쓰기 위해 조사 작업을 하고 초안을 작성하는 것은 외로운 작업이다. 그리고 원고를 교정해서 출간하는 것은 엄청난 협력이 필요한 공동 작업이다. 나는 제임스 베드나즈와 메리 크리건, 로버트 그리핀, 데이비드 캐스턴, 리처드 매코이, 윌리엄 셔먼, 앨빈 스나이더, 스탠리 웰스 같은 친구와 동료들의 도움을 많이 받아왔다. 이들은 내 작업을 오랫동안 끈기 있는 태도로 읽고 개선해주었다. 모두의 도움으로 인해 이 책은 내가 그들에게 처음 보여주었던 원고보다 훨씬 더 좋아졌고 사실과 의견에 관한 수많은 실수가 줄어들었다.

영리한 두 명의 편집자 밥 벤더와 줄리언 루스의 조언 및 나의 에이전트인 앤 에델스테인과 레이철 캘더의 제안 그리고 지지는 내게 커다란 도움이 되었다. 그리고 크고 작은 문제로 지금까지 계속 도움을 준 로지 블로, 워런 바우처, 팀 브리얼리, 제리 브로턴, 모리스 차니, 애슐리 컴베스트, 배리와 메리 크리건, 조너선 에번스, 클라이브 피셔, 앤드루 해드필드, 데이비드 커닉, 윌리엄 리히, 허미온 리, 재커리 레

서, 조애나 리, 로리 매과이어, 루스 맥도널드, 존 맥거빈, 고든 맥뮬
런, 제임스 밀러, 윌리엄 먼로, 앨런 넬슨, 데이비드 노브룩, 갤 컨 패
스터, 탐 폴린, 더글러스 파이퍼, 트레버 푸츠, 로스 포스너, 마틴 푸
크너, 재클린 로즈, 리처드 색스, 허버트와 로레인 샤피로, 질 샤피로,
마이클 샤피로, 케빈 샤프, 로리 섹, 리사 실버먼, 패트릭 스파티스우
드, 앨런 스튜어트, 진 스트라우스, 대니얼 스위프트, 샘 스워프, 제
프 탈라리고, 제러미 트레글론, 피에르 워커, 르네 와이즈, 켈리 웰시,
린다 우드브리지, 테런스 라이트, 조지아나 지글러에게 감사드린다.

이 책에서 이야기하지 않은 주장 가운데 하나는 전자 자원이 학문
을 발전시키는 데 어느 정도 한계가 있다는 점이다. 도서관들과 그
손대지 않은 방대한 자료는 여느 때와 마찬가지로 여전히 중요하다.
도서관은 내가 이 책의 자료를 조사하는 동안 제2의 집이 되어주었는
데, 다음의 기록 보관자와 기관들이 제공한 도움에 깊이 감사드린다.
뉴욕 공립 도서관, 폴저 셰익스피어 도서관, 대영도서관, 더블린 국
립 도서관, 런던 대학 국회도서관, 컬럼비아 대학 도서관, 헌팅턴 도
서관, 다트머스 대학 도서관, 브루넬 대학 도서관, 캘리포니아 버클리
대학 밴크로프트 도서관 마크 트웨인 프로젝트의 네다 세일럼, 테네
시 대학 도서관, 위스콘신 역사학회의 해리 밀러, 킬 대학 도서관의
헬렌 버턴, 헬렌 켈러 기록보관소의 헬렌 셀스던, 미국 시각 장애 재
단, 셰익스피어 출생지 재단.

구겐하임 장학기금, 런던 퀸 메리 대학의 특별방문연구 장학기금,
그리고 진 스트라우스의 길잡이가 한몫한 비할 데 없는 문학 공동체
인 뉴욕 공립 도서관의 학자와 작가를 위한 도러시 앤드 루이스 B.
컬맨 센터 연구 장학기금이 제공한 관대한 지원이 없었다면 이 책은

출간되지 못했을 것이다. 런던 대학의 킹스 칼리지와 펜실베이니아 주립대학, 선 밸리 작가 컨퍼런스, 옥스퍼드 대학의 초기 근대문학 세미나, 런던 퀸 메리 대학에서 내 미완성 연구를 들어준 청중의 유용한 피드백에도 감사드린다. 뿐만 아니라 나는 컬럼비아 대학의 제자들 덕분에 지난 사반세기 동안 얼마나 많은 것을 배웠는지도 절감하고 있다.

다시 한번 말하지만, 내가 가장 큰 도움을 받은 사람은 아내이자 최고의 비평가인 메리 크리건과 아들 루크다. 두 사람에게 이 책을 바친다.

Who wrote Shakespeare?(누가 셰익스피어 작품의 진짜 저자인가?)

　탄생 혹은 서거 몇백 주년이 되면 아낌없는 경의와 찬사가 쏟아지는 여느 예술가들과 달리, 영문학사상 가장 위대한 작가로 꼽혀온 셰익스피어는 언젠가부터 기념일만 되면 그 정체를 의심하고 부정하는 위와 같은 질문들이 철지난 돌림노래처럼 따라붙고 있다. 셰익스피어 탄생 450주년이었던 2014년과 마찬가지로 그의 서거 400주년을 맞는 올해에도 연초부터 셰익스피어 진위 여부를 궁금해하는 기사가 어김없이 등장했다. 그런 기사를 읽으며 누군가는 셰익스피어의 원작자 자격에 대한 호기심 어린 의문을 갖게 될 테고 누군가는 그 질문 자체에 피로감 혹은 일말의 반감을 느낄 것이다. 하지만 어느 편이든, 명확한 증거를 통해 체계적으로 주장할 수 있는 사람은 그리 많지 않다. 저자가 본문에서 밝히듯, 정통 학계에는 이 문제를 진지한 연구 주제로 삼지 않는 풍토가 자리 잡고 있기 때문이다. 사정은 한국의 학계도 크게 다르지 않아 셰익스피어 본문 연구를 하는 과정에 원저자 문제가 부수적으로 언급되는 경우는 더러 있어도 본격적으로 이 문제를 다룬 논문은 거의 없는 실정이다. 그런 면에서, 원저자 문제의 어느 편에 서 있든 이 책은 양편의 독자 모두에게 정보에 대한 갈증을 한결 가시게 해주는 역할을 한다.

이 책에서 저자는 법정에 들어선 변호인처럼 베이컨, 옥스퍼드, 셰익스피어 이 세 사람의 입장에서 변론을 하기도 하고, 마치 노련한 탐정처럼 증거를 하나씩 조사하고 분석하기도 한다. 우선, 셰익스피어 작품의 진짜 저자로 거론되는 가장 강력한 후보인 프랜시스 베이컨 경과 옥스퍼드 백작의 사례를 소상히 소개하고 각각의 후보에 대해 어떤 사람들이 언제, 어떤 근거로 그렇게 주장하게 되었는지 설명하며 그 주장의 타당성을 따져본다. 그 과정에서 지그문트 프로이트, 헨리 제임스, 월트 휘트먼, 마크 트웨인, 헬렌 켈러 등 인류의 지성사를 수놓은 매혹적인 이름들을 쏟아내고 엘리자베스 1세의 은밀한 연인과 사생아에 관한 각종 음모론, 셰익스피어 작품에 숨겨진 원작자 정보를 밝혀내는 암호 이론들, 특정 후보자의 입지를 탄탄히 하기 위해 제작된 위조문서들 등 독자의 흥미를 잡아 끄는 이야기를 한데 버무린다. 그런 다음, 저자는 셰익스피어가 원작자인 근거들을 차분히 제시하고 앞선 주장들이 편리하게 무시해버린 당시 연극계와 인쇄산업의 현실에 대해 돌아본다. 말하자면 당시에는 시 문학과 달리 희곡의 경우 독서가 아니라 공연을 목적으로 집필되었기 때문에 저자가 작품의 저작권과 출판권을 소유하지 않았고, 철자법이 통일되지 않아서 고등교육의 유무와 관계없이 이름이나 단어가 여러 철자로 적혔으며, 원저자가 특별한 의도를 갖고 철자를 배치하거나 활자체를 변경했다는 암호 사냥꾼들의 예측과는 달리 당시의 조판공은 열두 가지 폰트를 혼용했으며 작업 중에 임의로 활판 정정을 감행했다. 그리고 무엇보다, 사람들은 셰익스피어의 작품이 언제나 현재성을 드러내고 셰익스피어야말로(혹은 셰익스피어의 진짜 저자야말로) 시공을 초월하는 동시대적 공감대를 형성하는 작가라는 달콤한 말로 칭송하면서 자기 시대의 가치관으로 그의 사생활을 재단하고 자기 시대의 작업 환경을 기준으로 그의 작업 방식을 평가해왔다. 그러느라 그가 르네상스 혹은 초기 근대의 공간에서 당대의 가치관과 관습 및 규칙에 따라 연극계의 활동과 은퇴 후의 삶을 이어갔다는 지극히 당연한 사실을 묵살해왔다.

이렇게 재기 넘치는 저자의 말솜씨와 흥미로운 이야기에 이끌려 홀린 듯 에필로그 부분에 접어든 나는 저자의 친구가 던진 질문, 즉 "그 희곡들을 누가 썼든 뭐가 달라지지?"를 듣고서 잠시 머리가 멍해졌다. 그리고 비로소 셰익스피어 원작자 문제에 대해 지금까지 내가 취해온 입장이 무엇인지 깨닫고 반성했다. 셰익스피어의 명쾌하면서도 모호하고, 화려하면서도 소박한 언어의 힘에 매력을 느껴 한국과 미국에서 모두 그의 작품과 그의 시대를 공부했지만 한 번도 '그'에 대해, 즉 '셰익스피어 자체'에 대해 궁금함을 느껴본 적은 없었던 것이다. 물론 셰익스피어를 전공하지 않은 친구들로부터 '셰익스피어가 진짜'인가라는 호기심 어린 질문을 받거나 내가 좋아하는 배우들이 '셰익스피어는 가짜'라고 선언했다는 기사들을 접할 때면 잠시 스치듯 생각에 잠기기는 했다. 하지만 "당연히 셰익스피어가 썼지" "어딘가 진짜 저자가 있을지도 몰라"라는 식의 반응을 보인 적은 없었다. 한 마디로 나는 그 문제에 무관심했다. 굳이 변명을 하자면, 한국에서든 미국에서든 어느 영문과 교수도, 어느 영문과 수업에서도 원작자 문제를 논한 적은 없었다. 그리고 대학원 시절 셰익스피어와 평생 함께 하리라는 순진한 바람으로 한국셰익스피어학회 평생회원이 된 덕에, 학계에서 멀어진 지 10여 년이 지난 지금까지도 꼬박꼬박 학회지를 받아보고 있지만 이 주제를 본격적으로 다룬 논문을 읽은 기억은 없다. 학회지를 펼쳐보는 잠시 동안 과거에 내가 꿈꾸던 삶으로, 과거에 내가 동경하던 작품의 숨결 속으로 다시 날아들면서도, 내게 그 세계를 선사한 '작가 자체'에 관심을 보인 적은 부끄럽지만 한 번도 없었던 것이다.

그리고 저자가 친구에게 혹은 나를 포함한 독자들에게 건네는 대답을 들으며 한 번의 깨달음이 더 찾아왔다. 나에게 필요하고 가치 있는 일은 "저자는 당연히 셰익스피어지" "진짜 저자는 베이컨이야" 식의 단순한 입장 정리가 아니라, 저자가 누구인지를 추적하고 조사하는 과정에서 저자가 살았던 엘리자베스 시대와 자코비언 시대를 다른 시각으로 이해하고 그 시대의 작업 환경 및 작업 방식을 새롭게 돌아보는 것이란 사실이다. 그럼으로써 나의 한때 주된 관심사이자 가장 중요한 문제였던 셰익스피어 작품 해석의 지평을 한 차원 넓힐 수 있었기 때문이다. 저자 역시 셰익스피어 옹호자의 입장을 취하고는 있지만, 여느 학자들처럼 회의자들의 의견을 무조건 묵살하거나 무시하고 옹호자들의 주장을 무조건 수용하지는 않는다. 그에게 중요한 문제 역시 "어느 작가를 지지하나" 식의 편 가르기가 아니라, 되도록 객관적인 입장에서 이 사안에 접근하고 지금까지 등장한 이론과 증거들을 검토함으로써 셰익스피어의 시대와 작품을 바라보는 시각을 확장시키는 것이기 때문이다.

더불어 이 책의 저자도 그럴 테지만 나 또한 셰익스피어 작품의 독자들이 '생활인' 셰익스피어를 어느 정도 이해해주었으면 하는 감상적인 바람이 있다. 일반적으로 독자들은 위대한 작가 대부분이 그렇듯이 셰익스피어도 순수한 문학가로서 살아가다가 생을 마감했기를 기원했다. 그러나 스스로 원해서였든 아니면 당시의 관습에 따른 당연한 수순이었든 간에 그는 곡물 판매와 고리대금업에 발을 담가 수많은 독자를 실망에 빠뜨렸다. 이는 부인할 수 없는 사실이다. 다만, 독자들이 셰익스피어가 아름다운 시와 역동적인 희곡을 창조한 예술가이기도 하면서, 한편으로는 우리와 마찬가지로 밥을 먹고 집세를 내고 가족을 부양하며 법이 허락하는 한도 내에서 이윤을 추구하고 살았던 생활인이기도 하다는 점을 받아들였으면 좋겠다. 생의 처음부터 끝까지 오롯이 자신이 원하는 대로 남에게 떳떳한 모습으로만 살아왔다고 자신할 수 있는 사람이 얼마나 되겠는가. 혹자는 위인의 삶은 조금 달라야 하지 않겠느냐고, 예술가의 가치관은 범인들의 수준을 넘어서야 하지 않겠느냐고 반문할지도 모른다. 하지만 누구에게든 삶의 무게는 공평하게 버겁고 삶의 방향은 똑같이 변덕스러운 것이 아니겠는가? 삶이란 우리 마음이 변해 다른 방향으로 꺾이기도 하겠지만 우리 의도와 무관하게 원치 않는 방향으로 흘러가기도 하는 법이니까. 셰익스피어가 무엇 때문에 다른 두 가지 모습의 삶에 발을 들였는지는 알 수 없으나, 우리가 자신의 삶을 돌아보는 딱 그만큼의 마음으로 그의 삶을 바라봐주기를 소망한다. 내 바람이 지나친 것일 수 있지만, 『헨리 4세 2부』에필로그의 한 대사처럼 내가 아끼는 셰익스피어를 위해 "여러분의 관대한 처분만을 바랄 뿐입니다".

2016년 3월 파주에서 옮긴이

찾아보기

옮긴이 신예경

성균관대 영문과를 졸업하고 같은 대학에서 셰익스피어 연구로 석사학위를 받았다. 미국 미시간 주립대 영문과에서 르네상스와 초기 모던 문학을 전공하며 박사과정을 수학하던 중 우연한 기회에 접하게 된 번역 일에 매혹되어 전문 번역가의 길로 들어섰다. 옮긴 책으로 『닥터 프랑켄슈타인』 『고전으로 읽는 폭력의 기원』 『왜 나는 항상 결심만 할까』 『비트겐슈타인처럼 사고하고 버지니아 울프처럼 표현하라』 『이노센트』 등이 있다.

셰익스피어를 둘러싼 모험

초판 인쇄	2016년 3월 14일
초판 발행	2016년 3월 21일

지은이	제임스 샤피로
옮긴이	신예경
펴낸이	강성민
편집장	이은혜
편집	박세중 이두루 박은아 곽우정 차소영
편집보조	백설희
디자인	김현우 이정민
마케팅	정민호 이연실 정현민 김도윤 양서연
홍보	김희숙 김상만 이천희

펴낸곳	(주)글항아리	출판등록 2009년 1월 19일 제406-2009-000002호
주소	10881 경기도 파주시 회동길 210
전자우편	bookpot@hanmail.net
전화번호	031-955-8891(마케팅) 031-955-1936(편집부)
팩스	031-955-2557

ISBN	978-89-6735-307-0 03800

글항아리는 (주)문학동네의 계열사입니다.

이 도서의 국립중앙도서관 출판시도서목록(CIP)은 서지정보유통지원시스템 홈페이지(http://seoji.nl.go.kr)와 국가자료공동목록시스템(http://www.nl.go.kr/kolisnet)에서 이용하실 수 있습니다. (CIP제어번호 : CIP2016005214)